KB068403

에코 파크

Echo Park

BOSCH

MICHAEL CONNELLY

마이클 코넬리 지음 | 이창식 옮김

RHK
알에이치코리아

Media Review

LA 타임스 선정 올해의 미스터리 소설(2006년)

글로브 앤 메일 선정 올해의 TOP 100 도서(2006년)

사우스 플로리다 선 센티널 선정 올해의 소설(2006년)

뉴욕 선 선정 올해의 베스트 미스터리 TOP 10(2006년)

더 미러 선정 올해의 소설(2006년)

"《에코 파크》는 마이클 코넬리의 또 다른 예술적 솜씨의 발현이다. 그는 서스펜스가 충만한 놀라운 이야기와 일상적 요소들을 버무려 멋진 이야기를 만들어냈다."_뉴욕 타임스

"앞으로 수십 년 동안 나오기 힘들 미스터리의 걸작. 이야기는 매끄럽고 단 하나의 어색함이나 흠 없이 흘러가며 캐릭터는 사실적이면서도 다차원적으로 묘사된다. 인물간의 대화 역시 충실하다. 서스펜스와 액션, 정치적 올바름까지 그의 작품은 부족함이 없다."_포브스 매거진

"《에코 파크》는 많은 면에서 훌륭한 소설이지만 해리 보슈가 중년에서 더 나이가 들어가며 갖는 미래에 대한 불확실성과 두려움의 감정 묘사는 더욱 일품이다."_워싱턴 포스트

"매끄러운 문장은 물론이거니와 부차적 캐릭터조차 설득력이 넘친다. 《에코 파크》는 전형적 경찰 대 연쇄 살인범 스릴러 소설을 몇 단계나 격상시켰다."_퍼블리셔스 위클리

"아름다운 구조와 풍성한 범죄 소설의 향기를 가진 작품을 써내려 가는 것. 이것이 바로 코넬리가 가장 잘하는 일이다."_디 익스프레스

"강렬한 액션과 흥미진진한 플롯의 반전과 더불어 이 작품에서는 해리 보슈의 캐릭터성과 그의 내면적 갈등까지 더욱 심화된다. 가히 롱런한 캐릭터 시리즈의 최고봉이다."_라이브러리 저널

"해리 보슈의 팬들은 이 장르의 뛰어난 영웅일지라도 결정적인 흠이 있다는 가혹한 진실을 마주하게 된다. 심리적인 압박이 더해질수록, 서스펜스가 강해지는 뛰어난 범죄 소설."_북리스트

contents

이 책은
해리 보슈를 물심양면 도와준
제인 우드를 위한 것입니다.
진심으로 감사합니다.

하이 타워

—

1993

그 차는 그들이 찾고 있던 것이었다. 번호판은 사라졌지만 보슈는 한 눈에 알아볼 수 있었다. 1987년형 혼다 어코드. 적갈색 페인트는 햇볕에 바랜 지 오래였고, 92년도에 갱신한 클린턴 범퍼 스티커의 초록색마저 희미하게 바랜 상태였다. 영구용이 아닌 싸구려 잉크로 인쇄한 것으로, 선거가 물 건너갔을 때 붙인 것이었다. 자동차는 한 대용 비좁은 차고에 세워져 있었는데, 보슈는 운전사가 거기서 어떻게 빠져나갈 수 있었는지 의아했다. 법의학자들에게 자동차 외부와 차고 내벽의 지문들을 조사할 때 그 점에 대해 좀 더 신경을 써 달라고 부탁할 생각이었다. 그들이 그런 소릴 들으면 짜증을 내겠지만 얘기를 안 하면 보슈 자신이 마음에 걸려 찝찝할 것 같았다.

차고 문은 알루미늄 손잡이를 잡고 아래위로 내렸다 올렸다 하는 식이었다. 소위 오버헤드 방식. 지문이 잘 남지 않는 소재지만 그래도 보슈는 법의학자들에게 채취를 종용할 생각이었다.

"누가 발견했나?"

그는 순찰 경관들한테 물었다. 그들은 길 양쪽에 두 줄로 늘어선 개인용 차고들로 형성된 막다른 골목 입구와 하이 타워 아파트 단지 출입구에 막 노란 테이프를 친 참이었다.

"임대주가 발견했습니다."

선임 경관이 대답했다.

"이 차고는 현재 빈 아파트에 딸린 거랍니다. 따라서 비어 있어야만 옳죠. 며칠 전 안 쓰는 가구를 보관하려고 열어봤더니 이 차가 떡하니 주차되어 있더래요. 다른 임차인을 방문한 손님이 임시로 세워 뒀나보다 생각하고 며칠간 그대로 뒀는데, 계속 그대로 있더랍니다. 그래서 아파트 임차인들을 찾아다니며 물어봐도 누구 차인지 아는 사람이 아무도 없더라는 거죠. 그제야 번호판도 없는 것을 보고 도난당한 차일지 모른다는 생각이 들어 우리한테 신고했다는군요. 저와 파트너는 차양 위에서 게스토 공시문을 발견했습니다. 그러자 사태를 금방 파악할 수 있었죠."

보슈는 고개를 끄덕인 뒤 차고로 다가갔다. 그리곤 코로 깊숙이 숨을 들이마셨다. 마리 게스토가 실종된 지는 이제 열흘째였다. 이 자동차 트렁크에 들어 있다면 냄새가 날 것이었다. 파트너인 제리 에드거가 끼어들며 물었다.

"냄새가 나?"

"안 나는 것 같은데."

"잘됐군."

"잘됐어?"

"트렁크 사건은 싫어."

"하지만 일단 시작해볼 수 있는 시체라도 있잖아."

보슈는 수사에 도움될 만한 것이 없나 하고 차 안을 둘러보며 가볍게 대꾸했다. 눈에 띄는 것이 없자 코트 주머니에서 라텍스 고무장갑을 꺼내어 입으로 풍선처럼 바람을 불어넣은 후 두 손에 끼었다. 그런 다음 수술에 들어가는 외과의처럼 두 팔을 쳐들고 주위의 아무것도 건드리지 않기 위해 몸을 옆으로 비튼 자세로 차고 안으로 들어갔다.

그는 차고 안쪽 어둑한 곳으로 들어섰다가 거미줄이 얼굴에 달라붙자 손으로 떼어내며 뒤로 물러섰다. 그리곤 순찰 경관을 돌아보며 장비 벨트에 차고 있는 맥라이트 손전등을 좀 사용할 수 있겠느냐고 물었다. 경관이 손전등을 건네주자 그는 차고 안쪽으로 다시 들어가 혼다 창문들을 통해 손전등 불빛으로 차 안을 살펴보았다. 먼저 뒷좌석에 놓여 있는 승마용 부츠와 헬멧이 눈에 들어왔다. 부츠 옆에 놓인 작은 식품 비닐 가방에는 메이페어 슈퍼마켓 로고가 새겨져 있었다. 그 안에 뭐가 들었는지 몰라도 지금까지 생각하지 못했던 수사의 다른 한 각도를 열었다는 것을 알았다.

손전등 불빛을 앞쪽으로 이동했다. 운전석 옆자리에 깨끗하게 접은 작은 옷 무더기가 운동화 위에 놓여 있었다. 보슈는 그 청바지와 소매가 긴 티셔츠를 알아보았다. 마리 게스토가 비치우드 캐니언으로 승마를 떠날 때 입고 있었다고 목격자들이 증언했던 바로 그 옷들이었다. 티셔츠 위에는 꼼꼼하게 갠 양말과 팬티, 브래지어가 놓여 있었다. 보슈는 가슴이 썰렁해지는 느낌이었다. 그 옷가지들이 마리 게스토의 죽음을 확인시켜 주어서가 아니었다. 그는 이미 그럴 거라고 짐작하고 있었다. 모두가 알고 있었고 심지어 TV에 출연하여 딸을 무사히 돌려보내달라고 눈물로 애원했던 그녀의 부모까지도 다 알고 있는 사실이었다. 사건을 실종자 처리반에서 할리우드 강력계로 이관했던 사유도 그 때문이었다.

보슈의 가슴을 써늘하게 만든 것은 그녀의 옷가지들이 너무나 깔끔하게 개어져 있다는 사실이었다. 게스토가 저렇게 개었을까? 아니면 그녀를 이 세상에서 밀어낸 자가 그랬을까? 이런 자질구레한 의문들은 언제나 그를 괴롭히며 허전한 가슴을 두려움으로 채우곤 했다.

자동차 창문들을 통해 내부를 모조리 살펴본 뒤 그는 조심스럽게 차고를 빠져나왔다.

"뭔가 있어?"

에드거가 다시 물었다.

"그 여자 옷가지와 승마용 장비, 식품 같은 것들. 비치우드 아래쪽에 메이페어 슈퍼마켓이 있지. 마구간으로 올라가는 길에 거길 들렀던 모양이야."

에드거는 고개를 끄덕였다. 새로운 단서가 나온 것이다. 목격자를 찾아볼 장소.

보슈는 차고 문 아래로 나와 하이 타워 아파트를 쳐다보았다. 할리우드 지역에선 독특한 곳이었다. 야외 콘서트홀인 할리우드 볼 뒤쪽에 돌출한 화강암 언덕들 속에 지은 복합체 아파트 단지였다. 유선형으로 설계된 현대식 건물들이 모두 엘리베이터가 있는 가느다란 구조물에 의해 중앙으로 연결되어 있었다. 그 구조물에서 하이 타워라는 아파트 이름과 거리 이름을 따왔다. 보슈는 어린 시절 이 부근에서 살았다. 여름 날이면 할리우드 볼에서 연습하는 오케스트라 연주 소리를 캠로즈 근처에 있는 그의 집에서도 들을 수 있었다. 독립기념일이나 시즌 마감 때 지붕 위에 올라가면 불꽃놀이도 볼 수 있었다.

밤이 되면 불을 환하게 밝힌 하이 타워 창문들을 바라보곤 했다. 귀가하는 사람들을 싣고 그 창문들 앞으로 올라가는 엘리베이터도 보았다. 어린 소년의 마음에는 엘리베이터가 있는 그런 집에서 사는 것이 가장 호사스러운 것으로 생각되곤 했다.

"관리인은 어디 있나?"

소매에 두 줄이 쳐진 경관에게 보슈는 물었다.

"들어갔습니다. 엘리베이터를 타고 꼭대기 층으로 올라가서 복도 맞은편에 있는 첫 번째 아파트가 자기 집이라고 했습니다."

"좋아, 우린 올라가 볼 테니 자넨 여기서 과학수사반과 OPG가 도착할 때까지 대기하게. 법의학 팀이 보기 전엔 자동차를 견인하게 해선 안 돼."

"알겠습니다."

타워의 엘리베이터는 에드거가 문을 열고 보슈와 함께 타자 그들의 무게로 흔들릴 만큼 조그마한 것이었다. 바깥문이 자동으로 닫히자, 그들은 내부에 있는 안전문도 닫았다. 버튼은 1과 2 두 개밖에 없었다. 보슈가 2를 누르자 엘리베이터는 올라가기 시작했다. 겨우 네 명밖에 탈 수 없는 좁은 공간이라 금방 서로의 숨결을 느낄 수 있을 정도였다.

"여기 사는 사람들 중 피아노를 가진 사람은 없겠구먼."

에드거가 말했다.

"예리한 추리야, 왓슨."

보슈가 놀렸다.

꼭대기 층에서 엘리베이터 문을 열고 나가자 콘크리트 통로가 나타났다. 언덕들 속에 건축된 각 동의 아파트 사이를 그 콘크리트 통로들이 연결하고 있었다. 보슈가 돌아서서 타워 너머로 바라보니 할리우드 전경이 눈앞에 펼쳐지며 산에서 시원한 산들바람이 불어왔다. 고개를 들자 붉은꼬리말똥가리 한 마리가 타워 위를 선회하며 그들을 감시하고 있는 듯했다.

"이쪽이군."

에드거의 말에 고개를 돌린 보슈는 그가 가리키는 아파트 문 하나로 이어진 짤막한 계단을 보았다. 초인종 아래에 "관리인"이란 팻말이 붙어 있었다. 두 사람이 미처 다가서기도 전에 문이 열리며 하얀 턱수염의 호리호리한 사내가 나왔다. 그리곤 자신을 아파트 단지 관리인인 밀라노 케이라고 소개했다. 보슈와 에드거는 경찰 배지를 내보인 뒤 혼다가 세워져 있는 차고가 할당되어 있다는 빈 아파트를 좀 살펴볼 수 있겠느냐고 물었다. 케이는 그들을 안내했다.

그들은 타워를 지나 아파트 문이 있는 다른 통로로 건너갔다. 케이가 자물쇠에 열쇠를 끼워 넣고 돌리기 시작하자 에드거가 말했다.

"이곳을 알아요. 이 아파트와 엘리베이터. 영화에 나온 적 있죠, 안 그래요?"

"맞아요. 몇 년 전이었죠."

케이가 대답했다.

당연하지, 하고 보슈는 생각했다. 이처럼 독특한 장소는 그 지역의 산업에 이용당할 수밖에 없다.

케이가 문을 열고 보슈와 에드거에게 먼저 들어가라고 눈짓을 했다. 아파트는 조그마했고 비어 있었다. 거실 하나에 식탁이 놓인 작은 부엌, 욕실 딸린 침실 하나가 전부였다. 전체 면적이래야 400평방피트(약 36평방미터)가 될까 말까 했고, 가구들을 들여놓으면 더욱 작아 보일 것 같았다. 그렇지만 경관 하나는 끝내줬다. 곡면 처리한 유리벽 밖으로 통로에서 타워까지 할리우드의 경관이 그대로 내다보였다. 유리문을 통해 밖으로 나가면 휘어진 유리벽을 따라 만들어진 포치가 나왔다. 밖으로 나간 보슈는 거기서부터 경관이 확대된다는 것을 알았다. 스모그 속으로 다운타운의 첨탑들이 희미하게 보였다. 밤이 되면 야경이 기막힐 것 같았다.

"이 아파트는 얼마 동안 비어 있었습니까?"

보슈가 묻자 아파트 관리인이 대답했다.

"다섯 주째 됩니다."

"세를 놓는다는 표지판이 안 보이던데요."

보슈는 막다른 골목을 내려다보았다. 순찰 경관 두 명이 법의학 팀과 경찰 차고에서 출동할 평상형 트럭을 기다리고 있었다. 순찰차 후드 양쪽에 각자의 등을 기대고 서로 돌아서 있는 걸 보면 사이좋은 파트너 같아 보이진 않았다.

"표지판 따위는 필요 없어요."

케이가 말했다.

"아파트가 비었다는 말은 항상 잘 전해지니까. 여기 살고 싶어 하는 사람들은 많거든요. 할리우드에 드물게 남은 오리지널이잖아요. 게다가 나는 페인트칠이나 사소한 수리 등을 직접 하며 항상 준비하고 있답니다. 서둘 이유가 없었죠."

"세는 얼맙니까?"

에드거가 물었다.

"월 1천 달러예요."

에드거의 입에서 휘파람이 새어나왔다. 보슈가 생각하기에도 너무 비쌌다. 그렇지만 정경을 보면 그만한 돈을 지불할 사람도 있을 것 같았다.

"저 아래 차고가 비어 있다는 걸 아는 사람은 누굽니까?"

보슈는 본론으로 돌아가 관리인에게 물었다.

"꽤 되겠죠. 이곳 거주자들은 물론 알 테고, 지난 5주 동안 임대에 흥미를 보인 사람들에겐 모두 차고를 보여줬으니까요. 항상 손가락으로 가리켜 보였죠. 내가 휴가를 떠난 동안에는 입주자 한 사람이 나 대신

감시를 해줬는데, 그 친구도 손님들에게 아파트를 보여줬거든요."

"차고는 잠그지 않고 두나요?"

"그렇죠. 안에 훔쳐갈 만한 것이 없어요. 아파트 입주자가 새로 들어오면 차고 문에 자물통을 채우든 말든 그들 맘이죠. 나는 항상 채우는 게 좋다고 조언하지만요."

"아파트를 구경시킨 사람들에 대한 기록 같은 건 없습니까?"

"그런 건 없습니다. 문의해온 사람들의 전화번호가 몇 개 남아 있을지 모르지만, 아파트를 빌리지도 않은 사람들의 이름을 남겨둘 필요는 없지요."

보슈는 고개를 끄덕였다. 그쪽 각도로 추적하긴 어려울 것 같았다. 차고가 열린 채 비어 있어서 언제든 이용할 수 있다는 사실을 아는 사람들이 너무 많았다.

"이전 세입자는 왜 나갔습니까?"

"여자 한 분이 세 들어 있었죠."

케이가 설명했다.

"배우가 되려고 발버둥치며 여기서 5년이나 살다가 결국 포기하고 낙향했습니다."

"힘든 도시잖아요. 고향은 어디라고 했습니까?"

"그녀의 보증금을 텍사스 주 오스틴으로 송금해 줬습니다."

보슈는 또 고개를 끄덕였다.

"여자 혼자 살았나요?"

"남자 친구가 자주 들락거리며 함께 지내기도 했는데, 그녀가 고향에 돌아가기 전에 끝장났던 것 같습니다."

"텍사스 주소를 좀 알아 둘 필요가 있겠군요."

케이는 고개를 끄덕인 뒤 물었다.

"저 경관들 말로는 자동차가 실종된 어떤 여자 거라면서요?"

"젊은 여자죠."

보슈가 대답했다. 그리곤 재킷 안주머니에서 마리 게스토의 사진 한 장을 꺼내들었다. 그것을 케이에게 보여주며 혹시 이렇게 생긴 여자가 아파트를 구하러 온 적이 없었는지 물었다. 케이는 처음 보는 얼굴이라고 대답했다.

"TV에서도 본 적 없소?"

에드거가 끼어들며 물었다.

"실종된 지 열흘이 지났고 뉴스에도 나왔는데요."

"내겐 TV가 없습니다, 형사님."

관리인의 대답이었다. 텔레비전이 없다. 이 도시에서는 그것만으로도 자유사상가 자격이 있지, 하고 보슈는 생각했다.

"신문에도 났는데."

에드거가 거들자 케이는 다시 말했다.

"신문은 가끔 읽긴 하지만, 아래층 쓰레기통에서 주운 거라 대개 지난 것들이죠. 하지만 그녀에 대한 기사는 본 적이 없군요."

보슈가 다시 설명했다.

"실종된 지 열흘 되었으니 지난 9일 목요일이었죠. 그때 이후로 뭐 기억나는 거 없습니까? 이 근방에서 있었던 이상한 일이라든가?"

케이는 고개를 저었다.

"난 여기 없었어요. 이탈리아에서 휴가 중이었죠."

보슈는 미소를 지으며 말했다.

"나도 이탈리아를 사랑합니다. 어디로 가셨습니까?"

케이의 표정이 환해졌다.

"코모 호수로 올라갔다가 아솔로라 불리는 조그마한 산마을로 넘어갔었죠. 시인 로버트 브라우닝이 살았던 곳이라더군요."

보슈는 그곳과 로버트 브라우닝에 대해서 잘 안다는 듯이 고개를 끄덕였다.

"손님이 왔군."

아래쪽을 살펴보던 에드거가 말했다.

보슈는 파트너의 눈길을 따라 막다른 골목 쪽을 내려다보았다. 위성 방송수신 안테나를 지붕에 달고 옆구리에 9자를 커다랗게 써 붙인 방송국 트럭이 노란 테이프 앞에 멈춰 서고 있었다. 순찰 경관 한 명이 트럭을 향해 걸어갔다.

"케이 씨, 나중에 다시 만나 얘기해야 할 것 같군요."

보슈는 관리인을 돌아보며 말했다.

"가능하다면 아파트에 대해 문의하거나 찾아왔던 사람들의 이름과 전화번호들을 좀 확인해 주십시오. 그리고 당신이 이탈리아에 계시는 동안 이곳을 관리했던 사람과 텍사스로 옮겨간 이전 세입자의 이름과 주소도 좀 부탁합니다."

"그러죠."

"그리고 어떤 사람이 차고에 그 차를 넣는 것을 목격한 사람이 있는지 확인하기 위해 입주민들과 일일이 얘기를 해봐야 할 것 같습니다. 사생활을 침범하지 않도록 조심하겠습니다."

"아무 문제없습니다. 전화번호들은 제가 최대한 알아보겠습니다."

그들은 아파트를 나와 케이와 함께 엘리베이터까지 걸어갔다. 관리인과 작별하고 조그마한 강철 상자에 몸을 싣자 그것은 다시 한 번 출렁인 뒤 하강하기 시작했다.

"해리, 난 자네가 이탈리아를 그렇게 사랑하는 줄은 미처 몰랐어."

에드거가 말했다.

"한 번도 가본 적 없어."

에드거는 머리를 끄덕였다. 케이의 호감을 사서 그의 알리바이에 대한 정보를 더 많이 끌어내려는 전략이었다.

"그 친구에게 혐의를 두는 거야?"

보슈는 고개를 저었다.

"그건 아니지. 그냥 기초 조사야. 그 친구가 범인이었다면 자동차를 왜 자기 아파트 차고에다 처넣었겠어? 신고는 왜 하고?"

"맞아. 하지만 그런 짓을 할 만큼 어리석은 자는 아니라고 우리가 생각할 거라는 점까지 계산할 만큼 아주 영리한 자인지도 모르지. 무슨 뜻인지 알겠어? 우릴 찜 쪄먹고 있는지 모른단 소리야, 해리. 어쩌면 마리 게스토가 아파트를 보러 왔다가 일이 잘못되었을 수도 있잖아. 그는 시체를 감추지만 자동차는 옮길 수 없다는 걸 알게 되지. 경찰 눈에 띄어 정지당할 수 있으니까. 그래서 열흘쯤 기다렸다가 도난당한 차량처럼 신고한 거라고."

"그렇다면 자넨 그자의 이탈리아 여행 알리바이를 확인해 봐야겠군, 왓슨."

"내가 왜 왓슨이야? 홈즈는 될 수 없다는 건가?"

"왜냐하면 말이 너무 많은 쪽이 왓슨이거든. 그렇지만 자네가 원한다면 홈즈라고 불러주지 뭐. 그게 나을지도 모르겠네."

"뭐가 그렇게 맘에 걸리나, 해리?"

보슈는 혼다 앞좌석에 깔끔하게 개어져 있던 옷가지들을 떠올렸다. 그러자 가슴이 다시 답답해져 왔다. 마치 온몸이 철사로 묶인 채 세게 죄는 느낌이었다.

"이 모든 사태에 대해 아주 나쁜 예감이 들어서 그래."

"어떤 종류의 예감?"

"게스토를 끝내 찾아내지 못할 것 같은 예감. 그리고 그녀를 끝내 못 찾으면 그자도 끝까지 못 찾을 것 같은 예감."

"살인범 말이야?"

엘리베이터가 갑자기 정지하며 또 한 차례 흔들린 뒤 멈추었다. 보슈가 문을 열었다. 막다른 골목과 차고로 이어진 짧은 터널 끝에 마이크를 든 여자와 텔레비전 카메라를 든 사내가 그들을 기다리고 있었다.

"그래, 살인범."

보슈가 대답했다.

제1부

살인범

ECHO PARK

게스토 파일

그 전화가 걸려온 것은 해리 보슈가 파트너인 키즈 라이더와 미해결 사건 전담반 사무실에 앉아 마타리즈 파일의 서류 작업을 끝내고 있을 때였다. 전날 그들은 1996년에 발생했던 채리스 위더스푼이라는 매춘부 살인 사건에 대해 빅터 마타리즈를 여섯 시간이나 취조했다. 피살자의 목구멍에서 채취한 정자에서 추출하여 10년간 보관해 왔던 DNA가 마타리즈의 것과 일치했던 것이다. 소위 콜드히트(cold hit: 목격자나 증거 없이 DNA만으로 범인을 찾아낸 경우 – 옮긴이)라는 것이었다. 그의 DNA 프로파일은 2002년 강간 혐의에 대한 유죄선고를 받은 이후 미국 법무부에 보관되고 있었다. 보슈와 라이더가 그 위더스푼 사건 파일을 다시 열고 DNA를 꺼내어 주립 연구소에서 무작위 검색을 하도록 하기까지 4년이란 세월이 더 지나갔다.

이 경우는 처음부터 연구소에서 만들어진 것이었다. 하지만 채리스 위더스푼은 활동 중인 매춘부였으므로, DNA가 일치했다고 해서 자동적으로 슬램덩크가 되는 건 아니었다. 그 DNA가 다른 남자의 것일 수도 있다는 얘기였다. 살인범이 굵은 각목으로 그녀의 머리를 계속 내리치기 이전에 만났던 어떤 다른 남자.

그래서 사건은 행동과학실로 내려가지 않고 미해결 사건 전담반으로 떨어졌고, 그들은 마타리즈를 심문해 보기로 했다. 강간 사건에서 가석방되어 사회복귀 훈련원에 있던 마타리즈를 아침 8시에 찾아가서 자는 놈을 흔들어 깨워 경찰 본부로 데려왔다. 심문을 시작한 지 다섯 시간이 지나도록 끈질기게 버티던 놈은 여섯 시간째 들어가자 마침내 허물어졌다. 위더스푼을 살해한 것을 자백했을 뿐만 아니라, LA로 건너오기 전에 남부 플로리다에서 다른 세 명의 매춘부를 살해했던 일까지 모두 털어놓았던 것이다.

1번 전화를 받으라는 말을 전해들은 보슈는 보나마나 마이애미 경찰의 답전일 거라고 생각했다. 그런데 아니었다.

"보슈입니다."

전화기를 들고 대답하자 엉뚱한 사람 목소리가 흘러나왔다.

"동북부 강력팀의 프레디 올리버스요. 문서보관실에 파일을 하나 찾으러 갔더니 당신이 벌써 반출했다고 하더군."

보슈는 잠시 침묵을 지키며 마타리즈 사건에 대한 생각을 털어냈다. 올리버스가 누군지는 모르겠지만 어쩐지 이름이 귀에 익었다. 어디선가 들어본 이름이었다. 반출한 파일들은 묵은 미제 사건들로, 그것들을 검토하여 첨단 법의학을 이용한 해결 방안을 찾는 것이 보슈의 업무였다. 그래서 그와 라이더의 책상 위에는 문서보관실에서 반출한 미제 사건 파일들이 항상 스물다섯 개 정도 쌓여 있었다.

"내가 반출한 파일이 한두 개라야 말이지. 어떤 파일을 말하는 거요?"

보슈는 올리버스에게 물었다.

"게스토. 마리 게스토 말이오. 93년도 사건이지."

보슈는 즉각적인 반응을 보이지 않았다. 속의 내장들이 바짝 움츠러드는 느낌이었다. 게스토에 대해 생각할 때마다 항상 그런 느낌이 들었는데, 13년이란 세월이 지난 지금에 와서도 마찬가지였다. 그의 마음속에는 언제나 그녀의 자동차 앞좌석에 말끔하게 개어져 있던 그 옷가지들이 떠올랐다.

"그 파일은 내가 가지고 있소. 무슨 일이 있습니까?"

보슈는 자신의 목소리가 달라진 것을 눈치챈 라이더가 고개를 쳐드는 것을 보았다. 그들의 책상은 벽감 속에 서로 마주 놓여 있어서 근무할 때는 서로 얼굴을 마주 보는 상태였다.

"좀 민감한 사안이라 눈으로만 확인해야 합니다."

올리버스가 말했다.

"내가 현재 수사 중인 사건과 관련되어 있고, 검사도 그 파일을 검토하고 싶어 합니다. 지금 그곳으로 가면 파일을 넘겨받을 수 있겠소?"

"용의자가 있습니까, 올리버스?"

올리버스는 즉각 대답하지 않았다. 그래서 보슈는 다른 질문으로 넘어갔다.

"그 검사가 누굽니까?"

여전히 대답이 없었다. 보슈는 거부하기로 결심했다.

"그 사건은 수사 중입니다, 올리버스. 내가 맡고 있고 용의자도 있소. 나와 할 얘기가 있으면 언제든 합시다. 작업 중인 것이 있으면 나도 한 몫 끼워 주시고. 그러기 싫다면 난 지금 바쁘니까 즐거운 하루 보내도록 하쇼, 알겠소?"

보슈가 전화기를 내려놓으려는 찰나 올리버스가 말했다. 친근함이 싹 가신 목소리였다.

"이봐, 잘난 형사 양반. 내 어디 한 군데 전화한 뒤에 다시 연락하지."

그러곤 인사도 없이 전화를 끊었다. 보슈는 라이더를 쳐다보며 말했다.

"마리 게스토 건이야. 검사가 파일을 원한다는군."

"그건 원래 선배가 담당했던 사건이잖아요. 전화한 사람은 누구죠?"

"동북부 강력팀이래. 프레디 올리버스라는데, 혹시 알아?"

라이더는 고개를 끄덕였다.

"알진 못해도 이름은 들어봤어요. 레이너드 웨이츠 사건 수사팀장이었어요. 그 사건 아시잖아요."

그제야 보슈는 그 이름을 기억에 떠올렸다. 웨이츠 사건은 세간의 주목을 끌었다. 올리버스는 그 사건을 출세의 기회로 봤을지도 모른다. LA 경찰국은 열아홉 개 지역으로 나뉘어 각 경찰서마다 자체의 수사과를 두고 있었다. 경찰서 강력 팀들은 비교적 덜 복잡한 사건들을 취급하면서 파커 센터에 있는 경찰본부 엘리트 강력계 팀들의 업무를 보조하는 것처럼 간주되었다. 그것은 순 쇼였고, 그 팀들 중 하나가 미해결 사건 전담반이었다. 올리버스가 게스토 파일에 관심을 보이는 이유가 웨이츠 사건과 조금이라도 관련이 있다면 엘리트 강력계의 간섭을 필사적으로 거부할 거라고 보슈는 생각했다.

"그가 어떻게 하겠다는 말은 안 했어요?"

라이더가 물었다.

"응. 하지만 뭘 진행하고 있는 게 분명해. 함께 일하는 검사 이름도 안 가르쳐 주더라고."

"물수제비예요."

"뭐라고?"

라이더는 천천히 발음했다.

"릭 오셔(Rick O'Shea). 빨리 발음하면 리코셔(Ricochet), 물수제비가 되죠. 웨이츠 사건 담당 검사예요. 올리버스가 다른 걸 캐고 있을 것 같진 않군요. 웨이츠 사건 수사를 마치고 재판 준비를 하고 있거든요."

보슈는 그 가능성에 대해 생각하며 침묵에 빠져들었다. 물수제비 리처드 오셔는 지방검찰청에서 특별검사 팀을 이끌고 있는 인물이었다. 그야말로 요즘 한창 잘나가는 중이었다. 금년 봄 현직 지방검사장이 재선 도전을 포기한다고 선언하자, 그 자리에 지원한 몇몇 검사들과 외부 변호사들 중 한 명이 바로 릭 오셔였다. 그는 예비 선거를 최다득표로 마쳤지만 과반수를 차지하진 못했다. 그 바람에 결승투표가 한층 치열해졌지만, 오셔는 여전히 유리한 위치에서 달리고 있었다. 퇴임하는 검사장의 전폭적 지원을 받으며 검찰청 안팎을 속속들이 알고 있을 뿐만 아니라, 검사로서 해결한 큼직한 사건들의 놀라운 기록들도 과거 10년 동안 검찰청에서는 찾아보기 드문 공로처럼 보였다. 그의 경쟁자는 게이브리얼 윌리엄스라는 아웃사이더로, 전직 검사였던 이 사내는 지난 20년 동안 주로 민권 변호사로 활약했던 인물이었다. 릭 오셔는 백인이었고 게이브리얼 윌리엄스는 흑인이었다. 그가 내건 공약은 카운티 내 법집행기관들의 실태를 감시하고 개혁하겠다는 것이었다. 오셔의 선거 운동원들은 윌리엄스의 그런 공약을 평가절하하고 그의 검사장 자격에 대해 문제를 제기하려고 악을 썼지만, 여론조사에서는 그의 공약과 개혁 의지가 상당히 먹혀들고 있는 것으로 나타났다. 릭 오셔와의 차이는 점점 좁혀지고 있었다.

보슈는 윌리엄스 대 오셔의 선거 운동에서 벌어지는 일들을 소상히 알고 있었다. 전엔 한 번도 그런 적 없었지만 금년엔 지방 선거에 대해 계속 관심을 가지고 있었기 때문이다. 시 의원 자리를 놓고 벌어진 뜨거운 경선에서 그는 마틴 메이즐이란 후보를 지원하고 있었다. 메이즐은 보슈가 사는 곳에서 멀리 떨어진 서부 지역에서 내리 3선을 한 현역 의원이었다. 밀실회합에 능하고 자기 구역에 손실을 끼친 대가로 거금을 챙긴 정치꾼으로 널리 소문이 난 인물인데도 불구하고 보슈는 그를 열심히 지원하며 다시 당선되기를 바라고 있었다. 이유는 딱 하나, 그의 경쟁자가 전직 LAPD 부국장 어빈 R. 어빙이기 때문이었다. 어빙이 선거에서 패배하는 꼴을 볼 수 있다면 보슈는 자신이 할 수 있는 모든 역량을 동원할 생각이었다. 게이브리얼 윌리엄스와 마찬가지로 어빙도 개혁을 약속하며 선거 연설의 목표를 항상 LAPD로 삼았다. 어빙이 LA 경찰국에서 근무할 당시 보슈는 그와 수없이 충돌했다. 그 인간이 시의회에 앉아 있는 꼴을 보슈는 당최 보고 싶지 않았다.

〈LA 타임스〉에 거의 매일 실리는 선거 기사와 간추린 기사들을 통해 보슈는 메이즐 대 어빙의 대결뿐만 아니라 다른 경쟁자들의 현황에 대해서도 소상히 알고 있었다. 그리고 릭 오셔가 관련된 선거전에 대해서는 모두 알고 있었다. 이 검사는 자기 경험의 가치를 과시하기 위해 튀는 광고와 기소를 통해 자신을 선거전에서 드러내고 있었다. 한 달 전 그는 레이너드 웨이츠 사건 예심으로 신문의 헤드라인과 방송국 톱뉴스를 매일 장식했다. 기소된 살인자는 에코 파크에서 경찰의 심야 검문에 걸려 차를 세웠다. 경관들은 사내가 타고 있던 밴의 바닥에 놓인 쓰레기봉투들에서 피가 새어나오는 것을 발견했다. 봉투들을 열어 본 경찰은 그 안에서 신체의 토막들을 발견했고, 확인 결과 두 여자의 몸에서 나온 것들로 밝혀졌다. 선거에 출마한 검사가 언론의 주목을 끌고 싶다면 이 에코 파크 쓰레기봉투 사건만큼 안전한 대박은 없어 보였다.

문제는 그 헤드라인들이 지금은 대기 중이란 사실이었다. 웨이츠는 예심이 끝나면 재판으로 들어갈 것이고, 사형 선고가 내려질 사건이므로 재판과 그에 따른 새로운 헤드라인들을 기대하려면 선거가 끝난 여러 달 후에나 가능했다. 릭 오셔는 헤드라인들을 계속 장식할 새로운 동력이 필요했다. 보슈는 이 검사장 후보가 게스토 사건으로 무슨 수작을 부리려는 건지 의심하지 않을 수 없었다.

"게스토 사건이 웨이츠와 관련 있을 거라고 생각해요?"

라이더가 물었다.

"웨이츠란 이름은 93년도엔 나오지도 않았어. 에코 파크도 그렇고."

보슈가 대답했다.

전화기가 울리자 그는 재깍 집어 들었다.

"미해결 사건 전담반 보슈 형사입니다. 뭘 도와드릴까요?"

"올리버스요. 11시에 그 파일을 들고 16층으로 올라오쇼. 리처드 오셔를 만나게 해드리지. 당신 말대로 됐소, 잘난 양반."

"파트너와 함께 가겠소."

"잠깐. 파트너는 왜? 당신만 파일을 들고 올라오란 말이오."

"내겐 파트너가 있소, 올리버스. 그녀와 함께 가겠소."

보슈는 끊는단 말도 없이 전화기를 내려놓곤 라이더를 건너다보았다.

"11시에 같이 가."

"마타리즈 건은 어쩌고요?"

"일단 가서 알아보자고."

그는 잠시 생각한 뒤 자리에서 일어나 책상 뒤쪽에 있는 파일 캐비닛으로 걸어갔다. 그리곤 잠긴 캐비닛 문을 열고 안에서 게스토 파일을 빼내어 자기 자리로 가져왔다. 퇴직했다가 재작년에 복직한 이후 세 차례나 문서보관실에서 반출하여 검토했던 파일이었다. 그때마다 처음부터 끝까지 정독하고, 13년 전 수사 선상에 올랐던 사람들 중 몇몇 사람에게 전화를 하고 방문해서 얘기를 나누기도 했다. 라이더는 그 사건이 보슈에게 어떤 의미를 지니고 있는지 잘 알고 있었다. 그래서 급한 업무가 없을 때는 보슈가 그 일을 할 수 있도록 시간을 만들어 주곤 했다.

하지만 노력한 만큼의 결실은 없었다. 마리 게스토의 DNA도 지문도 없었고, 그녀가 틀림없이 살해됐을 거라는 보슈의 추측에도 불구하고 그녀의 행방이나 납치에 대한 분명한 단서는 나타나지 않았다. 보슈는 용의자에 가장 근접하는 한 사내를 몇 차례나 조사했지만 허탕을 쳤다. 게스토의 아파트에서 슈퍼마켓까지 그녀의 행적을 추적했지만 그 이상은 한 걸음도 더 나아가지 못했다. 하이 타워 아파트 차고에 세워져 있던 그녀의 자동차도 발견했지만, 그 차를 거기에 세워두고 사라진 사람은 끝내 찾아내지 못했다.

보슈는 형사로 근무하는 동안 많은 미제 사건들을 남겼다. 강력계 형사라면 누구라도 모든 사건들을 다 해결할 순 없다는 걸 안다. 그렇지만 게스토 사건은 특히 보슈의 마음을 붙잡고 놓아주지 않았다. 한 주일이나 얼마 동안 그 일에 매달릴 때마다 그는 벽에 부딪혔고, 그러면 자신이 할 수 있는 일은 다했다고 생각하며 파일을 문서보관실로 돌려주곤 했다. 하지만 그런 자기변명은 몇 달 가지 않았고, 그는 어느새 다시 문서보관실 카운터로 와서 파일 반출 요청서에 필요 사항들을 기재하고 있었다. 그는 포기할 수가 없었다.

"보슈, 2번 선에 마이애미야."

건너편에 앉은 형사가 알려 주었다.

보슈는 형사과에서 전화벨 울리는 소리를 듣지도 못했다.

"제가 받을게요. 선배 마음은 콩밭에 있을 테니까."

라이더가 전화기를 집어 들자, 보슈는 게스토 파일을 다시 펼쳤다.

02

형량 거래

보슈와 라이더는 10분 늦게 도착했다. 엘리베이터를 기다리는 사람들이 너무 많았기 때문이었다. 그 엘리베이터 때문에 보슈는 형사법원 건물에 오기 싫었다. 그 엘리베이터에 올라타겠다고 북적대는 사람들 가운데 줄을 서서 기다리는 구차한 짓까지 하며 살고 싶지는 않았다.

16층 검찰청 접수대 여직원은 오셔 검사의 사무실로 안내할 사람이 나올 때까지 기다리라고 말했다. 몇 분 지나자 한 사내가 복도로 걸어나오더니 보슈가 들고 있는 서류 가방을 가리키며 물었다.

"그걸 가져왔소?"

보슈는 처음 보는 얼굴이었다. 회색 정장을 입은 거무스레한 피부의 라틴계 사내였다.

"당신이 올리버스요?"

"그렇소. 그 파일 가져왔냐고요?"

"가져왔소."

"그러면 따라오시오, 잘난 형사 양반."

올리버스는 돌아서서 자신이 방금 나왔던 문 쪽으로 걸어갔다.

라이더가 그를 따라 걷기 시작하자 보슈가 그녀의 팔을 붙잡았다. 올리버스가 뒤돌아보고 그들이 따라오지 않는 것을 보자 걸음을 멈추었다.

"올 거요, 안 올 거요?"

보슈가 그의 앞으로 한 걸음 다가서며 말했다.

"올리버스, 가기 전에 미리 분명히 말해두지. 한 번만 더 나를 그딴 식으로 부르면 파일을 서류 가방에서 꺼내지도 않고 이대로 당신 똥구멍에 처박아 주겠어."

올리버는 졌다는 듯이 두 손을 쳐들어 보였다.

"충분히 알아들었소."

올리버는 문을 열고 두 사람이 들어가도록 기다린 뒤 내부 복도로 안내했다. 긴 복도를 따라 내려가다 오른쪽으로 두 번 꺾자 릭 오셔 검사실이 나타났다. 지방검찰청 기준에 따라 널찍한 공간을 차지하고 있었다. 대개의 경우 한 사무실을 두 명 내지 네 명의 검사들이 공동으로 사용하고, 용의자 심문은 사전에 꽉 짜인 일정에 따라 각 복도 끝에 있는 심문실에서 이루어졌다. 그러나 오셔의 사무실은 그보다 두 배 정도 컸고 피아노 상자형 데스크에 별도로 소파를 놓은 공간까지 마련되어 있었다. 특별검사 팀의 팀장이라 특전을 누리고 있었고, 검사장 자리를 물려받을 후임자로서의 특혜도 함께 누리고 있는 듯했다.

책상에 앉아 있던 오셔는 일어나 악수를 청하며 그들을 맞았다. 마흔 살쯤 되어 보이는 검은 머리의 미남자였다. 한 번도 만난 적은 없지만 그의 키가 작다는 것을 보슈는 이미 텔레비전 방송을 통해 알고 있었다. 웨이츠 사건 예심을 취재하려고 법정 바깥 복도에서 오셔 주위를 에워싼 대부분의 기자들은 그들이 마이크를 들이댄 그 사내보다 키가 커 보였던 것이다. 개인적으로 보슈는 단신의 검사들을 좋아했다. 그들은 항상 무언가를 이뤄내려고 노력했고, 그 결과는 항상 피고의 불이익을 초래했다.

릭 오셔가 자기 책상 뒤에 앉자 다른 사람들도 모두 의자에 앉았다. 보슈와 라이더는 오셔와 마주 보고 앉았고, 프레디 올리버는 책상 오른쪽에 있는 의자에 앉았다. 그 의자가 기대어져 있는 벽에는 "언제나 릭 오셔입니다."라는 포스터들이 빼곡하게 붙어 있었다.

"와 주셔서 고맙소, 형사님들. 그런데 분위기를 약간 바꿉시다. 프레디 말로는 두 분께서 약간 빡빡하게 나오신다고 하던데."

오셔 검사는 그렇게 말하며 보슈를 바라보았다.

"프레디와는 아무 문제도 없습니다."

보슈가 대답했다.

"그를 프레디라 부를 만큼 잘 알지도 못하고요."

"우리가 여기서 하고 있는 일에 대해 프레디가 자세히 설명드릴 수 없었던 이유는 전적으로 나 때문입니다. 우리 일의 성격이 워낙 민감해서 말이죠. 그 때문에 화가 나셨다면 나한테 화를 내시오."

검사는 선심이라도 쓰듯 말했다.

"화나지 않았습니다. 난 행복해요. 내 파트너한테 물어보세요. 난 행복할 때 보통 이런 표정을 짓습니다."

라이더도 고개를 끄덕이며 말했다.

"그는 행복해요. 아주 행복하죠."

그러자 릭 오셔는 말했다.

"그렇다면 좋습니다. 모두 다 행복하니까. 이제 본론으로 들어가 보지요."

검사는 손을 뻗어 자기 책상 오른쪽에 펼쳐 놓은 두꺼운 아코디언 형태의 파일 위에 놓았다. 보슈는 그 안에 파란 색인표가 붙은 개별 파일들이 여러 개 담겨 있는 것을 보았지만 너무 멀어서 읽을 수가 없었다. 더군다나 최근 갖고 다니기 시작한 돋보기를 끼지 않은 상태에서는 전혀 불가능했다.

"레이너드 웨이츠 기소 건에 대해서는 잘 알고 있겠죠?"

보슈와 라이더는 고개를 끄덕였다.

"그걸 모르긴 어렵죠."

보슈의 말에 오셔는 고개를 끄덕이며 살짝 웃었다.

"그렇죠. 취재진 카메라들 앞에서 터트렸으니까. 그자는 도살자요. 아주 사악한 놈이지. 우린 처음부터 사형을 구형하겠다고 말했소."

"제가 봐도 그자는 사형받아 마땅해요."

라이더가 검사를 부추겼다.

오셔는 엄숙하게 고개를 끄덕이며 말했다.

"실은 그 때문에 당신들을 오시라고 한 겁니다. 우리가 하고 있는 일을 설명하기 전에, 마리 게스토 사건 수사에 대해 얘기 좀 해달라고 부탁해도 되겠소? 프레디 말로는 당신들이 작년에 세 차례나 그 파일을 문서보관실에서 반출했다고 하던데, 뭔가 진행되고 있는 일이 있는 겁니까?"

보슈는 줄 것을 먼저 주고 받아내기로 작정하고 잔기침을 한두 차례 했다.

"나는 이 사건을 13년이나 붙잡고 있었다 해도 과언이 아닙니다. 그 여자가 실종되었던 1993년부터 맡았으니까요."

"그런데 아직 아무것도 못 찾았소?"

보슈는 고개를 끄덕였다.

"시체를 못 찾았죠. 그녀의 자동차를 발견했는데 그걸로는 충분치 않았습니다. 조사해 봤지만 아무도 안 나왔어요."

"용의자도 말이오?"

"여러 사람들을 만나보고 특히 한 사람은 철저히 조사했지만 아무 연관성도 없었습니다. 결국 유력한 용의자는 찾지 못했죠. 그러다 2002년도에 나는 퇴직했고 사건 파일은 문서보관실로 들어갔어요. 퇴직하고 두어 해가 지나자 나는 형편이 여의치 않아 다시 복직하게 되었습니다. 그게 바로 작년입니다."

보슈는 2002년도에 경찰 배지를 반납하고 떠날 때 게스토 파일과 다른 사건 파일 몇 개를 복사해 가지고 나갔다는 얘긴 오셔에게 할 필요가 없다고 생각했다. 사건 파일을 복사한 것은 경찰국 규정을 위반한 행위이므로 아는 사람이 적을수록 좋다.

"작년에 나는 시간이 날 때마다 게스토 사건 파일을 꺼내어 들여다보곤 했습니다. 그렇지만 DNA도 없었고, 잠재된 증거물도 없었죠. 끽해야 발품 판 얘기들뿐이었어요. 나는 중요한 인물들 모두와 만나 다시 얘기해 보았습니다. 내가 찾아낼 수 있는 모든 사람들과 말이죠. 내가 늘 그자라고 느껴왔던 한 사내와도 만나 얘기했지만 아무것도 찾아낼 수 없었어요. 그자와는 올해 두 번이나 만나 상당히 집요하게 추궁해 봤습니다."

"그랬는데?"

"아무것도 없었어요."

"그자가 누구요?"

"앤서니 갈런드라는 사냅니다. 핸콕 파크 출신이죠. 토머스 렉스 갈런드라는 석유 재벌 이름을 들어본 적 있습니까?"

릭 오셔는 고개를 끄덕였다.

"T. 렉스로 알려진 그 남자가 바로 앤서니의 부친입니다."

"앤서니가 게스토와 무슨 관련이 있었소?"

"관련이란 말은 너무 강할지도 모르죠. 마리 게스토의 자동차가 할리우드 아파트 건물에 딸린 한 차고에서 발견되었습니다. 그 차고가 속한 아파트는 비어 있었고요. 그 당시 우리들 느낌으로는 그녀의 자동차가 거기 주차되어 있는 것이 단지 우연 같지만은 않았습니다. 차를 거기 감춘 자는 아파트가 비어 있다는 걸 알고 느긋하게 그 차고에 차를 몰아넣었을 거라고 생각했죠."

"좋아요. 그러니까 앤서니 갈런드가 그 차고에 대해 알고 있었거나 마리 게스토를 알고 있었을 거란 얘깁니까?"

"차고에 대해서는 알고 있었죠. 그의 여자 친구가 그 아파트에서 살았거든요. 앤서니와 헤어져 텍사스로 돌아가기 전까진 말이죠. 따라서 그는 그 아파트와 차고가 비어 있다는 걸 알고 있었습니다."

"그걸로는 좀 약한데. 그게 전부였소?"

"대충 그렇습니다. 우리가 생각해도 좀 약했어요. 그래서 차량국에 조회해서 그 여자의 머그샷을 받아 보았더니 마리 게스토와 아주 흡사하게 생겼더군요. 우리는 마리가 그 여자를 대신해서 희생된 것이 아닐까 하는 식의 생각을 하게 되었습니다. 앤서니는 자기 여자 친구가 떠나버렸기 때문에 손댈 수가 없었던 거죠. 그래서 대신에 마리를 죽였을 겁니다."

"텍사스에도 가봤소?"

"두 차례나요. 그 여자와 만나 얘기해 봤는데, 앤서니와 헤어진 가장 큰 이유는 그의 성질머리 때문이었다고 하더군요."

"폭력을 휘둘렀다고 하던가요?"

"그건 아니었대요. 그렇게 되기 전에 헤어졌다고 하더군요."

릭 오셔는 상체를 앞으로 내밀며 물었다.

"그러니까 앤서니 갈런드가 마리를 알고 있었다는 얘기요?"

"모르죠. 알고 있었는지 확신할 수 없습니다. 그의 부친이 자기 변호사를 개입시켰고, 그 변호사가 앤서니에게 우리와 더 이상 얘기하지 말라고 했습니다. 그때까지 앤서니는 마리라는 여자를 모른다고 부인했고요."

"그게 언젭니까? 그 변호사가 개입한 때가 말이오."

"그 당시였죠. 지금도 그렇고요. 올해도 나는 앤서니를 두어 차례 만났습니다. 내가 압박하자 그는 다시 변호사를 불렀어요. 이번엔 다른 변호사들이었죠. 그들은 나에 대한 접근금지 명령을 다시 발부받을 수 있었어요. 판사를 설득하여 변호사가 없는 동안에는 내가 앤서니에게 접근하지 못하도록 명령을 내리게 했죠. 내 생각에는 돈으로 판사를 매수한 것 같아요. 그게 T. 렉스 갈런드의 수법이거든요."

오셔 검사는 등을 뒤로 기대며 심각한 표정으로 고개를 끄덕였다.

"이 앤서니 갈런드란 사내, 게스토 사건 전후로 무슨 전과라도 있습니까?"

"아뇨, 전과는 없습니다. 그다지 생산적인 인간은 못 되었지만요. 자기 아버지가 주는 돈으로 살아가고 있다고나 할까. 자기 부친과 부친의 여러 사업체를 경호하고 있더군요. 그렇지만 전과 기록은 발견하지 못했습니다."

"젊은 여자를 납치해서 죽인 자라면 다른 범죄 행위 기록도 있는 것이 자연스럽지 않습니까? 이런 사건들이 항상 일탈적이진 않잖소?"

"비율로 따지면 그렇습니다만 어떤 범죄든 항상 예외가 있기 마련이죠. 게다가 그 노인한테는 돈이 있잖아요. 돈은 많은 일들을 매끄럽게 처리하고 깨끗이 해결해 주죠."

검사는 범죄와 범죄자에 대해 생전 처음 알았다는 듯이 다시 고개를 끄덕였다. 연기치곤 아주 치졸했다.

"그래서 다음에 취한 행동은 뭐였소?"

검사의 질문에 보슈는 고개를 저었다.

"없었습니다. 나는 파일을 문서보관실에 반납하고 끝났다고 생각했죠. 그런데 두어 주일 전에 다시 내려가서 파일을 반출했죠. 뭘 하려고 그랬는지는 모르겠어요. 갈런드의 최근 친구들과 얘기하고 싶었거나, 혹시라도 그가 마리 게스토에 대해 주위에 언급하진 않았는지 알고 싶었던 거겠죠. 한 가지 확실하게 알고 있었던 것은 내가 그 사건을 절대로 포기하지 않을 거라는 사실이었습니다."

릭 오셔가 잔기침을 하자 보슈는 이제 그가 자신들을 검사실로 호출한 이유를 설명하려나 보다고 짐작했다.

"게스토의 실종 사건을 수사한 그 여러 해 동안 레이 혹은 레이너드 웨이츠란 이름이 한 번이라도 수사 선상에 오른 적이 있습니까?"

보슈는 검사의 얼굴을 잠시 바라보았다. 속이 뒤틀려왔다.

"아뇨, 없었습니다. 그 이름이 올랐어야 합니까?"

릭 오셔는 아코디언 형태의 파일에서 폴더 하나를 빼내어 책상 위에 펼쳤다. 그리고 맨 위에서 편지처럼 보이는 서류를 집어 들고 말했다.

"내가 얘기했던 대로, 우리는 웨이츠에게 사형을 구형하겠다고 공표했습니다. 예심 후 그는 불길한 예감이 들었던 모양이에요. 차량검문에 대한 타당한 이유가 없다고 이의를 제기했습니다. 하지만 그걸로는 아무 효력이 없다는 걸 웨이츠도 그의 변호인도 잘 알고 있죠. 미친 피고는 가망이 없어요. 이 사내는 내가 기소했던 어느 살인자 못지않게 계산적이고 계획적인 인간이었습니다. 그래서 지난주 그들은 이런 편지를 보내왔소. 이걸 보여주기 전에 나는 이 편지를 보낸 사람이 변호사란 점을 당신들이 이해하길 바랍니다. 하나의 제안이에요. 우리가 그 제안대로 하든 말든, 이 편지에 담긴 정보는 비공개 원칙입니다. 우리가 이 제안을 무시하기로 결정한다면, 이 편지 속의 정보에 대해서는 수사할 수 없습니다. 무슨 얘긴지 이해하셨습니까?"

라이더는 고개를 끄덕였지만 보슈는 그러지 않았다.

"보슈 형사?"

오셔 검사가 다그치자 보슈는 말했다.

"그렇다면 난 그 편지를 보지 말아야겠는데요. 여기 오지도 말아야 했을 것 같군요."

"프레디에게 그 파일을 주지 않겠다고 한 사람이 당신이었잖소. 그 사건이 당신에게 그만큼 중요하다면 당연히 여기 와야 한다고 생각하는데요."

보슈는 마침내 고개를 끄덕이며 대답했다.

"좋습니다."

오셔는 편지를 데스크 위로 밀어 보냈고, 보슈와 라이더는 함께 읽기 위해 상체를 앞으로 숙였다. 보슈는 먼저 돋보기를 꺼내어 썼다.

2006년 9월 12일

리처드 오셔 지방검사보

로스앤젤레스 카운티 지방검찰청

16-11호실

웨스트 템플 스트리트 210

로스앤젤레스, CA 90012-3210

Re: 캘리포니아 대 레이너드 웨이츠

친애하는 오셔 씨

이 편지는 상기한 사건의 처리에 대해 기탄없이 논의하기 위함입니다. 이 논의와 관련하여 여기에 기술되는 모든 내용들은 캘리포니아 증거법 §1153, 캘리포니아 형법 §1192.4 그리고 시민 대 태너, 45 Cal. App.3d 345, 350, 119 Cal. Rptr.407(1975) 하에 인정될 수 없음을 이해한다는 전제 하에 제시한 것입니다.

나는 아래에 제시한 조건과 약속 하에서 웨이츠 씨가 귀하와 귀하께서 선임한 수사관들에게 상기한 사건에서 발생한 살인 두 건을 제외한 나머지 아홉 건의 살인에 대한 정보를 기꺼이 제공할 것임을 제안합니다. 그 조건과 약속이란 우발적 살인행위에 대해 사형을 추구하지 않겠다는 원고 측 동의와 그가 정보를 제공할 살인 사건들에 대한 전과 기록을 면제받는 조건으로 상기 사건에서 웨이츠 씨가 한 행위에 대해 유죄를 인정하겠다는 약속입니다.

나아가 웨이츠 씨가 제공할 정보와 협조에 대한 대가로 귀하께서는 웨이츠 씨의 모든 진술과 거기서 나온 정보를 어떤 형사 사건에서도 그에게 불리하게 사용하지 않을 것임에 동의하셔야 하며, 이러한 동의에 따라 제공된 정보를 다른 주나 연방 법 집행기관에 공개할 때는 그 기관들의 대리를 통해 이 동의의 조건과 약속을 준수하겠다고 동의해야만 가능할 것입니다. 비공개 조건 진술이나 논의에서 웨이츠 씨가 제공한 다른 정보나 진술들은 검찰 측의 입증책임 과정에서 그에게 불리하게 사용될 수 없으며, 귀하는 피고가 제공한 정보나 진술을 파생적으로 사용하거나 그것에서 수사 단서를 캐서는 안 됩니다.

상기한 사건이 법정으로 갈 경우, 웨이츠 씨가 자신이 설명하거나 논의했던 것과 실질적으로 다른 증언을 한다면 물론 귀하는 그가 이전에 진술했던 내용이나 정보와 불일치하는 점에 대해서 문제를 제기할 수 있습니다.

살해된 여덟 명의 젊은 여자와 한 명의 남자 가족들은 자신들이 사랑했던 사람에게 일어났던 일들을 알게 됨으로써 어떤 식으로든 마무리를 짓게 될 것이며, 그들 중 여덟 명은 현재 잠들어 있는 장소로 웨이츠 씨가 귀하의 수사관들을 안내하게 됨에 따라 적절한 종교 의식과 장례식도 거행할 수 있을 것입니다. 거기에다 이들 가족들은 아마도 웨이츠 씨가 가석방 가능성이 없는 종신형을 선고받게 된다는 걸 알면 어떤 위안 같은 것을 발견할 겁니다.

웨이츠 씨는 1992년과 2003년 사이에 일어났던 아홉 건의 기지 혹은 미지의 살인 사건에 대한 정보를 제공하겠다고 합니다. 우선 자신의 신뢰와 선의를 보이기 위해 그는 수사관들에게 1992년 4월 30일 할리우드 대로에 있는 자신의 전당포에서 불에 타 죽은 대니얼 피츠패트릭(63)의 죽음에 대한 수사 기록을 뒤져보라고 제의하고 있습니다. 수사 파일을 보면 피츠패트릭 씨는 침입자가 라이터 기름과 부탄 라이터를 사용하여 그에게 불을 붙였을 때 자기 가게 앞에서 아래로 당겨 내리게 되어 있는 안전 펜스 뒤에 무장한 상태로 서 있었다는 게 밝혀질 겁니다. 이지라이트 라이터 기름통은 안전 펜스 앞쪽에 세워져 있었고요. 이런 정보는 일반인에게 결코 공표된 적이 없습니다.

또한 웨이츠 씨는 자신의 신뢰성과 호의를 거듭 보이기 위해 1993년 9월에 실종된 마리 게스토에 대한 경찰의 수사 파일도 다시 뒤져볼 것을 권유하고 있습니다. 기록을 보면 게스토 양의 행방은 끝내 오리무중이지만 그녀의 자동차는 할리우드에 있는 하이 타워라는 아파트 단지 한 차고에서 경찰이 발견한 것으로 되어 있습니다. 그 자동차 안에는 게스토 양의 옷가지와 승마 장비들, 그리고 1파운드 가량의 당근이 담긴 식료품 가방이 실려 있었죠. 게스토 양은 그 당근을 비치우드 캐니언에 있는 선셋 목장의 마구간 말들에게 먹이려고 했던 겁니다. 승마를 하는 대가로 그녀가 솔질을 해주던 말들이었죠. 이 정보도 일반에 공개된 적이 없습니다.

만약 상기한 조건에 동의하신다면 그것은 지독한 흉악범에 대한 형량 거래를 금지하고 있는 캘리포니아 주법에 예외가 되겠지만, 웨이츠 씨의 협조 없이는 불충분한 증거와 실제 목격자도 없는 그 아홉 건의 살인 사건을 해결하기 어려울 것입니다.

더군다나 사형에 대한 원고 측의 관용은 전적으로 자유재량일 뿐만 아니라 선고에

실질적인 변화를 주지도 않습니다. (캘리포니아 형법 §1192.7a.)

지금까지 말씀드린 내용을 받아들이신다면 편리하고 빠른 시간 내에 연락주시기 바

랍니다.

모리스 스완, PA

브로드웨이 101

스위트 2

로스앤젤레스, CA 90013

보슈는 편지 전체를 숨도 거의 안 쉬고 다 읽었다는 걸 알았다. 숨을 한 차례 깊이 들이마셨는데도 가슴속에 형성된 차가운 긴장감은 풀리지 않았다.

"검사님께서 이 제의에 동의하시려는 건 아니겠죠?"

그의 질문에 릭 오셔는 잠시 바라본 뒤 대답했다.

"실은 지금 스완과 협의 중입니다. 그건 최초의 제의예요. 그 편지를 받은 후 나는 캘리포니아 주의 입장을 상당히 개선했습니다."

"어떤 식으로 말입니까?"

"웨이츠는 법정에서 모든 사건들에 대해 진술해야 합니다. 우린 열한 건의 살인 사건에 대한 유죄선고를 얻어낼 겁니다."

그리고 당신은 선거를 위한 더 많은 헤드라인들을 제때 얻어내게 되겠지, 하고 보슈는 생각했지만 입 밖으로 말하진 않았다. 대신 검사에게 이렇게 물었다.

"그렇지만 웨이츠는 석방되겠죠?"

"아닙니다, 형사. 석방되지 않습니다. 다시는 햇빛을 못 보게 될 겁니다. 펠리컨 베이에 가본 적 있소? 성범죄자들을 보내는 곳인데, 듣기에는 좋지."

"그렇지만 사형을 당하진 않죠. 그걸 약속하려는 거잖아요."

올리버스가 '아주 꽉 막혔군.' 하는 표정으로 보슈를 쳐다보며 히죽거렸다.

"그렇죠. 그건 보장할 생각입니다."

오서 검사는 당연하다는 듯 말했다.

"우리가 주는 건 그게 전부요. 사형은 면하지만 웨이츠는 우리 눈앞에서 영원히 사라지게 되는 겁니다."

보슈는 고개를 저으며 라이더를 힐끗 돌아보았다. 그리곤 오서 검사를 다시 바라보았지만 아무 말도 하지 않았다. 그런 결정은 그 자신이 내릴 수 있는 것이 아님을 잘 알고 있기 때문이었다. 검사가 말을 이어 나갔다.

"그렇지만 그런 거래에 동의하기 전에 그가 제공할 아홉 건의 살인사건에 대한 정보가 옳은지 확인할 필요가 있습니다. 웨이츠는 멍청이가 아니오. 이 모든 얘기들이 사실일 수도 있지만 단지 독극물 주사를 피하기 위한 속임수일 수도 있습니다. 나는 당신들이 프레디와 한 팀이 되어 그걸 밝혀주길 바랍니다. 내가 요청하면 두 분은 지금 하는 일을 잠시 접고 이 일에 매달려야 할 겁니다."

보슈도 라이더도 아무 대꾸를 하지 않았다. 검사는 다그쳤다.

"웨이츠는 편지에서 언급한 두 건의 미끼 사건에 대해 알고 있는 게 분명해요. 피츠패트릭 건에 대해서는 프레디가 이미 확인했습니다. 그는 로드니 킹 평결 이후 폭동이 일어나는 동안 자기 전당포의 롤다운 펜스 뒤에서 불에 타 죽었어요. 그 당시 중무장을 하고 있었는데, 분명치 않은 것은 살인자가 바짝 접근하여 그에게 불을 붙인 방법입니다. 이지라이트 기름통은 웨이츠가 말한 대로 안전 펜스 바로 앞에 세워져 있었다고 합니다. 그리고 게스토 사건에 대해 그가 언급했던 부분은 확인할 수 없었어요. 파일을 당신이 가지고 있었기 때문이오, 보슈 형사. 아파트 차고에 대해서는 당신들도 이미 확인했더군. 옷가지와 당근에 대한 그의 진술은 정확했나요?"

보슈는 마지못해 고개를 끄덕인 뒤 말했다.

"게스토 양의 자동차는 공개된 정보였습니다. 매체들이 온통 떠들어 댔으니까요. 하지만 당근은 우리가 비장의 카드로 남겨뒀던 겁니다. 나와 그때의 내 파트너, 그리고 그 비닐 가방을 열어본 현장감식반 요원들 외에는 아무도 몰랐어요. 우리가 그걸 비밀로 간직했던 이유는 게스토 양이 범인과 마주친 장소가 그곳이란 결론을 내렸기 때문입니다. 그 당근은 비치우드 캐니언 기슭의 프랭클린 거리에 있는 메이페어 슈퍼마켓에서 구입한 것이었죠. 확인 결과 게스토 양은 마구간에 올라가기 전에 항상 거길 먼저 들렀더군요. 그녀가 실종되었던 날에도 마찬가지였죠. 그녀가 당근을 사 들고 나왔을 때 살인범도 뒤따라 나왔을 것입니다. 우리는 슈퍼마켓에서 그녀를 목격한 사람들을 찾아냈지만, 그 이상은 나오지 않더군요. 아파트 차고에서 그녀의 자동차를 발견하기까진 말이죠."

릭 오셔는 고개를 끄덕인 뒤 보슈와 라이더 앞에 놓여 있는 편지를 가리키며 물었다.

"그렇다면 이게 좋아 보이겠군요?"

"아닙니다. 하지 마십시오."

보슈가 잘라 말했다.

"뭘 하지 말라는 거요?"

"거래하지 마시라고요."

"왜 하지 말라는 거요?"

"만약 그자가 마리 게스토를 납치해서 살해했고 다른 여덟 사람도 살해했다면, 그리고 그자가 체포되었을 때 발견된 두 피살자들처럼 다른 피살자들의 시신도 토막을 냈다면, 그런 놈은 감옥 안이든 밖이든 살려둘 수가 없습니다. 사형집행용 의자에 꽁꽁 묶어 독극물을 몸에 주사한 뒤 지옥 구덩이 속으로 던져 넣어야 마땅하죠."

오서 검사는 지당한 말씀이라는 듯 머리를 끄덕이곤 곧 반박했다.

"그 미제 사건들은 다 어쩌고요? 나도 당신 못지않게 그자를 펠리칸 베이 독방에서 여생을 보내도록 하는 게 마음에 들지 않아요. 그렇지만 우리에겐 그 사건들을 해결하고 피살자들 가족에게 해명할 의무가 있소. 그리고 우리가 사형을 구형하겠다고 선언한 사실을 당신은 기억해야 합니다. 그건 자동적으로 그렇게 된다는 뜻이 아니오. 재판에서 승리를 해야 하고 그러자면 배심원들이 사형을 권고하도록 처음부터 다시 설득해야 해요. 그게 잘못될 경우도 얼마든지 있다는 걸 당신은 잘 아시리라 믿소. 배심원들 중 한 사람만 반대해도 사건이 기각됩니다. 한 사람만 반대해도 사형은 물 건너간다고요. 부드러운 판사 한 명이면 배심원의 권고조차 무시될 수 있습니다."

보슈는 아무 대꾸도 하지 않았다. 조직이 어떻게 움직이는지는 잘 알고 있었고, 조종당할 수도 있기 때문에 확실한 건 하나도 없기 때문이었다. 그렇지만 보슈는 비위가 상했다. 종신형이 항상 문자 그대로의 종신형을 의미하진 않는다는 것도 알고 있기 때문이었다. 매년 찰리 맨슨 같은 연쇄살인범이나 시르한(케네디 상원의원 암살범-옮긴이) 같은 암살자들이 독극물 주사를 맞고 사라졌다. 영원한 것은 아무것도 없다. 종신형까지도.

"게다가, 비용이란 요소도 고려해야죠."

오셔 검사는 말을 계속했다.

"웨이츠에겐 돈이 없습니다. 하지만 모리 스완은 이 사건의 광고 가치를 본 거요. 우리가 재판으로 끌고 가면 그는 싸울 준비가 되어 있소. 모리는 아주 유능한 변호사요. 우리 측 전문가들을 압도할 전문가들을 데리고 나와 우리 측 분석을 압도하는 과학적 분석을 제시할 겁니다. 재판은 몇 달씩 끌 것이고, 카운티가 부담할 비용은 엄청나게 불어나겠죠. 당신은 이 사건 해결에 돈은 감안하지 않는다는 말을 듣고 싶겠지만 그게 현실이오. 나는 이미 이 문제로 예산관리실의 추궁을 받고 있습니다. 이 제의는 웨이츠가 앞으로 더 이상 다른 사람들을 해치지 못하게 만들 수 있는 가장 안전한 최상의 방법일 수 있소."

"최상의 방법이라고요? 그렇지만 옳은 방법은 아닌 것 같습니다."

보슈는 검사 말에 반박했다.

릭 오셔는 볼펜을 집어 들고 책상을 가볍게 두들기며 물었다.

"보슈 형사, 게스토 파일을 여러 차례 반출한 이유가 뭡니까?"

보슈는 라이더가 자기를 돌아보는 것을 느꼈다. 그녀도 그에게 똑같은 질문을 한 번 이상은 했던 것이다.

"말씀드렸잖소. 내가 맡았던 사건이라 반출했던 거죠. 수사는 했지만 범인을 찾아내지 못했으니 마음에 늘 걸렸습니다."

"달리 말해 늘 따라다녔단 말이죠."

보슈는 마지못해 머리를 끄덕였다.

"그녀에게 가족이 있었나요?"

"베이커즈필드에 부모님이 계셨죠. 딸에게 많은 꿈을 걸고 있었습니다."

"그들을 생각해 봐요. 다른 피살자들의 가족도 좀 생각해 보시고. 피살자들에 대해 확실히 알기 전에는 그 가족들에게 웨이츠가 범인이었다고 말할 수가 없잖아요. 그들은 피살자에 대해 알고 싶을 테고, 그것만 알 수 있다면 웨이츠의 목숨과 기꺼이 맞바꾸려 할 겁니다. 두 명의 피살자에 대해서만 유죄를 인정하게 만드는 것보다는 피살자 모두에 대해 유죄를 인정하도록 하는 편이 나을 테고요.”

보슈는 아무 말도 하지 않았다. 반대 의사는 이미 제시했다. 이젠 일하러 돌아가야 할 시간이라고 그는 생각했다. 라이더도 같은 생각인 듯했다.

“언제까지 결정해야 합니까?”

그녀의 질문에 검사가 대답했다.

“우린 빨리 시작하고 싶소. 이게 합법적이라면, 사건을 깨끗이 처리하여 마무리하고 싶은 거요.”

“선거 전에 처리해야겠죠?”

보슈는 그렇게 말하곤 금방 후회했다. 릭 오셔의 입술이 한일자로 굳게 다물어지며 눈꺼풀 주위가 불그레하게 물들었다.

“형사, 내 분명히 말해 두겠소.”

검사는 보슈에게 말했다.

“나는 지금 선거를 치르고 있고, 열한 건의 살인 사건을 유죄판결로 해결하면 선거에도 도움이 될 거요. 하지만 그 동기가 오로지 선거에만 있다고 주장하진 마시오. 자신들의 딸에게 무슨 일이 일어났는지, 지금 어디 있는지도 모르는 채 매일 밤 잠자리에 들어야 하는 그 부모들은 매우 고통스러운 악몽에 시달리고 있을 겁니다. 13년이 지난 지금까지도 말이오. 그래서 난 빠르고 확실하게 행동하고 싶으니까 다른 억측은 당신 마음속으로만 하시오.”

“좋습니다. 그럼 그 친군 언제 만나볼 수 있습니까?”

보슈가 묻자 검사는 프레디 올리버스를 힐끗 돌아본 뒤 대답했다.

"그전에 파일부터 먼저 교환해야 할 것 같은데요. 당신들은 웨이츠에 대한 현재까지의 상황을 빨리 파악해야 하고, 프레디는 게스토 파일을 숙지해야 합니다. 그런 다음엔 모리 스완과 계획을 잡아야겠죠. 내일이면 어떻겠소?"

"좋습니다. 웨이츠를 심문할 때 스완도 참석합니까?"

오서 검사는 머리를 끄덕였다.

"모리는 줄곧 이 사건을 쫓아 다녔소. 그는 모든 각도에서 진상을 알아낸 다음 사건이 채 마무리되기도 전에 책을 쓰고 영화 계약을 맺을 겁니다. 어쩌면 법정 TV의 게스트 자리까지 꿰차게 될지도 모르죠."

"아, 그래요. 그는 최소한 법정을 벗어나겠군요."

보슈가 맞장구를 쳤다.

"그렇게는 생각해 본 적 없소."

검사는 그렇게 말한 뒤 보슈에게 물었다.

"게스토 파일은 가져왔습니까?"

보슈는 무릎 위의 서류 가방을 열고 수사 파일을 꺼냈다. 보통 살인 사건 기록부로 알려진 7~8센티미터 두께의 바인더에 끼워진 것이었다. 그것을 오서 검사에게 건네자, 그는 곧바로 올리버스 형사에게 넘겨주었다.

"그 대신 난 이걸 드리겠소."

오서 감사는 아코디언 형태의 폴더에 끼운 파일을 책상 너머로 밀어주며 말했다.

"즐겁게 읽으시오. 그런데 내일로 결정한 건 정말 괜찮겠소?"

보슈는 라이더도 이의가 없는지 확인하려고 그녀를 돌아보았다. 빅터 마타리즈에 대한 파일을 작성하여 지방 검사에게 올리기까지는 또 하루가 남아 있었다. 그렇지만 일이 거의 끝난 상태이기 때문에 라이더 혼자서도 충분히 처리할 수 있을 것이다. 라이더가 아무 말도 않자 보슈는 오셔 검사에게 대답했다.

"준비하겠습니다."

"그렇다면 모리한테 연락하여 약속 시간을 잡겠소."

"웨이츠는 어디 있습니까?"

"이 건물 안에 있소. 접근이 금지된 고성능 감방입니다."

"잘됐군요."

라이더가 말했다.

"다른 일곱 개는 어디 있습니까?"

보슈가 검사에게 물었다.

"다른 일곱 개라니?"

"파일들 말입니다. 없습니까?"

오셔 검사가 다시 설명했다.

"모리 스완이 편지에서 지적한 대로 그 여자들은 끝내 발견되지 않았거나 어쩌면 처음부터 실종 신고조차 안 되었을 수도 있습니다. 웨이츠가 그 여자들이 있는 곳으로 우릴 인도하겠지만, 우리가 미리 준비할 수 있는 일은 없소."

보슈는 머리를 끄덕였다.

"다른 질문 있습니까?"

검사는 회합이 끝났다는 투로 물었다.

"나중에 연락드리겠습니다."

보슈가 말했다.

"같은 말을 자꾸 반복하는 것 같지만 다시 한 번 말해 두겠소."

릭 오셔가 다짐하고 나섰다.

"이 수사 전체는 비공개입니다. 그 파일은 형량 협상의 일부인 변호사의 제안이오. 그 파일 내용이나 웨이츠가 당신들에게 얘기한 그 어떤 내용도 그를 불리하게 만드는 데 사용할 수 없습니다. 이 조건이 깨지면 그의 범행을 추적할 때 이 정보를 사용할 수 없다는 뜻이오. 무슨 얘긴지 아시겠소?"

보슈는 대답하지 않았다.

"알겠습니다."

라이더가 대답했다.

"한 가지 예외가 있었소. 만약 웨이츠가 한 번이라도 거짓말을 하거나, 그가 제공한 정보가 거짓임이 드러날 때는 모든 거래가 취소된다는 거요. 그땐 그가 제공한 모든 정보를 이용하여 그의 범행을 추적할 수 있습니다. 웨이츠 자신도 이 점은 분명히 인식했소."

보슈는 고개를 끄덕인 뒤 의자에서 일어섰다. 라이더도 뒤따라 일어섰다.

"당신들을 현재 업무에서 빼달라고 누군가에게 전화해야 할까요? 필요하다면 내가 힘써줄 수 있습니다만."

오셔 검사가 물었다.

라이더가 고개를 저으며 대답했다.

"괜찮습니다. 보슈 형사가 이미 게스토 사건을 조사하고 있었으니까요. 그 일곱 여자들은 알려지지 않은 희생자들일지 모르지만 전당포 사내에 대한 파일은 문서보관실에 있을 겁니다. 미해결 사건 전담반을 박살 낸 사건이니까요. 상사에겐 우리가 잘 말씀드릴게요."

"그렇다면 좋아요. 심문 계획이 잡히는 대로 곧 연락하겠소. 그리고 내 전화번호들은 파일에 전부 있습니다. 프레디의 전화번호들도."

보슈는 검사에게 고개를 끄덕인 뒤 올리버스를 힐끗 돌아보곤 문 쪽으로 돌아섰다.

"형사님들?"

오셔 검사가 부르는 소리에 보슈와 라이더는 돌아보았다. 검사는 어느새 일어서 있었다. 그리고 그들에게 악수를 청하며 말했다.

"나는 이 일에서 당신들이 내 편이 되어 주길 원합니다."

보슈는 악수를 하며 오셔가 얘기한 '이 일'이 사건을 의미한 건지 선거를 말한 것인지 아리송했다. 그래서 이렇게 대답했다.

"마리 게스토가 자기 아파트로 돌아오도록 웨이츠가 나를 도와줄 수만 있다면 나는 검사님 편입니다."

그 말은 보슈의 감정을 정확히 요약한 건 아니지만, 아무튼 그렇게 말한 뒤 그들은 검사실을 나왔다.

악당은 뭘 하려는 걸까?

미해결 사건 전담반으로 돌아온 두 사람은 상사의 사무실로 들어가 그날 있었던 일들을 보고했다. 에이벌 프랫은 25년 근속 후 퇴임을 한 달 앞두고 있었다. 부하들을 배려했지만 지나친 친절은 베풀지 않았다. 그의 책상 한쪽에는 카리브해 섬들에 대한 포더의 여행안내서들이 쌓여 있었다. 은퇴하면 가족들과 함께 도시를 떠나 섬에 들어가서 살 작정이었다. 오랜 세월 근무하며 목격해온 어두운 세계를 벗어나 조용하고 평화로운 곳에서 여생을 보내고 싶은 것이 경찰 공무원들의 일반적인 꿈이었다. 하지만 현실은 어떤가? 섬 해변에서 6개월만 보내고 나면 다들 지루해져서 안달했다.

에이벌 프랫이 나가면 데이비드 램킨이라는 강력계 3급 형사가 팀장으로 오도록 내정되어 있었다. 램킨은 성범죄 전문가로 국내에서는 유명했고, 미해결 사건 전담반장으로 선임된 이유도 여기서 다루는 대부분의 사건들이 성적 동기에서 비롯된 것들이기 때문이었다. 보슈는 램킨과 함께 일할 날을 고대하고 있었고, 프랫 대신 그에게 보고하고 싶었지만 아직 한 달이나 남아 있었다.

그들은 프랫에게 보고할 수밖에 없었다. 그에게 한 가지 좋은 점이 있다면 은퇴하는 그날까지는 부하들을 자유롭게 풀어놓으려 한다는 점이었다. 다만 어떤 일이든 그 여파가 자신한테 돌아오는 걸 원치 않았다. 마지막 남은 한 달을 그저 조용히 무사하게 보내고 싶을 뿐이었다.

경찰국에서 25년쯤 굴러먹은 대부분의 다른 경관들과 마찬가지로 프랫도 순 구닥다리였다. 구세대에 속하는 그는 컴퓨터보다 타자기를 선호했다. 보슈와 라이더가 사무실로 들어갔을 때도 그의 책상 옆에 놓인 IBM 실렉트릭 타자기에는 반쯤 치다 만 편지가 걸려 있었다. 보슈는 의자에 앉으며 그 편지를 슬쩍 보았고, 그것이 바하마에 있는 한 카지노를 수신처로 하고 있음을 알았다. 프랫은 파라다이스 경비원 자리를 얻으려 애쓰고 있었는데, 그것은 요즈음 그의 마음이 콩밭에 가 있음을 단적으로 말해주었다.

두 형사의 보고를 들은 프랫은 오셔 검사와 함께 일하도록 허락했지만 레이너드 웨이츠의 변호사인 모리 스완에 대해 주의를 줄 때는 진지한 표정으로 말했다.

"모리에 대해 한 가지만 일러 두지. 무슨 일로 만나든지 그와 악수는 하지 마."

"왜죠?"

라이더가 의아한 표정으로 물었다.

"그와 사건 하나를 처리한 적이 있어. 오래전 일이야. 살인 혐의로 기소된 불량배 사건이었지. 법원으로 출두하는 날마다 그 모리라는 친구는 나와 검사에게 악수를 청하더라고. 기회만 주어졌다면 판사하고도 악수하자 덤볐을 거야."

"그런데요?"

"그 불량배는 유죄 판결을 받자 살인 사건과 관련된 다른 사람들을 밀고해서 형량을 줄이려고 했어. 진술 도중 그자는 나를 부패한 경찰로 생각했다고 하더군. 왜냐하면 재판 과정에서 모리 변호사가 우리 모두를 매수할 수 있다고 말하더라는 거야. 나와 검사까지 모두를 말이지. 그래서 그 불량배는 여자 친구한테 돈을 가져오게 했고, 모리는 자기가 우리들과 악수를 할 때마다 돈을 건넸다고 그에게 설명했다는 거야. 손바닥에서 손바닥으로 말이지. 그 친구는 항상 두 손으로 악수를 했어. 자기 의뢰인한테는 그렇게 말하고 실제로 돈은 언제나 자기가 챙겼던 거야."

"더러운 자식! 그런 놈을 잡아넣지 않고 내버려 뒀어요?"

라이더가 소리쳤다.

프랫은 어림없다는 듯 손사래를 쳤다.

"그건 일이 다 끝난 뒤에나 알려지는 거고 게다가 증거도 없이 말만 무성한 거잖아. 변호사회의 저명한 회원으로 떡 버티고 있는 모리한테는 씨도 먹히지 않지. 하지만 그때 이후로 난 모리가 악수를 무척 좋아한단 말을 줄곧 들어왔어. 그러니까 모리와 웨이츠가 있는 방에 들어가면 절대로 악수하지 말게."

그 얘기에 미소를 지으며 두 사람은 프랫의 사무실을 나와 각자의 자리로 돌아갔다. 작업 분배는 법정에서 돌아오는 길에 이미 끝냈다. 보슈가 웨이츠를 맡고, 라이더는 피츠패트릭을 맡을 것이었다. 내외의 파일들에 대해서는 다음 날 심문실에서 웨이츠와 마주 앉기 전까지 다 알게 될 것이다.

라이더는 피츠패트릭 사건 보고서를 거의 다 읽어가니까 마타리즈 파일도 마무리해 줄 것이었다. 그것은 보슈가 레이너드 웨이츠의 세계를 연구하는 데 모든 시간을 투자할 수 있다는 뜻이었다. 그래서 보슈는 피츠패트릭의 파일을 뽑아 라이더에게 건네준 뒤 자기는 오셔 검사한테 받은 아코디언 폴더만 들고 식당으로 내려갔다. 지금쯤은 점심 식사를 하는 직원들도 뜸할 테니, 전화벨 소리와 잡담 소리가 요란한 미해결 사건 전담반 사무실보다는 더 편안하게 파일들을 펼쳐놓고 일할 수 있을 것이란 계산에서였다. 그는 구석자리 식탁 하나를 냅킨으로 깨끗하게 닦은 뒤 의자에 앉자 곧 자료 검토에 들어갔다.

웨이츠에 관한 파일은 모두 세 개였다. 동북부 경찰서 소속 올리버스 형사와 그의 파트너 테드 콜버트가 만든 LAPD 살인보고서, 사전 구속에 대한 파일, 오셔 검사가 작성한 공소 파일 등이었다.

보슈는 살인보고서부터 먼저 읽기로 했다. 레이너드 웨이츠란 놈과 그의 체포 경위에 대해 금방 알 수 있었다. 놈은 서른세 살이었고, 웨스트 할리우드의 스위처 거리에 있는 한 아파트 1층에서 살고 있었다. 덩치도 작아 키는 겨우 157~158센티미터, 몸무게는 65킬로그램 정도였다. 자영업자로 '클리어뷰 유리창 청소회사' 사장이었다. 경찰 보고서에 의하면 그는 5월 11일 밤 1시 50분 정도에 신출내기 순찰경관 아놀포 곤잘레스와 그의 조교 테드 페널의 주의를 끌었다. 이들은 범죄대응 팀(CRT) 소속으로 최근 다저스 홈경기가 있는 날 밤마다 자주 일어나고 있는 빈집털이들 때문에 에코 파크의 힐사이드 이웃 동네를 순찰하던 중이었다. 정복 차림이긴 했지만 곤잘레스와 페널은 아무 표식도 없는 순찰차를 타고 스태디엄 웨이와 차베스 레빈 플레이스가 만나는 교차로 부근에 도착했다. 보슈는 그 장소를 알고 있었다. 다저 스태디엄 건물의 먼 구석자리이자 에코 파크 이웃 동네 입구로 CRT가 경계를 서고 있는 곳이었다. 범죄대응 팀 요원들은 표준 CRT 전략에 따라 행동한다는 것도 보슈는 잘 알고 있었다. 표적인 이웃 동네 변두리에 대기하고 있다가 수상하거나 생경한 사람이나 자동차가 나타나면 추적하는 식이었다.

보고서를 작성한 곤잘레스와 페널의 주장에 의하면, '클리어뷰 유리창 청소회사'라는 글씨를 옆구리에 써 붙인 밴이 새벽 2시부터 돌아다니는 것이 아무래도 수상쩍어 보였다는 것이었다. 그들은 거리를 두고 미행하기 시작했고, 곤잘레스는 야간투시 망원경으로 밴의 번호판을 확인한 뒤 순찰차의 모바일 디지털 터미널에 입력했다. 무전기를 사용하지 않고 탑재된 컴퓨터를 이용하는 이유는 이웃 동네에서 작업하고 있는 빈집털이범이 경찰 무전 스캐너를 소지하고 있을 가능성이 있기 때문이었다. 차량 번호는 클레어몬트 주소지의 포드 머스탱으로 등록되어 있었다. 번호판이 도난당한 것임을 확인한 그들은 이제 밴을 정지시킬 이유가 생긴 셈이었다. 페널은 경광등을 켜고 가속페달을 밟아 밴을 보드리 거리의 교차로 부근 피게로아 테라스에 정차시켰다.

"운전사는 밴의 창문을 내리고는 초조한 표정으로 곤잘레스 경관을 내다보았으며, 차량 내부를 보이지 않으려고 몸으로 경관의 시야를 차단하려 애썼다."고 체포 요약문은 기록하고 있었다. "페널 경관이 조수석 쪽으로 다가가서 손전등으로 밴 안을 비춰 보았다. 차량 안으로 들어가지 않았는데도 조수석 아래에 시커먼 비닐 쓰레기봉투들이 여러 개 눈에 띄었다. 그리고 단단히 싸맨 한 봉투 아가리에서는 피처럼 보이는 진득한 액체가 스며 나와 밴 밑바닥으로 흘러내리고 있었다."

보고서의 내용은 다음과 같다. "페널 경관이 비닐 봉투에서 흘러내리는 액체가 피냐고 묻자, 운전사는 전날 자기가 닦던 커다란 유리창을 실수로 박살 내는 바람에 자기 몸을 베어서 흘린 피라고 대답했다. 그리고 피를 닦느라고 유리창 청소용 걸레를 여러 개 사용했다고 말했다. 다친 곳을 좀 보여 달라고 하자 운전사는 미소를 짓더니 갑자기 자동차

시동을 걸었다. 곤잘레스 경관이 창문 안으로 손을 뻗어 그를 붙잡았고, 잠시 실랑이 끝에 두 경관은 운전사를 밖으로 끌어내려 손목에다 수갑을 채웠다. 그리곤 표식 없는 순찰차로 끌고 가서 뒷좌석에 처박았다. 페널 경관이 밴 차 문을 열고 시커먼 비닐 봉투들을 검사해 보았다. 그리고 첫 번째 봉투 속에서 인간의 신체 토막들을 발견했다. 수사 팀이 즉시 현장으로 출동했다.”

밴에서 수거한 운전사의 면허증에서 사내의 이름은 레이너드 웨이츠로 밝혀졌다. 비닐 쓰레기봉투들이 실린 그의 밴을 피게로아 테라스에서 끌고 오는 동안, 살인 혐의자는 동북부 경찰서 임시 구치소에 수감되었다. 그날 밤 대기조였던 올리버스 형사와 콜버트 형사가 수사를 인수하고 곤잘레스와 페널 경관으로부터 자초지종을 확인한 후에야 신출내기 경관이 모바일 디지털 터미널에 차량 번호를 입력할 때 E를 F로 잘못 입력한 바람에 클레어몬트 주소지로 등록된 포드 머스탱이 나왔다는 사실을 알게 되었다.

법집행 팀들 간에는 이런 경우를 ‘선의의 실수’로 인정하는데, 경관들이 선의로 행동하다 정직한 실수를 범했다 하더라도 밴을 정차시킨 이유는 여전히 타당하다는 뜻이었다. 보슈는 그것이 릭 오셔가 앞서 언급했던 주안점이란 생각이 들었다.

그는 살인보고서를 옆으로 밀어두고 검찰 측 공소 파일을 펼쳐들었다. 서류들을 한 차례 죽 훑어보다가 공소장 사본을 발견했다. 그것을 재빨리 읽어 내려가던 그는 마침내 예상했던 것을 발견했다. 틀린 차량 번호를 입력하는 것은 LA 경찰국 내에서 종종 행해지고 있는 관행이며, 특별 팀 소속 경관들은 합법적인 이유도 없이 차를 정지시켜 검색하고 있다고 웨이츠는 주장하고 있었다. 판사는 곤잘레스와 페널이 선의로 행동했고 검색의 합법성도 확보했다고 생각했지만, 웨이츠는 지방법원의 항소 결정을 호소하고 있었다.

보슈는 다시 수사 파일로 돌아갔다. 차량 정지에 대한 합법성에 문제가 있건 말건 레이너드 웨이츠에 대한 수사는 빠른 속도로 진행되었다. 올리버스와 콜버트는 웨이츠를 체포한 당일 아침 그가 혼자 살고 있던 스위처 거리의 아파트에 대한 수색영장을 발부받았다. 네 시간에 걸친 수색과 법의학적 감식 결과 화장실 싱크대와 욕조의 물구멍 필터에서 여러 사람의 머리카락과 혈액이 검출되었고, 바닥 아래 만들어진 밀실에서는 여자들의 보석 여러 점과 다량의 폴라로이드 사진이 발견되었다. 사진들은 모두 죽었거나 의식을 잃었거나 잠든 것처럼 보이는 젊은 여자들의 누드를 찍은 것이었다. 감식반 요원이 다용도실에 놓인 텅 빈 냉동고 안에서 두 종류의 음모(陰毛)를 발견했다.

웨이츠의 밴 안에서 발견된 세 개의 시커먼 비닐백들은 부검실로 옮겨져 개봉되었다. 신체 토막들은 두 여자의 것으로 확인되었고, 같은 방법으로 목을 졸라 살해한 뒤 토막 낸 것으로 밝혀졌다. 주시할 만한 사항으로는 두 여자 중 한 여자의 시신 토막들은 냉동시켰다가 녹인 징후를 보였다는 것이다.

웨이츠의 아파트나 밴에서 절단 도구들을 찾아내진 못했지만 그동안 수집된 여러 가지 증거들로 미뤄볼 때, 곤잘레스와 페닐은 빈집털이범을 찾다가 작업 중이던 연쇄살인범과 우연히 마주쳤던 것이 분명했다. 그러니까 웨이츠는 절단 도구들을 이미 버렸거나 감춰둔 후 두 희생자의 시신들을 유기하러 가던 도중 순찰 경관들의 주의를 끌었던 것이다. 드러난 징후로 봐서 다른 희생자들도 있을 수 있었다. 파일 속의 보고서들은 토막 시신으로 발견된 두 여자와 함께 아파트에서 발견된 폴라로이드 사진 속 여자들의 신원 확인에 기울인 그다음 몇 주간의 노력에 대해 자세히 기술하고 있었다. 웨이츠는 물론 그 부분에 대해 협조하지 않았다. 그는 체포당한 날 아침부터 모리 스완의 법률 조언을 받아들여 법집행 과정이 계속되는 동안 침묵하기로 결정했고, 스완은 차량 정지에 대한 타당한 이유를 물고 늘어졌다.

살해된 두 여자 중 하나만 신원이 밝혀졌다. 토막 난 시신에서 채취한 지문이 FBI의 잠재 데이터베이스에 걸려들었던 것이다. 그녀는 아이오와 주 데번포트에서 가출한 17세 소녀 린지 마서스로 밝혀졌다. 두 달 전 집을 나간 후 웨이츠의 밴에서 발견되기까지, 그녀의 부모는 딸로부터 어떤 연락도 받지 못했다. 그녀의 어머니가 보내준 사진을 들고 형사들이 탐문수사를 벌인 결과 린지 마서스가 로스앤젤레스에서 헤매고 다닌 경로를 대충 추적할 수 있었다. 할리우드에 있는 여러 청소년 센터의 상담원들이 사진 속의 얼굴을 알아보았다. 린지 마서스는 신분이 드러나 강제 귀가 조치를 당할까봐 여러 개의 가명들을 사용하고 있었으며, 마약 사용과 거리에서 매춘을 한 흔적도 발견되었다. 부검 시 그녀의 몸에서 발견된 바늘 자국들은 오랜 기간 지속적으로 마약을 주사한 결과로 보였다. 혈액 검사 결과 그녀의 피 속에서 헤로인과 PCP(앤젤더스트라 불리는 향정신성의약품의 일종 — 옮긴이)가 검출되었다.

린지 마서스의 신원을 밝히는 데 도움을 준 청소년 센터 상담원들은 웨이츠의 아파트에서 발견된 폴라로이드 사진들도 보았다. 그들은 거기 찍힌 여자들 중 적어도 세 명에 대한 여러 가지 다른 이름들을 댈 수가 있었다. 그 세 여자들의 사연도 린지 마서스의 그것과 흡사했다. 모두 가출한 청소년들로 마약 값을 벌기 위해 매춘 행위를 했을 가능성이 있었다.

수집된 증거물과 정보를 통해 보슈는 웨이츠가 그런 어린 여자들을 노리는 포식자가 분명하다고 생각했다. 그들은 사회에서도 중요시되지 않는 변두리 거주자들이므로, 갑자기 사라져도 즉시 찾지 않을 사람들이었다.

웨이츠의 아파트 밀실에서 발견한 폴라로이드 사진들이 한 페이지에 넉 장씩 들어가는 비닐 케이스에 담겨 파일 속에 철해져 있었다. 각 여자들을 여러 장 찍은 사진들로 모두 여덟 페이지나 되었다. 첨부된 분석 보고서에 의하면 그 사진들에 담긴 여자들은 모두 아홉 명으로, 웨이츠의 밴 안에서 토막 난 시신으로 발견된 두 여자와 미지의 일곱 여자들로 확인되었다. 웨이츠가 경찰에 제공하겠다는 것은 마리 게스토와 전당포 사내를 포함한 그 미지의 일곱 여자에 관한 정보일 테지만, 그래도 보슈는 그 사진들 속에 혹시 마리 게스토의 얼굴이 있을까 하고 열심히 찾아보았다.

마리 게스토의 얼굴은 그 속에 없었다. 그 사진들 속에 담긴 여자들은 마리 게스토처럼 파장을 일으키지 않았다. 보슈는 눈을 잠시 쉬게 하려고 의자 등받이에 상체를 기대며 돋보기를 벗었다. 그러자 강력계의 옛 스승들 중 한 사람의 얼굴이 떠올랐다. 레이 본이라는 그 형사는 아무도 거들떠보지 않는 피살자들을 '살인자의 먹이'라 부르며 특별한 동정심을 보였다. 그는 일찍이 보슈에게 사회에서는 모든 피살자들이 동등한 대접을 못 받지만, 진정한 형사라면 그들을 동등하게 대접해야 한다고 가르쳤다. "그 여자들도 모두 누군가의 귀한 딸이었어. 중요하지 않은 여자는 하나도 없다."라고 레이 본은 강조했다.

보슈는 손등으로 눈을 문질렀다. 그는 웨이츠가 제의한 아홉 건의 살인 사건 처리에 대해 생각했다. 마리 게스토와 대니얼 피츠패트릭을 포함해서 아무도 거들떠본 사람이 없었던 일곱 명의 여자들이었다. 그런 식으로 처리하는 건 어쩐지 옳지 않은 것 같았다. 피츠패트릭은 남자이기 때문에 성적 동기로 피살된 것처럼 보이진 않아 이례적이었다. 보슈는 마리 게스토가 성폭행으로 살해당했을 거라고 항상 생각해왔다. 하지만 그녀는 방기된 희생자는 아니었다. 그녀의 실종에 대해 신문 방송들은 한동안 떠들썩했다. 웨이츠는 거기서 교훈을 얻었던 걸까? 게스토를 살해한 후엔 기술이 늘어 다시는 경찰과 매체들을 후끈 달구는 짓은 하지 않게 되었는가? 보슈는 자신이 게스토 사건에 쏟았던 열정이 어쩌면 웨이츠로 하여금 더욱 영악하고 기술적인 살인자로 변신시킨 원인이 되었을지도 모른다고 생각했다. 만약 그렇다면 그 잘못에 대한 추궁은 나중으로 미뤄야만 한다. 지금은 눈앞에 놓인 문제에만 정신을 집중해야 한다.

그는 돋보기를 다시 쓰고 파일로 돌아갔다. 웨이츠에 대한 증거는 확실했다. 토막 난 신체 일부를 가진 채 체포당한 것보다 더 확실한 건 없다. 피고 측 변호인에겐 악몽이고, 검사에겐 최상의 조건이다. 사건은 나흘간의 예심 청문회를 무난히 통과했고, 그러자 오셔 검사는 사형을 구형하겠다고 선언하여 지방검찰청의 위험부담을 더해 놓았다.

보슈는 오셔 검사와 웨이츠, 혹은 다른 사람에게 질문할 것이 떠오르면 기록하려고 파일 옆에 메모지를 놓아두었다. 수사기록부와 검사 파일을 다 읽을 때까지도 깨끗하던 메모지에 그는 방금 떠오른 의문 사항들을 적기 시작했다.

만약 웨이츠가 게스토를 죽였다면, 그의 아파트에서 발견된 폴라로이드 사진들 속에 왜 그녀의 얼굴은 없는 걸까?

웨이츠는 웨스트 할리우드에서 살았다. 그런 그가 에코 파크에서 대체 뭘 하고 있었을까?

첫 번째 의문은 쉽게 설명될 수 있었다. 살인자들은 진화한다는 것을 보슈는 알고 있었다. 웨이츠는 게스토 살해를 통해 자신의 작품을 되살려줄 어떤 것이 필요하다는 걸 깨달았을 것이다. 폴라로이드 사진을 찍기 시작한 것은 게스토 이후부터였을 것이다.

두 번째 의문은 보슈를 골치 아프게 만들었다. 이 문제에 대한 보고는 어느 파일에도 없었다. 그냥 단순하게 웨이츠가 시체들을 치우러 가는 길이었다고, 다저 스태디엄을 에워싸고 있는 공원 부지에 시체를 묻으러 가는 중이었다고 치부되었다. 이 점에 대한 보강 수사는 고려되거나 요청된 바가 없었다. 그러나 보슈에게 그것은 고려해야 할 사항이었다. 에코 파크는 웨스트 할리우드에 있는 웨이츠의 아파트에서 자동차로 최소한 30분 이상 걸리는 거리에 있었다. 시신 토막들이 담긴 비닐 봉투들을 차에 싣고 달려가기엔 좀 긴 시간이었다. 게다가 에코 파크보다 더 크고 주위 지형도 더 험하고 움푹한 곳이 많은 그리피스 공원이 훨씬 더 가까운 거리에 위치해 있었다. 시체 유기 장소로는 다저 스태디엄 주위보다는 그리피스 공원 주변이 더 나았을 터였다.

그것은 웨이츠가 에코 파크 내에 특별한 목적지를 갖고 있었다는 뜻이라고 보슈는 생각했다. 초동수사에서는 그 점을 놓쳤거나 중요하지 않은 걸로 간과했던 것이다.

그다음 줄에 보슈는 다음 두 단어를 적었다.

심리 프로파일?

피고에 대한 심리학적 고찰이 전혀 이루어지지 않았다는 사실에 대해 보슈는 약간 놀랐다. 어쩌면 검사의 전략적 결정이었는지도 모른다는 생각이 들었다. 오셔 검사가 그 과정을 선택하지 않은 이유는 그 결과가 어떻게 나올지 정확히 예측할 수 없었기 때문이었을 것이다. 그는 웨이츠를 사실에 입각한 기소로 사형장에 보내고 싶었다. 정신장애에 따른 무죄 항변의 빌미를 주는 따위의 책임은 지고 싶지 않았던 것이다.

그렇지만 보슈는 심리학적 고찰이 범인과 그의 범죄를 이해하는 데 도움이 될 수 있다고 생각했다. 그건 꼭 했어야만 했다. 용의자가 협조적이든 아니든 프로파일은 범죄 그 자체뿐만 아니라 웨이츠의 개인사나 외모, 그의 아파트에서 발견한 증거물, 그가 알고 있거나 저지른 행위에 대한 심문 등을 통해서도 충분히 이끌어낼 수 있는 것이었다. 그렇게 작성된 프로파일은 오셔 검사에게도 피고의 정신장애에 따른 무죄 항변 추진을 막는 무기로 사용될 수 있었다.

하지만 이젠 너무 늦었다고 보슈는 생각했다. 경찰국 내에도 작은 규모의 심리학 부서가 있긴 하지만, 다음 날로 잡힌 웨이츠의 심문 이전에 무언가를 만들어낼 수 있는 방법은 없었다. 그렇다고 FBI에게 요청했다간 최소한 두 달은 기다려야 할 것이다. 그러자 갑자기 멋진 생각이 떠올랐지만, 보슈는 그것을 행동으로 옮기기 전에 좀 더 심사숙고하기로 했다.

그 문제는 잠시 미뤄두고 빈 커피 잔을 다시 채우기 위해 의자에서 일어났다. 그는 스티로폼 잔보다는 머그잔을 더 좋아하기 때문에 미해결 사건 전담반 사무실에서 일부러 가지고 내려와서 사용하고 있었다. 그의 머그잔은 유명 작가이자 TV 프로듀서인 스티븐 캐널이 미해결 사건 전담반과 프로젝트를 모색하며 함께 시간을 보낼 때 선물로 나눠준 것이었다. 머그잔 표면에는 캐널이 가장 좋아한다는 글쓰기 조언이 새겨져 있었다. "악당은 뭘 하려는 걸까?" 보슈는 이 문장이 마음에 들었다. 제대로 된 형사라면 항상 염두에 둬야 할 멋진 질문이라고 생각했기 때문이다.

커피 잔을 다시 채워 식당 테이블로 돌아온 보슈는 마지막 파일을 보았다. 세 파일 중 가장 얇고 오래된 것이었다. 그는 에코 파크와 심리학적 프로파일에 관한 생각을 접어두고 그 세 번째 파일을 열었다. 그 안에는 웨이츠가 1993년 2월 남의 집을 염탐한 죄로 체포된 사건에 대한 수사보고서가 포함되어 있었다. 그것은 그로부터 13년 후 웨이츠가 자기 밴 안에 토막 난 시신들을 실은 채 체포되기까지 수사망에 올랐던 유일한 사건이었다.

보고서에 의하면 웨이츠는 페어팩스 구역에 있는 어느 한 집의 뒤뜰에서 체포되었다고 했다. 불면증을 앓는 한 이웃집 여자가 캄캄한 집 안을 거닐다가 우연히 창밖을 내다보게 되었는데, 어떤 사내가 건너편 집 뒷창문을 들여다보고 있는 것을 발견했던 것이다. 그녀는 자고 있던 남편을 깨웠고, 그는 즉시 집을 빠져나가 남의 집 안을 들여다보던 사내를 덮쳤다. 경찰이 도착하여 사내 몸을 수색한 결과 스크루드라이버가 나왔고, 그래서 남의 집을 염탐한 죄로 그 자리에서 체포했다. 사내는 신분증을 소지하지 않았고, 로버트 색슨이라는 이름만 경찰에게 밝혔다. 그리고 이제 겨우 열일곱 살이라고 주장했다. 하지만 그의 거짓말은 금방 들통이 났다. 입건 절차에 따라 그의 엄지 지문을 채취하여 차량등록 사이트에 입력하자 곧바로 스물한 살의 레이너드 웨이츠란 신분이 드러났다. 그 이름으로 9개월 전에 발급된 운전면허증에 의하면 레이너드 웨이츠는 자신이 주장했던 로버트 색슨과 생일은 똑같지만 나이는 네 살이나 더 많았다.

일단 신분이 드러나자 웨이츠는 경찰의 심문에 자신은 도둑질할 집을 찾고 있었다고 순순히 자백했다. 하지만 보고서는 그가 들여다보았던 창문이 그 집에서 살고 있는 열다섯 살 된 소녀의 침실 창문이었다고 특기하고 있었다. 그런데도 웨이츠는 당시 그의 변호사였던 미키 할러가 협상했던 감형 거래에서 어떤 형태의 성범죄자 혐의도 모면했다.

그는 18개월의 감호처분을 받았고, 보고서에 의하면 단 한 차례의 법규 위반도 없이 높은 점수로 복역을 마쳤다.

보슈는 그것이 나중에 다가올 사건들에 대한 사전경고였다는 걸 알았다. 그렇지만 조직이 과부하가 걸려 비효율적으로 작동하기 때문에 웨이츠에게 감춰진 위험을 감지하기가 어려웠다. 날짜를 따져본 보슈는 웨이츠가 사법 조직의 감시 하에 감호처분을 성공적으로 마치는 동안 도둑을 졸업하고 살인자로 변신하고 있었음을 알 수 있었다. 마리 게스토를 납치한 것은 놈이 아직 대가리의 쇠똥도 덜 벗겨졌을 때였다.

"어떻게 되어가요?"

고개를 번쩍 든 보슈는 얼른 돋보기를 벗어 두 눈의 초점을 조정했다. 라이더가 눈앞에 서 있었다. 커피를 마시러 내려왔는지 그녀의 손에도 "악당은 뭘 하려는 걸까?"라고 찍힌 빈 머그잔이 하나 들려 있었다. 그 작가는 팀원 전원에게 하나씩 돌렸던 것이다.

"거의 다 됐어. 당신은 어때?"

"오셔 검사가 준 건 다 끝냈어요. 증거물 보관실로 전화해서 피츠패트릭의 상자를 요청해 놨고요."

"그 안에 뭐가 들었는데?"

"확실히는 모르지만 보고서 속의 물품은 전당포 기록처럼 내용물들을 기재만 해놓았어요. 그래서 그걸 요청한 거죠. 그리고 기다리는 동안 마타리즈 건을 마무리하고 내일 처리할 준비를 하려고요. 웨이츠를 언제 심문하느냐에 따라 마타리즈를 맨 먼저 처리하든지 맨 나중에 하든지 하겠어요. 점심 식사는 하셨어요?"

"까먹었어. 피츠패트릭 파일에는 뭐가 없던가?"

키즈민 라이더는 보슈 맞은편 의자를 빼내어 앉았다.

"그 사건은 폭동진압 부대가 처리했어요. 기억나요?"

보슈는 고개를 끄덕였다.

"그들의 사건 해결율은 10퍼센트 정도였어요. 요컨대, 그 사흘 동안 일어났던 일들은 취재 헬기가 머리 위에 있을 때 트럭 운전사를 벽돌로 찍은 그 아이의 경우처럼 카메라에 직접 찍힌 것 외엔 아무도 알 수 없었다는 얘기예요."

폭동이 일어났던 1992년 그 사흘 동안 사망자가 50명이 넘었지만, 사인이 제대로 밝혀진 경우는 극히 드물었다는 것을 보슈도 기억하고 있었다. 온 도시가 무법천지 난장판이었다. 도로 양쪽 건물들이 불길에 휩싸인 것을 바라보며 할리우드 대로를 걸어 내려가던 생각이 떠올랐다. 그 건물들 중 하나에 피츠패트릭의 전당포가 틀어박혀 있었던 모양이었다.

"그건 불가능한 일이었어."

그의 말에 라이더는 고개를 끄덕였다.

"알아요. 그 혼돈에서 사건들을 꿰맞추는 거죠. 피츠패트릭의 파일을 보면 그들이 그 일에 별로 시간을 들이지 않았다는 걸 알 수 있어요. 범죄 현장 조사를 그곳을 지키던 특수기동대(SWAT) 요원들과 함께했거든요. 통상적으로 살펴봐야 할 것이 있는데도 불구하고 우연한 폭력으로 보고서를 졸속 작성한 느낌이 있어요."

"일테면 어떤 걸 말이야?"

"우선 피츠패트릭은 매우 고지식한 인물이었던 것 같아요. 전당포에 물건을 맡기러 온 고객들의 엄지 지문을 모두 받아 두었더라고요."

"장물을 맡게 될까 봐 조심했던 거겠지."

"그렇죠. 하지만 그 시절에 자발적으로 그런 짓을 하는 전당포 주인이 어디 있었어요? 게다가 여러 가지 이유로 인한 기피인물들과 자기에게 불평하거나 협박한 고객들 86명에 대한 명단을 따로 가지고 있었어요. 자기들이 저당 잡힌 물건이 보관 기한이 지나 팔렸는지 단지 확인하기 위해 전당포를 찾아오는 사람들도 드물진 않죠. 그런 사람들은 화를 내며 전당포 주인을 협박하기도 해요. 이런 짓들은 대부분 그 전당포에 고용되어 있었던 한 사내가 사주했던 것으로 드러났는데, 화재가 났던 날 밤에 그는 거기 없었어요."

"그 명단에 오른 86명에 대해서는 체크했어?"

보슈가 물었다.

"그 명단을 조사하고 있을 때 무슨 일이 일어났던 것 같아요. 갑자기 조사를 중단하고 폭동과 관련된 단순 사고로 처리해 버렸어요. 피츠패트릭은 라이터 기름으로 불탔거든요. 불에 탄 할리우드 대로의 상점들 태반이 처음엔 그런 식으로 불이 붙었어요. 그러자 폭도들은 더 이상 머뭇거리지 않고 그다음 건물에 계속 불을 질렀죠. 현장에 경관이 두 명 있었는데, 하나는 은퇴하고 다른 하나는 퍼시픽에서 근무하고 있어요. 순찰대 경사인데 오후 근무 중이라 메시지를 남겼어요."

보슈는 그 86인 명단에 레이너드 웨이츠란 이름도 있었느냐고 물어볼 필요는 없다는 걸 알았다. 명단에 그 이름이 있었다면 라이더가 먼저 말했을 것이다.

"은퇴한 친구부터 만나보는 게 수월할 거야." 하고 그는 파트너에게 조언했다. "은퇴한 친구들은 항상 얘길 하고 싶어 하니까."

라이더는 고개를 끄덕였다.

"좋은 생각이에요."

"또 한 가지는 웨이츠가 1993년에 남의 집을 염탐한 죄로 체포되었을 때 가명을 사용했다는 사실이야. 로버트 색슨이라는. 86인 명단에서 웨이츠란 이름은 이미 체크해 봤겠지만, 로버트 색슨도 한 번 체크해 보는 게 좋을 거야."

"알았어요."

"그런 일들을 모두 하려면 오늘 무척 바쁠 텐데 웨이츠를 오토트랙에 걸 시간을 낼 수 있겠어?"

파트너 사이의 업무 분담에서 컴퓨터 작업은 대부분 라이더의 몫이 되었다. 오토트랙은 유틸리티와 케이블망, 자동차 등록국, 혹은 다른 소스들을 통해 개인의 주소 이동을 알려줄 수 있는 컴퓨터 데이터베이스를 말했다.

"해치울 수 있을 것 같은데요."

"난 그가 어디서 살았는지 알고 싶을 뿐이야. 그자가 왜 에코 파크에 있었는지 도무지 모르겠거든. 그 점에 대해선 아무도 깊이 생각해 보지 않았던 것 같아."

"그 봉투들을 버리러 갔겠죠."

"맞아. 그건 다들 알고 있지. 그런데 왜 에코 파크지? 그는 그리피스 공원에서 더 가까운 곳에 살고 있었고, 거기가 시체를 버리거나 파묻기엔 더 좋았을 텐데 말이야. 우리가 뭔가 놓쳤는지 딱 들어맞질 않아. 난 그 친구가 자기가 아는 어떤 지점으로 가고 있었다는 생각이 들어."

"시체를 먼 곳에 버리고 싶었겠죠. 자기 집에서 멀면 멀수록 좋다고 생각했을 거예요."

보슈는 고개를 끄덕였지만 확신이 들지 않았다.

"거길 한번 가 봐야겠어."

"가서 어쩌게요? 그가 그 봉투들을 파묻으려 했던 곳을 찾아낼 수 있을 것 같아요? 나한테 초능력을 보여 주려고요, 선배?"

"그건 아니지. 난 단지 웨이츠와 얘기를 나누기 전에 그의 기분을 느낄 수 있을지 알아보고 싶은 거야."

그자의 이름을 입에 올린 보슈는 얼굴을 찡그리며 고개를 저었다.

"왜요?"

라이더가 물었다.

"우리가 여기서 뭘 하고 있는지 알아? 이자를 살리려고 도와주고 있어. 여자들을 토막 내어 냉동실에 보관하다가 넘쳐나자 쓰레기처럼 버리려고 나왔던 놈을 말이야. 그럴 놈을 살릴 방법을 찾는 것이 지금 우리가 하고 있는 일이라고."

라이더는 이맛살을 찌푸렸다.

"어떤 기분인지 알겠어요, 선배. 하지만 이번엔 어쩐지 오셔 검사 쪽으로 마음이 기운다고 말할 수밖에 없네요. 난 모든 가족들이 사건 진상을 알고 우리들은 모든 사건들을 해결하는 편이 좋다고 생각해요. 우리 언니 경우도 그랬거든요. 우리도 몹시 알고 싶었어요."

라이더가 10대 소녀였을 때 언니가 괴한이 차를 몰고 지나가며 갈긴 총탄에 맞아 사망했다. 사건이 해결되고 그로 인해 폭력배 세 명이 감옥으로 갔다. 그리고 그 일은 라이더가 경찰이 된 가장 중요한 이유가 되었다.

"어쩌면 선배 어머님의 경우와도 같을 거고요."

라이더의 그 말에 보슈는 고개를 들고 쳐다보았다. 그의 어머니는 그가 어린아이였을 때 살해되었다. 30년도 더 지나서 그는 자기 손으로 그 범죄를 밝혀냈다. 사건 진상을 알고 싶었기 때문이었다.

"당신 말이 옳아." 하고 그는 말했다. "하지만 그 순간의 나하고는 딱 들어맞지 않을 뿐이야."

"거기까지 드라이브하며 머리나 약간 식히세요. 오토트랙에 뭔가 걸려들면 즉시 연락할게요."

"그래야겠어."

그는 파일들을 덮어 한쪽으로 밀어 놓았다.

04

다윈의 법칙

다운타운의 첨탑들 그림자와 다저 스태디엄의 불빛이 드리운 에코 파크는 LA에서 가장 오래되고 변화무쌍한 지역이었다. 지난 수십 년 동안 이곳은 하류층 이민자들의 종착지로 이탈리아인이 맨 먼저 찾아들었고, 그다음으로 멕시코인, 중국인, 쿠바인, 우크라이나인들과 다른 각국 이민자들이 그 뒤를 이었다. 낮에 선셋 대로 번화가를 걸어가며 상점들의 간판을 모두 읽으려면 외국어를 대여섯 개는 알아야만 했다. 밤이 되면 그곳은 조폭들의 총성과 홈런 볼에 대한 함성, 산기슭의 코요테 울음소리가 동시에 공기를 뒤흔들곤 했다.

요즈음의 에코 파크는 새로운 계층의 젊은 히피족들이 즐겨 찾는 곳이었다. 쿨한 부류들, 미술가들, 음악가들, 작가들도 몰려들었다. 술집들과 마리스꼬스(스페인식 해산물 요리 - 옮긴이) 스탠드들 사이로 카페와 빈티지 의류점들도 끼어들었다. 고급주택화의 물결이 평지를 지나 야구장 아래쪽 산기슭까지 밀고 올라갔다. 그것은 이 지역의 특성이 바뀌고

있다는 뜻이었다. 그것은 곧 부동산 가격이 올라가서 노동자층과 폭력
배들을 밀어내고 있다는 뜻이기도 했다.

보슈는 어린 시절 에코 파크 지역에서 잠시 살았던 적이 있었다. 여
러 해 전 선셋 대로에는 숏스탑(Short stop: 야구의 유격수−옮긴이)이란
간판을 내건 술집이 있었는데, 주로 경관들이 애용하던 곳이었다. 그러
나 경관들은 더 이상 그곳에서 환영받지 못했다. 할리우드 손님들에게
음식을 제공하고 술집 종업원이 손님들의 자동차를 대리 주차하기 시
작하자, 지갑 얇은 경관들은 발길을 끊을 수밖에 없었다. 보슈에겐 에코
파크 인근에 대한 정보가 두절되는 결과를 초래했다. 그 일대는 그의
행선지가 아니었다. 법의관실에 용무가 있다거나 다저스 게임을 관람
하러 갈 때 자동차로 지나치는 지름길일 뿐이었다.

다운타운에서 그는 101번 고속도로 북쪽으로 재빨리 진입하여 에코
파크 도로로 들어갔다가 다시 북쪽으로 달려가 레이너드 웨이츠가 체
포되었던 힐사이드 지역으로 향했다. 에코 호수를 지나가면서 그는 '호
수의 여인'으로 알려진 동상을 보았다. 그녀는 노상강도를 만난 피해자
처럼 두 손바닥을 위로 펴든 채 수련 너머를 바라보고 있었다. 어릴 때
그는 어머니와 호수 건너편에 있는 서파머 아파트에서 1년 가까이 살
았지만, 그 시절은 그들 모자에게 힘든 시기였으므로 기억들도 대부분
지워지고 그 동상에 대한 인상만 희미하게 남아 있을 뿐이었다.

보슈는 선셋 대로에서 우회전하여 보드리 방향으로 내려갔다. 거기
서 힐사이드로 올라가 피게로아 테라스로 내려갔다. 그리고 웨이츠가
차를 세웠던 교차로 부근 도로가에 차를 세웠다. 30~40년대에 지어졌
던 낡은 방갈로 몇 채가 아직 남아 있었지만, 주택들의 대부분은 전후
콘크리트 블록으로 지어져 있었다. 대문 달린 마당과 창살 달린 창문들
이 있는 아담한 주택들이었다. 진입로에 세워진 차들은 번쩍거리는 신

형들이 아니었다. 보슈가 알기로는 대부분이 라틴계나 아시아계 노동자들이 살고 있는 지역이었다. 웨스트사이드 주택들 뒤쪽으로는 LA 수도전력부(DWP) 건물 전면과 중앙, 다운타운 고층 건물들로 멋진 경관이 펼쳐질 것이었다. 이스트사이드 주택들의 뒷마당은 바위투성이 언덕 지역으로 내밀고 있고, 그 언덕 꼭대기에는 야구장 시설에 딸린 거대한 주차장이 자리 잡고 있었다.

보슈는 웨이츠의 유리창 청소차를 떠올리며 그가 왜 이런 인근지역 도로에 밴을 몰고 왔는지 다시 의아해졌다. 이런 동네에 그의 고객이 있을 것 같진 않았다. 더군다나 이런 거리는 새벽 2시경에 영업용 밴이 돌아다닐 만한 곳도 아니었다. 범죄대응 팀의 두 경관이 그 차량을 주목했던 것은 당연했다.

보슈는 차를 주차한 뒤 운전석에서 내렸다. 주위를 한 바퀴 돌아본 뒤 차에 엉덩이를 기대고 곰곰이 생각해 봤지만 도무지 이해할 수가 없었다. 웨이츠는 왜 이곳을 선택했을까? 잠시 후 그는 휴대전화를 열고 파트너를 불렀다.

"오토트랙은 끝났어?"

"방금요. 어디예요?"

"에코 파크. 이 부근과 관련된 정보는 없었어?"

"지금 보고 있어요. 웨이츠는 동쪽 맨 끝 프랭클린 가에 있는 몬테시토 아파트에서 살았던 적이 있군요."

보슈는 몬테시토 아파트가 에코 파크 부근에 있진 않지만 마리 게스토의 자동차가 발견되었던 하이 타워 아파트 단지와는 거리가 별로 멀지 않다는 걸 알고 있었다.

"그게 언제였지?"

"게스토 사건 이후네요. 그러니까 1999년에 이사 들어가서 그다음

해에 나갔군요. 딱 1년간 살았어요."

"쓸 만한 언급은 없나?"

"없어요, 선배. 일반적인 내용밖엔. 그 사내는 1년이나 2년만 지나면 이사하곤 했군요. 한 곳에 오래 살기 싫어하는 모양이에요."

"알았어, 키즈. 고마워."

"돌아올 건가요?"

"잠시 후에."

그는 전화기를 닫고 운전석에 다시 올랐다. 피게로아 도로를 거쳐 차베스 러빈 플레이스로 가다가 다시 빨간 신호등에 걸렸다. 한때는 이 일대 모두가 차베스 러빈으로 알려져 있었다. 하지만 그것은 LA 시가 주민들을 전부 몰아내고 그들의 집인 방갈로와 판잣집을 불도저로 깡그리 밀어 버리기 이전 이야기였다. 계곡 속에 대규모 주택단지가 들어서고 놀이터와 학교, 쇼핑 플라자 등이 조성되면 밀려난 상인들을 다시 불러들일 계획이었다. 하지만 토지가 일단 깨끗이 조성되자 시는 주택단지 계획을 취소하고 그 대신 야구장 건설을 추진했다. 보슈가 기억할 수 있는 한 LA에서는 그런 수정이 항상 있었던 일처럼 보였다.

보슈는 최근 '차베스 러빈'이라는 라이 쿠더(미국의 가수, 기타리스트─옮긴이)의 시디를 듣고 있었다. 재즈는 아니지만 그래도 좋았다. 그것 나름의 재즈라고 할 수 있었다. 보슈는 특히 '그건 나를 위한 일이었을 뿐(It's Just Work For Me)'이란 노래를 좋아했다. 불도저를 몰고 계곡으로 들어와서 가난한 사람들의 판잣집들을 밀어붙이고도 죄책감을 느끼길 거부하는 불도저 운전사의 영가로 가사 내용이 이런 식이었다.

난 불도저 운전사니까
그들이 가라는 곳으로 가야만 해

차베스 러빈을 떠난 보슈는 잠시 후 스태디엄 웨이로 나와 웨이츠가 에코 파크로 가던 도중 처음으로 범죄대응 팀 순찰 경관들의 주의를 끌었던 바로 그 지점에 도착했다.

정지 신호를 받은 그는 차를 세운 뒤 교차로를 살펴보았다. 스태디엄 웨이는 야구장의 거대한 주차장으로 들어가는 통로였다. 체포보고서에 적힌 대로 웨이츠가 이 지역의 이 길로 들어서려면 다운타운이나 스태디엄, 혹은 패서디나 고속도로에서 들어와야 했을 터였다. 그의 집이 있는 웨스트 할리우드에서 이 길로 들어올 수는 없었을 것이다. 그 점이 보슈를 잠시 어리둥절하게 만들었지만, 아직 어떤 결론을 내리기엔 정보가 부족하다는 생각이 들었다. 웨이츠는 자신이 미행당하고 있지 않은지 확인하기 위해 에코 파크를 통과했을 수도 있었고, 돌아가려고 차를 돌린 후에 순찰차에 미행을 당했을 수도 있었다.

보슈는 자신이 웨이츠에 대해 모르는 것이 너무 많다는 것을 깨달았고, 그런 상태로 다음 날 살인자와 대면해야 한다는 것이 마음에 걸렸다. 준비가 안 된 느낌이었다. 그는 얼마 전에 고려했던 방법을 다시 떠올렸고, 이번엔 망설이지 않았다. 곧바로 휴대전화를 꺼내어 FBI 웨스트우드 지국 번호를 눌렀다. 안내원이 나오자 그는 말했다.

"레이철 월링 요원을 찾는데요. 어느 팀 소속인진 모르겠소."

"잠시만요."

그녀가 말한 잠시만은 1분을 뜻했다. 기다리고 있는데 뒤따라온 차량이 경적을 울렸다. 보슈는 교차로를 건너 유턴한 다음 도로를 벗어나 유칼립투스 나무 그늘 아래 차를 세웠다. 2분이 거의 되어갈 때 전화가 연결되어 남자 목소리가 흘러나왔다.

"전략입니다."

"월링 요원 부탁합니다."

"잠깐만요."

곧이어 클릭 소리가 나더니 이번엔 교환이 금방 이루어졌고, 보슈는 근 1년 만에 처음으로 레이철의 목소리를 들었다. 하지만 그가 너무 망설이는 통에 그녀는 하마터면 전화기를 내려놓을 뻔했다.

"레이철, 해리 보슈예요."

이번엔 그녀가 잠시 망설이다 대답했다.

"해리…."

"그래, 전략이란 게 뭐죠?"

"그냥 팀 이름이에요."

보슈는 그녀가 설명하지 않은 것을 이해했다. 대외비 사항이고 어딘가에서 통화 내용을 녹음하고 있기 때문일 것이다.

"무슨 일이에요, 해리?"

"부탁이 있어서. 당신 도움이 좀 필요해요."

"무슨? 난 지금 여기서 좀 그렇고 그런 처지예요."

"그렇다면 됐소. 난 그냥 당신이… 좋아요, 레이철. 걱정 마요. 별것 아니니까. 내가 해결할 수 있소."

"정말이에요?"

"그럼. 내 걱정 말고 전략 팀인지 뭔지로 돌아가요."

보슈는 전화를 끊고 그녀의 목소리와 그것이 연상시키는 기억을 떨쳐내고 당면과제에만 몰두하려고 애썼다. 교차로를 돌아본 그는 지금 자신이 주차하고 있는 곳이 곤잘레스와 페널 경관이 웨이츠의 밴을 발견했을 때 순찰차를 세워뒀던 바로 그 지점일 것 같다는 생각이 들었다. 유칼립투스 나무와 밤의 장막이 순찰차를 가려주었을 것이다.

점심을 거른 보슈는 배가 고팠다. 그래서 고속도로를 건너 차이나타운으로 들어가 먹을 것을 사들고 사무실로 돌아가기로 했다. 차를 도로로 몰고 나온 그는 사무실로 전화하여 혹시 '차이니즈 프렌즈'에서 먹을 걸 사다 주길 원하는 사람이 없는지 물어볼까 고민했다. 그때 휴대전화가 울렸다. 화면을 보니 발신자 이름이 뜨지 않았다.

"보슈입니다."

"레이철이에요."

"내 휴대전화로 전화해 주길 바랐는데."

잠시 침묵이 흘렀다. 보슈는 전략 팀으로 전화한 것에 대해 자기 판단이 옳았다는 것을 알았다.

"어떻게 지냈어요, 해리?"

"잘 지냈죠, 뭐."

"그렇다면 원하던 대로 했네요. 경찰에 복직도 했고. 작년 밸리에서 일어난 사건에서 당신에 관한 기사를 읽었어요."

"복직해서 맡은 첫 사건이었소. 그때부터 모든 것이 레이더 밖으로 사라졌지. 지금 수사 중인 사건까지."

"그래서 나한테 전화한 거군요?"

약간 힐난조의 말투였다. 서로 얘기를 나눈 지 18개월도 넘었다. 그것도 격렬한 한 주를 보낸 막바지에 한 사건을 통해 그들은 만나게 되었다. 보슈는 경찰에 복직하기 전인 사설탐정 신분이었고, 월링은 연방수사국에서 한직으로 밀려났다가 겨우 자기 자리를 찾아가고 있던 중이었다. 그 사건은 보슈를 경찰에 복직하게 만들었고 월링을 LA 지국으로 이동하게 했다. 전략 팀인지 뭔지 하는 곳이 그녀가 그전에 있었던 사우스다코타 지국보다 나은 곳인지 어떤지 보슈는 알지 못했다. 그가 알고 있는 것이라곤 월링이 상사의 신뢰를 잃고 다코타의 인디언 보호구역으로 쫓겨나기 전엔 콴티코에 있는 행동과학연구실 소속 프로파일러였다는 사실이었다.

"당신의 옛 기술을 다시 활용할 일이 있어서 관심이 있나 물어보려고 전화했소."

"프로파일 말예요?"

"비슷한 거요. 내일 아침 난 스스로 연쇄살인범이라는 자와 심문실에서 대면해야 하는데, 놈의 꿍꿍이속을 전혀 모르겠단 말이오. 독극물 주사를 면하는 조건으로 아홉 건의 살인에 대해 자백하겠다고 하는데, 난 놈이 우리를 속이려는 게 아닌지 확신이 필요해요. 먼저 놈이 진실을 말하고 있다는 확신이 있어야 우리가 알고 있는 피살자들 가족에게도 진범을 잡았다고 알릴 수 있을 거 아닌가?"

보슈는 잠시 레이철의 반응을 기다렸다. 그녀가 아무 반응도 없자 그는 다그쳤다.

"범죄도 있고 범죄 현장과 법의학자들도 있소. 그자의 아파트에서 증거물과 사진들도 찾아냈고. 그런데도 난 놈을 이해할 수가 없어요. 그래서 이것들을 당신한테 보여주면 혹시 놈을 다룰 멋진 아이디어라도 얻을 수 있지 않을까 하고 전화한 거요."

다시 긴 침묵이 이어진 후에야 그녀의 질문이 흘러나왔다.

"지금 어디 있어요, 해리?"

"지금? 튀긴 새우 덮밥이나 먹을까 하고 차이나타운으로 가는 중이오. 점심을 아직 못 먹었거든."

"여긴 다운타운이에요. 만날 수 있겠네요. 나도 점심을 못 먹었어요."

"차이니즈 프렌즈가 어디 있는지 알아요?"

"그럼요. 30분 후면 어때요?"

"당신이 도착하기 전에 주문을 미리 해놓지."

휴대전화를 닫으며 보슈는 짜릿한 기분을 느꼈다. 그런 느낌은 레이철 월링이 웨이츠 사건 해결에 도움을 줄지 모른다는 생각보다는 다른 어떤 것에서 온 것이었다. 그녀와의 마지막 만남은 참담하게 끝났지만 그 아픔은 세월의 흐름에 따라 차츰 사그라들었다. 그의 기억에 남아 있는 것은 라스베이거스 모텔에서 그녀와 사랑을 나누던 날 밤 서로 연결되어 있다고 믿었던 동질감이었다.

그는 시계를 보았다. 레이철이 도착하기 전에 음식을 주문하더라도 시간이 좀 남았다. 차이나타운으로 들어가 레스토랑 앞에 차를 세워놓고 휴대전화를 다시 꺼내들었다. 게스토 살인 사건 보고서를 올리버스에게 건네주기 전에 혹 필요하게 될지도 모르는 이름과 전화번호들은 다 적어두었다. 그는 베이커스필드에 있는 마리 게스토의 부모 집으로 전화를 걸었다. 그의 전화가 그들에게 깜짝 놀랄 일은 아닐 것이었다. 사건의 다른 관점을 발견하고 파일을 꺼낼 때마다 항상 그들에게 전화를 하곤 했다. 담당 형사가 아직 포기하지 않았음을 알림으로써 그들에게 일말의 안도감을 안겨주는 것이라고 생각하고 있었다.

실종된 여자의 모친이 전화를 받았다.

"아이린, 해리 보슈예요."

"오!"

그들의 첫마디에는 항상 희망과 긴장이 서려 있었다. 그래서 보슈는 재빨리 말했다.

"아직은 아닙니다, 아이린. 부인과 댄에게 질문할 게 있어서요. 괜찮다면요."

"괜찮고말고요. 당신 목소리를 들으니 반갑군요."

"저도 반갑습니다."

보슈가 아이린과 댄 게스토를 만난 지도 벌써 10년이 넘었다. 딸을 찾고 싶은 마음에 LA로 들락거리길 2년 만에 그들은 딸의 아파트를 포기하고 귀향했다. 그 후부터는 보슈가 항상 전화를 했다.

"무슨 질문이에요, 보슈?"

"사람 이름이에요. 혹시 따님이 레이 웨이츠라는 이름을 입에 올린 적 있었나요? 레이너드 웨이츠일 수도 있습니다. 레이너드란 이름은 좀 드물어서 혹시 기억하고 계실까 하고요."

수화기를 통해 그녀의 놀란 숨소리를 듣는 순간 보슈는 실수를 저질 렀다는 걸 알았다. 웨이츠에 대한 최근의 체포와 법원 심리 소식이 베 이커스필드 신문 방송을 통해서도 전해졌을 것이었다. 아이린이 LA에 서 일어나는 사건들에 대해 주시하고 있을 것임을 감안했어야만 했다. 웨이츠가 무슨 죄로 기소되었는지 정도는 그녀도 알고 있을 터였다. 또 한 사람들이 그를 에코 파크 쓰레기봉투남이라 부른다는 것도.

"아이린?"

그녀는 자신의 상상력과 치열한 싸움을 벌이고 있는 듯했다.

"아이린, 당신이 생각하고 있는 그런 게 아니에요. 난 단지 그 사내에 대해 몇 가지 체크를 하고 있을 뿐입니다. 뉴스에서 그에 대한 소식을 들은 모양이군요."

"물론이죠. 그 불쌍한 여자들에 대해서도. 그런 식으로 끝나다니. 난…"

보슈는 그녀가 무슨 생각을 하고 있는지 알았다. 무엇을 느끼고 있는 지는 몰라도.

"그 사내를 뉴스에서 보기 전으로 생각을 돌릴 수 있습니까? 그 이름 말입니다. 따님이 그 이름을 입에 올린 적 있는지 기억하고 계세요?"

"아뇨. 기억에 없어요. 다행히도."

"바깥양반 옆에 계시면 좀 물어봐 주시겠어요?"

"지금 없어요. 아직 근무 중이거든요."

댄 게스토는 실종된 딸을 찾는 일에 자신의 모든 걸 바쳤다. 2년 후

몸도 마음도 돈도 다 거덜이 나자 그는 베이커스필드 집으로 돌아가 존 디어 체인점에서 다시 일하고 있었다. 농부들에게 트랙터와 농기구 등을 파는 것이 그의 생업이었다.

"남편이 오면 그 이름을 기억하는지 여쭤보고 전화 좀 해 주시겠어요?"

"그럴게요, 해리."

"한 가지가 더 있어요, 아이린. 마리의 아파트 거실 창문이 엄청 높았 잖아요. 기억나세요?"

"그럼요. 마리가 그 아파트에 든 첫해엔 우리들이 거기서 크리스마스 를 보내려고 내려갔었죠. 마리가 올라오는 대신 말이죠. 우린 딸아이에 게 서로 내왕할 수 있다는 걸 알려 주고 싶었어요. 댄이 그 창문 쪽에 크리스마스트리를 놓아두었는데, 블록 저 아래쪽에서도 그 불빛이 환 히 보일 정도였죠."

"그랬겠죠. 혹시 마리가 그 유리창을 깨끗이 하려고 청소부를 부른 적이 있습니까?"

긴 침묵이 이어지는 동안 보슈는 잠자코 기다렸다. 이 문제는 13년 전부터 추적했어야만 했을 수사상의 구멍이었지만 그땐 미처 생각지도 못했던 것이다.

"기억에 없군요, 해리. 미안해요."

"괜찮아요, 아이린. 당신과 댄이 베이커스필드로 돌아갈 때 그 아파 트에서 따님의 소지품들을 모두 챙겨갔던 일은 생각나시죠?"

"그럼요."

목소리가 잠겨든 걸로 봐서 보슈는 그녀가 울고 있다는 걸 알았다. 그들 부부는 2년 동안 딸을 찾다가 집으로 돌아간 후부터는 딸을 포기 했을 뿐만 아니라 자신들의 희망까지도 버린 것처럼 느껴졌다.

"그것들을 아직 보관하고 있습니까? 모든 기록물과 청구서들, 우리가 조사를 끝내고 부인께 넘겨드린 물건들도 말입니다."

만약 유리창 청소 영수증이 있었다면 경찰은 그것을 단서로 체크했을 것임을 보슈는 알고 있었다. 경찰이 그 영수증을 체크하지 않았다는 사실을 알려 주는 결과가 될지라도, 그것이 어디론가 사라지지 않았는지 확인하기 위해서는 아이린에게 물어볼 수밖에 없었다.

"네, 아직 보관하고 있어요. 마리의 방에 모두 넣어두고 있죠. 혹시 그 아이가…."

돌아올 경우에 대비해서. 어떤 형태로든 마리가 발견되기 전까지는 그들의 희망이 완전히 꺼지진 않는다는 걸 보슈는 알고 있었다.

"이해합니다. 가능하다면 그 상자를 열어보라는 겁니다, 아이린. 유리창 청소 영수증이 있는지 찾아보세요. 따님의 수표책도 뒤져보고 유리창 청소비를 지불한 적 있는지도 확인해 보시고요. '클리어뷰 유리창 청소회사'라는 회사명이나 그 약자도 찾아보세요. 뭐든 발견하면 저한테 전화주십시오. 알겠죠, 아이린? 볼펜 가지고 있어요? 지난번에 제가 드린 휴대전화 번호가 바뀌어서."

"볼펜 있어요, 해리."

아이린이 대답했다.

"받아 적으세요, 아이린. 323에, 244에, 5631번입니다. 난 이제 가 봐야 해요. 남편한테 제 안부 좀 전해주세요."

"그럴게요, 해리. 참, 따님은 잘 있죠?"

보슈는 잠시 생각에 잠겼다. 지난 10여 년 동안 그들 부부와 대화하면서 그 자신에 대해서도 안 한 얘기가 없었던 것 같았다. 그것은 그들과의 유대를 강화하고 그들의 딸을 찾아주겠다는 약속을 더 확고히 하는 방법이었다.

"잘 있어요. 아주 착해요."

"몇 학년이죠?"

"3학년. 그런데 자주는 못 봐요. 지금은 제 엄마랑 홍콩에서 살고 있거든요. 지난달에 거기 가서 한 주일간 놀다 왔죠. 거기도 디즈니랜드가 있더군요."

마지막에 그 말은 왜 했는지 모르겠다고 보슈는 생각했다.

"따님과 아주 특별한 시간을 가졌겠군요."

"네. 이젠 나한테 이메일도 보내요. 나보다 컴퓨터를 더 잘 다루죠."

딸을 잃어버리고 그 행방이나 이유조차 모르고 있는 여자한테 자기 딸 자랑을 늘어놓기란 참 어색한 일이었다.

"따님이 곧 돌아오면 좋겠군요."

아이린 게스토가 말했다.

"정말입니다. 안녕, 아이린. 언제든지 전화주십시오."

"안녕, 해리. 행운을 빌어요."

그녀는 대화가 끝날 때마다 꼭 행운을 빌어주었다. 보슈는 운전석에 앉은 채 딸과 함께 이곳 LA에서 살고 싶은 자기 욕심의 모순점에 대해 생각했다. 그는 지금 먼 곳에서 살고 있는 딸의 안전에 대해 걱정하고 있었다. 가까운 곳에서 딸을 지켜주고 싶었다. 그렇지만 젊은 여자들이 흔적도 없이 사라지거나 쓰레기봉투 속에서 토막 난 시신으로 발견되는 이 도시로 딸을 데려오는 것이 과연 안전할까? 그는 마음속 깊숙한 곳에서 자신이 이기적이라는 것과 딸이 어디서 살더라도 자기가 지켜줄 수 없다는 것을 알고 있었다. 사람은 누구나 이 세상에서 자신만의 길을 찾아야만 한다. 이곳은 다윈의 법칙이 지배하고 있으며, 그는 단지 딸의 인생행로에 레이너드 웨이츠 같은 놈이 지나치지 않기만을 바랄 뿐이었다.

파일들을 모두 집어 들고 그는 차에서 내렸다.

05

작은 여우가 기다린다

보슈는 차이니스 프렌즈 문 앞에 도착해서야 '휴업' 표지판이 걸린 것을 발견했다. 그제야 이 레스토랑은 오후 늦게까지 문을 닫고 있다가 번잡한 저녁 식사 시간이 시작되어야 문을 연다는 것을 알았다. 레이철 월링에게 연락하려고 휴대전화를 열었지만, 그녀가 아까 그에게 전화했을 때 자기 번호를 차단했다는 걸 떠올렸다.

할 일이 없어진 그는 가판대에서 〈LA 타임스〉를 한 부 구입해 자동차에 기대어 서서 넘기기 시작했다. 머리기사들을 재빨리 훑어보며 그는 어쩐지 시간 낭비하며 동력을 잃어버리고 있다는 느낌이 들었다. 흥미를 끈 유일한 기사라곤 지방검사장 후보인 게이브리얼 윌리엄스가 남부 카운티 기독교 협회의 지지를 얻어냈다는 간단한 내용이었다. 별로 놀라운 내용은 아니지만 중요한 일이었다. 왜냐하면 소수 민족의 표가 민권 변호사인 윌리엄스에게 갈 것이라는 조짐으로 볼 수 있기 때문이다. 기사에는 윌리엄스와 릭 오셔가 다음 날 밤 남부 지역을 대표하는 또 다른 연합체인 CSL(감성적 리더십을 위한 시민)이 주최하는 후보자 포럼에 나타날 거란 내용도 포함되어 있었다. 후보들은 서로 토론하진 않고 연설을 한 뒤 청중들의 질문만 받을 거라고 했다. CSL은 그 후에 지지 성명을 할 예정이었다. 그 포럼에는 시의원에 출마한 어빈 어빙과 마틴 메이즐도 나타날 거라고 했다.

보슈는 신문을 아래로 내리고 잠시 몽상에 젖어들었다. 그 자신이 포럼의 청중 속에서 일어나 어빙에게 경찰국 해결사로나 써먹던 재주로 감히 시의원이 가당키나 하냐며 한 대 쥐어박는 장면을 눈앞에 그려 보았다.

아무 표시 없는 연방 순찰차 한 대가 도로 가장자리 그의 차 앞에 멈춰서는 것을 본 순간 보슈는 몽상에서 깨어났다. 자동차 문이 열리고 레이철이 내렸다. 검정 슬랙스에 크림색 블라우스를 받쳐 입고 블레이저를 걸친 캐주얼한 옷차림이었다. 짙은 갈색 머리카락은 이젠 어깨까지 내려와 있었는데, 어쩌면 그것이 가장 캐주얼한 듯했다. 그녀는 좋아 보였고, 그래서 보슈는 라스베이거스의 그날 밤을 얼핏 떠올렸다.

"레이철."

그는 미소를 지으며 여자 앞으로 걸어갔다.

"해리."

어색한 순간이었다. 그녀를 포옹해야 할지, 키스를 해야 할지, 아니면 악수만 하고 말아야 할지 알 수가 없었다. 라스베이거스에서의 그런 밤도 있었지만, 곧이어 LA에 있는 그의 집 베란다에서는 시작도 하기 전에 모든 것이 엉망진창이 되어 끝나 버렸다.

레이철은 손을 내밀어 보슈의 팔을 살짝 치는 것으로 그의 고민을 덜어 주었다.

"음식을 주문해 놓고 기다리겠다고 하지 않았나요?"

"그런데 문이 닫혔네. 저녁 식사 시간인 5시부터 문을 연대요. 그때까지 기다릴 거요, 아니면 다른 데로 갈까요?"

"다른 데 어디요?"

"글쎄. '필리페스'라는 데가 있긴 한데."

레이철은 고개를 세차게 저었다.

"거긴 질렸어요. 우린 노상 거기서 먹거든요. 실은 오늘 점심도 팀 동료들이 죄다 그리로 몰려가는 통에 포기했죠."

"전략 팀 말이로군?"

시내 레스토랑 음식에 질렸다는 말은 그녀가 웨스트우드 주요 지국에서 근무하고 있지 않다는 뜻임을 보슈는 알 수 있었다.

"괜찮은 집을 알고 있소. 내가 운전할 테니 당신은 파일을 읽어봐요."

보슈는 자기 차로 돌아가 조수석 문을 열고 좌석에 놓인 파일들을 집어 들었다. 레이철이 좌석에 앉자 그는 파일들을 건네준 뒤 운전석으로 돌아갔다. 손에 들고 있던 신문은 뒷좌석으로 던져 버렸다.

"와아, 이건 스티브 맥퀸 같은데요."

레이철이 무스탕을 두고 말했다.

"SUV가 어떻게 됐나요?"

보슈는 어깨를 으쓱했다.

"좀 바꿔 보고 싶었을 뿐이오."

그는 레이철에게 들어보란 듯이 요란하게 시동을 걸고 차를 출발시켰다. 선셋 대로를 곧장 내려가서 실버 레이크 쪽으로 방향을 틀었다. 그 도로를 따라가면 에코 파크를 통과하게 될 것이었다.

"그래, 나한테 원하는 게 정확히 뭐죠, 해리?"

레이철은 무릎 위에 놓인 첫 번째 파일을 열고 읽기 시작했다.

"그냥 한번 읽어 보고 그 사내에 대한 인상을 말해 달라는 거요. 내일 그 친구를 심문할 때 나도 한 칼이 있어야지. 그자에게 자기가 날 조종하는 게 아니라 내가 자기를 조종하고 있다는 걸 확신시켜 주고 싶소."

"이 사내에 대해선 들었어요. 에코 파크 백정 아니에요?"

"실제로는 에코 파크 쓰레기봉투남이라 불리지."

"맞아요."

"그전에 이 사건과 관련된 적이 있소."

"어떻게?"

"내가 할리우드 경찰서를 퇴직한 1993년에 여자 실종 사건을 하나 맡게 됐소. 이름이 마리 게스토였는데, 끝내 찾아내지 못했지만. 그 당시 매체들이 꽤 크게 떠들어댔지. 내가 심문하려는 레이너드 웨이츠는 그 사건도 우리와 거래하려는 사건들 중 하나라는 거요."

레이철은 그를 한 번 쳐다본 뒤 다시 파일로 눈길을 돌리며 말했다.

"당신이 사건을 곧이곧대로 처리하는 걸 봐서 잘 알고 있지만요, 해리, 지금 이 사내와 거래하는 것이 현명한 짓인지 모르겠군요."

"난 끄떡없소. 그 사건은 아직 내 담당이니까. 그리고 그걸 곧이곧대로 처리하는 것이 진짜 형사죠. 유일한 방법이고."

그가 돌아보자 때마침 레이철은 눈알을 굴리고 있었다.

"강력계의 선사(禪師)처럼 말하시는군요. 그런데 지금 어디로 가는 거죠?"

"실버 레이크에 있는 '더피스'라는 곳이오. 5분 후면 도착하는데 마음에 들 거요. 단, 연방 동료들을 거기 데려가진 마요. 분위기 망치니까."

"알았어요."

"시간에 쫓기진 않소?"

"말했잖아요. 점심을 못 먹었다고. 그렇지만 체크할 게 있어 돌아가야 해요."

"그러니까 연방 법원 일을 하고 있단 말이로군?"

"아뇨, 캠퍼스 바깥에 있어요."

"연방수사국의 비밀장소 중 한 곳?"

"잘 알면서 그래요. 그 얘길 하면 내가 당신을 죽여야 한다는 걸 말이에요."

보슈는 그녀의 농담에 고개를 끄덕여 주었다.

"그 말은 전략 팀이 뭔지도 얘기할 수 없단 뜻인가?"

"그건 아무것도 아니에요. 전략정보란 말의 약칭이니까. 우린 수집자들이에요. 기초 데이터를 분석하고, 인터넷, 휴대전화 통화, 위성통신 등을 감청하는데, 실은 좀 지겨운 일이죠."

"그렇지만 합법적이겠죠?"

"지금은요."

"테러 정보처럼 들리는데."

"대개의 경우 마약단속국에 제보하는 걸로 끝나죠. 작년엔 허리케인 구조를 포함한 인터넷 속임수가 서른 건도 넘게 들어왔어요. 그러니까 기초 자료라고 했잖아요. 어떤 결과로 이어질지 몰라요."

"그러니까 한마디로 사우스다코타의 광활한 천지와 LA 다운타운을 맞바꾸었군."

"경력 면에서 보면 잘 옮긴 거였죠. 후회하진 않아요. 하지만 다코타의 어떤 점들은 좀 아쉬워요. 그런데 나 이거 좀 읽게 놔둘래요? 내 견해를 듣고 싶다면서요?"

"아, 알았소. 미안해요."

그는 마지막 몇 분간은 조용히 운전만 해서 한 조그마한 레스토랑 앞에 차를 세웠다. 그리고 운전석에서 내리기 전에 뒷좌석에 던져두었던 신문을 집어 들었다. 레이철은 그에게 똑같은 음식을 주문해 달라고 말했다. 그러나 테이블에 다가온 웨이터에게 보슈가 오믈렛을 주문하자 마음을 바꿨는지 메뉴판을 들여다보았다.

"점심을 같이 먹기로 했지, 아침 식사가 아니었잖아요."

"난 아침 식사도 걸렀거든. 그리고 여기 오믈렛은 맛있어요."

레이철은 터키 샌드위치를 주문한 뒤 메뉴판을 웨이터에게 주었다.

"미리 말해 두지만 내 견해는 아주 피상적일 수밖에 없어요."

웨이터가 물러가자 그녀는 말했다.

"심리학적으로 충분히 검토할 시간이 주어지지 않을 테니까요. 그냥 표면만 긁는 정도일 거예요."

보슈는 머리를 끄덕였다.

"알아요. 그렇지만 시간이 없으니 당신이 주는 대로 받을 수밖에."

레이철은 다시 파일로 눈길을 돌렸다. 보슈는 신문 스포츠란을 보았지만 전날 밤 다저스 팀의 경기 내용에 별 재미를 느낄 수 없었다. 야구 경기에 대한 흥미가 최근 몇 년 사이에 뚝 떨어져 버렸다. 그는 신문을 들고 읽는 척하면서 그 너머로 레이철을 살피고 있었다. 그녀를 마지막 만났던 날 이후로 머리카락이 조금 더 긴 것 외엔 변한 것이 거의 없어 보였다. 여전히 싱싱한 매력을 내뿜고 있었지만, 그녀의 눈빛에서는 설명하기 어려운 고통 같은 것이 느껴졌다. 그녀의 눈은 날카로운 경찰의 눈이 아니었다. 보슈가 지금까지 보아온 다른 많은 경찰들의 눈이나 거울에서 본 그 자신의 눈과는 달리, 그녀의 눈에서는 내부의 고통이 배어나와 있었다. 그것은 희생자의 눈이었고, 그래서 보슈의 마음을 잡아끌었다.

"왜 사람을 빤히 봐요?"

레이철이 갑자기 물었다.

"뭐라고?"

"누가 모를 줄 알고."

"난 그냥….".

마침 웨이터가 나타나 음식 접시들을 테이블에 놓는 바람에 보슈는 위기를 모면했다. 레이철이 파일을 한쪽 옆으로 밀쳐 두었고, 보슈는 그녀의 입가에 어린 희미한 미소를 보았다. 두 사람은 침묵 속에 식사를 시작했다.

"이거 맛있네요. 배가 고팠어."

그녀가 마침내 입을 열었다.

"음, 나도."

"그런데 뭘 찾고 있었던 거죠?"

"언제요?"

"신문을 읽는 척하면서 실은 읽지 않고 있었던 때 말예요."

"아, 난 그냥… 당신이 이 사건에 정말 흥미를 느끼고 있는지 알고 싶었소. 할 일이 많은 것 같아 보였거든. 이런 일에 다시 끼어들고 싶지 않을 수도 있겠다 싶었지."

레이철은 샌드위치 반쪽을 손에 들고 더 이상 베어 물지 않았다.

"난 내 직업이 싫어요, 알겠어요? 아니면 지금 하고 있는 일이 싫다고 해야 하나. 하지만 차츰 나아지겠죠. 내년엔 더 좋아질 거예요."

"좋아. 그러면 이 사건은? 괜찮겠소?"

보슈는 식탁 위의 파일들을 가리키며 물었다.

"네, 그런데 너무 많아요. 당신을 어떻게 도와야 할지조차 모르겠어요. 정보가 너무 넘쳐나서."

"난 오늘밖에 시간이 없는데."

"심문을 늦출 순 없나요?"

"내가 늦출 수 있는 심문이 아니오. 정치성도 개입되어 있고. 담당 검사가 지방검사장 선거에 입후보해서 헤드라인이 필요해요. 꽁지에 불이 붙었는데 나를 기다려 줄 리 없지."

레이철은 고개를 끄덕였다.

"결국 릭 오서 문제로군요."

"난 게스토 때문에 내 식으로 사건을 추진해야 해요. 그들은 내가 따라잡도록 속도를 늦춰 주지 않을 거라고."

레이철은 파일 더미 위에 손을 얹고 뭔가를 가늠하는 표정을 지었다. 그렇게 하는 것이 결정에 도움이라도 주는 듯이.

"내 차를 세워 둔 곳까지 가는 동안 계속 읽어 보겠어요. 퇴근 후에도 계속 읽은 뒤 내가 얻어낸 모든 걸 갖고 오늘 밤 당신 집으로 갈게요."

보슈는 그녀를 응시하며 그 말의 숨은 뜻을 찾으려고 했다.

"몇 시쯤?"

"모르죠. 최대한 빨리 읽어야지. 늦어도 9시까진. 내일 아침 일찍 출근해야 하거든요. 그러면 되겠어요?"

보슈는 고개를 끄덕였다. 예상치 않았던 일이었다.

"아직도 언덕 위 그 집에서 살고 있죠?"

레이철이 물었다.

"그럼요. 우드로 윌슨 거리."

"내 집은 거기서 멀지 않은 비벌리 아래쪽에 있어요. 내가 올라가죠. 그곳 지리는 기억하고 있으니까."

보슈는 아무 대꾸도 하지 못했다. 그는 방금 자신의 삶 속으로 초대한 것이 뭔지 확실히 깨닫지 못했다.

"그때까지 당신한테 생각할 거리를 하나 줄까요? 체크할 것?"

"좋죠, 뭔데요?"

"그의 이름 말예요, 본명 맞아요?"

보슈는 이마를 찌푸렸다. 이름에 대해서는 한 번도 생각해 본 적 없었다. 그냥 본명일 거라고 짐작했다. 웨이츠는 감금되어 있었다. 신분을 확인하기 위해 지문도 조회했을 것이다.

"그런 줄로 아는데. 그의 지문이 옛날 체포되었을 때 채취한 지문과 일치했거든요. 그땐 가명을 사용했었는데, 차량등록국에 지문 조회한 결과 웨이츠로 드러났소. 왜?"

"레이너드가 뭔지 아세요? 스펠을 R-a-y가 아닌 R-e-y로 쓰는 레이너드 말예요."

보슈는 고개를 저었다. 이게 무슨 뚱딴지 같은 소린가 싶었다. 이름에 대해서는 생각조차 해 본 적이 없었다.

"아니, 뭔데요?"

"젊은 숫여우 이름이에요. 젊은 암여우는 빅슨이라고 하는데 그 짝이 바로 레이너드죠. 난 대학에서 유럽 민속을 공부했는데, 그땐 외교관이 되고 싶다고 생각했거든요. 중세 프랑스 민속에 레이너드라는 이름의 여우 캐릭터가 나와요. 사기꾼이죠. 레이너드라는 이름의 사기꾼 여우에 관한 이야기나 서사시는 많아요. 이 캐릭터는 수 세기에 걸쳐 반복적으로 나타났죠. 대부분 어린이 동화책에요. 사무실에 돌아가면 구글을 검색해 보세요. 수도 없이 만나게 될 테니."

보슈는 머리를 끄덕였다. 그녀에게 구글 검색을 어떻게 하는지 모른다는 소리는 하지 않기로 했다. 그의 컴퓨터 실력은 여덟 살짜리 딸에게 이메일을 간신히 보낼 정도였다. 레이철이 손가락으로 파일을 두들기며 말했다.

"젊은 여우란 작은 여우일 거예요. 기록을 보니 웨이츠 씨는 작달막하네요. 그의 성과 이름을 연결해서 살펴보면 무슨 뜻인지…."

그러자 보슈가 말했다.

"작은 여우가 기다린다는 뜻이 되는군. 젊은 여우가 기다린다, 혹은 사기꾼이 기다린다는 뜻도 되고."

"암여우 빅슨을 기다리는 거죠. 아마도 그는 희생자들을 그런 눈으로 봤을 거예요."

보슈는 또 머리를 끄덕였다. 레이철의 설명에 감동을 받았다.

"우린 그 점을 놓쳤소. 사무실로 돌아가자마자 신원을 확인할 수 있을 거요."

"그리고 오늘 밤 난 더 많은 정보를 당신한테 줄 수 있길 바라요."

레이철은 샌드위치를 다시 먹기 시작했고, 보슈는 그녀를 다시 살펴보기 시작했다.

악몽

레이철 월링을 그녀의 차까지 태워다 주자마자 보슈는 파트너에게 전화를 걸었다. 키즈민 라이더는 마타리즈 사건에 대한 서류작업이 끝나가니까 곧 일을 진행할 수 있고 다음 날 지방검찰청에 기소할 수 있다고 했다.

"좋아. 다른 건 없고?"

"증거물 보관실에서 피츠패트릭의 상자를 찾아보았는데 두 개가 나왔어요."

"내용물은?"

"대부분 옛날 전당포 기록들인데 거들떠보지도 않은 것 같더군요. 그당시 화재를 진압하면서 물에 흠뻑 젖은 것을 폭동진압부대원들이 플라스틱 욕조에 담아 뒀는데 그 상태로 한 덩어리가 됐더라고요. 아휴, 악취가 얼마나 지독하던지!"

보슈는 고개를 끄덕이며 그 상태를 생각해 보았다. 그건 막다른 골목을 의미했지만 별로 중요하진 않았다. 어쨌든 레이너드 웨이츠는 대니얼 피츠패트릭을 살해한 것에 대해 자백할 것이다. 라이더도 그렇게 생각하고 있을 터였다. 강제하지 않은 자백은 장땡이나 다름없다. 다른 어떤 패라도 다 누를 수 있다.

"올리버스나 오셔한테서는 아무 연락 없었어요?"

키즈 라이더가 물었다.

"아직. 올리버스에게 연락하려다 당신과 먼저 얘기하고 싶어 전화했어. 혹시 시 면허과에 아는 사람 있나?"

"없어요. 하지만 필요하다면 내일 아침에 알아볼 수 있죠. 지금은 다들 퇴근했을 테니까. 뭘 알아보려고요?"

보슈는 손목시계를 들여다보고 시간이 많이 지체되었다는 것을 알았다. 이렇게 되면 두피스에서 먹은 오믈렛이 아침 겸 점심 겸 저녁 식사가 될 것 같았다.

"웨이츠가 유리창 청소 사업 실태나 기간, 불만을 표시한 고객 등에 대한 거지. 올리버스와 그의 파트너가 분명히 조사했을 텐데 파일에 그런 내용이 전혀 없어."

키즈 라이더는 잠시 침묵한 뒤 말했다.

"그게 하이 타워 건과 연결되어 있을 수 있다고 보는 거예요?"

"어쩌면. 아니면 마리와 연결되어 있을 수도. 그녀의 아파트엔 멋진 경관이 내다보이는 거대한 유리창이 있었어. 당시를 돌아봐도 그런 창문은 기억나지 않아. 하지만 우리가 놓쳤겠지."

"선배는 놓치는 법이 없어요. 하지만 즉시 알아볼게요."

"또 다른 문제는 그 사내의 이름이야. 가명일 가능성이 있어."

"어째서요?"

그는 레이철 월링을 만나 파일을 좀 봐 달라고 부탁한 일에 대해 설명했다. 그러자 처음으로 라이더의 침묵이 길어졌다. 아무리 비공식적이라 하더라도 보슈가 월링을 끌어들인 것은 상사의 허락 없이 FBI를 사건에 불러들여서는 안 된다는 LA 경찰국의 불문율을 어긴 것이었다. 그러나 보슈가 레이너드라는 여우에 대해 말했을 때, 라이더는 갑자기 회의적인 말투로 그에게 물었다.

"유리창 청소부 연쇄살인자가 중세 민속에서 아이디어를 얻었단 거예요?"

"모르겠어. 월링 말로는 어린이 동화책에서 얻었을 수도 있다더군. 그건 중요치 않아. 출생증명서를 조사해서 레이너드 웨이츠란 이름을 가진 사람이 있는지 확인해야 하고, 할 일들이 많을 것 같아. 첫 번째 파일에는 1993년도에 놈이 남의 집을 염탐한 죄로 체포되었을 때 로버트 색슨이라는 이름을 댔다고 기록되어 있어. 그렇지만 그의 엄지 지문을 차량등록국 컴퓨터에 조회한 결과 레이너드 웨이츠로 밝혀졌지."

"그렇다면 더 볼 것도 없잖아요, 선배? 당시의 파일에 그의 지문이 있었다면 그게 가명은 아니었을 것 같은데요."

"그럴지도 모르지. 하지만 캘리포니아 주에서 가명으로 운전면허를 취득하는 게 불가능하진 않다는 걸 잘 알잖아? 색슨이 그의 본명인데 컴퓨터가 토해낸 가명을 계속 사용하고 있었다면 어쩔 거야? 전에도 그런 사례가 있었잖아."

"그렇다면 왜 그 이름을 계속 사용할까요? 웨이츠란 이름엔 전과가 있는데. 왜 색슨이나 다른 본명으로 돌아가지 않았을까요?"

"좋은 질문이야. 나도 모르겠어. 그러니까 체크해 봐야지."

"이름이 뭐든 우린 그자를 잡고 있잖아요. 지금 당장 구글에 들어가 레이너드 더 폭스(Raynard the Fox)를 검색해 봐야겠어요."

"스펠을 'a'가 아닌 'e'로 쳐야 해."

그는 라이더의 손가락이 컴퓨터 자판을 두드리는 소리를 들으며 기다렸다.

"나왔어요. 여우 레이너드에 관한 자료는 무척 많군요."

"월링도 그렇게 말했어."

라이더가 자료들을 한참 훑어본 뒤 보슈에게 말했다.

"여기 나와 있는 그 전설 부분은 여우 레이너드가 아무도 찾을 수 없는 비밀 성채를 가지고 있었다고 하네요. 그리고 온갖 속임수로 희생자들을 꾀어 그 비밀 성채로 데려간 뒤 먹어치웠대요."

그녀의 얘기는 보슈의 귓전에서 한참 동안 맴돌았다. 마침내 그가 물었다.

"로버트 색슨이란 이름을 다시 오토트랙에 걸어 볼 시간이 있겠어?"

"그럼요."

어쩐지 목소리에 확신이 없었다. 하지만 보슈는 라이더에게 빠져나갈 구멍을 주지 않았다. 그는 일이 계속 진행되기를 바랐다. 그러자 라이더가 말했다.

"체포보고서에 적힌 그의 생년월일을 불러 주세요."

"지금은 그걸 가지고 있지 않아."

"어디 됐는데요? 책상 위엔 안 보이는데."

"그 파일들을 월링 요원한테 줬어. 오늘 밤 늦게 돌려받기로 했어. 그러니까 컴퓨터에 들어가서 체포보고서를 찾아봐."

키즈 라이더는 한참 동안 조용히 있다가 그에게 말했다.

"선배, 그건 공식 수사 파일들이에요. 그렇게 남의 손에 넘겨줘선 안 된다는 걸 아시잖아요. 그리고 내일 심문에 당장 필요한 거고요."

"말했잖아. 오늘 밤 돌려받기로 했다고."

"그러길 바라야죠. 그렇지만 이 말은 꼭 해야겠군요, 파트너. 무모한 짓을 또 하고 계시는데, 마음에 아주 안 들어요."

"키즈, 난 수사가 계속되길 바랐을 뿐이야. 그리고 내일 심문실에서 만날 그 친구에 대한 준비를 하고 싶었어. 월링 요원이 제공할 정보가 우리에겐 한 칼이 될 거야."

"좋아요. 선배를 믿어요. 하지만 어떤 점에선 선배가 날 충분히 신뢰하지 않기 때문에 내 의견을 묻지 않고 우리 두 사람에게 영향을 미칠 일을 선배 혼자서 결정한 거예요."

보슈는 얼굴이 화끈 달아올랐다. 그녀의 말이 전적으로 옳다는 걸 알기 때문이었다. 그는 아무 말도 하지 않았다. 이제 와서 그녀를 무시한 것에 대해 사과한들 그만둘 수 있는 일도 아니기 때문이었다.

"올리버스가 내일 일로 만나자고 하면 연락주세요."

라이더가 말했다.

"알았어."

휴대전화를 닫고 보슈는 잠시 생각에 빠졌다. 라이더의 지적으로 무안을 당했던 기분을 떨쳐내려고 애쓰며 그는 사건과 지금까지 수사에서 미진했던 부분에 정신을 집중했다. 몇 분 후 그는 휴대전화를 다시 열고 올리버스를 불러 웨이츠를 심문할 장소와 시간이 결정되었는지 물어보았다.

"내일 아침 10시니까 늦지 마시오."

올리버스의 말에 보슈는 다시 물었다.

"나한테 연락해 줄 생각이었소, 아니면 내가 텔레파시로 알게 되어 있었소?"

"나도 방금 알았어요. 내가 전화하기 전에 당신이 먼저 한 거죠."

보슈는 그의 변명을 무시했다.

"장소는?"

"지방검찰청. 그자를 막강한 곳에서 끌어내려 이곳 심문실에 처박아 놨죠."

"당신 지금 검찰청에 있소?"

"릭과 처리할 게 좀 있었죠."

보슈는 그 말엔 아무 대꾸도 하지 않았다.

"할 얘기가 남았습니까?"

올리버스가 물었다.

"아, 물어볼 게 하나 있소, 올리버스. 당신 파트너는 대체 어디 간 거요? 콜버트는 어떻게 된 거냐고?"

"그 친군 하와이에 있죠. 다음 주에나 돌아올 겁니다. 그때까지 이 일이 이어지면 그 친구도 거들겠죠."

콜버트는 여기서 무슨 일이 벌어지고 있는지 알기나 할까, 하고 보슈는 생각했다. 자기가 휴가를 즐기고 있는 동안 경력 쌓기에 아주 중요한 사건을 놓치고 있는 건 아닐까? 보슈가 지금까지 봐 온 올리버스는 멋진 사건에서 자기 동료를 일부러 뺐다고 해도 전혀 놀랄 일이 아닐 것 같았다.

"그러니까 10시란 말이죠?"

보슈가 확인 차 물었다.

"맞아요."

"내가 알아야 할 다른 건 없소, 올리버스?"

그는 올리버스가 검찰청에 있는 것이 좀 수상했지만 대놓고 물어보긴 싫었다.

"사실 한 가지가 더 있죠. 좀 미묘한 거라 할 수 있는데, 릭과 그 얘길 하고 있었소."

"무슨 얘기?"

"흠, 여기서 내가 뭘 보고 있는지 한번 알아맞혀 보쇼."

보슈는 한숨을 토해냈다. 이 자식이 질질 끌긴. 만난 지 하루도 안 됐는데 벌써부터 밥맛이 다 떨어져 다시는 쳐다보고 싶지도 않을 것 같은 놈이었다.

"모르겠소, 올리버스. 뭐요?"

"게스토 파일에 철해진 당신의 51번."

51번이라면 시차별 수사기록이라는 양식이었다. 사건의 모든 양상을 날짜별 시간별로 기록한 원본으로, 형사들의 근무 시간과 활동부터 매체들의 조회나 시민들의 제보에 대한 일상 전화와 메시지 내용까지 빠짐없이 기록한 것이다. 통상 이런 기록들은 매일 혹은 시간마다 변하는 최신 용어와 약어들을 사용한 속기 형태로 이루어진다. 그러다가 한 페이지가 다 차면 51번 양식에 타이핑되어 완성되고, 사건이 법원으로 넘어가거나 변호인이나 판사, 배심원들이 수사 파일을 검토할 필요가 있을 때 읽을 수 있게 한다. 손으로 기록한 원본은 그때 폐기하게 되어 있다.

"그게 어쨌다는 거요?"

보슈가 다시 물었다.

"지금 14페이지 마지막 줄을 보고 있는데, 일시는 1993년 9월 29일 오후 6시 40분으로 기재되어 있네요. 마감 시간이었던 모양이군. 기록자 란에는 JE라는 이니셜이 적혀 있고."

보슈는 속이 뒤집어지는 느낌이었다. 뭘 손에 넣었는지는 몰라도 올리버스는 그걸 느긋하게 즐기고 있었다. 보슈는 꾹 눌러 참고 그에게 말했다.

"그건 당시 내 파트너였던 제리 에드거가 분명한데, 그 친구가 뭐라고 적어놨소, 올리버스?"

"뭐라고 적어놨나 하면… 그냥 읽을 테니 들어보시오. '로버트 색슨. 생년월일 71/11/3. 〈타임스〉 기사를 봤다. 메이페어에서 MG(마리 게스토)가 혼자 있는 걸 봤다. 미행자는 없었다.' 그리고 색슨의 전화번호가 적혀 있고 그게 끝이로군. 하지만 그걸로 충분하지 않소, 잘난 형사 양반? 그게 무슨 뜻인지 알죠?"

알고말고, 하고 보슈는 생각했다. 그는 방금 키즈에게 로버트 색슨이란 이름의 배경을 조사해 보라고 지시했다. 그것은 가명이거나 현재 레이너드 웨이츠로 알려진 사내의 본명일 것이었다. 51번 양식에 적혀 있는 그 이름은 이제 웨이츠와 게스토 사건으로 연결되었다. 그것은 또한 13년 전에 보슈와 에드거가 적어도 한 차례 이상은 웨이츠 혹은 색슨을 주목했다는 뜻이었다. 하지만 어떤 이유에선지 그가 전혀 기억하지 못했거나, 그들이 그 점을 완전히 간과했다는 사실을 알지 못했다. 보슈는 51번 양식에 있다는 그 특별한 내용이 떠오르지 않았다. 한두 줄짜리 내용으로 채워진 그 시차별 수사기록 양식은 수십 페이지에 달했다. 그것들을 모두 기억한다는 것은—지난 여러 해 동안 그 수사에 자주 복귀했음에도 불구하고—불가능한 일이었다.

한참 후에야 그는 다음과 같이 묻고 있는 자신의 목소리를 들었다.

"그게 살인 사건 기록부에 언급되어 있는 유일한 거요?"

"내가 발견한 유일한 언급이죠."

올리버스가 대답했다.

"모든 내용을 두 번이나 읽었어요. 처음엔 그걸 못 보고 지나쳤지. 그런데 두 번째 읽을 때 난 '어라, 이건 아는 이름인데!' 하고 소리쳤죠. 그건 웨이츠가 90년대 초반에 사용했던 가명이었어요. 당신이 가진 파일에도 있을걸."

"알아요. 봤소."

"그건 그자가 당신들한테 전화를 했다는 뜻이오, 보슈. 살인자가 전화를 했는데 당신 파트너는 그걸 무시해 버렸군. 아무도 그자를 추적하거나 이름을 데이터베이스에 넣고 돌려 보지 않았던 것 같소. 당신들은 살인자의 가명과 전화번호를 손에 넣고도 아무 행동도 취하지 않았어. 왜냐하면 그자가 살인자인 줄 몰랐으니까. 단지 어떤 시민이 자기 눈으로 목격한 것을 제보했다고만 생각했겠지. 그자는 어떤 의미에서 당신들을 가지고 놀고 싶었거나 사건에 대해 뭔가를 알아보려고 전화했을 거요. 에드거가 응하지 않았을 뿐이지. 그날 늦은 시각이었으니까 당신 파트너는 아마 마티니 한 잔이 간절했던 모양이오."

보슈가 말이 없자 올리버스는 신이 나서 혼자 계속 지껄여댔다.

"정말 유감이야, 안 그래요? 어쩌면 이 모든 걸 그때 끝장낼 수도 있었어. 우린 내일 아침 웨이츠한테 그것부터 물어봐야 할 것 같소."

올리버스와 그의 쩨쩨한 세계는 이제 더 이상 보슈에게 중요하지 않았다. 진통제 정도로는 이미 그를 내려 덮기 시작한 두껍고 검은 구름을 침투할 수 없었다. 왜냐하면 로버트 색슨이라는 이름이 게스토 수사 선상에 떠올랐다면, 일상적으로 컴퓨터 조회도 이루어졌을 것이기 때문이다. 그 결과 가명 데이터베이스에서 레이너드 웨이츠와 남의 집 염탐죄로 체포된 그의 전과도 드러나면 그는 살인 용의자로 지목되었을 것이다. 그것도 앤서니 갈런드처럼 단지 수상한 용의자가 아니라 강력한 용의자로 부상했을 것이다. 그렇게 되면 수사는 전혀 새로운 방향으로 전개되었을 것이 분명했다.

하지만 그런 일은 일어나지 않았다. 에드거도 보슈도 그 이름을 컴퓨터에 조회하지 않았던 것이 분명했다. 그것을 간과한 대가로 어쩌면 두 여자가 쓰레기봉투 속에서 끝나게 만들고 웨이츠가 다음 날 자백하기로 한 일곱 명의 다른 여자들까지 죽게 만들었을 수도 있었다.

"올리버스?"

보슈는 그를 불렀다.

"뭐요, 보슈?"

"그 51번 양식을 내일 꼭 가지고 나오시오. 나도 보고 싶소."

"아, 물론이죠. 심문에도 필요할 테니까."

보슈는 다른 말 하지 않고 휴대전화를 닫았다. 숨이 자꾸만 가빠지는 느낌이었다. 곧 과호흡 상태에 이를 정도가 되었다. 운전석에 기댄 등이 뜨거워지면서 땀이 치솟기 시작했다. 그는 창문을 열고 호흡을 천천히 조정하려고 애썼다. 파커 센터가 가까웠지만 그는 차를 도로 가장자리에 세웠다.

형사들에겐 악몽도 그런 악몽이 없었다. 최악의 시나리오였다. 중요한 단서를 무시하거나 잘못 처리하여 끔찍한 일이 세상에서 계속 벌어지도록 만드는 것. 어둡고 사악한 것이 그늘진 곳으로 횡행하며 생명을 연달아 파괴하게 만드는 것. 형사라면 누구나 실수를 범하고 평생을 후회하며 살아야만 한다. 그렇지만 이 경우는 아주 악성이란 걸 보슈는 본능적으로 깨달았다. 그것은 내부에서 점점 자라나 모든 것을 어둡게 만들고, 마침내 그 자신을 마지막 희생자, 마지막 피살자로 만들 것이었다.

그는 자동차를 도로 가장자리에서 가운데로 몰아 시원한 공기가 창문으로 들어오게 했다. 그리곤 갑자기 유턴을 하여 집으로 향했다.

치명적 실수

보슈는 집 뒤쪽 데크에서 어두워져 가는 하늘을 바라보았다. 그는 절벽 끝에 매달린 만화 주인공처럼 우드로 윌슨 가의 언덕 가장자리에 걸린 외팔보 주택에서 살고 있었다. 가끔 그 자신이 만화 주인공처럼 느껴지기도 했다. 오늘 밤처럼. 그는 얼음에 끼얹은 보드카를 마시고 있었는데, 작년 경찰에 복직한 이래 처음 시작한 독주였다. 목구멍으로 넘어갈 때는 불덩이처럼 느껴지지만 그래도 좋았다. 그것으로 머릿속 생각들을 불태워 버리고 말초신경을 지지고 싶었다.

보슈는 자신을 진정한 형사로 생각하고 있었다. 모든 것을 받아들이고 고려하는 진짜 형사. 모두가 중요하거나 아무도 중요하지 않다고, 항상 그렇게 말하는 형사. 그것은 그를 유능한 형사로 만들었으나 동시에 그만큼 취약하게 만들었다. 실수는 그를 괴롭힐 수 있었고, 특히 이런 실수는 최악의 것이었다.

그는 얼음과 보드카를 흔든 뒤 또 한 모금 길게 들이켜 잔을 비웠다.

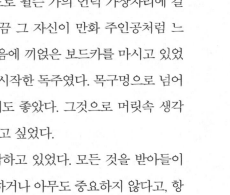

이렇게 차가운 것이 목구멍 아래로 내려가면서 어쩌면 이처럼 뜨겁게 타오를 수 있단 말인가? 그는 집 안으로 들어가 얼음에다 다시 보드카를 따랐다. 술에 짜 넣을 레몬이나 라임이 있으면 참 좋겠는데, 집에 오는 길에 식품점에 들리지 않았다. 그는 부엌에서 새로 따른 술잔을 한 손에 들고 다른 손으로 전화기를 집어든 뒤 제리 에드거의 휴대전화 번호를 눌렀다. 그의 번호는 아직도 기억하고 있었다. 파트너의 휴대전화 번호는 좀체 잊기 어려운 법이니까.

에드거의 소리 뒤로 텔레비전 소음이 들려왔다. 집에 있다는 얘기였다.

"제리, 나야. 물어볼 게 좀 있어서."

"해리? 거기 어디야?"

"집이지. 그런데 옛날 우리가 취급했던 사건 하나를 보고 있어."

"아, 해리 보슈의 집착 리스트를 다시 훑어봐야겠군. 어디 보자, 페르난데스 건이야?"

"아니야."

"그럼 그 녀석? 어떤 여자를 찔렀던?"

"아니라니까."

"에이, 포기했다. 자네가 끌고 다니는 유령이 한둘이라야 말이지."

"게스토 건이야."

"젠장, 그 여자부터 먼저 꼽았어야 했는데. 자네가 복직한 뒤로 그걸 만지작거리고 있다는 소문은 들었어. 질문이 뭔데?"

"51번 양식에 자네 이니셜로 된 기록이 하나 있었어. 로버트 색슨이라는 사내가 전화해서 게스토를 메이페어에서 목격했다고 제보한 내용이야."

에드거는 잠시 생각한 뒤 대답했다.

"그게 다야? 기록 내용이?"

"응. 그자와 전화했던 일 기억나?"

"젠장, 난 지난달 수사한 사건들에 대한 기록도 기억나지 않아, 해리. 그래서 51번 양식에 기록하는 거잖아. 색슨이 누군데?"

보슈는 대답하기 전에 술잔을 흔들어 한 모금 마셨다. 얼음 알이 입술에 부딪히고 보드카가 뺨으로 흘러내리자 그는 소매로 뺨을 훔친 뒤 전화기를 다시 입으로 가져갔다.

"그자가 이 사내 같아…."

"그 살인자 놈을 잡았어, 해리?"

"그런 것 같아. 하지만 우린 그 당시에 잡을 수도 있었어. 어쩌면."

"색슨이란 이름을 가진 자가 나한테 전화했던 기억은 전혀 없는데. 놈은 우리한테 전화하며 쾌감을 느꼈을 거야. 해리, 지금 취했나?"

"그러고 있어."

"왜 그래? 그자를 잡았다면 아주 못 잡은 것보다는 낫잖아? 기뻐해야지. 난 기쁜데. 그 여자의 부모한테는 아직 알리지 않은 건가?"

부엌 카운터에 기대고 서 있던 보슈는 좀 앉고 싶어졌다. 그렇지만 전화선 때문에 거실이나 데크로 나갈 수가 없었다. 그는 술이 쏟아지지 않게 조심하면서 캐비닛에 기댄 채 바닥에 미끄러지며 앉았다.

"응, 아직 전화 안 했어."

"내게 뭘 감추고 있나, 해리? 자네가 침울한 걸 보면 뭔가 잘못되었다는 얘긴데."

보슈는 잠시 침묵한 뒤 말했다.

"잘못된 건 마리 게스토가 처음도 아니고 마지막도 아니었다는 거야."

그 말의 의미를 깨닫자 에드거는 조용해졌다. 뒤에서 들리던 텔레비전 소리가 조용해지더니 그는 어떤 벌을 받아야 하는지 묻는 아이처럼 약한 목소리로 보슈에게 물었다.

"몇 명이나 나왔는데?"

"아홉 명 같아. 내일이면 더 자세히 알게 될 거야."

"세상에."

에드거는 나지막이 탄식했다.

보슈는 고개를 끄덕였다. 한편으로는 에드거에게 화를 내며 모든 것에 대해 나무라고 싶었지만, 다른 한편으로는 같은 파트너로서 좋은 일과 궂은 일을 함께했다는 생각에 그럴 수가 없었다. 살인 사건 기록부에 첨부된 51번 양식은 그들 두 사람이 모두 읽어 보고 행동을 취했어야 할 문서였다.

"그러니까 그 전화는 기억나지 않는단 말이지?"

"응, 전혀. 너무 오래됐잖아. 내가 그를 추적하지 않았다면 제보 내용이 비정상적으로 들렸거나 더 이상 얻어낼 것이 없다고 판단했기 때문이겠지. 그자가 살인자였다면 우리한테 엿을 먹이고 싶었겠지."

"맞아. 그런데 우린 그자의 이름을 컴퓨터에 조회하지 않았어. 했다면 가명 파일에서 일치되는 게 나왔을 텐데 말이야. 그자가 원했던 게 바로 그거였는지도 몰라."

두 형사는 할 말을 잃고 참담한 기분 속으로 빠져들었다. 에드거가 마침내 입을 열었다.

"해리, 자네가 발견했나? 그것에 대해 누가 알고 있지?"

"동북부 강력계에서 나온 형사가 발견했어. 게스토 파일을 가지고 있지. 그자와 용의자를 담당하고 있는 검사도 알고 있지만 그건 중요하지 않아. 문제는 우리가 수사를 망쳤다는 거야."

그래서 사람들이 죽었어, 라는 말은 그는 속으로만 했다.

"검사는 누구야? 이 건도 포함시킬 수 있어?"

에드거가 물었다.

보슈는 그가 벌써 이런 실수가 초래할 경력상의 흠집을 최소화할 생각을 하고 있다는 걸 알았다. 마리 게스토 이후에 죽은 아홉 명의 희생자에 대한 죄책감 따위는 그냥 사라져 버렸는지, 아니면 편리하게 어디 처박아 버렸는지 알 수가 없었다. 에드거는 진정한 형사가 아니었다. 생각이 늘 콩밭에 가 있는 친구였다.

"안 될걸. 그리고 신경 쓰고 싶지도 않아. 우린 93년도에 그자를 잡았어야 했는데 놓쳤어. 그래서 그자는 그때부터 지금까지 여자들을 자르고 다녔다고."

"자르고 다녔다는 건 무슨 소리야? 에코 파크 쓰레기봉투남 얘길 하고 있는 거야, 지금? 이름이 뭐더라, 웨이츠? 그자가 바로 그놈이었어?"

보슈는 차가운 술잔으로 왼쪽 관자놀이를 누르며 대답했다.

"맞아. 그자가 내일 자백을 해. 릭 오셔가 조회할 것이기 때문에 결국 그 문제는 불거질 거야. 똑똑한 기자들이 게스토 사건 당시 웨이츠가 수사 선상에 오르지 않았는지 질문할 테니 감출 방법도 없어."

"오른 적이 없다고 하면 되지. 사실이니까. 웨이츠란 이름은 한 번도 오른 적이 없었어. 그건 가명이었고, 기자들에게 그런 얘기까지 해 줄 필욘 없잖아. 오셔한테 그 점을 분명히 알려야 해, 해리."

그의 목소리에 다급한 마음이 묻어나왔다. 그러자 보슈는 전화한 것이 후회되었다. 에드거한테 전화한 것은 죄책감을 함께 나누고 싶어서였지, 질책을 피할 방도를 찾기 위해서가 아니었다.

"암튼, 그래."

"해리, 자넨 얘기하기 쉽잖아. 난 지금 본부 강력계 전출 대상자 두 명 중 하나로 올라 있는데, 이런 일이 불거지면 기회를 완전히 날려 버리게 될 거야."

보슈는 이제 전화를 끊고 싶어졌다.

"암튼 내가 할 수 있는 건 할게, 제리. 그렇지만 일을 망쳤을 땐 그 결과를 감수해야 할 때도 있는 거야."

"이번엔 안 돼, 파트너. 절대로."

에드거가 낡은 '파트너 조항'을 들고 나온 것은 보슈를 화나게 했다. 파트너십의 연대감은 결혼보다 더 강력하다는 불문율에 의해 자신을 충실히 보호해 달라고 에드거는 요구하고 있었다.

"내가 할 수 있는 건 하겠다고 했잖아. 난 이제 가야 해, 파트너."

보슈는 그렇게 말한 뒤 바닥에서 일어나 전화를 끊어 버렸다.

데크로 돌아가기 전에 그는 술잔에 얼음과 보드카를 다시 채웠다. 그리고 밖으로 나와 데크 난간에 팔꿈치를 짚고 기대어 섰다. 언덕 저 아래쪽 고속도로를 질주하는 차량들의 소음은 언제나처럼 줄기찼다. 하늘을 쳐다보니 노을이 검붉은 빛을 띠고 있었다. 상승기류를 탄 붉은꼬리말똥가리 한 마리가 비상하는 것이 보였다. 마리 게스토의 차를 발견하고 돌아오는 길에도 붉은꼬리말똥가리를 봤던 기억이 떠올랐다.

휴대전화가 울리기 시작하자 그는 재킷 안주머니에서 꺼내려고 화급히 서둘다가 끊어지기 직전에야 간신히 받았다. 화면에 뜬 상대방 이름을 확인할 겨를도 없었다. 키즈 라이더의 목소리가 흘러나왔다.

"선배, 들었어요?"

"응, 들었어. 방금 에드거한테 그 얘길 해 줬지만, 그 친군 자기 경력과 본부 강력계 전출에 지장이 있을까 그것만 걱정하더라고."

"선배, 지금 무슨 얘길 하고 있는 거예요?"

보슈는 잠시 어리둥절해졌다가 그녀에게 반문했다.

"올리버스란 똥강아지가 얘기하지 않았어? 지금쯤은 온 세상에 나발을 불어댔을 걸로 생각했는데."

"무슨 얘기요? 난 내일 심문에 대해 연락을 받았는지 알고 싶어 전화한 건데요."

보슈는 실수했다는 걸 알았다. 그는 데크 가장자리로 걸어가서 마시고 있던 보드카를 난간 밖으로 쏟아 버렸다.

"내일 아침 10시 검찰청에서야. 그곳 심문실로 그자를 데려오기로 했어. 미안해, 키즈. 전화해 준다는 게 깜박 잊었어."

"괜찮아요, 선배? 술을 마시고 있는 것 같은데."

"여긴 내 집이야, 키즈. 마실 권리가 있다고."

"제가 무슨 일로 전화했을 거라고 생각한 거예요?"

보슈는 숨을 멈추고 잠시 생각을 정돈한 뒤 대답했다.

"웨이츠든 색슨이든 에드거와 난 그자를 1993년도에 이미 잡아들였어야 했어. 에드거가 그자와 통화를 했는데, 그땐 색슨이란 이름을 사용했대. 그런데 에드거도 나도 그 이름을 컴퓨터에 조회해 보지 않았어. 우리가 망쳐 버렸던 거지."

키즈 라이더는 그 말의 의미를 잠시 생각해 보았다. 가명 데이터베이스에 조회했다면 그 이름이 웨이츠와 연결되었을 것임을 깨닫는 데는 오랜 시간이 걸리지 않았다.

"유감이군요, 선배."

"그 말은 그 후에 죽은 아홉 명의 희생자들에게 해야지."

보슈는 데크 아래쪽 덤불을 내려다보았다.

"괜찮을 것 같아요, 선배?"

"난 괜찮아. 단지 이런 생각을 빨리 흘려보내고 내일 아침 일에 대비해야 할 텐데."

"이 시점에서 그 문제에 매달려야 한다고 생각해요? 다른 미해결 사건 전담반이 우리 팀을 대체해야 할 것 같군요."

보슈는 즉각 반응했다. 13년 전에 저지른 치명적인 실수를 어떻게 처리해야 할지는 모르겠지만 이제 와서 물러설 생각은 없었다.

"안 돼, 키즈. 사건에서 손을 뗄 생각은 없어. 93년도엔 놈을 놓쳤을지 몰라도 이번엔 절대 놓치지 않을 거야."

"좋아요, 선배."

그녀는 전화를 끊지도 않았고, 다른 말을 하지도 않았다. 보슈는 아래쪽 고개에서 울리는 사이렌 소리를 들을 수 있었다.

"선배, 제안 하나 해도 돼요?"

그는 무슨 소리가 나올지 알았다.

"그럼."

"지금 마시고 있는 그 술 한쪽으로 치우고 내일 일에 대해 생각해야 할 것 같아요. 심문실에 일단 들어가면 과거에 저지른 실수는 중요하지 않을 테니까요. 중요한 건 그자와 마주하는 그 순간이죠. 우린 냉정해질 필요가 있어요."

보슈는 미소를 지었다. 베트남에서 정찰 나설 때 자주 듣던 말이었다.

"냉정해야지."

"그럼요. 사무실에서 만나 함께 걸어갈 거예요?"

"그러지. 일찍 나갈게. 문서보관실에 먼저 들르고 싶으니까."

현관 쪽에서 노크 소리가 들리자 보슈는 집 안으로 걸어 들어갔다.

"그러면 저도 일찍 나갈게요. 사무실에서 만나죠. 오늘 밤은 괜찮겠어요?"

라이더가 걱정된다는 투로 물었다.

보슈가 문을 열자 두 손으로 파일을 든 레이철 월링이 서 있었다.

"그럼, 키즈. 난 괜찮아. 잘 자."

그는 휴대전화를 닫고 레이철을 맞아들였다.

여우

보슈의 집엔 전에도 와 봤기 때문에 레이철은 두리번거리지 않았다. 그녀는 곧장 주방으로 들어가서 식탁 위에 파일을 내려놓더니 보슈를 쳐다보며 물었다.

"왜 그래요? 뭐가 잘못됐어요?"

"아니. 당신이 온다는 걸 깜박 잊었소."

"뭣 하다면 그냥 돌아가도…."

"아니라니까. 당신이 와서 기뻐요. 그래, 파일을 좀 더 살펴볼 시간은 있었어요?"

"약간요. 내일 당신한테 도움이 될 만한 것들을 좀 메모해 왔어요. 그리고 당신이 원한다면 나도 거기 참여할 수 있어요. 비공식적으로."

보슈는 고개를 저으며 말했다.

"공식 비공식은 중요하지 않아요. 이 건은 릭 오셔 담당이기 때문에 그 자리에 FBI를 끌어들이면 그는 날 밀어낼 거요."

레이철은 미소를 지으며 머리를 저었다.

"다들 연방수사국이 노리는 건 일면 머리기사뿐이라고 생각하죠. 하지만 항상 그렇진 않아요."

"나도 알지만 이 사건을 오서 검사에 대한 시험용으로 돌리고 싶진 않소. 마실 걸 좀 내올까?"

그는 식탁 쪽을 가리키며 그녀에게 앉으라고 권했다.

"뭐가 있는데요?"

"조금 전까지 보드카를 마시고 있었는데 이제 커피로 바꾸려고."

"보드카 토닉 만들 줄 알아요?"

보슈는 머리를 끄덕이곤 말했다.

"토닉 없이도 만들 수 있죠."

"토마토 주스로?"

"아아니."

"크랜베리 주스는?"

"보드카뿐이오."

"모주꾼 해리. 차라리 커피가 나을 것 같군요."

보슈는 커피포트를 가지러 부엌으로 들어갔다. 뒤에서 레이철이 의자를 빼고 앉는 소리가 들렸다. 테이블로 돌아오자 그녀는 파일을 열고 메모를 해 놓은 페이지를 자기 앞으로 펼쳐놓고 있었다.

"그 이름에 대해선 아직 안 알아봤어요?"

레이철이 그에게 물었다.

"알아보고 있는 중이오. 내일 아침 일찍부터 시작인데, 10시 이전에 뭐든 알아내어 그자를 심문실에서 만나고 싶소."

그녀는 고개를 끄덕인 뒤 보슈가 맞은편에 앉기를 기다렸다.

"준비됐어요?"

"됐어요."

레이철은 고개를 숙이고 파일을 들여다보며 얘기하기 시작했다.

"이자가 누구든, 이름이 뭐든, 아주 영악하고 상대방을 잘 조종하는 사내임이 분명해요. 그의 체구를 봐요. 작달막하고 허약해요. 이건 연기력이 좋다는 뜻이죠. 어떻게 꼬였든 희생자들이 자기를 따라오게 만들 수 있었어요. 그게 열쇠죠. 이자가 완력을 사용한 것 같진 않아요. 적어도 처음부터 말이죠. 그러기엔 너무 왜소해요. 그 대신 자신의 매력과 교활함을 이용했고, 그것을 계속 갈고닦았죠. 버스에서 할리우드 대로에 처음 내린 여자라 할지라도 조심은 하는 법이고, 거리의 건달들에 대한 나름대로의 요량은 다 있거든요. 하지만 이자는 그들보다 훨씬 더 영악해요."

보슈는 머리를 끄덕이며 동의했다.

"사기꾼이오."

레이철도 고개를 끄덕이며 얄팍한 서류를 가리켰다.

"이것에 대해 인터넷 검색을 좀 해 봤어요. 레이너드 서사시에서 그는 종종 성직자로 묘사되어 있더군요. 회중에게 자기 가까이 오도록 설교하여 손아귀에 넣기 위해서죠. 12세기경에 성직자라면 절대 권위자였죠. 오늘날은 다르겠지만요. 오늘날의 절대 권위자는 정부가 되겠죠. 특히 경찰로 대표되는."

"그자가 경찰 흉내를 냈을 수도 있다는 거요?"

"내 생각일 뿐이지만 가능성은 있죠. 그는 잘 먹혀드는 뭔가를 필요로 했어요."

"무기는 어때요? 돈은 어떻고? 지폐 다발을 흔들었을 수도 있죠. 이런 여자들은 돈이라면 어디든 따라갔을 거요."

"내 생각엔 무기나 돈보다 더 강력한 것이었던 것 같아요. 그 두 가지 중 하나를 사용하더라도 여전히 상대와 가까워질 필요가 있거든요. 돈이 안전을 보장해 주진 않죠. 다른 어떤 것이 있어요. 그의 스타일이나 매력적인 말투 같은 것. 돈 이상이거나 돈에 곁들일 수 있는 것 말이에요. 그래서 상대방에게 먼저 접근한 다음 무기를 사용했겠죠."

보슈는 고개를 끄덕이더니 의자 뒤쪽 선반에서 수첩을 내려 무언가를 적은 뒤 레이철에게 물었다.

"그 외에 또 뭐가 있소?"

"그자가 유리창 청소 사업을 얼마나 오래 했는지 알아요?"

"아니, 하지만 내일 아침이면 알 수 있소. 왜?"

"왜냐하면 그건 그자의 기술들 중 다른 면을 보여주기 때문이에요. 하지만 흥미로운 건 그자가 자기 사업을 하고 있다는 것만은 아니에요. 그자가 선택한 사업의 종류에도 나는 호기심을 느껴요. 그 일은 그에게 기동성을 부여할 뿐 아니라 시내를 마음대로 돌아다닐 수 있게 해 주거든요. 그가 몰고 다니는 밴을 인근지역에서 발견했다고 해서 특별히 눈길을 끌 일은 없죠. 그의 몰락을 초래한 건 아주 늦은 밤에 밴을 몰고 나갔기 때문이에요. 그리고 유리창 청소업은 그를 다른 사람들의 집에 쉽사리 들어갈 수 있게 해 줬어요. 나는 그자가 자신의 판타지, 즉 살인을 쉽사리 실현하기 위해 그런 직업을 택했는지, 아니면 그런 직업에 먼저 종사하다가 살인 충동을 행동으로 옮기게 되었는지가 참 궁금해요."

보슈는 다시 메모를 몇 줄 더 첨가했다. 범인의 직업에 대한 레이철의 질문들은 정곡을 찔렀다. 보슈 자신도 그와 궤를 같이 하는 의문들을 품게 되었다. 웨이츠는 13년 전에도 같은 사업을 하고 있었을까? 하이 타워에서 유리창을 청소하고 빈 아파트에 대해서도 알고 있었을까? 어쩌면 그것은 수사진이 범한 또 하나의 실수로, 그때 놓쳤던 연결 고리였을 수도 있었다.

"해리, 이런 얘긴 할 필요 없다는 걸 알지만 그자를 다룰 땐 조심해야 할 거예요."

보슈는 메모지에서 눈길을 들었다.

"왜요?"

"내가 여기서 본 어떤 건, 하긴 이건 많은 증거물에 대한 너무 성급한 반응임이 분명하지만, 암튼 여기엔 딱 들어맞지 않는 뭔가가 있어요."

"그게 뭔데요?"

레이철은 잠시 생각을 정리한 뒤 대답했다.

"그가 체포된 건 한낱 요행수에 지나지 않았다는 걸 기억해야죠. 절도범을 찾고 있던 경찰들이 우연히 살인자와 마주쳤던 거예요. 그 경관들이 밴 안에서 쓰레기봉투를 발견하기 전까지만 해도 웨이츠는 법집행기관에 전혀 알려지지 않았던 인물이었어요. 그야말로 여러 해 동안 레이더망에 잡히지 않고 마음껏 날아다녔던 거죠. 그것만 봐도 그는 상당한 수준의 기술과 교활함을 지녔다는 얘기죠. 동시에 병리학적 측면도 보여주었고요. 그는 조디액이나 BTK 같은 다른 살인범들처럼 쪽지를 보내지 않았어요. 또한 사회를 모욕하고 경찰을 조롱하기 위해 피살자들을 전시하지도 않았죠. 그냥 조용히 있었어요. 수면 아래서만 움직였죠. 그리곤 처음 두 살인 사건만 제외하곤 아무 흔적도 남기지 않고 끌려올 수 있는 희생자들을 선택했어요. 무슨 뜻인지 이해하겠어요?"

보슈는 여러 해 전에 자신과 에드거가 저질렀던 실수를 레이철에게 말해야 할지 말아야 할지 판단이 서지 않아 잠시 망설였다. 그녀가 눈치채고 물었다.

"뭐예요?"

그가 대답하지 않자 레이철은 다그쳤다.

"해리, 허송세월하러 여기 온 거 아니에요. 뭔가 아는 게 있으면 나한테도 말해 줘야죠. 그러기 싫다면 난 그만 일어나 가겠어요."

"커피를 가져올 때까지 잠시만 참아요. 블랙을 좋아해야 할 텐데."

그는 일어나 부엌으로 가서 두 개의 머그잔에 커피를 따랐다. 그리고 레이철을 위해 조미료 등을 던져 두는 바구니 속에서 설탕과 감미료 봉지들을 찾아들고 돌아왔다. 그녀는 자기가 마실 커피에 감미료를 타서 한 모금 마신 뒤 그에게 물었다.

"그래, 무슨 얘길 감추려고 했죠?"

"93년도에 이 사건을 수사할 때 나와 파트너가 실수를 범했소. 당신이 방금 말한 웨이츠가 여러 해 동안 레이더망에 잡히지 않고 마음껏 날아다녔다는 내용과 배치되는지는 모르겠지만, 그 당시 그자가 우리한테 전화를 했던 것 같아요. 사건이 발생하고 3주쯤 경과했을 때 그자는 내 파트너에게 전화했는데, 익명을 사용했소. 적어도 우리가 생각하기엔 익명이었다는 얘기지. 당신이 찾아낸 이 레이너드 여우란 사내는 본명을 사용했겠죠. 암튼 우리는 그걸 무시했소. 그자에 대해 아무 조사도 하지 않았다고."

"그게 무슨 소리예요?"

보슈는 마지못해 올리버스 형사가 51번 양식에서 웨이츠의 가명을 발견했다고 전화한 것에 대해 천천히 설명했다. 레이철은 시선을 테이블에 던진 채 고개만 끄덕였다. 손에 들고 있던 볼펜으로는 앞에 펼쳐 놓은 메모지에 동그라미를 계속 그렸다.

"그 나머지는 지금까지 밝혀진 대로요. 그자는 계속 그런 식으로… 사람을 죽여 왔던 거지."

"그걸 알게 된 게 언제죠?"

레이철이 물었다.

"오늘 당신과 헤어진 직후."

레이철은 알 만하다는 듯 머리를 끄덕였다.

"그래서 보드카를 속에 들이붓고 있었군요."

"그런 셈이오."

"난 또… 내 생각엔 신경 쓰지 말아요."

"그럼. 당신을 만나 그랬던 건 아니오, 레이철. 당신을 만난 건… 솔직히 아주 좋아요."

그녀는 머그잔을 들고 커피를 한 모금 마신 뒤 메모한 것을 들여다보았다. 하던 일을 계속 진행하려고 자신을 다잡은 뒤 보슈에게 말했다.

"난 그자가 당시 에드거한테 전화한 것이 내가 내린 결론에 어떤 변화를 주는지 잘 모르겠어요. 물론, 그자가 어떤 이름으로든 전화를 걸어왔다는 것 자체는 그답지 않은 것처럼 보여요. 그렇지만 게스토 사건은 그의 형성과정 초기에 일어났다는 사실을 기억해야만 해요. 게스토 사건의 많은 측면이 다른 사건들과는 부합되지 않거든요. 따라서 그 사건에서만 그가 연락했다는 것이 그렇게 특별한 일은 아닐 거예요."

"좋아요."

보슈가 과거의 실수에 대해 얘기한 뒤부터 레이철은 그와 눈을 마주치지 않으려고 애쓰며 메모에 대해 다시 말했다.

"그런데 무슨 설명을 하다 그런 얘기가 나왔죠?"

"그자가 처음 두 사람을 살해한 후부터는 희생자들을 아무 흔적 없이 물밑으로 끌어넣을 수 있는 여자들로만 선택했다는 얘길 했소."

"맞아요. 내 얘긴 그자가 그 일에서 만족감을 얻고 있었다는 거죠. 그는 자신이 하는 일을 아무에게도 알릴 필요가 없었어요. 그래서 어떤 주목도 받지 않았죠. 사람들의 주의를 끌고 싶지 않았으니까요. 그의 성취감은 자기만족이었어요. 외부 요인이나 공적인 건 필요 없었다는 얘기예요."

"그렇다면 뭐가 마음에 걸리는 거요?"

레이철은 보슈를 쳐다보며 반문했다.

"무슨 뜻이에요?"

"잘 모르겠지만 당신이 프로파일한 자의 어떤 점이 당신의 신경을 긁는 것처럼 보여요. 뭔가를 믿지 못하고 있는 것 같소."

레이철은 보슈가 정확히 간파했다는 뜻으로 머리를 끄덕였다.

"그건 바로 그의 프로파일이 게임의 이 단계에서 협조하겠다는 사람, 즉 다른 범죄들에 대해 자백하겠다는 그 사람을 받쳐주지 않기 때문이에요. 내가 여기서 본 자는 그 자백을 결코 인정하지 않을 거예요. 어느 범죄도요. 그는 그것을 부인하거나, 끝까지 침묵하다가 독침을 팔에 맞을 거예요."

"좋아, 그렇다면 그게 모순이군. 이런 사내들은 모두 모순덩어리 아닌가? 그들은 어떤 식으로든 비뚤어졌소. 어떤 프로파일이든 100퍼센트 정확하진 않잖소."

레이철은 동의했다.

"맞아요. 그렇지만 일치하지 않는 건 분명하니까 그의 관점에서 내가 말하고자 하는 건 거기에 다른 꼼수가 숨어 있을 수 있다는 거죠. 말하자면 더 높은 목표, 새 계획 같은 거 말예요. 그자의 모든 자백은 상대방을 조종하려는 저의가 숨어 있어요."

보슈는 당연하다는 듯 고개를 끄덕였다.

"물론이오. 그자는 오셔 검사와 법 제도를 조종하고 있지. 독극물 주사를 모면하기 위해서."

"그렇겠죠. 하지만 다른 이유도 숨기고 있을지 모르니 조심해요."

레이철은 조심하라는 말을 특히 강조했다. 마치 부하 직원이나 어린애를 교정해 주듯 하는 말투였다.

"걱정 마요. 조심할 테니."

보슈는 그렇게 대답한 뒤 그 문제는 더 이상 생각지 않기로 했다.

"신체 절단에 대해선 어떻게 생각해요? 그건 뭘 의미하고 있죠?"

"사실 나는 대부분의 시간을 검시보고서 검토로 보냈어요. 살인자에 대한 모든 것은 그의 희생자들로부터 알 수 있다고 항상 믿고 있거든요. 각 사건들의 사인은 모두 교살로 밝혀졌더군요. 어느 시체에서도 자상은 발견되지 않았어요. 절단만 했던 거죠. 이 두 가지는 다른 거예요. 시체 절단은 단지 치우기 위한 절차라고 난 봐요. 그자로서는 시체를 쉽게 처분하기 위한 방법이었죠. 또한 그것은 계획하고 준비하는 그의 기술을 보여줘요. 보고서를 읽어볼수록 그날 밤 그자를 체포한 것이 천행이었다는 걸 깨닫게 돼요."

레이철은 손가락으로 메모지를 아래쪽으로 훑어 내리며 얘기를 계속했다.

"난 그 쓰레기봉투들이 아주 이상했어요. 두 여자의 시신을 세 개의 봉투에 담았어요. 한 봉투에는 두 여자의 머리와 손 네 개가 담겨 있었죠. 신원을 확인할 수 있는 부위만 담은 그 봉투는 살인자가 다른 곳으로 가져갈 계획을 하고 있었을 수도 있어요. 경찰이 그의 밴을 세웠을 때 어디로 가고 있었는지 알 수 있었나요?"

보슈는 어깨를 으쓱했다.

"없었소. 스태디엄 근처에 그 봉투들을 파묻으러 가던 중이었다고 짐작되는데, 그것도 그 밴이 스태디엄 웨이를 나와 인근 지역으로 들어가는 것을 발견했기 때문에 설득력이 없어요. 그자는 쓰레기봉투를 파묻을 숲이 있는 스태디엄 부근을 떠나고 있던 중이었소. 인근 지역 아래쪽이나 스태디엄 아래 산기슭에도 땅이 패이거나 갈라진 곳들이 많지만, 그자가 쓰레기봉투들을 파묻을 생각이었다면 인근 지역으로 들어가지 않았을 거요. 차라리 사람들 눈에 잘 띄지 않을 공원 깊숙한 곳으로 들어갔겠지."

"맞아요."

레이철은 자기가 작성한 다른 서류를 살펴보았다.

"그건 뭐죠?"

보슈가 물었다.

"레이너드 여우 얘기는 이 모든 것과 아무 관계도 없을지 몰라요. 모두 우연의 일치일 수도 있다고요."

"그렇지만 서사시에는 레이너드가 비밀 은신처로 사용한 성이 있었다고 적혀 있다면서."

레이철은 눈썹을 쳐들었다.

"컴퓨터는 없는 줄 알았는데요. 온라인 검색은 고사하고 말이죠."

"난 없죠. 내 파트너가 검색한 거요. 그렇지만 난 오늘 당신한테 전화하기 직전에 그 인근 지역으로 갔었소. 성 같은 건 보이지 않던데."

레이철은 머리를 저으며 말했다.

"매사를 액면대로만 보면 안 되죠."

"하긴 레이너드에 대해 아직 큰 의문이 하나 남아 있소."

"어떤 의문인데요?"

"파일 안에 있는 입건 서류들 봤소? 그자는 올리버스와 그의 파트너에겐 입을 안 열려고 했지만 감옥에서는 기초 질문들에 대해 대답을 했더라고. 교육 수준은 고교 졸업으로 기재했고, 그 이상은 없었어요. 무슨 얘기냐 하면, 그자는 유리창 청소부일 뿐이오. 여우에 관한 중세 서사시를 어떻게 알겠소?"

레이철은 머리를 저었다.

121

"모르겠어요. 하지만 그 캐릭터는 모든 문화에 반복적으로 나온다고 했잖아요. 아이들의 책에도, 텔레비전 쇼에도 말이죠. 그 캐릭터가 그자에게 영향을 끼칠 방법은 얼마든지 있다고 봐야죠. 그리고 직업이 유리창 청소부라고 그자의 지능을 과소평가하면 안 돼요. 어쨌거나 자영업체를 소유하고 있고, 그건 그 자신의 능력을 보여준다는 점에서 중요해요. 그렇게 오랜 세월 동안 살인을 해 오면서도 아무 처벌도 받지 않았다는 것은 그자의 지능이 높다는 또 하나의 강력한 증거예요."

보슈는 완전히 확신할 수 없었다. 그는 레이철의 생각을 새로운 방향으로 돌릴 다른 질문을 던졌다.

"처음 두 희생자는 어떻게 봐야 하나? 그자는 폭동이 일어났을 때 첫 번째 남자를 요란하게 죽인 다음 마리 게스토를 납치하여 매체를 떠들썩하게 한 후 당신 말대로 완전히 잠수해 버렸잖소."

"연쇄살인범들은 모두 행동의 변화를 보여요. 그러니까 그때는 학습 곡선상에 있었다고 보면 간단하죠. 내가 보기엔 첫 번째 살해당한 남자는 묻지마 살인의 희생자였던 것 같아요. 그냥 한 번 저지르고 보자는 생각을 가진 범인에게 우연히 살인 기회를 제공하게 된 경우죠. 그는 오랫동안 살인을 생각해 왔지만 과연 해낼 수 있을지 자신이 없었어요. 그러다가 마침내 자신을 시험해 볼 수 있는 상황, 즉 폭동의 혼돈과 접하게 됐던 거죠. 그것은 그 자신이 실제로 누군가를 죽이고 감쪽같이 달아날 수 있는지 알아볼 절호의 기회였어요. 희생자가 남자든 여자든 그건 중요치 않았죠. 희생자의 신원도 중요하지 않았고요. 그 순간엔 그 자신이 정말 살인을 해낼 수 있는지 그것만 알고 싶었을 뿐, 희생자는 아무라도 상관이 없었어요."

보슈도 그 말을 이해할 수 있었다. 그는 고개를 끄덕이며 말했다.

"그래서 알았겠군. 그다음엔 마리 게스토 사건이 터졌고. 그자는 경찰의 관심과 매체들의 주의를 끄는 희생자를 선택한 거요."

"그때까진 아직 배우며 커가고 있던 중이었죠. 자기도 살인할 수 있다는 걸 알았으니 사냥하러 나가고 싶었을 거예요. 게스토가 그 첫 번째 희생자였어요. 그녀는 우연히 그와 마주쳤고, 그녀의 어떤 점이 그의 환상 프로그램과 맞아떨어져서 간단히 사냥감이 되었던 거예요. 그때까지 그의 초점은 희생자 획득과 자기방어에 맞춰져 있었어요. 그런 점에서 그의 선택은 아주 나빴던 거죠. 실종되면 즉시 세인들의 관심을 끌고 엄청나게 찾아댈 여자를 선택했으니까요. 일이 그렇게 전개될 줄은 몰랐겠죠. 하지만 그는 스스로 불러들인 그 뜨거운 반응에서 교훈을 얻었을 거예요."

보슈는 머리를 끄덕였다.

"어쨌거나 게스토 사건 이후 그는 초점을 한 군데 더 늘렸어요. 희생자의 배경이죠. 그가 새로 선택한 희생자들은 그 자신의 프로그램을 충족시킬 뿐만 아니라, 소외된 계층의 여자들이라 어느 날 없어져도 난리는커녕 아무도 찾지 않을 사람들이었어요."

"그리곤 완전히 잠수해 버렸지."

"맞아요. 완전히 잠수해서 나오지 않았어요. 경찰이 운 좋게 에코 파크에서 그를 체포할 때까지 말예요."

보슈는 고개를 끄덕였다. 이런 얘기들은 모두 도움이 되었다.

"그런 놈들이 저 밖에 얼마나 많은지 궁금하지 않소? 잠수한 살인자들 말이오."

레이철은 고개를 끄덕였다.

"궁금하죠. 가끔 그 생각만 하면 끔찍해요. 이 사내만 해도 우리가 운 좋게 체포하지 못했다면 언제까지 살인을 계속하고 있을지 모를 일이니까요."

그녀는 메모지를 살펴보더니 더 이상 말이 없었다.

"그게 전부요?"

보슈의 물음에 레이철은 날카로운 눈으로 쳐다보았다. 그는 자기가 말을 잘못했다는 걸 깨닫고 재빨리 변명했다.

"아니, 그런 뜻이 아니오. 이건 정말 멋진 얘기들이고 많은 도움이 될 거요. 나한테 해 줄 다른 얘기가 없느냐는 뜻이었소."

레이철은 그를 잠시 바라본 뒤 대답했다.

"얘기할 건 또 있죠. 하지만 이 일에 관한 얘긴 아니에요."

"그러면 뭔데요?"

"올리버스가 전화한 것에 대해선 잠시 잊어버려요, 해리. 그런 일로 주저앉아선 안 되죠. 당장 눈앞에 닥친 일이 너무 중요해요."

보슈는 마지못해 고개를 끄덕였다. 그녀로선 그렇게 말하기 쉬울 것이다. 보슈 자신과는 달리 그녀는 다음 날 아침 레이너드 웨이츠가 털어놓을 죽은 여자들의 유령들과 함께 살아가지 않아도 되니까.

"그렇게 고개만 끄덕이지 말고요."

레이철이 다시 말했다.

"그 남자가 살인을 계속하는 동안에도 나는 행동과학연구실에서 얼마나 많은 사건들을 처리하고 있었는지 알아요? 이런 괴물들로부터 수많은 전화와 쪽지를 받고 그들을 체포하기도 전에 또 다른 피살자가 발견된 적이 얼마나 많았어요?"

"알아요. 안다고."

"우린 모두 유령들을 데리고 살아요. 그것도 우리 직업의 일부라고요. 어떤 직업은 다른 직업들보다 그 부분이 더 커요. 내가 한때 모셨던 상사는 유령을 견딜 수 없으면 유령의 집에서 나가라고 말하곤 했죠."

보슈는 이번엔 레이철을 똑바로 바라보며 고개를 끄덕였다. 이번엔 진심으로 수긍한 것이었다.

"지금까지 살인 사건을 몇 건이나 해결했죠, 해리? 살인자를 몇 명이나 보냈어요?"

"모르겠소. 세어보지 않았으니까."

"세어봤어야죠."

"무슨 소리예요?"

"당신이 그 살인자들을 골로 보내지 않았다면 그들은 얼마나 더 많은 살인을 계속 저질렀겠어요? 아마 한두 건이 아닐 걸요?"

"그렇겠지."

"그렇고말고요. 결국 당신이 앞서고 말아요. 그 점을 생각해 봐요."

"오케이."

보슈의 머릿속에 그 살인자들 중 한 명이 번쩍 떠올랐다. 여러 해 전에 체포했던 로저 보일런이란 사내였다. 그는 픽업 뒤에 캠퍼쉘(캠핑 시설을 갖춘 적재함—옮긴이)을 매달고 다녔다. 한센 댐에 캠핑하면서 그는 마리화나를 이용하여 어린 두 여자를 캠퍼쉘에 끌어들였다. 그리곤 그들에게 말 진정제를 과다투여한 뒤 강간하고 살해했다. 시체들은 근처에 있는 마른 뻘 바닥에 던져 버렸다. 보슈가 보일런의 손목에 수갑을 채웠을 때 그가 한 말은 딱 한마디였다.

"아이 참, 이제 겨우 시작했을 뿐인데!"

만약 그때 놈을 잡지 못했다면 얼마나 많은 희생자가 추가로 발생했을지 짐작도 할 수 없었다. 로저 보일런과 레이너드 웨이츠를 거래할 수 있을까? 보슈는 그 둘이 비슷비슷하다고 생각했다. 한편으로 생각하면 거래를 할 수도 있겠지만, 달리 생각하면 그건 제로섬 게임이 아니라는 걸 알 수 있었다. 진정한 형사는 살인 수사에서 물러나는 것도 결코 좋지 않다는 것을 안다. 절대로.

"도움이 되었으면 좋겠네요."

레이철의 말에 보슈는 보일런에 대한 생각에서 깨어나 그녀의 눈을 쳐다보았다.

"도움이 되고말고. 덕분에 내일 아침 심문실에서 만날 사내를 어떻게 다뤄야 할지 더 잘 알게 되었다고 생각해요."

그러자 레이철은 테이블에서 일어나며 말했다.

"난 다른 뜻으로 말했는데."

보슈도 일어나며 받았다.

"그것도. 많은 도움이 됐소."

그는 레이철을 문까지 바래다주기 위해 테이블을 돌아 나왔다.

"조심해요, 해리."

"알아요. 그 말도 했잖소. 걱정할 필요 없어요. 완전히 안전한 상태에서 할 거니까."

"신체적 위험뿐만 아니라 심리학적 위험을 얘기한 거예요. 당신 자신을 지키세요, 해리. 제발."

"그럴게요."

이젠 문 쪽으로 걸어가야 할 때인데도 그녀는 망설였다. 테이블 위에 펼쳐진 파일 내용물들을 한 번 내려다본 뒤 보슈를 쳐다보며 말했다.

"난 당신이 가끔 전화해 주길 바랐어요. 사건 때문만은 아니고."

"전에 내가 말했던 것 때문에… 우리가 얘기했던 것…."

보슈는 어떻게 말을 끝내야 할지, 무슨 말을 하려는 건지도 알 수 없었다. 레이철이 두 손을 그의 가슴에 가볍게 올려놓았다. 그는 한 걸음 앞으로 다가가서 여자를 두 팔로 살며시 감싸 안았다.

프리즘

　사랑을 나눈 뒤에도 보슈와 레이철은 침대에 그대로 누워 있었다. 두 사람은 방금 치른 일 말고는 무엇이든 생각나는 모든 것에 대해 얘기했다. 하지만 결국은 그 사건과 다음 날 아침에 있을 레이너드 웨이츠와의 심문에 대한 얘기로 돌아왔다.

　"이만큼 세월이 흐른 후에 그녀를 죽인 살인자와 얼굴을 마주하게 된다는 사실이 믿기지가 않소."

　보슈는 천장을 향해 말했다.

　"마치 꿈만 같아요. 실제로 난 그놈을 잡는 꿈을 꾸기도 했지. 꿈속에 웨이츠가 나타났다는 얘기는 아니고, 사건을 종결하는 꿈을 꿨다는 뜻이오."

　"꿈속에서 나타난 자는 누구였어요?"

　레이철이 물었다. 그녀의 머리는 보슈의 가슴 위에 올려져 있었다. 그는 레이철의 얼굴은 볼 수 없었지만 머릿결 냄새는 맡을 수 있었다.

시트 아래서 그녀의 한쪽 다리는 그의 한쪽 다리 위에 걸쳐져 있었다.

"내가 항상 그놈일 거라고 의심했던 사내였소. 하지만 그자에 대해 난 아무 증거도 잡지 못했고, 그 이유는 놈이 항상 교활하게 처신했기 때문이라고만 생각했어요."

"그자가 게스토와 관련이 있었나요?"

보슈는 어깨를 으쓱하려 했지만 그녀와 몸이 엉킨 상태라 어려웠다.

"게스토의 차가 발견된 차고를 알고 있었소. 과거 게스토와 닮은 여자를 사귄 적이 있었고, 화를 못 참는 사내였지. 증거는 없었지만 난 그자를 범인으로 지목했소. 수사를 시작한 첫해에 놈을 미행해 봤더니 볼드윈 힐즈 뒤에 있는 유전에서 경비원으로 일하고 있더군. 거기가 어딘지 알아요?"

"공항에서 라 시에네가 대로로 들어서면 눈에 띄는 오일펌프들이 있는 곳?"

"맞아요. 그 친구 가족이 그 유전의 지분을 소유하고 있고, 늙은 아버지는 아들 마음을 바로잡으려고 애쓰고 있는 것 같더군요. 집안에 돈이 그렇게 많아도 아들을 제 손으로 밥벌이하게 만들었단 얘기지. 하루는 거기서 경비 서고 있는 그를 지켜보고 있었는데, 두 소년이 무단침입해서 노닥거리는 걸 발견하고 붙잡더군. 근처 동네에서 놀러 나온 열서너 살쯤 되는 아이들이었소."

"아이들에게 어쩌던가요?"

"총을 겨눈 뒤 수갑을 채워 오일펌프에다 고정시켜 버렸소. 펌프의 앵커처럼 생긴 기둥에다 두 아이를 서로 등지게 돌려세운 후 양손에다 수갑을 채운 거요. 그런 다음 그는 픽업을 세워 둔 곳으로 돌아가 그것을 몰고 가 버렸소."

"아이들을 거기 내버려 뒀나요?"

"그럴 줄 알았는데 잠시 후 돌아왔소. 나는 라시에네가 건너편 산등성이에서 망원경으로 지켜보고 있었기 때문에 유전 일대를 훤히 살펴볼 수 있었지. 다른 사내 하나를 데려온 그는 지하에서 퍼낸 원유 샘플들을 보관하고 있는 것처럼 보이는 헛간 앞에 픽업을 세웠어요. 두 사내는 헛간 안으로 들어가서 원유 두 양동이를 들고 나와 픽업 뒤에 싣고 아이들이 있는 곳으로 차를 몰고 갔죠. 그리곤 그 원유 찌꺼기를 두 아이 머리 위에다 들이붓더라고."

레이철은 한쪽 팔꿈치로 상체를 일으켜 세우더니 보슈를 바라보며 물었다.

"그걸 보고만 있었어요?"

"라시에네가 대로 건너편 등성이에서 보고 있었다고 했잖아요. 그러니까 거기 집들이 들어서기 전이었지. 더 못된 짓을 하면 개입하려고 했는데, 그 정도로 끝내고 아이들을 돌려보내 주더라고요. 게다가 나는 그를 감시하고 있다는 걸 눈치채게 하고 싶지 않았소. 그 시점에서 그는 내가 자기를 게스토의 용의자로 생각하고 있다는 사실을 모르고 있었으니까."

레이철은 이해했다는 듯 고개를 끄덕이곤 보슈의 무대응을 더 이상 추궁하지 않았다.

"아이들을 그냥 보내줬어요?"

"수갑을 풀어준 뒤 한 녀석의 엉덩이를 툭 차며 가라고 하더군. 아이들은 겁에 질려 우는 것 같았소."

레이철은 역겹다는 듯 고개를 저었다.

"그 남자 이름이 뭐예요?"

"앤서니 갈런드. 그의 부친은 토머스 렉스 갈런드라는 사람인데, 아마 들어본 적 있을 거요."

레이철은 모르는 이름이라 머리를 저었다.

"앤서니가 게스토 살인범은 아닐지 몰라도 지독한 개자식 같은데요."

"맞아요. 어떻게 생긴 놈인지 보고 싶어요?"

"무슨 얘기예요?"

"명장면 모음 비디오가 있어서. 난 그자를 13년 동안 세 차례나 심문실로 불렀소. 심문할 때마다 테이프에 담아 두었죠."

"그 테이프가 여기 있단 말예요?"

보슈는 고개를 끄덕이며 자신이 수사 테이프를 집에서 연구하는 것에 대해 그녀가 이상하게 생각하거나 정나미가 떨어질지 모른다고 생각했다.

"세 개의 테이프를 하나로 복사해서 최근 사건을 검토할 때 보려고 가져왔소."

레이철은 그의 대답에 대해 잠시 생각해 본 뒤 말했다.

"그렇담 틀어 봐요. 어떻게 생겨먹은 놈인지 좀 보자고요."

보슈는 침대에서 일어나 사각 팬티를 입은 뒤 램프를 켰다. 그리곤 거실로 나가 텔레비전 밑의 캐비닛을 뒤졌다. 거기엔 옛날 사건들의 범죄 현장 테이프들 뿐만 아니라 여러 가지 다른 테이프와 디브이디가 함께 꽂혀 있었다. 그것들 중에서 케이스에 '갈런드'라고 표기된 VHS 테이프를 찾아 들고 침실로 돌아갔다.

책상 위에 VCR이 내장된 텔레비전이 놓여 있었다. 보슈는 전원을 켜고 테이프를 밀어 넣은 뒤 리모컨을 들고 침대에 걸터앉았다. 사각팬티를 걸친 채였다. 레이철은 시트 아래 있다가 테이프가 돌아가기 시작하자 한쪽 다리를 뻗어 발가락으로 그의 등을 톡톡 건드리며 물었다.

"여기 데려온 모든 여자들한테 이래요? 당신의 수사 기법을 보여주려고?"

보슈는 그녀를 돌아보더니 심각한 표정으로 대답했다.

"레이철, 내 생각엔 이런 짓을 함께 할 수 있는 사람은 이 세상엔 당신밖에 없을 것 같은데."

그녀는 미소를 지으며 말했다.

"그럴 줄 알았어요, 보슈."

그는 화면을 돌아보았다. 테이프가 재생되자 리모컨의 음소거 버튼을 눌렀다.

"첫 번째 것은 1994년 3월 11일 녹화한 거요. 게스토가 실종된 지 6개월 되었고, 우린 지푸라기라도 잡고 싶은 심정이었지. 하지만 그를 체포할 만한 증거가 없었소. 증거 비슷한 것도. 하지만 난 그에게 경찰서로 나와 진술서를 작성하도록 설득할 수 있었소. 내가 자기한테 혐의를 품고 있다는 걸 그는 몰랐어요. 그냥 자기 옛 애인이 살았던 아파트에 대해 얘기하자는 줄로만 알았지."

텔레비전에 나타난 조악한 상태의 컬러 화면에는 조그마한 방에 탁자를 사이에 두고 두 사내가 서로를 마주 보고 앉아 있었다. 한 명은 지금보다 훨씬 젊어 보이는 해리 보슈였고, 다른 한 명은 물결치는 은발의 20대 초반 사내였다. 앤서니 갈런드는 가슴을 가로질러 레이커스(Lakers)라고 새겨진 티셔츠를 입고 있었는데, 소매 부분이 팽팽한 왼쪽 이두박근에는 문신이 드러나 있었다. 까만 철조망이 팔의 근육을 에워싼 그림이었다.

"그는 자발적으로 왔어요. 마치 해변에 하루쯤 쉬러 나온 사람처럼 보였지. 암튼…."

보슈는 볼륨을 조금 높였다. 화면에서는 갈런드가 희미한 미소를 띠고 방 안을 휘휘 둘러보더니 보슈에게 대뜸 물었다.

"그러니까 여기서 그런 일을 한단 말이죠?"

"여기서 무슨 일을 하는데?"

보슈가 반문했다.

"다 알아요. 나쁜 놈들 작살내서 술술 불게 하는 곳이잖소."

겸연쩍은 웃음을 짓는 그에게 보슈가 말했다.

"그럴 때도 있지. 그건 그렇고, 마리 게스토에 대한 얘길 좀 합시다. 그 여잘 알아요?"

"아뇨, 모른다고 말했는데. 지금까지 한 번도 본 적 없어요."

"단 한 번도?"

"당신이 보여준 그녀의 사진이 처음이었어요."

"그렇다면 당신이 그 여자를 알고 있었다고 말하는 사람들이 있다면 그들은 거짓말쟁이겠네?"

"당연하죠. 어떤 놈이 그런 개소릴 했소?"

"그렇지만 당신은 하이 타워에 있는 빈 차고를 알고 있었잖아, 아닌가?"

"아, 그야 내 여자 친구가 얼마 전까지 거기 살다 나왔으니까 비어 있는 줄 알았죠. 그게 내가 그 차를 차고에 쑤셔 박았다는 뜻은 아니잖소. 이런 질문은 집에서 다 해놓고 왜 이래요? 난 새로운 것이 기다리고 있는 줄 알았네. 날 지금 체포한 거요?"

"아니오, 앤서니. 체포한 게 아니라 당신이 좀 진정되면 이 문제에 대해 얘길 나누고 싶었을 뿐이오."

"난 벌써 당신한테 다 얘기했는데요."

"하지만 그건 우리가 당신이나 그 여자에 대해 잘 몰랐을 때였지. 이제 같은 얘기를 반복하는 것이 중요해요. 정식 기록으로 남겨야 하니까."

순간 갈런드의 얼굴이 분노로 일그러졌다. 그는 테이블 위로 상체를 내밀며 물었다.

"뭐라고요? 무슨 소릴 하고 있는 겁니까? 난 이 일과 아무 상관도 없소. 적어도 두 번이나 당신한테 말했어요. 저 밖으로 뛰어나가 진짜 범인이나 잡지 그러쇼?"

보슈는 갈런드가 조금 진정하기를 기다렸다가 대답했다.

"난 지금 진짜 범인과 마주 앉아 있을지도 모른다고 생각하는데."

"개똥 같은 소리! 당신은 나에 대해 아무것도 찾아내지 못했소. 쥐뿔이나 있어야 찾아내지. 첫날부터 내가 말했잖소, 난 아니라고!"

그러자 이번엔 보슈가 테이블 위로 상체를 내밀었다. 두 사람의 얼굴이 바짝 가까워지자 보슈가 말했다.

"당신이 한 말은 다 기억하고 있소, 앤서니. 하지만 그건 내가 오스틴으로 가서 당신 여자 친구와 얘길 나누기 전이었지. 그녀가 내게 말해 준 게 있는데, 솔직히 당신을 좀 더 주의 깊게 살펴보라는 얘기였소."

"망할 년! 그년은 창녀예요!"

"그래? 그런 여자였다면 당신을 떠났다고 해서 왜 그렇게 분노했소? 그 여자는 왜 당신한테서 도망을 쳐야만 했고, 당신은 왜 그냥 보내주지 못했소?"

"왜냐하면 그 누구도 나를 버릴 순 없으니까. 버려도 내가 버린다고요, 알겠어요?"

화면의 보슈는 상체를 뒤로 젖히며 고개를 끄덕였다.

"좋아. 그렇다면 작년 9월 9일에 당신이 한 일들을 기억나는 대로 최대한 자세히 얘기해 봐요. 어디로 가서 누굴 만났는지 말이오."

여기서 보슈는 리모컨의 빨리감기 버튼을 누르며 레이철에게 말했다.

"이자는 마리 게스토가 슈퍼마켓 바깥에서 납치됐다고 생각되는 그 시각의 알리바이를 대지 못했소. 암튼 이 부분은 지루하게 이어지니 건너뛰어도 돼요."

레이철은 시트로 몸을 감싸고 일어나 앉아 있었다. 보슈가 그녀를 돌아보며 물었다.

"이 친구 인상이 어때요?"

레이철은 맨 어깨를 으쓱해 보였다.

"전형적인 개자식처럼 보이지만 그렇다고 살인자로 단정할 순 없죠."

보슈는 머리를 끄덕이곤 말했다.

"이건 2년 후의 일이오. 그의 아버지가 보낸 변호사가 내게 잠정적 금지명령(TRO)을 제시했기 때문에 변호사 참석 시에만 그를 심문할 수 있었지. 그래서 여기엔 볼 것이 별로 없지만 꼭 한 가지 당신한테 보여주고 싶은 게 있소. 여기 나오는 그의 변호사는 세실 돕스 밑에 있는 데니스 프랭크스란 자이고, 세실 돕스는 T. 렉스 일을 도맡아 처리하는 센추리 시티 법률회사의 거물 변호사요."

"T. 렉스라고요?"

"앤서니의 아버지요. 토머스 렉스 갈런드인데, T. 렉스라고 불리길 좋아하지."

"그렇군요."

보슈는 테이프가 어디까지 돌아갔는지 알아보기 위해 빨리감기 버튼의 속도를 한 단계 늦추었다. 그러자 화면에 갈런드가 다른 사내 하나와 나란히 테이블 한쪽에 앉아 있는 모습이 보였다. 영상이 빠른 속도로 움직이는 가운데 변호사와 고객이 여러 차례 귓속말을 주고받는 모습이 보였다. 보슈가 속도를 정상으로 돌리자 음성이 되돌아왔다. 변호사인 프랭크스가 얘기하고 있었다.

"제 고객은 경찰에 최대한 협조를 해 왔지만 당신은 아무런 증거도 없이 의심과 심문으로 그를 직장과 가정에서 계속 괴롭히고 있습니다."

그러자 화면 속의 보슈가 대답했다.

"바로 그 증거를 찾고 있는 중이오, 변호사. 그것만 찾으면 이 세상의 어느 변호사도 그를 도와줄 수 없게 될 거요."

"개소리 말아요, 보슈!"

갈런드가 소리쳤다.

"나하고 일대일로 마주치지 않도록 조심하시오. 걸리기만 하면 똥구덩이에 처박아 줄 테니까!"

프랭크스가 진정하라는 듯 갈런드의 어깨에 손을 얹었다. 보슈는 잠시 침묵하다 갈런드에게 말했다.

"지금 나한테 공갈치는 거야, 앤서니? 네 눈엔 내가 유전에서 수갑을 채운 뒤 기름찌꺼기를 머리에 들이부은 그 10대 소년들처럼 보이나? 그런 공갈에 내가 꼬리를 가랑이 사이에 감추고 달아날 것처럼 보여? 그렇게 생각해?"

갈런드의 얼굴이 시뻘겋게 변했다. 놀란 두 눈이 얼어붙은 새까만 조약돌 같았다.

그 장면에서 보슈는 VCR 리모컨의 정지 버튼을 눌렀다. 그리곤 리모컨으로 화면을 가리키며 레이철에게 말했다.

"여기요, 당신한테 보여주고 싶었던 장면이. 저 친구 얼굴을 봐. 순수하고 완벽한 분노. 저걸 보고 난 놈이 범인이라고 생각했소."

레이철은 아무 반응도 없었다. 보슈가 돌아보니 그녀는 그런 순수하고 완벽하게 분노한 얼굴을 전에도 본 적 있다는 표정이었다. 거의 겁을 먹은 것처럼 보였고, 그녀가 만났던 살인자들 중의 하나이거나 다른 아는 얼굴을 본 것 같았다. 보슈는 빨리감기 버튼을 다시 누르며 말했다.

"이번엔 거의 10년쯤 건너뛰어 지난 4월 내가 녀석을 불러들였을 때요. 프랭크스는 가고 돕스의 법률사무소에서 그 사건을 맡은 새 변호사가 동행했더군. 이 친구는 일을 망쳤고 잠정적 금지명령 시한이 만료되었는데도 판사를 찾아가지 않았소. 그래서 나는 녀석에게 또 한 방 날렸지. 나를 보자 깜짝 놀라더군. 어느 날 케이트 만틸리니즈에서 점심을 먹고 나오는 녀석을 붙잡았거든. 그는 내가 자기 인생에서 완전히 사라진 줄 알았던 모양이오."

그는 빨리감기를 멈추고 테이프를 정상 속도로 돌렸다. 화면에 나타난 갈런드는 좀 더 나이 들어 보이고 뚱뚱해진 것 같았다. 얼굴은 옆으로 퍼졌고 숱이 빠지기 시작한 머리카락은 짤막하게 친 상태였다. 하얀 와이셔츠에 넥타이를 매고 있었다. 녹화한 심문은 그의 소년 시절 끝자락에서 성인 시절로 이어졌다.

이번에 그는 다른 심문실에 앉아 있었다. 파커 센터에 있는 한 심문실이었다.

"체포된 게 아니라면 내가 가는 걸 붙잡을 수 없을 거요. 가도 되겠죠?"

그가 의자에서 일어서려고 하자 보슈가 대답했다.

"몇 가지 질문에 대답해 주면 좋겠는데."

"당신 질문에는 옛날에 다 대답했어요. 이건 보복이오, 보슈. 당신은 포기할 줄 모르는군. 날 가만히 내버려 두질 않아. 가도 되는 거요, 안 되는 거요?"

"그 여자 시신 어디에다 숨겼지?"

갈런드는 머리를 절레절레 흔들었다.

"세상에, 이럴 수가! 이 짓 언제 끝낼 거요?"

"절대 끝나지 않아, 갈런드. 그 여자를 찾아내고 자네 손에 수갑을 채우기 전엔 말이야."

"환장하겠군! 당신은 미쳤어, 보슈. 내가 무슨 말을 해야 당신이 믿겠소? 도대체…."

"그 여자가 어디 있는지만 말하면 자넬 믿지."

"내가 말할 수 없는 게 바로 그거요. 왜냐하면 난 그 여잘…."

그 장면에서 보슈는 갑자기 리모컨 버튼을 눌러 TV를 껐다. 그제야 비로소 자신이 자동차를 쫓아가는 개처럼 무모하게 갈런드만 추적해 왔다는 걸 깨달았다. 그는 사건의 흐름을 인식하지 못했고, 자기 앞에 놓인 살인 사건 기록부 속에 진짜 살인범에 대한 단서가 있다는 사실을 몰랐던 것이다. 녹화 테이프를 레이철과 함께 본 것은 자존심을 곱절로 구긴 셈이었다. 그녀에게 테이프를 보여준 동기는 자신이 갈런드에게 수사의 초점을 맞췄던 이유를 설득하기 위함이었다. 그녀는 그의 실수를 이해하고 용서할 것 같았다. 하지만 이제 곧 있을 웨이츠의 자백이라는 프리즘을 통해서 보니, 그는 그런 자신을 스스로도 용서할 수 없었다.

레이철은 그에게 다가와 부드러운 손길로 그의 등을 어루만져 주며 말했다.

"이런 일은 우리 모두가 겪는 거잖아요."

보슈는 고개를 끄덕이면서도 난 아니야, 라고 생각했다.

"이 일 다 끝나면 그 친구를 찾아가서 사과해야 되겠군."

"사과는 무슨. 그놈은 여전히 개자식이에요. 신경 쓸 것 없어요."

보슈는 미소를 지었다. 레이철은 그를 편안하게 해 주려고 했다.

"무슨 생각해요?"

그녀는 보슈의 사각팬티 뒤쪽 고무 밴드를 잡아당겼다가 찰싹 소리 나게 놓았다.

"집에 갈 생각을 하기엔 적어도 한 시간 이상 남았다는 생각."

보슈가 돌아보자 그녀는 미소를 지었다.

10

흥분과 두려움

다음 날 아침 보슈와 라이더는 문서기록 보관실에서 연방통신위원회까지 걸어갔고, 엘리베이터 앞에서 기다리기까지 했지만 20분이나 일찍 지방검찰청에 도착했다. 오셔 검사와 올리버스 형사는 준비를 끝내고 기다리고 있었다. 모두는 지난번에 앉았던 자리에 그대로 앉았다. 보슈는 벽에 기대어져 있던 포스터들이 다 없어졌다는 걸 알았다. 그날 밤 공회당에서 열릴 후보자들의 포럼에 유용하게 사용하려고 보냈을 것이었다.

의자에 앉을 때 보슈는 오셔 검사의 책상 위에 게스토 살인 사건 보고서가 놓여 있는 것을 보았다. 그는 묻지도 않고 그것을 집어 들어 즉시 시차별 수사기록부를 펼쳤다. 그리곤 51번 양식을 죽 훑어 내려가다가 1993년 9월 29일자 기록이 있는 페이지를 찾아냈다. 그는 전날 밤 올리버스가 말해준 기록 부분을 살펴보았다. 전화로 들었던 대로 그것은 그날 맨 마지막 줄에 기록되어 있었다. 뼈아픈 후회가 또다시 온몸으로 밀려왔다.

"보슈 형사, 우리 모두가 실수를 해요."

오셔 검사가 말했다.

"훌훌 털어 버리고 오늘 일에 최선을 다합시다."

보슈는 그를 쳐다보다가 말없이 고개를 끄덕였다. 그가 사건기록부를 덮고 책상 위로 되돌려놓자, 오셔는 얘기를 계속했다.

"모리 스완 변호사가 웨이츠 씨와 함께 심문실에서 대기하고 있다는 연락이 왔습니다. 그동안 이 문제에 대해 생각해봤는데, 난 사건들을 한 번에 한 건씩 차례로 다루고 싶소. 피츠패트릭부터 시작하여 그의 자백이 만족스러우면 게스토 사건으로 넘어가는 식으로 말입니다. 거기서 또 만족하면 다음 사건으로 계속 넘어가는 거죠."

다들 고개를 끄덕였지만 보슈만 가만히 있다가 말했다.

"난 게스토의 시신을 찾을 때까진 만족하지 못할 겁니다."

그러자 오셔 검사가 고개를 끄덕였다. 그는 책상에서 서류를 하나 집어 들었다.

"그건 이해합니다. 웨이츠의 진술을 토대로 피살자를 찾을 수만 있다면 좋습니다. 시체가 있는 곳으로 그가 우리를 안내할 경우 나는 판사로부터 외출 명령을 받아낼 준비가 되어 있소. 다만 이 사내를 구금 상태에서 풀어 어딘가로 데려갈 때는 특수 경비를 요합니다. 거기엔 많은 위험이 따르므로 어떤 실수도 있어선 안 돼요."

검사는 형사들 얼굴을 차례로 둘러보며 사안의 중대성을 이해했는지 확인했다. 그는 레이너드 웨이츠의 경비에 자신의 선거와 정치 생명을 걸어야 할 것이다.

"만반의 준비를 하겠습니다."

올리버스가 말했다.

오셔는 불안감이 가시지 않은 표정으로 물었다.

"모두 정복 차림으로 동행하겠죠?"

"그럴 필욘 없을 텐데요. 정복은 눈길을 끄니까요."

올리버스가 대답했다.

"우린 그 친구를 잘 다룰 수 있습니다. 하지만 검사님이 원하신다면 정복을 입죠."

"내 생각엔 그게 좋을 것 같소."

"문제없습니다. 메트로폴리스에 차량 지원을 요청하거나 형무소 경호원들을 두어 명 대동하도록 하죠."

오셔는 고개를 끄덕여 동의했다.

"그렇다면 이제 시작해 볼까요?"

그러자 보슈가 검사에게 말했다.

"한 가지 문제가 있습니다. 지금 심문실에서 우리를 기다리고 있는 자가 누군지는 모르겠지만, 그의 이름이 레이너드 웨이츠가 아닌 것은 거의 확실합니다."

오셔 검사는 깜짝 놀란 표정을 지었고, 그것은 곧 올리버스에게도 전염되었다. 올리버스는 입을 딱 벌린 채 상체를 테이블 위로 바짝 숙이며 보슈에게 반박했다.

"사전에 그의 지문을 조회했소!"

보슈는 고개를 끄덕이며 대꾸했다.

"맞아요, 사전에 했지. 당신도 알다시피 13년 전 그자가 남의 집 염탐죄로 체포되었을 때 처음 댄 이름이 로버트 색슨이었고 1975년 11월 3일생이라고 했소. 그해 말경 그는 게스토에 관한 제보 전화를 하면서 똑같은 이름을 사용했는데, 생년월일만 1971년 11월 3일로 바꿔서 말했죠. 하지만 남의 집 염탐죄로 연행하여 경찰이 컴퓨터에 그의 지문을 조회할 때 1971년 11월 3일생으로 발급된 레이너드 웨이츠의 운전면허증 엄지 지문과 대조했던 겁니다. 그래서 우리는 월일만 같고 해는 다른 그의 생년월일을 기록으로 남기게 됐죠. 암튼 엄지손가락 지문을 들이대자 그는 레이너드 웨이츠인 척하며 청소년으로 취급받기 위해 거짓 이름과 나이를 댔다고 말했어요. 이건 파일에 다 있습니다."

"그래서 결론이 뭡니까?"

오셔 검사가 조급증을 드러냈다.

"제 얘기 아직 안 끝났습니다. 그는 남의 집을 염탐한 죄로 보호감호 처분을 받았어요. 초범이라는 이유에서였죠. 보호감호 기록부에 의하면 그는 LA에서 태어나고 자랐다고 진술한 것으로 되어 있습니다. 아시겠어요? 우리가 방금 문서기록 보관실에 다녀오는 길입니다. 아무리 찾아봐도 레이너드 웨이츠가 그 날짜든 다른 날짜든 LA에서 태어났다는 기록이 없었어요. LA에서 태어난 로버트 색슨은 여럿 있었지만, 파일에 기록된 1971년이나 75년에 태어난 색슨은 없었습니다."

라이더가 거들고 나섰다.

"요컨대, 우린 지금 심문하려는 사내가 누군지조차 모르고 있다는 얘기예요."

오셔 검사는 의자를 뒤로 밀고 일어섰다. 그리곤 널찍한 사무실을 오락가락하며 방금 들은 정보에 대해 생각해 본 뒤 말했다.

"좋아요, 그래서 차량등록국 파일에 엉뚱한 지문이 찍혀 있었다는 거요, 아니면 뭔가 뒤죽박죽이 됐다는 거요?"

보슈는 의자에서 몸을 돌려 오셔 검사를 바라보았다.

"제 말은 이 사내가 진짜 누군지는 모르지만, 13~14년 전에 차량등록국으로 가서 가짜 신분증을 만들었을 수도 있다는 겁니다. 운전면허증 내는 데 뭐가 필요하죠? 성인인증카드예요. 그땐 가짜 신분증과 출생신고서 따윈 할라우드 대로에서도 살 수 있었어요. 문제없었죠. 혹은 차량등록국 직원을 매수했을 수도 있고, 다른 방법들도 많았을 겁니다. 중요한 건 그의 주장과는 달리 이곳 LA에서 태어났다는 기록이 전혀 없다는 사실이죠. 그것만으로도 다른 모든 것들이 의심스럽습니다."

"그건 거짓말이었겠죠."

올리버스가 불쑥 끼어들었다.

"그는 웨이츠가 맞지만 여기서 태어났다고 거짓말 했을 수도 있습니다. 리버사이드에서 태어난 자가 LA 출신이라고 주장하는 것과 마찬가지죠."

보슈는 머리를 저었다. 그는 웨이츠가 우기는 논리를 인정할 수 없었다.

"그 이름은 가짜요. 레이너드란 이름은 중세 민속에 등장하는 작은 여우 레이너드(The little fox Reynard)라는 캐릭터에서 따온 건데, 두 번째 철자 'e'를 'a'로 바꿨지만 발음은 똑같아요. 거기에다 라스트 네임을 붙이면 'The little fox waits', 즉 '작은 여우가 기다린다'라는 뜻이 되죠. 알 만합니까? 새로 태어난 아기에게 그런 이름을 붙여 준 사람이 있다고는 난 믿기 어렵소."

그 말은 모두를 잠시 침묵하게 만들었다. 이윽고 오셔 검사가 큰 소리로 말했다.

"중세 민속과 연결시킨 건 너무 멀리 나간 듯합니다."

보슈는 즉각 반박했다.

"멀게 느껴지는 건 우리가 그 사실을 확정할 수 없기 때문입니다. 그에게 그런 이름을 지어줬다는 것이 내겐 더 멀게 느껴지는데요."

"그래서 무슨 얘길 하자는 거요?"

올리버스가 다시 끼어들었다.

"그자가 이름을 바꾸고 전과 꼬리를 단 뒤에도 계속 그 이름을 사용했다는 말입니까? 그건 납득이 안 되는데요."

"나도 전혀 납득하기 어렵소. 하지만 우린 아직 그 뒤의 이야기를 모르니까."

"오케이, 그래서 어떻게 하자는 겁니까?"

오셔 검사가 물었다.

"하잘 것이 별로 없어요."

보슈가 대답했다.

"그냥 문제를 제기했을 뿐이죠. 하지만 심문실에서는 그 점을 기록에 남겨야 한다고 생각합니다. 그자에게 이름과 생년월일, 태생지를 진술하게 하십시오. 이런 심문을 시작할 때 일상적으로 하던 것처럼 말이죠. 만약 그가 웨이츠란 이름을 대면 사칭죄로 체포해서 모든 것에 대해 기소할 수 있을 겁니다. 검사님은 그걸 거래라고 말씀하셨지만, 그가 거짓말을 할 경우엔 사기가 되죠. 모든 책임을 그에게 돌릴 수 있습니다."

오셔 검사는 보슈와 라이더가 앉아 있는 뒤쪽에 놓인 커피 탁자 옆에 서 있었다. 보슈는 자신의 제의를 이해했는지 알고 싶어 다시 그를 돌아보았다. 검사는 그 제안을 심사숙고한 뒤 마침내 머리를 끄덕이며 말했다.

"무슨 해가 될지 모르겠는데, 일단 기록하고 그대로 넘어갑시다. 정말 미묘하고 평범하게 말이오. 나중에 문제가 더 불거지면 그때 그자를 다시 소환할 수도 있습니다."

보슈가 라이더를 돌아보며 말했다.

"당신이 먼저 시작해. 첫 번째 사건에 대해 심문하라고."

"좋아요."

그녀가 대답했다.

오셔 검사가 책상을 돌아 나오며 말했다.

"그러면 모두 준비됐죠? 나갈 시간입니다. 나는 일정이 허락하는 한 자리를 함께하겠소. 내가 이따금 불쑥불쑥 질문을 던지더라도 괘념치 마시오."

보슈는 의자에서 일어나는 것으로 대답을 대신했다. 라이더가 뒤따랐고, 올리버스도 그 뒤를 따랐다.

"한 가지만 더요." 하고 보슈는 말했다. "어제 모리 스완에 대해 들은 얘긴데 당신들도 알아야 할 것 같아서."

보슈와 라이더는 돌아서서 에이벌 프랫에게 들은 얘기를 그들에게 해주었다. 얘기를 들은 올리버스가 머리를 내저으며 껄껄 웃었고, 보슈는 오셔의 얼굴 표정을 통해 그가 법정에서 몇 번이나 모리 스완과 악수를 했는지 속으로 헤아리고 있다는 걸 알 수 있었다. 어쩌면 그는 잠재되어 있는 정치적 몰락을 걱정하고 있을지도 몰랐다.

사무실 문 쪽으로 걸어가며 보슈는 흥분과 두려움이 교차하는 것을 느꼈다. 그토록 오래전에 일어났던 마리 게스토 사건의 진상을 마침내 알게 될 것이라는 사실 때문에 흥분되면서도 동시에 두려움이 앞섰다. 또한 이제 곧 알게 될 세부적 사실들로 인해 마음의 짐이 더욱 무거워질 것도 두려웠다. 베이커스필드에서 기다리고 있는 그녀의 부모에게 이 사실을 어떻게 전해야 할지.

11

심문

　심문실 밖엔 정복 차림의 보안관 대리 두 명이 경비를 서고 있었고, 안에는 자신을 레이너드 웨이츠라고 주장한 사내가 앉아 있었다. 경비 원들은 옆으로 비켜나서 검사와 일행이 들어가도록 했다. 방 안에 놓인 기다란 테이블 한쪽으로 웨이츠와 그의 변호사 모리 스완이 앉아 기다 리고 있었다. 웨이츠가 테이블 가운데에 앉아 있었고, 변호사는 그의 왼 쪽에 앉아 있었다. 수사관들과 검사가 들어오자 모리 스완만 자리에서 일어났다. 웨이츠는 플라스틱 수갑으로 의자 팔걸이에 양쪽 팔이 결박 된 상태였다. 호리호리한 스완은 화려한 은발에 까만 테 안경을 쓴 모 습으로 악수를 청했지만 아무도 응하지 않았다.

　라이더가 웨이츠 맞은편 의자에 앉자 보슈와 오셔 검사는 그녀의 양 옆에 앉았고, 당분간 심문에 간여할 일이 없는 올리버스는 문 옆에 하 나 남은 의자에 앉았다. 오셔가 서로를 소개했지만 이번에도 악수를 하 려는 사람은 없었다. 웨이츠는 가슴을 가로질러 검정색 글씨가 찍혀 있는 오렌지색 점프슈트 차림이었다.

LA 카운티 감옥
접근금지

접근금지란 말에 경고 의도는 없지만 그 자체만으로도 괜찮게 느껴졌다. 그것은 웨이츠가 감옥 안에서 접근금지 신분으로 독방에 수감되어 일반 재소자들과 어울릴 수 없다는 뜻이었다. 이런 신분은 웨이츠와 다른 재소자들을 보호하기 위한 수단으로 취해진 것이었다.

13년 동안이나 추적해온 사내를 살펴보던 보슈는 그가 너무 평범하게 생긴 것이 무엇보다 더 놀라웠다. 왜소한 체구에 얼굴 생김새도 아주 평범했다. 유쾌하고 부드러운 인상과 짤막한 검은 머리까지도 전형적으로 평범했다. 사악함이 깃든 곳이라곤 딱 한 군데, 그의 눈이었다. 깊숙이 박힌 짙은 갈색 눈에는 보슈가 지난 세월 동안 마주 앉았던 숱한 살인자들에게서 감지했던 공허가 자리 잡고 있었다. 거기엔 아무것도 담겨 있지 않았다. 남의 생명을 아무리 많이 빼앗아도 결코 채울 수 없는 구덩이였다.

라이더는 테이블 위에 있는 녹음기를 켠 뒤 웨이츠에게 첫 번째 심문의 첫 질문부터 함정으로 몰아넣는다는 의심을 사지 않도록 완벽하게 심문을 시작했다.

"스완 씨가 이미 설명했겠지만, 우리는 심문 과정을 일일이 녹음하여 당신 변호사에게 제출한 뒤 우리가 완전한 합의에 이를 때까지 보관하게 할 것입니다. 그 점을 당신도 이해하고 승낙하셨습니까?"

"그래, 승낙했어."

웨이츠가 대답했다.

"좋습니다."

라이더는 계속했다.

"그러면 쉬운 것부터 시작하죠. 기록을 위해 당신 이름과 생년월일, 출생지에 대해 말씀해 주시겠습니까?"

웨이츠는 상체를 앞으로 내밀고 초등학생을 대하는 태도로 또박또박 말했다.

"레이너드 웨이츠. 1971년 11월 3일생. 천사의 도시 출생."

"로스앤젤레스를 뜻한다면 그렇게 말씀해 주시겠습니까?"

"그래, 로스앤젤레스야."

"감사합니다. 이름이 좀 특이한데, 기록을 위해 철자를 좀 불러주시겠어요?"

웨이츠는 순순히 대답했다. 이번에도 라이더의 시도는 좋았다. 제 입으로 철자를 불러준 이상 나중에 그들 앞에서 심문 도중 그런 거짓말을 한 적이 없다고 우기긴 더욱 어려울 터였다. 라이더가 다시 물었다.

"그 이름이 어디서 유래했는지 아세요?"

"우리 아버지가 똥구멍으로 하나 빼냈겠지 뭐. 난 몰라. 우린 그런 개똥 같은 소릴 하려고 온 게 아니라 죽은 사람들에 대해 얘기하려고 모인 거 아닌가?"

"아, 그럼요, 웨이츠 씨. 그렇고말고요."

라이더는 고개를 크게 끄덕여 보였다. 보슈는 커다란 안도의 한숨을 내쉬었다. 그들은 이제 끔찍한 사건들에 대한 얘기를 다시 들어야 하겠지만, 웨이츠를 함정에 빠뜨릴 수 있는 결정적인 거짓말을 이미 잡았다. 이제 그가 여기서 벗어나 독방에서 공공시설을 이용하며 평생 유명인사로 보내는 것을 막을 수 있는 방법이 생겼다.

"우린 사건들을 차례로 얘기하고 싶어요."

라이더가 계속 말했다.

"변호인의 제안서에 의하면 당신이 맨 처음 관여했던 살인 사건은 1992년 4월 30일 할리우드 가에서 있었던 대니얼 피츠패트릭의 죽음이라고 되어 있던데, 그 얘기가 맞습니까?"

웨이츠는 어떤 사람이 가장 가까운 주유소가 어디냐고 물으면 취할 만한 그런 태도로 대답했다. 목소리가 아주 차분하고 냉랭하기까지 했다.

"맞아. 난 그자를 보안용 철망 뒤에서 태워 죽였어. 보안용 철망 뒤가 별로 안전하지 못했다는 게 밝혀졌지. 그가 가지고 있었던 모든 총들마저도."

"왜 그런 짓을 했습니까?"

"내가 정말 그런 일을 할 수 있는지 알고 싶더라고. 그런 생각을 오랫동안 했거든. 단지 나 자신을 증명해 보고 싶었어."

보슈는 전날 밤 레이철 월링이 했던 말이 떠올랐다. 그녀는 그것을 '묻지마 살인'이라고 불렀다. 그녀의 판단이 옳았던 것 같았다.

"당신 자신을 증명한다는 게 무슨 뜻이죠, 웨이츠 씨?"

라이더가 물었다.

"저 밖에는 모두가 넘고 싶어 하는 어떤 선이 있는데 넘을 배짱이 있는 놈은 그리 많지 않다는 뜻이야. 난 내가 그 선을 넘을 수 있는지 알고 싶었어."

"그런 생각을 오랫동안 했다고 하셨는데, 특히 피츠패트릭 씨에 대해서 생각해 왔습니까?"

웨이츠의 눈에 갑자기 짜증이 비쳤다. 그런데도 간신히 참고 있다는 듯 그는 나지막하게 말했다.

"아니야, 이 멍청한 년아. 난 살인에 대해 생각해 왔어. 평생 동안 그걸 하고 싶었단 말이다. 무슨 얘긴지 알겠어?"

라이더는 그의 욕설에도 눈살 한 번 찌푸림 없이 심문을 계속했다.

"대니얼 피츠패트릭을 선택한 이유가 뭐죠? 왜 그날 밤을 택했습니까?"

"그야, 텔레비전을 봤으니까 그랬지. 도시 전체가 박살 나고 무법천지가 되었으니 경찰이 뭘 할 수 있겠냐 싶더군. 사람들은 그럴 때 자기 하고 싶은 짓들을 하는 거야. 텔레비전에서 한 사내가 할리우드 대로에 불이 났다고 전하기에 난 구경하러 나가기로 했지. 그런 걸 텔레비전으로 보고 싶진 않았어. 직접 보고 싶었다고."

"차를 몰고 갔어요?"

"아니, 걸어갈 수 있었어. 그때 난 라브레아 근처 파운틴 가에서 살고 있었으니까. 그냥 걸어서 올라갔지."

라이더는 자기 앞에 피츠패트릭 사건 파일을 펼쳐놓고 있었다. 그것을 내려다보며 생각을 모아 다음 질문들을 짜내고 있을 때 오셔 검사가 기회를 놓치지 않고 뛰어들었다.

"라이터 기름은 어디서 구했소? 당신 아파트에서 가지고 나온 거요?"

웨이츠는 시선을 검사 쪽으로 돌렸다.

"질문은 저 레즈비언이 하는 걸로 알았는데요."

그가 라이더를 가리키며 말했다.

"우리 모두가 질문하는 거요. 그리고 대답할 때 개인적인 공격은 좀 삼갈 수 없겠소?"

검사가 지적했다.

"당신한테 한 말은 아니오, 검사 양반. 난 당신과는 얘기하고 싶지 않소. 저 여자하고만, 그리고 이 형사들하고만 할 거요."

그는 보슈와 올리버스를 가리켰다.

"라이터 기름에 대해 심문하기 전에 제가 보충 질문을 좀 할게요."

라이더가 매끄러운 말투로 오셔 검사를 밀어냈다.

"웨이츠 씨, 아까 파운틴 가에서 할리우드 대로로 걸어갔다고 했는데, 어디로 가서 무엇을 봤습니까?"

웨이츠는 미소를 지으며 라이더에게 고개를 끄덕였다.

"내가 제대로 맞혔지, 안 그래? 난 척 보면 알아. 조개를 좋아하는 년들은 냄새만 맡아도 알아본다고."

"스완 씨."

라이더는 그의 변호사를 돌아보며 말했다.

"당신 의뢰인에게 말을 돌리지 말고 우리 질문에만 대답하라고 말씀해 주시겠어요?"

스완이 의자 팔걸이에 묶여 있는 웨이츠의 왼쪽 팔에 손을 얹으며 말했다.

"레이, 장난하지 말게. 질문에만 대답해. 우리가 아쉬운 쪽이란 걸 잊지 마. 우리가 제안했잖아. 우리 일이라고."

자기 변호사를 돌아보는 웨이츠의 얼굴이 벌겋게 달아오르는 것을 보슈는 보았다. 하지만 그는 금방 원래의 표정으로 돌아가서 라이더에게 말했다.

"도시가 불타는 걸 봤어."

그는 미소를 지으며 보슈를 돌아보았다.

"마치 히에로니머스 보슈의 그림을 보는 것 같더군."

그 말에 보슈의 얼굴 표정이 한순간 굳어졌다. 이자가 그걸 어떻게 알았을까?

웨이츠가 보슈의 가슴을 턱으로 가리키며 말했다.

"당신 신분증에 찍혀 있네 뭐."

보슈는 검찰청에 들어올 때는 신분증을 착용해야 한다는 사실을 잊고 있었다. 라이더가 재빨리 다음 질문으로 들어갔다.

"좋아요, 할리우드 대로에 도착해서는 어느 길로 들어섰나요?"

"오른쪽으로 돌아 동쪽으로 걸어갔지. 그쪽으로 불길이 더 맹렬하게 타올랐거든."

"당신 주머니 속엔 뭐가 있었죠?"

그 질문에 사내는 잠시 생각한 뒤 대답했다.

"모르겠어. 기억이 안 나. 내 열쇠들이 들었겠지. 담배와 라이터도. 그게 전부야."

"지갑도 가지고 있었나요?"

"아니, 난 신분증을 가지고 다니기 싫었어. 경찰한테 잡힐 경우를 생각해서."

"라이터 기름은 이미 가지고 있었어요?"

"맞아, 그랬지. 나도 도시를 몽땅 태워버리는 재미를 함께 누리고 싶었거든. 그런데 그 전당포 앞을 지나가다 더 멋진 생각이 떠올랐지 뭐야."

"피츠패트릭 씨를 본 건가요?"

"바로 그거야. 그자가 샷건을 들고 보안용 철망 안쪽에 서 있는 걸 봤어. 꼴에 와이어트 어프(미국 서부 역사의 전설적 보안관-옮긴이)나 되는 것처럼 총집까지 차고 있던데, 그래."

"전당포가 어떻게 생겼던가요?"

웨이츠는 어깨를 으쓱하곤 말했다.

"콧구멍만 한 가게야. 아이리시 전당포라는 곳인데, 바깥에 초록색 세 잎 클로버 네온사인과 전당포를 상징하는 세 개의 공이 번쩍이고 있었지. 피츠패트릭은 거기서 내가 지나가는 걸 보고 있었어."

"그런데도 당신은 계속 걸어가고 있었나요?"

"처음엔 그랬지. 그냥 지나갔는데 그때 갑자기 도전 정신이 불쑥 솟아나더군. 무슨 소린지 알겠어? 그 자식이 들고 있는 커다란 바주카포를 피해 어떻게 놈에게 도달할 수 있을까 싶더란 말이지."

"그래서 어떻게 했죠?"

"윗옷 주머니에서 이지라이트 기름통을 꺼내어 입에 물었어. 그리곤 베니스 브로드워크에서 입으로 불을 내뿜는 사람들처럼 그걸 입안에 짜 넣은 뒤 기름통은 주머니에 넣고 담배와 라이터를 꺼냈어. 난 이제 담배 안 피워. 아주 나쁜 습관이거든."

그렇게 말하며 그는 보슈를 돌아보았다.

"그리곤 어떻게 했어요?"

라이더가 물었다.

"그 개자식의 가게로 돌아가서 보안용 철망 앞쪽 우묵한 곳으로 들어갔지. 담뱃불을 붙이려고 바람막이를 찾는 척했어. 그날 밤 바람이 좆나게 불었거든. 알아들어?"

"네."

"그러자 그 자식이 나더러 꺼지라고 고함치기 시작했어. 보안용 철망까지 바짝 다가와서 말이야. 난 그걸 노리고 있었거든."

그는 자기 계획대로 먹혀든 게 자랑스럽다는 듯 미소를 지었다.

"그 자식이 내게 주의를 주려고 샷건 개머리판으로 철망을 탕탕 치더라고. 놈은 내 손만 보고 있었기 때문에 위험을 감지하지 못했어. 팔을 뻗으면 닿을 만한 거리까지 다가왔을 때 나는 라이터를 켜고 그의 눈을 똑바로 노려보았어. 그리곤 입술에 물고 있던 담배를 빼내어 던지고 라이터 기름을 그의 얼굴에다 확 뿜어댔지. 물론 기름은 라이터 불 때문에 불기둥으로 변해서 확 타올랐어. 그는 뭔지 깨닫기도 전에 불벼락을 얼굴 전체에 맞았고, 들고 있던 샷건을 재빨리 놓고 손으로 불을 끄려고 했어. 하지만 옷에 불길이 타올라 그는 곧 바삭바삭한 통구이가 됐지. 꼭 네이팜탄을 맞은 놈 같더라고."

웨이츠는 자기 왼팔을 쳐들려고 했지만 의자 팔걸이에 손목이 묶여 있어서 되지 않았다. 그는 대신에 손을 들어 보이며 말했다.

"재수 없게 나도 손을 조금 데었어. 온통 물집이 잡혔는데, 더럽게 아프더라고. 그러니 와이어트 어프 그 개자식은 어땠겠어. 죽는 방법치곤 별로 좋은 것 같지 않더군."

보슈는 그가 쳐들고 있는 손을 살펴보았다. 피부가 약간 변색되긴 했지만 흉터라곤 할 수 없었다. 화상이 깊지 않았다는 얘기였다.

한참 생각에 잠겨 있던 라이더가 다른 질문을 던졌다.

"그 손을 치료하러 병원에 갔었어요?"

"아니, 상황을 봐서 그건 별로 현명하지 않다고 생각했지. 게다가 병원들이 모두 만원이란 소릴 들었어. 그래서 집으로 돌아가 약만 바르고 말았지 뭐."

"그 라이터 기름통은 언제 가게 앞에 놔뒀죠?"

"그야 그곳을 떠날 때였지. 그냥 주머니에서 꺼내어 깨끗이 닦은 뒤 놓아뒀던 거야."

"피츠패트릭 씨가 살려달라고 소리친 적은 없었나요?"

웨이츠는 잠시 그 질문에 대해 생각해본 뒤 대답했다.

"글쎄, 단정하긴 좀 어려운데. 뭐라 소리치긴 했지만 살려달라고 했는지는 잘 모르겠어. 그냥 짐승이 울부짖는 소리 같았는데. 어릴 때 개의 꼬리를 일부러 문에 치이게 한 적이 있었거든. 그 개의 비명 소리가 생각나더라고."

"집으로 돌아가면서 무슨 생각을 했나요?"

"기분 째지는 줄 알았지 뭐! 마침내 해냈잖아! 게다가 난 거기서 감쪽같이 빠져나갈 것도 알고 있었거든. 솔직히 말한다면 그때 난 거칠게 없다는 느낌이 들더라고."

"그때가 몇 살이었죠?"

"그러니까… 스무 살이었지. 참, 나, 그런데도 해냈어!"

"당신이 태워 죽인 그 남자에 대해 그 후 생각해 본 적 있나요?"

"아니, 한 번도. 그치는 나한테 당하려고 거기 있었던 것뿐이야. 그 뒤에 나한테 당했던 다른 여자들처럼. 마치 나를 위해 거기 있었던 것 같았지."

라이더는 그 후로도 40분이나 더 심문을 계속하며 수사보고서에 적혀 있는 아주 사소한 문제들까지도 일일이 확인했다. 마침내 11시 15분이 되어서야 그녀는 꼿꼿한 자세를 풀고 의자에 등을 기대었다. 그리곤 보슈와 오셔 검사를 돌아보며 말했다.

"지금으로선 이 정도면 충분한 것 같습니다. 잠시 휴식하도록 하죠."

그녀가 녹음기를 끈 뒤 검사와 세 형사는 복도로 나가서 상의하기로 했다. 스완은 자기 의뢰인과 함께 심문실에 남아 있었다. 오셔가 라이더에게 물었다.

"어떻게 생각해요?"

"전 만족해요. 저자가 했다는 건 의심할 여지가 없습니다. 자기 입으로 피츠패트릭을 죽인 미스터리를 풀었잖아요. 우리에게 모든 걸 얘기했다곤 보지 않지만, 세부적인 일들을 충분히 알고 있어요. 직접 죽였거나 아니면 현장에 있었던 얘기가 되죠."

오셔는 보슈를 돌아보며 말했다.

"계속 밀어붙여야 할 것 같소?"

보슈는 잠시 생각해 보았다. 그러자 마음의 준비가 되었다. 라이더가 웨이츠를 심문하는 걸 지켜보면서 마음속의 분노와 불쾌감은 더욱 커졌다. 웨이츠는 보슈가 봐온 전형적인 사이코패스처럼 자기가 살해한 희생자를 아주 냉정하게 무시했다. 이전까지는 그로부터 듣게 될 얘기가 두려웠지만, 이젠 들을 각오가 되어 있었다.

"계속합시다." 하고 보슈는 검사에게 대답했다.

그들이 다시 심문실로 들어가자 변호사 스완이 즉시 점심 식사 할 시간을 달라고 요청했다.

"내 의뢰인이 배가 고프답니다."

"걔도 먹여 살려야지."

웨이츠가 웃으며 거들었다.

보슈가 고개를 저으며 말했다.

"아직 안 됩니다. 우리가 식사할 때 그도 먹도록 조처하겠소."

그리곤 웨이츠 바로 맞은편에 앉아 녹음 버튼을 눌렀다. 라이더와 오셔가 양쪽에 앉았고, 올리버스는 다시 문 쪽에 있는 의자에 앉았다. 보슈는 올리버스에게서 되찾은 게스토 사건 파일을 자기 앞 탁자 위에 놓았다.

"지금부터는 마리 게스토 사건으로 들어가겠습니다."

"아, 달콤한 마티."

웨이츠가 소리치며 반짝이는 눈으로 보슈를 바라봤다.

"당신 변호인의 제안서에 의하면 그 여자가 실종된 1993년도에 어떤 일이 벌어졌는지 당신은 알고 있다고 했는데, 그 말이 사실이오?"

웨이츠는 얼굴을 찌푸리며 고개를 끄덕인 뒤 심드렁하게 대답했다.

"뭐, 그런 것 같은데."

"마리 게스토의 행방이나 묻혀 있는 곳을 아시오?"

"그럼, 알지."

드디어 보슈가 13년 동안이나 기다렸던 순간이 찾아온 것이었다.

"그 여잔 죽었어, 아닌가?"

웨이츠는 그를 바라보며 고개를 끄덕였다.

"그렇다는 뜻인가?"

보슈는 녹음을 위해 다시 물었다.

"맞아. 그 여잔 죽었어."

"지금 어디 있나?"

웨이츠는 빙그레 웃었다. 그의 유전자 속에는 후회나 죄책감 따위는 없다는 걸 보여 주는 듯한 웃음이었다.

"바로 여기 있지, 형사. 나와 함께 말이야. 다른 모든 여자들처럼 나와 함께 여기 있다고."

그의 미소가 폭소로 바뀌자 보슈는 하마터면 탁자 위로 몸을 날릴 뻔했다. 하지만 그 순간 라이더가 탁자 아래로 재빨리 손을 뻗어 그의 무릎을 잡았다. 그는 즉시 진정했다.

"잠깐만 중지하시오."

오셔 검사가 말했다.

"다시 나갑시다. 이번엔 당신도 따라 나오시오, 모리."

12

철면피

오셔 검사는 성급하게 복도로 먼저 나가 다른 사람들이 심문실에서 나올 때까지 오르락내리락하며 기다렸다. 그리곤 두 명의 보안관 대리에게 심문실 안으로 들어가서 웨이츠를 감시하라고 지시했다. 심문실 문이 닫히자 그는 대뜸 고함부터 질렀다.

"대체 뭐하자는 거요, 모리? 우리가 지금 당신 때문에 정신 나간 놈하나 붙잡고 시간 낭비나 하러 나온 줄 아십니까? 저자는 자백하러 나온 거요. 당신은 의뢰인을 방어하러 나온 게 아니잖소?"

모리 스완은 두 손바닥을 쳐들고 '난들 어찌 하리오?'라는 표정으로 말했다.

"저 친군 확실히 문제가 있어요."

"망할 자식! 저놈은 아주 냉혹한 살인마요. 마치 한니발 렉터처럼 저기서 떠들어 대고 있어. 이건 영화가 아니오, 모리. 현실이라고. 저 자식이 피츠패트릭에 대해 한 얘기 들었죠? 남의 얼굴에 불길을 토해 놓고도 자기 손을 조금 데인 것을 더 걱정하지 않았소? 그래서 당신한테 말하는데, 저 안에 들어가서 5분 내로 당신 의뢰인과 결판내시오. 불려면 똑바로 불든가, 아니면 당장 꺼지라고 말이야. 그래야 우리도 각자 알아서 움직일 것 아닙니까?"

보슈는 자신도 모르게 고개를 끄덕였다. 오셔 검사의 노한 목소리가 마음에 들었던 것이다. 또한 이런 식으로 일이 진행되는 것도 마음에 들었다.

"최선을 다해 보겠습니다."

스완 변호사는 그렇게 말한 뒤 심문실로 들어갔다. 보안관 대리 두 명은 변호사와 의뢰인이 은밀하게 얘기할 수 있도록 해주기 위해 복도로 나온 뒤 문을 닫았다. 오셔 검사는 복도를 계속 오르락내리락하며 열을 식히다가 혼잣말처럼 불쑥 말했다.

"진짜 한심해. 하지만 자기들 멋대로 하도록 내버려 두진 않겠어."

"벌써 멋대로 굴고 있습니다. 적어도 웨이츠는요."

보슈가 지적하자 오셔 검사는 싸울 듯이 노려보며 물었다.

"그게 무슨 말이오?"

"우리 모두는 그자 때문에 여기 있습니다. 결론을 말하자면 그자가 요구한 대로 그의 목숨을 구해주기 위해 노력하고 있다는 거죠."

오셔는 신경질적으로 머리를 내저었다.

"그 문제로 당신과 다시 티격태격하긴 싫소, 보슈. 결정은 이미 내려졌어요. 이 시점에서 당신이 합류하기 싫다면 엘리베이터는 복도 저 아래 왼쪽에 있소. 당신이 심문할 부분은 내가 대신하죠. 프레디가 하든가."

보슈는 한 박자 기다렸다가 대답했다.

"합류하지 않겠다는 말은 하지 않았습니다. 게스토 사건은 내 담당이고, 난 끝장을 봐야겠소."

"그나마 다행이군요."

오셔 검사는 냉소적으로 말했다.

"93년도에 당신이 좀 더 주의를 기울이지 않았던 게 심히 유감이지만."

깊은 곳에서 끓어오르는 뜨거운 분노를 삼키며 보슈는 심문실 문을 사납게 두드리는 검사의 뒤통수를 노려보았다. 스완이 즉시 문을 열었다.

"계속할 준비가 됐습니다."

변호사는 뒤로 물러나 그들이 들어오도록 했다.

모두 자리에 다시 앉은 뒤 녹음기를 틀자, 보슈는 오셔에 대한 분노를 털어 버리고 웨이츠와 다시 눈을 맞췄다. 그는 같은 질문을 반복했다.

"그 여잔 어디 있나?"

웨이츠는 또 대답을 회피하고 싶은 듯 슬쩍 웃음을 흘렸지만 곧 히죽거리며 대답했다.

"언덕 위에."

"언덕 위에 어디?"

"마구간 근처에. 거기서 만났거든. 그녀가 차에서 내리자마자 말이야."

"땅속에 묻었나?"

"그럼. 묻었지."

"정확한 지점이 어딘가?"

"직접 보여줘야 할 텐데. 어딘지는 알지만 설명하기가 어려워. 그냥 안내하는 편이…."

"대강이라도 설명해 봐."

"그녀가 차를 세운 곳에서 멀지 않은 숲 속이야. 오솔길이 하나 있었는데, 난 그 길을 벗어났어. 거기 가면 즉시 발견할 수 있거나 결코 발견할 수 없는 곳이지. 지형이 좀 복잡하거든. 기억 안 나? 경찰들이 거길 수색했지만 끝내 그 여잘 못 찾았잖아."

"하지만 13년이 지났는데도 당신은 우릴 거기로 안내할 수 있단 말이지?"

"13년이나 지나진 않았어."

보슈는 갑자기 소름이 끼쳤다. 웨이츠가 그녀를 감금하고 있었다는 생각을 하자 너무 끔찍한 기분이 들었다.

"그런 게 아니야, 형사."

웨이츠가 보슈의 생각을 눈치채고 말했다.

"내가 무슨 생각을 하고 있는지 당신이 어떻게 알아?"

"척 보면 알지. 하지만 당신 생각은 틀렸어. 마리는 13년 전에 묻혔다고. 그렇지만 내가 거길 마지막으로 간 건 13년 전이 아니야. 내 말은 그런 얘기라고. 난 가끔 그녀를 찾아가곤 했거든, 형사. 그것도 꽤 자주. 그래서 당신들을 안내할 수 있다는 거지."

보슈는 볼펜을 꺼내어 게스토 사건 파일 표지 안쪽에 메모를 했다. 별로 중요한 내용은 아니었다. 단지 속에서 끓어오르던 감정에서 잠시 벗어나고 싶었을 뿐이었다.

"처음으로 다시 돌아가지." 하고 그는 말했다. "1993년 9월 이전부터 마리 게스토와 아는 사이였나?"

"아니, 몰랐어."

"그녀를 납치하기 전에 한 번이라도 본 적 있어?"

"그런 기억 없는데."

"그러면 처음 본 곳이 어디야?"

"메이페어. 거기서 쇼핑을 하고 있었는데, 딱 내 스타일이더라고. 그래서 따라갔지."

"어디로?"

"자기 차에 오르더니 비치우드 캐니언으로 몰고 올라가더라고. 그러더니 마구간 아래쪽에 있는 자갈밭 주차장에 주차하더군. 거기가 아마 선셋 목장이라고 했지? 여자가 차에서 내릴 때 주위에 아무도 없기에 데려가기로 작정했지."

"메이페어에서 보기 전까진 그럴 계획이 없었단 말이지?"

"그럼. 난 그냥 게토레이드나 몇 병 사려고 들어갔던 거야. 무척 더운 날이었거든. 그런데 그녀를 보자마자 내가 가져야겠다고 결심했던 거지. 그건 충동적이었어. 나로선 어쩔 수 없었다니까, 형사."

"그래서 마구간 아래 주차장으로 다가갔나?"

웨이츠는 고개를 끄덕였다.

"내 밴을 그녀의 차 바로 옆에다 세웠어. 그녀는 별로 이상하게 생각하지 않더라고. 그 주차장은 목장이나 마구간의 아래쪽에 있었어. 주위에 아무도 없었고 아무도 볼 수 없었지. 완벽했다니까. 신이 나에게 그 여자를 가지라고 말하는 것 같았어."

"그래서 어떻게 했지?"

"밴 뒤쪽으로 가서 그녀가 있는 쪽의 슬라이딩 문을 열었지. 그리곤 가지고 있던 칼을 뽑아들고 내려서 그녀에게 타라고 했어. 순순히 응하더군. 아주 간단한 일이었어. 그 여잔 아주 얌전했다니까."

귀가한 부모에게 아이의 행동을 보고하는 보모처럼 말하는 그에게 보슈는 다시 물었다.

"그런 다음엔?"

"옷을 벗으라고 했더니 순종하더군. 해치지만 않으면 내가 하라는 대로 하겠다고 말했어. 나도 동의했지. 그녀는 옷을 아주 얌전하게 개어서 놓더라고. 그걸 다시 입을 기회가 있다고 생각하는 것 같았어."

보슈는 한 손으로 입 언저리를 문질렀다. 그의 직업에서 가장 어려운 부분이 살인자의 뒤틀린 끔찍한 세계와 현실이 교차하는 순간 바로 그 살인자와 대면하는 일이었다.

"계속해."

그는 웨이츠에게 말했다.

"나머지는 들어보나 마나잖아. 우린 섹스를 했지만 그 여잔 서툴렀어. 그냥 뻣뻣하기만 하더라고. 그래서 할 수 없이 내 식대로 했지 뭐."

"당신 식대로라니?"

웨이츠는 보슈의 눈을 바라보며 말했다.

"죽였다고, 형사. 두 손으로 여자의 목을 꽉 조이며 눈빛이 꺼지는 걸 지켜봤지. 그런 다음 볼일을 끝냈어."

보슈는 그를 뚫어지게 응시하면서도 도무지 입을 열 수가 없었다. 이런 순간들이 그 자신을 형사로서는 부적합한 인간이란 느낌이 들게 했고, 인간이 이처럼 악독할 수 있다는 사실 앞에 주눅 들게 만들기도 했다. 두 사람이 오랫동안 말없이 노려보고만 있자 오서 검사가 끼어들었다.

"시체와 섹스를 했단 말이야?"

"그렇죠. 여자가 아직 따뜻할 때. 내가 노상 강조하는 말이지만, 여자는 죽어서 아직 따뜻할 때가 가장 맛있어요."

웨이츠는 그렇게 말한 뒤 라이더가 어떤 반응을 보이나 하고 힐끗 돌아보았다. 그녀는 눈썹 하나 까닥하지 않았다.

"넌 아무 짝에도 쓸모없는 쓰레기야."

보슈가 마침내 입을 열었다. 웨이츠는 그를 쳐다보더니 히죽 웃고는 말했다.

"겨우 그 정도라면 당신은 아직 멀었단 소리야, 형사. 그래봤자 당신 처지만 더 악화될 뿐이지. 섹스는 아무것도 아냐. 여자가 살았든 죽었든 그건 일시적인 거라고. 하지만 난 그 여자의 영혼을 빼앗았고, 그건 아무도 되찾아갈 수가 없어."

보슈는 자기 앞에 펼쳐진 사건 파일을 내려다보고 있었지만 글씨는 한 자도 눈에 들어오지 않았다.

"계속하자고. 그다음엔 어떻게 했나?"

보슈의 질문에 웨이츠는 대답했다.

"밴 안을 정돈했지. 뒤쪽에 항상 비닐 깔개를 싣고 다니거든. 그걸로 여자를 둘둘 말아 파묻을 준비를 했어. 그리곤 밴에서 내려 차 문을 잠근 뒤 여자의 물건들과 자동차 열쇠를 들고 그녀의 자동차로 갔어. 여자의 차를 몰고 가서 치워 버리는 것이 경찰을 따돌리기 위한 최상의 방법일 거라고 생각했거든."

"어디로 갔나?"

"다 알면서 왜 그래, 형사. 하이 타워잖아. 거기 빈 차고가 있다는 걸 알고 있었거든. 한 주일쯤 전이었던가, 거기 일하러 갔더니 아파트 관리인이 빈 아파트가 있다는 얘기를 하더라고. 내가 관심이 있는 척하니까 아파트를 보여줬어."

"차고도 보여줬단 말이야?"

"아니지. 손가락으로 가리키기만 했어. 나오는 길에 살펴봤더니 차고 문에 자물쇠가 채워져 있지 않더군."

"그래서 마리 게스토의 차를 몰고 가서 그 차고에다 감췄군."

"바로 그거야."

"그때 당신을 본 사람이 있었나? 당신이 본 사람은 없었고?"

"아무도 없었어. 엄청 조심했거든. 생각해 봐. 방금 전에 사람을 죽였잖아."

"당신 밴은 어떻게 했어? 그걸 가지러 비치우드엔 언제 돌아갔나?"

"그날 밤이 되기까지 기다렸지. 땅을 파야 할 일이 있으니까 그러는 게 좋겠다는 생각이 들더라고. 무슨 소린지 다 알 거야."

"그 밴에도 당신 회사 로고가 찍혀 있었나?"

"그땐 아니야. 겨우 시작 단계였으니까 아직은 주의를 끌고 싶지 않았어. 대부분이 하청이었고, 시 허가도 아직 받지 못한 상태였거든. 그런 건 모두 나중에 받았지. 사실 그 밴은 다른 것이었어. 13년 전 일이야. 그 후 난 새 밴을 구입했지."

"당신 밴을 가지러 마구간까지는 뭘 타고 갔나?"

"택시를 이용했어."

"택시 회사를 기억하고 있나?"

"내가 부른 게 아니라서 기억 못 해. 차를 하이 타워에 감춰 둔 뒤 난 프랭클린 가에 살 때 자주 애용하던 레스토랑까지 걸어서 갔거든. '버드스'라고 혹시 가 본 적 있나? 통닭 맛이 죽이지. 암튼 좀 먼 거리였어. 거기서 저녁을 먹고 밤늦은 시간까지 기다렸다가 택시를 불러 달라고 부탁했지. 택시 운전사에게 밴이 내 차처럼 보이지 않게 하려고 마구간에서 내려 밴이 있는 곳까지는 걸어서 올라갔어. 주위에 아무도 없는 것을 확인한 뒤 밴에 다가갔고, 나의 작은 꽃을 심을 아주 은밀한 장소를 찾아냈지."

"그 장소를 아직도 찾아낼 수 있단 말이지?"

"있다마다."

"구덩이를 팠겠군."

"그랬지."

"얼마나 깊이 팠나?"

"모르겠어. 그리 깊진 않았던 거 같아."

"뭘로 팠나?"

"그야 삽으로 팠지."

"유리창 청소 차량에 항상 삽을 싣고 다녔어?"

"그건 아니지. 마구간 옆 헛간에 기대어져 있었어. 말 우리 청소용이었겠지."

"매장을 끝낸 뒤엔 삽을 제자리로 돌려놨어?"

"물론이지, 형사. 난 영혼을 훔치지 삽 따윈 훔치지 않아."

보슈는 눈앞에 놓인 파일을 보았다.

"마리 게스토를 파묻은 곳에 마지막으로 갔던 게 언제지?"

"음, 1년 좀 지났네. 매년 9월 9일엔 꼭 방문하곤 했지. 기념일을 축하하기 위해서 말야. 올해는 보시다시피 내가 좀 매인 몸이라."

그는 천연덕스럽게 웃었다.

보슈는 모든 것을 포괄적으로 포함시켰다는 걸 알았다. 이제 모든 것은 웨이츠가 그들을 시체 있는 곳으로 안내하고 법의학 팀이 진위 여부를 확인하는 데 달려 있었다.

"그 살인이 있은 후 언론 매체들이 마리 게스토의 실종에 대해 떠들썩했던 적이 있는데 기억하고 있나?"

보슈가 다시 물었다.

"물론이지. 그 일로 나도 교훈을 얻었어. 다시는 그런 충동적인 행동은 하지 않았어. 그 후론 내가 꺾은 꽃들에 대해 더욱 조심하게 되더라니까."

"그 사건 문제로 경찰에 전화한 적 있었지?"

"사실이야. 나도 기억나는데 그래. 경찰에 전화해서 메이페어에서 그녀를 봤지만 누구랑 같이 있진 않았다고 말해줬지."

"왜 그런 전화를 했나?"

웨이츠는 어깨를 으쓱했다.

"잘 모르겠는데. 그냥 재밌을 것 같았어. 나를 잡으려고 눈이 시뻘건 사람들과 직접 얘기해 본다는 게 말이야. 그게 당신이었나?"

"내 파트너였어."

"그래, 난 초점을 메이페어에서 다른 곳으로 옮길 수 있을 것이라고 생각했어. 암튼 난 거기에 있었고, 나를 본 누군가가 인상착의를 설명할 수 있을지도 모른다고 생각했거든."

보슈는 고개를 끄덕였다.

"전화했을 때 이름을 로버트 색슨이라고 했는데, 왜 그랬지?"

웨이츠는 다시 어깨를 으쓱했다.

"그 이름은 그냥 가끔 사용하는 거야."

"그게 당신 본명 아니야?"

"아니야, 형사. 내 본명은 알고 있잖나."

"당신이 오늘 여기서 한 말들을 한 마디도 안 믿는다면 어쩌겠어? 뭐라고 할 건데?"

"나를 비치우드 캐니언으로 데려가면 모든 걸 증명해 줄 텐데 뭘."

"그래, 어디 그런지 두고 보자고."

보슈는 의자를 뒤로 빼고 다른 사람들에게 복도로 나가서 의논하고 싶다고 말했다. 웨이츠와 스완 변호사만 남겨두고 모두는 공기가 시원한 복도로 나갔다. 오서 검사는 두 보안관 대리에게 자리를 좀 비켜 달라고 한 뒤 심문실 문이 닫히자 말했다.

"저 안은 공기가 텁텁해."

"똥 덩어리 같은 놈 때문이죠 뭐."

보슈가 받았다.

"그래, 지금 생각은 어떻소?"

검사가 보슈에게 물었다.

"지금 내 생각은 저자를 믿을 수 없다는 겁니다."

"왜요?"

"대답을 청산유수처럼 하니까요. 그중엔 말이 안 되는 것들도 있고요. 우린 일주일 동안이나 택시회사들을 찾아다니며 승객들을 태우고 내린 기록을 조사했습니다. 저자가 게스토의 차를 하이 타워로 옮겼다면 자기 밴으로 돌아오기 위해선 분명 다른 차가 필요했을 겁니다. 마구간은 우리가 체크한 곳들 중 하나였고, 시내에 있는 모든 택시회사들도 당연히 체크했죠. 하지만 그날 밤이든 낮이든 그곳에서 택시를 타거나 내린 사람은 아무도 없었어요."

올리버스가 오서 옆으로 한 걸음 나오며 끼어들었다.

"그건 100퍼센트 확인할 수 없는 거잖소, 보슈. 그를 태웠던 택시 기사가 기록을 빠뜨렸을 수도 있지. 그런 일은 아주 흔합니다. 무허가 영업 택시들도 있죠. 시내 식당들 앞엔 그런 택시들이 진을 치고 있소."

"그래도 난 그자의 개똥 같은 소릴 믿을 수가 없소. 대답을 너무 잘해. 하필이면 삽도 헛간에 기대어져 있었다고 하고. 만약 그걸 발견하지 못했다면 시체를 어떻게 묻을 생각이었을까요?"

오서는 두 팔을 활짝 벌리며 말했다.

"그자를 시험해 볼 방법이 있잖소. 여자를 묻었다는 곳에 가 보면 되지. 그자가 우릴 제대로 안내한다면 사소한 것들은 문제되지 않죠. 반대로 거기에 시체가 없다면 거래도 없는 거요."

"언제 갈 겁니까?"

보슈가 물었다.

"오늘은 재판이 있어서 틀렸고, 괜찮다면 내일 아침에 갑시다."

"잠깐만요." 하고 올리버스가 또 끼어들었다. "다른 일곱 명은 어쩌고요? 우린 아직도 그 개자식과 할 얘기가 많이 남았어요."

오서는 조용히 하라는 듯 한 손을 쳐들었다.

"게스토 건을 시험 케이스로 삼읍시다. 이걸로 결판 짓게 하겠소. 다른 사건은 그때 봐서 결정합시다."

오셔 검사는 보슈를 똑바로 쳐다보며 물었다.

"그럴 준비가 됐소?"

보슈는 고개를 끄덕였다.

"난 13년 동안이나 준비되어 있었습니다."

13

상자 속의 기적

 그날 밤 레이철은 보슈가 집에 있는지 전화로 확인한 후 저녁거리를 사들고 왔다. 보슈가 스테레오에 음악을 거는 동안 그녀는 부엌에서 음식 담은 접시들을 식탁 위에 내려놓았다. 크림 바른 옥수수를 곁들인 포트 로스트(소고기 찜 – 옮긴이)였다. 그녀는 메를로도 한 병 가져왔는데, 덕분에 보슈는 부엌 서랍들을 뒤져 코르크 마개 따개를 찾느라고 5분이나 부산을 떨었다. 두 사람은 식탁에 마주 앉은 다음에야 사건에 관한 얘기를 꺼냈다.

 "오늘은 어떻게 진행됐어요?"

 레이철의 물음에 보슈는 어깨를 들썩했다.

 "잘됐죠 뭐. 당신이 제공한 정보가 많은 도움이 됐소. 내일 현장 조사를 나가는데, 릭 오셔의 말로는 그 결과를 보고 거래 여부를 결정짓겠다고 하더군."

 "현장 조사? 어디로요?"

"비치우드 캐니언 꼭대기래요. 여자를 거기 묻었다고 주장하고 있소. 오늘 심문이 끝난 후 거기까지 차를 몰고 가서 둘러봤는데, 그 친구 설명을 참고해도 전혀 찾을 수가 없었소. 1993년도에도 경찰 후보생들을 데리고 올라가서 사흘 동안이나 그 계곡을 뒤졌지만 허탕치고 말았지. 그 위로는 숲이 울창하게 우거져 있는데도 그자는 그 지점을 찾을 수 있다는 거요."

"그자가 범인이라고 믿어요?"

"범인처럼 보여요. 다른 사람들도 모두 그렇게 믿었고. 또 그 당시 우리한테 전화했던 얘기까지 아주 믿을 만했소."

"그런데 뭐가 문제죠?"

"모르겠소. 내가 그렇게 엉터리였다는 사실을 받아들일 준비가 안 되어 있는 자존심 때문인 것 같아요. 13년 동안이나 한 사내를 살펴보고 있었는데 헛방을 짚었다는 것이. 누구라도 그런 상황은 받아들이고 싶지 않겠지."

보슈는 한동안 먹는 일에만 집중했다. 포트 로스트 한 입과 포도주 한 모금을 급히 삼킨 뒤 냅킨으로 입을 닦으며 말했다.

"이거 진짜 맛있군. 어디서 가져온 거요?"

레이철은 웃었다.

"저스트 어나더 레스토랑에서요."

"세상에, 이렇게 맛있는 포트 로스트는 첨 먹어 보는데."

"자(JAR)라고 불리는 레스토랑인데, 저스트 어나더 레스토랑의 이니셜이라고 하더군요."

"오, 알겠소."

"비벌리 아래쪽 우리 집 근처예요. 식사를 할 수 있는 기다란 바가 놓여 있죠. 여기서 옮겨간 뒤로 처음엔 그곳에서 주로 먹었어요. 혼자서요.

수전과 프리치가 항상 날 돌봐줬어요. 내겐 음식을 집에 가져가도록 해줬는데, 거긴 그런 곳이 아니었거든요."

"요리사들?"

"주방장들이죠. 수전은 주인이기도 하고요. 난 거기 앉아서 사람들이 들어오는 걸 지켜보길 좋아했어요. 그들의 눈이 레스토랑을 훑어보며 누가 와 있는지 일일이 확인하는 걸 지켜보곤 했죠. 유명 인사들이 거기 많이들 가요. 식도락가들도 있고 단골들도 있는데, 그들이 가장 흥미로운 사람들이죠."

"살인 사건 주위를 너무 오래 맴돌다 보면 도시 전체를 알게 된다고 말한 사람이 있었소. 레스토랑 카운터에 너무 오래 앉아 있어도 아마 그럴 거야."

"더 쉽겠죠. 그런데 해리, 레이너드 웨이츠의 자백에 대해 얘기 안 해주고 계속 화제를 돌릴 거예요?"

"지금 얘기할 참이오. 식사를 먼저 마쳐야 할 것 같아서."

"그렇게나 나빠요?"

"그런 얘기가 아니라, 잠시 그 생각에서 벗어나고 싶어서."

레이철은 이해한다는 듯 고개를 끄덕인 뒤 각자의 잔에 포도주를 또 따랐다.

"음악 좋은데요. 누구죠?"

보슈는 입안에 음식을 가득 문 채 고개를 끄덕였다.

"내가 '상자 속의 기적'이라 부르는 곡인데, 존 콜트레인과 텔로니어스 멍크(미국의 재즈 피아니스트, 작곡가―옮긴이)가 카네기홀에서 연주한 거요. 콘서트는 1957년에 녹음되었는데, 그 테이프가 아무 표시도 없는 상자 속에 든 상태로 근 50년 동안이나 기록보관소에 처박혀 있었어요. 그 상태로 완전히 망각되었던 거지. 그런 중에 의회 도서관 직원 하나가 모든 상자들과 공연 테이프를 뒤지다가 그걸 알아본 거요. 그래서 작년에야 빛을 보게 됐지."

"멋진데요."

"멋진 정도가 아니에요. 그 세월 동안 거기 있었다는 게 기적이지. 그걸 알아본 사람을 제대로 만났다는 것도 기적이고."

그는 레이철의 눈을 잠시 바라보았다. 그리곤 자기 접시를 내려다보고 마지막 한 조각이 남았다는 걸 알았다.

"내가 전화하지 않았으면 저녁 식사는 뭘로 할 참이었어요?"

레이철이 물었다.

보슈는 다시 그녀를 처다본 뒤 어깨를 으쓱했다. 그는 식사를 마치고 레이너드 웨이츠의 자백에 대해 얘기하기 시작했다.

"그는 거짓말을 하고 있어요."

얘기가 끝나자 레이철이 말했다.

"이름 말이오? 그건 우리도 간파했지."

"아니, 계획 말이에요. 계획의 결점이라고 해야 하나. 그는 단지 메이페어에서 게스토를 봤고, 뒤따라가서 그녀를 납치했다고만 말하고 있어요. 에이, 그건 아니죠. 그 말은 믿을 수 없어요. 모든 것이 충동적인 걸로는 느껴지지 않아요. 그가 얘기를 했든 안 했든, 이 일에는 계획이 있었어요."

보슈는 머리를 끄덕였다. 그도 웨이츠의 자백에 대해 같은 의혹을 품었던 것이다.

"내일이면 더 자세히 알게 되겠지."

레이철이 다시 말했다.

"나도 참가하고 싶어요."

"FBI가 끼어들 명분을 만들기 어려워요. 게다가 당신이 해야 할 일도 더 이상 없고. 설사 우리가 당신을 초청한다 해도 FBI에서 보내주지 않을 거요."

"알아요. 그래도 가고 싶어요."

보슈는 일어나서 접시들을 씻기 시작했다. 그러자 레이철도 그의 옆에 나란히 서서 접시를 닦았다. 설거지가 끝나자 두 사람은 포도주를 챙겨 들고 데크로 나갔다. 병에 남은 포도주를 각자의 잔에 따랐더니 반쯤 찰 정도로 양이 많았다.

밤바람이 쌀쌀해서 두 사람은 몸을 붙이고 데크 난간에 나란히 서서 카후엥가 고개의 불빛들을 내려다보았다.

"오늘 밤 여기서 잘 거요?"

보슈가 물었다.

"네."

"전화할 필요 없소. 내가 열쇠를 줄 테니까 그냥 와요."

레이철이 돌아보자 그는 그녀의 허리에 팔을 둘렀다.

"그렇게 빨리? 다 용서했단 말이에요?"

"용서할 것도 없어요. 과거는 과거일 뿐이고 인생은 너무 짧아요. 너무 상투적인 얘기지만."

그녀가 미소를 짓자 보슈는 그 입술에 키스했다. 두 사람은 포도주를 마신 뒤 함께 침실로 들어갔다. 그리고 천천히 아주 조용히 사랑했다. 도중에 보슈는 눈을 뜨고 여자를 살펴보다가 한순간 리듬을 잃어버렸다. 눈치를 챈 그녀가 속삭였다.

"왜 그래요?"

"아무것도 아니오. 당신이 계속 눈을 뜨고 있어서."

"당신을 보고 있어요."

"아니야, 그러지 않았어."

레이철은 미소를 지어 보이곤 얼굴을 돌렸다.

"지금은 그런 걸 따지기 거북해요."

그는 웃으며 손으로 그녀의 얼굴을 돌려놓았다. 두 사람은 키스를 했고, 이번엔 둘 다 눈을 뜨고 있었다. 그러다 키스 도중 함께 웃음을 터트렸다.

보슈는 이런 친밀감을 갈망했고 그것이 주는 해방감을 즐겼다. 그는 레이철도 이런 기분을 알고 있다고 생각했다. 그녀가 그에게 준 선물은 그를 세상사에서 해방시키는 것이었다. 그 때문에 과거는 더 이상 중요하지 않았다. 그는 눈을 감았지만 입가의 미소는 지워지지 않았다.

제2부

현장 조사

ECHO PARK

14

이동

보슈에겐 차량들이 다 모이기까지가 영원처럼 길게 느껴졌다. 하지만 수요일 오전 10시 30분이 지나서야 수행원들을 태운 차량들은 형사 법원 건물 지하 주차장을 차례로 빠져나왔다.

맨 앞에 달리는 차량은 아무 표시도 없었고, 올리버스가 운전대를 잡고 있었다. 교도소에서 나온 보안관 대리가 샷건을 휴대하고 조수석에 앉았고, 뒷좌석에는 레이너드 웨이츠를 가운데 끼고 보슈와 라이더가 양쪽에 앉았다. 밝은 오렌지색 점프슈트 차림의 죄수는 발목에는 족쇄를, 손목에는 수갑을 차고 있었다. 또한 손목에 찬 수갑은 허리를 감은 쇠사슬에 고정되어 있었다.

차량 행렬의 두 번째를 달리는 또 한 대의 표시 없는 차는 릭 오서가 운전대를 잡았고. 모리 스완과 검찰청 소속 증거물 비디오 촬영기사가 타고 있었다. 그 뒤로 두 대의 밴이 따르고 있었는데, 한 대는 LAPD 법의학 팀이고 다른 한 대는 부검실 팀이었다. 이들은 마리 게스토의 시신 위치를 찾아내어 발굴할 준비를 갖추고 있었다.

현장 조사를 하기엔 완벽한 날씨였다. 간밤에 뿌린 비로 씻긴 하늘은 눈부시게 파랬고, 마지막 남은 뭉게구름만 둥실둥실 떠 있었다. 도로는 아직도 촉촉하게 젖어 빛났다. 비가 내린 뒤라 해가 떠올라도 기온이 오르지 않았다. 스물두 살 된 여자 시체를 파내기엔 더할 나위 없이 멋진 날씨라 하더라도, 그들 앞에 기다리고 있는 일은 끔찍할 것이었다.

브로드웨이 경사로를 지나 북부 101번 고속도로로 들어서자 차량들은 팽팽한 대형을 유지하고 달렸다. 다운타운의 교통 체증이 심한 데다 도로까지 젖어 차들이 더 밀렸다.

보슈는 올리버스에게 창문을 좀 열어 달라고 부탁했다. 웨이츠의 몸에서 나는 악취를 신선한 공기로 바꾸고 싶었던 것이다. 살인 용의자에겐 샤워를 허락하지 않았거나 그날 아침에 세탁한 점프슈트도 지급하지 않았던 모양이었다.

"그냥 담배나 한 대 붙여 물지 그래, 형사?"

웨이츠가 말했다. 서로 어깨를 딱 붙이고 앉아 있는 상태라, 보슈는 거북하게 몸을 비틀고 그를 돌아보았다.

"너 때문에 열자고 한 거야, 웨이츠. 악취가 나거든. 난 담배 끊은 지 5년도 넘었어."

"알고도 남지."

"왜 그렇게 아는 체하는데? 우린 만난 적도 없잖아. 날 아는 체하는 근거가 뭐야?"

"난 당신을 몰라. 그렇지만 당신 같은 타입을 알지. 당신은 너무 집착하는 성격이야, 형사. 살인 사건이든, 담배든, 당신 땀구멍에서 스며 나오는 술 냄새도 아마 그럴걸. 당신 같은 타입을 읽어내긴 그리 어렵지 않지."

웨이츠가 미소를 짓자 보슈는 고개를 돌렸다. 그는 잠시 생각해 본 후 다시 웨이츠에게 물었다.

"넌 누구지?"

"나한테 묻는 거야?"

웨이츠가 반문했다.

"그래, 너한테 묻는 거다. 알고 싶어서. 넌 누구야?"

"보슈." 하고 앞에서 올리버스가 재빨리 끼어들었다. "거래 조건에 모리 스완이 없는 자리에선 그에게 질문하지 않기로 했소. 그러니 가만 내버려 두시오."

"이건 심문이 아니잖소. 그냥 대화를 나누는 중이라고."

"아, 그래, 당신이 그걸 뭐라 부르든 상관없소. 그만두시오."

보슈는 올리버스가 백미러로 자신을 보고 있는 걸 발견했다. 두 사람은 서로 잔뜩 노려보다가, 올리버스가 먼저 눈길을 전방 도로로 돌렸다. 보슈는 몸을 앞으로 숙이고 웨이츠 건너편에 앉아 있는 라이더를 보았다. 그녀는 눈알을 굴려 보였다. 불필요한 말썽은 일으키지 말라는 뜻이었다. 보슈가 말했다.

"모리 스완이란 변호사. 그래, 잘났지, 잘났어. 이자와 평생 거래나 해 쳐먹으라지."

"보슈!"

올리버스가 소리쳤다.

"그 친구에게 얘기하고 있는 게 아니잖소. 난 내 파트너와 얘기하고 있소."

보슈는 그쯤 해 두기로 하고 등을 뒤로 기댔다. 옆에서 수갑이 짤랑거리더니 웨이츠가 자세를 바꾸며 조용히 말했다.

"당신은 거래에 응하지 말았어야 했어, 형사."

"내가 선택한 게 아니야."

보슈는 돌아보지도 않고 말했다.

"내가 선택했다면 우리가 지금 이러고 있지도 않지."

웨이츠는 고개를 끄덕였다.

"눈에는 눈이란 말이지. 알만 해, 형사. 당신 같은 타입은…."

"웨이츠!"

올리버스가 찢어지는 소리를 냈다.

"그 입 좀 닥치라고."

그리곤 대시보드로 손을 뻗어 라디오를 틀었다. 요란한 마리아치(멕시코 전통 음악 – 옮긴이)가 스피커에서 쏟아져 나오자 그는 즉시 버튼을 눌러 소리를 죽였다.

"어떤 녀석이 이 차를 마지막으로 몰았어?"

그는 혼잣말로 소리쳤다.

보슈는 올리버스가 자기 행동을 얼버무리고 있다는 걸 알았다. 지난번 차를 반납할 때 채널과 볼륨을 그대로 내버려 뒀던 것이 창피했던 것이다.

차 안은 조용했다. 그들은 이제 할리우드를 가로지르고 있었고, 올리버스는 가워 애버뉴로 들어서기 위한 방향지시등을 켰다. 보슈는 다른 차량 세 대가 여전히 잘 따라오는지 확인하려고 뒤쪽 창문을 돌아보았다. 그들은 아무 이상이 없었다. 그런데 보슈는 그들 위로 헬리콥터 한 대가 따라오고 있는 것을 발견했다. 헬기의 하얀 배에 커다란 글자로 '4'라고 찍혀 있었다. 보슈는 고개를 휙 돌리고 백미러 속의 올리버스를 노려보았다.

"취재 헬기는 누가 불렀소? 당신이오, 당신 보스요?"

"내 보스라니? 무슨 소린지 모르겠군."

올리버스는 백미러를 통해 보슈를 힐끔 본 뒤 곧 시선을 도로로 돌렸다. 속이 너무 훤히 들여다보였다. 보슈는 그가 거짓말을 하고 있다는 걸 알았다.

"그래, 당신한테는 뭐가 걸려 있지? 릭 오셔가 선거에서 이기면 수사팀장이라도 시켜준답디까? 그런 거요?"

그러자 올리버스는 백미러를 통해 보슈를 노려보며 말했다.

"나는 본부 어느 부서로도 안 갈 겁니다. 나는 내가 좋아하고 내 기술을 평가해 주는 곳으로 가게 될 거요."

"그러니까 매일 아침 거울 쳐다보며 자신에게 거는 주문이 그거란 말이지?"

"젠장, 엿 같이 말하고 있네."

"신사분들, 신사분들." 하고 웨이츠가 끼어들었다. "우리 여기서 좀 잘 지내볼 수는 없겠습니까?"

"닥쳐, 웨이츠."

보슈가 다시 말했다.

"네놈한테는 이 일이 오셔 후보를 위한 선전용으로 변질돼도 상관없겠지만 나한테는 안 그래. 올리버스, 차 세워. 오셔와 얘기 좀 해야겠어."

올리버스는 머리를 흔들었다.

"안 돼요. 죄수를 실은 차는 아무 데나 못 세우게 되어 있어."

그들은 가워 애버뉴로 나가는 출구 경사로를 내려가는 중이었다. 올리버스가 우측으로 급히 운전대를 꺾자 프랭클린 거리 신호등이 앞에 나타났다. 그들이 도착하자 신호등은 초록으로 바뀌었고, 그래서 계속 달려 프랭클린을 지나 비치우드 드라이브로 올라가기 시작했다.

올리버스는 꼭대기에 도착하기 전엔 차를 세울 것 같지 않았다. 보슈는 주머니에서 휴대전화를 꺼내어 그날 아침 형사법원 건물 주차장에서 출발하기 전에 오셔 검사가 모두에게 알려 준 번호를 눌러댔다.

"오셔 검삽니다."

"보슈 형삽니다. 이런 일에 언론 매체를 끌어들인 건 현명하지 않다고 생각합니다."

오셔는 잠시 생각한 뒤에 대답했다.

"그들은 안전한 거리에 있소. 공중에 있다고."

"그렇다면 비치우드 꼭대기에선 누가 우릴 기다리고 있습니까?"

"아무도 없소, 보슈. 그들에게 분명하게 말해뒀어. 공중에선 우릴 따라올 수 있지만 지상에서 벌어지는 작전엔 아무도 끼어들 수 없다고. 그러니까 걱정할 것 없소. 그들은 나와 일하는 사람들이니까. 그들은 인간관계를 수립해야 한다는 걸 알고 있소."

"어련하시겠습니까."

보슈는 휴대전화를 닫고 주머니에 넣었다.

"그 성질 좀 죽여야겠어, 형사."

웨이츠가 빈정거리자 보슈가 소리쳤다.

"넌 닥치고 있어, 웨이츠."

"그냥 도와주려는 거야."

"그러면 그 입부터 닥치라고."

차 안이 다시 조용해졌다. 보슈는 취재 헬기와 기타 모든 것에 대한 자신의 분노는 머리만 혼란스럽게 하는 불필요한 것이라고 판단했다. 그래서 가슴속의 분노를 밀어내고 당장 눈앞에 닥칠 일에 대해서만 생각하기로 했다.

비치우드 캐니언은 할리우드와 로스펠리스 사이의 샌타모니카 산등성이에 있는 조용한 마을이었다. 서쪽의 로럴 캐니언처럼 숲이 우거진 멋진 시골은 아니지만 이곳이 더 조용하고 안전하고 독립적이기 때문에 주민들은 더 좋아했다. 서쪽으로 뻗은 대부분의 고갯길들과는 달리 비치우드는 꼭대기에서 딱 끊어지며 절벽으로 변했다. 그 길은 산을 넘어가는 코스가 아니었기에 비치우드의 차량들은 그곳을 지나가는 차들이 아니었다. 그것들은 그곳에서 사는 사람들이 소유하고 있는 차들이었다. 그래서 그들은 진짜 이웃이라는 느낌을 주었다.

차를 몰고 올라가자 앞유리를 통해 리 산(Mount Lee) 위에 세워진 할리우드 대형 간판이 눈에 들어왔다. 비치우드 꼭대기에 들어설 계획이었던 할리우드랜드 부동산 개발을 광고하기 위해 80년도 더 이전에 건너편 산등성이에 세워졌던 것이었다. 이 간판은 결국 길이가 짧아졌고, 이젠 다른 어떤 것보다도 이 지역의 심리적 상태를 잘 광고하고 있었다. 할리우드랜드가 남긴 유일한 공식 증표라곤 비치우드 중간쯤에 있는 성문처럼 생긴 석조 대문뿐이었다.

부동산 개발을 기념하는 역사적 명판이 새겨진 그 석조 대문을 통과하면 상점들과 마을 시장, 아직도 버티고 있는 부동산 사무실들로 둘러싸인 조그마한 마을이 나왔다. 더 위로 올라간 꼭대기 지점의 막다른 곳에 있는 것이 선셋 목장이었고, 그곳을 출발점으로 80킬로미터가 넘는 승마용 오솔길이 산등성이와 그리피스 공원 안까지 뻗어 있었다. 마리 게스토는 승마를 배울 돈을 벌기 위해 이곳 마구간에서 잡일을 했다. 수사관들과 시체 발굴 전문가들, 수갑과 족쇄를 찬 살인자를 태운 차량들이 마침내 그 앞에 차례로 정차했다.

선셋 목장의 주차장은 그 아래쪽 산등성이를 그냥 평평하게 고른 뒤 자갈을 깔아놓은 곳이었다. 목장을 찾은 고객들은 이곳에다 차를 세워두고 꼭대기에 있는 마구간까지 걸어서 올라갔다. 주차장은 외딴곳인데다 울창한 숲으로 에워싸여 있었다. 목장에서는 이곳이 보이지도 않았고, 웨이츠가 마리 게스토를 뒤따라와 납치할 때도 바로 그런 점을 노렸던 것 같았다.

보슈는 올리버스가 뒷문 잠금장치를 풀 때까지 참을성 있게 기다렸다가 차에서 내리자마자 공중에서 선회하고 있는 헬리콥터를 쳐다보았다. 울화통이 터지려는 걸 참기가 무척 힘들었다. 그는 차 문을 닫고 잠겼는지 확인했다. 그 일대에 아무도 없다는 게 확인될 때까지는 웨이츠를 차 안에 가둬둘 계획이었다. 그는 차에서 내리고 있는 오셔 검사를 향해 똑바로 걸어갔다.

"4번 채널 당신 접속자한테 전화해서 헬기를 500피트 더 상승시키라고 지시하시오. 소음이 너무 심해 정신을 차릴 수가….”

"벌써 지시했소, 보슈. 됐습니까? 당신이 언론사가 나타나는 걸 싫어하는 줄은 알지만 우린 지금 열린사회에서 살고 있고, 국민은 여기서 벌어지는 일에 대해 알 권리가 있소.”

"특히 당신 선거에 도움이 될 때는 그렇죠, 아닙니까?”

오셔 검사는 참을성 있게 대꾸했다.

"선거 운동은 유권자들을 교육시키기 위해 하는 거요. 우린 시체를 찾아야 하니 이제 그만 실례하겠소.”

그리곤 휙 돌아서서 웨이츠가 탄 차량을 감시하고 있는 올리버스에게 걸어갔다. 보슈는 보안관 대리도 그 차량 뒤에서 샷건을 겨눈 자세로 경계를 서고 있는 것을 보았다.

키즈 라이더가 보슈에게 다가오며 물었다.

"선배, 괜찮아요?”

"괜찮다마다. 단지 이 사람들에겐 뒤를 조심해야 돼.”

그는 올리버스와 오셔를 지켜보고 있었다. 그들은 무슨 얘기를 나누고 있었지만 헬리콥터 폭음에 묻혀 한 마디도 들리지 않았다.

라이더가 보슈의 팔을 잡으며 진정하라는 투로 말했다.

"정치 따윈 잊어버리고 이 일에만 집중해요. 그 모든 것보다 더 중요한 게 있잖아요. 마리를 찾아 집으로 보내는 것, 지금은 그게 가장 중요해요."

보슈는 자기 팔을 잡고 있는 그녀의 손을 내려다보곤 그 말이 옳다고 생각하며 머리를 끄덕였다.

"그래, 알았어."

몇 분 후 오셔와 올리버스는 웨이츠를 뺀 모든 사람들을 자갈밭 주차장에 모이게 했다. 검사와 수사관들, 보안관 대리를 포함해 부검실에서 나온 두 명의 시체 발굴 전문가, 캐시 콜이라는 법의학 고고학자, LAPD 법의학 팀, 검찰청에서 나온 비디오 촬영기사까지 모두 둥그렇게 모여섰다. 보슈는 그들 대부분과 함께 일해 본 적이 있었다.

오셔 검사는 비디오 촬영기사가 카메라를 작동시키기를 기다렸다가 침울한 표정으로 연설하기 시작했다.

"좋습니다, 여러분. 우린 마리 게스토의 시신을 찾기 위한 엄숙한 사명감을 갖고 여기에 왔습니다. 지금 차 안에 있는 레이너드 웨이츠는 자기가 그녀를 파묻었다고 주장한 장소로 우리를 안내할 것입니다. 이곳에서 가장 유의해야 할 점은 용의자의 경호와 여러분의 안전입니다. 각자 정신들 바짝 차리고 조심하십시오. 우리들 중 네 명은 무장하고 있어요. 웨이츠 씨에겐 수갑을 채우고 형사들과 샷건을 든 보안관 대리 둘란이 감시할 겁니다. 웨이츠 씨가 길을 안내할 때 우리 모두는 그의 일거수일투족을 지켜보게 됩니다. 비디오 기사와 가스검출 기사는 우리와 함께 가고 나머지는 여기서 기다리세요. 우리가 매장 장소와 시체를 확인하고 돌아오면 웨이츠 씨를 다시 차 안에 안전하게 가둔 뒤 여러분을 모두 범죄 현장인 그곳으로 안내하겠습니다. 질문 있습니까?"

모리 스완이 손을 들고 말했다.

"난 여기서 기다릴 수 없어요. 내 의뢰인이 어딜 가든 항상 따라다닐 겁니다."

"좋습니다, 스완 씨. 그런데 그런 옷차림으로 괜찮을까요?"

오서가 지적했다. 그러고 보니 스완은 희한하게도 시체 발굴 장소에 양복 차림을 하고 온 것이었다. 다른 사람들은 모두 알아서 입고 온 것 같았다. 보슈는 청바지에 소매를 잘라낸 낡은 아카데미 스웨트셔츠를 입고 등산화를 신은 차림이었다. 라이더도 비슷한 차림새였다. 올리버스는 청바지에 티셔츠를 받쳐 입고 등에 LAPD라고 새겨진 나일론 윈드브레이커를 걸치고 있었다. 다른 사람들도 대부분 비슷했다.

"상관없소." 하고 스완이 대답했다. "구두가 망가지면 비용으로 청구하면 되지 뭐. 내 의뢰인 곁에 있겠다는 건 양보할 수 없어요."

"좋습니다." 하고 오서가 말했다. "하지만 너무 접근하거나 앞지르진 마시오."

"알겠습니다."

"자, 여러분, 시작합시다."

올리버스와 보안관 대리는 웨이츠를 데려오기 위해 차로 갔다. 보슈는 공중을 선회하는 헬리콥터 소리가 더 커지는 것을 알았다. 탑승한 카메라맨에게 더 가까운 거리와 나은 각도를 제공하기 위해 하강하고 있다는 뜻이었다.

올리버스는 웨이츠를 차에서 끌어내린 뒤 수갑과 족쇄를 재점검하고 데려왔다. 보안관 대리는 네댓 걸음 뒤에 처져 샷건을 겨누고 따라왔다. 올리버스는 웨이츠의 왼팔을 꽉 잡고 있었다. 그들이 다가오자 오서 검사가 말했다.

"웨이츠 씨를 위해 사전경고를 하나 하겠소. 만약 도주하려고 하면 이 경관들이 가차 없이 쏠 거요. 분명히 알아들었소?"

"물론이죠. 그것도 즐거운 마음으로 쏴 버릴걸."

웨이츠가 능글맞게 대꾸했다.

"그러면 피차 잘 이해한 것 같으니까, 이제 안내하시오."

머리끈

웨이츠는 자갈밭 주차장의 낮은 쪽 가장자리 아래로 이어진 가느다
란 오솔길로 그들을 안내했다. 아카시아와 떡갈나무, 빽빽한 잡목들로
가려져 잘 보이지 않는 길이었다. 웨이츠는 어디로 가는지 잘 안다는
듯 주저 없이 걸어갔다. 그들은 곧 나무 그늘 속으로 들어갔고, 보슈는
헬리콥터의 카메라맨도 이런 숲 아래까지 찍기는 어려울 거란 생각이
들었다.

"그다지 멀진 않아."

웨이츠가 마치 외딴곳에 있는 폭포로 안내하는 여행 가이드처럼 말
했다.

거목들과 잡목이 잠식해 들어오고, 사람들이 많이 다니던 곳에서 잘
다니지 않는 곳으로 가면서 오솔길 자체가 점점 좁아졌다. 거기서부터
는 등산객들이 잘 다니지 않는 길이었다. 올리버스는 웨이츠의 팔을 잡
고 나란히 걸어갈 수 없게 되자 그의 등 뒤에서 허리에 묶은 쇠사슬을

잡고 따라갈 수밖에 없었다. 올리버스가 살인자를 쉽사리 놓아줄 것 같지는 않아 보여 보슈는 안심이 되었다. 한 가지 불안한 점은 좁은 오솔길을 한 줄로 가다 보니 웨이츠가 도망칠 경우 다른 사람들에게 가려 잘 보이지 않을 거란 점이었다.

보슈는 평생 동안 수많은 정글들을 횡단했다. 그것도 대부분의 경우 눈과 귀를 활짝 열고 적의 매복을 경계하는 동시에 부비트랩을 건드리지 않도록 한 발 한 발 조심해서 내디뎌야만 했다. 이번엔 앞에서 걸어가는 웨이츠와 올리버스에게서 눈을 떼지 않으려고 애쓰며 걷고 있었다.

오솔길이 산비탈로 이어지면서 지형이 점점 더 험해졌다. 지난해 강우량만큼이나 내린 전날 밤 비로 땅은 축축하고 물렁물렁했다. 보슈가 신은 등산화가 이따금 진흙 속에 빠져 쩍 달라붙을 때도 있었다. 한 번은 뒤쪽에서 나뭇가지가 부러지는 소리와 함께 몸뚱이가 진흙 바닥에 철퍼덕 자빠지는 소리도 들렸다. 올리버스와 둘란 보안관 대리까지도 무슨 일인가 하고 돌아봤지만, 보슈는 웨이츠에게서 절대 눈을 떼지 않았다. 등 뒤에서 들려온 스완의 투덜대는 소리와 다른 사람들이 그를 붙잡아주며 괜찮으냐고 묻는 소리를 귀로만 들었을 뿐이었다.

스완이 투덜대길 멈추고 일행이 다시 한자리에 모이자, 그들은 산비탈을 다시 내려가기 시작했다. 스완이 자빠지는 걸 본 사람들이 더욱 조심하는 바람에 발걸음은 더욱 느려졌다. 5분쯤 후 그들은 무너져 내려간 벼랑 끝에 도달했다. 최근 몇 달 사이에 바닥에 고여 있던 물의 무게로 작은 산사태가 일어나며 생긴 것이었다. 떡갈나무 옆으로 땅이 갈라져 나가며 뿌리가 절반쯤 드러났다. 벼랑 높이가 3미터는 되어 보였다.

"여긴 지난번에 내가 왔던 곳이 아닌데."

웨이츠는 불편한 상황에 주눅이 든 투로 말했다.

"저 길이 맞아?"

올리버스가 벼랑 밑바닥을 가리키며 물었다.

"맞아, 저기로 내려가야 해."

웨이츠가 확인했다.

"좋아. 잠시 기다려."

올리버스는 보슈를 돌아보며 말했다.

"당신이 먼저 내려가 기다려 주면 좋겠소. 내가 이 친구를 내려 보내 줄 테니까."

보슈는 머릴 끄덕이고 그들 앞으로 나섰다. 그리곤 몸의 균형을 잡기 위해 떡갈나무 가지를 잡고 가파른 경사면의 흙이 얼마나 단단한지 밟아 보았다. 너무 물렁물렁하고 미끄러웠다.

"안 되겠는데. 미끄러지면 슬라이딩 보드처럼 내려갈 거요. 무사히 내려간다 하더라도 올라올 땐 어떻게 해?"

올리버스는 곤혹스런 표정으로 한숨을 토해냈다.

"그러면 어떻게 하지?"

"밴 차량에 사다리가 실려 있는 걸 봤는데."

웨이츠의 말에 모두는 그를 한참 동안 바라보았다.

"그의 말이 맞아요. 부검 팀 트럭 꼭대기에 사다리가 실려 있었어요."

라이더가 말했다.

"그 사다리를 가져와 경사면에 놓고 계단처럼 오르내리면 돼요. 간단해."

그러자 스완 변호사가 그들 사이로 끼어들며 말했다.

"간단하죠. 하지만 내 의뢰인의 두 손을 허리에 쇠사슬로 묶어놓고 저런 경사면이나 사다리를 오르내리게 할 순 없어요."

모두 입을 다문 채 오셔 검사를 쳐다보자 그는 말했다.

"무슨 방법이 있을 것 같은데…."

올리버스가 끼어들었다.

"잠깐만요. 수갑을 풀어 주진 않을 겁니다."

그러자 모리 스완이 말했다.

"그렇다면 내려 보낼 수 없소. 간단한 얘기요. 내 의뢰인을 위험에 빠뜨리도록 허락할 순 없으니까. 의뢰인에 대한 내 책임은 법적 영역뿐만 아니라…."

오셔는 진정하라는 듯 두 손을 들고 말했다.

"피고인의 안전은 우리의 책임이기도 합니다. 모리의 말이 옳소. 웨이츠 씨가 손을 사용할 수 없는 상태로 사다리에서 굴러떨어지면 그건 우리 책임이오. 그땐 문제가 생기지. 권총과 샷건을 든 사람들이 모두 협조하면 저 사다리를 내려가는 10초 정도는 상황을 잘 통제할 수 있을 거요."

"가서 사다리를 가져오죠. 이거 좀 들고 계실래요?"

부검실 직원이 T자 모양의 노란색 가스 탐지기를 보슈에게 건네주며 말했다. 캐롤라인 카파렐리라는 이름을 가진 그녀를 다들 캘이라고 부른다는 걸 보슈는 알고 있었다. 그러자 라이더도 나서며 말했다.

"나도 같이 가서 도울게요."

"안 돼, 무기를 가진 사람들은 모두 웨이츠 곁에 있어야 해."

보슈가 제지하자 라이더는 알아듣고 고개를 끄덕였다.

"저 혼자 할 수 있어요. 가벼운 알루미늄 제품이니까."

카파렐리는 염려 말라는 투로 말했다.

"길을 제대로 찾아 돌아와야 할 텐데."

숲 속으로 사라지는 그녀를 보며 오셔가 걱정스럽게 말했다. 다들 침묵에 잠겨 있는데 웨이츠가 보슈에게 불쑥 물었다.

"안달나지, 형사? 이제 우린 아주 가까이 있어."

보슈는 아무 대꾸도 하지 않았다. 자기 머릿속을 웨이츠가 마음대로 헤집고 다니게 하고 싶지 않았다. 웨이츠가 다시 보슈의 속을 긁었다.

"난 당신이 수사한 모든 사건들에 대해 생각하고 있어. 이 사건과 같은 게 얼마나 되지? 마리 같은 여자가 몇이나 돼? 모르긴 해도 아마…."

"웨이츠, 주둥이 닥치라고!"

올리버스가 소리를 버럭 질렀다.

"레이, 제발 좀 그만해."

스완 변호사도 의뢰인을 달랬다.

"형사와 대화 좀 나누는 것뿐이야."

"그래, 네 자신과 대화해."

올리버스가 말했다.

몇 분쯤 침묵이 흐른 뒤 그들은 카파렐리가 사다리를 들고 숲을 지나 오는 소리를 들었다. 그녀는 나뭇가지에 몇 차례 부딪치긴 했지만 마침내 그들이 있는 곳으로 가져왔다. 보슈는 그녀를 도와 사다리를 가파른 경사면에 놓고 얼마나 단단한지 확인했다. 사다리를 놓고 돌아섰을 때 보슈는 올리버스가 웨이츠의 한쪽 손 수갑을 허리에 고정된 쇠사슬에서 풀어 주는 것을 보았다. 그가 나머지 한쪽은 풀어 주지 않고 그대로 두자, 스완 변호사가 다시 요구했다.

"다른 한 손도 풀어 주시오, 형사."

"한 손만 풀어 줘도 사다리는 내려갈 수 있습니다."

올리버스가 우겼지만 변호사는 고개를 저었다.

"미안하지만 난 허락할 수 없소, 형사. 혹시 미끄러지더라도 두 손으로 사다리를 잡을 수 있어야 합니다. 두 손 다 자유로워야 해요."

"한 손으로도 할 수 있다니까요."

두 사람이 티격태격하는 동안 보슈는 사다리를 타고 뒤로 내려가기 시작했다. 사다리는 튼튼했다. 벼랑 아래쪽에 내려선 그는 주위를 살펴보았지만 오솔길 같은 것은 보이지 않았다. 벼랑 위에서와는 달리 여기서부터는 마리 게스토의 시체가 있는 곳으로 이어진 오솔길이 분명치가 않았다. 그는 사다리를 쳐다보며 다른 사람들이 내려오길 기다렸다.

"프레디, 그렇게 해."

오서 검사가 짜증난 말투로 지시했다.

"보안관 대리, 자네가 먼저 내려가서 웨이츠가 부릴 수작에 대비해 샷건을 겨누고 있게. 라이더 형사, 무기 사용을 허락할 테니 여기서 프레디와 같이 준비하고 있게."

보슈는 사다리를 한두 칸 올라가서 보안관 대리가 조심스레 내미는 샷건을 받아주었다. 그가 샷건을 들고 바닥에 내려서자 정복 차림의 사내도 사다리를 내려오기 시작했다. 다 내려오자 보슈는 샷건을 돌려주고 다시 사다리에 붙어 섰다.

"수갑을 던져요."

그는 올리버스를 쳐다보며 소리쳤다. 그리곤 수갑을 받아들고 사다리를 두 칸 올라가서 웨이츠가 내려오길 기다렸다. 웨이츠가 내려가기 시작하자 비디오 촬영 기사는 기록으로 남기기 위해 벼랑 가장자리에 서서 그 장면을 찍었다. 웨이츠가 사다리 밑에서 셋째 칸까지 내려왔을 때, 보슈는 손을 뻗어 허리의 쇠사슬을 잡고 바닥까지 내려오게 했다.

"지금이 기회야, 레이."

그는 등 뒤에서 웨이츠의 귀에 대고 속삭였다.

"유일한 찬스라고. 정말 도망치고 싶지 않아?"

웨이츠는 바닥까지 안전하게 내려온 뒤 보슈에게 돌아서서 수갑을 채우라고 두 손을 내밀었다. 두 눈은 보슈의 눈을 똑바로 바라보고 있었다.

"아니야, 형사. 나는 삶을 너무나 사랑하는 것 같아."

"그럴 줄 알았어."

보슈는 그의 두 손에 수갑을 채워 허리의 쇠사슬에 연결한 다음 벼랑 위의 다른 사람들에게 소리쳤다.

"오케이, 이젠 안전해."

사람들은 한 사람씩 차례로 사다리를 타고 내려왔다. 모두 내려오자 오서 검사는 주위를 둘러보았다. 오솔길은 더 이상 보이지 않았다. 나아 갈 방향을 잃어버렸다는 뜻이었다. 검사가 웨이츠에게 물었다.

"자, 어느 쪽이지?"

웨이츠는 그곳에 처음 온 사람처럼 주위를 반 바퀴쯤 둘러보며 신음을 흘렸다.

"으음…."

그러자 올리버스는 폭발할 듯이 소리쳤다.

"너, 똑바로 안 하면 뒈질 줄 알아!"

"저쪽이야. 저기서 잠시 방향을 잃었다고."

웨이츠가 경사면 오른쪽을 턱으로 가리키며 교활하게 말했다.

"개소리 마, 웨이츠. 지금 당장 시체가 있는 곳으로 안내하지 않으면 우린 즉시 철수할 거야. 그러면 네놈은 재판에서 사형선고를 받고 독극물 주사 맛을 보게 될걸. 무슨 소린지 알아들었어?"

"알아듣고말고. 그러니까 저쪽이라고 했잖아."

그들은 웨이츠가 안내하는 대로 잡목숲을 헤치며 전진했다. 올리버스는 웨이츠의 허리춤에 연결된 쇠사슬을 붙잡고 따라갔고, 보안관 대리의 샷건은 살인자의 등에서 1.5미터 이상 멀어지지 않았다.

땅은 더 물렁하고 질펀해졌다. 지난 봄비로 쏟아져 내린 토사가 이곳으로 쌓인 듯했다. 보슈는 뻑뻑한 진흙 속에 빠진 등산화를 빼낼 때마다 힘이 들어 허벅지 근육이 뻣뻣해지는 느낌이었다.

5분쯤 지나 그들은 다 자란 커다란 떡갈나무 아래 작은 공터로 나왔다. 보슈는 위쪽을 살피고 있는 웨이츠의 눈길을 쫓아갔다. 떡갈나무 가지에 걸려 있는 노르스름한 머리끈 하나가 눈에 들어왔다.

"거, 이상하네." 하고 웨이츠는 말했다. "원래는 파란색이었거든."

보슈는 마리 게스토가 실종되었을 때 속칭 '곱창'이라고 부르는 파란색 머리끈으로 뒷머리를 묶고 있었다는 걸 알고 있었다. 그녀를 마지막 날에 본 친구 하나가 그렇게 증언했던 것이다. 하지만 그 머리끈은 하이 타워 아파트에서 발견된 그녀의 자동차 속에 곱게 접혀 있었던 옷가지들 속에는 없었다.

보슈는 떡갈나무 가지에 걸린 머리끈을 살펴보았다. 13년간의 비바람과 햇볕에 파란색은 다 바래고 누르스름하게 변한 것이었다. 시선을 웨이츠에게로 돌리자, 살인자가 미소 띤 얼굴로 그를 기다리고 있었다.

"여기야, 형사. 당신은 마침내 마리를 찾았어."

"어디야?"

그러자 웨이츠의 미소가 더 커졌다.

"당신은 지금 그녀를 밟고 서 있어."

보슈가 얼떨결에 뒤로 한 걸음 물러서자 웨이츠는 웃음을 터트렸다.

"걱정 마, 보슈 형사. 그녀는 개의치 않을 테니까.《빅슬립》(미국의 탐정 소설가 레이먼드 챈들러의 소설－옮긴이)을 쓴 위대한 작가가 뭐라고 했더라? 죽는 방법이나 떨어질 곳의 누추함에 대해선 신경 쓰지 말라고 했던가?"

보슈는 유리창 청소부가 다시 문학적인 분위기를 풍기는 것에 대해 의아해하며 한참 동안 그를 쳐다보았다. 웨이츠는 그의 생각을 읽은 듯했다.

"난 5월부터 감옥에 있었어, 형사. 책 많이 읽었다고."

"물러서."

보슈가 명령하자 웨이츠는 항복의 표시로 수갑 찬 두 손을 펼쳐 보이며 떡갈나무 밑둥치로 물러섰다. 보슈는 올리버스를 돌아보며 물었다.

"그의 말을 알아들었소?"

"알아들었소."

보슈는 바닥을 살펴보았다. 축축한 땅에 그 자신이 남긴 발자국 외에도 최근에 흙을 파헤친 듯한 자국도 보였다. 마치 어떤 동물이 자기가 잡은 먹이를 파묻거나 파헤친 것 같은 작은 구덩이였다. 보슈는 부검실 직원을 공터 가운데로 불렀다. 카파렐리가 가스 탐지기를 들고 나오자 그는 색이 바랜 머리띠 바로 아래 지점을 가리켰다. 그녀가 탐지기 끝을 땅속으로 밀어 넣자 흙이 부드러워 쉽사리 30센티미터쯤 쑥 들어갔다. 그녀는 판독기를 켜고 전자 계기판을 들여다보았다. 보슈도 앞으로 다가가서 그녀의 어깨 위로 살펴보았다. 가스 탐지기가 흙 속의 메탄 양을 측정해 냈음을 알 수 있었다. 매장된 시체는 부패하면서 메탄가스를 발산한다. 비닐로 포장한 시체도 마찬가지다.

"수치가 나타나고 있어요. 정상치 이상이에요."

카파렐리의 보고를 들은 보슈는 고개를 끄덕였다. 속이 이상했다. 기분이 영 아니었다. 10년도 넘게 붙잡고 있었던 사건이었고, 그래서 마리 게스토의 미스터리에 매달려 있는 것을 좋아한 면도 없잖아 있었다. 하지만 사건 종결이라고 할 만한 것은 없더라도 진실을 알 필요는 있다고 생각해 왔다. 그 진실은 스스로 드러날 것처럼 느껴졌지만, 이렇게 갑자기 닥쳐오니 당혹스러웠다. 앞으로 나아가기 위해서는 진실을 알아야 할 필요가 있지만, 그가 더 이상 마리 게스토를 찾을 필요도 복수

할 필요도 없어진다면 어떻게 앞으로 나아갈 수 있단 말인가?

"얼마나 깊이 묻혀 있지?"

보슈는 웨이츠를 돌아보며 물었다.

"그렇게 깊진 않아."

웨이츠는 무덤덤하게 대답했다.

"1993년도엔 가물었잖아, 기억나? 땅이 아주 딱딱했어. 제길, 구덩이 파느라고 죽을 똥을 쌌다니까. 여자 덩치가 작아 천만다행이었지. 암튼 그 때문에 난 서둘러야 했어. 그 이후론 커다란 구덩이를 판 일이 없어."

보슈는 눈길을 돌려 카파렐리를 보았다. 그녀는 새로 측정한 메탄가스 양을 살펴보고 있었다. 메탄 양이 가장 높게 측정되는 지점들을 연결하면 시체가 묻힌 지역을 정확히 그려낼 수 있을 것이었다.

그들은 모두 그 우울한 작업을 말없이 지켜보았다. 격자무늬 형태로 여러 곳을 탐지한 끝에 카파렐리는 마침내 손을 남북으로 휘저어 시체가 드러누운 방향을 가리켰다. 그리곤 탐지기를 꽂았던 점들을 연결하여 묘지의 범위를 표시했다. 표시가 끝나자 가로 180센티 세로 60센티 정도의 작은 직사각형이 완성되었다. 작은 희생자를 위한 작은 무덤이었다.

오셔 검사가 맨 먼저 입을 열었다.

"좋아요, 주차장으로 돌아가 웨이츠를 차 안에 안전하게 감금한 뒤 시체 발굴 팀을 데려오도록 합시다."

그는 카파렐리에게 범죄 현장 훼손 문제가 발생하지 않도록 그 자리에 남아 있으라고 지시했다. 나머지 사람들은 모두 사다리가 있는 곳으로 돌아갔다. 보슈는 한 줄로 늘어선 일행의 꽁무니를 따라가며 그들이 횡단하고 있는 땅에 대해 깊은 생각에 빠져 있었다. 어딘지 모르게 성스럽고 신성한 느낌을 풍기는 땅이었다. 그는 웨이츠가 거짓말을 하지 않았기를 바랐다. 또한 마리 게스토가 살아 있는 상태로 자기 묘지까지 강제로 끌려가지 않았기를 바랐다.

라이더와 올리버스가 맨 먼저 사다리를 올라갔다. 보슈는 웨이츠를 사다리로 데려가서 수갑을 풀어 준 뒤 사다리로 올려 보냈다. 살인자가 올라가는 동안 보안관 대리는 샷건을 그의 등에 겨눈 채 손가락을 방아쇠에 걸고 있었다. 그 순간 보슈는 자신이 진흙에 미끄러져 보안관 대리 쪽으로 넘어지면서 샷건의 오발을 야기시켜 웨이츠의 등을 벌집으로 만들어 버릴 수도 있다는 걸 알았다. 그런 유혹을 뿌리치며 벼랑 경사면을 쳐다보았을 때, 그는 자신을 내려다보고 있는 파트너의 시선과 마주쳤다. 라이더의 눈빛은 그의 생각을 방금 읽었다고 말하고 있었다. 보슈는 순진한 표정을 지어 보이려고 애썼다. 그는 '뭐?'라고 입술만으로 말하며 두 손을 펼쳐 보였다.

라이더는 머리를 저어 보인 뒤 벼랑 가장자리에서 물러섰다. 보슈는 그녀가 권총을 쥔 손을 아래로 내려뜨리고 있는 것을 보았다. 웨이츠가 사다리 꼭대기에 도달하자 올리버스가 두 팔을 벌리고 맞으며 말했다.

"두 손 앞으로 내밀어."

"그럼요, 형사 나리."

벼랑 아래에 있는 보슈의 눈에는 웨이츠의 등만 보였다. 그의 자세로 봐서는 두 손을 앞으로 내밀어 허리춤의 쇠사슬에 수갑을 채우고 있는 것 같았다. 그런데 바로 그 순간 갑작스런 움직임이 일어났다. 죄수가 재빨리 자세를 비틀며 올리버스에게 너무 가깝게 기울었다. 보슈는 본능적으로 뭔가 잘못됐다는 걸 알았다. 웨이츠는 올리버스의 윈드브레이커 속 엉덩이에 차고 있는 권총을 낚아채고 있었다.

"아아! 왜 이래?"

올리버스가 겁에 질려 외치는 소리가 들렸다. 하지만 보슈나 다른 사람이 반사적 행동을 취하기도 전에 웨이츠가 올리버스를 잡고 휙 돌려서 이젠 형사의 등이 사다리 맨 꼭대기 위에 나타났다. 벼랑 아래의 보안관 대리는 샷건을 발사할 수 없었다. 보슈도 마찬가지였다. 웨이츠는 무릎을 피스톤처럼 올려 두 차례나 올리버스의 사타구니를 차올렸다. 형사가 주저앉기 시작했을 때 그의 몸에 총구가 막혀 약해진 총성 두 방이 잇따라 터졌다. 웨이츠는 올리버스를 벼랑 아래로 밀어 버렸고, 사다리를 타고 미끄러져 내려온 시체는 보슈의 머리 위로 떨어졌다.

그 순간 웨이츠는 보슈의 시야에서 사라졌다.

올리버스의 거대한 덩치가 보슈를 덮치며 진흙 속으로 세게 처박았다. 보슈는 권총을 뽑으려고 애쓰다가 다시 두 발의 총성을 들었다. 동시에 벼랑 너머에서 겁에 질린 비명 소리도 들려왔다. 올리버스의 몸에 깔린 채 벼랑 위를 살펴보았지만 웨이츠도 라이더의 모습도 보이지 않았다. 그때 갑자기 권총을 든 웨이츠가 벼랑 끝에 조용히 나타났다. 그는 그들을 향해 총을 쏘았고, 보슈는 올리버스의 몸에 가해진 두 차례의 충격을 느꼈다. 올리버스가 그의 방패 역할을 해 준 셈이었다.

그 순간 보안관 대리의 샷건이 불을 뿜었지만 총알들은 모두 웨이츠 왼쪽에 있는 떡갈나무 둥치에 박혔다. 웨이츠도 거의 동시에 반격을 했고, 보슈는 보안관 대리가 썩은 고목처럼 쓰러지는 소리를 들었다. 벼랑 위에서 웨이츠가 외치는 소리가 들려왔다.

"도망쳐? 이 비겁한 놈! 네놈의 그 개똥 같은 거래를 이젠 어떻게 생각해?"

그는 아래쪽 숲을 향해 마구잡이로 두 발을 더 쏘았다. 보슈도 간신히 권총을 빼내어 벼랑 위의 웨이츠를 향해 발사했다. 웨이츠는 재빨리 상체를 숙이고 총을 들지 않은 손으로 사다리 꼭대기 칸을 잡아 벼랑 위로 끌어올렸다. 보슈는 올리버스의 시신을 밀어내고 일어나서 총을 겨누고 웨이츠가 다시 나타나길 기다렸다. 그러나 벼랑 위에서 달아나는 발소리가 들렸고, 웨이츠는 다시 나타나지 않았다.

"키즈!"

보슈는 파트너를 소리쳐 불렀다. 아무 대답도 없었다. 그는 재빨리 올리버스와 보안관 대리의 상태를 살펴본 뒤 두 사람 다 이미 죽었다는 걸 알았다. 권총을 총집에 꽂고 경사면을 기어오르기 시작했다. 밖으로 드러난 나무뿌리를 잡고 발을 진흙 속으로 박아 넣으며 올라가던 그는 나무뿌리가 뚝 끊어지는 바람에 다시 바닥으로 미끄러져 내려왔다.

"키즈, 대답해!"

벼랑 위에서는 여전히 아무 대답도 없었다. 보슈는 다시 경사면에 달라붙었다. 이번엔 똑바로 기어 올라가는 대신 경사면을 대각선으로 비스듬하게 기어올랐다. 손으로는 나무뿌리들을 단단히 잡고 발끝으로는 경사면의 진흙을 차서 발판을 만들어가며 마침내 벼랑 꼭대기까지 기어 올라가는 데 성공했다. 그가 벼랑 위로 몸을 끌어올렸을 때 웨이츠는 다른 사람들이 대기하고 있는 주차장 쪽으로 달려가고 있었다. 보슈는 권총을 빼들고 다섯 발을 연거푸 쏘아댔지만 웨이츠의 발걸음을 늦추진 못했다.

보슈는 추격하기 위해 벌떡 일어섰다. 하지만 바로 그 순간 자기 파트너가 근처 덤불 속에 피투성이가 되어 쓰러져 있는 것을 보았다.

16

BOLO

키즈 라이더는 한 손으로 자기 목을 움켜쥐고 다른 손은 옆으로 늘어뜨린 채 얼굴을 위로 하고 누워 있었다. 눈을 커다랗게 뜨고 무언가를 찾고 있는 듯했지만 초점이 없었다. 마치 맹인 같았다. 옆으로 늘어뜨린 팔은 피투성이여서, 보슈는 그녀의 엄지손가락 아래 손바닥을 관통한 총상을 금방 발견하지 못했다. 손바닥 관통상은 그래도 목의 상처보다는 덜 심각했다. 목을 움켜쥔 손가락 사이로 피가 계속 스며나왔다. 총알이 경동맥을 끊은 게 분명했다. 보슈는 파트너가 출혈과 뇌의 산소 고갈로 몇 분 내로 죽을 수도 있다는 걸 알았다.

"걱정 마, 키즈. 내가 왔으니까."

자기 목 오른쪽을 누르고 있는 그녀의 왼손이 출혈을 멈추게 할 만큼 힘이 강하지 않다는 것을 보슈는 그제야 알았다. 더 이상 버틸 힘이 없었던 것이다.

"내가 눌러 줄게."

그녀의 목 아래로 손을 집어넣어 상처 부위를 더듬던 보슈는 총알이 들어간 자국과 나간 자국이 각각 있다는 걸 알았다. 그의 손바닥으로 피가 콸콸 흘러나왔다.

"오셔!"

그는 검사를 소리쳐 불렀다.

"보슈?"

벼랑 아래서 오셔가 대답했다.

"그자는 어디 있소? 사살했소?"

"튀었소. 그보다 둘란의 무전기로 수송 헬기를 불러야 해요! 빨리!"

잠시 후에야 오셔의 겁에 질린 목소리가 들려왔다.

"둘란이 총에 맞았어! 프레디도!"

"그들은 죽었소, 오셔. 무전기로 헬기를 불러야 한다니까! 라이더는 아직 살아 있으니까 빨리 연락해서…."

멀리서 두 차례의 총성과 함께 고함 소리가 들려왔다. 여자 목소리였다. 보슈는 캐시 콜과 주차장에 있는 다른 사람들을 떠올렸다. 다시 두 발의 총성이 울렸고, 보슈는 공중에서 들리던 헬리콥터 소리가 변하는 것을 들었다. 방향을 돌려 멀어지는 소리였다. 웨이츠는 헬리콥터를 향해 총을 쏘고 있었다.

"서둘러요, 오셔! 시간이 별로 없다고!"

보슈는 소리를 질러도 아무 대답이 없자 라이더의 손을 그녀의 목에 다시 올리고 상처 부위를 다시 누르도록 했다.

"꼭 잡고 있어, 키즈. 최대한 힘껏 눌러. 금방 돌아올게."

보슈는 재빨리 일어나 웨이츠가 끌어올린 사다리를 벼랑 아래 올리버스와 둘란의 시체 사이에다 내려놓았다. 사다리를 타고 내려가 보니 오셔는 올리버스의 시체 옆에 꿇어앉아 넋 나간 표정을 짓고 있었다.

커다랗게 치뜬 초점 잃은 눈동자가 그의 옆에 죽어 자빠진 형사의 눈과 다를 바가 없었다. 스완 변호사는 아래쪽 공터에서 멍한 얼굴로 서 있었다. 묘지에서 걸어 나온 카파렐리가 둘란의 옆으로 다가가서 무전기를 꺼내기 위해 시체를 뒤집으려고 했다. 보안관 대리는 웨이츠의 총을 맞고 엎드린 자세로 죽어 있었다.

"캘, 그건 내가 하겠소. 당신은 저 위에 올라가서 키즈를 도와줘요. 목에서 나오는 피를 막아야 합니다."

카파렐리는 군말 없이 사다리를 타고 벼랑 위로 급히 올라갔다. 둘란을 돌아본 보슈는 총알이 그의 이마를 때렸다는 걸 알았다. 커다랗게 뜬 두 눈은 놀란 것처럼 보였다. 보슈는 그의 벨트에서 무전기를 빼내어 경관이 피격당했다고 신고한 뒤 의료진과 수송 헬기를 선셋 목장 아래 주차장으로 급파해 줄 것을 요청했다. 의료진이 출발한 것을 확인하자, 그는 무장한 살인범이 탈출한 사실을 보고하고 레이너드 웨이츠의 용모에 대해 자세히 설명했다. 무전기를 허리춤에 꽂고 사다리를 타고 올라가며 그는 아래쪽에 있는 오셔와 스완, 아직도 카메라를 들고 현장을 찍고 있는 비디오 촬영 기사에게 소리쳤다.

"당신들 모두 다 올라와요. 부상당한 여자를 헬기에 태우려면 주차장까지 운반해야 합니다."

오셔 검사는 여전히 넋 나간 얼굴로 올리버스의 시신만 내려다보고 있었다.

"그들은 이미 죽었소!"

보슈는 사다리 꼭대기에서 소리를 꽥 질렀다.

"그 친구들을 위해 우리가 할 수 있는 일은 없어요. 나는 이 위에서 당신들의 도움이 필요해!"

그는 키즈 라이더를 돌아보았다. 카파렐리가 그녀의 목을 누르고 있었지만 시간이 별로 남아 있지 않다는 걸 알 수 있었다. 파트너의 눈에서 생명이 빠져나가고 있었다. 그는 다가가서 그녀의 다치지 않은 손을 잡고 자신의 두 손으로 비비기 시작했다. 그리고 카파렐리가 자기 머리띠로 라이더의 다친 손을 감쌌다는 걸 알았다.

"정신 차려, 키즈. 헬기가 오고 있어. 이제 곧 병원으로 데려갈 거야."

그는 주위에 이용할 수 있는 것이 없는지 둘러보다가 모리 스완이 사다리를 타고 올라오는 것을 보고 묘안을 얻었다. 그는 서둘러 사다리로 다가가 변호사의 손을 잡아 끌어올렸다. 오서가 그 뒤를 올라오고 있었고, 비디오 촬영 기사는 아래서 자기 차례를 기다리고 있었다.

"카메라를 거기 내려놔요."

보슈가 그에게 명령했다.

"안 돼요. 이건 내 책임인데…."

"그걸 들고 올라오면 내가 저 숲 속으로 멀리 던져 버릴 테니 알아서 하시오."

카메라맨은 마지못해 장비를 바닥에 내려놓은 뒤 디지털 테이프만 빼내어 카고 바지에 달린 커다란 장비 주머니에 넣었다. 그가 맨 마지막으로 올라오자 보슈는 재빨리 사다리를 걷어 라이더 옆으로 가져가서 놓았다.

"자, 이 사다리를 들것 대용으로 사용할 겁니다. 두 사람씩 양쪽으로 붙고, 캘, 당신은 옆에서 따라오며 키즈의 상처 부위를 계속 눌러 줘요."

"알겠어요."

카파렐리는 라이더의 목 상처를 손으로 누른 채 대답했다.

"좋아요. 자, 그러면 부상자를 사다리 위로 옮깁시다."

보슈가 라이더의 오른쪽 팔과 어깨를 잡자 나머지 세 남자는 왼쪽 팔과 두 다리를 하나씩 맡았다. 카파렐리가 라이더의 목 상처를 손으로 누르고 있는 상태에서 그들은 조심스럽게 그녀를 들어 올려 사다리 위에 눕혔다. 보슈가 모두에게 주의를 주었다.

"다들 조심해야 합니다. 한 사람이라도 삐끗하면 부상자가 떨어져요. 켈, 당신은 그녀가 사다리에서 떨어지지 않게 잘 붙잡아야 해요."

"알았어요. 출발합시다."

그들은 사다리를 들고 왔던 길을 되짚어가기 시작했다. 네 남자가 나누어 든 라이더의 몸무게는 문제될 것이 전혀 없었다. 문제는 진흙길이었다. 법원 청사용 구두를 신은 스완이 두 번이나 미끄러져 하마터면 사다리를 놓칠 뻔했지만, 그때마다 카파렐리가 그야말로 라이더와 사다리를 함께 끌어안다시피 하여 무사히 넘겼다.

주차장이 보이는 트인 곳까지 나오는 데 10분도 채 안 걸렸다. 보슈는 부검실에서 나온 밴이 사라진 것을 금방 눈치챘다. 하지만 캐시 콜과 그녀의 두 조수는 과학수사반에서 나온 밴 옆에 무사히 서 있었다.

보슈는 헬리콥터를 찾아 하늘을 훑어봤지만 아직 보이지 않았다. 그는 다른 사람들에게 라이더를 과학수사반 밴 옆에 내려놓으라고 지시했다. 사다리를 밴 옆으로 운반하며 그는 한 손을 빼내어 무전기를 켰다.

"헬기는 어떻게 된 거야?"

운행 담당한테 고함을 버럭 지르자 1분 후에 도착할 거란 대답이 돌아왔다. 사다리를 자갈밭 위에 내려놓은 뒤 헬리콥터가 착륙할 공간이 되는지 주위를 둘러보았다. 등 뒤에서 오서 검사가 콜을 다그치는 소리가 들려왔다.

"어떻게 된 거요? 웨이츠는 어디로 갔소?"

"숲에서 튀어나와 취재 헬기를 향해 총을 쐈어요. 그리곤 총을 겨누며 밴에 오르더니 언덕 아래로 몰고 갔습니다."

"헬리콥터가 추격하던가요?"

"확실히는 모르겠지만 아닌 것 같아요. 그자가 총을 쏘자 달아났거든요."

보슈는 헬리콥터 소리가 다가오는 걸 듣자 채널 4가 다시 돌아오는 건 아니길 빌었다. 그는 주차장의 가장 넓은 공터로 걸어 나가 헬기를 기다렸다. 잠시 후 은빛 수송 헬기가 산꼭대기를 비껴 날아왔고 그는 수신호를 보내기 시작했다.

헬기가 착륙하자마자 두 명의 구급요원이 뛰어내렸다. 한 사람은 진료 가방을 들었고 다른 하나는 접이식 들것을 들고 있었다. 그들은 라이더 양쪽에 앉아 곧 응급처치에 들어갔다. 보슈는 가슴에 팔짱을 단단히 끼고 서서 지켜보았다. 한 요원이 라이더의 얼굴에 산소 마스크를 씌우는 동안 다른 요원은 그녀의 팔에 정맥 주사를 찔러 넣었다. 그리고는 곧 부상자의 상처를 살펴보기 시작했다. 보슈는 속으로 주문을 계속 외우고 있었다. 힘 내, 키즈. 힘 내, 키즈. 힘내라고, 키즈.

그건 주문이 아니라 기도에 가까웠다.

구급요원 하나가 헬기를 향해 손가락을 하나 공중에 쳐들고 빙빙 돌려 보였다. 이륙할 준비를 하라는 신호임을 보슈는 알았다. 시간을 다투는 상황이었다. 헬기의 엔진 소리가 높아지기 시작했고, 파일럿은 이륙 준비를 끝냈다.

들것이 펼쳐지자 보슈는 구급요원들을 도와 라이더를 그 위로 옮겼다. 그리고 들것 손잡이를 하나 잡고 대기 중인 헬기로 운반하는 일도 거들었다.

"뭐라고요?"

엔진 폭음 속에서 구급요원 하나가 소리쳤다.

"나도 같이 갈 수 있냐고요?"

구급요원은 고개를 저었다.

"안 됩니다. 그녀를 진료할 공간이 필요해요. 시간도 별로 없습니다."

보슈는 알았다고 고개를 끄덕였다.

"어느 병원으로 갈 거요?"

"세인트 조셉 병원."

보슈는 다시 고개를 끄덕였다. 세인트 조셉 병원은 버뱅크에 있다. 산 저쪽 편에 있으니까 비행기로 가면 기껏해야 5분밖에 안 걸리지만, 자동차로 가려면 산을 돌아 카후엥가 고개를 넘어야 하는 먼 길이었다.

라이더가 헬기에 안전하게 실리자 보슈는 뒤로 물러났다. 헬기 문이 닫히는 순간 그는 자기 파트너를 향해 응원의 함성을 질러 주고 싶었지만 아무 말도 나오지 않았다. 문이 탁 닫히고 난 다음엔 이미 늦어 버렸다. 보슈는 키즈가 아직 의식이 있어 그런 것들도 다 생각할 수 있기 때문에 그 자신이 하고 싶어 하는 말이 뭔지도 잘 알 것이라고 생각했다.

헬리콥터가 이륙하자 보슈는 뒷걸음질로 물러나며 키즈 라이더를 다시 볼 수는 있을까 하는 생각을 했다.

헬기가 산꼭대기 쪽으로 날아가자 순찰차 한 대가 요란하게 경광등을 번쩍이며 언덕을 올라와 주차장으로 들어왔다. 할리우드 경찰서 제복 경관 둘이 차에서 뛰어내렸다. 그중 하나가 권총을 빼들고 보슈를 겨누었다. 진흙과 피로 칠갑을 한 꼴인 보슈는 그 경관을 이해하고도 남았다.

"나도 경찰이오. 신분증은 뒷주머니에 있소."

"꺼내 봐. 천천히!"

총을 겨누고 있는 경관이 말했다.

보슈는 신분증을 꺼내어 열어 보였다. 그것을 확인한 경관이 권총을 내리자 보슈는 명령했다.

"차로 돌아가요. 빨리 가야 해요!"

보슈는 순찰차 뒷문으로 달려갔다. 두 경관이 탑승하자 보슈는 그들에게 차를 돌려 비치우드를 내려가자고 했다.

"어디 가시려고요?"

운전석의 경관이 물었다.

"산기슭을 돌아 세인트 조셉 병원으로 가야 해요. 내 파트너가 저 헬기에 실려 있소."

"알았습니다. 코드 3이야, 친구."

운전석의 경관이 스위치를 눌러 이미 번쩍이고 있는 경광등에 사이렌을 추가한 뒤 가속 페달을 힘껏 밟았다. 순찰차는 날카로운 타이어 마찰음과 함께 자갈을 사방에 흩뿌리며 유턴을 한 뒤 언덕 아래로 굴러 내려갔다. LA 경찰국이 거리로 내보낸 대부분의 차들이 그러하듯, 이 순찰차도 서스펜션이 내려앉은 상태였다. 언덕을 내려가다 커브를 도는 지점에 이르자 위험할 정도로 차가 기울었지만 보슈는 개의치 않았다. 키즈에게 빨리 가야 한다는 마음뿐이었다. 한 지점에서는 같은 속도로 범죄 현장을 향해 올라오던 다른 순찰차와 하마터면 정면충돌할 뻔했다.

언덕을 내려오던 차는 보행자들로 바글대는 할리우드랜드 마을의 상가 지역을 통과하면서 속도를 줄였다. 그때 보슈가 갑자기 소리쳤다.

"차 세워요!"

운전자가 급히 브레이크를 밟아 차를 세웠다.

"후진시켜요. 방금 그 밴을 봤소."

"무슨 밴이요?"

"암튼 후진시켜 보라니까!"

순찰차는 후진 기어를 넣고 뒤로 슬슬 굴러가서 동네 슈퍼마켓을 지나갔다. 도로 옆 주차장 맨 뒷줄에 부검실의 하늘색 밴이 주차되어 있는 것을 보슈는 확인했다.

"우리가 구금 중이던 살인자가 권총을 탈취해서 도주했소. 바로 저 밴을 빼앗아 타고."

보슈는 그들에게 웨이츠의 인상착의를 설명해 준 뒤 권총을 마구 쏘아대는 놈이니 조심해야 한다고 일렀다. 언덕 위 숲 속에서 경관 두 명이 이미 사살당했다는 얘기도 해 주었다. 그들은 주차장을 먼저 샅샅이 뒤진 후 슈퍼마켓 안으로 들어가기로 했다. 지원 병력을 요청하긴 했지만 도착할 때까지 차 안에서 기다리고만 있을 순 없었다.

그들은 권총을 뽑아 들고 차에서 내렸다. 주차장을 재빨리 수색한 뒤 부검실 밴을 마지막으로 점검했다. 차 문은 열려 있었고 사람 흔적은 느껴지지 않았다. 뒤쪽 바닥에는 형무소에서 지급한 오렌지색 점프슈트가 밴 허물처럼 나뒹굴고 있었다. 웨이츠는 점프슈트 안에 다른 옷을 미리 입고 있었거나, 아니면 밴 안에서 갈아입을 옷을 발견했던 모양이었다. 보슈는 경관들에게 다시 경고했다.

"조심들 해요. 놈이 무슨 옷을 입고 있는지 알 수 없소. 내가 놈의 얼굴을 알고 있으니까 내 옆에 바짝 붙어서 따라와요."

그들은 바짝 붙어 서서 슈퍼마켓 앞쪽 자동문을 통해 안으로 들어갔다. 하지만 보슈는 들어가자마자 너무 늦었다는 걸 알았다. 관리인 명찰을 가슴에 단 사내가 신경질적으로 울부짖는 한 여자를 달래고 있었다. 관리인은 정복 차림의 두 경관이 들어서는 걸 보자 손짓으로 불렀다.

"우리가 전화했어요. 셸턴 부인께서 방금 차를 뺏겼습니다."

관리인의 말에 여자는 눈물을 글썽이며 고개를 끄덕였다.

"부인 차의 모양과 그 남자 옷차림에 대해 설명하실 수 있겠습니까?"

보슈의 물음에 여자는 울음 섞인 말로 대답했다.

"그럼요."

그러자 보슈는 두 경관에게 각각 지시했다.

"잘 들어요. 당신은 여기 남아 살인자의 옷차림과 자동차에 대한 설명을 듣고 방송으로 내보내요. 그리고 당신은 나와 함께 세인트 조셉 병원으로 갑시다. 자, 출발!"

운전대를 잡았던 경관은 보슈를 따라나서고 다른 경관은 뒤에 남았다. 3분 후 순찰차는 비치우드 캐니언을 벗어나 카후엥가 고개를 향해 달려가고 있었다. 그들은 라디오에서 흘러나오는 경계경보(BOLO) 방송을 들었다. 187 LEO(경관 살해)와 관련해 수배 중인 은색 BMW 540 차량에 대한 방송이었다. 용의자가 헐렁한 흰색 점프슈트 차림이라는 설명이 나오자, 보슈는 웨이츠가 밴 뒤에 있던 부검 팀의 옷으로 갈아입었다는 걸 알았다.

사이렌 소리에 차들이 옆으로 비켜 주긴 했지만 병원에 도착하려면 아직 15분은 더 달려가야 한다고 보슈는 속으로 계산했다. 어쩐지 나쁜 예감이 들었다. 모든 것이 불길하게만 느껴졌다. 아무래도 너무 늦게 도착할 것만 같았다. 그는 불길한 생각을 마음속에서 밀어내려고 했다. 키즈 라이더가 팔팔하게 되살아나서 미소를 지으며 그에게 언제나 그랬듯 나무라는 소리를 하는 모습을 눈앞에 떠올리려고 애썼다. 그래서 순찰차가 고속도로로 들어서자, 그는 살인자가 훔쳐서 몰고 있을 은빛 BMW를 찾아 북쪽으로 뻗은 8차선 도로 위의 차량들을 열심히 살피기 시작했다.

17

응급실

보슈는 경찰 신분증을 내보이며 응급실 입구로 걸어 들어갔다. 카운터 뒤에 앉은 접수 담당 여직원이 자기 앞의 의자에 웅크리고 앉은 어떤 남자의 얘기를 듣고 있었다. 가까이 다가가자 그 남자가 왼쪽 팔을 아기처럼 끌어안고 있는 게 보였다. 팔목 부위가 부자연스런 각도로 꺾여 있었다.

"헬기에 실려 온 경관은 어떻게 됐소?"

보슈는 막무가내로 끼어들었다.

"아직 아무 얘기도 못 들었습니다만."

카운터 여직원이 대답했다.

"잠깐 앉아 계시면…."

"어디 가면 알 수 있소? 의사는 어디 있지?"

"선생님께서는 환자를 돌보고 있습니다. 손님께서 불러내면 환자를 돌볼 수 없게 되지 않겠어요?"

"그렇다면 그 여잔 아직 살아 있단 말이죠?"

"아직 어떤 말씀도 해드릴 수가 없습니다. 잠깐만 앉아 계시면…."

보슈는 접수처 앞을 떠나 더블 도어 쪽으로 걸어갔다. 벽에 붙은 버튼을 누르자 문이 자동으로 열렸다. 등 뒤에서 여직원이 외치는 소리가 들려왔지만 그는 문을 통과하여 응급실 안으로 들어갔다. 응급실 양쪽으로 각각 네 개씩, 총 여덟 개의 병상이 커튼으로 나뉘어 있었고, 그 가운데에 간호사와 의사들 근무실이 있었다. 오른쪽 병상 바깥에서 보슈는 헬리콥터를 타고 왔던 구급요원 한 명을 발견했다.

"그녀 상태는 어떻소?"

보슈는 그에게 다가가며 물었다.

"잘 견디고 있습니다. 그런데 피를 너무 많이 흘려서…."

그는 돌아보고 자기 옆에 다가온 사람이 보슈인 것을 알자 하던 말을 중단했다.

"당신은 여기 들어올 수 없을 텐데요, 형사님. 바깥 대기실에서 기다리고 있으면…."

"그 여잔 내 파트너니까 어떤 상태인지 알고 싶소."

"그녀를 살리기 위해 이 도시에서 가장 유능한 응급실 의사가 애쓰고 있습니다. 잘 해낼 것이라고 믿어요. 하지만 당신은 여기 있어선 안 됩니다."

"손님?"

등 뒤에서 들려온 목소리에 보슈는 돌아보았다. 경비원 복장을 한 사내가 접수 담당 여자와 함께 다가오고 있었다. 보슈는 두 손을 들며 말했다.

"난 환자 상태가 어떤지 듣고 싶을 뿐이오."

"절 좀 따라오셔야 되겠습니다."

경비원이 팔을 잡자 보슈는 그의 손을 뿌리치며 말했다.

"난 형사요. 당신이 내 팔을 잡을 필요는 없소. 난 단지 내 파트너가 어떻게 됐는지 알고 싶을 뿐이라고."

"때가 되면 다 알려 드리겠습니다. 그러니까 절 따라…."

경비원은 보슈의 팔을 다시 잡아당기는 실수를 저질렀다. 이번엔 그냥 뿌리치는 정도로 끝나지 않았다. 보슈는 그의 손을 탁 쳐내며 소리쳤다.

"잡지 말라고 분명히 말했지?"

"진정해요, 진정해."

구급요원이 말리고 나섰다.

"형사님, 나랑 같이 자판기로 가서 커피나 한잔합시다. 그러면 당신 파트너 상태에 대해 내가 자세히 말씀드릴 테니까. 알겠죠?"

보슈가 대답하지 않자, 구급요원은 더 달콤한 제안을 했다.

"그리고 깨끗한 수술복을 한 벌 줄 테니 그 진흙투성이에다 피투성이인 옷을 갈아입는 게 어때요, 괜찮죠?"

보슈가 못 이긴 척 동의하자 경비원도 좋다고 고개를 끄덕였다. 구급요원은 보슈를 먼저 옷장으로 안내한 뒤 그의 덩치를 한 번 살펴보곤 중간 사이즈가 맞겠다고 판단했다. 그래서 옷장 선반에서 푸르스름한 수술복과 실내화를 내려 보슈에게 건네주었다. 그들은 복도를 내려가서 커피와 음료수, 스낵 등을 제공하는 자판기들이 놓인 간호사 휴게실로 들어갔다. 보슈에겐 동전이 없었지만 구급요원한테 있었다.

"먼저 씻고 옷부터 갈아입고 싶습니까? 저쪽 연구실을 사용하면 되는데."

"내 파트너 상태부터 먼저 얘기해 주시오."

"앉으세요."

그들은 둥그런 테이블에 마주 앉았다. 구급요원이 손을 내밀며 말했다.

"데일 딜런입니다."

보슈는 재빨리 그의 손을 잡고 흔들었다.

"해리 보슈라고 합니다."

"만나서 반갑습니다, 보슈 형사. 먼저 당신이 그 진흙구덩이에서 부상자에게 기울인 노력에 대해 감사드립니다. 당신과 거기 계셨던 다른 분들 덕분에 당신 파트너는 생명을 건질 수 있을 것 같습니다. 출혈이 심했지만 그녀는 전사였어요. 지금 의사들이 손을 쓰고 있고 아마 괜찮을 겁니다."

"상태가 얼마나 나쁜가요?"

"상태는 나쁘지만 이런 경우는 그녀가 안정을 찾을 때까진 어떨지 아무도 몰라요. 총알이 경동맥을 끊었기 때문에 수술 준비를 하고 있습니다. 지금 가장 위험한 것은 출혈과다로 인한 스트로크예요. 따라서 그녀는 아직 숲 속을 빠져나오지 못했어요. 스트로크로 들어가는 것만 피한다면 아마 빠져나올 수 있을 겁니다. 물론 살아나더라도 여러 가지 재활운동이 필요하겠지만요."

보슈는 머리를 끄덕였다.

"이건 비공식적 견해예요. 난 의사가 아니고, 사실 이런 얘길 해서도 안 됩니다."

보슈는 주머니 속에서 휴대전화가 진동하는 걸 느꼈지만 무시하고 말했다.

"얘기해 줘서 고맙소. 그녀를 언제쯤 볼 수 있겠소?"

"그건 모르겠는데요. 조금 전에 그들을 여기 데려왔고, 내가 아는 건 전부 다 말했어요. 그것도 너무 많이 지껄였는데. 암튼 여기서 기다릴 생각이라면 우선 얼굴부터 좀 씻고 옷도 갈아입는 게 좋겠네요. 이런 모습으론 사람들이 겁먹겠어요."

보슈가 고개를 끄덕이자 데일 딜런은 일어났다. 응급실에서 한바탕 벌어질 수도 있었던 난리판을 진압하는 임무는 일단 끝낸 셈이었다.

"고맙소, 데일."

"별 말씀을. 그녀 걱정은 너무 하지 마세요. 그리고 경비원을 만나면 아마도…."

구급요원은 말끝을 흐렸다.

"잘 알겠소."

그가 떠난 뒤 보슈는 연구실로 들어가 스웨트셔츠를 벗었다. 수술복에는 주머니가 없어 권총과 신분증 따위를 넣을 수 없기 때문에 청바지는 더럽지만 그냥 입고 있기로 했다. 거울을 들여다보니 얼굴이 온통 피와 흙투성이였다. 손과 얼굴에 비누칠을 하며 5분쯤 문지르고 나자 그제야 세면대 아래로 흐르는 물이 말개졌다.

연구실에서 나와 다시 휴게실로 돌아온 보슈는 커피가 없어진 것을 발견했다. 그 사이에 누가 들어와서 그의 커피를 가져갔거나 쓰레기통에 던져 버린 듯했다. 주머니를 다시 뒤져봤지만 없었던 동전이 새로 생겨났을 리 없었다.

응급실 접수처 앞에는 정복과 사복 차림의 경찰들이 우글거렸다. 정장 차림들 속에는 보슈의 직속상관인 미해결 사건 전담반장 에이블 프랫의 얼굴도 보였다. 그런데 얼굴에서 피가 다 빠져나간 사람처럼 헬쑥해 보였다. 그는 보슈를 보자 곧장 다가왔다.

"해리, 키즈는 어때요? 어떻게 된 일이오?"

"공식적인 설명은 없었고요, 키즈를 운송한 구급요원 말에 의하면 괜찮을 거라고 합니다. 특별한 사태가 발생하지 않는 한 말이죠."

"천만다행이군! 그 위에서 무슨 일이 있었소?"

"확실한 건 나도 모릅니다. 웨이츠가 총을 뺏어서 쏘기 시작했어요. 그자에 대한 소식은 아직 들어온 게 없습니까?"

"탈취한 차를 할리우드 대로의 레드 라인 전철역에 버리고 도주했는데 행방이 묘연한 모양이오."

보슈는 팀장의 말에 대해 잠시 생각해 보았다. 웨이츠가 레드 라인 전철역 지하로 사라졌다면 노스 할리우드부터 다운타운까지 어디로든 갈 수 있었을 것이다. 다운타운으로 가는 노선에는 에코 파크 근처에 정거장이 하나 있었다.

"에코 파크 안을 뒤지고 있습니까?"

"모든 곳을 다 뒤지고 있소. OIS(경찰연루 총격사건 조사팀 - 옮긴이)에서 당신 얘길 들어보려고 나올 거요. 당신이 본부로 들어가고 싶어 하진 않을 거라고 생각했소."

"맞아요."

"당신은 그들을 어떻게 다뤄야 하는지 잘 알지. 있었던 대로만 말하면 돼요."

"압니다."

OIS 팀을 만나 얘기하는 건 문제될 것이 없었다. 보슈가 기억하는 한 웨이츠를 다루는 과정에서 그 자신이 잘못한 건 아무것도 없었다. OIS 팀은 어쨌거나 남의 이마에 낙인찍기를 좋아하는 인간들이니까.

"좀 걸릴 거요. 지금 선셋 목장에서 다른 사람들과 면담하고 있으니까."

프랫이 이어 물었다.

"그런데 놈이 권총을 어떻게 손에 넣었소?"

보슈는 고개를 저었다.

"놈이 사다리를 올라갈 때 올리버스가 너무 가까이 있었어요. 그 순간 권총을 빼앗아서 쏘기 시작했죠. 올리버스와 키즈는 벼랑 위에 있었고 나는 아래에 있었는데, 순식간에 일어난 일이었어요."

"빌어먹을!"

프랫은 머리를 절레절레 흔들었다. 보슈는 그런 일이 일어난 것에 대해 팀장이 자세히 캐묻고 싶어 한다는 걸 알았다. 아마도 그는 라이더의 회복을 걱정하는 이상으로 그 자신에게 미칠 영향을 걱정하고 있을 터였다. 보슈는 견제가 들어올 가능성이 있는 사항에 대해서는 그에게 얘기할 필요가 있겠다고 판단했다.

"놈은 수갑을 차고 있지 않았습니다."

그는 나지막한 목소리로 말했다.

"사다리를 올라가게 하려면 수갑을 풀어 줘야만 했죠. 그 시간은 길어야 30초 정도였는데, 놈은 그때 행동을 취했던 겁니다. 올리버스가 너무 가까이 접근하도록 했어요. 그래서 시작된 일입니다."

프랫은 놀란 표정이었다. 그는 이해할 수 없다는 말투로 천천히 물었다.

"수갑을 풀어줬다고?"

"오셔가 풀어 주라고 했어요."

"좋아, 그에게 책임을 물을 수 있겠군. 불똥이 우리 미해결 사건 전담반으로 튀는 걸 난 원치 않소. 나한테 튀는 것도 싫고. 25년이나 뼈 빠지게 근속한 뒤 잘리고 싶진 않소."

"키즈는 어쩔 겁니까? 그녀를 자를 작정은 아니겠죠?"

"아니. 키즈는 내가 지켜 주겠지만 오셔는 엿이나 먹으라고 해요."

보슈의 주머니에서 휴대전화가 다시 진동했다. 이번엔 꺼내어 화면을 살펴보니 '번호 미상'으로 찍혀 있었다. 프랫의 질문과 심판, 보신 작전을 더 이상 듣고 싶지 않아 무조건 전화를 받고 봤더니 레이철이었다.

"해리, 방금 웨이츠에 대한 경계경보를 들었는데, 무슨 일이 있었나요?"

보슈는 이러다간 하루 종일, 어쩌면 죽을 때까지 이 얘기만 하게 생겼다는 걸 알았다. 그는 팀장에게 실례하겠다고 말한 뒤 벽감 속으로 걸어 들어갔다. 거긴 공중전화와 분수대가 있어 남의 귀를 의식하지 않고 얘기할 수 있었다. 그는 최대한 간략하게 비치우드 캐니언 꼭대기에서 일어났던 일과 키즈 라이더의 중태에 대해 설명했다. 레이철에게 얘기하는 동안 그는 웨이츠가 권총을 낚아채던 장면과 파트너의 생명을 구하기 위해 출혈을 막으려고 애쓰던 일을 눈앞에 생생히 떠올렸다.

"지금 내가 응급실로 가는 건 어때요?"

레이철이 물었다.

"안 돼요. 내가 여기 얼마나 오래 있을지 알 수 없고, OIS 팀 수사관들이 곧 들이닥치면 개인면담을 해야 할 것 같거든."

"밤에 집으로 찾아갈까요?"

"면담이 다 끝나고 키즈가 안정을 회복하면 가능해요. 안 그러면 여기서 밤새 죽쳐야 할 것 같은데."

"당신 집으로 가서 기다릴게요. 뭐든 새로 밝혀지는 게 있으면 전화해 줘요."

"그러죠."

통화를 끝내고 벽감에서 걸어 나온 보슈는 응급실 대기실이 이젠 경찰들과 함께 보도진들로 차기 시작하는 걸 보았다. 이것은 경찰국장이 떴다는 말이 새어나갔다는 뜻이라고 보슈는 추측했다. 하지만 신경 쓸 건 없었다. 오히려 경찰국장이 응급실에 나타나면 병원 측에서도 키즈 라이더의 병세에 대해 어느 정도는 밝힐 수밖에 없을 것이다.

프랫은 자기 상사인 강력계의 노로나 경감 옆에 서 있었다. 보슈는 그들 앞으로 다가가며 물었다.

"시체 발굴은 어떻게 하고 있습니까?"

"릭 잭슨과 팀 마샤를 올려 보냈어. 잘 해낼 거야."

프랫이 대답했다.

"이건 내 사건인데요."

보슈는 약간 항의조로 말했다.

"이젠 아닐세."

노로나가 설명했다.

"자넨 이 일이 끝날 때까지 OIS 팀에 협조해야 할 거야. 언덕 위에 있었던 경찰 중에서 아직 말을 할 수 있는 사람은 자네밖에 없으니까. 그일이 더 급해. 게스토의 시신 발굴은 마샤와 잭슨이 잘 해낼 걸세."

보슈는 항의해 봤자 소용없다는 걸 알았다. 노로나 경감의 말이 옳았다. 총격이 일어났던 현장에서 아무 부상도 입지 않은 사람은 보슈 외에도 네 명이나 더 있었지만, 보슈의 기억과 진술이 가장 중요할 것은 당연했다.

응급실 입구에서 소란이 일어났다. TV 카메라를 어깨에 멘 남자 대여섯 명이 더블 도어 양쪽에서 좋은 위치를 선점하려고 서로 다투고 있었다. 두 짝의 문이 한꺼번에 열리면서 보좌관들을 좌우에 거느린 경찰국장이 들어왔다. 그는 접수대로 곧장 걸어가서 노로나 경감을 만났다. 그들은 보슈를 쫓아낸 바로 그 여자와 얘기를 주고받았는데, 그녀는 보슈를 대하던 때와는 180도로 다른 협조적 태도로 즉시 전화기를 집어들고 연락을 취했다. 누가 중요한 분인지 누가 별 볼 일 없는 놈인지 정확히 구분할 줄 아는 여자 같았다.

3분도 안 되어 병원의 외과과장이 응급실 문을 열고 나와 국장을 개인 상담실로 안내했다. 그들이 문 쪽으로 이동할 때 보슈도 6층 지휘관들과 국장 보좌관들 사이로 슬쩍 끼어들었다.

"잠깐만요, 닥터 김!"

갑자기 등 뒤에서 여자의 목소리가 들려와서 모두 걸음을 멈추고 뒤를 돌아보았다. 접수계 여자였다. 그녀는 보슈를 손가락으로 가리키며 외과과장한테 말했다.

"저분은 일행이 아니에요."

국장이 보슈를 맨 먼저 알아보고 여자에게 말했다.

"틀림없는 일행이오."

도무지 이의를 제기할 수 없게 만드는 말투에 여자는 머쓱한 표정을 지었다. 일행은 발걸음을 계속했고, 닥터 김은 비어 있는 한 병실로 그들을 몰아넣었다. 그들은 빈 병상 주위에 둘러섰다.

"국장님, 그 경관은…."

"형사예요. 그 여잔 경관이 아니라 형삽니다."

"죄송합니다. 그 형사님은 지금 중환자실에서 닥터 파텔과 닥터 워딩의 치료를 받고 있습니다. 여러분께 설명드리기 위해 치료를 방해할 순 없고, 질문하실 것이 있다면 제가 대신 대답해 드리겠습니다."

"좋습니다. 환자는 괜찮겠소?"

국장은 단도직입적으로 물었다.

"그럴 것으로 생각합니다. 사실 그건 문제가 아닙니다. 문제는 영구적 손상이 있을 것인가 하는 건데, 얼마간 지나봐야 알 수 있어요. 총알이 경동맥 하나를 손상시켰거든요. 뇌에 피와 산소를 공급하는 혈관이죠. 지금으로선 어떤 손상이 발생할지, 혈액순환에 어떤 방해를 받았는지 알 수 없습니다."

"여러 가지 테스트 방법이 있지 않소?"

"물론 있습니다. 지금은 사전준비로 뇌의 정상 활동을 체크하고 있죠. 현재까지는 양호한 상태로 보입니다."

"환자가 말은 할 수 있습니까?"

"불가능합니다. 수술할 때 마취를 했기 때문에 깨어나서 말을 하려면 여러 시간이 걸릴 겁니다. 오늘 밤 늦은 시각이나 내일 아침에 깨어나 봐야 우리도 알 수 있습니다."

경찰국장은 머리를 끄덕였다.

"감사합니다, 닥터 김."

그가 열린 커튼 쪽으로 걸음을 옮기기 시작하자 보좌관들도 따라 움직였다. 국장이 외과과장을 돌아보며 나지막한 소리로 말했다.

"닥터 김, 그 여자는 한때 내가 데리고 있던 형삽니다. 잃고 싶지 않아요."

"최선을 다하고 있습니다, 국장님. 그런 일은 없을 겁니다."

국장은 다시 머리를 끄덕였다. 일행이 대기실 문 쪽으로 몰려갈 때 보슈는 자기 어깨를 잡는 강한 손길을 느꼈다. 돌아보니 국장이었다. 그는 보슈를 옆으로 끌고 가서 조용히 물었다.

"보슈 형사, 어디 다친 덴 없는가?"

"괜찮습니다, 국장님."

"라이더 형사를 재빨리 여기 데려와 줘서 고맙네."

"그땐 그렇게 빠른 것 같지 않았습니다. 저 혼자 한 일도 아니고요. 다른 사람들과 함께 옮겼죠."

"그래, 나도 알아. 오셔 검사는 벌써 그녀를 정글에서 구해낸 일을 마치 자기가 한 일처럼 매체에 떠들어대고 있어."

보슈에겐 그리 놀라운 일도 아니었다.

"같이 좀 걷지, 보슈 형사."

국장이 그렇게 말한 뒤 걸음을 떼어놓았다. 두 사람은 대기실을 지나 앰뷸런스 주차장으로 걸어 나갔다. 경찰국장은 건물을 완전히 나와 사람들의 귀가 미치지 않는 곳까지 간 다음에야 입을 열었다.

"이 일로 한바탕 난리를 겪어야 할 것 같네. 연쇄살인범이라고 자백한 놈을 놓쳐서 시내를 제멋대로 돌아다니게 만들지 않았나. 산 위에서 무슨 일이 있었는지 알아야겠네, 형사. 어쩌다 그런 최악의 사태로 간 건가?"

보슈는 분한 표정으로 머리를 끄덕였다. 비치우드 캐니언에서 벌어진 일이 폭탄이 폭발한 것처럼 경찰국과 온 도시를 뒤흔들 것임을 잘 알고 있었다.

"그러게 말입니다, 국장님. 저도 거기 있었지만 확실히 알진 못합니다."

보슈는 다시 아는 대로 설명하기 시작했다.

파트너

경찰과 기자들은 하나둘 응급실을 떠났다. 어떤 의미에서 키즈 라이더가 죽지 않은 것은 실망스러운 일이었다. 만약 그녀가 죽었다면 모든 것들이 즉시 이슈가 되었을 것이었다. 도착하자마자 생방송을 하고 다음 장소로 이동하여 기자회견이 열렸을 터였다. 하지만 키즈민 라이더는 버티고 있었고, 사람들은 언제까지나 죽치고 기다릴 수 없었다. 시간이 흐를수록 대기실 안의 사람들은 점점 줄어들더니 마지막엔 보슈 혼자만 달랑 남았다. 라이더는 요즘 가까이 하는 사람이 없었고, 그녀의 부모도 큰 딸이 죽은 후 LA를 떠났기 때문에 그녀를 기다려 줄 사람이라곤 보슈밖에 없었다.

오후 5시 조금 전에 닥터 김이 문을 열고 나와 경찰국장이나 최소한 형사보다는 높은 사람을 두리번거리며 찾았지만 결국 보슈와 상대할 수밖에 없었다. 보슈는 일어나서 그가 전해주는 소식을 들었다.

"환자는 잘 견디고 있어요. 의식도 돌아와서 의사교환이 가능합니다.

목의 외상과 기관에 삽입한 튜브 때문에 말은 못하지만 초기 증세들은 모두 양호해 보여요. 경련이나 감염도 없고 말이죠. 다른 상처들은 안정되어 내일 수술할 예정입니다. 오늘은 이미 너무 많은 수술을 했기 때문에."

보슈는 머리를 끄덕였다. 엄청난 안도감이 밀물처럼 몸속으로 밀려오는 느낌이었다. 키즈는 이겨내고 있었다.

"좀 만나 봐도 되겠습니까?"

"몇 분 정도는 가능합니다. 말씀드린 대로 아직 말은 못합니다. 따라오시죠."

보슈는 외과과장 뒤를 따라 다시 더블 도어를 통해 응급실을 지나 중환자실로 들어갔다. 키즈는 오른쪽 두 번째 병실에 있었다. 온갖 장비와 모니터들, 튜브 따위로 둘러싸인 채 병상에 누워 있는 그녀의 몸뚱이는 왜소해 보였다. 반쯤 뜬 눈은 보슈가 들어가도 아무 변화가 없었다. 의식은 있지만 매우 희미한 상태임을 알 수 있었다.

"좀 어때, 파트너?"

보슈는 그녀의 다치지 않은 손을 잡으며 물었다.

"대답하려고 하지 마. 뭘 물어보려는 게 아니라, 당신이 어떤지 보고 싶어 왔으니까. 외과과장은 방금 괜찮을 거라고 말했지만 말이야. 재활운동을 좀 하면 다시 멀쩡해질 거라고 했어."

목구멍 안으로 튜브를 집어넣은 상태라 말을 하거나 소리를 낼 순 없었지만 라이더는 그의 손을 꼬옥 움켜잡았다. 보슈는 그것을 아주 긍정적인 반응으로 생각했다. 그녀의 손을 계속 잡아주기 위해 벽에 기대어진 의자 하나를 잡아당겨 놓고 앉았다. 30분쯤 지나도록 그는 말은 거의 하지 않고 라이더의 손만 꼭 잡고 있었다. 그녀도 이따금 그의 손을 꼭 잡곤 했다.

5시 30분쯤 간호사 하나가 들어오더니 보슈에게 두 남자가 대기실에서 기다리고 있다고 전했다. 보슈는 라이더의 손을 마지막으로 꼭 쥐어 주며 내일 아침에 다시 오겠다고 말했다.

그를 기다리고 있는 두 남자는 OIS 팀 수사관들이었다. 이름이 랜돌프와 오서니라고 했다. 랜돌프 경위가 팀장인데, 그는 OIS에서 하도 오래 근무해서 보슈가 총을 쏜 최근 네 차례의 사건 수사를 모두 지휘했을 정도였다.

그들은 은밀히 얘기하기 위해 보슈를 자기들 차로 데려갔다. 옆자리에 녹음기를 틀어놓은 상태에서 보슈는 그 수사에서 자신이 맡은 부분부터 시작하여 아는 대로 모두 얘기했다. 질문 없이 듣기만 하던 랜돌프와 오서니는 보슈가 그날 아침 웨이츠와 함께 현장 조사를 나간 것에 대해 설명하기 시작하자 갑자기 많은 질문들을 쏟아냈다. LA 경찰국에서 그날의 참사를 어떤 식으로 다룰 것인지 사전에 계획한 대로 대답을 이끌어내기 위한 질문들이었다. 그들은 모든 결정은 아니라 하더라도 가장 중요한 그 결정을 내린 쪽은 검찰청과 릭 오서 검사로 확정하고 싶은 것이 분명했다. 그렇다고 해서 경찰국이 이 참사는 오서 검사 책임이라고 발표하겠다는 뜻은 아니었다. 다만 그쪽에서 공격해올 경우를 대비해서 미리 방어책을 마련해 두자는 얘기였다.

그래서 사다리를 내려갈 때 웨이츠의 수갑을 풀어 주는 것에 대해 의견의 불일치가 있었다는 얘기를 보슈가 하자, 랜돌프는 누가 정확히 어떤 말을 했는지 꼬치꼬치 따졌다. 보슈는 그들의 최근 인터뷰에 랜돌프도 참석했다는 걸 알고 있었다. 아마도 이들은 캘 카파렐리와 모리 스완, 릭 오서와 그의 비디오 촬영 기사와도 이미 얘기를 나눴을 터였다.

"비디오 촬영한 걸 봤습니까?"

보슈는 자기 소견을 모두 얘기한 뒤 랜돌프 경위에게 물었다.

"아직 못 봤네. 이제 봐야지."

"거기 모두 담겨 있을 겁니다. 총격이 시작되었을 때 기사가 비디오를 돌리고 있었던 걸로 기억해요. 실은 나도 그 테이프를 좀 보고 싶소."

그제야 랜돌프는 털어놓았다.

"솔직히 그 테이프가 좀 문제야. 코빈은 그걸 숲 속에서 잃어버렸다고 하거든."

"코빈은 그 카메라맨 이름인가요?"

"그렇지. 사다리로 라이더를 운반할 때 주머니에서 테이프가 빠져나간 것 같다는 거야. 그래서 우리가 거기 가서 찾아봤지만 없었네."

보슈는 머리를 끄덕이며 속으로 계산했다. 코빈은 오셔 검사의 부하이다. 그리고 그 비디오테이프에는 오셔가 올리버스에게 웨이츠의 손목에 채운 수갑을 풀어 주라고 지시하는 장면도 담겨 있을 터였다.

"코빈이 거짓말한 겁니다. 그 친구는 주머니들이 주렁주렁 달린 바지를 입고 있었어요. 장비들을 넣고 다니는 카고팬츠라는 거죠. 카메라에서 테이프를 빼내어 허벅지 부분의 뚜껑 달린 주머니에 넣는 걸 내 눈으로 똑똑히 봤습니다. 그 친구가 벼랑 아래 맨 마지막으로 남아 있었을 때였으니까 나 혼자만 봤죠. 그때 주머니 뚜껑을 닫았으니까 테이프가 빠져나갔을 리 없습니다. 분명히 가지고 있어요."

랜돌프는 보슈가 한 말이 그때의 상황이었음을 짐작하고도 남는다는 듯 고개를 끄덕였다. 마치 경찰연루 총격사건 조사에서 거짓말을 듣는 것은 아주 당연한 일이라는 듯이.

"그 테이프에는 오셔가 올리버스에게 수갑을 풀어 주라고 지시하는 장면이 담겨 있어요."

보슈가 설명을 계속했다.

"오셔는 자기 선거 기간이나 다른 어떤 때에도 그런 내용의 비디오를 언론이나 LAPD 손에 넘겨주고 싶지 않을 겁니다. 따라서 문제는 코빈이 오셔를 주무르기 위해 그 테이프를 감췄느냐, 아니면 오셔가 감추라고 코빈에게 지시했느냐 하는 거죠. 나라면 후자에 걸겠는데요."

랜돌프는 어느 쪽이든 관심 없다는 표정으로 말했다.

"좋아, 처음부터 다시 한 번 얘기해 보자고. 그런 다음 자넬 놓아 줄테니까."

"좋습니다. 얼마든지요."

보슈는 랜돌프가 테이프엔 별로 관심이 없다는 걸 알 수 있었다. 똑같은 얘기를 두 번째 마치고 나니 7시가 가까웠다. 그는 자신의 차가 주차되어 있는 파커 센터까지 좀 태워다 달라고 랜돌프와 오서니에게 부탁했다.

본부로 돌아오는 차 안에서 OIS 팀 수사관들은 수사에 관해 한마디도 하지 않았다. 7시 정각에 랜돌프가 KFWB(로스앤젤레스 뉴스 전문 라디오 방송 — 옮긴이)를 틀었고, 그들은 비치우드에서 일어난 사건과 레이너드 웨이츠 수색의 최근 현황에 대한 방송에 귀를 기울였다.

세 번째 뉴스는 살인범 탈출에 대한 정치적 공방이 점점 거세지고 있다는 내용이었다. 선거에 이슈가 필요하다면 보슈와 그날 함께 동행했던 사람들이 제대로 제공한 셈이었다. 시 의회 출마자들부터 릭 오셔의 경쟁자들까지 모두 입을 모아 LA 경찰국과 지방검찰청이 현장 조사에서 범한 결정적 실수에 대해 비판했다. 오셔 검사는 선거에서 치명타를 입을 수도 있는 상황을 모면하기 위해 그 자신은 단지 옵서버로 현장 조사에 동행했을 뿐 죄수의 안전이나 운송에 관해서는 어떤 결정도 내린 바 없으며, 모든 것은 LAPD에 전적으로 일임했었다는 성명서를 발표했다. 그 뉴스는 오셔가 무장한 도망자가 숲 속에서 날뛰고 있는 와중에도 부상당한 형사를 구조하는 일을 도와 안전하게 후송한 용감성을 보여 주었다는 말로 끝을 맺었다.

랜돌프는 충분히 들었다 싶은지 라디오를 껐다.

"저 친구가 릭 오셔라고요?"

보슈가 말했다.

"완벽한 오리발이군요. 아주 위대한 지방검사장이 될 겁니다."

"그렇고말고."

랜돌프도 맞장구를 쳤다.

보슈는 파커 센터 뒤쪽 주차장에서 OIS 수사관들과 작별한 뒤 자기 차를 가지러 근처에 확보해 둔 유료주차장으로 걸어갔다. 종일 진이 빠질 대로 빠졌는데 하루해는 아직 한 시간도 더 남아 있었다. 그는 차를 몰고 비치우드 캐니언으로 가는 고속도로로 올라갔다. 가는 길에 배터리가 나간 휴대전화를 플러그에 꽂고 레이철 월링을 불렀다. 그녀는 이미 그의 집에 가 있었다.

"좀 걸릴 거요. 비치우드로 다시 가고 있는 중이거든."

"왜요?"

"내 사건이잖소. 다른 놈들이 지금 거기서 조사하고 있단 말이지."

"맞아요. 당신이 거기 있어야죠."

보슈는 아무 말 없이 이어지는 침묵에 귀를 기울였다. 편안한 기분이었다.

"얼른 끝내고 돌아가겠소."

마침내 그렇게 말한 뒤 그는 전화를 끊었다. 가워 애버뉴에서 고속도로를 벗어나자 몇 분 후엔 비치우드 드라이브로 올라가기 시작했다. 정상 부근에서 모퉁이를 돌아가자 마침 두 대의 밴이 내려오고 있었다. 꼭대기에 사다리를 실은 SID 밴이 뒤따르는 걸 본 보슈는 앞에 가는 밴에 시신이 실려 있다는 걸 알았다. 갑자기 가슴속에 커다란 구멍이 생긴 느낌이었다. 그 차량들은 시체 발굴 장소에서 내려오는 중이었고, 앞쪽 밴에는 마리 게스토의 시신이 실려 있었던 것이다.

　주차장에 도착해 보니 시신 발굴 작업을 인수했던 마샤 형사와 잭슨 형사가 옷 위에 껴입었던 점프슈트를 벗어 자동차 트렁크 속에 던져 넣고 있었다. 하루 일과를 끝낸 표정이었다. 보슈는 그들 옆에 차를 세우고 내렸다.

　"해리, 키즈는 좀 어때?"

　마샤가 즉시 물었다.

　"의사들 말로는 괜찮을 거래."

　"정말 다행이네."

　"이런 난리가 없군, 안 그래?"

　잭슨이 고개를 절레절레 저으며 말했다.

　"그러게 말이야. 뭘 찾아냈나?"

　"그녀를 찾아냈어."

　마샤가 대답했다.

　"그냥 시신을 찾아냈다고 해야만 하나. 치아 검증을 해 봐야 알 수 있겠지. 치아 기록은 가지고 있나?"

　"내 책상 위의 파일에 들어 있지."

　"그걸 미션으로 가져가야겠군."

　검시반은 미션 거리에 있었다. 치과 전문의와 검시관이 마리 게스토의 치아 엑스레이와 그날 아침 웨이츠가 그들을 안내했던 지점에서 발굴한 시체의 치아를 비교할 것이다.

　마샤가 트렁크를 닫자 그의 파트너인 잭슨이 보슈에게 물었다.

　"해리, 괜찮아?"

　"긴 하루였어."

보슈의 대답에 마샤는 머리를 흔들며 말했다.

"더 길어질 거라고 하더군. 도망친 놈을 잡을 때까진 말이야."

보슈는 고개를 끄덕였다. 어쩌다 그런 불상사가 발생했는지 그들이 알고 싶어 한다는 걸 그는 잘 알고 있었다. 경찰 두 명이 살해되고 하나는 병원 중환자실로 보낸 대형 사건이었다. 그렇지만 너무 피곤해서 얘기해 줄 수가 없었다.

"잘 들어. 난 이 일로 얼마나 오래 잡혀 있을지 몰라. 내일까진 끝내려고 하지만 내 맘대로 안 될 게 뻔해. 어쨌거나 시신의 신분이 확인되는 즉시 나한테 좀 알려 주면 고맙겠네. 그녀의 부모한테 전화해 줄 수 있게 말이야. 난 그들과 13년 동안이나 통화해 왔고, 딸의 소식을 나한테서 듣고 싶어 할 거야. 나도 그러고 싶고."

"알았어, 해리."

마샤가 대답했다.

"나도 그런 연락 직접 안 해도 되니 전혀 불만 없네."

잭슨이 맞장구를 쳤다.

그들과 얘기를 좀 더 나누다가 보슈는 저물어가는 하늘을 살펴보았다. 숲 속의 오솔길은 이미 어둑어둑해져 있을 것이다. 그는 후배 형사들에게 손전등을 좀 빌릴 수 있겠느냐고 물었다. "내일 돌려줄게."라고 약속했지만, 그 말을 곧이들을 사람은 거기 아무도 없었다.

"해리, SID가 사다리도 가져가고 없어."

마샤가 걱정스레 말했다.

보슈는 어깨를 으쓱하곤 진흙투성이가 된 자기 바지와 신발을 내려다보았다.

"조금 더 더러워지겠지 뭐."

마샤는 싱긋 웃곤 트렁크를 열어 맥라이트를 찾아냈다. 그리곤 그것을 보슈에게 건네주며 물었다.

"우리가 함께 갈까? 숲 속에서 미끄러져 발목이라도 부러지면 코요테와 함께 밤을 새야 할지도 몰라."

"아니, 괜찮을 거야. 휴대전화도 가지고 있으니까. 게다가 난 코요테를 좋아하거든."

"암튼 조심하게."

두 형사가 차를 타고 떠나는 걸 지켜본 뒤 보슈는 하늘을 다시 한 번 살펴보았다. 그리곤 그날 아침 웨이츠가 인도했던 오솔길을 따라 내려가기 시작했다. 총격이 벌어졌던 벼랑까지 가는 데는 5분이 걸렸다. 그는 손전등을 켜고 잠시 주위를 비춰보았다. 검시반 직원들과 OIS 팀 수사관들, 법의학 기술자들이 마구 짓밟고 다닌 발자국들이 어지럽게 흩어져 있었다. 볼 만한 건 하나도 안 남아 있었다. 마침내 그는 아침에 붙잡고 올라왔던 나무뿌리를 잡고 벼랑 아래로 내려갔다. 숲 속으로 2분쯤 더 들어가자 노란 경찰 테이프를 나무에서 나무로 묶어 둘러친 공터가 나왔다. 그 가운데는 깊이가 1미터 남짓한 직사각형 모양의 구멍이 입을 벌리고 있었다.

보슈는 허리를 꺾고 테이프 아래를 통과하여 마리 게스토의 시체가 숨겨져 있었던 성지로 들어갔다.

제3부

성지

ECHO PARK

19

자택근무

아침에 보슈가 레이철과 함께 마실 커피를 끓이고 있을 때 전화가 왔다. 직속상관인 미해결 사건 전담반장 에이벌 프랫이었다.

"해리, 아직 출발하지 않았군요. 방금 그 얘길 들었소."

보슈도 대충 짐작하고 있었던 일이었다.

"누구한테 들었는데요?"

"6층 친구들. OIS는 아직 결론을 못 내렸소. 매체들이 하도 열을 내니까 그들은 당신이 옆에서 좀 식혀 주길 바라는 것 같더군. 갈피를 잡을 때까지 며칠만이라도 말이지."

보슈는 아무 말도 하지 않았다. 본부 6층은 경찰국 관리부가 차지하고 있었고, 프랫이 말한 '그들'이란 집단사고 지휘관들을 가리켰다. 이들은 텔레비전이나 정치판에서 대형사고가 터질 때마다 바짝 긴장했고, 이번 사건은 그 양쪽 모두에 해당되었다. 그래서 이런 전화가 걸려온 것에 놀랐다기보다는 실망스러웠다. 변화가 많이 일어날수록 그들

의 태도는 더욱 요지부동이었다.

"어젯밤 뉴스 봤소?"

프랫이 물었다.

"아뇨. 뉴스는 안 봅니다."

"지금부턴 봐야 할걸. 어빈 어빙이 텔레비전마다 나와 이번 일을 비난하고 있소. 특히 당신을 겨냥하고 있더군. 어젯밤엔 남부 지역에서 연설하며 당신을 재고용한 것은 국장의 자질 부족과 LA 경찰국의 도덕적 해이를 보여 주는 한 단면이라고 했소. 당신이 그 친구한테 뭘 어떻게 했는지 모르지만 너무 심한 것 같더군. '도덕적 해이'라고 말한 건 본격적으로 한판 붙어 보잔 얘기잖소."

"그렇죠. 그 양반은 앞으로 치질에 걸려도 내 탓이라고 할 겁니다. 6층에서는 나더러 그 양반을 상대하라는 겁니까, OIS를 거들라는 겁니까?"

"진정해요, 해리. 내가 그런 대화에 끼어들 깜냥이나 된다고 생각해요? 난 그냥 전화를 받고 어디에다 전화해야 하는지만 들었을 뿐이오. 무슨 뜻인지 알죠?"

"그럼요."

"하지만 그걸 이런 식으로 봐요. 어빙이 당신을 그렇게 때리면 국장은 절대 당신을 자르지 못해요. 그랬다간 어빙의 말이 옳은 것처럼 보일 테니까. 그래서 난 그들이 이 일을 원리원칙대로 처리한 뒤 단단히 못질하여 봉해 버릴 것이라고 봐요. 그러니까 자택근무를 즐기며 계속 연락을 취하도록 해요."

"그러죠. 키즈에 대해선 어떤 얘기가 나오던가요?"

"자택근무를 명하는 데는 다들 문제가 없다고 생각하는 것 같소. 다른 곳으로 보내진 않을 거요."

"내 말은 그런 뜻이 아니잖아요."

"무슨 말인지 알아요."

"그런데요?"

이런 얘기는 흡사 맥주병에 달라붙은 상표를 뜯어낼 때처럼 한꺼번에 홀렁 벗겨지는 법이 없었다.

"내 생각에 키즈에겐 문제가 좀 있을 것 같소. 웨이츠가 동작을 취할 때 그녀는 올리버스와 함께 벼랑 위에 있었잖소. 웨이츠의 엉덩이를 날려 버릴 기회가 있었을 텐데 그녀는 왜 가만히 있었을까 하는 문제지. 그 순간 얼어붙었던 것 같소, 해리. 바로 그 문제로 그녀가 다칠 수도 있다는 뜻이오."

보슈는 고개를 끄덕였다. 현장 상황에 대한 프랫의 정치적 시각은 정확한 것 같았다. 그것이 보슈를 우울하게 만들었다. 키즈 라이더는 지금 살아남기 위해 자신과 싸워야만 한다. 그리고 살아남은 후엔 자기 직업을 지키기 위해 또 한바탕 싸워야 할 판이었다. 그 싸움이 어떤 것이든 보슈 자신은 끝까지 라이더 편에 서야 한다는 걸 알았다.

"좋아요, 웨이츠에 대한 새로운 소식은 없습니까?"

"없소, 해리. 바람처럼 사라졌어요. 지금쯤은 멕시코에 가 있을지도 모르지. 진짜 똑똑한 놈이라면 다시는 수면 위로 머리를 쳐들지 않을 거요."

보슈는 그렇게 생각하지 않았지만 말로 표현하진 않았다. 그의 육감은 웨이츠가 지금 납작 엎드려 있긴 하지만 그다지 멀리 가진 않았다고 속삭이고 있었다. 그는 웨이츠가 사라졌다는 빨강색 전철 노선의 할리우드부터 다운타운 사이에 있는 수많은 역들을 생각했다. 그리고 레이너드 여우와 비밀스런 성에 대한 전설을 떠올렸다.

"해리, 난 가 봐야 해요. 당신 괜찮소?"

프랫이 물었다.

"괜찮지 않아요. 전화해 줘서 고마워요."

"뭘. 암튼 매일 나한테 체크해 봐야 당신 복귀 소식을 들을 수 있을 거요."

"그러죠."

보슈는 전화를 끊었다. 몇 분 후 레이철이 부엌으로 들어오자 그는 절연 처리된 컵에 커피를 따랐다. 그녀가 어젯밤 가지고 온 그 컵들은 LA 전출 기념으로 리스한 렉서스에 딸려온 것이라고 했다. 레이철은 옷을 다 입고 출근할 준비가 되어 있었다.

"아침 식사로 때울 만한 게 전혀 없어요. 시간이 되면 언덕 아래 듀파스로 내려가서 해결하면 되는데."

"아니, 됐소. 곧 가야 해."

그녀는 핑크색 포장지를 찢어 속에 든 설탕 대용품을 커피에 넣었다. 그리곤 냉장고를 열고 전날 밤에 사온 우유를 꺼내어 커피 잔에 넘칠 정도로 따랐다. 하얀색으로 변한 커피를 한 모금 마신 뒤 그녀가 물었다.

"무슨 전화예요?"

"팀장 전화. 난 방금 이 모든 일에서 밀려났소."

"오, 세상에…."

레이철은 앞으로 다가와 그를 포옹했다.

"어찌 보면 당연한 일이지. 언론과 사건의 정치적 성격이 그걸 원해요. OIS가 진상을 파악하고 내가 잘못한 것이 없다고 확정할 때까지 난 자택근무요. 일종의 근신이지."

"당신 정말 괜찮겠어요?"

"벌써 괜찮은데 뭐."

"뭘 하며 시간을 보낼 거죠?"

"모르겠소. 자택근무라고 해서 집에만 있어야 한다는 법은 없지. 그래서 이따 병원에나 가 볼까 해요. 그들이 나를 파트너와 함께 있도록 해준다면 말이오. 거기서부터 시작해야 할 것 같은데."

"점심 같이 먹을까요?"

"좋지. 멋진 생각이오."

두 사람은 금방 가정적인 안락함 속으로 빠져들었다. 보슈는 그런 분위기를 좋아했다. 더 이상 아무 말도 할 필요가 없는 그런 아늑함.

"난 괜찮으니까 어서 출근이나 해요. 점심시간쯤에 전화할게요."

"그래요, 내가 연락할게요."

레이철은 그의 뺨에 키스한 뒤 부엌문을 통해 간이차고로 내려갔다. 보슈는 그녀가 올 때마다 그곳 빈 공간에다 주차하도록 일러두었다.

혼자 남은 그는 뒤쪽 데크로 걸어 나가 카후엥가 고개를 내려다보며 커피를 마셨다. 이틀 전 내렸던 비로 하늘은 여전히 깨끗했다. 오늘도 천국처럼 아름다운 날이 이어질 터였다. 그는 병원으로 가서 키즈를 체크하기 전에 혼자라도 듀파스에 내려가 아침 식사를 제대로 챙겨 먹기로 했다. 그리고 신문을 집어 와서 전날 일어났던 일들에 대한 기사들을 살펴보고, 병원에 가져가서 키즈가 원한다면 읽어 줄 수도 있을 것이다.

그는 아침에 프랫이 전화하기 전부터 입고 있었던 정장 차림 그대로 외출하기로 했다. 자택근무 중이거나 말거나 그는 형사처럼 행동하고 형사처럼 보일 생각이었다. 그래서 침실 옷장 선반 위에 올려 두었던 사건 파일 복사본 상자를 내렸다. 4년 전 은퇴할 때 만들어 두었던 것이었다. 서류 뭉치들을 살펴보던 그는 마리 게스토 살인 사건 보고서 복사본을 찾아냈다. 지금은 잭슨과 마샤가 수사를 담당하고 있으니 원본은 그들이 가지고 있을 터였다. 그들이 전화로 질문을 해오거나, 병원에서 라이더를 만나는 동안에도 혹시 뒤져 볼 일이 있을지 몰라 복사본을 가지고 다니기로 했다.

차를 몰고 언덕을 내려가 벤투라 대로를 올라간 다음 서쪽으로 빠져 스튜디오 시티로 들어갔다. 듀파스에 도착하자 그는 레스토랑 앞에 있는 가판대에서 〈로스앤젤레스 타임스〉와 〈데일리 뉴스〉를 한 부씩 사들고 카운터로 가서 프렌치토스트와 커피를 주문했다.

비치우드 캐니언에서 벌어졌던 일은 양쪽 신문 1면을 차지하고 있었다. 레이너드 웨이츠의 컬러 기록사진들이 나열된 아래 미친 살인자를 추격하는 LAPD 특별수사대 구성과 웨이츠를 찾기 위한 무료 전화 개설에 대한 기사가 올라 있었다. 신문 편집자들은 근무수행 중 피살된 두 형사와 부상당한 다른 한 형사에 대한 얘기보다는 살인자의 사진들과 그런 기사들이 독자들에게 훨씬 더 잘 먹힌다고 판단한 게 분명했다.

기사에는 전날 열렸던 여러 기자회견에서 발표된 정보가 포함되어 있었지만, 비치우드 캐니언 정상 숲 속에서 실제로 벌어졌던 일에 대해서는 자세한 설명이 거의 없었다. 모든 것에 대한 수사가 현재 진행 중이며, 당국은 정보가 새어나가지 않도록 철저히 단속하고 있다고 했다. 총격에 연루된 경찰들과 둘란 보안관에 대한 간략한 인물 소개가 전부였다. 웨이츠에게 희생된 두 경찰에겐 가족이 있지만 부상당한 키즈민 라이더는 최근 '반려자'와 헤어졌다고 설명하고 있었는데, 그 말은 그녀가 게이라는 뜻이었다. 그 기사들을 쓴 기자들을 보슈는 알 수 없었지만, 경찰 내부에 정보원이 없는 신참들이라 세부적 정보를 제대로 입수하지 못했던 것 같았다.

두 신문은 이어지는 관련기사에서 총격 사건과 살인범 도주에 대한 정치적 반응에 대해 집중적으로 설명하고 있었다. 인용된 지역 전문가들의 의견 대부분은, 비치우드 사건이 릭 오셔의 지방검사장 선거에 도움이 될지 방해가 될지 판단하긴 아직 시기상조라는 것이었다. 그의 사건 해결 계획은 형편없이 빗나가 버렸지만, 그 대신 권총을 든 살인범이 여전히 날뛰고 있는 숲 속에서 부상당한 경관을 구출하기 위해 헌신적으로 노력한 점은 긍정적으로 평가된다고 했다. 한 전문가는 이렇게 말했다.

"이 도시에서 정치는 영화 사업과 아주 흡사해서 결과를 아무도 예측할 수 없다. 이 사건은 오셔에게 최상의 선물이 될 수도 있고, 최악의 사태가 될 수도 있다."

물론 두 신문은 오셔의 정적인 게이브리얼 윌리엄스가 한 말도 그대로 인용했는데, 그는 이 사건을 변명의 여지가 없는 불명예스런 일이라 주장하며 모든 책임을 릭 오셔에게 돌렸다. 보슈는 코빈이라는 비디오 촬영기사가 잃어버렸다고 주장한 테이프를 떠올리곤, 그것을 윌리엄스 진영으로 가져가면 얼마만 한 가치가 있을까 생각해 보았다. 아마 코빈도 벌써 그 가치를 알아냈을 것 같았다.

어빈 어빙도 양쪽 신문 모두에서 한마디씩 거들며 보슈를 마치 LA 경찰국 내의 암적 존재인 양 공격했고, 그래서 그 자신이 시의원으로 가장 적합한 인물이라고 주장했다. 어빙은 경찰국이 지난해에 보슈를 복직시키지 말았어야 했으며, 당시 부국장이던 자신은 그것을 강력히 반대했다고 주장했다. 신문들은 또 보슈가 경찰국 OIS 팀의 조사를 받고 있는 신분이라 연락이 불가능했다고 적고 있었다. 하지만 어느 신문도 OIS가 총격 사건에 연루된 경관이면 누구나 일상적인 조사를 행한다는 사실을 적시하지 않았기 때문에, 일반 대중에게 발표된 내용은 비정상적이고 수상쩍게 느껴졌다.

보슈는 〈LA 타임스〉 관련기사에서 케이샤 러셀의 이름을 발견했다. 경찰 출입 기자로 여러 해 근무하는 동안 기력을 탕진하여 출입처를 바꿔 달라고 요청했다는 말을 들었다. 그 결과 정치부로 발령받았고, 그쪽도 에너지 소모율은 마찬가지로 높았다. 그녀가 전날 밤 전화를 걸어 메시지를 남겼는데, 비록 신뢰하는 사이이긴 하지만 그때 보슈는 기자와 얘기할 기분이 아니었기 때문에 무시하고 넘어갔다.

보슈의 휴대전화에는 아직 케이샤 러셀의 전화번호가 남아 있었다. 그녀가 경찰 출입 기자였을 땐 그가 여러 차례 정보원 역할을 해 주었고, 그 대가로 그녀도 그에게 여러 번 도움을 주었다. 그는 신문을 옆으로 밀어 놓고 프렌치토스트를 처음으로 한 입 베어 물었다. 설탕과 메이플 시럽을 잔뜩 바른 고당도 토스트는 그를 충전시켜 힘찬 하루를 시작할 수 있게 해 줄 것이었다.

식사를 절반쯤 먹었을 때 그는 휴대전화를 꺼내어 케이샤 러셀의 번호를 눌렀다. 그녀는 즉시 받았다.

"케이샤, 나 해리 보슈요."

"해리 보슈, 정말 오랜만이네요."

"당신은 이제 정치권 출입 고참 기잔 줄 알았는데…."

"아, 그 사건은 이제 정치적 문제잖아요. 경찰 당국과 피 터지게 싸우겠지만, 안 그래요? 그런데 어젠 왜 내 전화를 씹었죠?"

"수사 중인 사건에 대해서는 아무 말도 할 수 없다는 걸 알잖아요. 특히 나 자신도 연루되어 있소. 게다가 내 전화 배터리가 나간 후에 전화했더군. 집에 와서야 메시지를 봤는데, 그땐 마감 시간이 지났을 것 같아서."

"파트너는 좀 어때요?"

케이샤는 농담조는 걷어치우고 진지한 목소리로 물었다.

"잘 버티고 있소."

"당신은 보도된 대로 다친 데 없고요?"

"신체적으론 그렇지."

"정치적으로도 그렇죠."

"맞아요."

"그런 얘기는 이미 신문에 다 났어요. 지금 와서 해명하거나 자기방어를 하려고 전화했다면 별 소용이 없을 걸요."

"그런 일로 전화한 것 아니오. 나는 내 이름이 신문에 오르는 걸 좋아하지 않소."

"아, 알겠네요. 비공개를 전제로 한 익명의 제보자가 되고 싶은 거군요."

"그것도 아니에요."

수화기를 통해 기자의 한숨 소리가 흘러나왔다.

"그럼 무슨 일로 전화했어요, 해리?"

"첫째, 난 당신 목소리가 항상 듣기 좋아요, 케이샤. 당신도 그건 알잖소. 둘째, 정치권 출입 기자니까 후보들과의 직통 라인이 있죠? 그래야 매일 일어나는 이슈에 대해 재빨리 그들의 코멘트를 받을 수가 있겠지, 안 그래요? 어제처럼 말이오."

러셀은 대답하기 전에 이 남자가 도대체 무슨 소릴 하고 싶어 이러나 하고 망설이는 듯했다.

"그렇죠. 필요할 경우 그 사람을 확보할 수 있으려면 그 정돈 알아야죠. 몇몇 성질 더러운 형사들만 제외하고요. 그들은 가끔 골칫거리가 될 수 있거든요."

보슈는 미소를 지으며 말했다.

"또 시작이오."

"그러니까 그게 바로 전화한 이유군요?"

"맞아요. 어빈 어빙과 바로 통화할 수 있는 전화번호가 필요해요."

이번엔 침묵이 약간 길어졌다.

"말해 줄 수 없어요, 해리. 날 믿고 제공한 전화번호를 당신한테 넘긴 걸 그분이 알면⋯."

"그만해요. 당신뿐만 아니라 선거를 취재하는 모든 기자들에게 제공한 거, 알잖소. 내가 말하지 않는 한 누가 자기 전화번호를 알려 줬는지 그가 알 게 뭐요. 내가 말할 리도 없고. 내 말 못 믿어서 그래요?"

"그래도 그분 허락 없이 알려 주긴 마음이 불편해요. 내가 그분한테 전화해서 당신이 통화를 원한다고 전하면⋯."

"그는 나와 얘기하고 싶지 않을 거요, 케이샤. 그게 문제지. 나와 얘기하고 싶어 한다면야 선거 본부에 메시지만 한 장 날리면 되지. 그런데 본부는 어디죠?"

"웨스트우드의 브럭스턴 가에 있어요. 아무래도 전화번호를 알려 주긴 좀⋯."

보슈는 재빨리 〈데일리 뉴스〉를 집어 들고 정치권 얘기가 실려 있는 페이지에서 기자 이름을 읽었다.

"좋소, 새러 바인만이나 듀앤 스비어친스키는 편한 마음으로 나한테 알려 줄 거요. 그들이라면 이 사건 중심에 있는 형사한테 차용증을 한 장쯤 받아 놓고 싶을 테니까."

"알았어요, 보슈. 알았다고요. 그 친구들한테 갈 필욘 없어요. 정말 믿을 수가 없어."

"난 어빙과 얘기하고 싶소."

"알았어요. 그렇지만 나한테 전화번호 알았단 소린 절대 하면 안 돼요."

"두말 하면 잔소리."

결국 케이샤 러셀은 어빈 어빙의 직통 전화번호를 말할 수밖에 없었고, 보슈는 그것을 기억에 단단히 새겼다. 그리고 비치우드 캐니언 사건에 대해 제보할 것이 있을 땐 즉시 그녀에게 전화하겠다고 약속했다.

"꼭 정치적인 일 아니라도 괜찮아요."

러셀은 급히 말했다.

"그 사건과 관련된 것이면 무엇이든 좋아요. 경찰 관련 얘기라도 내가 취재했을 땐 기사로 쓸 수 있으니까. 무슨 말인지 알죠?"

"알고말고, 케이샤. 고마워요."

그는 휴대전화를 닫고 음식 값과 팁을 카운터에 올려놓았다. 그리고 레스토랑을 나오면서 다시 휴대전화를 꺼내어 조금 전에 기자가 가르쳐 준 번호를 눌렀다. 어빙은 여섯 번째 신호가 울린 후에 받았지만 자기 이름을 밝히지 않았다.

"어빈 어빙 씨?"

"그렇소. 누구요?"

"난 단지 당신에 대해 항상 생각해 왔던 것을 확인시켜 준 것에 대해 감사하고 싶어 전화했소. 당신은 정치적 기회주의자인 폐물일 뿐이오. 경찰국 내에서도 그랬고 거길 나온 지금도 마찬가지야."

"보슈인가? 해리 보슈? 이 전화번호를 누가 가르쳐 줬지?"

"당신 부하들 중의 하나지. 당신 선거 진영의 누군가는 당신이 내건 구호가 마음에 영 안 드는 모양이더라고."

"걱정 마, 보슈. 염려 붙들어 매라고. 내가 시의회에 들어가면 그날부로 넌…."

메시지 전달이 끝났으므로 보슈는 휴대전화를 닫았다. 하고 싶었던 말을 해 버리고도 어빙 때문에 걱정할 필요가 없으니 기분이 좋았다. 어빙은 이제 자신이 무시했던 사람들로부터 아무 응징도 받지 않고 제멋대로 말하거나 행동할 수 있는 상사가 아니었다.

신문 기사들에 대한 어빙의 반응에 보슈는 흐뭇한 기분으로 차를 몰고 병원으로 달려갔다.

개똥 같은 거래

중환자 병동 복도를 걸어가던 보슈는 키즈 라이더의 병실에서 막 나온 한 여자를 지나쳤다. 라이더의 옛 애인이었던 그녀의 얼굴을 보슈는 금방 알아보았다. 몇 년 전 할리우드 볼에서 열렸던 플레이보이 재즈 페스티벌에 갔다가 우연히 라이더와 마주치면서 그녀와도 잠시 인사를 건넨 적 있었다. 지나치는 순간 그는 고개를 끄덕여 보였지만, 여자는 걸음을 멈추지도 말을 건네지도 않았다.

보슈는 병실 문을 한 번 노크하곤 곧바로 열고 들어갔다. 라이더의 모습은 전날 보았던 것보다 훨씬 나아져 있었지만 아직 완전하지가 못했다. 의식은 돌아와서 보슈가 침상 옆으로 다가가자 그녀의 눈길도 그를 따라왔다. 입에 꽂혔던 튜브들은 다 제거되었지만 얼굴 왼쪽이 약간 처져 있어서 혹시 간밤에 뇌졸중을 겪었던 게 아닐까 하고 보슈는 겁이 덜컥 났다.

"걱정 말아요." 하고 그녀는 느릿하고 흐릿한 투로 말했다. "목에 마취를 하는 바람에 얼굴 반쪽이 마비된 것뿐이니까."

보슈는 파트너의 손을 꼭 잡아 주며 말했다.

"좋아. 그밖에 아픈 덴 없어?"

"아파요, 선배. 무지하게 아파."

그는 고개를 끄덕였다.

"왜 안 그렇겠어."

"오후엔 손을 수술한대요. 그것도 무지하게 아플 거야."

"그 고비만 넘기면 회복 단계로 들어설 거야. 재활운동과 다른 좋은 일들이 기다린다고."

"그러면 좋겠어요."

라이더의 목소리가 너무 우울한 것 같아 그는 무슨 말을 해야 좋을지 알 수 없었다. 보슈의 나이가 지금 그녀와 똑같았던 14년 전, 그는 왼쪽 어깨에 박힌 총알을 빼낸 뒤 병상에서 깨어났다. 그래서 지금도 모르핀 기운이 떨어질 때마다 찾아오던 그 찌를 듯한 통증을 생생히 기억하고 있었다.

"신문을 가져왔어. 읽어 줄까?"

그는 신문을 들어 보이며 물었다.

"네, 좋은 얘긴 없겠지만요."

"그래, 좋은 얘긴 없어."

그는 〈LA 타임스〉 1면을 펼쳐들고 웨이츠의 머그샷을 라이더에게 보여 주었다. 그리고 주요 기사들과 관련 기사들을 읽어 내려갔다. 다 읽고 난 뒤 라이더를 내려다보자 표정이 우울해 보였다.

"표정이 왜 그래?"

"날 내버려 두고 그놈을 쫓아갔어야 했어요, 선배."

"그게 무슨 소리야?"

"숲 속에서요. 선배는 그놈을 잡을 수 있었는데 그 대신 날 구했어요. 그 결과 선배만 난처해졌잖아요."

"그런 상황에선 그럴 수밖에 없어, 키즈. 거기서 내가 생각할 수 있었던 건 당신을 병원으로 데려가는 것뿐이었어. 이 모든 것에 대해 정말 미안하게 생각해."

"뭐가 그렇게 미안한데요?"

"여러 가지로. 작년에 내가 복직했을 때 국장실에 잘 있던 당신을 끌어내어 다시 내 파트너로 만들었잖아. 그때 안 그랬으면 당신을 어제 그 자리에…."

"그만해요! 그 입 좀 닥치라고요!"

라이더가 그런 식으로 말하는 건 들어본 적이 없었다. 보슈는 그녀가 말한 대로 했다.

"그런 소린 그만하라고요. 신문 말곤 뭘 가져왔어요?"

보슈는 게스토 살인보고서 복사본을 쳐들었다.

"아무것도. 이건 내가 보려고 가져온 거야. 당신이 잠들거나 하면 읽어 보려고. 내가 은퇴할 때 만들어 뒀던 게스토 파일 복사본이지."

"그걸로 뭘 하려고요?"

"그냥 읽어 보려고 가져왔다니까. 우리가 뭘 놓치고 있다는 생각이 계속 들거든."

"우리가요?"

"내가. 내가 뭔가를 놓쳤다고. 난 요즘 콜트레인과 몽크가 카네기 홀에서 협연했던 레코딩을 많이 듣고 있어. 카네기 문서보관실에 50년 동안이나 처박혀 있던 것을 어떤 사람이 발견했지. 중요한 점은 그 친구가 콜트레인과 몽크의 음악을 알았기 때문에 문서보관실 상자 안에 들어 있던 그 물건이 뭔지 알 수 있었다는 사실이야."

"그게 파일과 무슨 관계가 있죠?"

보슈는 빙그레 웃었다. 키즈민 라이더는 총알을 두 방이나 맞고 병원 침상에 드러누워서도 여전히 그에게 좋알대고 있었다.

"몰라. 그냥 이 파일 안에 뭔가 있을 것 같고, 그걸 발견할 사람은 나 뿐이란 생각을 계속 해오고 있어."

"행운을 빌어요. 저 의자에 앉아 읽으면 되겠네. 난 한숨 자야겠어요."

"알았어, 키즈. 조용히 할게."

그는 벽 쪽에 있는 의자를 병상 가까이 당기고 앉았다. 그러자 라이더가 다시 말했다.

"난 돌아가지 않을 거예요, 선배."

그는 파트너 얼굴을 쳐다보았다. 그런 얘긴 듣고 싶지 않았지만 반대할 생각도 없었다. 적어도 지금 같은 상황에서는.

"그야 당신 맘이지, 키즈."

"옛 친구 쉴러가 방금 다녀갔어요. 뉴스를 봤다더군요. 내가 나을 때까지 돌봐주겠지만, 경찰로 돌아가는 건 싫대요."

복도에서 쉴러가 아무 말 없이 그냥 지나쳤던 이유가 바로 그 때문이었다는 걸 보슈는 이제야 알았다.

"항상 그게 우리 둘 사이의 쟁점이었죠."

"들은 기억이 나. 그런데 키즈, 이런 얘기 나한테 더 이상 안 해도 돼."

"쉴러 때문만은 아니에요. 내가 문제죠. 난 경찰이 되어선 안 되었어요. 어제 그걸 증명했죠."

"무슨 소릴 하는 거야. 당신은 내가 아는 최고 경찰 중의 하나야."

보슈는 파트너의 눈에서 흘러내리는 눈물을 보았다.

"난 거기서 얼어붙었어요, 선배. 바짝 얼어 그자가… 날 쏘도록 했다고요."

"자책은 그만둬, 키즈."

"그들은 나 때문에 죽었어요. 그자가 올리버스를 잡았을 때 난 꼼짝도 할 수 없었어요. 그냥 보고만 있었죠. 총을 뽑아 그자를 쏴야 했는데, 뻣뻣하게 서 있기만 했다고요. 그냥 서서 놈이 그다음엔 나를 쏘도록 했죠. 총을 뽑는 대신 난 손을 들었어요."

"아니야, 키즈. 사격 각도가 없었던 거지. 당신이 쐈다면 올리버스를 맞혔을 거야. 그 후엔 너무 늦었을 거고."

보슈는 나중에 OIS가 조사하러 나오면 그렇게 설명하라는 뜻으로 자기가 말하고 있다는 걸 그녀가 이해해 주길 바랐다.

"아니에요. 인정할 건 해야죠. 난…."

"키즈, 그만두고 싶다면 그건 좋아. 내가 전적으로 뒤를 받쳐줄게. 하지만 그런 식으로 자책하는 건 용납할 수 없어. 무슨 얘긴지 알아?"

라이더는 그에게서 고개를 돌리려고 했지만 목에 감은 깁스가 허락하지 않았다.

"알았어요."

또다시 눈물이 흘러나오는 걸 보고 보슈는 그녀가 목과 손에 입은 총상보다 더 깊은 상처를 마음속에 지니고 있다는 걸 알았다.

"선배가 먼저 올라갔었어야 했는데."

그녀가 후회스럽다는 듯 말했다.

"그건 또 무슨 소리야?"

"사다리 말이에요. 선배가 먼저 벼랑 위로 올라갔더라면 이런 일이 벌어지지 않았을 거예요. 선배는 망설이지 않았을 테니까요. 놈의 대갈통을 주저 없이 날려 버렸겠죠."

보슈는 천천히 머리를 저었다.

"누구라도 그런 상황에 처해 보지 않고는 어떻게 반응할지 알 수 없는 거야."

"난 얼어붙었어요."

"이제 그만 자, 키즈. 좀 더 좋아지면 그때 결정을 내려. 경찰을 그만 둬도 이해할게. 난 언제나 당신 편이야, 키즈. 무슨 일이 있든 어딜 가든."

그녀는 왼손으로 흐르는 눈물을 닦았다.

"고마워요, 선배."

그리곤 마침내 체념한 듯 눈을 감았다. 그녀는 보슈가 알아들을 수 없는 말을 입속으로 웅얼웅얼하다 잠이 들었다. 그는 환자를 한참 바라보며 그녀와 더 이상 파트너로 뛸 수 없는 문제에 대해 생각했다. 그동안 함께 일하며 가족처럼 잘 지내왔다. 헤어지게 되면 서운할 것 같았다.

하지만 미래의 일에 대해 지금 생각하고 싶진 않았다. 그는 살인 사건 보고서를 펴들고 과거에 있었던 일에 대해 읽어 내려갔다. 범죄에 대한 최초 보고서의 첫 페이지부터 읽기 시작했다.

몇 분 후 보고서를 다 읽고 목격자 진술서로 넘어가려 할 때 주머니 속의 휴대전화가 진저리를 쳤다. 그는 전화를 받기 위해 복도로 걸어 나갔다. OIS의 랜돌프 경위였다.

"미안하지만 우리가 이 사건을 수습할 때까지 자넬 좀 쉬도록 조처했네."

"괜찮소. 이유를 알고 있으니까."

"그래, 압력이 이만저만 아니야."

"무슨 일입니까, 경위님?"

"파커 센터로 들어와서 우리가 입수한 이 비디오테이프를 좀 봐 주지 않겠나?"

"오셔 검사의 카메라맨한테서 입수한 겁니까?"

랜돌프는 잠시 뜸을 들인 후에야 대답했다.

"그 친구한테 받은 테이프이긴 하지만 완전한 건지 모르겠어. 그래서 자네한테 보여 주고 싶은 거야. 본 뒤에 뭐가 빠졌는지 좀 말해 주게. 올 수 있겠나?"

"45분쯤 걸릴 겁니다."

"좋아, 기다리겠네. 자네 파트너는 좀 어떤가?"

보슈는 자기 행방을 랜돌프가 알고 묻는 건지 의심스러웠다.

"잘 견디고 있습니다. 지금 병원에 와 보니 아직 의식이 불분명한 상 탭니다."

그는 OIS의 라이더 면담 시기를 최대한 늦추고 싶었다. 며칠 지나 통증이 완화되고 정신도 맑아지면 그녀는 웨이츠가 행동을 취했을 때 자신이 얼어붙었다는 사실을 고백하는 문제에 대해 재고하게 될지도 모른다.

"우리도 그녀와 빨리 면담할 수 있기를 기다리고 있네."

랜돌프가 말했다.

"2~3일만 지나면 가능할 것 같습니다."

"그렇겠지. 암튼 이따 보세. 응해 줘서 고맙네."

보슈는 휴대전화를 닫고 병실로 돌아갔다. 의자 위에 놓아 둔 살인보고서를 집어 들고 파트너를 살펴보니 잠들어 있었다. 그는 조용히 병실을 나왔다.

차를 몰고 빠른 속도로 이동하면서 그는 레이철에게 전화로 점심을 같이 먹을 수 있겠다고 말했다. 벌써 다운타운으로 들어가고 있었기 때문이다. 두 사람은 맛있는 것을 먹기로 약속했고, 레이철이 워터 그릴에 정오 시각으로 예약을 잡겠다고 했다. 보슈는 거기서 만나자고 말한 뒤 전화를 끊었다.

OIS 팀은 파커 센터 3층에 자리 잡고 있었다. 강력계가 있는 층의 정

반대편 끝에 있는 사무실이었다. 랜돌프는 비디오 장비를 스탠드에 올려 놓은 은밀한 방을 마련해 두고 있었다. 그는 자기 책상 뒤에 앉아 오서니가 테이프를 돌리려고 준비하는 걸 지켜보고 있었다. 보슈가 들어가자 그는 하나 남은 건너편 의자에 앉으라고 눈짓을 했다.

"테이프는 언제 입수했습니까?"

보슈가 그에게 물었다.

"오늘 아침 배달되어 왔네. 코빈은 그것을 카고 바지에 달린 커다란 장비 주머니에 넣었던 것을 기억하는데 24시간이 걸렸다고 하더군. 자네가 말했던 그 주머니 말이야. 물론 내가 그에게 테이프를 카고 포켓에 넣는 걸 본 목격자가 있다고 말한 후에야 보내왔지."

"그래서 조작됐을 거라고 생각한단 말이죠?"

"과학수사반에 넘기면 금방 알게 되겠지만, 편집된 게 분명해. 범죄현장에서 그의 카메라를 발견했는데, 여기 있는 오서니는 카운터 번호정도는 적을 줄 알거든. 이 테이프를 돌려 보면 2분 정도의 길이가 없어져서 카운터와 일치하질 않아. 테이프를 돌려 봐, 레지."

레지널드 오서니가 테이프를 돌리자 화면에는 선셋 목장 주차장에 모인 수사관들과 기술자들이 맨 먼저 나타났다. 코빈은 항상 오셔 곁을 졸졸 따라다녔고, 검사장 후보를 항상 가운데 오도록 찍은 것처럼 보이는 동영상이 계속 이어졌다. 웨이츠를 따라 숲 속으로 들어간 일행은 마침내 가파른 벼랑 꼭대기에 도달하자 모두 걸음을 멈췄다. 코빈이 카메라를 껐다가 다시 켠 것으로 짐작되는 곳에서 필름을 잘라낸 것이 분명했다. 테이프에는 웨이츠의 손목에서 수갑을 풀어 줘야 할 것인가에 대해 의논했던 부분이 없었다. 키즈 라이더가 과학수사반의 사다리를 이용할 수 있다고 말한 부분부터 카파렐리가 사다리를 가지고 그 지점으로 돌아오기까지의 비디오가 잘려 나간 것 같았다.

그 부분에 대해 의논하기 위해 오서니가 테이프를 잠시 멈추었다.

"사다리를 기다리는 동안 카메라맨이 촬영을 중단했던 것 같습니다."

보슈는 설명을 계속했다.

"그 시간은 길어야 10분 정도였을 겁니다. 하지만 웨이츠의 수갑을 풀어 주기 전후로는 촬영을 멈추지 않았을 거라고요."

"확실해?"

"아뇨. 짐작입니다. 난 코빈이 아니라 웨이츠를 지켜보고 있었으니까요."

"그랬겠지."

"미안합니다."

"미안할 것 없네. 거기서 없었던 일을 말해 달란 건 아니니까."

"다른 목격자들은 이런 진술 안 했나요? 수갑을 풀어 주자고 의논하는 걸 들었다는 사람 없었습니까?"

"과학수사반의 카파렐리는 들었다고 하더군. 코빈은 못 들었다고 하고, 오서는 그런 일은 있지도 않았다고 했네. 그러니까 LA 경찰국 소속 두 사람은 들었다고 했고, 지방검찰청의 두 사람은 부인했어. 테이프는 어느 쪽 주장도 증명하지 못하고 있고. 결국 목소리 큰 놈이 이길 판이야."

"모리 스완은 뭐라고 했습니까?"

"말은 안 하고 있지만 결정권은 그가 쥐고 있는 셈이지. 입을 다무는 것이 그의 의뢰인에게 가장 이롭다는 얘기야."

피고 측 변호인의 그런 태도는 보슈에게 조금도 놀랍지 않았다.

"다른 부분에도 편집된 게 있습니까?"

"아마도. 계속 돌려 봐, 레지."

오서니가 비디오를 다시 틀자 일행이 사다리를 타고 벼랑을 내려가는 장면에 이어 카파렐리가 가스 탐지기를 사용하여 시신의 위치를 체계적으로 표시하던 그 공터가 나타났다. 촬영은 방해받지 않았다. 코빈은 거리낌 없이 카메라를 돌려 모든 것을 찍었다. 나중에 법원 청문회에서 필요할 경우엔 편집을 할 생각이었을 것이다. 혹은 선거 운동 다큐멘터리를 제작할 생각이었거나.

테이프는 일행이 사다리로 돌아오는 장면으로 이어지고 있었다. 라이더와 올리버스가 사다리를 타고 벼랑 위로 올라갔고, 보슈가 웨이츠의 수갑을 풀어 주었다. 그러나 죄수가 사다리를 타고 맨 위쪽 가로장까지 올라가고, 올리버스가 손을 내밀어 그를 붙잡는 순간 테이프는 끊어졌다.

"저게 답니까?"

보슈가 물었다.

"다야."

랜돌프가 대답했다.

"그 후의 일이 기억나는데요, 내가 코빈에게 카메라를 바닥에 내려놓고 사다리를 타고 올라와 키즈를 도와달라고 했을 때 그는 카메라를 어깨에 메고 있었어요. 계속 촬영하고 있었다고요."

"우리도 그래서 테이프가 왜 여기서 끝났냐고 물어봤지. 그 친구 대답이 테이프가 모자랄 것 같았다는 거야. 나중에 시신을 발굴할 때를 위해 조금 남겨 두려고 했다는 거지. 그래서 웨이츠가 사다리를 올라갈 때 카메라를 껐다고 주장하더군."

"그게 말이 된다고 생각합니까?"

보슈는 어처구니없다는 표정을 지었다.

"모르겠어. 자넨 어떻게 생각해?"

"말도 안 돼요. 개똥 같은 소립니다. 그는 모든 걸 테이프에 담았어요."

"그건 의견에 지나지 않아."

"어쨌거나요. 문제는 왜 이 시점에서 테이프를 잘랐느냐는 겁니다. 그 부분에 뭐가 담겨 있었을까요?"

"자네가 말해 봐. 현장에 있었잖아."

"기억나는 건 다 말했어요."

"기억을 좀 더 해 봐야 할 거야. 여기서의 자네 모양새가 별로 안 좋아."

"그건 무슨 소립니까?"

"테이프에는 그자에게 수갑을 채울 건지 말 건지에 대해 의논하는 장면이 담겨 있지 않아. 단지 사다리를 내려올 때는 올리버스가 수갑을 풀어 줬고 반대로 올라갈 때는 자네가 풀어 주는 장면만 나와."

보슈는 랜돌프의 말이 옳다는 걸 알았다. 테이프만 보면 보슈가 다른 사람들과 의논하지도 않고 웨이츠의 수갑을 풀어 준 것처럼 보였다.

"오셔가 나를 옭아 넣는군요."

"누가 누굴 옭아 넣는지는 모르겠지만, 자네한테 몇 가지 물어보겠네. 거기서 개판이 벌어지고 웨이츠가 권총을 빼앗아 쏘기 시작한 그 시점에 오셔를 본 기억이 있나?"

보슈는 머리를 저었다.

"난 그때 벼랑 아래 있었고 올리버스는 벼랑 꼭대기에 있었어요. 내가 걱정한 건 웨이츠의 행방이지 오셔가 아니었죠. 오셔가 어디 있었는지는 모르겠어요. 내 시야 내에 없었던 건 분명하니, 내 뒤쪽 어딘가에 있었겠죠."

"코빈이 테이프에 담았던 게 바로 그것이었을 거야. 오셔는 비겁자처럼 도망쳐 버렸어."

랜돌프가 사용한 비겁자란 말 덕분에 보슈의 머릿속에서 번개처럼 생각이 떠올랐다. 그 순간 기억이 났다. 벼랑 위에서 웨이츠가 누군가에게—아마 오셔였던 듯—비겁한 놈이라고 소리쳤던 것이다. 보슈는 등 뒤에서 달아나는 발자국 소리를 들었던 기억이 났다. 오셔가 달아나는 소리였다.

보슈는 그 점에 대해 생각해 보았다. 우선 오셔는 자신을 방어할 무기를 가지고 있지 않았고, 상대는 그가 종신형으로 감옥에 처넣으려는 연쇄살인범이었다. 어쨌거나 권총을 보고 달아난 건 전혀 이상할 것도 부당할 것도 없었다. 그건 비겁한 게 아니라 자신을 지키기 위한 행동이었다. 그렇지만 오셔는 카운티 검사장 자리에 출마한 후보였고, 그런 사람이 어떤 상황에서든 도망치는 모습을 보이는 것은, 특히 6시 저녁 뉴스에 방송되는 비디오에서 그런 꼴을 보인다는 것은 좋을 리가 없었다.

"이제 기억나네요." 하고 보슈는 말했다. "그때 웨이츠는 도망치는 누군가를 향해 비겁한 놈이라고 소리쳤어요. 분명 오셔였을 겁니다."

"미스터리가 풀렸군."

랜돌프가 고개를 끄덕이며 말했다.

보슈가 모니터를 돌아보며 오서니에게 부탁했다.

"필름을 잘라낸 부분을 다시 볼 수 있겠소?"

오서니는 테이프를 앞으로 감았고, 그들은 조용히 웨이츠의 수갑을 두 번째로 풀어 주던 장면부터 다시 보기 시작했다.

"잘라낸 부분 바로 앞에서 멈출 수 있습니까?"

보슈의 말에 오서니는 스크린의 영상을 정지시켰다. 웨이츠가 사다리 중간쯤 올라갔을 때 올리버스가 그를 붙잡으려고 손을 내미는 장면이었다. 상체를 아래쪽으로 숙이는 바람에 윈드브레이커 옷자락이 열렸다. 보슈는 그의 왼쪽 엉덩이에 차고 있는 팬케이크형 권총집을 보았다. 권총을 바로 뽑을 수 있도록 고리는 풀려 있었다.

보슈는 모니터 앞으로 걸어가 볼펜 끝으로 화면을 톡톡 두드리며 랜돌프에게 물었다.

"이거 보여요? 권총집 고리를 풀어놓은 것처럼 보이는데요."

랜돌프와 오서니는 화면을 자세히 들여다보았다. 권총집의 안전 고리는 그들도 이전에 미처 발견하지 못했던 것이었다. 오서니가 변명조로 말했다.

"죄수가 수상한 행동을 취할 것에 미리 대비했던 것일 수도 있습니다. 규정에 어긋나진 않아요."

보슈도 랜돌프도 아무 대꾸가 없었다. 경찰국 규정에 맞든 안 맞든 당사자인 올리버스가 죽은 마당에 그것은 설명할 수 없는 희한한 일이었다.

"이젠 꺼도 돼."

마침내 랜돌프가 오서니에게 지시했다.

"아닙니다. 그 부분을 한 번 더 보여 주겠소?"

보슈가 부탁했다.

"사다리를 올라가는 바로 그 부분."

랜돌프가 고개를 끄덕이자 오서니는 테이프를 뒤로 감았다가 다시 돌렸다. 보슈는 모니터 영상을 이용하여 자신의 기억을 되살리려고 애썼다. 웨이츠가 벼랑 위로 올라갔을 때 어떤 일이 벌어졌지? 그러자 올리버스가 돌아서며 벼랑 아래 있는 사람들에게 등을 보이는 순간 웨이츠의 모습이 잘 보이지 않았던 것이 기억에 떠올랐다. 동시에 키즈는 어디 있으며, 왜 웨이츠의 행동에 아무 동작도 취하지 않는지 의아하게 생각했던 것도 기억났다.

그때 총격이 일어났고, 올리버스가 등 뒤로 사다리에 떨어지며 보슈를 덮쳤다. 그는 충격을 완화하기 위해 두 손을 쳐들었다. 올리버스 몸에 깔린 채 바닥에 떨어진 그는 다시 몇 발의 총성에 이어 고함 소리를 들었다.

그 고함 소리. 폭주하는 아드레날린과 공포감 속에서 까마득하게 잊혀졌던. 웨이츠는 벼랑 끝으로 나와 그들을 향해 총을 쏘았다. 그리곤 고함을 질렀던 것이다. 그는 달아나는 오셔에게 비겁한 놈이라고 소리쳤다. 그리고 단지 그 소리만 외친 것이 아니었다.

"도망쳐? 이 비겁한 놈! 네놈의 그 개똥 같은 거래를 이젠 어떻게 생각해?"

총격과 도망과 키즈 라이더를 구하려는 노력의 와중에서 보슈는 웨이츠가 오셔에게 외친 이 조롱 소리를 잊어버렸던 것이다. 두려움 속에 묻혀 있던 그 소리가 당시의 순간들과 함께 되살아났다.

그게 무슨 뜻이었을까? 웨이츠는 왜 그들의 합의를 '개똥 같은 거래'라고 불렀을까?

"뭔가?"

랜돌프의 물음에 보슈는 혼자만의 생각에서 깨어나 그를 돌아보았다.

"아무것도 아닙니다. 테이프에 없는 곳에선 그동안 어떤 일이 벌어졌던가에 대해 열심히 생각해 봤을 뿐이죠."

"무슨 기억이 났던 것 같았는데."

"나도 하마터면 올리버스나 둘란처럼 죽을 뻔했다는 생각을 했죠. 올리버스는 내 위로 떨어졌어요. 결국 내 방패가 되어 준 셈이죠."

랜돌프는 머리를 끄덕였다.

보슈는 이제 그만 자리를 뜨고 싶었다. 그리고 자신이 발견한 것 ─"네놈의 그 개똥 같은 거래를 이젠 어떻게 생각해?"─에 대해 혼자 생각해 보고 싶었다. 그 말을 잘근잘근 씹어 액체로 만든 다음 현미경으로 분석하고 싶었다.

"나한테 다른 용무가 남아 있습니까, 경위님?"

"당장은 없네."

"그러면 가 보겠습니다. 또 필요하면 전화하세요."

"새로 기억나는 게 있으면 자네도 전화해 주게."

랜돌프 경위는 보슈에게 뭔지 알 만하다는 눈길을 보냈다. 보슈는 고개를 돌렸다.

"그러죠."

보슈는 OIS 사무실을 나와 엘리베이터를 타고 로비로 내려갔다. 이젠 건물을 떠나야 할 때였다. 그런데도 그는 다시 올라가는 버튼을 눌렀다.

조작

웨이츠가 외친 소리를 기억해 낸 것은 보슈의 시각을 바꿔 놓았다. 그것은 비치우드 캐니언 꼭대기에서 무슨 일이 진행되고 있었는데도 그 자신은 단서조차 잡지 못했다는 뜻이었다. 지금 당장 그가 생각하는 것은 물러가서 모든 것들을 심사숙고한 뒤에 행동을 취해야 한다는 것이었다. 그렇지만 OIS 팀장에게 한 약속을 핑계로 파커 센터에 더 머물 수 있게 된 이상 나가기 전에 이 기회를 최대한 이용하기로 했다.

미해결 사건 전담반 사무실인 503호실로 들어간 보슈는 자기 책상이 있는 벽감 쪽으로 걸어갔다. 사무실은 거의 비어 있었다. 마샤와 잭슨이 함께 쓰는 워크스테이션을 보니 두 형사는 외출하고 없었다. 책상으로 가려면 문이 열려 있는 에이벌 프랫 사무실 앞을 지나가야 하기 때문에, 보슈는 차라리 그대로 들이대기로 했다. 문 사이로 머리를 디밀고 살펴보니 팀장은 자기 의자에 편안하게 앉아 있었다. 그는 아동용으로 보이는 조그마한 빨간 상자에서 건포도를 꺼내어 입으로 가져가다가 보슈를 보곤 놀라며 물었다.

"해리, 여긴 웬일이오?"

"OIS 호출을 받았어요. 오셔 검사의 부하가 비치우드 현장에서 찍은 비디오를 좀 봐 달라고 하더군요."

"벼랑 위에서도 찍었던가?"

"아뇨. 카메라를 꺼놓고 있었다고 주장했대요."

프랫의 눈썹이 올라갔다.

"랜돌프는 그 말을 안 믿소?"

"알 수 없죠. 그 친구는 테이프를 오늘 아침까지 깔고 앉아 있었고, 제가 보기엔 편집을 한 것 같아요. 랜돌프는 그것을 과학수사반에 보내 검사시킬 생각이더군요. 암튼 여기 들어온 김에 파일들과 증거물들을 모두 문서보관소로 반납해야겠다고 생각했죠. 여기저기 돌아다니지 않게 말이죠. 키즈도 반출한 파일들이 있는데, 그녀가 퇴원해서 돌아오려면 시간이 좀 걸릴 것 같거든요."

"잘 생각한 것 같군."

프랫은 건포도를 한 입 털어 넣고 씹으며 말했다.

"방금 팀과 릭한테서 연락이 왔소. 부검실에서 막 출발했다고 말이오. 오전에 검시를 했고 신원이 확인됐다는군. 마리 게스토로. 그러니까 그 여자 찾는 일은 끝난 셈이지."

"그런 것 같군요."

"그 친구들 말로 유가족한테 연락하는 일은 당신이 자청했다면서?"

"네. 하지만 그녀의 부친 댄 게스토가 퇴근할 때까지 기다렸다가 밤에 전화하는 게 나을 것 같습니다. 부부가 한자리에 있을 때."

"그건 당신이 알아서 해요. 우린 이쪽에서 뚜껑을 달아 둘 테니까. 부검실에 전화해서 내일 아침까진 새어나가지 않도록 주의시키겠소."

"감사합니다. 혹시 팀이나 릭이 사인에 대해서도 보고했습니까?"

"손으로 목을 조른 것 같소. 설골(舌骨)이 부러졌어요."

프랫은 부러지기 쉬운 설골의 위치를 보슈가 잊기라도 했을까 봐 손으로 자기 목을 어루만졌다. 보슈는 지금까지 형사 노릇을 해오며 100건도 넘는 교살 사건을 다뤘지만 아무 대꾸도 하고 싶지 않았다.

"유감이오, 해리. 당신이 이 사건에 각별했다는 건 알고 있소. 두어 달에 한 번씩 파일을 뽑아 오는 걸 보고 당신한테 어떤 의미가 있나 보다고 생각했지."

보슈는 프랫보다는 자기 자신에게 고개를 끄덕였다. 그는 시체의 신원 확인에 대해 생각하며 자기 책상 쪽으로 걸어갔다. 그러자 13년 전 그 자신은 이미 마리 게스토는 절대 발견되지 않을 거라고 확신했던 일이 떠올랐다. 모든 것이 드러나는 걸 보면 항상 이상했다. 그는 웨이츠 수사와 관련된 파일들부터 모두 거둬들이기 시작했다. 게스토 사건보고서는 마샤와 잭슨이 가지고 있지만, 그의 차 안에 복사본이 한 부 있으므로 신경 쓰지 않았다.

웨이츠가 1992년 폭동 때 살해했다고 주장한 할리우드 전당포 주인 대니얼 피츠패트릭의 파일들을 가지러 키즈민 라이더의 책상을 돌아가던 보슈는 바닥에 놓인 플라스틱 상자 두 개를 발견했다. 뚜껑 하나를 열어 보니 불타 버린 전당포에서 건져낸 장부들이 담겨 있었다. 그러자 라이더가 그것에 대해 얘기했던 것이 생각났다. 물에 흠뻑 젖었던 서류들이 풍겨내는 역한 냄새에 보슈는 얼른 뚜껑을 닫았다. 그는 이 상자들도 가져가야겠다고 생각했다. 하지만 그것들을 자기 차로 운반하려면 프랫의 사무실 문 앞을 두 번 지나가야 하는데, 그것은 팀장에게 그가 온 진짜 목적이 뭔지 두 차례나 의심하게 만든다는 뜻이었다.

아무래도 상자들을 가져가는 건 포기해야겠다고 생각하고 있을 때 행운이 찾아왔다. 프랫이 사무실에서 나와 그를 쳐다보며 말했다.

"건포도가 스낵으로 좋다고 말한 놈이 누군지 모르겠소. 다 먹었는데도 여전히 배가 고프군. 아래층에서 도넛이나 뭐 좀 갖다 줄까요, 해리?"

"아니, 괜찮습니다. 이것들만 대충 챙기면 집에 가야죠 뭐."

보슈는 프랫이 자기 책상 위에 항상 쌓아 놓고 있던 가이드북들 중 한 권을 들고 있는 것을 보았다. 표지에는 '서인도제도'라고 찍혀 있었다.

"연구 중입니까?"

"그렇지. 검토 중이오. 네비스라는 곳에 대해 들어봤소?"

"글쎄요."

보슈는 프랫이 연구 중이라며 묻는 곳들에 대해서는 한 번도 들어본 적 없었다.

"여기선 8에이커 땅에 있는 낡은 설탕 공장을 40만 달러 미만에도 살 수 있다고 하더군. 쳇, 내 집만 처분해도 그 이상은 나올 거요."

그 말은 아마 사실일 터였다. 보슈는 한 번도 프랫의 집에 가 본 적은 없지만, 선 밸리에 있는 그의 집은 말을 두어 마리 길러도 될 만큼 큰 것으로 알려져 있었다. 그 집에서 20년 가까이 살고 나니 부동산 가치가 올라 대박이 터졌는데, 문제가 한 가지 있는 듯했다. 몇 주일 전 자기 책상에 앉아 있던 라이더는 프랫이 자기 사무실에서 전화로 자녀 양육권 문제와 부부 공동재산에 대해 누군가와 상담하는 것을 우연히 엿듣게 되었다. 그녀는 보슈에게 그 얘기를 해 주었고, 둘은 프랫이 이혼 변호사와 상담하고 있었다는 결론을 내렸다.

"설탕제조업을 하고 싶습니까?"

보슈는 그에게 물었다.

"아니오, 해리. 한때 설탕을 제조했던 곳이란 얘기요. 그 땅을 산다면 확 밀어 버리고 숙박 시설이나 뭐 그런 걸 지어야지."

보슈는 고개만 끄덕였다. 프랫이 옮겨가고 있는 세계는 보슈도 잘 알고 있었고 그래서 아무 관심도 없었다. 자기 말을 안 듣고 있다는 생각이 들었는지 프랫이 다시 말했다.

"암튼 또 봅시다. 그런데 OIS에 들어오면서 정장을 입은 건 보기 좋군. 자택에서 근신하던 친구들은 대부분 청바지에 티셔츠 차림으로 기어들어와 경찰이라기보다 용의자처럼 보이는데 말이오."

"네, 그렇죠 뭐."

프랫이 나간 뒤 엘리베이터에 도달하기까지 30초쯤 기다렸다가, 보슈는 파일 무더기를 증거물 상자 하나에 담아 문밖으로 날랐다. 그리고 프랫이 식당에서 돌아오기 전에 그것을 자동차로 운반한 뒤 돌아올 수 있었다. 그는 두 번째 증거물 상자를 안고 나갔다. 아무도 그에게 무엇을 하고 있는지, 혹은 증거물을 가지고 어디로 가는지 묻는 사람이 없었다.

유료주차장을 빠져나오면서 시계를 보니 레이철과 점심 식사 하기로 약속한 시간까지는 한 시간 이상이나 남아 있었다. 그렇다고 집에 가서 서류들을 부려놓고 다시 나오기엔 시간이 넉넉지 않고, 또 시간과 연료 낭비가 될 것이었다. 점심 약속을 아예 취소하고 집으로 곧장 돌아가서 서류 검토에 들어갈까 하는 생각도 해 봤지만, 레이철이 좋은 의논 상대가 될 뿐만 아니라 웨이츠가 총을 쏘며 외쳤던 소리에 대해서도 어떤 의미를 제시할지 모른다는 생각이 들었다.

레스토랑에 미리 가서 레이철을 기다리며 서류를 검토하는 방법도 있었다. 그런데 손님들이나 웨이터들이 오다가다 살인 사건 보고서의 사진들을 흘끗 보고 문제를 일으킬 소지가 있었다. 그래서 생각한 것이 레스토랑과 같은 블록 내에 있는 시립 중앙도서관이었다. 그곳 열람실 한 칸을 차지하고 앉아 파일을 검토하다가 레이철과의 약속 시간에 맞취 레스토랑으로 가기로 했다.

보슈는 도서관 지하에 차를 주차한 뒤 게스토와 피츠패트릭의 살인 사건 보고서만 들고 엘리베이터에 올랐다. 도서관 건물 안으로 들어간 그는 열람실 안에서 칸막이 빈 좌석을 하나 차지하고 앉아 가져온 서류들을 검토하기 시작했다. 라이더의 병실에서 이미 게스토 파일을 읽기 시작했으므로 남은 부분을 마저 읽은 뒤 피츠패트릭 파일로 옮겨가기로 했다.

서류와 보고서들이 철해진 차례대로 넘기던 그는 맨 끝 부분에 가서야 시차별 수사기록을 발견했다. 원래 이 기록은 수사보고서 맨 끝에 철하게 되어 있기 때문이었다. 용의자를 심문하거나, 시차별 수사기록에 이미 첨가된 것보다 더 중요한 내용의 제보 전화가 걸려오거나, 수사에 어떤 진척이 이루어졌을 때가 아니면 51번 양식을 다시 들여다보는 경우가 매우 드물었다.

그 순간 보슈는 시차별 보고서에서 지금까지 발견하지 못했던 것 때문에 충격을 받았다. 그는 재빨리 페이지를 다시 넘겨 1993년 9월 29일자 51번 양식으로 돌아가서 제리 에드거가 로버트 색슨에게 받았다던 제보 내용을 찾아보았다.

기록이 없었다.

보슈는 서류를 더 자세히 살펴보기 위해 상체를 앞으로 바짝 숙였다. 이럴 리가 없었다. 살인 사건 수사보고서 원본에는 분명히 그 기록이 있었다. 레이너드 웨이츠의 가명인 로버트 색슨. 기록 날짜는 1993년 9월 29일이었고, 전화가 걸려온 시각은 오후 6시 40분이었다. 올리버스가 사건을 검토하던 도중 그것을 발견했고, 그다음 날 보슈 자신도 오셔 검사실에서 두 눈으로 똑똑히 확인했던 것이다. 그것은 웨이츠에게 13년 동안이나 더 살인을 저지르며 다니도록 허락하는 실수를 저질렀음을 뜻했다.

그런데 그 기록이 보슈가 복사한 서류에는 없었다.

도대체 어떻게 된 거야?

처음엔 갈피를 잡을 수 없었다. 보슈 앞에 있는 시차별 수사보고서는 그가 은퇴를 결심했던 4년 전에 복사한 것이었다. 몇 가지 미제 사건들 중 여전히 마음에 걸리는 살인 사건 보고서들을 아무도 모르게 복사했던 것이다. 말하자면 은퇴용 사건들로, 여가 시간에 혼자 수사하여 해결되면 그땐 완전히 손을 털고 멕시코 해변에 낚싯대를 드리워 놓고 코로나 맥주나 마시며 세월이나 낚을 계획이었다.

그런데 일은 그렇게 풀리지 않았다. 그 사건들을 해결하려면 경찰 신분증이 절실하게 필요하다는 걸 깨달았고, 그래서 결국 복직했다. 라이더와 함께 미해결 사건 전담반으로 배속되자 문서보관실에서 그가 가장 먼저 꺼낸 살인 사건 수사보고서가 게스토 파일이었다. 그것은 보슈나 다른 형사들이 수사를 재개할 때마다 새로운 정보들을 추가해온 산 기록이었다. 지금 그의 앞에 놓여 있는 것은 지난 4년 동안 그의 옷장 선반 위에 얹힌 채 새로운 정보들이 전혀 추가되지 못한 복사본이었다. 그런데도 어떻게 원본에는 1993년의 그 기록이 남아 있는데 복사본에는 없을 수가 있단 말인가?

논리적 해답은 하나뿐이었다.

수사기록부 원본이 조작되었다는 것. 로버트 색슨이라는 이름이 들어간 기록은 보슈가 살인 사건 수사기록부를 복사한 뒤에 추가된 것이 분명했다. 물론 가짜 기록을 추가할 수 있었던 기회는 지난 4년 동안의 어느 때였겠지만, 상식적으로 판단해도 지난 며칠 사이에 일어난 일이지 몇 년 전에 일어났던 일은 아니다 싶었다.

프레디 올리버스가 그 살인 사건 수사보고서를 검토하며 보슈에게 전화했던 것이 불과 2~3일 전이었다. 올리버스가 그 보고서를 차지했고 로버트 색슨에 대한 기록을 발견한 사람이 되었다. 그 기록을 햇빛 아래 드러낸 사람이 올리버스였던 것이다.

보슈는 시차별 수사기록을 휙휙 넘겨보았다. 초동 수사 날짜들과 부합되는 대부분의 페이지들이 시간별 기록으로 빼곡하게 차 있었다. 단지 9월 29일로 표기된 페이지만 아래쪽이 비어 있었다. 바로 이 공란 때문에 올리버스는 그 페이지를 바인더에서 빼낸 뒤 색슨에 관한 기록을 타이핑하여 그 자리에 끼워 넣음으로서 웨이츠와 게스토 사이의 관련을 자신이 발견한 것처럼 꾸밀 수 있었던 것이다. 1993년 당시 보슈와 에드거는 할리우드 경찰서 강력팀 사무실에 있는 타이프라이터로 51번 양식을 작성했다. 지금은 모두 컴퓨터로 처리되고 있지만 아직도 대부분의 팀 사무실에는 보슈처럼 컴퓨터 작업은 꿈도 못 꾸는 구닥다리 형사들을 위해 타자기들이 많이 갖춰져 있었다.

보슈는 안도감과 분노가 뒤섞인 감정이 가슴속에 무겁게 자리 잡는 것을 느꼈다. 그 자신과 에드거가 범했다고 생각했던 실수로 인한 죄책감은 이제 사라졌다. 보슈는 가급적 빨리 에드거에게 "우린 잘못한 게 없어."라고 말해 줘야겠다고 생각했다. 그렇지만 올리버스한테 희생을 당한 것에 대한 분노가 점점 커져서 아직 그럴 겨를이 없었다. 그는 칸막이 좌석에서 일어나 열람실 밖으로 나왔다. 도서관 중앙의 원통형 홀로 나오자 도시 창건의 설화를 담은 모자이크가 둥근 벽을 따라 천장까지 새겨져 있었다.

보슈는 고함이라도 질러 악마를 쫓아버리고 싶은 충동을 느꼈지만 침묵을 유지했다. 경비원 하나가 책 도둑이나 책 더미 속에 나타난 노출광이라도 잡으러 가는 건지 동굴처럼 생긴 건물 바닥을 재빨리 가로 질러 갔다. 보슈는 그가 사라질 때까지 지켜본 후 열람실로 돌아갔다.

칸막이 좌석에 다시 앉아 올리버스가 한 짓에 대해 다시 생각해 보았다. 그자는 보슈가 초동 수사 단계에서 심각한 실수를 범했다고 믿게 하기 위해 시차별 보고서에 가짜 정보 두 줄을 타이핑해 넣어 살인 사건 수사보고서를 조작했다. 그 내용은 마리 게스토가 실종된 날 오후에 메이페어 슈퍼마켓에서 그녀를 목격했다고 로버트 색슨이란 사내가 전화로 제보했다는 것이었다.

그게 전부였다. 올리버스에게 중요했던 건 전화 내용이 아니라, 제보자였던 것이다. 올리버스는 무슨 이유에선지 레이너드 웨이츠를 살인 사건 수사보고서에 삽입하고 싶어 했다. 왜 그랬을까? 보슈에게 죄책감을 안겨 주어 그 자신이 현행 수사에서 우위를 점하고 싶었던 걸까?

그건 아니라고 보슈는 고개를 저었다. 올리버스는 그러지 않아도 이미 수사에서 우위를 점하고 있었던 것이다. 웨이츠 사건에서 그는 담당 수사관이었고, 보슈가 게스토 사건을 담당하고 있다고 해서 그 지위를 바꿀 순 없었다. 보슈도 한 차를 타고 있긴 하지만 운전대를 잡은 자는 어디까지나 올리버스였던 것이다. 따라서 그런 올리버스가 구태여 로버트 색슨이란 이름을 수사보고서에 끼워 넣을 필요는 없었다.

거기엔 다른 이유가 있어야만 했다.

보슈는 그 이유에 대해 한동안 머리를 쥐어짜 봤지만 얻은 결론이란 올리버스가 웨이츠를 게스토와 연결시킬 필요가 있었을 거라는 정도였다. 살인자의 가명을 수사보고서에 끼워 넣음으로서 그는 감쪽같이 13년 전으로 돌아가 레이너드 웨이츠와 마리 게스토를 단단하게 묶을 수 있었던 것이다.

하지만 웨이츠는 그때 자신이 게스토를 죽였다고 지금 자백하려는 참이었다. 비강제적인 자백보다 더 강력한 연결은 있을 수 없다. 게다가 그는 경찰을 시체가 있는 곳으로 인도하겠다고 했다. 그 두 가지에 비하면 시차별 보고서에 올리버스가 적어 넣은 내용은 아주 사소한 연결이었다. 그렇다면 왜 적어 넣었을까?

보슈는 아무리 생각해도 올리버스가 왜 그런 위험한 짓을 했는지 이해할 수 없었다. 그자는 아주 사소한 이유나 이익을 위해 공문서인 살인 사건 수사보고서를 조작했다. 보슈가 그 속임수를 발견하고 자기에게 연락해 올 것을 알면서도 그런 짓을 했던 것이다. 또한 모리 스완 같은 영리한 변호사에 의해 언젠가는 법정에서 밝혀질 것임을 알면서도 그런 속임수를 감행했던 것 같았다. 따라서 그는 자신이 그런 짓을 해선 안 된다는 걸 잘 알면서도 감행했고, 웨이츠가 자백을 통해 그 사건과 단단히 엮일 것임도 알았던 것이다.

이제 올리버스는 죽었으니 그와 대질할 방법은 없다. 왜 그런 조작을 했는지 대답해 줄 사람이 아무도 없는 것이다.

어쩌면 레이너드 웨이츠가 대답할 수 있을지 모르지만.

"네놈의 그 개똥 같은 거래를 이젠 어떻게 생각해?"

어쩌면 릭 오셔도.

모든 것들에 대해 다 생각했을 때 한순간 갑자기 그 해답이 머리에 떠올랐다. 보슈는 올리버스가 왜 그런 위험을 감수하면서까지 마리 게스토의 살인 사건 수사보고서에 레이너드 웨이츠의 유령을 집어넣었는지 갑자기 깨달았다. 의심할 여지없는 명확한 깨달음이었다.

레이너드 웨이츠는 마리 게스토를 죽이지 않았다.

그는 벌떡 일어나 파일들을 거둬들었다. 두 손으로 파일들을 움켜쥐고 서둘러 원통형 홀을 지나 출입구로 나갔다. 거대한 홀을 울리는 발자국 소리가 한 무리의 군중이 추격해 오는 것처럼 느껴졌다. 그는 뒤를 돌아보았다. 텅 빈 홀에는 아무도 없었다.

지렛대

    도서관에서 생각에 깊이 빠져드는 바람에 시간 가는 줄도 몰랐던 보슈는 약속 시간에 늦었다. 레이철이 먼저 와서 테이블에 앉아 기다리고 있었다. 낱장으로 만들어진 메뉴판을 들고 난감한 표정을 짓고 있는 그녀에게 웨이터의 안내를 받은 보슈가 다가갔다.

"미안해요."

보슈는 맞은편 의자에 앉으며 말했다.

"괜찮아요. 하지만 내가 먹을 건 벌써 주문했어요. 당신 건 혹시 안 나타날지도 모른다 싶어서 안 했죠."

레이철은 들고 있던 메뉴판을 그에게 내밀었다. 보슈는 그걸 받자마자 웨이터에게 건네주며 말했다.

"이 숙녀분과 같은 걸로 주시오. 마실 건 물이면 됐고."

보슈가 이미 자기 잔에 채워져 있는 물을 벌컥벌컥 마시기 시작하자 웨이터는 급히 물러났다. 레이철이 미소를 지었지만 어쩐지 좀 수상쩍은 웃음이었다.

"내가 주문한 음식 안 좋아할 걸요. 웨이터를 다시 부르는 게 좋을 거예요."

"왜요? 나도 해산물 좋아해요."

"내가 주문한 건 사시미거든요. 당신은 전날 밤 요리한 해산물을 좋아한다고 했잖아요?"

그 말을 들은 보슈는 잠시 망설였지만 늦게 온 벌로 그냥 먹기로 결심했다.

"같은 레스토랑에 갔을 때만 그렇지."

그는 별것 아니라는 듯이 말했다.

"그런데 여긴 왜 해산물을 굽지도 않는데 '워터 그릴'이란 간판을 달고 있는 거요?"

"좋은 질문이에요."

"그만두지. 당신과 할 얘기가 있어요. 도움이 필요해요, 레이철."

"무슨? 뭐가 잘못됐어요?"

"내 생각엔 레이너드 웨이츠가 마리 게스토를 죽이지 않았소."

"그게 무슨 소리예요? 그자가 시체 있는 곳으로 안내했다면서. 그게 마리 게스토의 시체가 아니란 소리예요?"

"아니. 신원은 오늘 검시실에서 확인됐소. 그 무덤에서 나온 시체는 틀림없이 마리 게스토라고 했어요."

"경찰을 그 무덤으로 안내했던 사람도 웨이츠가 분명했고요?"

"그렇죠."

"그녀를 죽였다고 자백한 자도 웨이츠고요?"

"맞아요."

"검시실에서 확인한 사인은 그 자백과 일치했나요?"

"그래요. 내가 듣기론 그랬소."

"그렇다면 말이 안 되잖아요, 해리. 모든 게 일치하는데 왜 그가 게스토를 죽이지 않았다는 거예요?"

"우리가 모르는 일이 벌어지고 있기 때문이오, 내가 모르는 일이. 올리버스와 오셔 검사가 웨이츠와 모종의 수작을 꾸미고 있었어요. 그게 뭐였는진 모르겠지만 암튼 비치우드 캐니언에서 완전히 수포로 돌아갔던 것 같소."

레이철은 거기서 그만하란 제스처로 두 손을 쳐들었다.

"처음부터 얘기해 봐요. 이론이나 추측은 빼고 사실들만 말해요. 당신이 확인한 것만 얘기해 보라고요."

보슈는 올리버스가 살인 사건 수사기록부를 조작한 일부터 시작해서 웨이츠가 비치우드 캐니언 벼랑에서 사다리를 올라갈 때 벌어졌던 일에 이르는 모든 일들을 레이철에게 자세히 얘기해 주었다. 그는 웨이츠가 오셔 검사에게 외쳤던 말과 현장을 촬영한 비디오가 편집된 사실도 모두 설명했다.

설명을 끝내기까지 15분쯤 걸렸고, 그 사이에 주문한 음식들이 나왔다. 빨리 나온 게 당연하지, 하고 보슈는 생각했다. 요리할 필요가 없으니까! 그런 얘기를 모두 혼자 하게 된 것이 행운처럼 느껴졌다. 자기 앞에 놓은 날생선을 먹지 않아도 될 좋은 핑계가 되어 주었던 것이다.

보슈가 얘기를 끝냈을 때, 모든 내용을 하나하나 반추하며 깊은 생각에 빠져든 것처럼 보이던 레이철이 마침내 입을 열었다.

"웨이츠를 살인 사건 수사보고서에 끼워 넣은 건 말이 안 돼요. 그렇게 하면 웨이츠를 사건과 연결시킬 순 있지만, 그는 이미 자백하고 피살자 있는 곳으로 경찰을 안내함으로서 사건과 연결되어 있어요. 구차하게 그런 짓을 할 이유가 없죠."

보슈는 상체를 테이블 위로 내밀며 설명했다.

"두 가지 이유가 있소. 첫 번째, 올리버스는 그 자백을 팔아먹을 필요가 있을지 모르겠다고 생각했어요. 하지만 자신의 그런 계획에 내가 구멍을 낼지도 모르니까 예비 수단이 필요했지. 그래서 웨이츠를 파일에 삽입했던 거요. 그것은 나에게 웨이츠의 자백을 믿어야 한다는 전제 조건으로 작용했어요."

"알았어요. 두 번째 이유는요?"

"그게 아주 교묘해요. 웨이츠를 수사기록부에 끼워 넣은 건 내게 그런 전제 조건을 안겨 줬지만, 동시에 내 게임에서 나를 밀어내려는 수작이었소."

레이철은 보슈의 얼굴을 쳐다봤지만 그가 한 말이 이해되지 않았다.

"무슨 소린지 설명해 봐요."

"그러니까 이미 알려진 사실들에서 출발해서 그것들이 어떤 의미를 지니고 있는지에 대해 얘기해 봐야 한다는 뜻이오. 이론이든 추측이든 다 좋아. 올리버스는 시차별 보고서에 그 두 줄을 적어 넣은 다음 내 얼굴에다 던졌어요. 그는 내가 그것을 보고 그대로 믿고 있다는 걸 알았소. 그리고 나와 내 파트너가 1993년 당시의 일에 대해 몹시 혼란스러워하며, 우리 때문에 많은 사람들이 죽었다고 내가 믿을 것이라 생각했을 거요. 웨이츠가 죽인 모든 여자들이 그때부터 내겐 무거운 짐이 됐고."

"좋아요."

"그리고 그것은 나와 웨이츠를 순수한 증오의 감정으로 연결시킬 거요. 그래, 나는 지난 13년 동안 마리 게스토를 죽인 그놈을 꼭 잡고 싶었소. 하지만 그 모든 다른 여자들의 죽음이 나를 짓눌러 벼랑 끝으로 내몰렸을 때에야 나는 마침내 놈과 대면하게 됐어요. 그게 나를 헷갈리게 할 거요."

"무엇과 말예요?"

"웨이츠가 그녀를 죽이지 않았다는 사실과. 그는 마리 게스토를 살해했다고 자백했지만 그녀를 죽이지 않았소. 그 죄를 뒤집어쓰기로 올리버스나 어쩌면 오셔 검사와 거래를 했을 거요. 왜냐하면 다른 피살자들 때문에 그의 인생은 이미 끝장난 상태였거든. 나는 증오심에 눈이 멀어 사건의 본질을 보지 못했어요. 세부적인 것에 주의를 기울이지 않았던 거예요, 레이철. 그냥 테이블을 건너뛰어 놈의 목을 콱 졸라 버리고 싶었을 뿐이오."

"당신은 뭘 잊고 있어요."

"뭘?"

이번엔 레이철이 상체를 앞으로 숙이고 나지막하게 말했다. 다른 사람들의 식사를 방해하고 싶지 않은 듯했다.

"웨이츠는 게스토가 묻힌 곳으로 당신들을 안내했어요. 그가 그녀를 죽이지 않았다면 그 숲 속에서 어디로 가야 할지 어떻게 알았겠어요? 그녀의 무덤으로 어떻게 안내했겠어요?"

보슈는 고개를 끄덕였다. 좋은 지적이지만 그 점에 대해서도 이미 생각해 둔 것이 있었다.

"불가능한 건 아니었소. 그의 감방에서 올리버스가 사전교육을 시킬 수도 있었단 얘기요. 헨젤과 그레텔의 얘기에 나오는 것처럼 무덤으로 가는 길에 웨이츠만 알아볼 수 있도록 어떤 표시들을 해 두는 거지. 오후엔 비치우드로 다시 가 볼 생각이오. 이번에 다시 가면 그 표시들을 찾아낼 수 있을 것 같거든."

보슈는 손을 뻗어 레이철의 빈 접시와 아직 손도 대지 않은 자기 접시를 슬쩍 바꾸었다. 그녀는 사양하지 않았다.

"그 현장 조사가 모두 당신을 믿게 만들기 위한 속임수였다는 얘기예요? 그러니까 웨이츠에게 마리 게스토 살인 사건에 대한 기본 정보를 주입한 뒤 그의 자백을 통해 모두 토해내게 한 다음 빨강 망토 소녀처럼 롤라라라 하며 당신들을 게스토가 묻혀 있는 숲 속의 그 무덤까지 안내하게 했단 말이잖아요."

보슈는 머리를 끄덕였다.

"그렇지. 바로 그런 말이오. 얘기가 거기까지 미치면 조금 황당하게 들릴 수도 있겠지만, 내 생각엔⋯."

"조금이 아닌데요."

"뭐?"

"조금 황당한 정도가 아니라고요. 우선 올리버스가 그런 세부사항을 어떻게 알고 웨이츠에게 주입할 수 있겠어요? 게스토가 묻힌 곳을 그가 어떻게 알고 웨이츠가 찾아갈 수 있도록 길에다 표시를 하겠느냐는 거예요. 당신은 지금 올리버스가 마리 게스토를 죽였다고 말하고 있는 건가요?"

보슈는 머리를 세차게 저었다. 그는 레이철이 일부러 어긋나게 말하고 있다는 생각이 들어 약간 짜증이 나려고 했다.

"아니, 올리버스가 살인자란 말은 아니오. 살인자에게 사주를 받았을 거란 얘기지. 올리버스나 오셔 검사가 말이오. 진짜 살인자는 그들과 모종의 거래를 맺었어요."

"해리, 이건 정말⋯."

레이철은 말을 중단했다. 그리곤 조금밖에 안 먹은 사시미 접시를 젓가락과 함께 옆으로 밀쳐놓았다. 그 틈을 이용하여 웨이터가 테이블로 다가왔다.

"사시미가 마음에 안 드십니까?"

웨이터의 목소리가 떨렸다.

"아니에요, 난…."

그녀는 자기 앞에 놓인 접시에 사시미가 거의 가득 담겨 있는 것을 보고 말했다.

"배가 별로 안 고픈 것 같아요."

보슈가 웃으며 웨이터에게 말했다.

"이 숙녀께선 뭘 드시고 싶은지 모르겠나 봐요. 난 아주 맛있었는데."

웨이터는 접시들을 거둬 가며 디저트 메뉴를 가져오겠다고 말했다.

"난 아주 맛있었는데."

레이철이 보슈의 목소리를 그대로 흉내 내어 말했다.

"순 엉터리."

"미안."

두 사람은 웨이터가 내민 디저트 메뉴를 받자마자 돌려주며 커피를 주문했다. 그리곤 레이철은 곧장 침묵에 빠져들었고, 보슈는 그녀가 먼저 입을 열 때까지 기다리기로 했다.

"왜 이제 와서 그런 짓을?"

레이철이 마침내 물었다.

보슈는 고개를 저었다.

"나도 잘 모르겠소."

"최근 그 사건을 꺼내서 본격적으로 작업하기 시작한 게 언제였죠?"

"5개월쯤 전이오. 전날 밤에 당신한테 보여 줬던 마지막 비디오, 그게 내가 마지막으로 작업한 거였소. 한 번 더 찔러 보고 싶었을 뿐이었지."

"갈런드를 다시 구인한 것 외에 또 무슨 일을 했죠?"

"모든 일을 다. 필요한 모든 사람들과 얘기했고, 이전에 두드렸던 모든 문들을 다시 두드렸소. 갈런드만 맨 마지막에 데려왔지."

"올리버스를 사주한 자가 갈런드였다고 생각하는군요."

"올리버스나 오셔 검사와 거래하려면 엄청난 돈과 권력이 있는 자여야 해요. 갈런드 집안은 그 두 가지를 모두 가졌거든."

웨이터가 커피 두 잔과 계산서를 가져왔다. 보슈가 그 위에 신용 카드를 올려놓았지만 웨이터는 이미 돌아선 다음이었다. 레이철이 그에게 물었다.

"나눠 낼까요? 당신은 입도 대지 않았잖아요."

"괜찮소. 당신이 하는 말만 들어도 그 가치는 넘으니까."

"만나는 여자마다 그런 식으로 말한다는 거 다 알아요."

"연방수사국 여자들한테만 그러지."

레이철은 고개를 살래살래 저었다. 보슈는 그녀의 두 눈이 다시 의심으로 반짝이는 걸 보았다.

"뭐예요?"

"모르겠어요. 그냥…."

"그냥 뭐요?"

"웨이츠의 관점에서 보면 어떨까요?"

"어떨 것 같소?"

"좀 아득한 얘기예요, 해리. 아무 근거도 없는 모의처럼 말이죠. 일이 다 끝난 후 모든 사실들을 모아 설득력 없는 이론을 세우고 있어요. 마릴린 먼로는 약물을 과다복용하지 않았다. 케네디가 여론을 이용하여 그녀를 죽였다. 그런 식의 이론 말예요."

"그래서 웨이츠의 관점에서 보면 어떻다는 거죠?"

"내 말은 웨이츠가 왜 그런 짓을 했겠느냐는 거죠. 자기가 저지르지도 않은 살인에 대해 왜 자백을 했겠어요?"

보슈는 뭔가 밀어내는 듯 손을 내저으며 말했다.

"그건 쉬운 거요, 레이철. 그렇게 해도 그는 잃을 게 전혀 없거든. 에코 파크 쓰레기봉투남으로 그의 인생은 이미 끝장났잖아요. 어제 거기서 올리버스가 그에게 상기시켜 준 대로 재판 받고 독극물 주사를 맞을 게 뻔했거든. 그러니까 살 수 있는 유일한 방법이라곤 자기 범죄를 모두 자백하는 것뿐이었는데, 담당 형사나 검사가 거래를 잘해보자며 거기에 다른 살인 사건 하나를 보태자고 했을 때 웨이츠가 뭐라고 대답했겠어요? 싫다고? 웃기는 소리. 칼자루를 쥔 그들이 '대가리 박아!'라고 명령했다면 웨이츠는 머리를 쳐들며 '누구한테요?' 하고 물어봤을 거라고요."

레이철이 고개를 끄덕였다.

"다른 이유도 있었죠." 하고 보슈는 얘기를 계속했다. "웨이츠는 현장 조사를 나갈 것임을 알고 있었고, 거기서 일말의 희망을 보았을 거라고 난 확신해요. 잘하면 탈출 기회를 잡을 수 있겠다고 생각했지. 올리버스와 오셔 검사가 그에게 숲 속으로 안내하는 역할을 하라고 하자, 그는 탈출 기회가 약간 더 커졌다고 생각하고 더욱 협조적인 태도를 취했을 거요. 그의 동기가 전적으로 현장 조사에 있었을지도 모르지."

레이철이 다시 고개를 끄덕였다. 보슈는 자신이 그녀를 조금이라도 설득시켰는지 확신할 수가 없었다. 두 사람은 한참 동안 침묵했다. 웨이터가 와서 보슈의 신용 카드를 가져갔고, 점심 식사는 끝났다.

"그래서 어떻게 하려고요?"

레이철이 물었다.

"말했잖소, 비치우드 캐니언으로 다시 갈 거라고. 그런 다음 모든 것을 내게 설명할 수 있는 자를 찾아 낼 생각이오."

"오셔 말예요? 절대 입을 안 열 걸요."

"알아요. 그래서 그자와는 얘기할 생각이 없소. 적어도 아직까진."

"웨이츠를 찾아내려고요?"

레이철의 말에 의심이 섞인 것을 보슈는 느낄 수 있었다.

"맞아요."

"그는 멀리 사라졌어요, 해리. 이 근방에 있을 것 같아요? 경찰을 둘이나 죽인 자예요. LA에서 삶의 기대치는 제로죠. 사살 허락을 받은 이 카운티의 모든 경찰들이 권총을 들고 찾고 있는데 여기 남아 있겠어요?"

보슈는 천천히 고개를 끄덕이며 확신하듯 말했다.

"놈은 아직 여기 있소. 당신이 한 말은 다 맞지만 한 가지 잊어버린 게 있다고. 웨이츠에겐 이제 지렛대가 있다는 사실을 말이오. 탈출할 때 그 지렛대는 웨이츠 쪽으로 기울었지. 녀석은 아주 영악해 보이니까, 아마 그걸 이용하려고 할 거요. 여기 머물면서 오셔의 잠재력을 최대한 이용하겠죠."

"협박할 거란 뜻이에요?"

"무엇이든 가능해요. 웨이츠는 진실을 알고 있어요. 어떤 일이 벌어졌는지 알고 있다고. 그 자신이 오셔 검사나 그의 선거 전체를 위태롭게 하는 존재임을 믿게 만들 수 있거나, 오셔와 접촉할 수가 있다면, 이번엔 웨이츠가 검사에게 '대가리 박아!'라고 소리칠 수도 있소."

레이철은 고개를 끄덕인 뒤 말했다.

"지렛대에 대한 관점은 좋았어요. 당신이 말한 이 거대한 음모가 계획대로 진행되었다면 어떻게 되었겠어요? 웨이츠는 게스토와 다른 모든 여자들을 죽였다고 자백한 대가로 펠리컨 베이나 산 퀜틴에서 보석 없는 종신형을 살게 되겠죠. 그러면 음모자들은 모든 비밀과 지렛대까지 지니고 있는 이 사내를 감방에 앉혀 놓게 돼요. 그는 여전히 오셔 검사와 그의 정치 조직에 위험한 존재예요. 이제 곧 LA 카운티의 지방검사장이 될 사람이 왜 자신을 그런 불리한 위치에다 놓겠어요?"

웨이터가 신용 카드와 계산서를 들고 돌아왔다. 보슈는 팁을 추가한 뒤 서명을 했다. 지금까지 한 번도 먹어 본 적이 없는 가장 비싼 점심값이었다. 그는 계산서를 건네준 뒤 레이철을 쳐다보며 말했다.

"좋은 질문이오, 레이철. 나도 그것에 대한 정확한 대답은 모르지만, 오셔나 올리버스나 다른 누군가가 종반전을 위한 계획을 세워 두고 있겠지. 아마 그것 때문에 웨이츠는 탈출할 결심을 했을 거요."

레이철은 실눈을 뜨고 그에게 물었다.

"이런 얘기, 아직 아무한테도 못하죠?"

"아직은 그렇죠."

"암튼 행운을 빌어요. 당신한텐 그게 필요할 것 같으니까."

"고맙소, 레이철."

그가 식탁에서 일어나자 레이철도 따라 일어서며 물었다.

"차를 주차원한테 맡겼어요?"

"아니, 난 도서관 주차장에 세워 뒀소."

그 말은 두 사람이 각자 다른 문으로 레스토랑을 나가야 한다는 뜻이었다.

"오늘 밤 만날 수 있겠소?"

보슈가 물었다.

"일이 없으면요. 워싱턴 본부에서 사건이 하나 넘어온다는 말이 있어서요. 내가 전화하면 어때요?"

"좋고말고."

보슈는 그렇게 말한 뒤 레이철과 함께 주차원이 대기하고 있는 주차장 출입문까지 걸어갔다. 거기서 그는 그녀를 포옹하며 작별 인사를 했다.

헨젤과 그레텔

다운타운을 빠져나온 보슈는 힐 스트리트에서 세사르 차베스 도로로 올라간 다음 좌회전했다. 그러자 곧 선셋 대로가 나왔고, 그는 그곳을 통과하여 에코 파크로 차를 몰았다. 물론 레이너드 웨이츠가 또다시 그곳 교차로를 건너오거나, 도로 가에 죽 늘어서 있는 병원들이나 이민 사무소들 중 한 곳에서 갑자기 튀어나올 것으로 기대하진 않았다. 하지만 보슈는 이 사건에 대한 자신의 육감에 따라 움직이고 있었고, 그것은 아직도 에코 파크가 수상한 곳이라고 그의 귀에 속삭이고 있었다. 더 깊숙이 차를 몰고 들어갈수록 그 동네 분위기를 더 잘 느낄 수 있을 것이고, 그 자신이 찾는 것에 대해서도 더 잘 알게 될 것이었다. 형사의 육감이 뭐라고 하든, 그는 한 가지 확신하고 있는 것이 있었다. 웨이츠는 애초에 에코 파크 내의 어느 특별한 지점으로 가던 도중에 체포되었다. 보슈는 그곳을 찾아낼 생각이었다.

그는 차를 퀸테로 거리 부근의 주차금지 구역에 세워 놓고 페스카도

모하도 그럴까지 걸어서 올라갔다. 그리곤 까마로네스 아 라 디아블라(Camarones a la Diabla: 매콤한 소스를 곁들인 멕시코 새우 요리 – 옮긴이)를 주문한 뒤 웨이터와 차례를 기다리고 있는 손님들에게 웨이츠의 상반신 사진을 보여주었다. 하지만 모두가 고개를 살래살래 저었고, 스페인어로 주고받던 그들 사이의 대화도 차츰 사그라졌다. 새우 요리가 나오자 보슈는 접시를 들고 테이블로 가서 앉아 재빨리 식사를 끝냈다.

정장을 청바지와 셔츠로 갈아입기 위해 그는 에코 파크에서 집으로 돌아갔다. 옷만 갈아입곤 곧장 차를 몰고 비치우드 캐니언으로 달려가 산꼭대기로 올라갔다. 선셋 목장 아래쪽에 있는 주차장은 텅 비어 있었다. 보슈는 전날 있었던 그 모든 일과 매체들의 관심 때문에 승마 애호가들의 접근을 막은 것이 아닐까 하는 생각이 들었다. 차에서 내린 그는 트렁크 속에서 길이 10미터쯤 되는 밧줄 뭉치를 꺼내 들고 전날 웨이츠가 안내했던 그 오솔길을 따라 숲 속으로 걸음을 옮겨놓았다.

몇 걸음 옮기자마자 주머니 속의 휴대전화가 진동하기 시작했다. 걸음을 멈추고 청바지 주머니에서 휴대전화를 빼내어 화면을 보니 제리 에드거의 전화였다. 아까 집으로 돌아가던 차 안에서 날린 문자를 이제야 본 모양이었다.

"키즈는 어때?"

"나아지고 있어. 자네도 한번 가 봐, 이 친구야. 둘 사이에 무슨 일이 있었던 간에 가 봐야지. 자넨 어제 전화도 안 했어."

"걱정 마, 할 거니까. 안 그래도 여기 일 일찍 끝내고 가 볼 참이었어. 거기 있을 건가?"

"그럴걸. 거기 갈 때 전화해. 맞춰 가도록 해 볼게. 암튼 그 때문에 연락한 게 아니라 자네한테 몇 가지 할 얘기가 있었어. 첫째는 오늘 부검실에서 시신의 신원이 밝혀졌는데, 마리 게스토였다는 거야."

에드거는 잠시 침묵한 뒤 그에게 물었다.

"그녀의 부모한테 연락은 해줬나?"

"아직 안 했어. 부친이 트렉터 세일을 하고 있거든. 저녁에 퇴근해서 부인과 함께 있을 때 전화하려고."

"나라도 그럴 거야. 다른 건 또 뭔가, 해리? 심문실에 한 놈 기다리고 있어서 들어가 봐야 해. 우리가 수사 중인 살인강간 사건의 용의잔데, 아주 작살내 버릴 거야."

"방해해서 미안하네. 전화는 자네가 했던 걸로 아는데."

"내가 했지. 그렇지만 난 중요한 경우엔 재빨리 답전을 하잖아."

"중요한 일이야. 자네도 알고 싶을 텐데, 51번 양식에서 발견되었던 그 제보 전화 기록은 조작이었던 것 같아. 그것만 완전히 풀어내면 우린 깨끗해질 거야."

이번엔 옛 파트너의 반응이 재빨랐다.

"웨이츠가 그때 우리한테 전화한 적 없다는 소리야?"

"그렇지."

"그러면 그런 보고가 시차별 보고서에 어떻게 적혀 있지?"

"어떤 놈이 최근에 추가한 거야. 날 엿 먹이려고."

"어떤 새끼가!"

에드거의 목소리에서 보슈는 분노와 안도감을 동시에 느낄 수 있었다.

"난 자네한테 그 전화를 받고 밤새 한숨도 못 잤어, 해리. 그 자식은 자네만 엿 먹였던 게 아니라고."

"그럴 줄 알았어. 그래서 전화했던 거야. 아직 진상을 다 밝혀내진 못했지만 그런 시각으로 보고 있다고. 모든 걸 다 알아내면 자네한테 설명해 주지. 이제 심문실에서 기다리고 있는 자식이나 가서 작살내."

"해리, 자넨 방금 날 행복하게 만들었어. 이제 심문실로 가서 그 자식

뼈다귀를 완전히 추려 놓을 거야."

"듣던 중 반가운 소리군. 키즈를 만나러 갈 때 전화해."

"알았다니까."

그렇지만 보슈는 에드거가 입에 발린 소리만 지껄이고 있다는 걸 잘 알고 있었다. 그가 키즈를 병문안하는 일은 아마 없을 것이다. 더군다나 그가 말했던 대로 사건을 수사하는 도중에는 절대로. 보슈는 휴대전화를 접어 주머니에 찔러 넣은 뒤 주위를 살펴보았다. 땅바닥과 우거진 숲 위를 아래위로 유심히 관찰했지만 특별히 눈에 띄는 표식은 없었다. 그러자 웨이츠에게 사전에 길을 분명히 인지시킨다면 헨젤과 그레텔의 방법이 꼭 필요한 건 아니란 생각이 떠올랐다. 표식이 있었다면 진흙 경사면 아래쪽에 있었을 것이다. 그는 벼랑이 있던 쪽으로 나아갔다.

벼랑 꼭대기에 도착한 그는 떡갈나무 둥치에 밧줄을 묶은 다음 다른쪽 끝을 벼랑 아래로 내려뜨렸다. 그리곤 밧줄을 타고 깎아지른 듯한 경사면을 내려갔다. 아래로 내려간 그는 밧줄을 그대로 두고 다시 땅바닥과 우거진 숲을 자세히 살펴보았다. 마리 게스토가 발견되었던 무덤 방향을 가리키는 어떤 표식도 눈에 띄지 않았다. 그는 무덤 쪽으로 걸어가며 나무 둥치에 난 칼자국이나 가지에 매달린 리본 등, 웨이츠가 길잡이로 삼았을 만한 표식이 있는지 열심히 찾아보았다.

그러나 무덤에 도착할 때까지도 그런 표식은 하나도 발견할 수 없었다. 보슈는 실망했다. 표식이 없다는 것은 레이철 월링에게 설명했던 그 자신의 이론에 배치되는 일이었다. 하지만 자신의 추리가 옳다고 확신하고 있는 그는 길 안내용 표식이 없다는 사실을 믿을 수 없었다. 어쩌면 전날 숲 속으로 들어왔던 수사관들과 기술자들의 발길에 그 표식들이 짓밟혀서 지워졌을 수도 있겠다는 생각이 들었다.

이대로 포기할 순 없다고 생각한 보슈는 벼랑 아래까지 되짚어와서 무덤 쪽을 다시 유심히 살펴보았다. 그는 자신의 마음을 웨이츠가 처했던 상황에 대입시키려고 애썼다. 웨이츠는 한 번도 여기에 와 본 적이 없었어. 하지만 모두가 지켜보는 가운데 망설임 없이 방향을 잡아야만 했어. 어떻게 그럴 수 있었을까?

보슈는 무덤이 있는 숲 쪽을 바라보며 꼼짝도 않고 생각에 빠져들었다. 그런 상태로 5분이 흘러갔다. 그러자 해답이 떠올랐다.

무덤이 있는 쪽의 시계 중간 지점에 키가 큰 유칼립투스 나무 한 그루가 서 있었다. 땅바닥에서 3미터쯤 되는 곳에서 갈라진 두 줄기의 굵은 나무 둥치가 다른 나무들에 비해 적어도 15미터 정도는 높이 불쑥 솟아 있었다. 그리고 갈라진 두 나무 둥치 사이로 가지가 하나 뻗어 나와 수평으로 늘어져 있어서, 멀리서 보면 마치 'A' 자를 뒤집어 놓은 것처럼 보였다. 그만하면 특별한 표식을 찾는 사람의 눈엔 금방 알아볼 수 있을 정도였다.

보슈는 웨이츠가 따라갔던 첫 번째 표식을 찾았다고 확신하며 그 유칼립투스 나무를 향해 걸어갔다. 그 지점에 도착하자 그는 다시 무덤이 있는 쪽을 유심히 살펴보았다. 하나하나 찬찬히 살펴보던 그의 눈에 아주 가까운 곳에 있는 분명하고도 독특한 비정상적 물체가 들어왔다. 그는 그것을 향해 다가갔다.

그것은 어린 캘리포니아 참나무였다. 그 나무가 특별히 보슈의 눈길을 끌었던 것은 자연스러운 균형을 잃어버린 탓이었다. 그리고 그 이유는 대칭으로 자라난 나뭇가지들 중 맨 아래쪽에 있던 가지 하나를 잃어버렸기 때문이었다. 보슈는 가까이 다가가 나무 둥치의 2.5미터 정도 높이에 남아 있는 가지의 부러진 부분을 쳐다보았다. 좀 이상했다. 그는 펄쩍 뛰어올라 아래쪽 가지를 두 손으로 잡고 턱걸이를 한 뒤 잘린 가지의 절단면을 더 자세히 살펴보았다. 저절로 부러져 나간 자국이 아니었다. 절단면의 위쪽 절반 정도는 매끈해 보였다. 누군가가 톱으로 가지를 절반쯤 자른 뒤 아래쪽으로 잡아당겨 부러뜨린 것처럼 보였다. 보슈는 나무 치료사는 아니지만 그런 행동이 최근에 이루어졌다는 정도는 판단할 수 있었다. 잘린 가지의 속살이 아직은 하얗고 자연 치유가 일어난 흔적이 전혀 보이지 않았다.

보슈는 땅바닥으로 뛰어내려 주위의 잡목 숲을 둘러보았다. 잘라낸 나뭇가지는 어디에도 보이지 않았다. 사람들의 눈길을 끌어 의심을 사게 될까 봐 멀찌감치 끌어내어 버린 듯했다. 보슈에게 그것은 웨이츠가 따라가도록 누군가가 헨젤과 그레텔의 길을 만들어 준 간접 증거물이 될 수 있었다.

그는 돌아서서 마지막 트인 구간을 살펴보았다. 무덤까지의 거리는 20미터도 채 남지 않았는데, 마지막 표식은 쉽사리 눈에 들어왔다. 무덤자리 위로 가지들을 드리운 떡갈나무 꼭대기 부분에 올빼미나 매처럼 커다란 날짐승의 둥지처럼 보이는 것이 하나 자리 잡고 있었다.

보슈는 숲 속의 빈터로 다가가서 나무 꼭대기를 쳐다보았다. 웨이츠가 무덤 장소를 표시하기 위해 가지에 매달았다고 말했던 그 색 바랜 헤어밴드는 이미 법의학 팀이 떼어가고 없었다. 떡갈나무 바로 아래로 다가가서 위쪽을 쳐다보니 새 둥지는 보이지 않았다. 올리버스는 일을 제대로 했던 것 같았다. 멀찌감치 떨어진 곳에서 봐야만 겨우 알아볼 수 있는 표식 세 개를 정해 놓고 웨이츠에게 이용하도록 했던 것이다. 그 세 개의 표식들은 어느 것도 웨이츠를 따라갔던 사람들의 눈길을 특별히 끌지 않았지만, 그를 무덤까지 안내하는 데는 아무 어려움이 없었다.

시신을 발굴한 뒤의 묘지 구멍으로 시선을 떨어뜨렸을 때, 보슈는 전날 그 주위의 땅을 파헤친 듯한 흔적을 봤던 기억을 떠올렸다. 그때는 동물들이 먹이를 찾느라고 흙을 파헤친 것으로 생각했다. 하지만 이젠 누군가가 땅 속의 시체를 확인하기 위해 파헤쳤던 것이라고 믿게 되었다. 올리버스가 누구보다도 먼저 이곳에 왔을 것이다. 길을 찾을 수 있도록 표식을 하고 무덤의 위치를 확인해야만 했을 테니까. 그러자면 진짜 살인범으로부터 설명을 들었거나 직접 안내를 받았을 것이 분명했다.

묘지 구멍을 응시하며 마음속으로 그럴듯한 시나리오를 꿰맞추고 있을 때 어디선가 사람들의 목소리가 들려왔다. 그 소리는 점점 가까워지고 있었고, 적어도 두 명 이상의 남자가 얘기를 주고받는 것처럼 들렸다. 땅바닥과 나뭇잎이 깔린 위를 무겁게 내딛는 발자국 소리는 숲을 가로질러 다가오고 있었고, 보슈가 걸어왔던 방향과 같은 쪽에서 오는 것 같았다.

보슈는 재빨리 숲 속의 빈터에서 재빨리 벗어나 커다란 떡갈나무 둥치 뒤로 몸을 숨겼다. 얼마 지나지 않아 사내들이 숲 속 빈터로 들어오는 발자국 소리를 들을 수 있었다. 곧이어 첫 번째 사내의 목소리가 들려왔다.

"바로 여기야. 그 여잔 지난 13년 동안 여기 묻혀 있었어."

"맙소사! 어쩐지 으스스한데."

보슈는 들킬 위험을 무릅써 가며 나무 둥치 밖으로 내다볼 엄두가 나지 않았다. 사내들이 경찰이든 취재진이든 심지어 등산객이라 할지라도, 이곳에 있는 그 자신의 모습을 보이고 싶진 않았다.

두 사내는 별 의미 없는 대화를 주고받으며 빈터에서 한동안 머물렀다. 다행히도 보슈가 숨어 있는 떡갈나무 근처로는 다가오지 않았다. 마침내 첫 번째 말했던 사내의 목소리가 다시 들려왔다.

"그럼 이 일은 끝난 걸로 치고 그만 나가자고."

사내들이 왔던 길로 되돌아가는 발자국 소리가 들렸다. 보슈가 나무 둥치에서 고개를 내밀었을 때는 숲 속으로 들어가는 사내들이 뒷모습만 잠시 보였다 사라졌다. 그렇지만 OIS의 레지널드 오서니의 모습을 알아볼 수 있었고, 다른 한 사내 역시 같은 팀원일 거라고 추측되었다. 그들이 어느 정도 갈 만큼 기다렸다가 보슈는 떡갈나무 둥치를 돌아 나와 빈터를 가로질렀다. 그는 늙은 유칼립투스 나무 뒤에 숨어 산사태로 생긴 가파른 벼랑을 향해 걸어가는 두 사내의 뒷모습을 지켜보았다.

오서니와 그의 파트너는 덤불 속을 지나며 소음을 많이 냈기 때문에, 보슈는 그들의 위치를 쉽사리 파악하며 벼랑 쪽으로 이동할 수 있었다. 웨이츠가 첫 번째 표식으로 삼았던 유칼립투스 나무에 도착한 그는 두 사내가 벼랑 꼭대기에서 밑바닥까지의 높이를 측정하고 있는 것을 보았다. 벼랑의 경사면에는 전날처럼 사다리가 세워져 있었다. 보슈는 그들이 공식보고서를 작성하기 위해 작업하고 있다는 걸 알았다. 전날 간과했거나 불필요하다고 생각했던 거리를 측정하고 있었다. 오늘은 정치적 입김이 작용할 것에 대비하여 모든 것에 대해 자세히 알아 둘 필요가 있었다.

오서니가 사다리를 타고 벼랑 위로 올라가는 동안 그의 파트너는 밑에서 대기했다. 꼭대기에 이르자 그는 벨트에서 줄자를 빼내어 한쪽 끝을 벼랑 아래서 기다리는 파트너에게 드리웠다. 둘은 벼랑의 높이를 측정한 뒤 오서니가 수치를 부르자 파트너는 수첩에 받아 적었다. 보슈가 보기에 그들은 전날 웨이츠와 올리버스, 라이더 등이 있었던 지점을 기준으로 벼랑 아래까지의 거리를 다각도로 측정하고 있는 것 같았다. 그런 측정이 수사에 왜 그렇게 중요한지 보슈로서는 알 수가 없었다.

주머니 속에서 휴대전화가 진동하기 시작하자 그는 재빨리 꺼내어 꺼 버렸다. 화면이 어두워지기 직전 그는 4851번으로 시작되는 전화번호를 확인하고 파커 센터에서 걸려온 것임을 알았다.

몇 초 후 보슈는 오서니와 그의 파트너가 작업하고 있는 벼랑 쪽에서 휴대전화가 울리는 소리를 들었다. 나무 둥치 밖으로 고개를 내밀고 살펴보니 오서니가 벨트에서 휴대전화를 빼드는 것이 보였다. 그는 상대방의 말에 잠시 귀를 기울인 뒤 갑자기 숲 주위를 한 바퀴 휘 돌아보았다. 보슈는 내밀었던 머리를 얼른 거둬들였다. 오서니의 말이 들려왔다.

"아뇨, 경위님. 그 친군 못 봤는데요. 자동차는 주차장에 있는데 그는 안 보입니다. 우리 말곤 여기 아무도 없어요."

오서니는 여러 차례 네, 네, 대답한 뒤 휴대전화를 접어 벨트에 다시 꽂았다. 그리곤 줄자로 측정하는 일로 되돌아갔고, 잠시 후 그들은 일을 끝냈다. 오서니의 파트너가 사다리를 타고 벼랑 위로 올라가자 두 사내는 사다리를 걷어 올렸다. 오서니가 벼랑 가장자리에 서 있는 떡갈나무 둥치에 매어진 밧줄을 발견한 건 바로 그때였다. 그는 사다리를 땅에 내려놓고 떡갈나무 쪽으로 걸어갔다. 그리곤 밧줄을 당겨 올려 둘둘 말면서 숲 속을 유심히 살폈다. 보슈는 유칼립투스 나무 둥치 뒤에 몸을 숨기고 꼼짝도 하지 않았다.

OIS의 두 형사는 잠시 후 벼랑 위에서 모습을 감추었다. 그러나 사다리를 앞뒤로 들고 숲 속을 지나 주차장으로 걸어가는 그들의 발자국 소리가 커다랗게 들려왔다. 보슈는 벼랑 아래로 다가가서 그들의 발자국 소리가 완전히 들리지 않을 때까지 기다렸다가 나무뿌리를 잡고 경사면을 올라갔다.

주차장에 당도해서 살펴봐도 오서니와 그의 파트너 모습은 이미 보이지 않았다. 보슈는 꺼두었던 휴대전화를 다시 켜고 살펴보았다. 파커 센터에서 전화를 걸었던 사람이 혹시 메시지를 남기지 않았는지 확인했다. 그러나 확인하기도 전에 휴대전화가 손바닥 위에서 다시 진동했다. 번호를 보니 미해결 사건 전담반 전화였다. 그는 전화를 받았다.

"보슈입니다."

"해리, 어디요?"

에이벌 프랫의 목소리가 다급하게 터져 나왔다.

"아무 데도 아닙니다. 왜요?"

"거기가 어디냐고?"

보슈는 프랫이 뻔히 알면서 묻고 있다는 걸 알았다.

"비치우드 캐니언입니다. 무슨 일입니까?"

잠시 침묵이 흐른 뒤 프랫이 짜증스런 목소리로 말했다.

"무슨 일이라니? 방금 OIS의 랜돌프 경위가 전화를 해왔소. 당신 이름으로 등록된 무스탕이 그곳 주차장에 있다는 거요. 그래서 나는 그 친구에게 해리는 자택근무 중이라 비치우드 캐니언 근처엔 얼씬도 안 할 텐데 이상하다고 했소."

보슈는 재빨리 머리를 돌려 위기를 모면할 핑계를 찾아냈다.

"난 수사를 하러 온 게 아니라 뭘 좀 찾으러 왔어요. 어제 여기서 챌린지 코인을 잃어버린 것 같아 그걸 찾고 있습니다."

"뭘 잃어버렸다고?"

"강력계 칩 말입니다. 벼랑을 내려갈 때 주머니에서 빠진 것 같아요. 어제 귀가해서 주머니를 뒤져 보니 없어졌더라고요."

보슈는 그렇게 둘러대며 주머니 속에 손을 집어넣어 방금 잃어버렸다고 주장한 그 코인을 꺼내들었다. 크기와 두께가 카지노 칩과 비슷한 헤비 메탈 코인으로 한쪽 면엔 경찰 금장 배지가, 다른 면엔 형사의 캐리커처가 새겨져 있었다. 성조기를 배경으로 모자를 쓴 정장 차림에 권총을 차고 턱을 치켜든 모습이었다. 챌린지 코인 혹은 칩으로 알려진 그것은 특수부대 엘리트 훈련의 부산물이었다. 특수부대 입대를 받아들인 군인에게 기념으로 수여되는 챌린지 코인은 항상 몸에 지니게 되어 있었고, 같은 부대원끼리는 언제 어디서든 코인을 보여 달라고 요구할 수 있었다. 주로 술집이나 식당에서 그런 일이 벌어지곤 했는데, 요구받은 군인이 코인을 보여 주지 못하면 대신 계산서를 집어 들어야만 했다. 그런 전통이 LA 경찰국 강력계에서도 여러 해 동안 이어져 내려왔는데, 보슈는 은퇴했다가 복직한 기념으로 그 챌린지 코인을 받았다.

"코인 좋아하고 있네." 하고 프랫은 화를 내며 소리쳤다. "그딴 건 10달러만 주면 구할 수 있소. 수사에서 손 떼요. 집에 가서 내가 연락할 때까지 얌전히 있으란 말이오. 무슨 말인지 알아들었소?"

"알았습니다."

"둘러대려면 좀 제대로 둘러대요. 챌린지 코인을 거기서 잃어버렸다면 법의학 팀이 옛날에 찾아냈을 거요. 비디오테이프를 찾으려고 금속탐지기로 현장을 싹 훑었단 말이오."

보슈는 머리를 끄덕였다.

"예에, 그 생각을 못했군요."

"그 생각을 못했군요? 날 놀리는 거요, 해리?"

"그럴 리가요, 팀장님. 정말 잊었어요. 집구석에 처박혀 있으니 지루해서 그거라도 찾으러 나섰죠. 랜돌프의 부하들을 봤지만 난 얼굴을 드러내지 않았습니다. 그들이 내 일을 떠맡았다곤 생각지 않았어요."

"아니, 떠맡았소. 그런 연락을 받았어요. 난 이런 식으로 뒤통수 맞는 거 안 좋아해요, 해리. 잘 알잖소."

"즉시 집으로 돌아가겠습니다."

"좋아요. 집에 있어요."

프랫은 보슈의 대답을 기다리지 않고 전화를 끊었다. 보슈도 휴대전화를 접어 주머니에 넣은 뒤 묵직한 코인을 공중으로 휙 던졌다가 손으로 탁 잡았다. 그는 손바닥을 펴서 금장 배지 면이 위로 향한 것을 확인

하곤 주머니 속에 넣었다. 그리곤 자동차를 세워 둔 곳으로 걸어가기
시작했다.

24

기부금

집에 가라는 소리를 듣고 나니 보슈는 오히려 집에 가기 싫어졌다. 비치우드 캐니언을 빠져나온 그는 키즈 라이더의 상태를 체크하기 위해 세인트 조셉 병원에 들렀다. 그녀의 병실이 또 바뀌어 있었다. 이젠 중환자실에서 나와 일반 환자 병실에 누워 있었다. 1인실은 아니지만 다른 병상 하나는 비어 있었다. 병원 측에서는 가끔 경찰에겐 그런 편의를 제공해 주었다.

라이더는 아직 말을 하기 어려운 상태였고, 아침에 보였다는 우울증 증세가 여전히 남아 있었다. 보슈는 오래 머물지 않았다. 몸조리 잘하라는 제리 에드거의 말을 전한 뒤 병실을 나온 그는 마침내 지시받은 대로 귀갓길에 올랐다. 그리고 집에 도착하자 미해결 사건 전담반에서 챙겨온 상자 두 개와 파일들을 끌어안고 낑낑거리며 집 안으로 날랐다.

상자 두 개는 부엌 바닥에 내려놓고 파일들은 식탁 위에 펼쳐놓았다. 엄청난 양이라 적어도 한 며칠간은 그것들과 씨름을 해야만 할 것 같왔다. 그는 스테레오로 걸어가서 음악을 틀었다. 카네기 홀에서 협연한 콜트레인과 몽크의 연주곡이 걸려 있다는 건 이미 잘 알고 있었다. 플레이어가 돌아가면서 첫 번째 곡 '증거(Evidence)'가 흘러나오기 시작했다. 이건 아주 좋은 징조인데, 하는 생각을 하며 보슈는 식탁으로 돌아갔다.

작업을 시작하기 전에 손에 넣은 자료들이 무엇 무엇인지 정확히 파악해야만 접근 방법을 결정할 수가 있었다. 가장 중요하고 우선적인 것은 레이너드 웨이츠를 기소한 최근 사건에 대한 수사보고서 복사본이었다. 올리버스가 건네줬던 것인데, 보슈와 라이더는 피츠패트릭 사건과 게스토 사건을 우선적으로 수사해야 했기 때문에 꼼꼼히 검토하지도 않았다. 식탁 위에는 라이더가 문서기록 보관실에서 대출한 피츠패트릭 살인 사건 수사보고서와 보슈 자신이 은밀히 복사하여 이미 검토를 끝낸 게스토 살인 사건 수사보고서 사본도 놓여 있었다.

그리고 부엌 바닥에 내려놓은 두 개의 플라스틱 상자 안에는 1992년 LA 폭동 당시 피츠패트릭의 점포가 방화로 불탄 뒤 소방대원들이 호스로 뿌린 물에 흠뻑 젖은 상태로 건져진 전당포 장부들이 가득 들어 있었다.

식탁 옆에 달린 조그마한 서랍은 원래 수저나 나이프 등을 넣어 두도록 만들어진 것인데, 보슈는 식탁을 식사용보다는 업무용으로 더 많이 사용했기 때문에 필기구와 법률용지 따위가 들어 있었다. 현재 수사 중인 사건의 중요한 면에 대해 기록할 필요가 있다고 판단한 그는 필기구를 하나씩 식탁 위에 꺼내 놓았다. 20분쯤 경과하는 동안 석 장의 메모지를 구겨 던진 다음 그의 자유분방한 생각을 반 페이지 정도 분량으로 정리한 내용은 아래와 같았다.

에코 파크 —— 체포

—— 도주(레드 라인 전철역)

웨이츠는 누구인가? 비밀의 성은 어디 있나? (목적지: 에코 파크)

비치우드 캐니언 – 모의, 거짓 자백

누가 이익을 보는가? 왜 지금인가?

보슈는 자기가 적은 메모를 잠시 들여다보았다. 마지막에 적고 밑줄을 친 두 가지 질문이 바로 출발점이란 걸 그는 알았다. 만약 계획했던 대로 일이 잘 처리되었다면 웨이츠의 거짓 자백으로 이익을 볼 사람은 누구일까? 우선 사형 선고를 면하게 될 웨이츠를 꼽을 수 있을 것이다. 그렇지만 가장 큰 승리자는 실제로 살인을 저지른 진범일 것이었다. 사건은 종료될 것이고 모든 수사도 중단될 것이다. 진짜 살인범은 정의의 심판을 피하게 된다.

보슈는 두 개의 질문을 다시 읽어 보았다. 누가 이익을 보는가? 왜 지금인가? 그는 두 질문을 곰곰이 생각하다가 차례를 바꿔 놓고 다시 생각해 보기도 했다. 왜 지금인가? 누가 이익을 보는가? 그러자 한 가지 결론에 도달하게 되었다. 그가 마리 게스토 사건 수사를 계속하게 되자, 살인자는 이제 어떤 식으로든 마무리를 지을 필요를 느꼈을 것이었다. 보슈는 자신이 누군가의 문을 너무 세게 두드린 것이 분명하다고 믿었고, 끈질긴 사건 수사에 대한 압력 때문에 비치우드 캐니언 계획이 생겨났을 것이란 결론을 내렸다.

이런 결론은 "누가 이익을 보는가?"라는 질문에 대한 대답을 떠올리게 했다. 보슈는 메모지 아래쪽에 적었다.

보슈의 육감은 13년 동안이나 갤런드가 바로 그놈이라고 속삭여왔다. 하지만 그것은 단지 육감일 뿐, 갤런드와 그 살인 사건을 직접 연결하는 증거가 전혀 없었다. 시체 발굴과 부검 과정에서 나타난 증거물이 있다면, 그는 아직 정보를 공유하지 못하고 있었다. 하지만 13년이나 지난 후에 발굴된 시체에서 살인자와 연결시킬 수 있는 DNA나 법의학적 증거물이 남아 있을 것 같지는 않았다.

갤런드는 '대체 희생자' 이론에 따른 용의자였다. 자신을 차 버린 여자에 대한 분노로 그녀를 연상시키는 다른 여자를 대신 죽인다는 논리였다. 정신과 의사들이 들으면 좀 황당한 이론이라 하겠지만 보슈는 이제 본격적으로 그것을 응시하기 시작했다. 보나마나 뻔하지 뭐, 하고 그는 생각했다. 갤런드는 핸콕 파크 출신의 석유 재벌 토머스 렉스 갤런드의 아들이었다. 오셔 검사는 치열한 선거전에 돌입해 있고, 선거 운동을 계속 추진하려면 막대한 돈이 들어갈 터였다. 오셔 측이 T. 렉스에게 은밀히 접근하여 모종의 거래를 맺고 계획을 세워 추진했다고 해도 이상할 것이 하나도 없었다. 오셔는 선거에서 승리하기 위해 꼭 필요한 자금을 확보할 수가 있고, 올리버스는 오셔 검사실의 수석 수사관이 될 수 있고, 웨이츠는 게스토 살인죄를 뒤집어쓴 대가로 사형 선고를 면하게 되고, 갤런드는 자신의 범행을 영원히 지워 버릴 수가 있다.

LA는 그늘진 곳에 사는 사람들을 위한 양지바른 곳이란 말이 있다. 보슈는 그 말의 의미를 누구보다도 더 잘 알았다. 그는 올리버스가 그 음모의 일부임을 믿어 의심치 않았다. 그리고 잘나가는 오셔 검사가 신분 상승을 위해 자기 영혼을 팔았다는 판단을 내리는 데도 별로 시간이 걸리지 않았다.

"도망을 쳐? 이 비겁한 놈! 네놈의 그 개똥 같은 거래를 이젠 어떻게 생각해?"

보슈는 휴대전화를 열고 〈LA 타임스〉의 케이샤 러셀 기자에게 전화를 걸었다. 신호음이 여러 번 울린 후에야 그는 시계를 보고 5시가 조금 지났다는 걸 알았다. 여기자는 마감시간에 걸려 전화벨이 울려도 무시하고 있는 모양이었다. 그는 즉시 전화해 달라는 메시지를 남기고 끊었다.

오후 늦은 시각이니 맥주나 한잔하기로 하고 부엌으로 들어가 앵커 스팀 한 병을 꺼내들었다. 지난번 상점에 갔을 때 맥주를 사 온 것이 정말 다행이다 싶었다. 그는 맥주병을 들고 데크로 나가 러시아워 차량들이 아래쪽 고속도로를 마비시키고 있는 것을 내려다보았다. 거북이걸음을 하고 있는 자동차들에서 온갖 종류의 경적들이 끊임없이 울려대기 시작했지만 거리가 충분히 멀어 귀에 거슬릴 정도는 아니었다. 보슈는 저 전쟁터에 자신이 끼어 있지 않아서 아주 행복했다.

휴대전화가 울려 주머니에서 꺼내 보니 케이샤 러셀이었다.

"미안해요. 내일 기사를 교열 담당한테 넘기느라고요."

"내 이름 철자나 제대로 옮겼는지 모르겠군."

"정말 당신이 기사에서 빠졌군요, 해리. 놀라워요."

"듣던 중 반가운 소리요."

"나한테 뭘 주고 싶어요?"

"아, 실은 당신한테 뭘 좀 부탁하려던 참이었소."

"그럴 테죠. 뭔데요?"

"당신은 이제 정치부 기자잖아요. 그러니까 선거 기부금에 대해선 잘 알겠지, 안 그래요?"

"그렇죠. 내가 담당한 후보들의 기부금 내역은 매일 체크하고 있죠."

보슈는 집 안으로 들어가서 스테레오 볼륨을 줄였다.

"이건 비공개를 전제로 하는 얘긴데, 릭 오셔의 선거를 지원해 온 사람이 누군지 좀 알고 싶소."

"릭 오셔라고요? 왜요?"

"때가 되면 다 얘기해 줄게요. 지금은 그 정보가 좀 필요할 뿐이오."

"왜 노상 이딴 것만 나한테 부탁해요, 해리?"

그건 사실이었다. 두 사람은 과거에도 여러 번 이런 식의 춤을 췄다. 그렇지만 때가 되면 얘기해 주겠다고 일단 말했으면 보슈는 항상 그 약속을 지켰다. 한 번도 케이샤 러셀을 배신한 적이 없었다. 따라서 그녀가 툴툴거리는 것은 보슈가 부탁하는 것을 들어주기 이전에 장난 삼아 해 보는 일종의 전희 같은 것으로, 둘이서 함께 추는 춤의 첫 번째 스텝일 뿐이었다.

"잘 알면서."

그도 자기 몫의 춤을 추며 말했다.

"닥치고 도와주면 언젠가는 좋은 일이 생길 거요."

"그 언젠가를 앞으론 내가 결정할 거예요. 기다려요."

기자는 전화기를 내려놓았다. 보슈는 그녀가 돌아오길 기다리며 식탁 위에 펼쳐 놓은 서류들을 내려다보았다. 그는 오셔 검사와 갈런드를 이런 각도로 수사하는 것은 시간 낭비일 뿐이라는 걸 알았다. 지금은 그들에게 손을 댈 수가 없었다. 그들은 돈과 법률, 증거법(Rules of Evidence)으로 철통같이 무장하고 있었다. 따라서 수사의 정확한 각도는 레이너드 웨이츠 쪽이란 판단이 들었다. 그자를 찾아내어 사건 진상을 파헤치는 것부터 당장 시작해야 할 일이었다.

"좋았어."

1분쯤 지나 전화기를 다시 든 러셀이 말했다.

"최신 정보를 입수했어요. 알고 싶은 게 뭐죠?"

"얼마나 최신 정보요?"

"지난주에 들어온 거예요. 금요일에."

"중요한 기부자들이 누구누구죠?"

"진짜 거물급은 한 명도 없던데요. 그런 뜻의 질문이라면 말예요. 거의 풀뿌리 운동에 가까워요. 기부한 사람들 대부분이 그의 동료 법조인들이에요."

보슈는 갤런드의 집안일을 도맡아 처리하는 센추리 시티 법률회사를 떠올렸다. 변호사 참석 없이는 보슈가 마리 게스토에 관해 앤서니 갤런드를 심문할 수 없도록 법원에서 잠정적 금지명령을 받아냈던 곳. 그 법률회사의 우두머리는 세실 돕스란 사내였다.

"그중에 세실 돕스란 이름도 끼어 있소?"

"어디 보자, 아, 있네요. C. C. 돕스. 센추리 시티 주소예요. 1천 달러를 기부했군요."

보슈는 앤서니 갤런드를 심문할 때 찍은 비디오테이프 속의 변호사 얼굴을 떠올리곤 다시 물었다.

"데니스 프랭크스란 이름은?"

"프랭크스… 있네요. 그 회사의 많은 사람들이 기부에 동참했군요."

"무슨 소리요?"

"선거법에 의하면 기부금을 낼 땐 자기 집과 직장 주소를 밝혀야 하거든요. 프랭크스는 센추리 시티 주소로 되어 있고, 그 외에도 아홉, 열, 열한 명이 똑같은 주소로 되어 있어요. 각자 1천 달러씩 기부했고요. 모두 같은 법률회사 변호사들처럼 보이네요."

"그러니까 거기서 도합 1만 3천 달러나 나왔다는 얘기군, 그렇죠?"

"그렇단 얘기죠."

보슈는 기부자 명단에 갈런드라는 이름이 있는지 따로 물어봐야 할 건지 잠시 고민했다. 괜히 그랬다간 러셀이 여기저기 전화하며 그의 수사에 대해 캐고 다니지나 않을지 걱정이 되었다.

"대기업 기부자들은 없소?"

"거물급은 없어요. 누굴 찾는지 왜 말하지 않죠, 해리? 난 믿을 수 있잖아요."

보슈는 말하기로 결심했다.

"내가 연락하기 전엔 절대 누설하면 안 돼요. 전화문의나 조회를 해서도 안 되고. 입 꼭 다물고 있어야 한다고, 알겠어요?"

"알았어요. 연락할 때까진 닥치고 있죠."

"갈런드요. 토머스 렉스 갈런드나 앤서니 갈런드, 그런 이름은 거기 안 보여요?"

"음, 없는데요. 앤서니 갈런드라면 마리 게스토 사건으로 한때 조사했던 사람 아닌가요?"

보슈는 하마터면 욕이 나올 뻔했다. 러셀이 설마 그 사건과 재깍 연결시킬까 싶었던 것이다. 경찰 출입 기자로 악착같이 일하던 10여 년 전 어느 날, 그녀는 보슈가 앤서니 갈런드의 가택 수색 영장을 신청했다는 사실을 우연히 알게 되었다. 이유 불충분으로 영장은 기각되었지만 신청 사실은 공식 기록으로 남았고, 그 당시 부지런하던 러셀은 정기적으로 법원을 찾아 수색 영장들을 일일이 챙겼던 것이다. 보슈는 기사화하지 않는 조건으로 그 지역 석유 재벌가의 아들을 게스토 살인 사건 용의자로 보고 있다고 밝혔다. 그 후 10년이란 세월이 훌쩍 지났는데도 그녀는 그 이름을 금방 기억해 낸 것이다.

"이 문제로 어떤 짓을 해서도 안 돼요, 케이샤."

보슈는 반사적으로 말했다.

"뭘 하는 거예요? 레이너드 웨이츠가 게스토를 죽였다고 자백했다던데, 그게 거짓이었단 말인가요?"

"난 아무 말도 하지 않았소. 그냥 호기심이 약간 발동했을 뿐이지. 다시 말하지만 이걸로 장난치면 안 돼요. 약속한 거요. 내가 연락할 때까지 입 다물고 있어야 해요."

"당신은 내 상사가 아니에요, 해리. 나한테 이래라저래라 할 권리 없어요."

"미안해요. 난 당신이 이 일로 흥분해서 빗나갈까 봐 그러는 거요. 내가 하려는 일을 망칠 수도 있소. 우린 거래를 맺은 거요, 그렇죠? 방금 당신 입으로 믿을 수 있다고 했잖소."

케이샤 러셀은 한참 뜸을 들인 후에야 대답했다.

"좋아요. 거래를 맺었어요. 그리고 날 믿어도 좋아요. 그렇지만 내가 생각한 대로 당신이 이 사건을 수사하고 있다면, 난 최신 정보와 보고서를 계속 입수하고 싶어요. 당신이 사건 진상을 다 밝혀낸 후에도 아무 연락도 안 하면, 나도 입 다물고 기다리고만 있진 않겠어요. 그땐 초조해서 미칠 지경이 될 거예요, 해리. 그렇게 되면 난 어디든 미친 듯이 전화질을 해대겠죠."

보슈는 고개를 절레절레 저었다. 이 여자한텐 절대로 전화하지 말았어야 했다.

"알았소, 케이샤. 꼭 연락하죠."

휴대전화를 접으며 보슈는 혹을 떼려다 하나 더 붙인 기분이었다. 그는 물론 러셀 기자를 믿지만 그것도 다른 기자들을 믿는 만큼이 그 한계였다. 들고 있던 맥주를 마저 비우고 또 한 병을 꺼내기 위해 부엌으로 들어갔다. 뚜껑을 따자마자 휴대전화가 울렸다.

케이샤 러셀이 대뜸 그에게 물었다.

"해리, '고! 인더스트리즈'라고 들어 본 적 있어요?"

들어 본 적 있었다. '고! 인더스트리즈(GO! Industries)'는 80년 전에 창립된 갈런드 오일 인더스트리즈(Garland Oil Industries)의 현재 회사명이었다. 이 회사의 로고는 'GO!'라는 글자에 바퀴들을 달아 앞으로 약간 기울어지게 그려 마치 달리는 자동차처럼 보이게 한 것이었다.

"응, 있죠. 그게 뭐요?"

"본사가 다운타운 아코 플라자에 있는데, 거기 직원 열두 명이 오셔 앞으로 1천 달러씩 기부했네요. 이건 어때요?"

"멋져요, 케이샤. 다시 전화해 줘서 고맙소."

"오셔가 게스토 살인을 웨이츠한테 뒤집어씌우고 그 대가를 받은 건 가요? 그렇죠?"

보슈는 전화기에 대고 끙 앓는 소리를 냈다.

"아니, 케이샤. 그런 일은 벌어지지 않았고, 내가 찾고 있는 일도 아니오. 당신이 이 일로 전화질을 해대면 내가 하려는 일을 방해할 뿐만 아니라 당신 자신과 다른 사람들을 위험에 빠뜨리게 돼요. 그러니까 내가 연락할 때까지 좀 잊어 주겠소? 기사로 써도 되겠다 싶으면 당신한테 전화해서 정확히 무슨 일인지 설명해 줄게요."

기자는 대답하기 전에 다시 머뭇거렸고, 침묵이 이어지는 동안 보슈는 정말 그녀를 믿을 수 있을까 하는 의구심을 느꼈다. 경찰 출입기자에서 정치권으로 옮긴 것이 그녀를 변하게 했을지도 모른다. 정치권에서 일한 다른 대부분의 사람들처럼 그녀의 명예심도 세계에서 가장 오래된 직업이라는 정치적 매춘 행위에 노출됨으로서 이미 빤질빤질하게 닳아빠졌을지 알 수 없는 일이었다.

"알았어요, 해리. 도와주려고 그랬을 뿐이에요. 하지만 내가 한 말 잊지 마세요. 난 가급적 빨리 당신한테서 연락을 받고 싶어요."

"알아요, 케이샤. 안녕."

보슈는 휴대전화를 접은 뒤 기자에 대한 걱정을 떨쳐 버리려고 애썼다. 그녀에게서 제공받은 정보에 대해 생각해 보니 오셔 검사는 '고! 인더스트리즈'와 세실 돕스의 법률회사 직원들로부터 적어도 2만 5천 달러에 달하는 선거 자금을 기부받았고, 그들은 모두 갈런드 가문과 직접 연결시킬 수 있는 사람들이었다. 금액을 쪼개어 합법을 가장하긴 했지만, 보슈가 수사 방향을 제대로 짚었다는 강력한 조짐이었다.

그는 어쩐지 뿌듯한 기분이 들었다. 이제야 뭔가를 붙잡았다는 느낌. 단지 그것을 시작할 올바른 각도를 찾아야만 했다. 그는 부엌으로 들어가 식탁 위에 펼쳐진 경찰 보고서와 기록들을 내려다보았다. 그리고 그것들 중에서 '웨이츠의 배경'이라 적힌 파일을 집어 들고 읽어 내려가기 시작했다.

25

불만 고객

경찰 입장에서 보면 레이너드 웨이츠는 아주 희귀한 살인 용의자였다. 에코 파크에서 그가 탄 밴을 세웠을 때, LAPD는 찾고 있지도 않았던 살인자를 실제로 체포하게 되었다. 사실 웨이츠는 어떤 경찰국이나 FBI에서도 찾던 살인자가 아니었던 것이다. 그에 관한 파일은 어떤 서랍이나 컴퓨터에도 없었고, 조회할 만한 FBI 프로파일이나 배경 보고서조차 존재하지 않았다. 다시 말해 기초 조사부터 해야 할 살인자를 잡은 셈이었다.

그것은 담당 형사인 프레디 올리버스와 그의 파트너 테드 콜버트에게 수사의 전혀 새로운 각도를 제시했다. 사건 자체가 그들을 질질 끌고 가는 탄력을 지니고 있었다. 모든 것이 기소를 향해 '돌격 앞으로'였고, 뒤를 돌아볼 겨를이나 눈치도 없었다. 웨이츠는 살해한 두 여자의 신체 부위를 담은 쓰레기봉투들을 소지한 상태에서 체포되었다. 그것은 결정적 증거물이었기 때문에 경찰은 체포한 자에 대해 정확히 알 필

요도 없었고, 그자가 왜 그 시각에 그 거리로 밴을 몰고 나왔는지조차
도 알아보지 않았다.

그 결과 현재 사건에 대한 파일은 보슈에게 아무 도움도 주지 못했
다. 파일에 담긴 내용이라곤 피살자들의 신원파악을 위한 조사와 토막
난 신체 부위들을 그린 그림 등, 임박한 기소에 필요한 서류들뿐이었다.

파일 속의 배경 정보는 웨이츠 자신이 진술한 아주 단순한 내용들이
거나 올리버스와 콜버트가 컴퓨터 검색을 통해 주워 모은 것들이었다.
결론적으로 말해 그들은 자신들이 기소하는 용의자에 대해 아는 것이
거의 없었지만, 지금까지 알고 있는 것만으로도 충분했다.

보슈가 그 파일을 꼼꼼히 다 읽는 데는 20분이 걸렸고, 법률용지 절
반가량의 메모를 남겼다. 그는 용의자의 체포와 자백, 레이너드 웨이츠
와 로버트 색슨이라는 이름 사용에 대한 간단한 시간표를 짜 보았다.

'92/4/30 – 대니얼 피츠패트릭 피살, 할리우드

'92/5/18 – 레이너드 웨이츠, '71년 11월 3일생, 운전면허 발급, 할리우드

'93/2/01 – 로버트 색슨, '75년 11월 3일생, 체포–남의 집 염탐죄

    – 운전면허 엄지 지문에 의해 '71년 11월 3일생, 레이너드 웨이츠로 신원
     확인

'93/9/09 – 마리 게스토 납치, 할리우드

'06/5/11 – 레이너드 웨이츠, '71년 11월 3일생, 살인 혐의로 체포, 에코 파크

시간표를 들여다보던 보슈는 주목할 가치가 있는 두 가지 사실을 발
견했다. 웨이츠는 아마 스무 살이 되기 전까진 운전면허를 취득하지 않
았을 것이다. 그리고 어떤 이름을 사용했든 자기가 태어난 달과 날짜는
항상 똑같이 댔을 것이다. 한 번은 청소년으로 간주되기 위해 태어난

해를 1975년이라 말한 적이 있지만, 다른 때는 한결같이 1971년생이라고 말했던 것이다. 이런 수법은 자기 신분을 바꾸는 자들이 종종 사용한다는 것을 보슈는 알고 있었다. 이름은 바꾸지만 혼란이나 망각을 피하기 위해 다른 세부사항들은 그대로 유지한다. 특히 경찰이 물었을 때 분명하게 대답할 수 있어야 하니까.

보슈는 주초에 기록을 검색해 본 결과 로스앤젤레스 카운티 내에서 11월 3일생으로 출생신고가 되어 있는 레이너드 웨이츠나 로버트 색슨이란 자는 없다는 걸 알고 있었다. 그것에서 그와 키즈 라이더가 얻은 결론은 두 이름이 모두 가명이란 것이었다. 하지만 이제 보슈는 1971년 11월 3일이란 생년월일은 가짜가 아닐 수도 있다는 생각을 하게 되었다. 어쩌면 웨이츠는, 아니면 그가 누구였든, 자기 이름을 바꾸면서 생년월일은 사실대로 기록했을지도 모른다.

그의 눈길을 끈 또 하나는 피츠패트릭이 피살된 날짜와 웨이츠가 운전면허를 취득한 날짜가 아주 가깝다는 사실이었다. 겨우 반 달 남짓이다. 보슈는 여기에다 웨이츠가 스무 살이 될 때까진 운전면허를 신청하지 않았다는 사실을 대입했다. 자동차 천국이라는 LA에서 성장하는 아이가 운전면허를 취득하기 위해 스무 살까지 기다린다는 얘긴 믿어지지가 않았다. 이것은 레이너드 웨이츠가 본명이 아니라는 또 하나의 심증을 갖게 했다.

보슈는 느낌이 오기 시작했다. 서퍼가 서핑보트에 올라타기 전에 적당한 파도를 기다리는 것처럼, 그는 지금 자신의 파도가 다가오고 있는 느낌이었다. 그리고 자신이 지금 새로운 신원의 탄생을 보고 있다고 생각했다. 폭동을 이용하여 대니얼 피츠패트릭을 살해한 지 18일 후, 살인범은 할리우드 차량등록국으로 걸어 들어가 운전면허를 신청했다. 신청서에 기재한 이름은 레이너드 웨이츠, 생년월일은 1971년 11월 3일이었다. 그는 출생증명서를 첨부해야만 되었을 것이다. 하지만 그 정도는 전문가만 제대로 만나면 조금도 어려운 일이 아니었을 것이다. 할리우드에서도, LA에서도, 위조 출생증명서를 만드는 건 아주 쉬운 일로 위험부담도 거의 없었다.

보슈는 피츠패트릭 살해와 신원 변경이 서로 연결되어 있다고 믿었다. 둘은 서로 인과 관계로, 살인 때문에 살인자는 자기 신원을 바꿔야만 했다. 이것은 이틀 전 레이너드 웨이츠가 자백한 내용이 거짓이었음을 보여 주었다. 그는 대니얼 피츠패트릭을 죽인 것을 '스릴 킬(thrill kill)'로 성격 짓고, 자신이 오랫동안 꿈꾸어 왔던 환상을 만끽한 기회였다고 했다. 또한 피츠패트릭을 우연한 희생자, 거기 있었다는 이유만으로 선택된 자로 그리려고 애썼다.

하지만 그게 사실이고 살인자가 피살자와 이전에 아무런 연관도 없었다면, 왜 자신의 신분을 그렇게 갑자기 바꿔야만 했을까? 살인자는 겨우 18일 사이에 위조 출생증명서를 구해 새 운전면허증을 만들었다. 레이너드 웨이츠는 그렇게 탄생했다.

보슈는 자기가 하고 있는 생각에 모순이 있다는 걸 깨달았다. 웨이츠가 정말 자신이 고백한 대로 피츠패트릭을 살해했다면 그렇게 급히 새로운 신분으로 바꿔야 할 이유가 없었다. 하지만 살인과 운전면허증을 취득한 사실이 그것과는 모순되었다. 보슈가 내린 결론은 명백했다. 어떤 관련이 있었다는 것. 피츠패트릭은 우연한 희생자가 아니었다. 그는 어떤 식으로든 살인자와 관련이 있었을 것이다. 바로 그 이유 때문에 살인자는 자기 이름을 바꿨던 것이다.

보슈는 일어나서 빈병을 들고 부엌으로 갔다. 두 병 마셨으면 어지간히 되었다고 생각했다. 좀 예민한 상태로 자신을 향해 밀려올 파도를 기다릴 필요가 있었다. 그는 스테레오로 다가가서 명반 카인드 오브 블루(미국 재즈 트럼펫 연주가 마일스 데이비스의 1959년도 앨범 – 옮긴이)를 밀어 넣었다. 기분전환엔 언제나 직효인 곡들이었다. 첫 번째 실린 '올 블루스(All Blues)'라는 곡을 보슈는 가장 좋아했다.

음악이 흘러나오자 그는 식탁으로 돌아와서 피츠패트릭 살인 사건 보고서를 펼쳐놓고 읽기 시작했다. 키즈 라이더가 이전에 검토한 적 있지만, 그땐 단지 웨이츠의 자백에 대한 준비 작업에 지나지 않았다. 그녀는 지금 보슈가 찾고 있는 숨은 연결 끈을 찾았던 게 아니었다.

피츠패트릭의 죽음에 대한 수사는 그 당시 폭동범죄 특별수사대(RCTF)에 임시 파견되었던 두 형사에게 할당되었다. 그런데 아무리 좋게 봐도 수박 겉핥기식 수사였다. 우선 추적할 만한 단서들이 별로 없었고, 폭동과 관련된 모든 사건들이 엄청난 양의 무익한 정보들을 쏟아 냈기 때문에 단서를 추적한 일은 거의 없었다. 불온한 사흘 동안 광범위하게 일어났던 모든 폭력 행위들은 거의 대부분 무작위의 결과였다. 사람들은 단지 할 수 있다는 이유만으로 무분별하게 남의 물건을 훔치고, 강간하고, 살해했던 것이다.

피츠패트릭을 공격하는 것을 본 목격자는 없었고, 깨끗하게 닦아 낸 라이터 기름통 외엔 어떤 증거물도 발견되지 않았다. 전당포의 기록들은 화재와 물로 대부분 소실되었다. 남은 것들은 두 개의 플라스틱 상자 속에 담겨진 후 방치되었다. 사건은 발생하자마자 종료된 것처럼 취급되었고, 아무도 거들떠보지 않은 상태로 문서기록실에 보관되었다.

살인 사건 수사보고서는 너무 얇아서 첫 장부터 끝까지 읽어보는 데 20분도 채 걸리지 않았다. 메모할 것도 없었고, 생각할 것도 없었고, 어떤 연관성도 발견할 수 없었다. 보슈는 썰물이 빠져나가는 기분이었다. 파도타기가 끝나 가고 있었다.

사건 전반에 대한 재검토는 내일 하기로 하고 맥주나 한 병 더 꺼내올까 생각하고 있을 때 현관문이 열리고 레이철이 들어섰다. 손에는 '차이니즈 프렌즈'에서 사 온 음식 상자들이 들려 있었다. 보슈는 식탁 위의 서류들을 한쪽으로 밀고 음식 놓을 자리를 만들었다. 레이철이 접시들을 꺼내어 음식들을 담는 동안 그는 냉장고에서 남은 앵커 스팀 두 병을 마저 꺼내왔다.

처음엔 먹느라고 바빠 두 사람 다 말을 별로 하지 않았다. 마침내 보슈가 점심 식사 이후 지금까지 한 일들과 알아낸 내용을 그녀에게 모두 얘기했다. 비치우드 캐니언에서 찾아낸 길 표식들에 대해 설명할 때는 믿기지 않는 듯 아무 말도 없던 그녀는 보슈가 작성한 시간표를 들여다 보곤 살인범이 피츠패트릭을 살해한 후에 신원을 바꾸었다는 그의 결론에는 전적으로 동의했다. 또한 살인범의 본명은 아직 밝히지 못했지만 진짜 생년월일은 이미 확보했을 수 있다는 그의 주장에도 동의했다.

보슈가 바닥에 놓인 플라스틱 상자 두 개를 가리키며 말했다.

"그래서 이걸 좀 뒤져 볼 가치가 있을 것 같소."

레이철은 상체를 옆으로 기울이고 그가 가리키는 상자들을 내려다보았다.

"이것들이 뭐죠?"

"대부분이 전당표요. 화재를 진압한 후에 건져낸 유일한 서류지. 1992년 당시 흠뻑 젖은 상태로 이들 상자에 담긴 후 망각됐어요. 저걸 모두 뒤져 본 사람은 아무도 없었으니까."

"오늘 밤 우리가 해야 할 일이 이거란 얘기군요, 해리?"

보슈는 미소를 지으며 고개를 끄덕였다.

식사를 마친 후 두 사람은 상자를 하나씩 맡아 조사하기로 했다. 보슈는 상자를 열면 곰팡이 냄새가 진동할 테니 데크로 들고 나가 작업하자고 제의했다. 레이철은 기꺼이 동의했다. 보슈가 플라스틱 상자 두 개를 밖으로 옮긴 뒤 차고에서 빈 마분지 상자 두 개를 꺼내 와서 그 옆에 놓았다. 그들은 데크 의자에 앉아 일을 시작했다.

보슈가 맡은 플라스틱 상자 위쪽에는 테이프로 붙인 3×5인치 크기 카드에 '주요 파일 캐비닛'이란 글씨가 적혀 있었다. 그는 상자 뚜껑을 떼어내어 안에서 뿜어내는 악취를 날려 보내는 데 사용했다. 상자 안에는 거의 붉은색으로 변한 전당표와 3×5인치 카드가 가득 들어 있었는데, 삽으로 마구 퍼 담은 것처럼 엉망진창이었다.

침수로 인한 파손이 심했다. 전당표의 많은 양이 물에 젖은 상태로 서로 달라붙어 잉크가 번진 탓에 해독이 거의 불가능했다. 보슈는 레이철을 돌아보았다. 같은 문제로 고민하고 있던 그녀가 말했다.

"이건 엉망이군요."

"알아요, 그냥 최선을 다해 봐요. 이게 마지막 희망일지도 모르니까."

그저 한 장 한 장 떼어 내는 수밖에 다른 방법이 없었다. 보슈는 한데 뭉친 전당표 한 덩어리를 무릎 위에 올려놓고 한 장씩 떼어 내어 이름과 주소, 생년월일을 확인하기 시작했다. 피츠패트릭의 전당포에 와서 뭔가를 맡기고 돈을 빌려간 고객들이었다. 확인이 끝난 전당표는 식탁 서랍에서 꺼낸 빨간 볼펜으로 상단 모서리에 표시를 한 뒤 의자 반대편에 놓인 마분지 상자에 담았다.

두 사람이 대화 한 마디 없이 반 시간쯤 작업에 몰두해 있을 때 부엌에서 전화벨이 울렸다. 보슈는 그대로 내버려 둘까 하다가 혹시 홍콩에서 온 건지도 모른다는 생각에서 일어났다. 레이철 월링이 그를 쳐다보며 말했다.

"집전화도 있는 줄은 몰랐네요."

"아는 사람이 많지 않지."

그는 신호가 여덟 번째 울렸을 때 전화기를 들었다. 딸이 건 전화가 아니었다. 에이벌 프랫의 목소리가 흘러나왔다.

"체크를 한번 해 본 거요. 집 전화로 걸어서 받으면 집에 있는 거니까."

"내가 지금 가택연금을 당한 겁니까?"

"아니오, 해리. 난 당신이 걱정되어 이러는 것뿐이오."

"내가 뒤통수치는 일은 없을 테니 안심해요. 하지만 자택근무라고 해서 24시간 내내 집 안에만 처박혀 있어야 한다는 뜻은 아니라더군요. 노동조합에 문의해 봤죠."

"알아요, 알아. 그렇지만 당신 직무와 관련된 수사에 일절 손을 대면 안 된다는 뜻이기도 해요."

"알아요."

"그래, 뭐하고 있소?"

"친구랑 데크에 앉아 밤공기 마시며 맥주 한잔하고 있습니다. 그건 괜찮습니까, 팀장님?"

"내가 아는 친구요?"

"그럴 리가. 그녀는 경찰을 싫어해요."

프랫은 껄껄 웃었다. 그 말을 듣고 나니 보슈에 대해 안심이 되는 모양이었다.

"그렇다면 얼른 놔줘야겠군. 잘해 봐요, 해리."

"그럴 생각입니다. 내일 전화하죠."

"기다리겠소."

"나도요. 그럼 이만."

전화를 끊은 뒤 보슈는 혹시 안 보이는 구석에 처박힌 맥주라도 없나 하고 냉장고 안을 살펴봤지만 빈손으로 돌아갈 수밖에 없었다. 레이첼은 미소 띤 얼굴로 침수된 3×5인치 카드 한 장을 손에 들고 그를 기다리고 있었다. 카드에 클립으로 첨부된 것은 분홍색 전당표였다.

"찾았어요."

그녀가 보슈에게 건네며 말했다. 그는 그것을 받아들고 불빛이 환한 집 안으로 들어갔다. 먼저 카드를 살펴보았다. 파란 잉크로 쓴 글씨의 일부분이 물에 번지긴 했지만 읽을 수는 있었다.

불만 고객 — '92/02/12

고객은 저당기간 90일이 만료되지 않았는데도 저당물을 처분했다고 불평했다. 전당표를 보여 주며 해명을 했지만, 고객은 90일에 주말이나 공휴일은 포함시키지 말아야 한다고 주장하며 욕설을 내뱉고 문을 쾅 처닫았다.   DGF

불만 고객 카드에 첨부된 분홍색 전당표에 적힌 이름은 로버트 폭스워드였고, 생년월일은 1971년 11월 3일, 주소는 할리우드 파운틴 가로 되어 있었다. 1991년 10월 8일자로 저당 잡힌 물품은 '가보 메달'로 기재되어 있었다. 폭스워드는 그것을 맡기고 80달러를 빌려갔으며, 전당포 아래 오른쪽 구석에 있는 네모 속에는 지문도 하나 찍혀 있었다. 지문의 무늬가 보이긴 했지만 비닐 상자에 담겨 있던 물기 때문에 잉크가 번지거나 거의 지워진 상태였다.

"생년월일이 일치하는데요."

레이철이 말했다.

"게다가 이름도 두 단계로 연결되고요."

"무슨 뜻이오?"

"로버트 색슨이란 이름을 사용했을 땐 로버트를 앞에 내세웠어요. 그리고 레이너드를 사용했을 때는 폭스워드 앞부분의 폭스를 따왔던 거죠. 아마 거기서 레이너드에 관한 모든 것이 나왔을 거예요. 만약 그의 본명이 폭스워드라면 어릴 때 그렇게 불렸을 거고, 부모는 아들한테 레이너드라는 이름을 가진 여우에 대한 얘기를 해 줬겠죠."

"만약 그의 본명이 폭스워드라면…" 하고 보슈도 똑같이 반복했다. "우린 방금 다른 이름을 하나 발견한 것 같군."

"아마도요. 적어도 지금까진 당신이 몰랐던 거죠."

보슈는 머리를 끄덕였다. 가슴속에 흥분이 차오르는 느낌이었다. 레이철의 말이 옳았다. 마침내 새로 추적할 방향을 잡은 것이었다. 그는 휴대전화를 꺼내들었다.

"그 이름을 조회하여 뭐가 나오는지 봐야겠소."

그는 중앙 컴퓨터실로 전화하여 근무 요원에게 전당표에 적힌 이름과 생년월일을 불러 주고 조회를 의뢰했다. 그러자 아무 전과 없이 깨끗하고 현재의 운전면허에도 아무 기록이 없다는 대답이 돌아왔다. 보슈는 요원에게 고맙다고 말한 뒤 전화를 끊었다.

"아무것도 없다는데. 운전면허 기록에도 말이오."

"그건 좋은 거예요. 모르겠어요?"

레이철이 설명했다.

"로버트 폭스워드는 지금 서른다섯 살이 되어 갈 거예요. 전과나 운전면허 상의 기록이 없다는 것은 그가 더 이상 존재하지 않는다는 사실을 확인해 주는 것이고, 그것은 그가 이미 죽었거나 다른 사람이 되었다는 뜻이죠."

"레이너드 웨이츠가 되었단 말이군."

레이철은 고개를 끄덕였다.

"나는 에코 파크 주소를 가진 운전면허증을 기대했던 것 같소. 지나친 바람이었지."

"아닐지도 모르죠. 이 주(州)에서 폐기된 운전면허증을 체크할 방법이 있나요? 로버트 폭스워드는 열여섯 살이 되던 1987년에 운전면허를 취득했을 거예요. 그 이름이 본명이라면 말이죠. 자기 신원을 바꿨을 때는 운전면허증 유효기간이 만료되었을 거예요."

보슈는 그 점에 대해 생각해 보았다. 주에서는 90년대 초반부터 운전면허 취득자에게 엄지손가락 지문 채취를 요구하기 시작했다. 그것은 폭스워드가 운전면허를 취득한 것이 80년대 후반이었고, 레이너드 웨이츠라는 새로운 신원과 그를 연결시킬 방법은 없다는 뜻이었다.

"내일 아침 차량등록국에 조회하면 알 수 있겠지. 오늘 밤 중앙 컴퓨터실 요원한테 전화로 알아낼 수 있는 일이 아니오."

그러자 레이철이 말했다.

"내일 아침 체크할 게 또 있어요. 전날 밤 내가 생각나는 대로 얘기했던 그의 추악한 프로파일에 대해 기억해요? 이 초기 범행들은 일탈적인 게 아니라고 말했죠. 그가 내공을 쌓아 올린 결과물들이에요."

보슈는 무슨 뜻인지 알아들었다.

"청소년 보호막을 쓰고 말이죠?"

레이철은 고개를 끄덕였다.

"로버트 폭스워드의 청소년원 기록을 찾을 수 있을 거예요. 그게 본명이라면 말이죠. 그것도 컴퓨터실을 통해 알아낼 수 있는 일이 아니죠."

그녀의 말이 맞았다. 주법(州法)은 청소년원의 기록을 통해 성인 범죄자를 추적하는 것을 허용하지 않았다. 보슈가 중앙 컴퓨터실에 조회했던 이름이 깨끗한 걸로 나왔다고 해서 완전히 깨끗하다는 뜻은 아니었다. 운전면허 정보에 관해서는 내일 아침까지 기다렸다가 보호관찰부에 청소년원의 기록을 요청해서 확인해 봐야 알 수 있었다.

그러나 희망의 끈을 붙잡자마자 놓으면서 그가 말했다.

"잠깐, 그건 말이 안 돼요. 그의 지문은 일치했어야지. 레이너드 웨이츠의 지문으로 조회했더라도 로버트 폭스워드가 청소년원에 있을 때 채취했던 지문과 일치했을 것 아니오? 그의 전과 기록은 입수할 수 없었더라도 지문은 시스템에 저장되어 있었을 테니까."

"그럴 수도 있고, 안 그럴 수도 있죠. 분리된 두 시스템에서 따로 노는 관료들 사이에선 크로스체크가 항상 원활하진 않아요."

그건 사실이었다. 하지만 다른 어떤 것보다도 아쉬운 점이기도 했다. 보슈는 이제 청소년원의 기록을 확인하는 일은 좀 막연한 방법처럼 느껴졌다. 로버트 폭스워드는 청소년원에 한 번도 간 적이 없었을 가능성이 더 컸다. 그리고 그 이름은 또 하나의 다른 가명일 거라는 생각이 들기 시작했다.

레이철은 화제를 바꾸려고 물었다.

"그가 저당 잡혔다는 가보 메달에 대해선 어떻게 생각하죠?"

"모르겠소."

"그걸 되찾고 싶어 했다는 사실이 흥미로워요. 장물은 아니란 생각이 들잖아요. 자기 가족 중 누군가가 지녔던 물건이라 되찾을 필요가 있었던 거죠."

"그래서 전당포 주인한테 욕을 하고 문을 쾅 처닫았군."

레이철은 머리를 끄덕였다.

보슈는 갑자기 피로감이 몰려오는 것을 느끼며 하품을 토해 냈다. 하루 종일 뛰어다녀서 얻은 거라곤 고작 이름 하나와 그에 따른 불확실성이었다. 사건에 대한 생각으로 머리가 복잡했다. 레이철이 눈치를 채고 말했다.

"해리, 이쯤에서 중단하고 맥주나 한잔 더 하자고요."

"글쎄, 이쯤이 어디쯤인지는 잘 모르겠지만 맥주야 한잔 더 할 수 있죠. 그런데 한 가지 문제가 있소."

"그게 뭔데요?"

"맥주가 떨어졌소."

"해리, 이런 지저분한 일 시켜가며 사건 해결을 도와달라고 숙녀를 불러 놓고 겨우 맥주 한 병으로 입 닦겠다는 거예요? 정말 웬일이야? 와인은 어때요? 와인도 없어요?"

보슈는 슬픈 표정으로 고개를 저었다.

"가게에 다녀오면 되지 뭐."

"생각 잘했어요. 그러면 난 침실에서 기다릴게요."

"지체 없이 다녀오죠."

"난 적포도주예요, 알았죠?"

"대령합죠."

보슈는 서둘러 집을 나섰다. 그의 자동차는 레이철이 올 경우 차고를 사용하도록 하기 위해 도로가에 세워 두었다. 현관에서 막 걸어 나왔을 때, 두 집 건너 맞은편 도로에 주차되어 있는 차량 한 대가 눈에 들어왔다. 그 은빛 SUV가 그의 눈길을 끈 것은 주차금지 구역에 세워져 있었기 때문이었다. 그곳은 도로가 꺾이는 지점과 너무 가깝기 때문에 차를 세울 수 없게 되어 있었다. 모퉁이를 돌아오는 차가 갑자기 눈앞에 나타난 차와 충돌할 수가 있었다.

보슈가 도로 쪽을 쳐다보자, 그 SUV는 전조등도 켜지 않은 채 갑자기 출발했다. 그리곤 재빨리 북쪽 모퉁이를 돌아 사라졌다.

보슈는 자기 자동차로 달려가서 급히 올라타고 SUV가 사라진 북쪽 도로로 달려갔다. 안전이 허락하는 최대한 빠른 속도로 달렸기 때문에 2분도 채 안 되어 모퉁이를 돌아 멀홀랜드 드라이브 교차로 지점에 도착했지만, 은빛 SUV는 그림자도 보이지 않았다. 나머지 세 갈래 도로 중 어느 쪽으로 갔는지조차 짐작할 수 없었다.

"젠장!"

보슈는 교차로에 차를 세운 채 방금 자신이 본 것이 무엇인지, 어떤 의미를 지니고 있는지에 대해 한참 생각에 빠져들었다. 어쩌면 그것은 아무 의미도 없는 일일 수도 있었다. 하지만 누군가가 자신을 감시하기 위해 그의 집을 지켜보고 있었을 수도 있었다. 그럴 경우 당장 그가 할 수 있는 일은 없었다. 그냥 흘려보낼 수밖에. 보슈는 좌회전하여 멀홀랜드 쪽으로 차를 돌렸고, 카후엥가까지 줄곧 안전속도로 달려갔다. 랭커심 대로 근처에 술을 파는 가게가 하나 있다는 걸 알고 있기 때문이었다. 그는 혹시 미행자가 없는지 백미러를 계속 흘끔거리며 그곳으로 차를 몰았다.

26

저주

자택근무이거나 말거나 다음 날 아침 보슈는 정장 차림으로 집을 나섰다. 그래야 정부 관료들을 상대할 때 경찰의 위엄과 자신감을 보여 줄 수 있다는 걸 알고 있기 때문이었다. 그 보상은 9시 20분경에 받았다. 확실한 단서를 잡게 되었던 것이다. 차량등록국의 문서보관실은 로버트 폭스워드가 운전을 할 수 있는 열여섯 살이 되던 1987년 11월 3일에 발급한 운전면허를 찾아냈다. 면허는 캘리포니아 주에서 한 번도 갱신된 적이 없었지만, 차량등록국 기록에 소지자가 사망했다는 내용은 없었다. 그것은 폭스워드가 다른 주로 이사 가서 그곳 운전면허를 취득했거나, 더 이상 운전을 하지 않기로 작정했거나, 신원을 바꿨다는 뜻이었다. 보슈는 세 번째 경우에 더 무게를 두었다.

면허증에 기재된 주소가 단서였다. 거기 기재된 폭스워드의 주거지는 로스앤젤레스 주 윌셔 거리 3075번지, LA 카운티 아동 및 가족 지원부였다. 1987년, 그는 카운티 청소년원에 있었다. 부모가 없었거나, 있었어도 아이 양육에 부적합 판정을 받고 격리되었을 것이다. 주소가 LA 카운티 아동 및 가족 지원국(DCFS)로 되어 있다는 것은 폭스워드가 그 부서의 청소년원에서 거주했거나 가정위탁 프로그램에 맡겨져 있었다는 뜻이었다. 보슈 자신도 첫 번째 운전면허증에 그런 주소를 기재하고 다녔던 적이 있기 때문에 잘 알고 있었다. 또한 카운티 청소년원에도 있었다.

스프링 거리에 있는 차량등록국 사무실에서 나온 보슈는 새로운 에너지가 차오르는 것을 느꼈다. 그는 전날 밤 막다른 골목처럼 보이던 것을 돌파하여 결정적 증거를 발견했다. 자동차를 세워 둔 곳으로 걸어가고 있는데 주머니 속의 휴대전화가 진동했다. 레이철일 것이라는 속단과 희소식을 전해야겠다는 마음에 화면도 확인하지 않고 전화를 받았다.

"해리, 거긴 어디요? 집으로 전화했더니 안 받더군."

에이벌 프랫이었다. 보슈는 그의 체크가 슬슬 지겨워지기 시작했다.

"키즈 병문안 가는 길입니다. 그건 괜찮나요?"

"그럼요, 해리. 나하고 연락만 되면."

"하루에 한 번만. 아직 10시도 안 됐잖아요!"

"난 아침마다 당신 목소리를 듣고 싶소."

"어련하실까. 내일은 토요일인데도 전화해야 합니까? 일요일은 어떻게 할까요?"

"너무 열 내지 마요. 난 당신 생각해서 그러는 거야. 잘 알면서."

"아무렴요, 팀장님. 지당하신 말씀."

"최근 소식 들었소?"

보슈는 걸음을 멈추고 그에게 물었다.

"웨이츠를 잡았습니까?"

"아니, 그랬으면 좋겠지만."

"그럼 뭡니까?"

"온통 그 뉴스뿐이오. 여긴 그 일로 다들 난리요. 어젯밤 거리에서 어떤 여자가 납치당했소. 할리우드 대로에서 밴 속으로 끌려 들어갔다는군. 당국에서 작년 그 거리에 새 감시 카메라들을 설치했는데, 그중 하나가 납치 장면을 일부 포착한 모양이오. 난 아직 테이프를 보지 못했는데, 본 사람들은 범인이 웨이츠라고 주장하고 있소. 머리를 박박 밀고 외양을 좀 바꿨지만 틀림없는 웨이츠였다는군. 11시에 기자회견이 잡혀 있는데, 거기서 테이프를 만천하에 공개할 거라고 했소."

보슈는 가슴이 덜컥 내려앉는 느낌이었다. 웨이츠가 이 도시를 떠나지 않을 것이라고 예상했던 그의 판단은 옳았다. 막상 이런 얘길 듣고 나니 차라리 그 판단이 틀렸더라면 좋았을걸, 하는 생각이 들었다. 이런 생각들을 하면서 그는 여전히 살인범은 레이너드 웨이츠로 생각하고 있다는 걸 알았다. 웨이츠가 정말 로버트 폭스워드인지는 중요하지 않았고, 그래서 보슈는 언제나 그를 웨이츠라고 생각할 것이었다.

"밴의 번호판은 확인했나요?"

"아니, 가려져 있었대요. 알아낸 거라곤 평범한 흰색 이코노라인 밴이라는 것뿐이오. 그자가 사용했던 다른 밴과 같은 모델인데 더 낡았더라는군. 이봐, 난 가 봐야 해요. 그냥 체크 한번 해 본 거요. 다행히 오늘로 끝이오. OIS 조사가 끝나면 당신은 팀에 복귀하게 될 테니까."

"듣던 중 반가운 소리군요. 그런데 웨이츠가 자백할 때 90년대엔 다른 밴을 가지고 있었다고 말했어요. 특별수사대는 차량등록국에 사람을 보내 그의 이름으로 등록된 옛 기록들을 살펴봐야 할 겁니다. 어쩌면 그 밴에 달고 있던 번호판과 만나게 될지도 모르죠."

"그건 해 볼 가치가 있겠군. 그 친구들한테 말해 주겠소."

"그럼요."

"집 가까이 있어요, 해리. 키즈한테 안부 좀 전해 주고."

"알았어요."

휴대전화를 닫으며 보슈는 그런 식으로 키즈를 핑계 삼을 수 있어서 참 좋았다. 하지만 동시에 프랫에게 점점 더 능란한 거짓말쟁이가 되어 가는 게 좀 서글프기도 했다.

차에 오른 그는 윌셔 대로 쪽으로 방향을 잡았다. 프랫의 전화가 마음을 더 조급하게 만들었다. 웨이츠가 다른 여자를 납치했다. 하지만 그가 납치한 여자들을 즉시 죽였다는 내용은 파일 속 어디서도 찾아볼 수 없었다. 그것은 어젯밤 납치당했다는 여자가 아직 살아 있을지도 모른다는 뜻이었다. 보슈는 웨이츠를 잡으면 그 여자의 생명을 구할 수도 있다는 걸 알았다.

아동 및 가족 지원부(DCFS) 사무실은 사람들로 시끌벅적했다. 보슈는 접수 카운터에서 15분이나 기다린 끝에야 사무원의 응대를 받았다. 그녀는 보슈가 말한 정보를 컴퓨터에 입력하더니, 생년월일이 1971년 11월 3일인 로버트 폭스워드와 관련된 청소년원 파일이 있긴 하지만 그 기록을 조사하려면 법원의 영장을 가져와야 한다고 말했다.

보슈는 슬며시 미소를 지었다. 파일이 실제로 존재하고 있어서 또 한 번의 좌절로 인한 분노를 일으킬 수 있다는 사실이 너무 짜릿하게 느껴졌다. 그는 여직원에게 고맙다고, 그리고 영장을 받아 다시 오겠다고 말했다.

햇빛 속으로 다시 걸어 나온 보슈는 자신이 지금 갈림길에 서 있다는 걸 깨달았다. 에이벌 프랫과 통화하면서 자신이 있는 곳에 대해 적당히 둘러대는 건 별 문제될 것이 없었다. 하지만 상사가 결재한 경찰국 승인서도 없이 DCFS 기록에 대한 수색영장을 청구하는 행위는 그 자신에게 내려진 제약을 완전히 무시하는 행위였다. 그런 막가파식 수사를 자행했다간 해고를 당하기 십상이었다.

보슈는 자신이 알아낸 것을 OIS의 랜돌프 경위나 탈주범 특별수사 대에 보고하여 수사토록 하거나, 비정상적 방법으로 수사하여 가능한 결과를 이끌어내든가 하는 수밖에 없다는 결론에 도달했다. 은퇴했다 가 복직한 이래 보슈는 경찰국의 규정이나 법규에 비교적 구애를 덜 받 았다. 이미 문 밖으로 한 번 걸어 나갔다가 돌아온 몸이라서 그런지, 또 다시 밀려날 처지에 처한다면 이번엔 별로 부담 느끼지 않고 태연히 걸 어 나갈 수 있을 것 같았다. 뭐든 두 번째는 원래 더 쉬운 법이다. 물론 그렇게 되길 원하는 건 아니지만, 꼭 그래야 한다면 할 수도 있었다.

휴대전화를 꺼내 든 그는 두 가지 나쁜 방법 중 하나를 선택하는 것 을 모면하도록 도와 줄 수 있는 유일한 사람에게 전화를 걸었다. 레이 철 월링은 두 번째 신호가 울리자 받았다.

"전략 팀은 잘 돌아가고 있어요?"

보슈는 대뜸 물었다.

"아, 여긴 항상 잘 돌아가고 있죠. 다운타운에선 어때요? 어젯밤 웨이 츠가 다른 여자를 납치했다는 소식은 들었죠?"

레이철은 흥분하면 한꺼번에 두 가지 이상의 질문을 하는 버릇이 있 었다. 보슈는 납치에 관한 얘기는 이미 들었고, 그 자신이 아침에 한 일 들을 그녀에게 얘기해 주었다.

"그래서 어떻게 하려고요?"

"그래서 난 FBI가 이 사건에 개입하고 싶어 하진 않을까 하는 생각을 하고 있소."

"그 사건의 어떤 점이 연방수사국과 관련 있는데요?"

"공무원들의 부패, 불법 선거 자금, 납치, 앙숙끼리의 동거 등, 거기서 항상 다루는 문제들이잖소."

레이철은 진지한 말투를 바꾸지 않았다.

"글쎄요, 해리. 일단 여기 문을 열어젖히면 일이 어디로 어떻게 흘러 갈지 아무도 예측할 수 없어요."

"하지만 내겐 내부자가 있잖아요. 날 위해 잘 감시하고 사건을 지켜 줄 사람 말이오."

"틀렸어요. 그들은 나를 이 사건 근처에도 못 가게 할 거예요. 우리 팀이 할 일도 아니고, 그 팀엔 모종의 알력과 이해관계도 있어요."

"무슨 알력? 우린 이전에도 공조해 왔소."

"난 이 일이 어떻게 받아들여질 것인지를 얘기하고 있는 거예요."

"암튼 난 수색영장이 필요해요. 내게 가해진 제약을 무시하고 영장을 신청했다간 아주 골로 가는 수가 있다고. 프랫도 그건 못 참을 게 확실 하거든. 그렇지만 내가 연방수사국의 수사에 합류하게 됐다고 말할 수 있다면, 그건 아주 당당한 핑계가 될 거란 말이지. 내게 돌파구가 되는 거요. 내가 원하는 건 폭스워드의 DCFS 파일뿐이오. 그것이 에코 파크 에 있는 그 무언가로 우릴 안내해 줄 것 같거든."

레이철은 한참 동안 잠자코 있다가 그에게 불쑥 물었다.

"거기 어디예요?"

"아직 DCFS에 있어요."

"어디 들어가 도넛이라도 먹고 있어요. 최대한 빨리 갈 테니."

"가능하겠소?"

"아뇨. 하지만 가능하게 하자는 거잖아요, 지금."

그녀가 전화를 끊자 보슈도 휴대전화를 접고 주위를 돌아보았다. 그는 도넛을 먹으러 가는 대신 가판대로 가서 〈LA 타임스〉 조간을 한 부 집어 들고 DCFS 건물 정면을 따라 죽 설치된 화단에 걸터앉았다. 그리곤 신문을 펼치고 레이너드 웨이츠와 비치우드 캐니언 수사에 대한 기사들을 찾아보았다.

할리우드 대로에서 일어난 납치 사건에 대한 기사는 보이지 않았다. 마감 시간이 지나고도 한참 후인 밤중에 발생했기 때문이었다. 1면을 장식하던 웨이츠에 대한 기사들은 지역 면으로 옮겨졌지만 여전히 넓은 지면을 차지하고 있었다. 모두 세 개의 기사가 실려 있었는데, 그중 가장 눈길을 끄는 것은 도망친 연쇄살인범에 대한 전국적 수색이 아직 아무런 진전이 없다는 기사였다. 대부분의 정보들은 전날 밤 일어난 사건으로 인해 한물가 버린 꼴이었다. 전국적인 수색은 중단되었다. 웨이츠는 아직 이 도시 안에 있었다.

가운데 지면으로 옮겨진 그 기사는 두 개의 관련 기사로 에워싸여 있었다. 하나는 총격과 탈출 와중에서 벌어진 세부사항들을 수사하여 보완한 내용이었고, 다른 하나는 정치적 상황을 업데이트한 것이었다. 후자는 케이샤 러셀이 작성한 기사였는데, 보슈는 릭 오셔의 선거자금에 대해 그녀와 나누었던 얘기가 포함되어 있지 않은지 재빨리 살펴보았지만 그런 내용은 없었다. 그러자 그녀에 대한 신뢰감이 상승하는 느낌이었다.

사건 기사들을 다 읽을 때까지도 레이철이 나타날 기미는 보이지 않았다. 보슈는 신문의 다른 면들을 뒤적이며 별 관심도 없는 각종 스포츠의 박스 스코어나 생전 안 보는 영화들의 리뷰 따위를 읽으며 시간을 죽였다. 더 이상 읽을 것이 없자, 그는 신문을 한쪽으로 밀어놓고 건물 앞을 오락가락하며 걷기 시작했다. 그러자 괜히 초조해졌고, 아침에 발견한 것에서 얻은 예리한 감각을 잃어버리게 되지나 않을지 걱정되었다.

그는 휴대전화를 꺼내어 레이철을 부를까 하다가 그 대신 세인트 조셉 병원을 불러 키즈 라이더의 상태를 점검하기로 했다. 교환원이 3층

에코 파크

322

간호사 대기실로 연결하여 기다리고 있는데, 레이철이 탄 연방 정부 크루저가 굴러 들어와 멈춰서는 것이 보였다. 그는 전화를 끊고 인도를 가로질러 차에서 내리는 그녀를 만나러 갔다.

"계획이 뭐죠?"

그가 인사 대신 한 말이었다.

"뭐라고요? 와 줘서 고맙단 말부터 해야 하는 것 아닌가요?"

"와 줘서 고마워요. 계획이 뭐죠?"

두 사람은 건물 안으로 걸어 들어가기 시작했다.

"FBI 방식이죠 뭐. 문 열고 들어가서 책임자 앞에 이 위대한 국가의 정부가 부여한 막강한 권력을 휘두르는 거예요. 내가 테러리즘의 망령을 그의 코앞에 흔들어 대면 순순히 파일을 내놓을 거예요."

보슈가 걸음을 멈추고 물었다.

"그게 계획이라고?"

"그래도 50년 이상 잘 먹혀들었어요."

레이철이 걸음을 멈추지 않았기 때문에 보슈는 서둘러 따라갔다.

"책임자가 남잔지는 어떻게 알죠?"

"항상 남자니까. 어느 쪽이죠?"

그는 중앙 복도를 똑바로 가리켰다. 레이철은 걸음을 늦추지 않았다.

"난 이러려고 40분 넘게 기다린 게 아니오, 레이철."

"더 좋은 생각이 있어요?"

"있었지. FBI 수색영장, 잊었어요?"

"그건 씨도 안 먹힐 소리였어요, 해리. 말했잖아요. 내가 문을 열 테니 잠자코 따라 들어오기나 해요. 이게 낫다니까. 들어갔다 나오는 거예요. 당신 손에 파일만 넘겨 주면 되지, 방법은 중요하지 않다고요."

레이철은 두어 걸음 앞서서 FBI 요원답게 당당히 걸어갔다. 보슈는 어쩐지 믿고 싶은 기분이 들었다. 그녀는 권위와 위압감을 풍기는 '기록부'란 표지판이 위에 붙은 더블 도어를 통과했다.

아까 보슈가 카운터에서 만났던 여직원은 다른 시민 한 사람과 얘기를 나누고 있었다. 레이철은 기다리지 않고 곧바로 다가가서 매끄러운 동작으로 상의 주머니에서 신분증을 꺼내어 내밀었다.

"FBI예요. 급한 용무로 관리자를 좀 만나야겠는데요."

여직원은 별로 내키지 않는 표정으로 쳐다보았다.

"잠깐만요, 이 손님 일이 끝나면 곧…."

"당장 상사한테 전하세요. 안 그러면 내가 직접 들어가 만나겠어요. 생사를 다투는 화급한 일이에요."

이런 무례한 일은 처음 당한다는 듯 여직원은 얼굴을 찌푸렸다. 그녀는 얘기를 나누던 시민에게 한마디 양해도 구하지 않고 카운터를 떠나 칸막이 방들 뒤쪽에 있는 문 안으로 들어갔다. 그리고 1분도 채 지나지 않아 반팔 셔츠에 고동색 넥타이를 맨 한 사내를 뒤에 달고 나왔다. 사내는 레이철 앞으로 곧장 걸어와서 물었다.

"오스본이라 합니다. 뭘 도와드릴까요?"

"사무실 안에서 얘기하고 싶은데요. 극비사항이라서요."

"그렇다면 이쪽으로 오시죠."

사내는 카운터 맞은편 끝에 보이는 여닫이문을 가리켰다. 보슈와 레이철이 문 쪽으로 걸어가자 잠금장치가 풀리는 소리가 났다. 두 사람은 오스본을 따라 뒷문을 지나 그의 사무실로 들어갔다. 먼지 앉은 다저스 수집품들로 장식된 책상 뒤로 사내가 앉자, 레이철은 FBI 신분증을 제시했다. 책상 위에는 지하철에서 사온 포장된 샌드위치도 하나 놓여 있었다.

"도대체 무슨 일로 이렇게…?"

"오스본 씨, 저는 로스앤젤레스 지국 전략정보 팀에서 근무하고 있습니다. 무슨 뜻인지 아시리라 믿습니다. 그리고 이분은 LA 경찰국에서 나오신 해리 보슈 형사님이시고요. 사건이 워낙 중요하고 화급해서 공조수사 중입니다. 우리는 당신 부하 여직원을 통해 1971년 11월 3일생인 로버트 폭스워드의 개인 파일이 이곳에 보관되어 있다는 걸 확인했어요. 그 파일을 즉시 볼 수 있도록 허용하는 일이 우리에겐 매우 중요합니다."

오스본은 머리를 끄덕였다. 하지만 그의 입에서 나온 말은 머리와 일치하지 않았다.

"이해합니다. 하지만 이곳 DCFS는 아동들을 보호하기 위해 엄격한 주법이 적용되는 곳입니다. 청소년원의 기록들은 법원 영장 없이는 공개할 수 없게 되어 있어요. 제 재량으로는….."

"오스본 씨, 로버트 폭스워드는 이제 청소년이 아닙니다. 서른네 살이에요. 그 파일에는 이 도시를 심각하게 위협하는 내용의 정보가 담겨 있을 가능성이 있습니다. 사람들의 생명을 구하게 될 것이 분명해요."

"압니다. 하지만 우리 입장도 이해해 주셔야…."

"이해하고말고요. 하지만 우리가 지금 그 파일을 보지 않으면 인명 손실에 대한 얘기를 하게 될 겁니다. 양심상 그러고 싶진 않겠지요, 오스본 씨? 우리도 마찬가집니다. 그래서 우린 한편이 되어야 합니다, 제가 한 가지 제안을 하죠, 오스본 씨. 그 파일을 당신이 지켜보는 여기서 뒤져 보겠습니다. 그 사이에 나는 전략정보 팀 동료에게 전화하여 영장을 받아 오도록 지시하죠. 오늘 업무가 끝나기 전에 판사 서명을 받아 당신 손에 분명히 넘겨 드리겠습니다."

"글쎄요…. 그러자면 문서보관실로 전화해야 하는데."

"문서보관실이 이 건물 안에 있습니까?"

"네, 아래층에요."

"그렇다면 전화해서 그 파일을 이 사무실로 가져오라고 지시해 주십시오. 시간이 별로 없어서요, 오스본 씨."

"여기서 기다리십시오. 제가 가져올 테니까."

"감사합니다, 오스본 씨."

사내가 사무실을 나가자 레이철과 보슈는 책상 앞에 있는 의자에 앉았다. 레이철이 미소를 지으며 말했다.

"저 남자 맘이 변치 말아야 할 텐데."

"아주 잘했소. 난 우리 딸한테 얼룩말은 무늬를 통해 얘기를 주고받을 수 있다고 했는데, 당신은 그만하면 호랑이 무늬를 통해서도 얘기를 주고받을 수 있을 것 같소."

"이게 성공하면 워터 그릴에서 점심 한 번 더 사야 해요."

"얼마든지. 사시미만 아니라면."

15분 가까이 기다리게 한 후에야 오스본은 두께가 3센티쯤 되어 보이는 파일 폴더를 하나 들고 돌아왔다. 그가 내미는 파일을 받아든 레이철이 의자에서 일어나자 보슈도 재빨리 눈치채고 따라 일어났다.

"감사합니다, 오스본 씨. 파일은 최대한 빨리 돌려드리겠습니다."

레이철의 말에 사내는 다급하게 소리쳤다.

"잠깐만요! 여기서 본다고 하셨잖소?"

레이철은 문을 향해 당당한 태도로 걸어가며 대꾸했다.

"시간이 없어요, 오스본 씨. 우린 뛰어야 하거든요. 이건 내일 아침에 돌려드리죠."

레이철은 이미 문을 통과했고, 뒤따르던 보슈가 등 뒤로 문을 닫는 순간 오스본이 마지막으로 외친 소리가 들려왔다.

"영장은 어떻게 되는…."

여직원 뒤를 지나가는 순간 레이철은 그녀에게 문을 좀 열어 달라고 부탁했다. 두 걸음쯤 뒤처져 복도로 나온 보슈는 레이철의 뒤를 따라 걷는 것이 기분 좋았고, 보스 기질이 철철 넘치는 그녀의 행동이 감탄스러웠다.

"이 근처 스타벅스 없어요? 회사 들어가기 전에 이걸 좀 들여다보고 싶은데."

"스타벅스야 도처에 있지."

보도를 벗어나 동쪽으로 조금 걸어가자 작은 카운터와 의자들이 놓인 간이식당이 하나 나타났다. 스타벅스를 찾아다니는 것보다 나을 것 같아 두 사람은 그 안으로 들어갔다. 보슈가 카운터 뒤에 선 사내에게 커피 두 잔을 주문하는 사이에 레이철은 파일을 펼쳤다.

카운터 위에 커피 두 잔이 놓이고 커피 값을 지불하는 사이에 레이철은 한 페이지를 먼저 읽은 뒤 보슈에게 건넸다. 보슈는 옆에 나란히 앉아 그녀가 건네 주는 서류를 차례로 받아 읽었다. 두 사람은 커피 마시는 것도 잊고 조용히 일에 열중했다. 커피를 주문한 것은 단지 카운터에서 일할 공간을 확보하기 위함이었다.

파일 맨 앞에 있던 서류는 폭스워드의 출생증명서 사본이었다. 퀸 오브 에인절스 병원에서 태어났고, 산모는 로즈마리 폭스워드로 1954년 6월 21일생, 펜실베이니아 주 필라델피아 출신으로 기재되어 있었다. 아버지는 신원미상이었고, 어머니 주소는 할리우드 오키드 애버뉴에 있는 한 아파트로 되어 있었다. 보슈는 그 주소를 지금은 할리우드 개혁과 재탄생 계획의 일부인 코닥 센터라 불리는 건물 한가운데서 찾았다. 지금은 번쩍이는 유리와 붉은 카펫으로 싸인 건물이지만, 1971년 당시에는 매춘부와 마약중독자들이 어슬렁거리는 초라한 동네였을 것이다.

출생증명서에는 아이를 받은 의사 이름과 그 사건에 관련된 사회봉사자 이름도 적혀 있었다. 보슈는 로즈마리의 나이를 계산해 보았다. 그녀가 아들을 낳았을 때의 나이는 겨우 열일곱 살이었다. 아이 아버지는 나타나지도 않았고 이름도 기재되어 있지 않았다. 누군지도 몰랐다. 사회봉사자의 이름이 적혀 있다는 것은 병원비를 카운티에서 지불했다는 뜻이고, 집주소를 제대로 기록하지 않은 것은 새로 태어난 아기의 행복한 출발을 위함이었다.

이 모든 것들이 폴라로이드 사진처럼 현상되어 보슈의 마음속에 나타났다. 로즈마리 폭스워드는 필라델피아에서 가출하여 할리우드로 흘러왔고, 비슷한 처지의 여자들과 함께 싸구려 숙박소에서 생활했던 것 같았다. 아마 근처 길거리에서 매춘을 했을 것이다. 마약도 했을 것이고. 그러다 그녀는 아들을 낳게 되었고, 결국 카운티가 개입하여 아이를 매춘부인 엄마로부터 격리시켰을 것이다.

레이철이 넘겨 주는 서류들을 계속 읽어나가자 그런 슬픈 애기가 드러났다. 로버트 폭스워드는 두 살 때 엄마가 구금되어 있던 방에서 DCFS 시스템으로 옮겨졌고, 그 후 16년 동안 여러 위탁 가정들과 청소년원을 오락가락했다. 그런 시설들 중에는 보슈 자신도 어린 시절 여러 해 동안 지낸 적 있는 엘 몬테의 매클래런 청소년원도 끼어 있었다.

파일 안에는 해마다 정기적으로 받은 정신감정서와 폭스워드가 위탁 가정에서 쫓겨 올 때마다 받은 정신감정서들이 수두룩했다. 파일은 한 사람의 망가진 인생 여정을 총체적으로 보여 주고 있었다. 슬프지만 특별할 것이 없는 인생. 엄마로부터 탈취된 아이가 자신을 탈취한 기관으로부터 똑같은 학대를 당한 이야기였다. 폭스워드는 이곳저곳을 떠다녔다. 그에겐 가정다운 가정도, 가족다운 가족도 없었다. 아마 사랑을 주고받는 것이 어떤 건지도 몰랐을 것이다.

서류들을 읽어 내려가는 동안 보슈의 머릿속에는 많은 기억들이 떠올랐다. 폭스워드가 그런 여정을 걸었던 20년 전에 보슈도 그와 유사한 삶을 살았다. 보슈는 그 과정에서 입은 상처들을 극복하고 살아남았지만, 그 손상은 폭스워드가 입은 상처들에 비하면 아무것도 아니었다.

레이철이 그다음에 넘겨 준 서류는 로즈마리 폭스워드의 사망확인서 사본이었다. 그녀는 1986년 3월 5일에 사망했고, 사인은 C형 간염과 마약으로 인한 합병증으로 기재되어 있었다. 사망 장소는 카운티-USC 메디칼 센터 감방 병동이었다. 로버트 폭스워드의 나이 열네 살 때였을 것이다.

"이거다, 이거야!"

레이철이 갑자기 말했다.

"뭐가요?"

"그가 가장 오래 머문 위탁 가정이 에코 파크에 있었어요. 함께 살았던 사람들은 할런과 재닛 색슨이었군요."

"주소는 어디죠?"

"피게로아 가 710번지. 폭스워드는 그 집에 83년부터 87년까지 살았어요. 4년 가까운 기간이죠. 양부모를 좋아했고, 그들도 폭스워드를 좋아했던 게 분명해요."

보슈는 고개를 내밀고 레이철 앞에 놓인 서류를 살펴보며 말했다.

"그자가 시체를 담은 쓰레기봉투를 실은 밴을 정차당한 곳이 거기서 겨우 두 블록 떨어진 피게로아 테라스였소. 그때 경찰이 1분만 더 따라갔더라면 그 집을 알 수 있었을 텐데!"

"그자가 그 집으로 가고 있었다면 말이죠."

"그 집으로 가는 중이었을 거요."

레이철은 그 서류를 보슈에게 건네고 다음 서류로 넘어갔다. 그러나 보슈는 일어나서 카운터 밖으로 걸어 나왔다. 일단 그만큼 읽었으면 충분했다. 지금까지 에코 파크와의 관련성을 찾고 있었는데, 이제야 그게 뭔지 알아낸 것 같았다. 파일 읽는 작업은 일단 접어 두고 당장 행동을 취해야 할 때라고 생각했다.

"해리, 10대 시절부터 기록한 이 정신감정서들을 보면 그는 어떤 역겨운 것에 대해 얘기하고 있어요."

"어떤?"

"여자들에 대한 분노의 표출이죠. 매춘부나 마약중독자 같은 난잡한 젊은 여자들 말예요. 그게 어떤 심리에서 나온 건지 알겠어요? 그가 왜 이런 짓을 하게 되었는지요?"

"모르겠소. 왜지?"

"그는 자기 엄마를 계속 죽이고 또 죽인 거예요. 실종된 그 여자들이 모두 그에게 교살당했죠? 어젯밤에 납치된 여자는요? 그들은 그에게 엄마 같은 여자들이었어요. 그는 자기를 버린 엄마를 죽이고 싶었던 거죠. 어쩌면 그들이 자기 엄마와 똑같은 짓, 그러니까 아이를 세상에 내보내기 전에 죽인 건지도 몰라요."

보슈는 고개를 끄덕였다.

"그건 정신분석자가 생각해 낼 수 있는 멋진 가설이군. 하지만 시간이 있으면 그의 어린 시절 기억에 대해서도 알 수 있을 거요. 그 여잔 아들을 버리지 않았소. 정부가 그녀로부터 아들을 격리시켰지."

레이철은 머리를 흔들며 말했다.

"그건 중요하지 않아요. 결과적으로 버린 거니까. 주정부로서는 선택의 여지가 없었을 거예요. 마약 중독자에 매춘부인 그녀로부터 아이를 격리시킬 수밖엔 말이죠. 그 여자는 부적격한 엄마로 아들을 결함 많은 기관에다 버릴 수밖에 없었고, 아이는 나중에 자라 제 발로 걸어 나갈 수 있을 때까지는 갇혀 살 수밖에 없었죠. 그의 두뇌엔 그것이 버림으로 각인되었을 거예요."

보슈는 천천히 머리를 끄덕였다. 그는 레이철의 말이 옳다고 생각했지만, 그런 모든 상황에 대해 마음이 편하진 않았다. 보슈에겐 그것이 자신의 과거 여정과 너무나 흡사하게 느껴졌다. 결정적인 순간에 선택했던 길만 제외하면, 보슈와 폭스워드는 거의 비슷한 여정을 걸어온 것이었다. 폭스워드는 자기 엄마를 죽이고 또 죽이는 저주를 받았다.

"왜 그래요?"

보슈는 레이철을 돌아보았다. 그는 아직 자신의 초라한 과거에 대해 그녀에게 털어놓은 적 없었다. 레이철의 프로파일링 기술이 그 자신에게 향하는 걸 원치 않았다.

"아무것도 아니에요. 그냥 생각 좀 하느라고."

"유령을 본 얼굴 같아요, 보슈."

그는 어깨를 으쓱했다. 레이철은 파일을 덮고 그제야 카운터 위에 놓인 커피 잔을 들어 한 모금 맛보았다. 그리곤 보슈에게 물었다.

"이제 어쩌려고요?"

보슈는 그녀를 한참 동안 바라본 뒤 대답했다.

"에코 파크로 가야겠소."

"지원 팀도 없이요?"

"먼저 탐색한 뒤 지원 팀을 부르면 돼요."

레이철은 고개를 끄덕였다.

"내가 같이 갈게요."

제4부

당신이 키우는 개

ECHO PARK

흰색 밴

두 사람은 보슈의 무스탕을 타고 갔다. 관용차로 널리 알려진 레이철의 크루저에 비해 무스탕은 최소한 표가 덜 난다는 것이 그 이유였다. 차를 몰고 에코 파크로 갔지만 피게로아 가 710번지인 색슨의 집에 접근하진 않았다. 문제가 있었다. 피게로아 거리는 피게로아 테라스 끝까지 한 블록 정도 이어지며 차베스 레빈 아래쪽 등성이를 따라 휘어져 올라가는 짤막한 꼬부랑길이었다. 그 집을 정확히 알지도 못하면서 그 옆으로 순찰할 수는 없었다. 무스탕을 타고 가더라도. 만약 웨이츠가 경찰이 오는 걸 감시하고 있다면 먼저 발견할 수 있는 유리한 위치에 있었다. 보슈는 보드리와 피게로아 교차로에 차를 세우고 손가락으로 운전대를 톡톡톡 두드려대며 말했다.

"놈은 아주 멋진 곳을 골라 은밀한 성채로 삼았군. 레이더에 걸리지 않고 접근할 수 있는 방법이 없어요. 특히 대낮엔 말이오."

레이철이 고개를 끄덕이며 동의했다.

"중세 성들도 모두 그런 이유로 산꼭대기에 세워졌죠."

보슈는 다운타운이 내려다보이는 왼쪽을 돌아보았다. 피게로아 테라스 지역 주택들 지붕 위로 고층 건물들이 솟아 있었다. 가장 가까운 곳에 보이는 가장 높은 빌딩이 LA 수도전력부(DWP) 본부였다. 고속도로를 가로지른 바로 맞은편에 위치하고 있었다.

"아이디어가 떠올랐소."

보슈는 그렇게 말한 뒤 동네에서 차를 돌려 다운타운으로 다시 들어갔다. LA 수도전력부 지하 주차장으로 들어가서 차를 세운 그는 트렁크를 열고 항상 싣고 다니던 감시 장비를 꺼냈다. 고성능 망원경과 감시용 카메라, 돌돌 말린 슬리핑백이었다.

"뭘 찍으려고요?"

레이철이 카메라를 가리키며 물었다.

"찍을 건 없소. 하지만 망원렌즈가 달려 있기 때문에 먼 곳까지 볼 수 있지. 내가 망원경으로 볼 때 당신은 이걸로 보면 돼요."

"슬리핑백은요?"

"옥상 위에 엎드려야 할지도 몰라요. 당신의 그 멋진 FBI 정장을 더럽힐 수 없잖소."

"내 걱정 말고 당신 걱정이나 해요."

"난 웨이츠가 납치한 그 여자가 걱정이오. 자, 가자고."

두 사람은 주차장을 가로질러 엘리베이터로 갔다.

"당신 아직도 그자를 웨이츠로 부르고 있다는 거, 알아요? 이젠 그의 이름이 폭스워드란 걸 확신하고 있는데도 말예요."

엘리베이터를 타고 올라가며 레이철이 한 말이었다.

"알아요. 우리가 서로 얼굴을 마주쳤을 때 그자의 이름이 웨이츠였기 때문인 것 같소. 그자가 총을 쏘기 시작했을 때도 웨이츠였어요. 그래서 고정관념처럼 되었지."

레이철은 고개를 끄덕였지만 더 이상 그것에 대해 말하진 않았다. 보슈가 짐작하기론 그 점에 대한 그녀의 심리학적 견해가 있는 듯 했지만.

로비에 도착하자 보슈는 안내 데스크로 걸어가서 경찰 신분증을 내보이며 아주 급한 용무로 경비 책임자를 만나고 싶다고 말했다.

2분도 채 안 되어 회색 바지에 하얀 셔츠와 넥타이 차림에 짙은 남색 상의를 걸친 키가 훤칠한 흑인이 문을 열고 나오더니 그들 앞으로 똑바로 걸어왔다. 이번에는 레이철도 보슈와 함께 신분증을 제시했다. 사내는 FBI와 경찰이 동시에 뜬 것에 심상찮은 표정을 지었다. 보슈의 신분증을 살펴본 그가 말했다.

"히에로니머스. 해리로 불리는 형사님?"

"그렇소."

흑인 사내는 악수를 청하며 미소를 지었다.

"제이슨 에드거요. 한때 당신 파트너였던 제리 에드거는 내 사촌 동생이죠."

보슈는 미소를 지었다. 그 우연성 때문이 아니라, 이 사내의 협조를 얻을 수 있을 거라는 생각에서였다. 그는 슬리핑백을 다른 쪽 옆구리에 낀 다음 사내의 손을 잡고 흔들었다.

"맞아, 수도전력부에 사촌 형님이 계시다는 말을 한 적 있죠. 우리가 필요로 하는 정보도 가끔 제공해 주셨고. 만나서 반갑습니다."

"내가 할 소릴. 그런데 여긴 무슨 일이오? FBI와 함께 오신 걸 보면 혹시 테러 상황입니까?"

레이철이 진정하라는 듯 한 손을 들어 올리며 대답했다.

"그건 아니에요."

"제이슨, 우린 지금 고속도로 건너편 에코 파크에 있는 한 동네를 내려다볼 수 있는 지점을 찾고 있습니다. 호기심을 끄는 집이 하나 있는데, 정확한 위치도 모르는 상태에서 접근할 수는 없거든요. 무슨 뜻인지 알죠? 그래서 이 건물 내의 한 사무실이나 옥상 위에서 그곳을 살펴볼 수 있는 각도를 찾고 있소."

"딱 좋은 곳이 있죠. 따라오시오."

에드거는 주저 없이 말하곤 앞장섰다. 그는 엘리베이터로 그들을 안내한 뒤 열쇠를 이용하여 15층 버튼을 눌러 불을 켰다. 엘리베이터를 타고 올라가면서 그는 건물을 한 층씩 차례로 개조하고 있는 중이라고 했다. 지금은 15층을 개조할 차례이기 때문에 내부를 다 허물고 텅 빈 상태로 계약자가 들어와서 계획대로 개조하기를 기다리고 있다는 것이었다.

"그러니까 15층 전체를 마음대로 이용할 수가 있소. 각도에 맞는 OP 장소를 골라 봐요."

보슈는 고개를 끄덕였다. 감시 초소라는 뜻의 OP란 말을 듣자 제이슨 에드거가 어디 출신인지 짐작할 수 있었다.

"군대 생활 어디서 했소?"

"해병대요. 사막의 폭풍 작전을 몽땅 겪었지. 그래서 내가 경찰국에 안 들어간 거요. 전쟁은 신물 나게 겪었거든. 이 직장은 9시 출근에 5시 퇴근이 칼 같고, 스트레스도 없는 데다 재미도 좋아요. 무슨 뜻인지 아시겠지."

무슨 뜻인지는 모르지만 보슈는 무조건 고개를 끄덕였다. 엘리베이터 문이 열리자 그들은 외부 유리벽만 남은 널따란 공간으로 걸어 나갔다. 에드거는 에코 파크가 내려다보이는 유리벽으로 그들을 안내했다.

"그런데 무슨 사건이오?"

유리벽에 도착하자 에드거가 물었다.

보슈는 그런 질문이 나올 줄 예상하고 대답을 미리 준비해 두었다.

"저 아래 도망자들이 은신처로 사용하는 집이 있다고 생각합니다. 그래서 뭔가 있는지 한번 살펴보려는 거요. 무슨 뜻인지 알죠?"

"그럼요."

"또 한 가지 도와주실 게 있어요."

레이철이 에드거에게 말했다.

"뭡니까?"

"컴퓨터에 주소를 입력해서 전기 수도료를 누가 납부하고 있는지 알아봐 주시겠어요?"

"어려울 것 없죠. 먼저 이곳에 자리부터 잡읍시다."

보슈는 레이철에게 고개를 끄덕였다. 멋진 아이디어란 뜻이었다. 그 방법은 호기심 많은 에드거를 당분간 떼어 놓을 수 있을 뿐만 아니라, 피게로아 가에 있는 집에 대한 소중한 정보들을 제공해 줄 것이다.

바닥에서 천장까지 유리로 된 건물 외벽에서 보슈와 레이철은 101번 고속도로 건너편 에코 파크를 내려다보았다. 등성이에 있는 동네는 보슈가 생각했던 것보다 멀게 느껴졌지만 그래도 이 건물 옥상에서는 비교적 잘 보였다. 그는 손가락으로 한 지점을 가리키며 레이철에게 설명했다.

"저기가 피게로아 테라스요. 그 위로 세 집이 늘어선 꼬부랑길이 피게로아 가."

레이철은 고개를 끄덕였다. 피게로아 거리에는 주택이 세 채밖에 없었다. 이 정도의 높이와 거리에서 내려다보니 그것은 개발업자가 주요 도로를 다 설계한 뒤에 산등성이 위로 주택 세 채를 더 박아 넣으면서 길을 늘인 것처럼 보였다.

"710번지가 어느 집이에요?"

레이철이 물었다.

"좋은 질문이오."

보슈는 슬리핑백을 바닥에 떨어뜨리고 망원경을 들어 올렸다. 주소를 찾아 세 집을 꼼꼼히 관찰하던 그는 마침내 가운데 집 앞에 놓인 검정색 쓰레기통에 초점을 맞추었다. 누군가가 도둑맞지 않으려고 쓰레기통에 하얀 페인트로 커다랗게 712라고 새겨 놓은 것이 보였다. 지번은 다운타운에서 거리가 멀수록 커진다는 것을 보슈는 알고 있었다.

"오른쪽에 있는 집이 710번지요."

"알았어요."

두 사람의 얘기를 들은 에드거가 끼어들었다.

"그 집이 피그 가 710번지군요?"

"피게로아 가죠."

보슈가 대답했다.

"알았어요. 내려가서 한번 찾아보죠. 누가 여기 올라와서 당신들한테 뭐하느냐고 묻거든 338번으로 연락하라고 하시오. 그게 내 호출번호니까."

"고맙소, 제이슨."

"천만에요."

제이슨 에드거가 엘리베이터 쪽으로 걸어가기 시작했을 때 보슈는 갑자기 생각나서 그에게 물었다.

"제이슨, 이 유리는 일방투시입니까? 우리가 내다보는 걸 밖에선 볼 수 없겠죠?"

"그럼요. 거기 서서 발가벗고 춤을 춰도 밖에선 하나도 안 보여요. 하지만 밤엔 그러지 마시오. 얘기가 달라지니까. 내부 불빛 때문에 밖에서 보일 수도 있습니다."

보슈는 고개를 끄덕이며 말했다.

"알겠습니다."

"당신들이 앉을 의자를 가져오겠소."

"그러면 좋겠네요."

에드거가 엘리베이터 속으로 사라지자 레이철이 농담을 했다.

"잘됐군요. 최소한 벌거벗고 창가에 앉을 수는 있을 테니까."

보슈는 미소를 지으며 대꾸했다.

"경험을 통해 다 알고 있는 것 같던데 그래요."

"아니길 바라야죠."

보슈는 망원경을 들고 피게로아 가 710번지 집을 내려다보았다. 같은 길에 있는 다른 두 집과 비슷한 설계로 지어진 것처럼 보였다. 산등성이 높은 곳에 자리 잡은 주택에서 도로를 면한 차고까지는 계단으로 연결되어 있었다. 집 아래쪽 경사면을 파고 들어와 반 지하 형태로 지은 차고는 빨간 골기와로 지붕을 덮은 스페인 식이었다. 하지만 다른 두 주택은 깨끗하게 페인트칠하여 잘 관리하고 있는데 비해 710번지 주택은 퇴락한 것처럼 보였다. 핑크색 페인트는 색이 바랬고, 차고와 주택 사이의 경사면엔 잡초가 무성했다. 앞쪽 베란다 모퉁이에 꽂힌 국기 게양대에는 깃발이 없었다.

보슈는 망원 렌즈를 미세조정한 뒤 창문들을 하나하나 살펴보기 시작했다. 운이 좋으면 방 안에 누가 있는 걸 발견하거나, 웨이츠가 바깥을 살피고 있는 걸 목격하게 될지도 모를 일이었다. 그때 옆에서 레이철이 카메라 셔터를 몇 차례 눌러 댔다. 망원경 대용으로 사용하고 있던 카메라였다.

"필름이 없을 텐데. 디지털 카메라가 아니오."

"괜찮아요. 습관적으로 누른 것뿐이니까. 그리고 당신처럼 고루한 사람한테 디지털 카메라를 기대하진 않죠."

망원경 아래로 보슈의 입이 웃고 있었다. 뭐라고 응수를 하려다 그만두고, 그는 건너편 주택에 신경을 집중했다. 도시의 오래된 산동네에서 흔히 볼 수 있는 형태의 집이었다. 새로운 건축에서는 등고선이 설계에 절대적 영향을 미치는데, 피게로아 가의 경사면에 지어진 집들은 자연 훼손 정도가 더 심했다. 도로 높이에 맞춰 경사면을 파들어 가서 차고를 만들었다. 그 위로는 경사면을 계단식으로 만들고 꼭대기에 조그마한 단층집을 지었다. 40년대와 50년대에 도시 전체의 산들과 언덕들이 이런 식으로 형성되면서 도시는 아파트로 쪼그라들고 산등성이는 부푸는 파도처럼 솟아올랐다.

보슈는 차고 옆에서 주택 앞 베란다로 이어진 계단들의 꼭대기에 작은 금속 플랫폼이 만들어져 있는 것을 발견했다. 계단을 다시 살펴보니까 철제 가이드라인이 눈에 들어왔다.

"계단에 승강기가 있어요. 저 집에 사는 누군가가 휠체어를 사용한다는 뜻이오."

그는 레이철에 말했다. 지금 각도에서 바라본 바로는 창문들 안쪽에서 어떤 움직임도 포착되지 않았다. 망원경 초점을 차고에다 맞추었다. 보행자용 문과 차고의 더블 도어에 칠한 핑크색 페인트는 너무 오래되어 회색으로 바랬고, 오후 직사광에 노출된 목재는 여러 곳이 쩍쩍 갈라져 있었다. 차고 문 하나는 도로면과 약간 어긋난 각도로 닫혀 있는 것처럼 보였다. 더 이상 사용하지 않는 문 같았다. 보행자용 문에는 창문이 달려 있었는데, 안쪽으로 가림막이 드리워져 있었다. 차고 문들 위의 패널에도 작은 사각형 창문들이 죽 달려 있었지만, 햇빛의 직사광과 눈부신 반사광 때문에 안쪽이 보이지 않았다.

엘리베이터 소리가 들려 보슈는 망원경을 눈에서 내리고 뒤를 돌아보았다. 제이슨 에드거가 의자 두 개를 들고 그들에게 다가왔다.

"아주 완벽하군요."

보슈가 의자 하나를 받아 유리벽 가까이에 안쪽으로 돌려놓고 말을 타듯 걸터앉았다. 그리곤 의자 등받이 위에 두 팔꿈치를 올려놓고 전형적인 감시 자세를 취했다. 레이철은 정상적으로 앉을 수 있도록 의자를 바깥으로 향하게 놓으며 제이슨 에드거에게 물었다.

"기록들을 살펴볼 시간이 있었나요, 제이슨?"

"그럼요. 그 주소로 공급된 전기수도료 청구서는 지난 21년 동안 죽 재닛 색슨 앞으로 발행되었더군요."

"고마워요."

"별 말씀을. 그 외엔 더 이상 부탁할 게 없습니까?"

보슈가 그를 돌아보며 말했다.

"제리, 아니지, 참, 제이슨, 큰 도움을 주셔서 감사합니다. 여기서 좀 살펴보다가 내려갈 거요. 당신한테 연락하고 이 의자들은 반납해야 합니까?"

"나가면서 로비에 있는 친구한테 말만 하면 됩니다. 제가 지시를 해놓죠. 의자는 그냥 두세요. 내가 처리할 테니까."

"그러죠. 감사합니다."

"행운을 빌겠소. 찾는 놈을 꼭 발견하시길."

세 사람이 서로 악수를 나눈 뒤 에드거는 엘리베이터로 돌아갔다. 보슈와 레이철은 다시 피게로아 가의 그 집을 감시하기 시작했다. 보슈가 레이철에게 교대로 감시하는 편이 좋겠냐고 묻자, 그녀는 싫다고 대답했다. 그러면 망원경으로 감시하겠느냐고 묻자, 자긴 카메라가 더 좋다고 우겼다. 사실 카메라의 망원렌즈가 망원경보다 더 가깝고 선명한 초점을 제공한다는 걸 보슈는 알고 있었다.

20분이 지나도록 그 집 안팎에서 어떤 움직임도 포착되지 않았다. 보슈는 그동안 주택과 차고 사이를 번갈아 살피다가 지금은 등성이 위로 솟은 짙은 잡목숲을 유심히 관찰하고 있었다. 좀 더 가까이서 살펴볼 수 있는 장소를 찾고 있는 중이었다.

"해리, 차고를 봐요."

레이철이 갑자기 소리쳤다.

보슈는 망원경을 내려 차고를 잡았다. 해가 구름 뒤로 숨는 바람에 차고 문들 위쪽 패널에 나란히 달린 작은 창문들이 반사하던 눈부신 햇빛이 사라졌다. 보슈의 눈에도 레이철이 발견한 것이 선명하게 들어왔다. 두 개의 문 중 정상적으로 보이는 문에 달린 창문들을 통해 흰색 밴의 꽁무니가 보였다.

"어젯밤 납치에 사용된 차량이 흰색 밴이라고 들었어요."

레이철이 말했다.

"나도 그렇게 들었소. 경계경보도 그렇게 나왔고."

보슈는 흥분으로 고조되었다. 레이너드 웨이츠가 살고 있는 집에 있는 흰색 밴.

"저거요! 그자는 저 집에 그 여자와 함께 있소. 레이철, 가야 해요!"

두 사람은 의자에서 일어나 엘리베이터로 달려갔다.

28

땅굴

LA 수도전력부 건물 지하주차장으로 달려가며 그들은 지원 팀에 대해 의논했다. 레이철은 지원 팀을 요청해야 한다고 했고, 보슈는 그 반대였다.

"우린 흰색 밴을 본 것뿐이오. 집 안에 그 여잔 있을 수 있지만 그놈은 없을지도 몰라. 지원 팀을 이끌고 쳐들어가면 놈을 놓쳐 버릴 수 있어요. 그러니까 내가 원하는 건 일단 가까이 가서 살펴보자는 것뿐이오. 지원 팀은 필요할 때 부르면 돼."

보슈는 자기 견해가 타당하다고 믿었지만, 레이철의 견해도 마찬가지로 타당했다.

"만약 그가 안에 있으면 어쩌고요?"

레이철이 물었다.

"우린 그의 매복에 빠져들 수도 있어요. 이 일을 정확하고 안전하게 처리하려면 최소한 한 팀의 지원이 필요해요, 해리."

"거기 도착해서 불러도 돼요."

"그땐 너무 늦어요. 당신이 어쩌려는지 알아요. 그자를 직접 잡으려는 거죠. 납치된 여자를 위험에 빠뜨리더라도 말이죠. 그러면 우리도 위험해요."

"여기서 그만 내려 줄까요, 레이철?"

"아뇨, 해리."

"좋아. 나도 당신이 같이 갔으면 좋겠소."

결정이 내려지자 두 사람은 토론을 끝냈다. 피게로아 거리는 수도전력부 건물 뒤쪽을 통과했다. 보슈는 101번 고속도로 아래서 그 도로를 따라 동쪽으로 달려 선셋 대로를 가로지른 다음 고속도로 아래서 다시그 길을 따라 북쪽으로 꼬불꼬불 올라갔다. 피게로아 거리를 지나 피게로아 테라스에 이르자 그들은 도로 끝까지 차를 몰고 올라갔다. 그러자 피게로아 가는 산마루 쪽으로 휘어졌다. 보슈는 도로 가장자리로 차를 천천히 몰아 연석을 타넘고 들어가서 세웠다.

"여기서부터 710번지까지는 차고들 쪽으로 몸을 바짝 붙여 걸어야해요. 그러면 집에서 우리를 볼 수 있는 각도가 없을 거요."

"그가 집에 없을 때는요? 차고에서 우릴 기다리고 있으면 어쩌죠?"

"그러면 그것부터 대처하죠. 차고를 먼저 확인한 후 계단을 통해 집으로 올라간다."

"그 집들은 산등성이에 있어요. 우린 도로를 가로질러야 하고요."

보슈는 차에서 내린 뒤 그녀에게 물었다.

"같이 갈 거요, 말 거요?"

"같이 간다고 했잖아요."

"그러면 갑시다."

보슈는 산등성이로 이어진 인도를 따라 걷기 시작했다. 집 안으로 잠입할 때 갑자기 진동하는 것에 대비하여 휴대전화를 꺼내어 껐다. 꼭대기에 도착하자 그는 숨을 헐떡였다. 그의 뒤를 바짝 쫓아온 레이철은 그처럼 산소 부족 현상을 보이진 않았다. 보슈는 담배를 끊은 지 여러 해 되었지만, 그 이전에 25년 동안이나 피운 후유증이 여전히 남아 있었다.

도로 끝에 있는 핑크색 주택에서 그들의 모습을 발견할 수 있는 곳은 산꼭대기에서 도로 동쪽으로 늘어선 차고들 쪽으로 건너갈 때뿐이었다. 보슈는 자연스럽게 레이철의 어깨를 팔로 감싸 안고 그 지점을 건너가며 나지막이 속삭였다.

"얼굴을 당신 뒤로 숨겨야 해요. 놈이 날 본 적은 있지만 당신을 본 적은 없잖아요."

"그건 중요치 않아요."

도로를 건넌 다음 그녀는 말했다.

"그가 우리를 봤다면 이미 눈치챘다고 생각하는 게 좋아요."

보슈는 그녀의 경고를 무시하고 인도를 따라 늘어선 차고들 앞으로 이동하기 시작했다. 그들은 710번지 주택 차고로 재빨리 다가갔고, 보슈는 문 위로 난 창문들을 통해 안을 들여다보았다. 두 손을 모아 먼지가 잔뜩 낀 창문에 대고 살펴보니 흰색 밴과 상자들, 술통들, 온갖 잡동사니로 차고 안이 가득했다. 그러나 어떤 움직임이나 소리도 느낄 수 없었다. 차고 뒷벽에 달린 문은 닫혀 있었다.

그는 보행자용 출입문으로 다가가 문고리를 만져 보곤 레이철에게 속삭였다.

"잠겼소."

그는 뒤로 물러서서 차고의 더블 도어를 살펴보았다. 위쪽으로 밀어 올려서 여는 방식인 풀업(Pull-up) 도어라는 것이었다. 레이철은 반대편 도어 끝에서 귀를 바짝 붙이고 안에서 무슨 소리가 들리지 않는지 주의를 기울이고 있었다. 그녀는 보슈를 돌아보며 아무 소리도 안 들린다는 뜻으로 고개를 저었다. 보슈는 두 개의 차고 문 아랫부분에 각각 핸들이 달려 있지만 외부 시건장치가 없다는 걸 알았다. 그래서 한쪽 문의 핸들을 붙잡고 들어 올려 보았다. 문은 2~3센티쯤 열렸다가 멈췄고, 그것은 안쪽에서 잠겨 있다는 뜻이었다. 다른 쪽 문도 시험해 보니 마찬가지 결과가 나왔다. 두 개의 차고 문이 모두 최소한의 간격만 벌어지는 걸 보면 안쪽에서 맹꽁이자물쇠들을 채운 것 같았다.

보슈는 레이철에게 고개를 저어 보이며 손으로 위쪽을 가리켰다. 주택으로 올라가야 할 때라는 뜻이었다. 두 사람은 콘크리트 계단으로 이동하여 재빨리 올라가기 시작했다. 앞에서 올라가던 보슈는 꼭대기에서 네 계단 남긴 곳에서 걸음을 멈추고 상체를 웅크린 채 숨을 가라앉혔다. 너무 즉흥적으로 움직이고 있다는 걸 그 자신은 알고 있었다. 보슈는 육감에 따라 움직이고 있었다. 그 집으로 접근할 수 있는 방법은 현관문으로 직행하는 것 외엔 없었다.

그는 창문들을 하나하나 유심히 살펴봤지만 어떤 움직임도 발견할 수 없었다. 그렇지만 안에서 흘러나온 텔레비전이나 라디오 소리를 들은 것 같다고 생각했다. 그는 권총―그날 아침 집 옷장에서 꺼낸 비상용―을 빼들고 마지막 계단들을 올라갔다. 그리고 총구를 아래쪽으로 향한 채 베란다를 가로질러 현관문으로 조용히 다가갔다.

이 집을 수색하겠다고 영장을 신청해 봐야 말짱 헛일이란 걸 보슈는 잘 알고 있었다. 웨이츠가 여자를 납치했고, 피해자의 생사가 걸린 상황이 그를 영장도 없이 용의자의 집을 무단출입하도록 내몰고 있었다. 문손잡이를 잡고 살며시 돌리자 부드럽게 돌아갔다. 문이 잠겨 있지 않던 것이다.

보슈는 천천히 문을 밀어 열었다. 그러자 휠체어가 쉽게 드나들 수 있도록 문지방 위에 5센티미터 정도 높이의 경사로가 만들어져 있는 것이 보였다. 문이 열리자 라디오 소리가 더욱 커졌다. 복음주의 방송국에서 한 사내가 임박한 휴거(携擧)에 대해 떠들어대고 있었다.

두 사람은 현관 안으로 들어섰다. 오른쪽으로는 거실 안쪽으로 식당이 있었고, 정면의 아치형 출입구 뒤는 부엌이었다. 왼쪽으로 난 복도는 집의 나머지 공간으로 통하는 듯했다. 보슈는 레이철을 돌아보지도 않고 오른쪽을 가리켰다. 그녀가 거실과 식당을 살펴보는 동안 그 자신은 부엌을 살펴본 뒤 복도를 따라 왼쪽으로 가겠다는 신호였다.

아치형 출입구에 이르자 보슈는 레이철을 힐끗 돌아보았다. 그녀는 권총을 두 손으로 단단히 잡고 거실로 이동하고 있었다. 부엌 안으로 들어간 그는 싱크대에 접시 하나 없이 깨끗하고 모든 게 가지런한 걸 보았다. 라디오는 카운터 위에 놓여 있었고, 연사는 청취자들에게 믿음이 없는 자들은 뒤에 남겨질 것이라고 위협하고 있었다.

부엌에서 식당으로 이어진 아치형 출입구가 또 하나 있었다. 레이철이 그곳으로 나오다가 보슈를 보자 총구를 천장으로 향하며 고개를 저었다. 아무도 없어요.

그렇다면 침실과 나머지 공간으로 이어진 복도만 남은 셈이었다. 돌아서서 아치웨이를 지나 현관으로 돌아간 보슈는 복도 쪽을 돌아본 순간 깜짝 놀랐다. 휠체어에 앉은 한 노파가 총신이 기다란 리볼버를 겨누고 있었다. 비쩍 마른 허약한 팔로 들기엔 너무 무거웠는지, 총을 잡은 두 손을 무릎 위에 올려 놓고 있었다.

"거기 누구야?"

노파는 힘찬 목소리로 물었다. 그런데 머리가 한쪽으로 갸우뚱했다. 눈은 뜨고 있었지만 시선은 보슈가 아니라 바닥을 향하고 있었다. 그를 향하고 있는 것은 그녀의 귀였고, 그래서 시각장애인이란 걸 금방 알 수 있었다. 그는 노파에게 총을 겨눈 뒤 말했다.

"색슨 부인이세요? 총을 저리 치워요. 나는 해리 보슈라는 사람인데, 로버트를 좀 만나러 왔습니다."

노파는 어리둥절한 표정을 지었다.

"누구?"

"로버트 폭스워드요. 여기 있습니까?"

"잘못 찾아왔군. 그런데 누구 맘대로 노크도 없이 들어왔나?"

"그러니까…."

"보비는 차고만 사용해. 이 집을 사용하게 한 적 없어. 그 지독한 화공약품 냄새라니!"

보슈는 노파의 총에서 눈길을 떼지 않고 조금씩 다가갔다.

"죄송합니다, 색슨 부인. 보비가 여기 있는 줄 알았죠. 최근에 들른 적 있습니까?"

"왔다 갔다 해. 여기 올라와서 월세만 던져 주고 가지."

"차고 월세입니까?"

그는 점점 가까이 다가갔다.

"그렇대두. 걘 왜 찾아? 친구야?"

"할 얘기가 좀 있어서요."

그는 손을 뻗어 노파의 리볼버를 낚아챘다.

"야아! 그건 내 호신용이야."

"알아요, 색슨 부인. 돌려드릴게요. 기름칠해서 좀 닦아야 할 것 같아서요. 그래야 나중에 사용할 일이 있을 때 제대로 작동하죠."

"그건 그래."

"차고로 가져가 보비더러 잘 닦으라고 할게요. 그런 뒤 다시 가져오죠."

"그게 좋겠어."

보슈는 총을 살펴보았다. 탄환이 장전되어 있었고 제대로 작동할 것처럼 보였다. 그는 리볼버를 허리 뒤춤에 꽂고 레이철을 돌아보았다. 그녀는 1미터쯤 뒤에 서서 손으로 열쇠를 돌리는 시늉을 해 보였다. 보슈는 금방 알아듣고 노파한테 물었다.

"차고 열쇠는 어디 있습니까, 색슨 부인?"

"보비가 여분의 열쇠까지 다 가져갔어."

"그랬군요, 색슨 부인. 보비한테 물어보죠."

보슈가 현관문 쪽으로 이동하자 레이철도 뒤따라 밖으로 나갔다. 차고로 내려가는 계단 중간 지점에 이르자 레이철은 보슈의 팔을 잡으며 나지막하게 말했다.

"이젠 지원 팀을 불러야 해요!"

"가서 불러요. 하지만 난 차고로 들어갈 거요. 그자가 지금 납치한 여자와 함께 있다면 꾸물댈 수가 없소."

보슈는 그녀의 손을 뿌리치고 계속 내려갔다. 그리고 차고에 이르자 더블 도어 위쪽 패널을 따라 난 창문들을 통해 안을 다시 조심스레 살펴보았다. 차고 안에선 어떤 움직임도 보이지 않았고, 뒷벽에 달린 문도 여전히 굳게 닫혀 있었다.

차고 문에서 보행자용 문으로 이동한 그는 열쇠고리에 매달린 조그마한 접이식 나이프의 칼날을 빼내어 문의 자물쇠 속으로 밀어 넣고 돌렸다. 신호를 받은 레이철이 문을 힘껏 잡아당겼지만 열리지 않았다. 두 사람은 다시 시도해 보았지만 문은 여전히 완강했다.

"안에서 잠겼소. 그자가 안에 있다는 뜻이오."

"그렇지 않아요. 다른 차고 문으로 나갔을 수도 있죠."

보슈는 고개를 저었다.

"모든 문들이 다 안으로 잠겼소."

레이철은 그제야 알아듣고 고개를 끄덕였다.

"이젠 어떻게 하죠?"

보슈는 잠시 생각한 뒤 자동차 열쇠를 레이철에게 건네주며 말했다.

"가서 차를 끌고 와요. 차 꽁무니를 바로 여기에 대고 트렁크를 열고."

"뭘 하려고…."

"그냥 그렇게 해요. 어서!"

레이철은 차고들 앞으로 난 인도를 달려 내려가 도로를 가로지르더니 산등성이 아래로 사라졌다. 보슈는 차고의 더블 도어 중에서 약간 기울어진 문으로 다가갔다. 아무래도 균형을 잃은 문이 부서지기 쉬울 거라는 판단에서였다.

무스탕의 커다란 엔진 소리가 먼저 들리더니 그의 차가 산모퉁이를 돌아 올라오는 것이 보였다. 레이철은 그를 향해 빠른 속도로 차를 몰았다. 보슈는 그녀가 차 꽁무니를 차고에 바짝 댈 수 있도록 뒤로 물러섰다. 레이철은 도로에서 차를 거의 완벽하게 돌린 다음 차고 쪽으로 후진했다. 트렁크가 열리자 보슈는 즉시 그 안에 넣어 둔 밧줄을 찾았지만 없었다. 그러자 비치우드 캐니언 벼랑의 떡갈나무 둥치에 매어 둔 밧줄을 OIS의 레지널드 오서니가 발견하고 걷어 갔던 일이 생각났다.

"빌어먹을!"

재빨리 트렁크 속을 뒤지자 좀 짧기는 하지만 빨랫줄 한 토막이 나왔다. 언젠가 구세군에 기부하려고 안 쓰는 가구를 트렁크에 싣고 갔을 때 뚜껑을 고정시키기 위해 사용했던 것이었다. 아쉬운 대로 한쪽 끝을 범퍼 아래 있는 인양 고리에 매고 다른 한쪽을 차고 문 바닥에 있는 손잡이에 연결했다. 이제 잡아당기면 차고 문이 부서지든가, 손잡이가 떨어지든가, 빨랫줄이 끊어지든가 할 것이었다.

레이철이 차에서 내려오며 물었다.

"뭐 하는 거예요?"

보슈는 트렁크를 조용히 닫았다.

"잡아당겨서 문을 열어야죠. 차를 앞으로 전진시켜요. 천천히. 너무 갑자기 당기면 줄이 끊어져요. 빨리 차에 올라타요, 레이철."

그녀는 두말 않고 운전석에 올라가더니 차를 전진시켰다. 보슈는 백미러를 쳐다보는 그녀에게 손가락으로 동그라미를 만들어 보이며 계속 전진시켰다. 빨랫줄이 팽팽해지면서 차고 문이 뿌지직 소리를 내기 시작했다. 보슈는 뒤로 물러서며 다시 권총을 빼들었다. 갑자기 차고 문이 쑥 빠지며 1미터쯤 튀어 올랐다.

"스톱!"

보슈가 큰 소리로 외쳤다. 더 이상 목소리를 낮출 필요가 없었다. 레이철이 브레이크를 힘껏 밟은 뒤 백미러를 살펴보았다. 위쪽으로 열린 차고 문을 빨랫줄이 팽팽하게 당기고 있었다. 보슈는 상체를 숙이고 재빨리 문 아래로 들어가 사격자세를 취했다. 차고 내부를 싹 훑었지만 쥐새끼 한 마리도 보이지 않았다. 뒷벽의 문을 계속 주시하며 게걸음으로 흰색 밴 옆에 다가갔다. 사이드 도어를 살짝 열고 차 안을 살펴보았다. 아무도 없었다.

보슈는 뒷벽에 난 문으로 이동하기 시작했다. 앞을 가로막고 있는 술통들, 비닐 감개들, 고무 롤러, 기타 유리창 청소용 도구들을 조심스레 타넘거나 돌아가야만 했다. 암모니아와 다른 화공약품 냄새가 코를 찔렀고, 눈에서는 눈물이 줄줄 흘러내렸다.

뒷벽 문의 경첩을 본 보슈는 문이 안쪽으로 열릴 것임을 알았다.

"FBI다!"

레이철이 차고 밖에서 소리쳤다.

"여긴 깨끗해요!"

보슈가 대답했다. 그는 레이철이 차고 문 아래를 스치며 들어오는 소리를 들었다. 그렇지만 시선은 계속 뒷벽의 문에 고정한 채 귀를 쫑긋 세우고 다가갔다. 문 옆에 이르자 문손잡이를 잡고 살며시 돌려 보았다. 잠겨 있지 않았다. 그제야 그는 레이철을 돌아보았다. 그녀는 차고 문 안쪽에서 사격자세를 취하며 고개를 끄덕였다. 그것을 신호로 보슈는 문을 왈칵 열어젖힌 뒤 문지방을 넘어섰다.

창문도 없는 캄캄한 방 안에 인기척은 없었다. 문으로 비쳐든 불빛에 자신이 목표물로 드러날 것을 깨달은 보슈는 재빨리 옆으로 비켜섰다. 천장에 매달린 전등에서 끈이 내려와 있는 것을 발견하고 힘껏 잡아당기자 뚝 끊어지며 불이 들어왔다. 그 반동으로 공중에 매달린 전구가 춤을 추었다. 폭이 3미터쯤 되는 저장실 겸 창고였다. 사람은 없었다.

"아무도 없소!"

레이철이 들어왔다. 방 안을 살펴보니, 오른쪽 벤치 위에는 오래된 페인트 통들과 각종 연장, 손전등 따위가 흩어져 있었다. 왼쪽 벽에는 녹슨 고물 자전거 네 대가 기대어져 있었고, 접는 의자들과 짜부라진 마분지 상자들이 수북하게 쌓여 있었다. 뒷벽 콘크리트 블록에는 테라스의 국기봉에 걸었던 낡은 깃발이 먼지를 뒤집어쓰고 걸려 있었다. 바닥에 놓인 스탠드식 선풍기 날개에는 먼지와 오물이 덕지덕지 달라붙어 있었는데, 방 안의 악취를 날려 보내기 위해 사용했던 것처럼 보였다.

"제기랄!"

보슈가 총을 내리고 돌아서서 차고로 다시 나갔다. 레이철도 그의 뒤를 따랐다.

보슈는 머리를 흔들며 화공약품 때문에 흘러내린 눈물을 닦아 내려고 애썼다. 이럴 리가 없는데, 하고 그는 생각했다. 우리가 너무 늦게

왔나? 아니면 틀린 단서를 뒤쫓고 있었단 말인가?

"밴을 체크해 봐요. 납치된 여자의 흔적이 없는지."

그는 레이철에게 그렇게 말한 뒤 보행자용 출입문 쪽으로 걸어갔다. 누군가 차고 안에 있다고 확신했던 것이 어디가 잘못되었는지 확인하고 싶었다.

하지만 그의 생각은 옳았다. 보행자용 문에는 데드볼트가 걸려 있어서 내부에서만 잠글 수 있었다. 그는 차고 문으로 이동해서 시건장치를 살펴보았다. 역시 짐작했던 대로 내부의 양쪽 슬라이드 록에 맹꽁이 자물통이 각각 채워져 있었다.

귀신이 곡할 노릇이었다. 세 개의 문이 모두 내부에서 잠겨 있었다. 그것은 차고 안에 누가 있거나, 보슈가 아직 발견하지 못한 출구가 있다는 뜻이었다. 하지만 그럴 가능성은 없어 보였다. 차고는 산등성이를 직접 파고 들어가 만든 것이었고, 비밀 뒷문이 있을 가능성은 없었다.

혹시 주택으로 올라가는 비밀통로가 있을지도 모른다는 생각으로 차고의 천장을 열심히 살피고 있을 때 레이철이 밴 안에서 그를 불렀다.

"접착테이프를 발견했어요. 몇 조각 찢어 내어 바닥의 머리카락을 찾는 데 사용했고요."

레이철의 말에 보슈는 제대로 찾아왔다는 믿음이 더욱 굳어졌다. 열어 놓은 밴의 옆문으로 다가가 안을 들여다보았다. 그러자 밴 안에 있는 휠체어 승강기가 눈에 들어왔다. 그는 휴대전화를 꺼내 들며 말했다.

"지원 팀과 현장감식반을 불러야겠소. 우린 놈을 놓쳤소, 레이철."

하지만 전화가 연결되지 않아 교환이 연결해 주길 기다려야만 했다. 신호가 오길 기다리던 그는 새로운 사실을 하나 발견했다. 뒷방에 있는 스탠드형 선풍기가 차고 문을 향해 서 있지 않다는 사실이었다. 방 안의 공기를 바꾸고 싶다면 선풍기 방향을 문 쪽으로 돌려놔야 하지 않는가?

손에 들고 있던 휴대전화가 울리는 바람에 그 생각은 날아갔다. 화면을 보니 메시지가 하나 기다리고 있었다. 수신 기록에는 제리 에드거 이름이 찍혀 있었다. 그 친구에겐 나중에 전화해 주면 될 것이다. 보슈는 교환대 번호를 누른 뒤 레이너드 웨이츠 특별수사대를 연결해 달라고 했다. 그러자 자신을 프리먼이라고 밝힌 경관이 전화를 받았다.

"난 해리 보슈 형사요. 지금…."

"총이다!"

레이철이 다급하게 소리쳤다. 시간이 멈춰 버린 듯한 순간, 보슈는 레이철의 시선이 그 자신의 어깨 위를 지나 차고 뒤쪽 한 지점에 못 박힌 것을 보았다. 그는 생각할 겨를도 없이 몸을 날려 그녀를 품에 안고 밴의 밑바닥으로 굴렀다. 그의 등 뒤로 네 방의 총성이 연달아 울렸고 탄환들은 밴의 금속 부분과 유리창을 때려 박살을 냈다. 보슈는 레이철 위에서 몸을 굴려 일어나며 총을 빼들었다. 뒤쪽 저장실 속으로 몸을 숨기는 한 그림자가 얼핏 눈에 들어왔다. 그는 저장실 벽을 오른쪽으로 훑으며 연거푸 여섯 발을 쏘았다.

"레이철, 괜찮아요?"

"난 괜찮아요. 맞았어요?"

"안 맞은 것 같소."

"저 방엔 아무도 없었잖아요."

"분명히 없었지."

보슈는 뒷방 문 쪽으로 총구를 겨눈 채 일어섰다. 그러자 뒷방에 켜 두었던 불이 꺼져 있다는 걸 알았다.

"휴대전화를 떨어뜨렸소. 지원 팀을 불러요."

그는 레이철에게 말한 뒤 문 쪽으로 다가가기 시작했다.

"해리, 기다려요. 지원 팀을 먼저…."

"그러니까 전화하라고! 내가 저 안에 있다는 걸 그들에게 알려 줘요."

그는 왼쪽으로 방향을 꺾어 방 안이 최대한 많이 보이는 각도로 방문에 접근했다. 그렇지만 천장에 매달린 전등이 꺼진 방 안은 어슴푸레해서 어떤 움직임도 보이지 않았다. 그는 사격자세를 유지하며 오른쪽 발부터 조금씩 떼어 놓으며 전진했다. 등 뒤에서 레이철이 휴대전화로 자기 신분을 밝힌 뒤 LA 경찰국으로 연결해 달라고 말하는 소리가 들려왔다.

보슈는 문지방을 넘자마자 밖에서 볼 수 없었던 부분으로 총구를 휘저으며 방 안을 훑었다. 오른쪽으로 게걸음을 치며 목표물을 찾았지만 웨이츠는 그림자도 보이지 않았다. 방 안은 텅 비어 있었다.

선풍기를 본 그는 자신의 실수를 확인했다. 그것은 뒷벽에 걸린 깃발을 향하고 있었다. 그 선풍기는 방 안의 악취를 바깥으로 내보내기 위해서가 아니라, 바깥 공기를 방 안으로 끌어들이기 위한 것이었다.

보슈는 벽에 걸린 깃발 앞으로 두 걸음 다가갔다. 손을 뻗어 깃발의 한쪽 귀퉁이를 잡고 아래쪽으로 확 잡아당기자 바닥에서 1미터쯤 되는 높이의 벽에 땅굴 입구가 나타났다. 한 변이 1.2미터쯤 되는 정사각형 입구를 만들기 위해 콘크리트 블록 열두 장을 빼낸 다음, 거기서부터 산등성이 안쪽으로 파고 들어간 형태였다.

보슈는 오른쪽 안전한 위치에서 땅굴 속을 들여다보았다. 굴 속은 깊고 어두웠지만 3미터쯤 안쪽에 희미한 불빛이 비치고 있었다. 땅굴이 꺾어진 그 지점에 광원이 있다는 뜻이었다. 입구로 더 가까이 상체를 숙이고 귀를 기울이자 땅굴 안쪽에서 무슨 소리가 들렸다. 나지막하게 훌쩍이는 소리, 끔찍하면서도 동시에 너무나 아름다운 소리였다. 간밤에 겪었을 온갖 끔찍한 두려움에도 불구하고, 웨이츠에게 납치당했던 그 여자가 아직 살아 있다는 뜻이었다.

보슈는 벤치로 가서 반짝거리는 손전등을 집어 들고 스위치를 올렸다. 켜지지 않았다. 그 옆에 있는 것을 집어 들고 켜 보니 희미한 불빛이 흘러나왔다. 이거면 됐어. 그는 땅굴로 돌아가 불빛을 안으로 비추며 처음 꺾인 지점까지는 아무도 없다는 걸 확인했다. 그래서 땅굴 쪽으로 한 걸음 다가갔다.

"해리, 잠깐만요!"

뒤를 돌아보니 레이철이 문간에서 목소리를 깔고 말했다.

"지원 팀이 오고 있어요!"

보슈는 기다릴 수 없다는 뜻으로 머리를 저었다.

"여자가 저 안에 있어요. 살아 있다고."

보슈는 땅굴 속으로 손전등 불빛을 다시 비추어 보았다. 땅굴이 꺾인 지점까지는 여전히 아무도 없었다. 그는 손전등 건전지를 아끼기 위해 불을 껐다. 그리곤 레이철을 한 번 돌아본 뒤 어둠 속으로 발을 들여놓았다.

착한 개와 못된 개

땅굴 입구로 들어선 보슈는 눈이 어둠에 적응할 때까지 잠시 머뭇거렸다. 어둠침침한 내부가 눈에 들어오자 그는 움직이기 시작했다. 땅굴 높이가 상체를 숙이고 걸어갈 수 있을 만큼은 높아서 기어가지 않아도 되었다. 그는 오른손엔 손전등을, 왼손엔 권총을 들고 눈은 어둠침침한 전방을 향한 채 나아갔다. 깊이 들어갈수록 여자의 울음소리는 점점 더 크게 들려왔다.

땅굴 속으로 3미터쯤 들어가자 흙냄새는 점점 썩은 악취로 변해갔다. 시체가 부패하면서 내뿜는 그 악취는 보슈에게 새로운 건 아니었다. 40년쯤 전 그는 베트남의 땅굴 속에서 100여 차례나 임무 수행에 참여했던 미군 특수부대 소속의 땅굴쥐(tunnel rat)였다. 베트콩들은 가끔 전사한 동료들을 땅굴의 벽 속에다 파묻곤 했다. 그런 식의 시체 처리는 눈에 띄진 않지만 냄새까지 감추진 못했다. 그 악취가 콧속으로 한 번 들어오기만 하면, 누구든 절대로 잊을 수 없었다.

보슈는 자신이 끔찍한 것을 향해 나아가고 있다는 걸 알았다. 레이너드 웨이츠가 죽인 희생자들의 시체가 땅굴 속 어딘가에 묻혀 있을 터였다. 웨이츠가 '클리어뷰 유리창 청소회사' 밴을 몰고 가다가 순찰 경관들에게 정지당했던 날 밤, 그의 목적지는 바로 이 땅굴이었던 것이다. 하지만 보슈는 자신의 목적지도 이 땅굴이었는지 모른다는 생각을 떨쳐 버릴 수가 없었다. 지금까지 여러 해 동안 먼 길을 헤쳐 왔건만, 그 자신은 아직도 땅굴에서 완전히 벗어나지 못하고 있는 느낌이었다. 그의 삶은 언제나 깜박이는 불빛을 향해 비좁고 캄캄한 땅굴 속을 천천히 이동해 왔다. 그 자신은 그때나, 지금이나, 앞으로도 영원히 땅굴쥐일 뿐이란 생각이 들었다.

상체를 숙인 자세로 계속 걸은 탓에 허벅지 근육이 뻑뻑해져 왔다. 땀이 흘러든 눈은 따끔거렸다. 땅굴이 꺾이는 지점에 가까워지자 불빛이 자꾸만 바뀌었다. 보슈는 촛불이 바람이 흔들리기 때문이란 걸 알았다.

모퉁이에서 1.5미터쯤 남은 지점에서 걸음을 멈춘 그는 쪼그리고 앉아 귀를 기울였다. 등 뒤에서 사이렌 소리가 들린 것 같았다. 지원 팀이 오고 있었다. 그는 땅굴 앞쪽에서 들려오는 소리에 청각을 곤두세웠다. 간간이 들려오는 소리라곤 여자의 울음소리뿐이었다.

그는 다시 일어나 전진하기 시작했다. 그 순간 앞쪽에서 불빛이 꺼지며 여자의 흐느낌이 더 심해지고 다급해졌다. 보슈는 그 자리에 얼어붙었다. 그러자 신경질적인 웃음소리에 뒤이어 귀에 익은 레이너드 웨이츠의 목소리가 들려왔다.

"당신이야, 보슈 형사? 내 여우 굴에 온 걸 환영한다."

웃음소리가 좀 더 이어진 뒤 뚝 그쳤다. 보슈가 10초쯤 기다렸지만 웨이츠는 더 이상 입을 열지 않았다.

"웨이츠? 여자를 보내 줘. 이쪽으로 보내 달라고."

"안 돼, 보슈. 여자는 지금 나와 함께 있어. 어떤 놈이든 들어오면 그 즉시 여잘 죽일 거야. 자살할 마지막 총알 한 발은 남겨 둬야겠지."

"그러지 마, 웨이츠. 내 말 들어. 그 여자를 내보내고 나와 거래하자."

"아니야, 보슈. 난 이대로가 좋아."

"그러면 뭘 할까? 당신은 살아야 하고, 그러자면 대화가 필요하잖아. 시간이 별로 없다고. 여자를 빨리 내보내."

몇 초 흐른 뒤에야 어둠 속에서 목소리가 들려왔다.

"어떻게 살아? 무엇 때문에?"

보슈는 다리에서 쥐가 날 지경이었다. 살그머니 엉덩이를 부려 놓은 뒤 땅굴 오른쪽 벽에 기대고 앉았다. 촛불의 불빛이 전방 왼쪽에서 흘러나온 것을 분명히 기억하고 있었다. 땅굴이 왼쪽으로 휘었다는 뜻이었다. 그는 권총을 쥔 손을 손전등을 든 손목 위에 걸쳐 놓고 언제든 발사할 준비를 갖추고 있었다.

"달아날 구멍이 없어. 포기하고 나와. 당신과의 거래는 아직 유효하니 죽을 필요 없잖아. 그 여자도 마찬가지고."

"죽는 건 걱정 안 해, 보슈. 그래서 여기로 온 거야. 전혀 신경 안 쓰니까. 난 내 방식대로 하고 싶을 뿐이야. 다른 어떤 놈의 방식도 싫거든."

보슈는 여자가 아무 소리도 내지 않는다는 걸 알았다. 무슨 일인지 알고 싶었다. 웨이츠가 그렇게 만들었나? 혹시 그 사이에…?

"웨이츠, 여잔 괜찮나? 왜 이렇게 조용하지?"

"까무러쳤어. 너무 흥분했나 봐."

그는 껄껄 웃고는 곧 침묵에 빠져들었다. 보슈는 그에게 계속 말을 시켜야겠다고 생각했다. 그래야만 여자와 그가 땅굴 바깥에서 세운 계획에 대해 생각할 겨를이 없을 것이다.

"난 당신이 누군지 알아."

보슈는 조용히 말했다. 웨이츠가 미끼를 물지 않자 그는 계속 말을 이었다.

"로버트 폭스워드. 로즈마리 폭스워드의 아들이지. 카운티가 위탁가정과 청소년원에서 양육했고. 당신은 이곳에서 색슨 부부와 함께 살았어. 엘 몬테에 있는 매클래런 청소년원에서도 한때 살았더군. 나도 거기서 살았어, 로버트."

침묵이 길어졌다. 이윽고 어둠 속에서 나지막한 목소리가 들려왔다.

"난 이제 로버트 폭스워드가 아니야."

"알아."

"매클래런은 지긋지긋했어. 거기 있는 놈들도 모두."

"두어 해 전에 문을 닫았어. 거기 있던 애들이 몇 명 죽었거든."

"망할 곳이고 빌어먹을 놈들이야. 로버트 폭스워드는 대체 어떻게 찾아냈나?"

보슈는 대화가 리듬을 타기 시작했다고 생각했다. 웨이츠가 로버트 폭스워드라는 이름을 그 자신이 아닌 다른 사람처럼 말하는 이유는 이해할 수 있었다. 그는 지금 로버트 폭스워드가 아니라 레이너드 웨이츠였다.

"그다지 어렵지 않았어. 피츠패트릭 사건을 통해 밝혀 냈지. 장부에 첨부된 전당표에서 생년월일이 일치되는 걸 찾았어. 저당 잡혔던 가보 메달은 어떤 것이었나?"

한참 동안 침묵이 이어진 끝에 대답이 흘러나왔다.

"로즈마리의 유품이었어. 그가 생모로부터 물려받은 유일한 물건이었지. 그는 그걸 저당 잡혀야만 했고, 되찾으러 갔을 땐 그 돼지 새끼 피츠패트릭이 이미 팔아치운 후였어."

보슈는 고개를 끄덕였다. 지금까지 웨이츠에게 질문에 대답하게 했지만, 시간이 별로 없었다. 그래서 과거에서 현재로 화제를 바꾸기로 했다.

"레이너드, 올리버스와 오셔 검사가 꾸민 음모에 대해 얘기해 봐."

긴 침묵만 이어졌다. 보슈는 다시 설득했다.

"그들은 당신을 이용했어. 오셔는 당신을 이용했지만 아무 탈 없이 빠져나갈 거라고. 그게 당신이 원하는 거야? 당신은 이 땅굴 속에서 죽고 그자는 털끝 하나 안 다치는 것이?"

보슈는 눈 안으로 흘러든 땀을 닦기 위해 손전등을 바닥에 내려놓았다. 그런 다음 그것을 다시 찾느라고 캄캄한 바닥을 손으로 더듬어야만 했다.

"난 오셔나 올리버스에 대해 얘기할 수가 없어."

어둠 속에서 웨이츠가 말했다. 보슈는 그 말을 이해할 수 없었다. '내 생각이 틀렸단 말인가?' 그는 기억을 되살리며 처음부터 시작했다.

"당신이 마리 게스토를 죽였나?"

다시 긴 침묵이 이어진 후 웨이츠가 대답했다.

"아니, 안 죽였어."

"그러면 왜 이 음모에 가담했지? 그녀의 시체가 있는 곳은 어떻게 알고…."

"생각해 보면 몰라? 그놈들은 멍청이가 아니야. 나하고 직접 대화할 리가 없지."

보슈는 고개를 끄덕였다. 무슨 얘긴지 알았다.

"모리 스완이 거래를 중개했지. 그것에 대해 얘기해 봐."

"무슨 얘기? 그건 음모였어. 스완은 그 모든 것이 당신을 믿도록 하기 위해서라고 했지. 당신이 엉뚱한 사람을 괴롭히고 있기 때문이라면서 말이야."

"엉뚱한 사람 누구?"

"그건 말하지 않았어."

"그런 말을 한 사람이 모리 스완이야?"

"그렇지. 하지만 그건 중요치 않아. 당신은 그 친구한테 들이밀 수 없다고. 그건 변호사와 고객 사이에 있었던 대화야. 손댈 수 없어. 비밀로 보호받으니까. 게다가 내가 변호사를 배신하는 말을 한다면 누가 믿어주겠어? 잘 알잖아?"

잘 알고 말고였다. 모리 스완은 쟁쟁한 변호사로 존경받는 법조인이었다. 언론에서도 주목을 받고 있었다. 범죄자 고객, 그것도 연쇄살인범 고객이 한 말을 그에게 들이밀 순 없었다. 그런 변호사를 중재인으로 사용한 것은 오셔 검사와 올리버스의 멋진 솜씨였다.

"그래도 상관없어." 하고 보슈는 말했다. "어떻게 그런 일이 벌어졌는지 전부 알고 싶으니까. 얘기해 봐."

긴 침묵이 흐른 뒤 웨이츠가 설명했다.

"거래할 생각으로 그들을 찾아간 건 스완이었어. 사형을 면하는 조건으로 모든 범행을 자백하겠다는 거였지. 나도 모르게 그런 짓을 했어. 나한테 물어봤다면 신경 끄라고 했겠지. 난 감옥에서 40년 썩느니 차라리 독극물 주사를 맞겠어. 무슨 말인지 이해할 거야, 보슈. 당신은 눈에는 눈, 이에는 이잖아. 난 당신의 그런 점이 좋아. 믿거나 말거나지만."

거기서 말을 중단했기 때문에 보슈는 그를 다시 다그쳐야만 했다.

"그래서 어떻게 됐나?"

"어느 날 밤 감방에서 검사실로 끌려갔는데, 모리가 거기 앉아 있더라고. 거래를 하기로 했다면서 일을 성사시키려면 덤을 하나 얹어야 한다더군. 내가 하지 않은 범행을 했다고 하라는 거야. 그러면서 어떤 형사를 시체가 묻혀 있는 현장으로 안내해야 할 거라더군. 그 형사가 믿게 만들려면 그 수밖에 없다는 거야. 그 형사가 바로 당신이었어, 보슈."

"그래서 동의했군."

"현장 조사를 나간다는 말을 듣고 동의했지. 그게 유일한 이유였어. 낮에 나간다는 뜻이거든. 낮이라면 기회가 있다고 생각했지."

"그러니까 당신은 올리버스와 오셔 검사가 직접 그런 거래를 제안한 것으로 믿게 되었단 말이지?"

"달리 누구겠어?"

"그 거래와 관련해서 모리 스완이 그들의 이름을 입에 올린 적이 있었나?"

"그들이 나한테 그걸 원한다고 말했어. 그들이 직접 제안한 거라고. 내가 덤으로 죄를 하나 뒤집어쓰지 않으면 거래도 없다고 했어. 그래서 게스토를 내가 죽인 걸로 하고 당신을 그 여자 무덤으로 안내했던 거야. 알겠어?"

보슈는 고개를 끄덕였다.

"그래, 알겠어."

분노로 얼굴이 뜨겁게 달아올랐지만 지금은 터뜨릴 때가 아니었다. 나중을 위해 잠시 미뤄 둘 필요가 있었다.

"심문실에서 자백한 세부사항들은 어떻게 알았나?"

"스완이 말해 줬지. 스완은 그들에게서 들었다고 했고. 수사보고서 원본에 있는 기록이라고 설명하더래."

"숲 속에 있는 시체를 찾는 방법도 스완이 말해 줬나?"

"숲 속에 표식들이 있다고 했어. 스완은 사진들을 보여 주며 사람들을 안내하는 방법을 설명했지. 쉬웠어. 자백하기 전날 밤 난 그 모든 걸 숙지했어."

보슈는 숲 속의 그 오솔길을 너무나 쉽게 따라 내려갔던 일을 떠올리며 침묵 속으로 빠져들었다. 그는 그 무언가를 너무 간절히, 너무 오랫동안 원했기 때문에 그만 눈이 멀어 버렸던 것이다.

"이 모든 짓을 한 대가로 당신이 받게 될 건 뭐였지, 레이너드?"

"그들의 관점에서 말인가? 그야, 내 목숨이지. 그들은 내 목숨을 살려 주겠다고 했어. 원하든 원치 않든. 사실 난 아랑곳하지 않았어. 아까도 말했지만, 스완이 현장 조사를 입에 올렸을 때 난 도망칠 기회가 생길지도 모른다고 생각했어. 마지막으로 이 여우굴을 다시 방문할 수 있을지 모른다고. 그것으로 충분했지. 다른 건 아무래도 좋았어. 도망치다 죽더라도 상관없었다고."

보슈는 이제 무엇을 해야 할지, 무슨 질문을 던져야 할지 알 수 없었다. 휴대전화로 지방검사나 판사를 불러 웨이츠의 자백을 직접 듣도록 해야겠다는 생각이 들었다. 손전등을 다시 내려놓고 주머니 속으로 손을 가져간 그는 차고에서 총격이 벌어졌을 때 레이철을 안고 쓰러지면서 휴대전화를 놓쳐 버렸던 걸 기억해 냈다.

"아직 거기 있나, 형사?"

"그럼, 있지. 마리 게스토는 어떻게 된 거야? 당신이 그 여잘 죽였다고 자백해야 할 이유에 대해 스완이 설명해 주던가?"

웨이츠는 껄껄 웃었다.

"그럴 필요가 없었지. 실상은 감춰져 있었던 게 분명해. 게스토를 죽인 놈은 당신을 멀리 떼어내려 하고 있었을 거야."

"이름을 입에 올린 적은 없었어?"

"없었어. 어떤 이름도."

보슈는 머리를 흔들었다. 아무것도 건진 것이 없었다. 오셔 검사나 앤서니 갈런드 혹은 어느 누구에 대한 단서도 아직 잡지 못했다. 그는 차고 쪽을 향해 땅굴을 내려다보았다. 아무것도 보이지 않지만 거기에 사람들이 와 있음을 느낄 수 있었다. 그들은 후광을 차단하기 위해 땅굴 입구를 막았다. 그들은 언제든지 들어올 것이다.

"탈출은 어떻게 하게 됐나?"

그는 대화를 지속하기 위해 물었다.

"미리 계획한 건가, 즉흥적으로 한 건가?"

"반반인 셈이지. 현장 조사가 있기 전날 밤 스완이 찾아와서 시체 있는 곳으로 당신을 안내하는 방법을 알려 줬어. 사진들을 보여 주며 숲속에 있는 표식들을 설명했고, 산사태로 생긴 가파른 벼랑에 도착하면 어떻게 내려갈 건지에 대해서도 얘기했어. 그때 난 알았지. 어쩌면 기회가 생길지도 모른다고 말야. 그래서 난 그에게 말했어. 벼랑을 오르내릴 땐 수갑을 풀어 줘야 한다고. 수갑을 허리춤에 고정시킨 상태로 가파른 벼랑을 오르내리라고 한다면 거래에 응할 수 없다고 말이야."

보슈는 오셔 검사가 올리버스의 반대를 억누르고 수갑을 풀어 주도록 지시하던 일을 떠올렸다. 올리버스가 수갑 푸는 걸 망설였던 건 보슈에게 보이기 위한 연극이었던 것이다. 모든 것이 그를 위한 연극이었다. 모든 것이 가짜였고, 그는 완전히 우롱당한 셈이었다.

등 뒤에서 땅굴로 기어 들어오고 있는 사내들의 소리가 들리자, 보슈는 손전등을 켜고 그들을 비춰 보았다. 특수기동대(SWAT) 요원들이었다. 검정 방탄복과 방탄모, 야시경을 착용하고 자동소총으로 무장한 사내들이 오고 있었다. 그들은 언제라도 섬광탄을 땅굴 속으로 발사하고 돌격해 올 것이다. 보슈는 손전등을 껐다. 그리고 여자에 대해 생각해 보았다. 요원들이 들어오는 순간 웨이츠는 여자를 죽일 것이 분명했다.

"당신 진짜 매클래런에 있었어?"

웨이츠가 물었다.

"그럼. 당신이 들어가기 전이었을 거야. B 기숙사에 있었어. 야구장에서 가장 가까운 동이라 오락시간엔 우리가 맨 먼저 달려가서 가장 좋은 글러브와 방망이를 골라잡을 수 있었지."

그런 얘기는 자기가 거기 있었음을 증명하기 위해 보슈가 지금 기억할 수 있는 최상의 것이었다. 매클래런에 대한 기억을 지워 버리기 위해 평생 발버둥친 그로서는 말이다.

"정말 거기 있었던 모양이군, 보슈."

"그랬다니까."

"그런데 지금 우릴 좀 봐. 당신은 당신의 길로 갔고 난 내 길을 갔어. 난 못된 개를 키웠나 봐."

"무슨 뜻이야? 무슨 개?"

"잊어버린 모양이군. 매클래런 사람들이 그런 말을 했잖아. 모든 사람은 마음속에 두 마리의 개를 키우고 있다고. 착한 개와 못된 개. 그 두 마리는 노상 싸운다고 했어. 오직 한 마리만 지배자가 될 수 있으니까."

"그래서?"

"싸움에서 이긴 개는 항상 그 사람이 키운 개라는 거야. 난 못된 개를 키웠고, 당신은 착한 개를 키운 것 같아."

보슈는 대꾸할 말이 생각나지 않았다. 땅굴 입구 쪽에서 찰칵 하는 소리가 들렸다. 요원들이 섬광탄을 발사할 모양이었다. 보슈는 자기 등을 향해 그들이 섬광탄을 쏘진 않을 거라고 생각하며 재빨리 일어섰다.

"웨이츠, 그쪽으로 갈게."

"안 돼, 보슈."

"내 총을 당신 손에 넘기지. 불빛을 잘 봐. 내 총을 넘길 테니까."

그는 손전등을 켜고 땅굴이 휘어진 앞쪽을 비췄다. 그리곤 앞으로 기어가서 불빛에 자기 왼쪽 손을 내밀었다. 웨이츠가 위험을 느끼지 않도록 권총도 총신 쪽을 잡고 있었다.

"자, 이제 들어간다."

보슈는 땅굴의 꺾인 부분을 돌아 마지막 공간 안으로 들어갔다. 가로 세로 3.6미터는 되어 보이는 공간이었지만, 머리를 쳐들고 일어설 수 있을 만큼 높지는 않았다. 그는 무릎을 꿇고 앉아 손전등으로 주위를 비춰 보았다. 희미한 갈색 불빛 아래 뼈와 해골, 썩어가는 살과 머리카락 등이 쌓인 기괴한 광경이 드러났다. 지독한 악취가 코를 찌르고 숨이 콱 막힐 지경이었다.

불빛이 보슈가 레이너드 웨이츠로 알고 있던 사내의 얼굴을 비췄다. 그는 자신의 여우굴 맨 안쪽 벽에 기대고 있었는데, 앉은 자리는 바위와 흙을 파내어 왕좌처럼 만든 것이었다. 그의 왼쪽에는 납치된 여자가 의식을 잃은 채 알몸으로 모포 위에 누워 있었고, 웨이츠는 프레디 올리버스에게서 빼앗은 권총의 총구를 그녀의 관자놀이에 대고 있었다.

"이제 안심해도 돼. 내 총을 당신한테 넘길 테니까. 그 여자를 해치지만 마."

보슈의 말에 웨이츠는 미소를 지어 보였다. 자신이 상황을 완전히 통제하고 있다는 사실이 만족스러운 듯 그는 말했다.

"보슈, 당신은 정말 못 말릴 바보로군."

보슈는 들고 있던 권총을 그의 왕좌 오른쪽으로 던졌다. 웨이츠가 손을 뻗어 그 총을 집는 순간 여자의 관자놀이를 누르고 있던 그의 권총 총신이 아래로 미끄러져 내렸다. 보슈는 손전등을 바닥에 떨어뜨리자마자 그 손을 허리춤으로 가져가 맹인 노파에게서 빼앗은 리볼버를 빼들었다.

리볼버의 긴 총신은 목표물을 제대로 겨누게 했다. 그는 두 차례 연달아 방아쇠를 당겼고, 두 발 모두 웨이츠의 가슴 정중앙에 명중했다. 웨이츠는 뒤로 자빠지며 벽에 부딪혔다. 보슈는 커다랗게 치뜬 그의 눈과 생사를 가르는 눈빛이 꺼지는 걸 지켜보았다. 그의 턱이 아래로 벌어지며 머리가 앞으로 기울어졌다.

보슈는 여자 옆으로 기어가서 맥박을 짚어 보았다. 아직 살아 있었다. 그는 여자가 깔고 누운 담요로 알몸을 잘 덮어 준 뒤 땅굴 입구 쪽을 향해 고함을 질렀다.

"강력계 보슈 형사다! 상황 끝! 레이너드 웨이츠는 죽었다!"

땅굴 입구 쪽 모퉁이에서 눈부시게 환한 불이 켜졌다. 그 맞은편에는 자동소총을 든 특수기동대 요원들이 대기하고 있다는 걸 보슈는 알았다. 어쨌거나 그는 이제 안전하다는 느낌이 들었고, 그래서 불빛을 향해 천천히 걸어 나갔다.

30

고통은 육체를 떠나는 나의 약점

땅굴을 빠져나온 보슈는 가스 마스크를 쓴 두 명의 특수기동대 요원
이 이끄는 대로 차고로 갔다. 거기서 그는 대기하고 있던 탈주범 특별
수사대와 사건 관련자들 손에 인계되었다. OIS의 랜돌프와 오서니는
물론이고 미해결 사건 전담반의 에이벌 프랫도 지척에 있었다. 보슈는
레이철 월링을 찾아 사방을 둘러보았지만 보이지 않았다.

그다음으로 땅굴에서 나온 사람은 웨이츠의 마지막 희생자였던 젊은
여자였다. 그녀는 즉시 대기 중인 앰뷸런스에 실려 카운티 USC 메디컬
센터로 이송되었다. 건강검진과 치료를 하기 위해서였다. 그녀가 겪어
냈을 끔찍한 공포를 보슈로서는 상상하기조차도 어려웠다. 그러나 무
엇보다도 중요한 것은 그녀가 아직 살아 있다는 사실이었다.

특별수사대 팀장은 그에게 밴 안으로 들어가 얘기를 좀 나누고 싶다
고 했지만, 보슈는 밀폐된 공간엔 들어가고 싶지 않았다. 피게로아 거리
의 열린 공간에서도 온몸에 밴 땅굴 속의 악취가 콧구멍 속으로 들어오

는 걸 참을 수 없을 지경이었다. 처음엔 멋모르고 그에게 다가왔던 특수요원들도 지금은 한두 걸음씩 뒤로 물러나 있었다. 그는 710번지 옆에 있는 주택 계단을 따라 수도꼭지에 연결된 정원용 호스가 놓여 있는 것을 발견하고 다가갔다. 수도꼭지를 튼 다음 호스로 흘러나오는 물을 머리와 얼굴, 목에다 콸콸 끼얹었다. 그 바람에 옷이 흠뻑 젖었지만 그는 개의치 않았다. 덕분에 더러운 흙과 땀, 악취가 상당 부분 씻겨 나갔다. 옷은 완전히 넝마로 변했다.

특별수사대 팀장은 할리우드 경찰서에서 차출된 밥 맥도날드 경사였다. 다행히도 보슈는 과거에 그 파출소에서 그와 함께 근무한 적이 있었기 때문에, 경과보고는 아주 우호적인 분위기에서 진행할 수 있었다. 하지만 그건 준비운동에 불과했다. 그날 안으로 랜돌프 경위에게 정식 심문을 받아야만 했다.

"FBI 요원은 어디 있습니까? 레이철 월링 요원 말입니다."

보슈의 물음에 맥도날드는 대답했다.

"심문 중이야. 이웃집 방을 하나 빌려 심문하고 있지."

"주택 안에 있던 노파는요?"

"아무 일 없어. 맹인이라 휠체어를 타고 있더군. 아직 얘기 중이지만, 웨이츠가 어릴 때 여기서 살았다는 사실이 밝혀졌어. 위탁가정이었던 거지. 그리고 그의 본명은 로버트 폭스워드야. 노파는 더 이상 혼자서는 돌아다닐 수 없으니까 주로 집 안에만 있다더군. 카운티 봉사원이 음식을 날라다 주고 있고. 폭스워드는 차고를 빌려 쓰는 대가로 노파에게 용돈을 약간씩 줬나 봐. 유리창 청소 용품들을 그 차고에 보관하고 있었어. 그리고 낡은 밴 안에는 휠체어 승강기가 설치되어 있었어."

보슈는 고개를 끄덕였다. 재닛 색슨은 자신의 양아들이었던 로버트가 차고를 다른 용도를 사용한 것에 대해서는 전혀 몰랐을 것이다.

맥도날드는 이제 그동안 있었던 일들을 얘기해 보라고 했다. 그래서 보슈는 웨이츠와 전당포 주인 피츠패트릭이 연결되어 있는 것을 발견한 뒤로 자신이 취했던 행동들을 필름을 거꾸로 돌리듯 하나하나 역순으로 설명했다.

질문은 없었다. 아직까지는. 아무도 보슈가 왜 특별수사대나 랜돌프, 프랫, 혹은 다른 누구에게도 전화하지 않았느냐고 묻지 않았다. 그들은 그의 얘기에 빠져들어 듣기만 했다. 보슈는 크게 걱정하지 않았다. 그는 레이철과 함께 납치된 여자의 생명을 구했고, 그 자신은 나쁜 놈을 사살했다. 그 두 가지 사실만으로도 자신이 범한 모든 법규와 절차 위반을 용서받고 자리를 보전할 수 있을 것으로 확신했다.

20분쯤 걸려 얘기를 마치자 맥도날드는 잠시 휴식을 취하자고 했다. 주위를 둘러쌌던 사람들이 흩어지자, 보슈는 팀장이 자기를 기다리고 있었다는 걸 알았다. 그리고 그와의 대화는 쉽지 않을 거라는 생각이 들었다.

프랫이 마침내 걱정스런 표정으로 다가오며 물었다.

"그래, 해리, 그 친구가 땅굴 속에서 무슨 얘길 했소?"

보슈는 프랫이 왜 허락도 없이 제멋대로 행동했느냐고 당장 따지지 않는 것이 놀라웠다. 그렇다고 해서 불평할 일은 아니었다. 그래서 비치우드 캐니언의 음모에 대해 웨이츠가 얘기한 것을 간략하게 보고했다.

"그게 모두 스완의 머리에서 나왔다고 하더군요. 스완이 중개인이었어요. 올리버스와 오셔 검사와 모의하여 웨이츠가 거래에 동의하도록 만들었죠. 웨이츠는 게스토를 죽이지 않았지만 죽였다고 자백했습니다. 사형을 면하게 해 준다는 조건이었죠."

"그게 다요?"

"그거면 충분하지 않나요?"

"올리버스와 오셔는 왜 그런 짓을 했을까?"

"그야 책에 다 나와 있는 가장 오래된 이유 때문이죠. 돈과 권력. 갈 런드 가문은 그 두 가지를 다 가지고 있고요."

"앤서니 갈런드는 게스토 사건에 흥미를 보였던 그 친구죠? 당신에 대해 접근금지 명령을 받아냈던 자."

"맞아요. 올리버스와 오셔가 웨이츠를 이용해서 내 생각을 돌리려고 시도하기 전에 있었던 일이죠."

"웨이츠가 저 안에서 한 얘기 외엔 알아낸 것이 없소?"

"별로 없어요. 오셔 검사의 선거 후원금으로 들어온 2만 5천 달러를 추적한 결과 T. 렉스 갈런드의 변호사들과 석유회사에서 지원한 것으로 밝혀졌습니다. 하지만 모두 합법적이었어요. 서로 연결되어 있다는 사실만 확인했을 뿐이죠."

"2만 5천 달러는 너무 싼 것 같은데."

"그렇죠. 하지만 2만 5천 달러는 지금까지 알아낸 금액입니다. 더 파 보면 더 나오겠지요."

"맥도날드와 그 부하들에게도 이런 얘길 다 했소?"

"웨이츠가 저 안에서 말한 것만 얘기했습니다. 후원금에 대해선 입도 뻥긋 안 했어요."

"이 일로 그들이 모리 스완을 조사할 걸로 보이나요?"

보슈는 잠시 생각해 본 후 대답했다.

"안 할 걸요. 변호사와 의뢰인 사이에 주고받은 정보는 비밀입니다. 게다가 웨이츠 같은 미친놈의 말을 근거로 스완을 조사하겠다는 사람 은 없을 겁니다."

프랫은 바닥을 걸어찼다. 이젠 더 이상 할 말도 물어볼 것도 없었다.

"미안해요, 팀장님."

보슈는 그제야 사과를 했다.

"내가 하던 일에 대해 솔직히 털어놓지 않았던 거나 자택근무 등 모든 것에 대해 말입니다."

프랫은 손사래를 쳤다.

"괜찮소, 해리. 당신은 운이 좋았어. 일을 잘 마무리 짓고 악당도 죽였잖소. 거기다 대고 내가 무슨 토를 달겠소?"

보슈는 고개를 끄덕여 감사를 표했다.

"게다가 난 말년이잖소. 3주 후면 다른 팀장이 와서 당신 문제를 처리해 줄 텐데 뭐."

키즈 라이더가 복직을 하든 하지 않든, 보슈는 미해결 사건 전담반을 떠나고 싶지 않았다. 강력계에서 새 팀장으로 올 데이비드 램킨은 같이 일하기 좋은 사내라고 들었다. 보슈는 이 일이 다 마무리된 후에도 미해결 사건 전담반에 그대로 남아 있고 싶었다.

"빌어먹을!"

프랫이 시선을 한 곳에 고정하며 나지막이 욕설을 내뱉었다. 그의 시선을 따라가던 보슈는 방송 차량들과 기자들이 진을 치고 있는 지점 바로 옆으로 방금 굴러와 주차하고 있는 차를 발견했다.

운전석 옆자리에서 오셔 검사가 내렸다. 보슈는 역겨움을 느꼈다. 그가 검사 쪽으로 가려고 하자 프랫이 팔을 붙잡으며 말했다.

"진정해요, 해리."

"저 작자가 여긴 왜 와요?"

"저 작자 사건이오, 해리. 언제든지 올 수 있지. 냉정하게 대처하는 게 좋소. 당신이 든 패를 내보이면 저 자식을 절대 못 잡아요."

"그럼 저자가 카메라 앞에서 춤추며 이걸 또 선거 선전물로 이용하도록 가만히 두란 말입니까? 빌어먹을! 카메라들 앞에서 저 자식 엉덩이를 걷어차 버려야겠어요."

"그래, 아주 똑똑한 짓이오. 절묘하군, 해리. 그러면 상황이 훨씬 더 좋아질 거요."

보슈는 프랫의 손을 뿌리치고 가까운 순찰차로 걸어가 펜더에 기대었다. 그리곤 팔짱을 끼고 머리를 푹 숙인 채 분노가 가라앉길 기다렸다. 프랫의 말이 옳았다.

"저자가 내 곁에 오지 않도록 해 주세요."

"그건 좀 어렵겠는데. 곧장 당신한테 오고 있잖소."

보슈가 고개를 들고 보니 오셔와 그의 측근 두 사내가 다가왔다.

"보슈 형사, 다친 덴 없소?"

검사가 물었다.

"보시다시피."

보슈는 팔짱낀 팔을 풀지 않고 대답했다. 풀었다간 자신도 모르는 사이에 오셔의 턱이라도 한 방 후려칠 것만 같았다.

"오늘 여기서 당신이 펼친 활약에 대해 감사하오. 납치된 젊은 여자를 구한 것도 매우 고맙게 생각합니다."

보슈는 땅바닥에 시선을 던진 채 고개를 끄덕였다.

오셔는 자기 측근들과 프랫을 돌아보며 말했다. 프랫은 혹시 보슈가 검사한테 달려들기라도 하면 말리려고 대기하고 있었다.

"보슈 형사와 단둘이 얘기 좀 해도 되겠소?"

오셔의 부하들은 즉시 물러났지만, 프랫은 머뭇거리다가 보슈가 머리를 끄덕이며 아무 일 없을 거라고 말한 뒤에야 돌아섰다. 두 사람만 남자 검사는 형사에게 말했다.

"형사, 웨이츠가, 폭스워드라고 해야 하나, 땅굴 속에서 당신한테 밝혔다는 내용에 대해서는 방금 보고를 받았소."

"잘됐군요."

"자신이 연쇄살인범임을 인정하고 확인한 자가 자신을 기소한 사람들, 특히 이미 고인이 되어 자신을 변호할 수 없는 사람에 대해 지껄인 말을 액면 그대로 믿어선 안 될 거요."

보슈는 순찰차 펜더를 엉덩이로 밀고 한 걸음 걸어 나오며 마침내 팔짱을 풀었다. 아래로 내려뜨린 두 손이 저절로 주먹으로 변했다.

"당신 친구 올리버스에 관한 얘깁니까?"

"그렇소. 당신 태도를 보니 폭스워드가 당신한테 했다고들 하는 말을 그대로 믿고 있는 것 같소."

"했다고들 하는 말? 그러니까 내가 그렇게 떠들어 대고 있다는 거요?"

"누군가가 떠들어 대고 있소."

보슈는 그를 향해 상체를 내밀며 나지막한 목소리로 말했다.

"오셔, 저리 꺼져 주시오. 주먹이 날아가기 전에."

검사는 벌써 한 방 맞은 것처럼 뒤로 주춤 물러섰다.

"오해하고 있소, 보슈. 그자가 거짓말을 한 거라고."

"웨이츠는 내가 땅굴 속으로 들어가기 이전부터 이미 알고 있었던 사실을 확인해 준 것뿐입니다. 올리버스는 더러운 놈이오. 그자는 살인 사건 수사보고서에 레이너드 웨이츠가 게스토 살인 사건과 관련 있는 것처럼 보이는 글을 날조해서 적어 넣었소. 그리곤 비치우드 캐니언으로 가서 웨이츠가 우리를 시체 있는 곳으로 안내할 수 있도록 표식들을 만들었지. 누군가가 시키지 않았다면 그런 짓을 할 놈이 못 되죠. 그 정도로 영리한 놈은 아니었거든."

오셔는 그를 한참 동안 노려보았다. 보슈가 한 말이 무슨 뜻인지는 분명했다.

"이런 엿 같은 상황에서 당신을 설득할 순 없겠지, 안 그렇소?"

보슈는 그를 바라봤다가 눈길을 돌려 버렸다.

"설득? 꿈 깨시오. 그리고 난 이 사실이 선거에 어떤 영향을 미치든 신경 안 써요, 검사 나리. 그 사실은 논쟁의 여지가 없기 때문에, 그걸 증명하기 위해 폭스워드나 그가 한 말 따위를 필요로 하지도 않소."

"그렇다면 당신 상사들을 설득하는 수밖에 없겠군."

보슈는 그에게 반 발짝 다가섰다. 이번엔 제대로 사정권 내에 들어왔다.

"냄새가 나죠? 나한테서 냄새 안 나요? 이게 바로 죽음의 악취라는 겁니다, 오셔. 내 몸에 온통 배어들었어. 그렇지만 적어도 난 그걸 씻어 낼 수가 있소."

"무슨 뜻으로 그러는 거요?"

"멋대로 해석해요. 당신 상사는 누구요? 번쩍거리는 사무실에 앉아 있는 T. 렉스 갈런드한테 보고할 생각입니까?"

오셔 검사는 긴 한숨을 내쉰 뒤 곤혹스런 표정으로 머리를 내저었다.

"형사, 저 땅굴 속에서 무슨 소릴 들었는지 모르겠지만 지금 제정신이 아닌 것 같아."

보슈는 머리를 끄덕이며 대꾸했다.

"그래요, 이제 곧 제정신으로 돌아올 거요. 선거가 끝나기 전에. 그건 확실하지."

"알아듣게 설명 좀 해 주시오, 보슈. 내가 여기서 놓치고 있는 게 대체 뭐요?"

"하나도 없는 것 같은데요, 오셔. 당신은 전부 다 알고 있소. 그리고 이 사건이 마무리되기 전에 세상 사람들도 다 알게 될 거요. 암튼 난 무슨 수를 써서라도 당신과 갈런드 부자, 그리고 이 사건에 관련된 모든 인간들을 끌어내릴 테니까 단단히 각오하시오."

그러자 오셔는 보슈 앞으로 한 걸음 다가섰다.

"당신은 지금 내가 T. 렉스 갈런드를 위해 이 모든 일을 꾸몄다고 말하는 거요?"

보슈는 웃음을 터트렸다. 오셔는 끝까지 완벽한 배우였다.

"대단하시군. 감탄스럽소. 정말 대단해요."

"T. 렉스 갈런드는 떳떳하고 적법한 내 후원자요. 그런 사람을 어떻게 이런 사건과…."

"그렇다면 전날 내가 그의 아들을 게스토 살인 혐의자로 소환했을 때는 왜 떳떳하고 적법한 후원자라고 말하지 않았소?"

"복잡한 문제가 되기 때문이오. 난 그들 부자를 만나거나 말을 나눈 적도 없소. T.렉스가 내 선거를 후원했다고 무슨 문제가 됩니까? 그 사람은 카운티에서 벌어지는 모든 선거에 돈을 뿌리고 있소. 그때 내가 그런 얘기를 했다면 당신의 의심을 샀겠지. 난 그러고 싶지 않았소. 결국 그렇게 되고 말았지만."

"당신은 지독한 거짓말쟁이야."

"닥치시오, 보슈. 그 사람은 아무 관련도 없어."

"그렇다면 우린 더 이상 할 얘기가 없군요."

"아니, 있지. 난 할 말이 있소. 이런 황당한 소릴 계속 떠들어 대면 좋은 꼴 못 볼 거요."

그는 돌아서서 걸어가며 큰 소리로 부하들을 불렀다. 그리곤 보안이 유지되는 전화를 요구했다. 보슈는 그가 T. 렉스 갈런드에게 먼저 전화할 건지 경찰 국장한테 먼저 전화할 건지 그것이 궁금해졌다.

보슈는 즉시 케이샤 러셀에게 전화하여 취재를 시작하도록 해야겠다고 결심했다. 그녀에게 이젠 갈런드가 오셔에게 제공한 그 선거 후원금들에 대해 조사해도 좋다고 말해 줄 생각이었다. 주머니에 손을 넣어

본 뒤에야 그는 자기 휴대전화가 아직도 차고 안 어딘가에 떨어져 있다는 걸 알았다. 차고 쪽으로 걸어가던 그는 흰색 밴 뒤로 활짝 열린 문 앞에 쳐놓은 노란 테이프 앞에 멈춰 섰다.

차고 안에서는 캘 카파렐리가 필터 마스크를 목 주위로 내린 채 현장 감식반 요원들을 지휘하고 있었다. 보슈는 그녀의 얼굴만 봐도 땅굴 속의 그 끔찍한 현장을 이미 목격했다는 걸 알 수 있었다. 그렇다면 카파렐리는 결코 이전의 그녀 자신으로 돌아갈 수 없을 터였다. 보슈는 그녀를 손짓해 불렀다.

"어떻게 돼 가고 있소, 캘?"

"당신이 예상했던 그대로죠 뭐."

"그럴 줄 알았어."

"밤늦게까지 여기 있어야 할 것 같은데, 무슨 일이에요, 해리?"

"혹시 내 휴대전화 못 봤소? 사태가 발생했을 때 여기서 잃어버렸는데."

카파렐리는 밴 앞 타이어 앞쪽 바닥을 가리켰다.

"저게 당신 휴대전화예요?"

보슈는 고개를 돌려 콘크리트 바닥에 떨어져 있는 휴대전화를 보았다. 메시지가 도착했다는 표시로 빨간 불이 깜박거렸다. 그런데 누군가가 분필로 휴대전화 둘레에 하얀 원을 그려 놓은 것이 보였다. 이건 안 좋은데. 보슈는 자기 휴대전화가 증거물 목록에 오르는 걸 원치 않았다. 영영 돌려받지 못할 수도 있다.

"맞아요. 좀 돌려주겠소? 지금 써야 해서."

"미안해요, 해리. 여긴 아직 촬영하지 않아 안 돼요. 땅굴 속부터 찍고 이곳으로 나올 텐데, 한참 걸릴 거예요."

"여기서 사용하고 사진 찍을 때 돌려주면 안 되나요? 메시지가 온 것 같은데."

"해리, 왜 이러세요."

그렇게 하는 것은 증거물에 대한 네 가지 규칙을 어기는 일임을 보슈도 모르지 않았다.

"좋아요. 돌려줄 수 있을 때 연락이나 해 줘요. 배터리가 다 닳기 전이면 좋겠소."

"알았어요, 해리."

차고에서 돌아서 나오던 그는 범죄 현장과 외부를 차단한 노란 테이프를 향해 걸어가는 레이철 월링을 발견했다. 정장 차림에 선글라스를 쓴 사내 하나가 연방 정부 순찰차 옆에서 그녀를 기다리고 있었다. 레이철이 부른 차가 분명했다. 보슈가 이름을 부르며 쫓아가자 그녀는 걸음을 멈추었다.

"해리, 다친 데는 없어요?"

"없어요. 당신은 괜찮소?"

"괜찮아요. 어떻게 된 거예요?"

그녀는 보슈의 젖은 옷을 가리키며 물었다.

"호스로 물을 끼얹어서 그래요. 고약했지. 두 시간쯤 샤워를 해야 할 것 같소. 가는 거요?"

"네. 나에 대한 조사는 끝났대요. 당분간은."

보슈는 3미터쯤 뒤에 서 있는 선글라스 사내를 턱으로 가리키며 나지막이 물었다.

"문제가 있소?"

"아직 몰라요. 별일 없겠죠 뭐. 당신은 나쁜 놈을 처치하고 여자를 구했어요. 그게 어떻게 나쁜 일이 될 수 있겠어요?"

"나 혼자 한 게 아니라 우리가 했지."

보슈는 그녀의 말을 수정했다.

"그렇지만 각 기관이나 관료 조직엔 좋은 일도 엉망으로 만드는 놈들이 꼭 있기 마련이지."

레이철은 그의 눈을 바라보며 고개를 끄덕였다.

"알아요."

그녀의 표정에 보슈는 가슴이 써늘해졌다. 이제 그들 사이가 달라진 느낌이었다.

"나한테 화난 거요, 레이철?"

"화가 나요? 아뇨."

"그러면 왜 그래요?"

"아무것도 아니에요. 난 가야 해요."

"그럼 전화할 거죠?"

"가능하면요. 안녕, 해리."

레이철은 대기 중인 차로 두 걸음 걸어간 뒤 다시 돌아보며 보슈에게 물었다.

"아까 순찰차 옆에서 같이 얘기한 남자가 오셔 검사 맞죠?"

"맞아요."

"조심해요, 해리. 오늘 여기서 했던 것처럼 감정을 그대로 드러냈다간 오셔가 당신을 고통 속에 몰아넣을 거예요."

보슈는 미소를 살짝 지었다.

"고통을 뭐라고들 얘기하는지 알아요?"

"뭐라고들 하는데요?"

"고통은 육체를 떠나는 나의 약점이다."

레이철은 머리를 흔들었다.

"말짱 거짓말이에요. 가급적 그런 시험엔 들지 말아요. 안녕, 해리."

"또 봐요, 레이철."

그는 노란 테이프를 들고 레이철이 그 아래로 통과할 때까지 기다리고 있는 선글라스 사내를 보았다. 그녀가 운전석 옆자리에 올라타자 사내는 차를 몰고 사라졌다. 보슈는 자기를 보는 레이철의 눈빛이 달라졌다는 걸 알았다. 차고 안에서의 그의 행동과 땅굴 속으로 들어간 것이 그에 대한 그녀의 마음을 바꿔놓은 것이다. 그럴 만도 하다는 생각과 어쩌면 그녀를 다시는 못 보게 될지도 모른다는 생각이 들었다. 만약 그렇게 된다면, 보슈는 그것 역시 릭 오셔를 작살내야 할 또 하나의 이유라고 생각했다.

범죄 현장에 돌아가 보니 랜돌프 경위와 오서니가 그를 기다리고 있었다. 보슈를 본 랜돌프가 휴대전화를 접어 넣었다.

"또 당신들이군요."

보슈가 시큰둥하게 말했다.

"기시현상처럼 느껴지지 않나?"

랜돌프가 대꾸했다.

"흡사하군요."

"보슈 형사, 자네를 파커 센터로 모셔가서 이번엔 보다 격식을 갖춘 심문을 해 볼까 하는데."

보슈는 고개를 끄덕였다. 그런 기분에 대해선 잘 알고 있었다. 이번엔 숲 속에 대고 총을 쏘진 않았으니까. 그는 사람을 죽였고, 그래서 이번 심문은 좀 다를 것이었다. 그들은 시시콜콜한 것들까지 모조리 알아내려 할 것이다.

"난 준비가 됐어요."

31

난 법에 저항했지만

보슈는 LA 경찰국 본부에 있는 OIS의 심문실에 앉아 있었다. 그전에 랜돌프 경위는 보슈에게 지하 라커룸에서 샤워를 하도록 허락했다. 보슈는 라커 안에 보관하고 있던 청바지와 검정색 웨스트 코스트 초퍼스 (West Coast Choppers) 스웨트 셔츠로 갈아입었는데, 그 옷들은 시내에서 갑자기 잠행할 필요가 있을 때를 대비해서 준비해 둔 것이었다. 라커룸에서 나올 때 그는 넝마로 변한 정장을 쓰레기통에 던져 넣었다. 이제부터는 남은 정장 두 벌로 버텨야 할 판이었다.

테이블 위의 녹음기가 켜지자 오서니는 보슈에게 그의 법적 권리와 경찰관 권리장전을 읽어 주었다. 이런 이중 보호 장치는 개인과 경관을 정부의 부당한 공격으로부터 안전하게 지키기 위한 것이지만, 이 작은 심문실에서 강압이 행해질 때는 그런 종이쪽지 따윈 아무 소용없다는 걸 보슈는 알고 있었다. 자기 스스로 지킬 수밖에 없었다. 그는 권리를 이해하며 심문에 동의한다고 대답했다.

거기서부터는 랜돌프 경위가 맡았다. 그의 요구에 따라 보슈는 로버트 폭스워드, 일명 레이너드 웨이츠를 사살하게 된 자초지종을 다시 한 번 얘기해야만 했다. 피츠패트릭 사건의 기록들을 검토하다 발견한 단서부터 시작하여 그 자신이 폭스워드의 가슴에 총알 두 발을 박아 넣은 것까지였다. 보슈가 얘기를 다 끝낼 때까지 랜돌프는 질문을 거의 하지 않았다. 그러나 얘기가 끝나자 그는 차고 안과 땅굴 속에서 보슈가 한 행동들에 대해 아주 사소한 것까지 일일이 캐물었다. 그리고 레이철 월링 FBI 요원의 주의에 귀를 기울이지 않았던 이유에 대해 몇 번이나 반복해서 물었다.

그 질문은 레이철이 OIS 팀의 심문을 받았을 뿐만 아니라, 그녀가 그의 사건에 대해 특별히 호의적으로 진술하지 않았다는 사실을 말해 주었다. 보슈는 많이 실망했지만 심문실 안에서는 레이철에 대한 생각과 감정을 잠시 접어 두기로 마음먹었다. 그는 자기의 행동과 사건 전개 과정에 대해 랜돌프와 레이철 혹은 다른 누가 어떻게 생각하더라도 궁극적 승리자는 그 자신이라고 확신한다는 말을 주문처럼 되뇌었다.

"생사가 걸린 상황이었소. 한 여자가 위험에 처해 있었고, 범인과 나는 이미 한 차례 사격을 주고받은 다음이었죠. 나는 지원 팀이나 다른 사람의 도움을 기다릴 틈이 없다고 느꼈습니다. 그래서 해야 할 일을 했어요. 나는 최대한 주의를 했고, 살상 무기는 꼭 필요할 때만 사용했습니다."

랜돌프는 로버트 폭스워드의 사격에 대한 질문들로 넘어갔다. 그는 보슈에게 폭스워드가 게스토 살인 사건이 해결된 것으로 믿게 하기 위해 음모를 꾸몄다고 말했을 때 어떤 생각이 들더냐고 물었다. 그리고 땅굴 맨 끝에 있는 방에서 폭스워드에게 희생된 여자들의 유골들을 발견했을 때는 무슨 생각을 하고 있었느냐고 보슈에게 물었다. 또 방아쇠를 당겨 그 희생자들을 더럽히고 죽인 살인자를 사살했을 때는 어떤 생각을 했느냐고 물었다.

보슈는 모든 질문에 참을성 있게 대답했지만 마침내 한계를 느꼈다. 심문이 약간 비정상적이었다. 마치 랜돌프가 각본에 따라 심문하고 있는 것 같았다. 보슈는 따지듯이 물었다.

"지금 뭐하고 있는 겁니까? 난 여기 앉아 당신들 질문에 모두 대답하고 있는데, 당신들은 나한테 뭘 숨기고 있는 거요?"

랜돌프 경위는 오서니를 힐끗 돌아본 뒤 다시 보슈를 바라보았다. 그리곤 두 팔을 테이블 위에 올리고 상체를 앞으로 내밀었다. 그에겐 왼쪽 손가락에 낀 금반지를 뱅뱅 돌리는 습관이 있었다. 보슈는 지난번에도 그가 그러는 것을 보았다. 그리고 지금 그것이 USC 반지라는 걸 알아챘다. 대단하군. LA 경찰국 간부들 중에는 남가주 대학 야간학부를 나온 사람들이 상당히 많다.

랜돌프는 손을 뻗어 녹음기 버튼 위에 손가락을 올려놓은 채 오서니에게 말했다.

"오서니 형사, 미안하지만 물 두 병만 가져다주겠나. 너무 지껄였더니 목소리가 안 나오려고 하네. 보슈 형사도 그럴 거야. 자네가 돌아올 때까지 우린 좀 쉬겠네."

오서니가 일어나서 나가자 랜돌프는 녹음기를 껐다. 그리고 심문실 문이 완전히 닫힌 후에야 입을 열었다.

"보슈 형사, 문제는 땅굴 속에서 벌어진 일에 대해 우리가 아는 거라곤 자네가 한 말밖에 없다는 거야. 그 여자는 의식을 잃은 상태였고, 폭스워드는 죽어 버렸으니까 말이지."

"맞아요. 그래서 내 말을 믿을 수 없다는 겁니까?"

"사건에 대한 자네 진술은 완전히 받아들일 수 있다는 말이지. 다만 법의학 팀에서는 자네 진술과 다른 해석을 내릴지도 몰라. 무슨 소린지 알겠나? 금방 뒤집어질 수도 있다는 얘기야. 이대로 내버려 두면 온갖 해석과 오해가 생길 수 있어. 대중적이나 정치적인 해석도 나올 수 있고."

보슈는 머리를 저었다. 도대체 무슨 짓거리를 벌이고 있는지 알 수가 없었다.

"그래서요? 난 대중이나 정치가들이 어떻게 생각하든 개의치 않소. 웨이츠는 그 땅굴 속에서 행동을 강요했어요. 그건 분명 죽이지 않으면 죽어야 할 상황이었고, 그래서 난 해야 할 일을 했을 뿐입니다."

"그렇지만 자네의 진술을 뒷받침할 증인이 없어."

"월링 요원이 있잖습니까?"

"그 여잔 땅굴 속에 들어가지 않았어. 자네한테도 들어가지 말라고 경고했지."

"그때 내가 들어가지 않았으면 죽었을지도 모를 여자가 지금 카운티 USC 메디컬 센터에 누워 있어요. 지금 여기서 무슨 일이 벌어지고 있는 겁니까, 경위님?"

랜돌프는 손가락에 낀 금반지를 다시 돌리기 시작했다. 마치 자신에게 주어진 임무가 몹시 불쾌한 듯한 인상이었다.

"오늘은 이 정도로 끝내지. 자네도 지쳤을 테고. 법의학 팀이 들어오길 기다리는 며칠 동안은 결론을 보류하겠네. 그리고 자택근무를 계속하게. 일단 모든 게 정리되면 자넬 불러들여 진술서에 서명하도록 할 테니까."

"여기서 무슨 일이 벌어지고 있느냐고 물었습니다, 경위."

"방금 설명하지 않았나."

"설명이 충분치가 않아요."

랜돌프는 금반지에서 손을 떼어냈다. 그것은 그가 다음에 할 말이 매우 중요하다고 강조하는 효과를 냈다.

"자넨 납치된 여자를 구출하고 사건을 해결했어. 거기까진 좋아. 하지만 무모한 행동을 했어. 운이 좋아 잘 끝나긴 했지만. 자네 얘기를 그대로 믿는다면, 자넨 자네와 다른 사람의 목숨을 위협하던 한 사내를 사살했어. 그렇지만 사실과 법의학 팀은 얼마든지 다른 해석을 내릴 수 있다고. 일테면 자네가 쏜 그 사내가 항복을 하려고 했다는 식의 해석 말야. 그래서 우리는 그 문제를 확인하기 위해 시간이 필요해. 며칠 지나면 확실해지겠지. 그러면 자네한테도 통보해 주겠네."

랜돌프의 얼굴을 찬찬히 뜯어본 보슈는 그가 말장난을 하고 있진 않다는 걸 알았다.

"올리버스 때문에 이러는 거군요, 아닌가요? 내일이 장례식이고 국장이 참석할 예정이니까 올리버스를 임무수행 도중 순직한 영웅으로 만들기 위한 수작이잖아요."

랜돌프는 다시 금반지를 돌리기 시작했다.

"아니야, 보슈 형사. 틀렸어. 올리버스가 추잡한 인간이라면 아무도 그의 명예를 위해 애를 쓰진 않아."

보슈는 고개를 끄덕였다. 이제야 감을 잡았다.

"그렇다면 오셔 검사 때문이군요. 고위층의 누군가를 찔렀겠죠. 나한테 그렇게 하겠다고 말했으니까. 그 고위층은 경위님한테 모종의 지시를 내렸을 테고."

랜돌프는 의자 등받이에 깊숙이 기대며 천장을 바라보았다. 적절한 대답을 찾고 있는 표정이던 그가 마침내 말했다.

"지역사회뿐만 아니라 우리 경찰국 내부에도 릭 오셔 검사가 훌륭한 검사장이 될 거라고 믿는 사람들이 아주 많아. 또한 LAPD 편을 들어주는 좋은 친구가 될 거라고 믿는 사람들도 많지."

보슈는 눈을 질끈 감고 머리를 천천히 흔들어댔다. 방금 들은 말을 믿을 수가 없었다. 랜돌프 경위가 계속 말했다.

"그의 정적 게이브리얼 윌리엄스는 법집행기관에 반감이 많은 선거구와 손을 잡았어. 만약 윌리엄스가 선거에서 승리한다면 우리 LAPD에겐 불행한 일이 될 거야."

보슈는 눈을 뜨고 랜돌프를 노려보며 물었다.

"정말 이런 짓을 꾸미고 있습니까? 오셔가 LAPD 편이 될 수 있다는 생각 때문에 그자가 빠져나가도록 내버려 둘 생각이냐고요?"

랜돌프는 슬픈 표정으로 머리를 저었다.

"무슨 소릴 하고 있는지 모르겠네, 보슈 형사. 난 단지 정치적 견해를 말한 것뿐이야. 하지만 이건 알지. 자네가 말하는 그 음모에 대해서는 아무 증거도 없다는 사실 말이야. 여기서 녹음하지 않고 얘기한 내용에 대해 로버트 폭스워드의 변호사가 부정하지 않을 거라고 생각한다면 자넨 어리석어. 그러니까 바보처럼 굴지 말고 현명하게 처신하게. 자네 마음속에만 담아 두란 말이야."

보슈는 자신을 진정시키기 위해 잠시 쉬었다가 다시 물었다.

"이런 짓을 누가 지시했습니까?"

"뭐라고?"

"오셔가 고위층 누구한테까지 손을 뻗쳤냐고요? 그가 당신한테 직접 부탁했을 리는 없고, 더 높은 사람한테 의뢰했겠지. 당신한테 나를 찍어 누르라고 지시한 사람이 누구요?"

랜돌프는 두 손을 펼쳐 보이며 머리를 저었다.

"형사, 난 자네 말을 도통 못 알아듣겠어."

"맞아. 알아들을 리 없지."

보슈는 의자에서 일어섰다.

에코 파크

388

"그렇다면 당신은 지시받은 대로 보고서를 작성할 테고, 난 거기에 서명을 하든가 말든가 해야겠군. 아주 간단하네, 뭐."

랜돌프는 아무 말 없이 고개만 끄덕였다. 보슈는 두 손으로 테이블을 짚고 상체를 앞으로 숙여 그의 얼굴을 최대한 가까이서 바라보며 물었다.

"둘란 보안관의 장례식엔 참석할 거요, 경위님? 그들이 올리버스를 땅에 파묻은 직후에 거행될 예정인데. 그 숲 속에서 웨이츠가 얼굴을 쐈던 친구 기억합니까? 내 생각엔 당신이 장례식에 참석해서 그의 가족들에게 왜 그가 선택됐는지 설명해야 할 것 같은데요. 그리고 그 총알바로 뒤에 서 있었던 사내가 LA 경찰국 편이 될 수 있다는 이유만으로 자기 행동 결과에 대해 책임질 필요가 없게 되었다는 것도 설명해야죠."

랜돌프는 테이블 건너편 벽만 쳐다보며 말이 없었다. 보슈는 돌아서서 심문실 문을 왈칵 열었다. 그 바람에 문밖에 바짝 붙어 서 있던 오서니 형사가 화들짝 놀라 물러섰다. 그의 손에는 물병이 하나도 들려 있지 않았다. 보슈는 그를 밀어제치고 OIS 팀 사무실을 빠져나갔다.

엘리베이터에 오른 보슈는 위층으로 올라가는 버튼을 눌렀다. 그렇지만 불만을 6층으로 가지고 가는 것에 대해 생각하며 한동안 망설였다. 보슈는 자신이 국장실로 쳐들어가서 국장이 그의 이름과 그의 명령으로 어떤 일이 행해지고 있는지 아느냐고 따져 묻는 모습을 머릿속으로 떠올렸다.

그러나 엘리베이터 문이 열리는 순간 보슈는 그 생각을 접고 5층 버튼을 눌렀다. 경찰국 내에 만연해 있는 복잡 미묘한 관료들과 정치가들을 완전히 이해시키긴 불가능하다는 걸 잘 알고 있기 때문이었다. 먼저 그 자신이 조심하지 않았다면 온갖 추악한 짓을 하는 자들에 대한 불평도 더 이상 할 수 없게 되었을 것이었다.

미해결 사건 전담반 사무실은 텅 비어 있었다. 오후 4시가 조금 지난 시각이었고, 오전 7시부터 오후 4시까지 근무한 형사들은 러시아워 이전에 귀가하기 위해 거리에서 곧장 퇴근할 것이다. 무슨 일이 터지지 않는 한 오후 4시 정각에 퇴근했다. 15분만 늦어도 고속도로 상에서 한 시간 이상 지체되곤 했다.

아직도 미적거리고 있는 사람은 에이벌 프랫뿐이었다. 지휘관은 오전 8시부터 오후 5시까지 근무하게 되어 있기 때문이다. 보슈는 문이 열린 팀장실 앞을 지나가며 프랫에게 손을 흔들어 주곤 자기 책상으로 걸어갔다.

하루 동안 있었던 일들과 경찰국 내부의 조작으로 기진맥진한 그는 자기 의자에 털썩 주저앉았다. 책상 위에는 전화 메시지를 적은 분홍색 쪽지들이 어지럽게 흩어져 있었다. 대충 살펴보니 대부분 다른 부서나 경찰서에 근무하는 동료들이 걸어온 답신 전화들이었다. 보슈는 그들이 모두 "자알 쐈어!"라거나 그와 비슷한 말을 하고 싶어 했다는 걸 알고 있었다. 언제든 누가 범인을 완전히 죽이기만 하면 전화기들은 불이 났다.

케이샤 러셀을 포함한 여러 기자들도 전화를 했다. 러셀 기자한테는 전화를 해 줘야 할 빚이 있지만 보슈는 집에 돌아간 다음 하기로 했다. 아이린 게스토의 메시지도 있었는데, 혹시 수사에 새로운 진척이 있는지 알고 싶어 전화한 모양이었다.

전날 밤 보슈는 그들 부부에게 전화해서 딸의 시신이 발견되었으며 신분도 확인되었다고 얘기해 주었다. 그는 그녀의 메시지가 적힌 쪽지를 주머니 속에 챙겨 넣었다. 자택근무를 하더라도 게스토 부부에게 전화는 해 줄 작정이었다. 검시가 끝나면 시신은 반환될 것이고, 그러면 그들 부부는 비록 13년이나 지났지만 마침내 딸을 집으로 데려갈 수 있을 것이다.

제리 에드거가 남긴 메시지도 있었다. 그것을 보자 보슈는 에코 파크에서 총격이 벌어지기 직전에 그가 전화했던 일이 기억에 떠올랐다. 메시지를 받아 적은 사람이 누군지는 몰라도 '중요한 일이랍니다.'라고 적은 뒤 밑줄까지 쳐 놓았다. 쪽지에 적힌 시각을 보니, 이 전화 역시 총격이 벌어지기 직전에 했던 것임이 확인되었다. 에드거는 악당을 처치한 것을 축하하려고 전화했던 것이 아니었다. 자기 사촌 형 제이슨 에드거한테서 보슈를 만났다는 얘기를 전해 듣고 무슨 일인가 싶어 전화한 것이 분명했다. 하지만 보슈는 지금 그런 얘기로 노닥거릴 기분이 아니었다.

다른 메시지들은 별 관심도 없는 것들이라 모두 모아 서랍 속에 처박아 버렸다. 달리 할 일도 없어서 서랍 위에 쌓인 서류들과 파일들도 가지런히 정리했다. 법의학 팀에 전화해서 범죄 현장에 두고 온 휴대전화와 자동차를 돌려받을 수 있는지 물어볼까 생각하고 있는데 갑자기 프랫의 목소리가 들려왔다.

"방금 연락 받았소."

고개를 들고 보니 프랫이 팀장실 문 앞에 서 있었다. 셔츠 바람에 넥타이도 느슨하게 풀어 놓은 모습이었다.

"무슨 연락이요?"

"OIS에서 당신의 자택근무가 아직 안 풀렸다고 통고해 왔소. 즉시 귀가해요, 해리."

보슈는 자기 책상을 힐끗 돌아본 뒤 대꾸했다.

"그게 무슨 대단한 뉴스라고, 지금 가고 있잖아요."

프랫은 보슈의 말투를 어떻게 해석해야 할지 잠시 생각하는 듯했다. 그가 조심스럽게 물었다.

"다 잘된 거요, 해리?"

"아뇨. 다 잘못됐어요. 분명 조작된 부분이 있고, 그러면 모든 것이 잘 못된 거요."

"무슨 소릴 하고 있는 거요? 그들이 올리버스와 오서 검사를 감싸려 한단 말이오?"

보슈는 그를 바라보며 말했다.

"당신한테 그 얘길 해선 안 될 것 같네요, 팀장님. 당신을 그 일에 끌어들이게 될 테니까. 후폭풍을 얻어맞고 싶진 않을 거 아닙니까?"

"그들이 그 정도로 심각하게 나온단 말이오?"

보슈는 망설여졌지만 곧 대답했다.

"그래요. 심각합니다. 내가 말을 듣지 않으면 잡아먹으려고 할 거요."

그 정도로 끝냈다. 상사와 이런 얘기를 계속하고 싶지 않았기 때문이다. 프랫의 입장에서는 충성심이 상하로 오르락내리락했다. 은퇴가 몇 주일밖에 안 남은 것과는 상관없었다. 프랫은 부저가 울릴 때까지 게임을 계속해야만 했다.

"내 휴대전화가 범죄 현장에 있어서요."

보슈는 전화기로 손을 가져가며 말했다.

"전화할 일이 있어 잠시 들어온 것뿐이니까 금방 나갈 겁니다."

"어쩐지 이상하다 생각했지. 어떤 친구들이 이쪽으로 전화해서 당신한테 아무리 전화해도 안 받는다고 투덜대더라고."

"감식반 요원이 내 휴대전화를 현장에서 못 가져가게 했어요. 내 자동차도요. 그 친구들, 무슨 일로 전화했대요?"

"내츠에서 당신과 한잔하고 싶었던가 봐. 아직 거기 있을지도 모르죠."

내츠는 할리우드 대로 근처에 있었다. 경찰들이 주로 가는 술집은 아니지만, 밤에 퇴근한 경관들이 많이 찾았다. 더 클래쉬(영국 펑크 밴드—옮긴이)가 독특하게 편곡한 '난 법에 저항했지만(I Fought The Law)' 라는 곡이 주크박스에서 20년째 흘러나올 정도로 관리도 잘 되고 있 었다.

보슈는 자기가 내츠에 모습을 드러내면 이 펑크 음악이 더 장중하게 들릴 것임을 알고 있었다. 최근 처치한 로버트 폭스워드, 일명 레이너드 웨이츠에 대한 인사로 부적절하게 다른 곡으로 교체하지 않는 한. 보슈 는 그들이 모두 합창하는 소리가 귀에 들리는 듯했다.

"갈 겁니까?"

그는 프랫에게 물었다.

"나중에. 그보다 먼저 할 일이 좀 있소."

보슈는 고개를 끄덕였다.

"난 별로 내키지 않아요. 이번엔 빠질까 봐."

"편한 대로 해요. 다들 이해할 테니."

프랫이 팀장실 문간에서 움직일 기미를 보이지 않자 보슈는 그냥 전 화기를 집어 들었다. 전화할 일이 있어 잠시 들어왔다고 한 거짓말을 참말로 만들기 위해 그는 제리 에드거의 전화번호를 눌렀다. 프랫은 여 전히 문틀에 팔꿈치를 기대고 서서 텅 빈 사무실을 둘러보고 있는 체했 다. 그는 보슈를 사무실에서 내보내려 하고 있는 게 분명했다. 아마 랜 돌프 경위보다 더 높은 자리에 있는 사람으로부터 모종의 지시를 받았 을 것이다.

에드거가 전화를 받자 보슈는 대뜸 물었다.

"나한테 전화했다며?"

"했다마다."

"내가 좀 바빴어."

"알아. 들었지. 멋진 사격이었어, 파트너. 다친 덴 없어?"

"멀쩡해. 왜 전화했는데?"

"자네가 알고 싶어 할 것 같은 게 있어서. 중요한 건지 아닌지는 나도 몰라."

"뭔데 그래?"

보슈는 조급증이 났다.

"사촌형 제이슨이 수도전력부에서 전화를 했어. 오늘 자네와 만났다면서?"

"그래. 멋진 친구더군. 많은 도움을 받았어."

"그런 걸 확인하려고 전화한 게 아니고, 제이슨이 자네한테 얘기해 주고 싶은 게 있는데 명함도 전화번호도 안 받아 놨다면서 내게 전화했더라고. 자네와 FBI 요원이 그곳을 떠난 지 5분도 안 되어 다른 경관이 하나 찾아와서 그 형을 찾았대. 로비 데스크에 와서 방금 자네들을 도와준 사람이 누구냐고 묻더라는 거야."

보슈는 자기 책상 위로 상체를 숙였다. 에드거가 하고 있는 얘기에 갑자기 흥미를 느꼈기 때문이었다.

"그 경관은 제이슨에게 신분증을 보여 주며 자네들의 수사 내용을 모니터링하고 있는 중이라고 하더래. 그러면서 자네와 FBI 요원이 원했던 게 뭐냐고 물었다는군. 사촌형은 그를 데리고 자네들을 안내했던 그 장소로 올라갔대. 두 사람이 유리벽 앞에 서서 에코 파크의 그 주택을 내려다보고 있으니까 자네와 FBI 요원이 나타나더라는군. 그들은 자네와 그 여자 요원이 차고로 들어가는 걸 봤다고 했어."

"그래서 어떻게 했다던가?"

"그 경관은 급히 거기서 달려 나가 엘리베이터를 타고 내려가더래."

"자네 사촌형은 그 사내 이름을 알고 있었나?"

"스미스 형사라고 말했다는데, 신분증을 보여 줄 때 이름 부분을 손가락으로 슬쩍 가려 확인하진 못했다더군."

그건 형사들이 현장에 자기 이름을 남기지 않기 위해 써먹는 낡은 수법이었다. 보슈도 종종 쓰는 방법이었다.

"생김새는?"

"자세히 얘기해 줬어. 백인이고 키는 180센티 정도. 짤막하게 깎은 은발에 나이는 50대 중반. 옷차림은 푸른색 정장에 흰 셔츠를 받쳐 입고 줄무늬 넥타이를 매고 있었다는군. 옷깃에 성조기가 부착되어 있었고."

그런 옷차림의 사내라면 다운타운 근처에만도 5만 명은 발견할 수 있을 것이었다. 하지만 그들 중 하나를 보슈는 지금 보고 있었다. 에이벌 프랫은 아직도 팀장실 문틀에 기대서서 한쪽 눈썹을 치켜세운 채 의심스런 표정으로 보슈를 지켜보고 있었다. 푸른색 정장 윗옷은 지금 입고 있지 않지만, 보슈는 안쪽 옷걸이에 걸려 있는 그것을 볼 수 있었다. 옷깃에 꽂혀 있는 성조기도 보였다.

보슈는 책상 위로 고개를 다시 숙이고 나지막하게 물었다.

"사촌형 몇 시까지 일하지?"

"보통 5시까지는 있는 것 같던데. 하지만 지금 거기서 많은 사람들이 에코 파크 현장을 내려다보고 있기 때문에 모르겠어."

"오케이, 알려줘서 고마워. 나중에 전화할게."

보슈는 에드거가 또 뭐라고 말하기 전에 전화를 끊었다. 고개를 들고 보니 프랫이 아직도 그를 응시하고 있었다.

"무슨 전화요?"

"아, 마타리즈 사건에 관한 겁니다. 이번 주에 접수한 사건인데, 마침내 목격자가 나타난 것 같군요. 재판에 도움이 되겠죠."

보슈는 최대한 태연하게 대답했다. 그리곤 일어나서 팀장을 쳐다보며 말했다.

"그렇지만 걱정 마십시오. 자택근무 끝내고 복귀할 때까지는 보류할 테니까."

"좋소. 듣던 중 반가운 소리군."

32

배신자

보슈는 프랫 쪽으로 걸어갔다. 그가 팀장의 개인 영역을 침범할 정도로 바짝 다가가자 프랫은 마지못해 팀장실 안으로 물러서더니 책상으로 가서 앉았다. 보슈가 노린 것이 바로 그것이었다. 그는 주말을 잘 보내라고 인사한 뒤 사무실 문 쪽으로 걸어갔다.

미해결 사건 전담반에는 여덟 명의 형사와 한 명의 팀장 몫으로 세 대의 차량이 할당되어 있었다. 이용은 선착순이었고, 열쇠들은 사무실 문 옆에 있는 걸이에 걸려 있었다. 차를 이용하려면 그 아래 있는 하얀 칠판에 이용자 이름과 반환 예상 시간을 기록하면 되었다. 보슈는 프랫의 사무실에서 자동차 열쇠걸이가 보이지 않도록 문을 일부러 활짝 열었다. 그리고 걸이에 걸려 있는 두 개의 열쇠 중 하나를 잽싸게 낚아챘다.

몇 분 후 그는 파커 센터 뒤쪽 주차장을 빠져나와 LA 수도전력부 건물을 향해 차를 몰았다. 일몰 시각까지 차량들이 다운타운을 탈출하는 러시아워가 막 시작되었기 때문에, 그는 일곱 블록 되는 거리를 서둘러서 통과했다. 차를 건물 입구 분수 앞에 불법주차한 뒤, 그는 정문으로 걸어가며 시계를 흘끗 보았다. 5시 20분 전이었다.

정복 차림의 경비원이 문을 열고 나오며 손을 저었다.

"거기에 주차하시면…."

"알아요."

보슈는 경찰 신분증을 보여 준 뒤 경비원이 벨트에 차고 있는 무전기를 가리키며 말했다.

"그걸로 제이슨 에드거를 불러낼 수 있소?"

"에드거요? 물론이죠. 그런데 무슨 일로…."

"그를 불러 보슈 형사가 기다리고 있다고 말해 주시오. 급히 그를 만나야 할 일이 있소. 지금 당장 부탁합니다."

보슈는 돌아서서 자기 차로 돌아갔다. 차 안에서 5분쯤 기다리자 제이슨 에드거가 유리문으로 나오는 것이 보였다. 보슈의 자동차로 다가오자 그는 운전석 옆자리 문을 열고 들여다보며 물었다.

"무슨 일이오, 해리?"

"당신 메시지를 받았소. 일단 타세요."

에드거는 망설이다가 올라탔다. 보슈는 창문을 올리며 차를 인도 옆에서 뺐다.

"잠깐만. 어디 가려는 거요? 난 자리를 뜰 수 없어요."

"몇 분이면 끝납니다."

"어디 가는데요?"

"파커 센터. 차에서 내릴 필요도 없어요."

"동료들한테 얘기는 해야죠."

에드거는 벨트에 찬 조그마한 무전기를 뽑아 들더니 수도전력부 보안 센터를 불렀다. 그가 경찰 일로 30분쯤 자리를 비운다고 보고하자

텐포(10-4)라는 응답이 왔다. 그는 무전기를 끈 뒤 다시 벨트에 차며 보슈에게 말했다.

"나한테 얘길 먼저 했어야죠. 내 사촌 동생 말이 당신은 행동부터 먼저하고 질문은 나중에 하는 버릇이 있다고 하더군."

"그 친구가 그랬소?"

"그랬다니까. 파커 센터에 가서 뭘 하려는 거요?"

"오늘 내가 다녀간 뒤에 당신을 찾아왔다는 그 경찰이 누군지 확인 좀 하려고요."

도로는 벌써 붐비기 시작했다. 9시에 출근하여 5시 퇴근하는 직장인들이 서둘러 튀어나온 탓이었다. 특히 금요일 오후는 끔찍했다. 5시 10분 전에 겨우 경찰국 주차장에 도착한 보슈는 너무 늦지 않았기를 빌었다. 첫째 줄에 빈자리가 하나 있었다. 주차장 공간이 트여 있어서 파커 센터와 주차장 사이로 달리는 산페드로 거리가 한 눈에 들어왔다.

"휴대전화 있소?"

보슈가 물었다.

"있죠."

그는 에드거에게 파커 센터 대표전화 번호를 불러준 뒤 미해결 사건 전담반을 찾으라고 했다. 대표전화를 통해 연결된 전화에는 발신자 이름이 뜨지 않는다. 제이슨 에드거란 이름과 그의 전화번호가 미해결 사건 전담반 라인에 뜨는 일은 없을 것이었다.

"누가 전화를 받으면 릭 잭슨을 바꿔 달라고 하시오."

보슈는 에드거에게 말했다.

"그 사람이 자리에 없다고 하면, 메시지를 남기지 말고 휴대전화로 연락하겠다고 말한 뒤 전화를 끊어 버리면 됩니다."

상대방이 전화를 받자 에드거는 보슈가 시킨 대로 말했다. 그리고 전화가 끝나자 그는 보슈를 돌아보며 말했다.

"프랫이라는 친구가 받았소."

"됐습니다. 아직 있군요."

"그건 무슨 뜻이오?"

"그가 아직 퇴근하지 않았는지 알고 싶었어요. 아마 5시에 퇴근할 텐데, 그땐 저쪽에서 도로를 건너올 겁니다. 그자가 내 수사를 모니터링하러 왔다고 말했던 바로 그 경찰인지 확인 좀 해 주시오."

"내사과 직원인가요?"

"아뇨. 우리 팀장입니다."

보슈는 눈에 띄지 않기 위해 앞유리의 차양을 내렸다. 프랫이 주차장으로 올 때 건널 횡단보도에서 30미터쯤 되는 지점에 주차하고 있지만, 막상 건물 안에서 그가 어느 쪽으로 나올지는 알 수 없었다. 팀장인 그에게는 경찰국 주차장에 개인 승용차를 주차할 수 있는 특전을 받았고, 그렇게 할당된 주차 공간은 대부분 지하 2층에 있었다. 거기서 올라오는 계단과 경사로는 각각 두 군데 있었다. 만약 프랫이 경사로를 따라 올라온다면 지금 보슈가 있는 위치 바로 옆으로 나올 것이다.

에드거가 에코 파크에서 벌어진 총격에 대해 질문하자 보슈는 간단하게 대답해 주었다. 그런 얘긴 하고 싶지 않았지만, 근무 중인 사람을 납치하다시피 싣고 왔으니 예의상으로라도 대답하지 않을 수 없었다. 마침내 5시 1분이 되자 프랫이 파커 센터 뒷문을 통해 감옥의 인테이크 도어 옆으로 난 경사로를 내려오고 있는 것이 보였다. 산페드로 거리로 나온 그는 마찬가지로 퇴근길에 오른 다른 네 명의 팀장들과 함께 도로를 건너기 시작했다.

"잘 봐요."

보슈는 에드거의 질문을 차단하며 말했다.

"저기 횡단보도를 건너는 사내들 중 오늘 수도전력부에 왔던 자가 누굽니까?"

에드거는 보슈가 가리키는 사내들을 자세히 살펴보았다. 무리 뒤에서 다른 한 사내와 나란히 걸어가는 프랫을 본 그가 주저 없이 말했다.

"맨 뒤에 걸어가는 저 사내요. 선글라스를 끼고 있는 사내."

보슈가 살펴보니 프랫은 막 레이밴을 꺼내어 끼고 있었다. 가슴이 무겁게 내려앉으며 생전 처음 겪는 지독한 쓰라림이 느껴졌다. 그는 프랫이 도로를 건너 방향을 꺾을 때까지 그에게서 눈길을 떼지 않았다. 프랫은 건너편 계단을 향해 걸어가고 있었다.

"이제 어쩔 거요? 저자를 따라갈 건가?"

보슈는 프랫이 퇴근 후에 할 일이 있다고 말하던 것을 떠올렸다.

"따라가고 싶지만 그럴 수가 없소. 당신을 수도전력부로 데려다 줘야 하니까."

"내 걱정은 마시오, 형사. 난 걸어가도 되니까. 이 시각엔 걷는 편이 더 빠를 거요."

에드거는 문을 열고 내리려다 보슈를 돌아보며 말했다.

"무슨 일인지는 모르겠지만 행운을 빌겠소, 해리. 당신이 찾던 그자였으면 좋겠군."

"고맙소, 제이슨. 또 만납시다."

제이슨 에드거가 사라지자 보슈는 차를 몰고 주차장을 빠져나왔다. 그는 산페드로를 통해 템플 거리로 나갔다. 프랫은 집으로 가든 안 가든 고속도로를 탈 공산이 컸고, 그러자면 그쪽 길로 나올 것 같았기 때문이다. 템플 거리를 지나 제한구역 안 도로가에 차를 세웠다. LA 경찰국 주차장 출입구가 잘 보이는 지점이었다.

2분쯤 후 은색 SUV 한 대가 주차장을 빠져나와 템플 거리로 향했다.

뒷부분이 박스형인 지프 커맨더였고, 운전석에 앉은 프랫을 확인할 수 있었다. 차의 크기와 색깔을 본 순간 보슈는 전날 밤 자기 집 근처 도로에서 도망치듯 사라졌던 그 SUV라는 걸 알았다.

커맨더가 템플 거리로 다가오자 보슈는 운전석 옆으로 상체를 숙였다. 잠시 후 그것이 지나가는 소리가 들렸고, 그는 다시 상체를 들었다. 프랫은 로스앤젤레스 도로 신호등 앞에서 우회전하고 있었다. 보슈는 그가 완전히 돌아갈 때까지 기다렸다가 차를 출발시켜 미행하기 시작했다.

프랫은 붐비는 101번 고속도로 북쪽 길을 타고 러시아워 차량들 속으로 빠져들었다. 보슈도 경사로를 타고 내려가 프랫의 지프로부터 대여섯 번째 차량 뒤로 따라붙었다. 프랫의 차량 라디오 안테나 꼭대기에 사람 얼굴이 그려진 하얀 공이 매달려 있는 것은 보슈의 행운이었다. 패스트푸드 상점에서 나눠 준 판촉물이었다. 그 하얀 공 덕분에 보슈는 지프 뒤를 바짝 따라붙을 필요가 없었다. 그가 타고 있는 크라운 빅은 아무 표시도 없지만, 혹시 지붕 위에 번쩍이는 경찰 네온사인이 부착되어 있을지도 몰랐다.

프랫은 더디긴 하지만 꾸준히 북쪽으로 나아가고 있었고, 보슈는 적당한 거리를 두고 계속 뒤따라갔다. 고속도로가 에코 파크를 통과할 때 보슈는 고개를 들고 사건 현장 쪽을 살펴보았다. 피게로아 거리엔 아직도 취재진들이 복작대고 있었다. 머리 위에서는 방송사 헬기 두 대가 선회 중이었다. 보슈는 사건 현장에 두고 온 자기 자동차가 견인될 건지, 아니면 나중에 몰고 나올 수 있을지 아직 알지 못했다.

차를 몰고 가면서 보슈는 프랫에 대해 알고 있는 단편적인 것들을 짜맞추려고 애썼다. 그가 자택에서 근신하는 동안 프랫이 그를 감시해 온건 의심할 여지가 없었다. 프랫이 지금 몰고 있는 SUV는 지난 밤 보슈의 집 건너편 도로에 세워져 있었던 그 SUV가 틀림없었고, 제이슨 에 드거는 수도전력부로 보슈를 뒤쫓아 왔던 경관이 프랫이라고 분명히 확인해 주었던 것이다. 단지 보슈가 자택근무 규정을 어기는지 확인하 기 위해 감시를 해 왔다고 생각하기엔 무리였다. 거기엔 보슈가 생각할 수 있는 단 한 가지 다른 이유가 있을 뿐이었다.

그 사건.

일단 그렇게 단정짓고 나자 다른 조각들이 재빨리 결합하여 보슈의 가슴속에 타오르는 불길에다 기름을 끼얹었다. 프랫은 지난번에 모리 스완이 어떤 인간인지 얘기한 적이 있었고, 그것은 모리 스완과 서로 잘 아는 사이임을 증명하는 것이었다. 그 변호사에 대해 부정적인 얘기 를 한 것은, 실제로는 친하게 지내며 도와주고 있는 사람으로부터 자기 자신을 떼어놓고 감추기 위한 계책일 수도 있었다.

또 한 가지 분명한 사실은 보슈가 앤서니 갈런드를 게스토 사건의 유 력한 혐의자로 간주하고 있다는 것을 프랫도 손바닥 들여다보듯 알고 있었다. 수사를 재개하면서 보슈가 활동상황을 그에게 일상적으로 보 고했기 때문이다. 프랫도 갈런드의 변호사가 법원에서 접근금지 명령 을 성공적으로 받아냈을 때 보슈에게 알려 주었다. 변호사가 없는 자리 에서는 갈런드와 어떤 얘기도 할 수 없다는 내용이었다.

마지막으로 어쩌면 가장 중요한 것은 프랫이 게스토 살인 사건 보고 서를 접했다는 사실이었다. 보고서는 보슈의 책상 위에 늘상 놓여 있었 다. 어쩌면 로버트 색슨, 일명 레이너드 웨이츠와 관련시킨 그 날조된 기록은 프랫이 삽입한 것일 수도 있었다. 살인 사건 기록부를 넘기기 전에 미리 기록을 날조해 놓고 올리버스가 그것을 발견하도록 했을 것 이다.

보슈는 레이너드 웨이츠에게 마리 게스토를 살해했다고 자백하게 하고 수사관들을 시체가 있는 장소로 안내하게 한 이 모든 계획이 전적으로 에이벌 프랫의 머리에서 나왔을 수도 있다는 생각이 들었다. 프랫은 보슈뿐만 아니라 사건에 관련된 다른 모든 사람들을 모니터할 수 있는 완벽한 위치에 있었고, 그가 스완을 계획에 끌어들였다면 올리버스와 오셔까지 필요로 하진 않았을 것 같았다. 음모에 가담한 사람이 많을수록 실패로 끝날 확률은 높아지는 법. 스완은 단지 웨이츠에게 검사와 형사가 뒤를 봐주고 있으며, 보슈 같은 자가 따라오도록 가짜 표식을 심어 두겠다고 말하기만 하면 되었다.

보슈는 죄책감에 뜨거운 덩어리가 목구멍을 비집고 올라오는 느낌이었다. 30분 전까지 옳다고 철석같이 믿었던 모든 것들이 완전히 틀렸을 수도 있겠다는 생각이 들었다. 올리버스는 생각했던 것처럼 추악하지 않았는지도 모른다. 보슈 자신이 이용당했던 것처럼 올리버스도 교묘하게 이용당했을 수 있었다. 오셔 검사도 남의 공을 제 것인 양 생색내고, 비난받을 일은 남에게 돌리는 정치적 책략 이상의 죄를 범한 것 같진 않았다. 검사가 경찰국에 조종을 요청한 것은 단지 보슈의 고발을 막기 위함이었고, 그 이유는 그것들이 사실이기 때문이 아니라 자기에게 정치적 타격을 줄 것으로 봤기 때문일 수도 있었다.

이런 새로운 논리를 곰곰이 생각해 본 보슈는 타당하다는 결론에 이르렀다. 어느 모로 따져 봐도 결함을 발견할 수 없을 만큼 논리 자체는 완벽했다. 빠진 것이 있다면 동기였다. 경찰국에서 25년 장기근속하고 은퇴를 앞둔 50대 사내가 무엇 때문에 이런 위험한 음모를 꾸몄을까? 나쁜 놈들을 25년 동안이나 잡으러 다녔던 사내가 어떻게 살인자를 봐줄 수가 있었을까?

수많은 살인 사건들을 수사해 본 보슈는 가장 파악하기 어려운 범죄 요인이 동기라는 걸 잘 알고 있었다. 분명히 돈은 살인의 동기가 될 수 있었고, 파혼도 가끔은 그랬다. 하지만 그런 것들은 많은 사람들의 삶에서 공통분모를 이루는 것이다. 에이벌 프랫이 선을 넘은 이유를 그런 것으로 설명하긴 충분치 않았다.

보슈는 손바닥으로 운전대를 힘껏 내려쳤다. 동기 문제는 차치하고라도, 그는 너무 당혹스러웠고 자신에 대해서도 화가 났다. 프랫이 자기를 완벽하게 가지고 놀았다고 생각하니, 보슈는 깊은 배신감에 속이 쓰려왔다. 프랫은 그의 상사였다. 그들은 함께 사건을 수사하며 같이 식사도 하고, 농담도 주고받고, 자신들의 아이들에 관한 얘기도 나눴다. 프랫은 은퇴를 앞두고 있었고, 그가 그럴 만한 충분한 자격이 있음을 믿지 않는 사람은 경찰국 내에 아무도 없었다. 정부가 지급하는 연금을 받으며 섬으로 들어가 높은 보수에 근무시간은 짧은 경비원으로 일할 것이었다. 다들 그렇게 하고 있고, 그걸 비난할 사람은 아무도 없었다. 그건 천국이었고, 모든 경관들의 꿈이기도 했다.

그러나 지금 보슈는 그 모든 것을 꿰뚫어보았다.

"모두 새빨간 거짓말이야!"

그는 차 안에서 소리를 버럭 질렀다.

33

불륜 현장

　30분쯤 달려가던 프랫은 고속도로를 벗어나 카후엥가 고개로 들어갔다. 그는 바햄 대로를 북동쪽으로 달려 버뱅크로 들어섰다. 차량들이 여전히 붐비고 있어 보슈는 적당한 거리를 유지하며 미행하는 데 아무 문제가 없었다. 프랫은 유니버설 뒤쪽으로 들어가 워너브라더스 앞쪽으로 나왔다. 그러더니 몇 차례 방향을 꺾은 뒤 버두고 인근 카탈리나 지역에 줄지어 늘어선 타운하우스들 앞 도로변에 차를 세웠다. 보슈는 계속 차를 몰아 재빨리 그곳을 지나친 다음 연거푸 세 차례 우회전을 했다. 그는 전조등을 끄고 다시 한 번 우회전하여 타운하우스들이 늘어선 지역으로 돌아왔다. 그리고 프랫의 SUV 뒤쪽으로 반 블록쯤 떨어진 도로변에 차를 세운 뒤 운전석 아래쪽으로 미끄러져 내려갔다.

　바로 그 순간 프랫이 도로를 건너기 전에 양쪽을 살피고 있는 모습이 눈에 들어왔다. 그런데 너무 오래 살펴보고 있었다. 거리가 텅 비었는데도 프랫은 계속 아래위를 유심히 살펴보았다. 누군가를 찾고 있거나, 혹

에코 파크

406

시 미행을 당하고 있지나 않은지 확인하고 있는 것 같았다. 보슈는 세상에서 가장 어려운 일은 자기가 미행을 당하고 있지 않은지 열심히 살피는 경찰을 미행하는 것이라고 알고 있었다. 그는 운전석 아래쪽으로 더 깊숙이 미끄러져 들어갔다.

마침내 프랫은 계속 좌우를 살피며 도로를 건너가기 시작하더니, 건너편 연석에 도착하자 돌아서서 뒷걸음으로 인도에 올라갔다. 그리고 뒷걸음질을 계속하며 도로 양쪽에 있는 모든 것들을 유심히 관찰했다. 눈길이 마침내 보슈의 자동차에 이르자, 그는 한참 동안이나 눈을 떼지 못했다.

보슈는 바짝 긴장했다. 운전석 아래로 몸을 완전히 내리고 있어서 프랫의 눈에 띈 것 같진 않은데, 어쩌면 그가 미해결 사건 전담반에 할당된 이 표시 없는 순찰차를 알아봤을지도 모른다는 생각이 들었다. 그가 이쪽으로 걸어와서 자동차 안을 살펴본다면, 보슈는 변명할 여지도 없이 붙잡히게 될 판이었다. 권총도 없었다. 랜돌프 경위는 로버트 폭스워드를 사살한 사건에 대한 탄도 분석을 위해 보슈의 비상용 권총마저 정식으로 압수했다.

마침내 프랫이 보슈의 자동차를 향해 걸어오기 시작했다. 보슈는 자동차 문 손잡이를 꽉 쥐었다. 여차하면 운전석을 박차고 나가 차량들과 사람들이 북적이는 버두고 쪽으로 튈 작정이었다.

그런데 프랫이 갑자기 걸음을 멈추었다. 그의 등 뒤에서 벌어진 어떤 일에 신경을 빼앗긴 듯했다. 그가 돌아서서 조금 전에 서 있었던 타운하우스 앞의 계단을 쳐다보고 있었다. 보슈가 그의 눈길을 따라 살펴보니, 그 주택의 현관문이 삐죽이 열린 사이로 한 여자가 배실배실 웃는 얼굴로 내다보며 프랫을 부르고 있었다. 문 뒤에 숨어 있는 여자의 한쪽 어깨가 드러나 있었다. 프랫이 뭐라고 소리치며 들어가라는 손짓을 하자 여자의 표정이 변했다. 갑자기 샐쭉한 표정을 지으며 그에게 혀를 날름 내밀었다. 그리곤 문을 한두 뼘쯤 열어 놓은 채 안쪽으로 사라졌다.

보슈는 카메라가 있으면 좋겠다고 생각했지만, 그의 카메라는 에코 파크에 있는 그의 자동차 안에 있었다. 그렇지만 방금 집 안으로 사라진 여자가 프랫의 아내가 아니라는 걸 확인할 증거물로 사진까지 필요로 하진 않았다. 보슈는 최근 프랫이 은퇴를 선언했을 때 미해결 사건 전담반 사무실에서 벌어진 파티에서 그의 아내를 만나 본 적이 있었다.

프랫은 보슈의 자동차를 다시 돌아보며 잠시 망설이다 타운하우스 쪽으로 돌아갔다. 그는 계단을 올라가 열린 문 사이로 들어간 뒤 문을 닫았다. 보슈는 그대로 기다렸다. 역시 예상했던 대로, 집 안으로 들어간 프랫은 커튼 자락을 들치고 거리 쪽을 내다보았다. 그의 눈길이 크라운 빅에 머무는 동안 보슈는 운전석 아래 몸을 숨긴 채 가만히 있었다. 보슈는 프랫이 수상한 자동차라고 의심을 품긴 했지만, 불륜에 대한 강렬한 유혹에 사로잡혀 확인할 생각을 접었다고 판단했다.

누가 프랫을 등 뒤에서 안았는지 약간의 소동과 함께 그가 창문에서 돌아서면서 커튼 자락이 제자리로 돌아갔다.

보슈는 즉시 운전석에 바로 앉아 시동을 걸고 차를 유턴시켰다. 그는 버두고에서 우회전하여 할리우드 웨이로 향했다. 프랫은 그 타운하우스에서 나오자마자 사라져 버린 크라운 빅을 열심히 찾을 것이다. 그렇지만 버뱅크 공항이 근처에 있었다. 보슈는 크라운 빅을 공항에 버린 뒤 렌터카를 빌려 타고 그 주택으로 돌아가는 데 30분도 채 걸리지 않을 것이라고 계산했다.

렌터카를 몰고 돌아오면서 그는 타운하우스 현관문에서 내다보던 그 여자를 어디서 봤는지 기억해 내려고 애썼다. 법정에서 증인에게 최면을 거는 것을 허락했던 시절에 가끔 써먹었던 정신이완 훈련을 이용했다. 여자의 코와 입술을 입력하자마자 그의 인식 세포가 작동했고, 곧바로 그녀를 보았던 장소가 떠올랐다. 그 매력적인 젊은 여자는 경찰국에 고용된 민간인으로 미해결 사건 전담반과 복도를 마주한 사무실에서 근무하고 있었다. 직원들 간에는 '고용과 해고'라는 이름으로 알려진 개인 사무실인데, 바로 그런 일들을 그곳에서 하고 있기 때문이었다.

프랫은 퇴근 후 러시아워가 지나기를 기다리며 버뱅크에 숨겨 놓은 섹스 파트너와 즐기는 모양이었다. 그런 짓을 하고도 무사하기만 하다면 그다지 나쁜 일은 아니지. 보슈는 프랫의 아내가 남편의 그런 불륜에 대해 알고 있는지 궁금해졌다.

공항으로 들어간 보슈는 대리 주차 노선에 차를 세웠다. 그 편이 가장 빠를 것 같아서였다. 크라운 빅을 인수한 빨간 코트 차림의 직원은 차를 언제 찾아갈 것이냐고 물었다.

"모르겠소."

그 문제에 대해선 생각해 보지 않은 보슈가 그렇게 대답했다.

"티켓에 기입해야 하는데요."

직원의 말에 보슈는 다시 대답했다.

"내일 찾아가죠. 운이 좋으면."

34

미행

보슈가 카탈리나 거리로 돌아온 것은 35분쯤 지난 후였다. 렌트한 토러스를 몰고 타운하우스들이 늘어선 거리를 통과하면서 그는 프랫의 지프가 아직 도로가에 그대로 서 있는 것을 보았다. 렌트한 토러스를 이번엔 타운하우스 북쪽에 있는 빈자리에 주차했다. 차 안에 웅크리고 앉아 동태를 살피면서 자동차와 함께 렌트한 휴대전화를 꺼내들었다. 레이철 월링의 전화번호를 누르자 음성 메일이 흘러나왔다. 그는 메시지를 남기지 않고 끊었다.

프랫은 완전히 어두워진 후에야 밖으로 나왔다. 건물 앞 가로등 아래 멈춰 섰을 때, 보슈는 그가 다른 옷으로 갈아입었다는 걸 알았다. 청바지에 소매가 긴 짙은 색 풀오버 셔츠 차림이었다. 옷을 갈아입었다는 건 '고용과 해고'에서 근무하는 그 여자와의 관계가 단순한 섹스 파트너 이상임을 의미했다. 프랫은 그녀의 집에 옷가지를 보관하고 있었다.

프랫은 다시 거리를 아래위로 살펴보았다. 그의 눈길이 몇 시간 전

크라운 빅이 서 있던 자리에 한동안 머물렀다. 주의를 끌었던 자동차가 사라진 것을 확인한 그는 자신이 감시당하고 있지 않았다는 안도감에 젖어 자신의 커맨더로 걸어갔다. 그리곤 도로가에서 차를 빼내어 유턴을 하더니 버두고 방향으로 달려가다가 우측으로 꺾었다.

보슈는 프랫이 미행자를 찾고 있다면 버두고에서 속력을 늦추면서 카탈리나에서 자기와 같은 방향으로 달려 나오는 차량이 없는지 백미러로 살필 거라고 생각했다. 그래서 그는 유턴을 해서 북쪽으로 한 블록 떨어진 클라크 가로 나갔다. 거기서 좌회전한 뒤 약한 엔진을 폭발시켜 다섯 블록을 내달려 캘리포니아 거리에서 왼쪽으로 급히 꺾었다. 그러면 블록 끝 지점에서 버두고로 나가게 되어 있었다. 그 사이에 프랫은 아주 멀리 가 버릴 수도 있는 위험한 도박이었지만, 보슈는 자신의 육감을 믿었다. 크라운 빅을 본 프랫은 겁을 집어먹었다. 아마 바짝 긴장하고 있을 것이었다.

보슈의 육감은 적중했다. 버두고 거리로 머리를 내밀자마자 프랫의 은색 커맨더가 앞쪽에서 달리고 있는 것을 발견했다. 프랫은 혹시나 있을지 모르는 미행 차량을 찾느라고 버두고에서 한동안 지체하고 있었음이 분명했다. 보슈는 그가 어느 정도 갈 때까지 기다렸다가 차를 우회전해서 따라가기 시작했다.

프랫은 일단 미행 차량을 찾는 노력을 마친 뒤에는 머뭇거리는 일 없이 차를 몰아갔다. 버두고에서 노스 할리우드로 들어간 뒤에는 곧장 남쪽으로 돌아 카후엥가로 향했다. 보슈는 우회전할 때 하마터면 그를 놓칠 뻔했지만, 빨간 신호등을 무시하고 그대로 질주하여 겨우 따라잡았다. 이젠 프랫이 자기 집으로 가지 않고 있다는 게 분명해졌다. 그의 집은 반대 방향인 북쪽 계곡에 있다는 걸 보슈는 알고 있었다.

프랫이 할리우드 쪽으로 향하고 있어서 보슈는 그가 단지 내츠에서 한잔하고 있을 팀 동료들과 합류할 모양이라고 짐작했다. 하지만 카후엥가 고개를 절반쯤 지난 지점에서 그는 우회전하여 우드로 윌슨 드라이브로 들어갔다. 보슈는 맥박이 갑자기 한 박자 빨라지는 느낌이었다. 프랫은 지금 보슈 자신의 집으로 가고 있었다.

우드로 윌슨 드라이브는 샌타모니카 산등성이를 굽이굽이 휘감으며 올라가는 도로였다. 한적한 도로라서 다른 차를 미행하려면 전조등을 끄고 앞 차의 미등으로부터 적어도 한 굽이는 떨어진 거리에서 따라가야만 했다.

보슈는 그 굽잇길을 손바닥 들여다보듯 잘 알았다. 우드로 윌슨에서 15년이나 살았기 때문에 졸면서도 운전할 수 있을 정도였고, 실제로도 가끔 그랬다. 그래도 미행을 두려워하는 경찰관인 프랫을 뒤따라가긴 여간 까다로운 일이 아니었다. 보슈는 두 굽이 뒤처져서 따라가기로 했다. 그것은 프랫의 자동차 미등을 가끔 볼 수 없다는 뜻이었다. 비록 오랜 시간은 아니지만.

집까지 두 굽이가 남았을 때 보슈는 자동차 시동을 끄고 그대로 굴러갔다. 렌터카는 마지막 모퉁이까지 굴러가다가 마침내 멈춰 섰다. 보슈는 차에서 내려 조용히 차 문을 닫고 걸어서 모퉁이를 돌아갔다. 그 블록에 사는 한 유명 화가의 주택과 스튜디오를 감싸고 있는 울타리에 최대한 바짝 붙어서 걸었다. 울타리를 다 돌아가자 저 앞에 서 있는 프랫의 SUV가 보였다. 보슈의 집에서 두 집 못 미친 도로가에 주차되어 있었다. 지금은 불을 모두 끄고 차 안에 앉아 보슈의 집을 관찰하고 있는 듯했다.

보슈는 부엌과 식당 창문이 불빛으로 환한 것을 보았다. 차고에는 자동차 꽁무니가 비쭉 내밀고 있었다. 보슈는 그 렉서스 꽁무니를 알아보았고, 집 안에 레이철이 와 있다는 걸 알 수 있었다. 그녀가 기다리고 있다는 사실에 보슈는 기분이 들뜨긴 했지만, 프랫이 무슨 짓을 하려는 건지에 대한 걱정이 먼저 앞섰다.

프랫은 전날 밤 했던 짓을 그대로 반복하려는 것처럼 보였다. 보슈의 집을 감시하다가 그가 집에 있는지 확인하는 일이었다.

보슈는 등 뒤에서 자동차가 다가오는 소리를 들었다. 그는 돌아서서 마치 저녁 산책을 나온 사람처럼 렌터카를 세워 둔 곳으로 천천히 걸어 갔다. 자동차가 지나가자 그는 다시 울타리 끝으로 돌아갔다. 그 자동차가 도로가에 주차하지 않고 프랫의 지프 뒤로 다가가자, 프랫은 차를 출발시키고 달아나며 전조등을 켰다.

보슈는 돌아서서 렌터카로 달려갔다. 급히 운전석에 올라 차를 출발시킨 뒤 빌린 휴대전화를 꺼내 재다이얼 버튼을 눌렀다. 레이철의 휴대전화로 신호가 가자마자 이번엔 금방 대답이 흘러나왔다.

"네?"

"레이철, 해리요. 지금 내 집에 와 있죠?"

"네, 당신을 기다리고⋯."

"밖으로 나와요. 내 차에 타라고. 빨리!"

"해리, 무슨 일로⋯."

"무조건 나와요. 권총을 가지고. 지금 즉시."

그는 전화를 끊고 차를 집 앞에 세웠다. 전방 어둠 속에서 브레이크 등이 반짝 켜지며 모퉁이를 돌아 사라지는 것이 보였다. 하지만 보슈는 그 불빛은 프랫을 놀라게 했던 차량의 것임을 알았다. 프랫은 그보다 훨씬 앞에 있을 것이었다. 현관문을 돌아보며 경보음을 울리려는 찰나 레이철이 문을 열고 나왔다.

"문 닫아요."

보슈는 열린 창문을 통해 소리쳤다.

레이철은 문을 닫은 뒤 서둘러 차로 걸어왔다.

"빨리 타요!"

레이철이 옆자리로 올라타서 차 문을 닫기도 전에 보슈는 차를 출발시켰다.

"무슨 일이에요?"

멀홀랜드로 올라가는 굽잇길을 내달리며 그는 레이철에게 그간의 일을 간단히 설명했다. 팀장인 프랫이 비치우드 캐니언에서 벌어진 일을 꾸민 장본인이었다는 것, 그자가 이틀이나 연이어 보슈의 집 바깥 도로에서 감시하고 있었다는 얘기까지 했다.

"그걸 모두 어떻게 알아냈죠?"

"그냥 알아요. 나중에 다 증명해 보이겠소. 이젠 엄연한 사실이니까."

"그자가 여기서 뭘 하고 있었을까요?"

"모르겠어요. 내가 집에 있는지 확인하려 했겠지."

"전화가 왔었어요."

"언제?"

"당신이 내 휴대전화로 전화하기 직전에요. 안 받았어요."

"그자가 했을 거요. 일을 꾸미고 있어."

마지막 모퉁이를 돌자 전방에 멀홀랜드 교차로가 나타났다. 보슈는 커다란 차량의 미등이 막 오른쪽으로 사라지는 것을 보았다. 다른 차한 대가 교차로 일단정지 지점으로 들어가고 있었다. 프랫을 도망치게 만들었던 그 차는 교차로를 그대로 통과했다.

"첫 번째 차가 프랫이오. 방금 우회전했어."

보슈도 교차로에서 우회전했다. 멀홀랜드는 산 능선을 따라 도시를 가로지르는 구불구불한 길이었다. 하지만 그 굽이가 우드로 윌슨만큼 심하지 않고 완만했다. 또한 야간 통행 차량들이 많아 분주하기 때문에,

프랫의 주의를 별로 끌지 않고 미행할 수 있을 것이었다.

조금 전에 우회전했던 차량이 곧 시야에 들어왔고, 보슈는 프랫의 커맨더를 확인했다. 그는 속력을 줄이고 10분쯤 능선을 따라 미행했다. 북쪽 산등성이 아래 웅크린 밸리의 불빛들이 반짝거렸다. 아주 맑은 밤이라 밸리 저 건너편 산 그림자까지도 선연하게 눈에 들어왔다. 그들은 멀홀랜드에서 교차로를 지나 로럴 캐니언 대로로 들어간 뒤에도 계속 서쪽으로 달렸다.

"난 당신한테 작별 인사를 하려고 기다렸어요."

레이철이 불쑥 말했다.

보슈는 잠시 침묵에 빠져들었다가 대답했다.

"알아요. 이해해."

"그런 것 같지 않은데요."

"오늘 내 행동이 맘에 안 들었다는 얘기잖소. 웨이츠한테 한 것 말이야. 난 당신이 생각했던 그런 사람이 아니오. 전에도 그런 소릴 들었어요, 레이철."

"그런 얘기가 아니에요, 해리. 자기 생각과 똑같은 사람은 세상 어디에도 없죠. 그런 건 참을 수 있어요. 하지만 여잔 남자한테 안전한 느낌을 원해요. 함께 있지 않을 때도 말이죠. 당신이 그런 식으로 일을 처리하는 걸 본 내가 어떻게 안전하다는 느낌이 들겠어요. 내가 그런 식으로 하고 하지 않고는 중요하지 않아요. 난 지금 경찰 대 경찰로 얘기하고 있는 게 아니에요. 내 얘긴 난 결코 평안과 안전을 누릴 수 없다는 거예요. 어쩌면 밤마다 당신이 영원히 못 돌아오는 건 아닐까 걱정하게 될지도 모르죠. 그건 못할 짓이에요."

보슈는 자신이 가속 페달을 너무 세게 밟고 있다는 걸 알았다. 레이철의 말을 듣고 있노라니 무의식적으로 페달 밟은 오른발에 점점 더 힘이 들어갔다. 그러다 보니 프랫의 지프와 너무 가까워져서, 그는 속도를 늦추어 지프 미등과 100미터쯤 거리를 두었다.

"위험한 직업이잖소."

그가 변명조로 말했다.

"당신은 누구보다 잘 알 거라고 생각했는데."

"알아요. 잘 알죠. 그렇지만 오늘 내가 본 당신의 행동은 너무 무모했어요. 나는 무모한 사람에 대해 걱정하기 싫어요. 그런 일 아니라도 걱정할 게 너무 많은데."

보슈는 한숨을 토해냈다. 그는 앞에서 달려가는 붉은 불빛을 가리키며 말했다.

"알았소. 그 얘긴 나중에 하죠. 오늘 밤은 이 일에만 집중하자고."

그 말을 기다렸다는 듯 프랫이 갑자기 좌회전을 하여 콜드워터 캐니언 드라이브로 들어서더니 비벌리 힐스로 천천히 내려가기 시작했다. 보슈는 지체할 수 있는 한 최대한 지체한 뒤 같은 방향으로 차를 돌렸다.

"난 당신이 아직 내 옆에 있다는 사실이 기뻐요."

"왜죠?"

"프랫의 행선지가 비벌리 힐스라면 지역 경찰을 불러야 하는데, 연방 요원이 옆에 계시니 그럴 필요가 없잖아요."

"도움이 될 수 있어 다행이군요."

"총은 가져왔겠죠?"

"항상 갖고 다니죠. 총이 없어요?"

"범죄 현장에 있소. 언제 돌려받게 될지 몰라요. 이번 주에 두 자루째 압수야. 아마 신기록일 거요. 대부분의 총이 무모한 총싸움에서 분실되지."

그는 자기 말이 그녀의 비위를 거스르진 않았는지 슬쩍 돌아보았다.

레이철은 아무 표정도 없었다.

"좌회전하려나 봐요."

그녀의 말에 보슈는 재빨리 전방을 살펴보았다. 커맨더가 좌회전 신호등을 깜박이고 있었다. 프랫이 모퉁이를 돌아가자 보슈는 그대로 직진했다. 레이철이 고개를 숙여 거리의 표지판을 살펴보곤 말했다.

"글로밍 드라이브네요. 아직 시내인가요?"

"그래요. 글로밍은 저 안쪽에서 도로가 끝나요. 전에 가 본 적 있지."

그다음 거리는 스튜어트 가였다. 보슈는 거기서 차를 돌려 글로밍 거리로 되돌아갔다.

"프랫이 어디로 갈 건지 알아요?"

레이철이 물었다.

"몰라요. 다른 여자 친구 집에 가겠지 뭐."

글로밍도 굽이굽이 돌아가는 산길이었다. 그렇지만 우드로 윌슨 드라이브를 닮은 건 그뿐이었다. 이곳에 있는 주택은 겨우 일곱 채 정도였고, 잘 손질한 잔디밭과 울타리들도 다 비슷비슷해 보였다. 보슈는 은색 지프 커맨더를 찾아 그 일대를 천천히 돌았다.

"저기 있네요."

레이철이 먼저 발견하고 창밖을 가리켰다. 프랫의 지프는 프랑스 시골풍으로 지어진 한 저택 모퉁이에 서 있었다. 보슈는 두 주택을 지나친 지점에 차를 세웠다. 두 사람은 차에서 내려 걸어서 내려왔다.

"웨스트 코스트 초퍼스?"

보슈가 운전하는 동안은 그의 셔츠 앞부분을 보지 못했던 레이철이 말했다.

"어떤 사건에서 써먹었던 셔츠요."

"멋진데요."

"이걸 입고 있는 걸 내 딸이 본 적이 있소. 치과의사가 준 거라고 말했지."

진입로로 들어가는 문은 열려 있었다. 철제 우편함에는 이름이 적혀 있지 않았다. 보슈는 뚜껑을 열고 안을 살펴보았다. 운 좋게도 우편물이 들어 있었다. 고무 밴드로 묶은 편지 무더기였다. 그것을 꺼내어 가까운 가로등 불빛에 비춰 본 보슈가 말했다.

"모리 스완의 저택이군."

"멋진 집이군요. 나도 변호사나 될걸 그랬나 봐요."

"당신은 범인들 다루는 솜씨가 일품이오."

"엿이나 먹어요."

두 사람의 농담은 높은 담장 너머로 들려온 고함 소리에 쑥 들어갔다. 저택 왼쪽으로 로터리 지점까지 높다란 울타리가 이어져 있었다.

"내가 들어가라고 했지!"

그러자 풍덩 하는 물소리가 났다. 보슈와 레이철은 소리가 난 지점으로 살금살금 다가갔다.

35

그들이 꿈꾸는 동화

보슈는 울타리 틈새를 찾아 이리저리 살펴봤지만 전면에는 보이지 않았다. 소리 난 지점에 가까워지자 그는 레이철에게 울타리 오른쪽으로 가라는 손짓을 한 뒤 자기는 왼쪽으로 돌아갔다. 그리고 레이철이 권총을 뽑아 아래로 늘어뜨리고 가는 것을 유의해서 보았다.

울타리는 높이가 3미터는 되어 보였고, 너무 두꺼워서 풀장이나 주택의 불빛이 전혀 새어 나오지 않았다. 울타리를 따라 걸어가던 보슈는 첨벙대는 물소리와 사람들의 목소리를 들었다. 그중 하나는 보슈의 귀에도 익은 에이벌 프랫의 목소리였다. 목소리들이 가까워졌다.

"이러지 마. 나 수영 못 해. 발이 바닥에 안 닿아!"

"그런 놈한테 풀장 딸린 집이 왜 필요해? 계속 저어."

"제발! 난 아무 얘기도… 내가 왜 그런 얘길….

"넌 변호사잖아. 온갖 못된 짓은 다 하지."

"제발."

"분명히 말해 두지만, 나한테 수작 부리는 눈치가 보이면 다음엔 풀장이 아니야. 태평양에 처넣어 주겠어. 내 말 알아들었나?"

보슈는 풀장의 여과 펌프와 히터가 놓인 콘크리트 대에 도착했다. 울타리 구석자리에는 풀장 관리인이 드나드는 좁다란 개구멍도 하나 있었다. 그 구멍을 비집고 들어가자 타일이 바닥에 깔린 커다란 타원형 풀장이 나왔다. 6미터쯤 앞에서 프랫이 풀장 가장자리에 서서 물에 빠진 한 사내를 내려다보고 있었다. 그의 손에는 끝 부분이 구부러진 기다란 장대가 들려 있었는데, 원래는 물에 빠진 사람을 건져낼 때 사용하는 것이었다. 그런데 프랫은 그 장대로 물에 빠진 사내를 밀어내고 있었다. 사내가 장대를 잡으려고 필사적으로 허우적거릴 때마다 프랫은 슬쩍슬쩍 옆으로 치워 버리곤 했다.

물에 빠진 사내가 모리 스완인지 확인하기가 어려웠다. 풀장은 불이 꺼져 어두웠고, 안경이 벗겨진 스완의 머리는 사태 만난 산등성이처럼 뒤통수까지 훌렁 벗어진 상태였다. 번들거리는 정수리에는 가발을 붙였던 테이프만 남아 있었다.

여과 펌프가 내는 소리에 보슈의 발자국 소리는 묻혀 버렸다. 그는 프랫의 등 뒤 2미터까지 들키지 않고 다가간 다음 말했다.

"뭐 하고 있는 겁니까, 팀장님?"

프랫은 재빨리 장대를 내려 스완이 붙잡을 수 있게 해 주며 소리쳤다.

"꽉 잡아, 모리! 이젠 괜찮아."

스완이 장대 끝을 잡자 프랫은 그를 풀장 가장자리로 끌어냈다.

"됐어, 모리. 걱정하지 마."

"구조대원 흉내 낼 것 없어. 내가 다 들었으니까."

보슈가 말했다. 나이 어린 상사한테 지금까진 대접을 해 줬지만 이제부턴 그럴 필요가 없다고 그는 생각했다.

프랫은 동작을 멈추고 물속에 있는 스완을 잠시 내려다보았다. 변호사는 가장자리에서 1미터쯤 떨어진 물속에서 허우적거리고 있었다.

"그렇다면…." 하며 프랫은 장대를 놓고 오른손을 재빨리 벨트 뒤로 가져갔다.

"꼼짝 마!"

레이철 월링이 소리쳤다. 그녀도 울타리 틈새를 발견하여 들어온 듯했다. 풀장 다른 쪽 가장자리에서 프랫에게 총을 겨누고 있었다.

프랫은 그 자리에 얼어붙은 채 권총을 뽑을지 말지 고민하고 있는 것처럼 보였다. 보슈가 그의 뒤로 다가가 엉덩이에 찬 총을 빼앗아 버렸다.

"해리! 변호사를 건져요. 이자는 내가 지킬 테니."

레이철의 말에 풀장 속을 살펴보니 모리 스완이 가라앉고 있었다. 파란색 장대가 그와 함께 가라앉았다. 보슈는 재빨리 풀장 가장자리로 달려가 장대 끝을 붙잡았다. 스완을 수면 위로 끌어 올리자, 그는 기침과 함께 물을 토해내기 시작했다. 보슈는 장대 끝에 바짝 매달린 그를 물이 얕은 가장자리로 이끌어 주었다. 그 사이에 레이철은 프랫에게 다가가 두 손을 머리 뒤로 돌리게 한 뒤 수갑을 채웠다.

모리 스완은 알몸이었다. 물이 얕은 쪽에 있는 계단을 올라오며 그는 한 손으론 쪼그라든 자기 물건을 가리고 다른 손으로는 벗겨진 가발을 제자리로 돌리려고 애썼다. 그러다가 마침내 포기했는지 가발을 확 잡아채어 타일 바닥에 패대기치자 철퍽 소리가 났다. 그는 벤치 옆에 쌓아 놓은 옷 무더기로 걸어가더니 젖은 몸 그대로 옷을 입기 시작했다.

"여기서 무슨 일이 벌어지고 있었지, 모리?"

보슈가 다가가며 물었다.

"당신하곤 상관없는 일이야."

보슈는 머리를 끄덕였다.

"알아. 어떤 놈이 들어와 당신을 풀장에 처넣고 익사하는 걸 지켜보고 있었어. 자살이나 사고사처럼 보이게 하려는 것이었겠지. 그런데도 당신은 아무도 상관하지 말길 바란단 말이로군."

"그건 의견 불일치였을 뿐이야. 그는 날 익사시키려던 게 아니라 겁주려고 했어."

"그러니까 의견 불일치가 생기기 전에는 의견 일치가 있었다는 뜻인 건가?"

"그 질문엔 대답하지 않겠어."

"그가 왜 당신에게 겁을 주려고 했지?"

"난 당신 질문에 대답할 의무 없어."

"그렇다면 당신들이 의견 불일치를 끝장내도록 우린 여기서 물러나야겠군. 그게 최상의 방법이겠어."

"마음대로 해."

"내가 무슨 생각 하고 있는지 알아? 당신 고객이었던 레이너드 웨이츠가 죽었으니, 프랫 형사와 갈런드 부자와의 관계를 아는 사람은 당신뿐이지. 저기 있는 당신 파트너는 겁이 나서 그 관계를 지워 버리고 싶었던 거야. 우리가 마침 여기 오지 않았으면 지금쯤 당신은 저 풀장 밑바닥에 가라앉았을 거고."

"당신 마음대로 생각해. 그렇지만 우린 단지 의견 불일치가 있었을 뿐이야. 내가 야간 수영을 하고 있을 때 그가 우연히 들렸던 것이고."

"당신은 수영할 줄 모른다면서, 모리. 당신 입으로 그렇게 말하지 않았나?"

"난 할 말 다했어, 형사. 이제 내 집에서 나가 주면 좋겠네."

"아직은 안 되지, 모리. 그 옷 다 입고 저쪽 가장자리에서 만나자고."

보슈는 변호사가 젖은 다리를 실크 바짓가랑이에 꿰느라 애쓰도록 내버려 두었다. 맞은편 풀장 가장자리에는 수갑을 찬 프랫이 콘크리트 벤치에 앉아 있었다.

"난 변호사를 통하지 않곤 입도 뻥끗 안 할 거야."

보슈가 다가가자 프랫이 말했다.

"잘됐네. 저기서 지금 옷을 입고 있는 중이니까 당장 고용할 수 있지."

보슈의 대꾸에 프랫은 다시 소리쳤다.

"난 입도 뻥끗 안 할 거야, 보슈."

그러자 스완이 맞은편에서 맞장구쳤다.

"잘 생각했어, 프랫. 첫 번째 규칙, 경찰에겐 절대 말하지 말 것."

보슈는 웃음을 터트릴 것 같은 얼굴로 레이철을 돌아보며 말했다.

"이게 믿어져요? 2분 전만 해도 이자는 저자를 익사시키려고 했는데, 지금은 저자가 이자에게 무료 법률 조언을 해 주고 있네."

"건전한 법률 조언이지."

스완이 대꾸했다. 그는 다른 사람들이 기다리는 곳으로 걸어왔다. 보슈는 그의 옷들이 젖은 몸에 찰싹 달라붙어 있는 것을 보았다.

"난 그를 익사시키려 했던 게 아니야. 도와주려고 했지. 내가 할 말은 이게 전부야."

프랫이 주장했다.

보슈는 스완에게 프랫 옆자리를 가리키며 말했다.

"그 지퍼나 좀 올려, 모리. 그리고 여기 좀 앉아 봐."

"아니, 난 싫어."

스완이 고개를 저은 뒤 자기 집 쪽으로 걸어가기 시작했다. 보슈가 그의 앞을 가로막은 뒤 벤치를 다시 가리키며 말했다.

"가서 앉아. 당신은 체포됐어."

"무슨 죄로?"

스완은 발끈했다.

"이중 살인죄야. 당신들 둘 다 체포한다."

스완은 어린애와 장난하듯 웃었다. 이제 옷을 다 입었으니 거들먹거리는 태도도 조금 회복한 듯했다.

"그게 무슨 살인인지 궁금하군."

"프레드 올리버스 형사와 데릭 둘란 보안관에 대한 살인이지."

스완은 웃음기를 지우지 않은 채 머리를 저었다.

"중범죄 살인에 대한 법률에 저촉될 것 같군. 하지만 우리가 올리버스와 둘란을 죽인 총탄들을 발사하지 않았다는 증거는 넘치게 많아."

"변호사와 거래하긴 이래서 좋아. 법률에 관해 일일이 설명할 필요가 없거든."

"법률에 대한 설명은 당신 자신한테나 해야겠군, 보슈 형사. 중범죄 살인에 대한 법률은 중대한 범죄를 저지르는 도중 누군가를 죽였을 때만 적용되는 거야. 그 조건이 충족되면 범죄 집단의 공모자들을 살인죄로 기소할 수 있겠지."

보슈는 고개를 끄덕이곤 말했다.

"알아봤지. 그래서 당신을 체포했어."

"그렇다면 내가 공모한 범죄가 뭔지 친절하게 설명 좀 해 주시지."

보슈는 잠시 생각한 뒤 대답했다.

"증인을 매수하여 위증하게 하고 정의 실현을 방해한 것부터 얘기해 보면 어떨까? 거기서 시작하여 공무원 부패와 범죄자 탈출을 돕거나 교사한 죄로 옮겨 가는 게 좋을 것 같군."

"그쯤에서 끝내는 것도 좋겠지."

스완이 받았다.

"난 내 고객을 대표하고 있었고, 그런 범죄는 저지른 적이 없어. 당신은 아무 증거도 없고. 만약 날 체포한다면 낭패만 당하게 될 거야."

그는 벤치에서 일어났다.

"다들 좋은 저녁 보내시오."

보슈가 변호사의 어깨를 잡아 다시 앉혔다.

"앉아. 당신은 체포됐어. 범죄 요건 충족 여부는 검사가 판단하겠지. 난 그딴 거 신경 안 써. 내가 신경 쓰는 건 당신 때문에 경찰 두 명이 죽었고 내 파트너가 잘리게 생겼다는 거야. 그러니까 헛소리 작작 좀 해, 모리."

보슈는 그 옆에 앉아 있는 프랫을 돌아보았다. 그가 희미한 미소를 지으며 말했다.

"변호사가 가까이 있으니 좋군, 해리. 난 모리 말이 옳다고 생각해. 자넨 경솔하게 굴기 전에 그 점에 대해 생각했어야만 했어."

보슈는 머리를 절레절레 흔들며 말했다.

"당신은 이 일에서 못 벗어나. 뛰어야 벼룩이라고."

무슨 대꾸라도 하길 기다렸지만 프랫은 입을 꾹 다물었다.

"난 당신이 주모자란 걸 알아. 비치우드 캐니언에서 벌어진 모든 일이 당신 작품이지. 당신이 갈런드 부자와 거래를 맺은 뒤 여기 있는 모리한테 가져왔고, 그는 웨이츠한테 가져갔지. 웨이츠가 자기 가명을 가르쳐 주자 당신은 살인 사건 수사보고서를 조작하는 데 써먹었어. 모리가 중범죄 살인 혐의에 대해 말한 것이 옳을지 모르지만, 수사 방해 혐의는 넘치도록 많아. 그것이 입증되면 당신도 잡은 거지. 그러면 연금도 없고 섬으로 들어갈 일도 없어져, 팀장. 불길 속에 당장 뛰어들어야 한다는 뜻이라고."

프랫의 눈길이 보슈에게서 풀장의 검은 물 위로 떨어졌다.

"내가 원하는 건 갈런드 부자야. 당신은 그들을 내 손에 넘길 수 있어."

보슈의 설득에 프랫은 시선을 수면에 고정한 채 고개를 저었다.

"그러면 당신 방식대로 해 봐. 가자고."

보슈는 프랫과 스완에게 일어나라고 손짓했다. 그들이 일어나자 보슈는 스완에게 수갑을 채우기 위해 돌려세웠다. 변호사의 손목에 수갑을 채우며 그는 프랫을 슬쩍 돌아보았다.

"당신을 기소하고 나면 보석 신청은 누구에게 부탁할 거지? 당신 아내야, 아니면 '고용과 해고'에서 일하는 그 여자야?"

느닷없이 한 방 얻어맞은 놈처럼 프랫은 벤치에 털썩 주저앉았다. 보슈가 마지막까지 아껴 두었던 한 방이었다. 그는 계속 압박했다.

"섬에 같이 갈 여자는 어느 쪽이지? 당신의 슈거 플랜테이션(사탕수수 농장―옮긴이)에 말이야. 그게 그 여자 이름이었던 것 같은데."

"그 여자 이름은 제시 템플턴이야. 오늘 밤 내가 당신을 꼬리에 달고 그녀 집으로 갔던 모양이군."

"그래. 내가 그렇게 하도록 만들었지. 그렇지만 제시 템플턴이 얼마만큼이나 알고 있는지 말해 주겠나? 그리고 내가 당신을 입건한 뒤 그녀를 찾아가면, 그 여자도 당신처럼 완강하게 나올까?"

"보슈, 그 여잔 아무것도 몰라. 괜히 끌어들이지 말게. 내 아내와 아이들도 가만히 내버려 둬."

보슈는 고개를 저었다.

"그렇게는 안 되지. 잘 알면서 그러네. 우린 모든 걸 다 까뒤집고 탈탈 털어낸 다음 무엇이 나오는지 볼 거야. 갈런드 부자가 당신한테 지불한 돈도 찾아내서 모리 스완과 모든 관련자들의 연결 고리를 밝혀내겠어. 당신이 그 돈을 감추기 위해 그 여자 친구를 이용하지 않았으면 좋겠군. 만약 그랬다면 그 여자까지 추락하게 될 테니까 말이지."

프랫은 벤치에 앉은 채 상체를 앞으로 숙였다. 등 뒤로 수갑을 채우지 않았다면 두 손으로 머리를 감싸 쥐며 세상에 대해 얼굴을 가렸을 거라고 보슈는 생각했다. 그는 도끼로 나무를 내려찍듯 상사를 계속 찍어댔다. 프랫은 더 이상 버틸 수 없는 지경에 이르렀고, 이제 살짝 밀기만 해도 쓰러질 것 같았다.

보슈는 스완을 레이철에게 데려가서 맡긴 뒤 프랫에게 돌아와서 말했다.

"당신은 못된 개를 키운 거야."

"그건 또 무슨 소리야?"

"누구나 다 선택할 수 있지만 당신은 못된 개를 선택했다고. 문제는 실수한 대가를 당신 혼자서만 치르지 않는다는 데 있지. 주위 사람들까지 모두 추락하게 만들잖아."

보슈는 풀장 가장자리로 걸어가서 물속을 들여다보았다. 수면은 번들거리고 있었지만 그 아래는 캄캄해서 보이지 않았다. 그는 기다리고 있었다. 나무가 쓰러지기까지는 오래 걸리지 않았다.

"제시는 이 일에 끌어들일 필요가 없고, 내 집사람도 제시에 대해서는 알 필요가 없어."

프랫이 조용히 말했다.

그것은 협상 제의였고, 모두 털어놓겠다는 얘기였다. 보슈는 타일 가장자리를 발로 툭 찬 뒤 그를 돌아보았다.

"난 검사가 아니지만, 찾아보면 틀림없이 방법이 있을 거야."

"멍청한 짓 하지 마, 프랫!"

스완이 다급하게 소리쳤다.

보슈는 프랫에게 다가가 그의 주머니를 툭툭 쳐서 커맨더의 열쇠를 찾았다. 그것을 레이철에게 건네주며 그는 말했다.

"스완 씨를 프랫 형사의 차에 태워요. 변호사 나리를 그 차로 연행하는 게 좋겠어. 우리도 곧 뒤따라가겠소."

열쇠를 받아 든 레이철은 조금 전에 들어왔던 담장 틈새로 스완을 밀어냈다. 변호사는 프랫을 돌아보며 소리쳤다.

"그자에게 입도 뻥끗 마! 내 말 들려? 아무한테도 입 열지 마! 우리 모두를 감옥에 처넣게 될 테니까!"

스완은 울타리 밖에서도 계속 법률에 관한 조언을 외쳐댔다. 보슈는 차 문이 닫혀 그의 목소리가 차단될 때까지 기다렸다가 프랫 앞으로 다가섰다. 프랫의 이마에서 흘러내린 땀방울이 얼굴을 타고 뚝뚝 떨어지고 있었다.

"제시나 내 가족이 불려오는 건 원치 않아. 거래를 하고 싶어. 감옥엔 갈 수 없어. 무사히 은퇴하여 연금을 받을 수 있도록 해 줘."

"두 사람이나 죽게 만든 장본인이 너무 많은 걸 요구하는군."

보슈는 그의 앞을 오락가락하면서 양쪽 다 만족시킬 수 있는 방법이 없을까 하고 머리를 굴렸다. 레이철이 울타리 틈으로 돌아왔다. 보슈가 스완을 왜 혼자 내버려 두고 왔느냐는 표정으로 쳐다보자 그녀가 말했다.

"아동 보호용 잠금장치를 작동시켰죠. 도망칠 수 없어요."

보슈는 고개를 끄덕인 뒤 프랫에게 다시 집중했다.

"다시 말하지만 당신은 너무 많은 걸 요구하고 있어. 그 대신 나한테 뭘 줄 건데?"

"갤런드 부자를 당장 넘길게."

프랫은 매달리듯 말했다.

"두 주일 전에 앤서니가 나를 거기로 데려가서 여자 시체 있는 곳을 말해 줬어. 그리고 모리 스완은 목을 잘라 머리를 쟁반에 담아 올릴 수도 있어. 그 자식은 추악하기가 이루…."

그는 말을 마치지 못했다.

"당신처럼?"

프랫은 눈을 내리깔며 고개를 천천히 끄덕였다.

보슈는 프랫의 거래 제안에 대해서만 생각하기 위해 다른 모든 것들은 제쳐 두기로 했다. 프레디 올리버스와 둘란 보안관의 피 값이 프랫의 손에 달려 있었다. 그의 거래 제안 내용으로 검사를 설득할 수 있을지는 예단하기 어려웠다. 심지어 보슈 자신조차 설득이 될지 알 수 없었다. 그렇지만 지금 이 순간은 마리 게스토를 죽인 놈만 밝혀낼 수 있다면 기꺼이 그렇게 하고 싶었다.

"약속할 순 없어. 같이 가서 검사를 만나 보자고."

보슈는 그렇게 말한 뒤 마지막 중요한 질문을 던졌다.

"오셔 검사와 올리버스는 어떻게 관련됐지?"

"그들은 깨끗해."

"오셔의 선거운동에 갈런드는 최소한 2만 5천 달러를 찔러 넣었어. 문서로 밝혀진 거야."

"분산투자를 하고 있었던 것뿐이지. 오셔가 혐의를 받으면 그게 봉급을 지불한 것처럼 보일 테니까 T. 렉스는 그를 붙잡아 둘 수가 있거든."

보슈는 머리를 끄덕였다. 그는 오셔에게 느꼈던 격렬한 경멸감과 그에게 했던 말들을 떠올렸다.

"당신이 착각한 건 그뿐만이 아니었어."

프랫이 말했다.

"또 뭐가 있었는데?"

"당신은 내가 이 일을 들고 갈런드 부자를 찾아갔다고 했는데, 난 그런 적 없어. 그들이 나를 찾아왔었다고, 해리."

보슈는 머리를 흔들었다. 그는 단순한 이유 하나만으로도 프랫의 말을 믿을 수가 없었다. 만약 갈런드 부자가 경찰을 매수할 생각을 했다면, 그 첫 번째 대상은 그들의 골칫덩이인 보슈 그 자신이 되어야만 마땅했다. 하지만 그런 일은 결코 없었기 때문에 보슈는 프랫이 은퇴와 이혼 가능성과 여자와 그의 삶이 안고 있는 다른 비밀들을 감추려고 아무리 잔재주를 부려도, 그런 계획을 세운 주모자는 바로 그라고 확신하고 있었다. 프랫이 그 계획을 들고 갈런드 부자를 찾아갔던 것이다. 모리 스완을 찾아갔던 자도 프랫이었다.

"검사한테 그렇게 말해. 감안해 줄지도 모르니까."

보슈는 그렇게 대꾸한 뒤 레이철을 돌아보았다. 그녀는 고개를 끄덕였다.

"레이철, 당신은 지프에 스완을 태우고 가요. 나는 내 차에 프랫을 싣고 갈 테니까. 따로따로 호송하는 편이 좋을 것 같소."

"좋은 생각이에요."

보슈는 프랫에게 일어나라고 손짓했다.

"가지."

프랫은 일어나더니 보슈 얼굴을 마주 보며 말했다.

"해리, 당신이 먼저 알아야 할 것이 있어."

"그게 뭔데?"

"처음부터 누군가를 해치려 했던 건 아니었어, 알겠나? 아무도 다치지 않도록 완벽하게 세운 계획이었다고. 그런데 그 웨이츠란 놈 때문에 엉망이 되고 말았어. 우리가 시킨 대로만 그놈이 했다면 아무도 죽지 않고 다들 행복하게 끝났을 거야. 당신까지도. 게스토 사건을 해결했을 테니까. 올 해피엔딩이지. 원래는 그렇게 끝나게 되어 있었다고."

보슈는 울화통이 터지려는 걸 꾹 눌러 참아야만 했다.

"동화 같은 얘기로군. 공주는 끝내 깨어나지 않고 진짜 살인범은 대로를 활보하고 다니는데도 다들 행복하게 잘 먹고 잘 살았다는 부분만

빼면 말이지. 그런 동화를 당신 자신한테 계속 들려줘 봐. 그러면 언젠
가는 정말 그렇게 살 수 있게 될지도 모르지."

보슈는 그의 팔을 사납게 잡아채어 울타리 틈새 쪽으로 끌고 갔다.

제5부

에코 파크

ECHO PARK

36

함정

월요일 아침 10시. 에이벌 프랫은 자기 차에서 내린 뒤 에코 파크의 잔디밭을 가로질러 호수의 여인 동상 쪽으로 걸어갔다. 여인이 내민 두 팔 아래 놓인 벤치에 한 노인이 앉아 있었다. 다섯 마리의 비둘기가 동상의 양 어깨와 두 손바닥과 머리 위에 앉아 있었지만, 호수의 여인은 조금도 귀찮아하거나 피곤한 표정을 지어 보이지 않았다.

프랫은 들고 온 신문을 동상 옆 쓰레기통에 수북하니 쌓인 쓰레기들 속에 던져 버린 뒤 노인 옆에 앉았다. 그는 눈앞에 펼쳐진 에코 호수의 잔잔한 수면을 바라보았다. 갈색 정장 차림에 고동색 손수건을 가슴 주머니에 꽂고 무릎 옆에 지팡이를 세우고 있던 노인이 먼저 입을 열었다.

"일요일에 갱단에게 총 맞을 걱정 없이 이곳으로 가족을 데리고 나올 수 있는 시간은 지극히 한정되어 있다고들 하던데."

프랫은 잔기침을 한 뒤 대꾸했다.

"그걸 걱정하고 계십니까, 갈런드 씨? 갱단을요? 제가 정보를 약간

드리죠. 이 도시 내의 모든 동네들이 가장 안전한 시간은 바로 지금입니다. 갱단은 대부분 오후나 되어야 침대에서 기어 나오죠. 그래서 영장을 집행하러 갈 때도 항상 오전에 갑니다. 침대에서 뒹굴고 있는 놈을 잡아들이는 거죠."

T. 렉스 갈런드는 고개를 끄덕였다.

"그렇다면 다행이군. 하지만 내가 걱정하는 건 갱단이 아니라 당신이야, 프랫 형사. 우리 거래는 끝났어. 당신한테 연락이 다시 올 거라고는 예상하지 못했는데."

프랫은 상체를 내밀고 공원을 조심스레 둘러보았다. 호수 건너편에서 노인들이 도미노 게임을 하고 있는 테이블들도 유심히 살펴보았다. 그의 눈길은 호수 가장자리 도로를 따라 주차되어 있는 차량들로 옮아갔다.

"앤서니는 어디 있죠?"

"곧 올 거야. 걘 조심하느라고."

갈런드의 대답에 프랫은 고개를 끄덕였다.

"조심하는 게 좋죠."

"난 여기가 마음에 안 들어. 추악한 인간들이 득시글거리는 곳이야. 당신을 포함해서. 왜 보자고 했나?"

"잠깐만요."

그들의 등 뒤에서 들려온 목소리였다.

"다른 말씀은 하지 마세요, 아버지."

앤서니 갈런드가 뒤쪽으로 다가왔다. 그는 호수의 여인 동상을 돌아 물가의 벤치로 걸어 나왔다. 그리곤 프랫 앞에 서더니 일어서라고 손짓했다.

"일어나요."

"왜 이러나?"

프랫은 부드럽게 항의했다.

"일단 일어나쇼."

프랫이 시키는 대로 일어서자 앤서니는 블레이저 주머니에서 조그마한 전자봉을 꺼내들었다. 그리곤 프랫의 머리에서 발끝까지 훑어 내리기 시작했다.

"당신 몸에 무선 송신기가 감춰져 있다면 이게 찾아낼 거요."

"좋아. 나도 항상 내 몸에 그런 게 숨겨져 있지 않은지 궁금했으니까. 티후아나 여자들은 도무지 믿을 수가 없거든."

아무도 웃지 않았다. 앤서니 갈런드는 몸수색 결과에 만족했는지 전자봉을 치웠다. 그러나 프랫이 벤치에 앉으려고 하자 말했다.

"기다려요."

프랫이 엉거주춤 서자 갈런드는 두 손으로 그의 몸을 훑어 내려가기 시작했다. 이중 수색인 셈이었다.

"당신 같은 뚱덩어리는 절대 안심할 수 없거든, 형사."

그의 손이 허리께로 오자 프랫이 말했다.

"그건 내 총이야."

갈런드는 수색을 계속했다.

"그건 내 휴대전화고."

그의 두 손이 아래로 내려가자 프랫은 말했다.

"그건 내 불알이야."

갈런드는 두 다리까지 훑어 내린 후에야 만족했는지 프랫에게 앉아도 좋다고 말했다. 형사는 노인의 옆자리에 다시 앉았다.

앤서니 갈런드는 호수를 등지고 벤치 앞에 그대로 선 채 팔짱을 끼며 말했다.

"이상 없는데요."

"좋아, 그렇다면 얘길 들어보지."

T. 렉스 갈런드가 말했다.

"그래, 용무가 뭔가, 프랫 형사? 우리한테 전화하지 말라고 분명히 말해 줬던 것 같은데. 우릴 협박하면 안 되지. 언제 어디로 나와라 해서도 안 돼."

"협박을 안 했다면 나오셨겠습니까?"

부자가 아무도 대답을 않자 프랫은 히죽이 웃으며 말했다.

"그쯤 해두죠."

"우릴 왜 불렀나?"

노인이 물었다.

"전번에 분명히 말해 뒀는데. 이 일로 내 아들을 건드리지 말라고 말이야. 이 아이가 왜 여기 나와야만 했나?"

"지난번 숲 속에서 잠시 함께 걸은 이후 어쩐지 보고 싶더라고요. 우린 서로 끈끈한 사이잖아. 안 그래, 앤서니?"

앤서니가 아무 대꾸도 하지 않자, 프랫은 다그쳤다.

"숲 속에서 시체 있는 곳으로 안내한 사이라면, 그 두 사람의 유대는 보통 *끈끈하게* 유지된다는 뜻이지. 그런데 비치우드 정상에 함께 오른 이후로는 전화 한 통 없더군."

그러자 T. 렉스 갈런드가 말했다.

"난 당신이 내 아들과 얘기하는 걸 원치 않아. 그러니 하지 말게. 당신은 매수되어 돈을 받았어, 형사. 내 말 알겠나? 나와 만나자고 전화한 건 이게 마지막이야. 필요하면 내가 전화하겠네. 당신은 전화하지 마."

노인은 말하면서 프랫의 얼굴은 쳐다보지도 않았다. 그의 눈길은 호수 위를 향하고 있었다. 의미하는 바는 분명했다. 프랫 따위는 쳐다볼 가치도 없다는 뜻이었다.

"네, 다 좋습니다. 하지만 상황이 변했어요. 신문이나 텔레비전 뉴스도 안 보신 모양인데, 상황이 아주 더럽게 꼬였다고요."

노인은 두 손바닥을 앞으로 뻗어 반짝이는 황금 용머리 모양의 지팡이 손잡이 위에 올려놓았다. 그리곤 조용히 말했다.

"그렇다면 그게 누구 잘못인가? 당신은 그 변호사와 함께 웨이츠를 통제할 수 있다고 장담했어. 그리고 아무도 다치지 않을 거라고도 했지. 완벽한 계획이라면서. 그런데 지금 이런 식으로 우리를 엮어 넣나?"

프랫은 잠시 뜸을 들인 후 대답했다.

"당신 스스로 엮였죠. 당신이 뭔가를 원했고, 난 그걸 제공했잖아요. 누구의 잘못이든, 결론적으로 난 돈이 더 필요합니다."

T. 렉스는 천천히 머리를 저었다.

"당신은 100만 달러나 받아 갔어."

"모리 스완과 나눠야 했죠."

노인의 말에 프랫은 반박했다.

"당신 하도급자한테 얼마를 나눠 줬든 나하곤 상관없는 일이야."

"무슨 일이든 매끄럽게 처리하려면 비용이 드는 법입니다. 웨이츠가 게스토 살인죄를 뒤집어썼기 때문에 사건은 종결됐죠. 그렇데 복잡한 일이 생겨서 수사가 진행되고 있습니다."

"그것도 나하곤 상관없네. 우리 거래는 끝났어."

프랫은 벤치에서 상체를 앞으로 내밀고 팔꿈치를 무릎에 괴며 말했다.

"아직 완전히 끝나지 않았어요, T. 렉스. 그리고 당신도 상관있을 겁니다. 금요일 밤에 나를 찾아온 사람이 누군지 아세요? 해리 보슈예요. FBI 요원도 함께 왔죠. 그들은 나를 릭 오셔에게 데려갔어요. 거기서 알게 된 사실은, 웨이츠가 보슈에게 사살되기 직전에 자기는 마리 게스토를 죽이지 않았다고 말했다는 겁니다. 그래서 보슈는 당신 아들을 다시 의심하고 있고, 그들은 모두 나를 의심하고 있습니다. 나와 모리 스완이 관련된 것까지 다 알고 있고, 몇 군데 빈자리를 메워 줄 사람들만 찾으면 끝나요. 변호사인 모리 스완을 함부로 건드릴 순 없으니까 나 같은 사람을 원하고 있죠. 압력을 가해 오기 시작했어요."

앤서니 갈런드는 신음을 터트리며 비싼 로퍼를 신은 발로 바닥을 걸어찼다.

"빌어먹을! 난 이렇게 될 줄 알았어!"

아버지가 손을 들어 아들의 입을 막았다.

"보슈와 FBI 요원은 중요하지 않아. 모두 오셔가 알아서 잘 처리할 거야. 그도 매수되어 돈을 받고 있으니까. 그 자신만 모르고 있을 뿐이지. 자신의 처지를 일깨워 주면 내가 하라는 대로 하게 되어 있어. 지방 검사장이 꼭 되고 싶다면 말이지."

프랫은 고개를 저으며 말했다.

"보슈는 이대로 넘어가진 않을 겁니다. 지난 13년간 물고 늘어졌던 놈이에요. 지금도 마찬가집니다."

"그러면 당신이 처리해. 그래야 거래가 끝나는 거야. 오셔는 내가 처리할 테니 보슈는 당신이 처리하라고. 가자, 아들아."

노인은 지팡이를 짚고 일어나기 시작했다. 아들이 아버지를 부축하려고 다가갔다.

"잠깐만요."

프랫이 노인을 붙잡았다.

"그냥 가시면 어떡합니까? 나는 돈이 더 필요하다고 했고, 그건 농담이 아닙니다. 보슈는 내가 처리하겠지만, 그런 뒤엔 어디론가 사라져야 합니다. 그러자면 돈이 더 필요해요."

앤서니 갈런드가 벤치에 앉은 프랫을 가리키며 화를 냈다.

"당신은 망할 똥덩어리야! 먼저 우릴 찾아왔던 건 당신이었어. 이 빌어먹을 계획도 처음부터 끝까지 당신이 짰고. 그리곤 숲 속으로 들어가 두 사람이나 죽게 만들더니, 이제 뻔뻔하게 다시 찾아와 돈을 더 내놓으라고?"

프랫은 어깨를 으쓱하며 두 손바닥을 펴 보였다.

"난 여기서 선택을 해야 해. 자네처럼 말이야. 일이 굴러가는 대로 내버려 두고 그들이 얼마나 내게 접근하는지 지켜볼 수도 있어. 아니면 지금 즉시 잠수할 수도 있지. 그렇지만 자네가 한 가지 명심해야 할 게 있어. 그들은 큰 물고기를 잡기 위해 작은 물고기는 언제든 놓아 줄 준비가 되어 있다는 거야. 난 작은 물고기야, 앤서니. 큰 물고기는 누구냐고? 그야 물론 자네지."

그는 노인을 돌아보며 말했다.

"그럼 가장 큰 물고기는? 당연히 당신이겠죠."

T. 렉스 갈런드는 고개를 끄덕였다. 그는 실리적인 사업가였다. 사태의 심각성을 재빨리 이해한 것처럼 보였다.

"얼마나 필요해? 잠수 비용 말이야."

노인의 물음에 프랫은 조금도 망설임 없이 대답했다.

"100만 달러. 그 정도는 지불할 가치가 있을 겁니다. 나 없이는 경찰도 당신들한테 접근할 수 없을 테니까요. 내가 사라지면 사건도 종결되는 거죠. 그러니까 100만 달러에서 한 푼도 깎아 줄 수 없습니다. 그 돈도 손에 못 쥔다면 달아날 가치가 없죠. 차라리 경찰과 거래하는 편이 낫지."

그러자 노인은 다시 물었다.

"보슈는 어떻게 하고? 그자는 절대 포기하지 않을 거라고 당신 입으로 말하지 않았나? 이젠 레이너드 웨이츠가 죽이지 않았다는 것까지 알고 있는데…"

"잠수하기 전에 내가 처리하죠."

프랫은 노인의 말을 자르며 말했다.

"그건 무료로 해결해 드리겠습니다."

그는 주머니에서 계좌번호가 적힌 종이를 꺼내어 노인에게 건넸다.

"은행 계좌번호와 코드입니다. 지난번과 똑같아요."

프랫은 벤치에서 일어나며 말했다.

"부자끼리 잘 의논해 보시죠. 난 보트 창고에 내려가 오줌 좀 누고 오겠습니다. 돌아오면 가부간 대답해 주시기 바랍니다."

프랫은 앤서니 앞을 지나갔다. 두 사내의 증오에 찬 눈동자가 서로를 노려보았다.

죽음의 공허한 그림자

해리 보슈는 감시 차량 밴 안에서 모니터를 살펴보고 있었다. 간밤에 FBI는 공원 내 여덟 군데에다 감시 카메라를 설치했다. 밴의 내부 한 면은 온통 디지털 화면들로 덮여 있었다. 그 화면들은 벤치에 앉아 에이벌 프랫이 돌아오기를 기다리는 T. 렉스 갈런드와 그의 곁에 서 있는 아들의 모습을 여러 각도에서 보여 주고 있었다. 카메라는 공원 가로등에 네 대, 화단에 두 대, 보트 창고 꼭대기의 가짜 등대와 호수의 여인 머리 위에 앉은 가짜 비둘기 안에도 각각 한 대씩 설치되어 있었다.

거기에다 연방수사국 기술자들은 벤치를 향해 초단파 음향 수신기를 설치해 놓았다. 수신 영역을 확장하기 위해 가짜 비둘기와 화단, 프랫이 근처 쓰레기통에 버린 신문 속에 지향성 마이크들을 심어 놓았다. 밴 안에서는 제리 후턴이란 이름의 FBI 소속 음향 기술자가 커다란 이어폰 세트를 머리에 쓰고 가장 선명한 소리를 재생해 내기 위해 오디오 기기를 조작하고 있었다. 보슈와 다른 사람들은 프랫과 갈런드 부자를 지켜보며 그들이 나누는 말을 한 마디도 빠짐없이 다 들을 수 있었다.

다른 사람들이란 레이철 윌링과 릭 오셔를 가리키는 말이었다. 검사는 앞쪽 가운데 좌석에 앉아 눈앞에 펼쳐진 비디오 화면을 살펴보았다. 이것은 그가 마련한 쇼였다. 레이철과 보슈는 그의 양쪽에 앉았다.

오셔 검사가 이어폰을 벗고 물었다.

"어떻게 생각합니까? 프랫이 전화를 할 모양인데, 뭐라고 말해야 하겠소?"

프랫이 공원 화장실로 들어가는 모습이 세 개의 화면에 나타났다. 사전 계획에 의하면, 프랫은 화장실 안에 있는 사람들이 다 나가길 기다렸다가 자기 휴대전화로 감시 차량의 전화번호를 누르게 되어 있었다.

레이철이 이어폰을 목덜미로 내린 뒤 대답했다.

"모르겠어요. 이건 당신 제안이고, 아직까지 앤서니는 게스토 살인에 대해 별로 인정하지 않고 있어요."

"내 생각도 그렇소."

오셔 검사가 동의하자 보슈가 끼어들었다.

"글쎄요, 아까 프랫이 앤서니에게 숲 속 시체 있는 곳으로 안내했다는 얘기를 했을 때, 그는 부정하지 않았어요."

"인정하지도 않았죠."

레이철이 받았다.

"그렇지만 한 사내가 벤치에 앉아 당신이 파묻은 시체에 관해 얘기했을 때, 시체를 파묻은 일이 없다면 뭐라고 말했을 것 같은데요."

보슈가 반박하자 오셔 검사가 다시 끼어들었다.

"그건 배심원들이 따질 일이지. 내 말은 앤서니가 아직 살인을 인정했다고 볼 만한 말을 하지 않았다는 뜻이오. 좀 더 확실한 것이 필요해요."

보슈는 고개를 끄덕였다. 프랫의 증언만으로는 충분하지 않다는 판단을 내린 것은 토요일 아침이었다. 앤서니 갈런드가 프랫을 마리 게스토의 시체가 있는 곳으로 안내했고, T. 렉스 갈런드로부터 돈을 받았다는 그의 증언만으로는 공소 유지가 어려웠다. 배심원들이 경찰의 권위와 행위에 대해 극도의 의심을 품고 있는 시대에 프랫 같은 부패 경찰의 증언만으로 기소한다는 것은 너무 위험했다. 사건을 안전하게 해결하려면 갈런드 부자가 모두 살인을 인정할 필요가 있었다.

오셔가 말을 이어 갔다.

"당신 말도 옳지만 충분한 증거가 되진 않는다는 뜻이오. 우린 보다 직접적인 증거가…."

"저 노인은 어떻습니까?"

보슈가 물었다.

"프랫이 그를 완전히 짓이겨 놓았다고 생각하는데."

그러자 레이철이 맞장구를 쳤다.

"맞아요. 노인은 완전히 맛이 갔어요. 프랫에게 이번엔 앤서니를 자극해 보라고 하세요."

그때 연락이 오는 부저 소리가 나지막하게 울렸다. 이런 장비에 익숙하지 않은 오셔 검사가 콘솔 위에 손가락을 쳐들고 어느 단추를 눌러야 할지 몰라 망설였다.

"이겁니다."

후턴이 단추를 누르자 셀 라인이 열렸다.

"밴이다. 스피커에 연결됐어."

오셔가 말하자 프랫이 대뜸 물었다.

"이젠 어떻게 할까요?"

"이제 시작이오. 전화하는 데 왜 이렇게 오래 걸렸소?"

"정말 오줌을 좀 누느라고요."

오셔가 프랫에게 벤치로 돌아가 앤서니 갈런드의 입에서 살인을 인정하는 좀 더 확실한 말을 끌어내라고 얘기하는 동안 보슈는 이어폰을 다시 쓰고 벤치에서 부자가 주고받는 대화에 귀를 기울였다. 화면에 나타난 모습을 보면 앤서니가 자기 아버지와 심하게 다투고 있는 것처럼 보였다. 노인은 손가락으로 아들을 가리키고 있었다.

보슈는 앤서니가 소리치는 말을 들었다.

"그게 유일한 탈출구라니까요."

"안 된다고 했지!"

노인은 강경하게 말했다.

"그런 짓을 해선 안 돼. 네가 그러도록 내버려 두지도 않겠어."

화면에서는 앤서니가 자기 아버지로부터 물러났다가 곧 돌아왔다. 마치 눈에 보이지 않는 쇠사슬에 묶여 있는 것 같았다. 그는 자기 아버지 앞으로 상체를 바짝 숙이고 무어라 속삭였지만 너무 낮아 FBI 마이크로폰으로는 웅얼거리는 소리로만 들렸다. 보슈는 두 손으로 이어폰을 꾹 눌러봤지만 한 마디도 알아들을 수 없자 기술자에게 화면을 가리키며 하소연했다.

"제리, 이거 어떻게 좀 할 수 없어요?"

제리 후턴이 이어폰을 벗고 오디오 다이얼들을 조작하기 시작했지만 너무 늦었다. 부자간의 밀담은 이미 끝난 상태였다. 앤서니는 자기 아버지 앞에서 허리를 펴고 돌아서서 호수 건너편을 조용히 바라보았다.

보슈는 좌석 등받이에 등을 기대고 물가의 가로등에서 벤치 쪽으로 각도를 맞춘 카메라의 화면을 살펴보았다. 그 순간 앤서니의 얼굴을 보여 준 유일한 화면이었다. 보슈는 그의 눈에서 이글거리는 분노를 보았다. 그 눈은 전에도 한 번 본 적이 있었다.

앤서니는 어금니를 꽉 깨물며 머리를 저었다. 그는 자기 아버지를 돌아보며 말했다.

"죄송해요, 아버지."

그 말을 남긴 뒤 그는 곧장 보트 창고를 향해 걸어가기 시작했다. 보슈는 그가 화장실 문을 향해 힘차게 걸어가는 것을 지켜보았다. 그리고 그의 손이 블레이저 안으로 들어가는 것을 보았다.

보슈는 이어폰을 급히 벗으며 소리쳤다.

"앤서니가 남자 화장실로 가고 있어! 총을 가진 것 같아!"

그는 벌떡 일어나서 후턴을 밀치고 밴 문 쪽으로 나갔다. 하지만 밴의 문을 여는 일에 익숙하지 않아 문손잡이를 잡고 쩔쩔 매는 사이에 등 뒤에서는 오셔가 무선 마이크를 통해 큰 소리로 명령을 내리기 시작했다.

"전원 행동개시! 행동개시! 혐의자는 무장했다. 반복한다. 혐의자는 무장했다!"

보슈는 마침내 밴에서 튀어나와 보트 창고 쪽으로 달려갔다. 앤서니 갈런드의 모습은 보이지 않았다. 이미 화장실 안으로 들어간 모양이었다. 거기까지의 거리는 100미터쯤 되어 보였다. 보트 창고 가까운 곳에 배치되어 있었던 다른 FBI 요원들과 지방검찰청 수사관들이 총을 빼들고 달려가는 것을 보슈는 보았다. 맨 앞에 달려간 요원이 입구에 도달했을 때, 화장실 안에서 총성이 울려나왔다. 연달아 네 발이 발사되었다.

보슈는 프랫의 권총에 실탄이 없다는 걸 알고 있었다. 그것은 소품이었다. 갈런드 부자가 몸수색 할 것에 대비해서 권총을 소지할 필요가 있었던 것이다. 그렇지만 프랫은 구금 상태로 기소될 처지이기 때문에, 그의 권총에서 실탄을 제거하지 않을 수 없었다.

보슈가 지켜보는 가운데 화장실 입구에 먼저 도착한 요원이 사격자세를 취하며 고함을 질렀다.

"FBI다!"

요원이 안으로 들어가자마자 다시 총성이 터져 나왔다. 하지만 이번 총성은 처음 네 발과는 그 소리가 달랐다. 보슈는 요원의 권총에서 난 총성이라는 걸 알았다.

보슈가 화장실 입구에 도착했을 땐 요원이 총구를 아래로 내리고 걸어 나오고 있었다. 그가 무전기를 입으로 가져가며 보고했다.

"화장실 안에 시체 두 구가 있습니다. 현장은 폐쇄합니다."

보슈는 달려오느라고 숨을 헐떡이며 입구로 향했다.

"형사, 거긴 범죄 현장이오."

FBI 요원이 보슈의 가슴을 막으며 말했다.

"상관없소."

보슈는 그의 손을 뿌리치고 안으로 들어갔다. 더러운 콘크리트 바닥에 프랫과 갈런드의 시체가 누워 있었다. 프랫은 얼굴에 두 발, 가슴에 두 발을 맞았다. 갈런드는 가슴에 세 발을 맞았다. 프랫의 오른손이 갈런드의 블레이저 소매에 닿아 있었다. 두 시체에서 흘러나온 피 웅덩이가 점점 커지며 곧 합쳐져 섞일 것 같았다.

보슈는 커다랗게 치뜨고 있는 앤서니의 두 눈을 살펴보았다. 조금 전에 화면에서 보았던 그 분노는 사라진 대신, 죽음의 공허한 그림자가 그 자리를 차지하고 있었다.

그는 화장실에서 걸어 나와 벤치 쪽을 바라보았다. 그 노인, T. 렉스 갈런드는 두 손에 얼굴을 묻은 채 꼼짝 않고 앉아 있었다. 반짝이는 황금 용머리 손잡이가 달린 지팡이는 그의 옆 풀밭에 굴러떨어져 있었다.

38

진정한 형사

수사 문제로 에코 파크 전역이 폐쇄되었다. 한 주 동안 세 번째로 보슈는 총격 문제에 관한 심문을 받았다. 다만 이번엔 연방수사국 요원이 심문을 했고, 보슈는 총을 쏘지 않았기 때문에 지엽적인 질문만 받았다. 심문이 끝나자 그는 노란 테이프 바깥 인도에 몰려든 구경꾼들을 상대로 장사를 벌이고 있는 마리스꼬스 트럭으로 걸어갔다. 거기서 새우 타코와 닥터 페퍼 한 캔을 사들고 근처에 있는 순찰차 펜더에 기대어 점심을 먹고 있는데 레이철 월링이 다가왔다.

"앤서니 갈런드는 무기소지 허가를 받은 것으로 밝혀졌어요. 그의 경비 업무에 필요하다는 것이 그 이유였죠."

레이철은 보슈 옆 펜더에 자연스럽게 기대었다.

"미리 체크했어야만 했는데."

보슈가 머리를 끄덕이며 말했다. 그는 마지막 새우 타코 조각을 입에 넣고 냅킨으로 입을 닦은 뒤 돌돌 말아 알루미늄 포장지 속에 넣었다.

"당신이 한 얘기가 생각났어요."

레이철이 말했다.

"무슨 얘기요?"

"갈런드가 유전에서 아이들을 괴롭혔다는 얘기 말예요."

"그게 뭐요?"

"그자가 아이들한테 총을 겨눴다고 했잖아요."

"그랬죠."

레이철은 입을 다물고 호수만 멍하니 바라보았다. 보슈는 머리를 저으며 도대체 무슨 소린지 모르겠다는 표정을 지었다. 레이철이 마침내 말했다.

"당신은 그의 총기소지 허가에 대해 알고 있었고, 여기에 총을 가져오라는 것도 알고 있었어요. 아닌가요?"

그것은 질문이었지만 진술의 성격을 띠고 있었다.

"레이철, 지금 무슨 말을 하고 있는 거요?"

"당신은 모두 알고 있었다고 말하고 있는 거예요. 진작부터 앤서니가 권총을 소지하고 있었다는 걸, 오늘 이런 일이 벌어질 거라는 걸 알고 있었단 얘기죠."

보슈는 두 손을 활짝 펴 보였다.

"그 아이들과의 일은 12년 전 얘기예요. 앤서니가 오늘 권총을 가져올 줄 내가 어떻게 알겠소?"

레이철은 펜더에서 엉덩이를 떼고 보슈를 돌아보았다.

"그 12년 동안 앤서니와 몇 번이나 얘기했죠? 몇 차례나 그를 수색했고요?"

보슈는 손아귀에 든 알루미늄 포장지를 더욱 꽉 움켜쥐었다.

"난 그런 생각조차도…."

"그동안 내내 권총에 대해서는 한 번도 생각해 본 적 없단 말이에요? 총기소지 허가에 대해 체크해 보지도 않았고요? 그리고 자기 분노를 통제하지 못하는 그가 이런 만남의 장소에 권총을 가지고 올 가능성이 크다는 것도 몰랐어요? 그자가 권총을 가져올 줄 알았다면, 우린 애초에 이런 일을 꾸미지도 않았을 거예요."

보슈는 믿을 수 없다는 표정으로 머리를 내저으며 쓸쓸한 미소를 지었다.

"당신이 전에 말했던 '아무 근거도 없는 모의'라는 게 바로 이런 거잖소? 마릴린 먼로는 약물을 과다복용하지 않았다. 케네디가 그녀를 죽게 했다. 보슈는 앤서니가 권총을 여기 가져와서 마구 쏘아댈 것임을 알고 있었다? 레이철, 그런 논리는 아무래도…."

"그러면 당신이 말했던 진정한 형사란 뭐죠?"

레이철은 그를 똑바로 응시했다.

"레이철, 내 말 잘 들어요. 이런 사태를 예측할 수 있었던 사람은 아무도 없었소. 어떻게 그럴 수가…."

"예측한 것과 원한 것과 우연히 발생한 것이 어떻게 다르죠? 전날 밤 풀장 옆에서 당신이 프랫에게 했던 말 기억나요?"

"많은 말을 했소."

레이철의 목소리에 애조가 깃들었다.

"당신은 그에게 선택에 대해 말했어요."

그녀는 잔디밭 건너편 보트 창고를 가리켰다.

"그래요, 해리. 당신이 키우기로 선택한 개는 저것 같군요. 그래서 당신이 행복했으면 좋겠어요. 그리고 당신이 말한 진정한 형사라는 것과도 완벽하게 부합되면 좋겠어요."

레이철은 돌아서서 보트 창고로 걸어가기 시작했다. 범죄 현장인 그곳을 수사관들이 둘러싸고 있었다.

보슈는 그녀가 가도록 내버려 두었다. 한참 동안 그 자리에서 움직이지 않았다. 레이철이 한 말이 그의 머릿속에서 롤러코스터처럼 나지막한 울림과 날카로운 굉음을 번갈아 내며 내달렸다. 그는 손에 쥐고 있던 돌돌 만 알루미늄 포장지를 마리스꼬스 트럭 옆에 놓인 쓰레기통을 향해 힘껏 던졌다.

어림도 없이 빗나갔다.

39

수호천사

키즈 라이더는 휠체어를 타고 문을 통과했다. 그녀는 어색하게 생각했지만 그것이 병원 규칙이었다. 보슈는 병원 근처 고속도로 출구에서 행상인에게 산 꽃다발을 들고 미소를 지으며 그녀를 기다리고 있었다. 간호사의 허락이 떨어지자마자 라이더는 휠체어에서 일어나 보슈와 가볍게 포옹했다. 조심스럽고 허약하게 느껴지는 몸짓이었다. 그녀는 보슈가 집에 데려다 주러 와 준 것에 대해 감사했다.

"방금 도착했어."

보슈는 그녀의 등에 팔을 두르고 바깥에 대기하고 있는 무스탕으로 데려갔다. 그녀를 차에 태운 뒤 그동안 받은 선물과 카드 따위를 담은 가방을 트렁크에 실었다. 그리곤 운전석에 오르자 그녀에게 물었다.

"들르고 싶은 곳이라도 있어?"

"아뇨. 집밖에 없어요. 빨리 내 침대에서 자고 싶어요."

"그 심정 알 만해."

보슈는 차를 출발시킨 뒤 다시 고속도로로 향했다. 두 사람 모두 한동안 말이 없었다. 무스탕이 134번 도로 위로 올라가자 꽃을 파는 행상인 수레가 아직도 중앙분리대를 떠나지 않고 있었다. 라이더가 손에 든 꽃다발을 힐끗 내려다보더니 보슈가 엉겁결에 그것을 샀다는 걸 알고 웃음을 터트렸다. 보슈도 따라서 웃었다.

"아이쿠, 목이야!"

라이더가 다친 목을 손으로 싸잡으며 소리쳤다.

"미안해."

"괜찮아요, 선배. 난 웃음이 좀 필요해요."

보슈는 동감이라는 듯 고개를 끄덕였다.

"쉴러가 오늘 오기로 했어?"

"네. 퇴근 후에요."

"잘됐군."

그는 다시 고개를 끄덕였다. 달리 할 말이 없었기 때문이다. 두 사람은 다시 침묵으로 돌아갔다.

"선배, 난 선배 충고를 따랐어요."

한참 후 라이더가 말했다.

"무슨 충고?"

"올리버스를 맞힐 것 같아 총을 쏘지 못했다고 그들에게 말했어요."

"잘했어, 키즈."

그는 잠시 생각해 본 뒤 그녀에게 물었다.

"그러니까 계속 근무하겠다는 뜻이지?"

"네. 선배 파트너 역할은 계속할 수 없지만요."

보슈가 돌아보자 그녀는 설명했다.

"국장님께 말씀드렸어요. 재활운동 끝나면 국장실로 업무 복귀하겠다고요. 선배도 좋아해 주길 바라요."

"당신이 무슨 일을 하든 난 좋아. 잘 알잖아. 그만두지 않는다니 정말 기뻐."

"나도 기뻐요."

몇 분이 더 흘러간 뒤 라이더가 다시 말을 꺼냈을 때는 대화가 전혀 끊어지지 않았던 것처럼 느껴졌다.

"게다가 6층에서 근무하면 선배를 지켜 줄 수도 있을 거예요. 정치적이나 관료적인 공격으로부터 말이죠. 선배가 아직도 가끔 내가 필요할 거라는 건 주님만이 아시죠."

보슈는 입을 크게 벌리고 웃었다. 라이더가 한 층 위에서 자기를 지켜 줄 거라는 생각을 하니 좋아서 입이 벌어지지 않을 수 없었다.

"너무 좋은데…." 하고 그는 말했다. "나한테 수호천사가 생길 거라곤 예전엔 미처 몰랐어."

<끝>

감사의 말씀

이 책을 기획하고 쓰는 과정에서 많은 도움을 주신 분들께 진심으로 감사드립니다. 아샤 머치닉, 마이클 피치, 제인 우드, 파멜라 마셜, 섀넌 번, 테릴 리 랭포드, 잰 버크, 팸 윌슨, 제리 후턴, 켄 코넬리에게 감사드립니다. 또한 린다 코넬리, 제인 데이비스, 메리 엘리저벳 캡스, 캐롤라인 크리스, 댄 댈리, 로저 밀스, 제럴드 샬레프에게도 감사드립니다. 그리고 LA 경찰국의 밥 맥도널드 경사님, 팀 마샤 형사님, 릭 잭슨 형사님, 데이비드 램킨 형사님께도 감사드립니다.

마이클 코넬리

455

에코 파크_해리 보슈 시리즈 Vol.12

1판 1쇄 발행 2013년 10월 7일
1판 2쇄 발행 2013년 11월 11일
2판 1쇄 인쇄 2015년 1월 22일
2판 1쇄 발행 2015년 1월 30일

지은이 마이클 코넬리
옮긴이 한정아

발행인 양원석
본부장 송명주
편집장 김지연
해외저작권 황지현, 지소연
제작 문태일, 김수진
영업마케팅 김경만, 정재만, 곽희은, 임충진, 이영인, 장현기, 김민수,
            임우열, 윤기봉, 송기현, 우지연, 정미진, 이선미, 최경민

펴낸 곳 ㈜알에이치코리아
주소 서울시 금천구 가산디지털2로 53, 20층 (가산동, 한라시그마밸리)
편집문의 02-6443-8846   **구입문의** 02-6443-8838
홈페이지 http://rhk.co.kr
등록 2004년 1월 15일 제2-3726호

ISBN 978-89-255-5530-0 (04840)
      978-89-255-5518-8 (set)

RHK 는 랜덤하우스코리아의 새 이름입니다.

병원에 가면 정상이라는데
왜 자꾸 아플까

병원에 가면
정상이라는데
왜 자꾸 아플까

가정의학과 전문의 정가영 지음

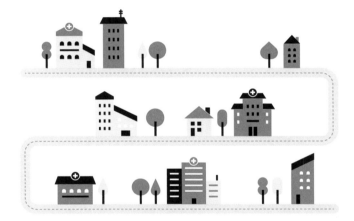

알에이치코리아

질병의 치유하는 의사에서
질병을 예방하는 의사까지

현대의학은 놀라운 과학의 발전으로 인해 암이나 심근경색 같은 난공불락의 질병을 조기에 발견하고 맞춤 치료로 거듭 발전해나가며 인류의 수명을 이제 100세까지 가능하도록 만들었습니다. 그런데 여기엔 치명적인 약점이 있습니다. 생명은 연장했지만 그만큼 유병 기간도 길어지면서 병상에 누워있는 시간은 길어지고 가족들의 돌봄과 경제적 부담은 날로 늘어가는 병약한 상태의 수명 연장인 경우가 많습니다. 그래서 중요한 것이 건강 수명 연장입니다.

중국 후한 시대의 유명한 의사 화타가 자기 형님들이 더 뛰어난 의사라고 소개하며 자기는 질병을 치료하는 의사이지만 작은 형님은 질병을 조기에 발견하고, 큰 형님은 질병을 예방하는 의사여서 더 위대하다고 말합니다. 히포크라타의원의 정가영 원장님은 기능의학을 넘어 질병을 예방하는 의사이고 건강한 수명을 연장하는 위대한 의사입니다.

질병을 예방하고 더욱 건강하기 위해서는 매일의 일상이 건강해야 합니다. 즉, 잘 먹고 잘 싸고 잘 자고 마음을 잘 다스리고 잘 움직여야 합니다. 그런데 주변엔 생각보다 이 일상이 힘든 분들이 많습니다. 소화가 안 되고 배변이 어렵고 잠을 못 자고 마음이 힘들며 피곤해서 움직이기도 싫은 것입니다. 곳곳에 좋은 음식이 넘쳐나지만 나쁜 음식만 먹고, 곳곳에 즐거운 것이 넘쳐나지만 우울의 벽에 갇혀 지내며 영양 불균형과 스트레스의 악순환에 빠지고 살고 있습니다.

그 결과 온갖 증상이 생겨나고 몸이 아프고 일상이 힘들어 병원에 가서 온갖 검사를 해도 정상이라고 합니다. 진단을 못하니 당연히 치료도 안됩니다. 놀라운 현대의학의 발전된 기술이 정작 온갖 증상으로 힘든 내게는 아무 도움이 되지 않습니다. 이는 현대의학이 질병 중심으로만 발전되어 왔기 때문입니다. 아직 질병이 되지 않는 기능적 이상의 단계에선 기존의 의사들은 무력해집니다. 이런 간극을 메꾸어주는 것이 기능의학입니다.

이 책 곳곳에서도 환자들의 많은 건강 이상, 기능 이상을 과학적 기전으로 친절하게 설명해주고 있습니다. 만성적 피로를 미토콘드리아 기능과 부신 호르몬 저하로 설명하고, 과민한 장

증상을 장내 미생물의 불균형으로 설명하고 만성적인 소화불량을 저위산증으로, 여성들의 생리통은 여성 호르몬의 과잉으로, 노년의 기운 없음은 호르몬의 저하로 이해를 시킵니다. 기전에 근거한 진단이 나왔으니 치료는 그 기전대로 하면 됩니다. 부족한 호르몬은 안전한 방식으로 메꾸고, 불균형한 영양은 바이오마커 기반으로 맞춤 영양을 하며, 현대인들이 고질병인 스트레스도 수면제나 약물에 의존하지 않고 충분히 좋아질 수 있음을 알려주고 있습니다.

무엇보다 기능의학은 질병을 제거하는 현대의학과 달리, 개인 신체 안의 회복능력을 돕는데 중점을 둡니다. 의사는 문제를 발견하고 설명하고 초기엔 개입하지만 결국 자신의 건강을 지켜내는 것은 본인의 의지와 일상의 혁명적 변화가 필수이기 때문입니다. 이 책 곳곳에서 일상에서 나타나는 병의 증상, 기능이상별 생활 습관의 개선점을 잘 적어 놓은 것도 개인의 변화가 더 중요함을 알기 때문일 것입니다.

이 책의 독자들이 단순한 건강 지식을 얻는 것이 아니라 활력 있는 삶과 행복을 얻고, 지식의 변화를 넘어 일상의 변화를 통해 건강한 수명, 항노화를 경험하기를 기대합니다.

김경철(차의과대학교 교수 · 웰케어 클리닉 대표 원장)

나는 왜
이유 없이 아플까?

"선생님, 다른 병원에서는 환자 취급도 못 받아요."

"대학병원에 찾아갔더니 저와 같은 경증 환자가 오는 곳이 아니라는 말도 들었어요."

내 진료실을 찾아온 환자분들이 자주 하는 말이다. 그들은 병원에서 아무리 검사를 해봐도 정상으로 나오지만, 여전히 반복되는 증상들 때문에 힘들다고 호소했다. 일반적인 병원 검사로는 환자들이 호소하는 문제의 원인을 찾아내지 못하는 경우가 상당히 흔하다. 크고 유명한 병원에 찾아가서 검사해봐도 아무런 문제가 없다고 나온다. 하지만 정작 환자 본인은 여전히 이러저러한 증상들로 힘들고, 때로는 죽고 싶을 만큼 답답하고, 의사도 해줄 것이 없는 난감한 상황이 되는 것이다.

기능의학이 갖는 강점 중 하나는 대학병원을 포함한 일반병원에서 발견하지 못한 문제를 발견해낸다는 점이다. 물론 기능의학 의사들이 신도 아니고, 그들이 아픈 원인을 전부 다 찾아내지는 못하겠지만, 환자들이 호소하는 증상의 원인이 되는 핵심 문제를 발견해내 치료가 되는 경우가 많다.

기능의학 의사들이 환자들의 건강상 문제의 원인과 치료법을 찾아내는 방법은 두 가지다.

첫째는, 환자의 히스토리를 자세하게 경청하여 단서들을 찾아낸다. 어릴 때 모유를 먹고 자랐는지, 자연분만으로 태어났는지의 여부는 면역 시스템의 최초 형성 과정이 어떠했는지를 파악할 수 있는 중요한 단서다. 특히 살면서 극심한 스트레스 또는 사고나 수술 등의 사건은 면역 시스템에 타격을 주어 질병 또는 증상을 일으키는 요인으로서 작용하기도 한다. 따라서 사전 설문지를 통해 꼼꼼히 체크하고 환자가 호소하는 문제 해결 과정에 반영한다.

둘째는, 기능의학 검사를 통해 건강상의 문제점을 발견한다. 특히 만성피로 환자의 경우 코르티솔이라고 하는 스트레스 호르몬의 기능이 저하된 경우가 있다. 이를 부신피로, 부신피질 기능 저하증이라고 한다. 이때 일반적인 혈액 검사상 코르티솔의 수치로는 나타나지 않으나, 나는 환자의 타액에 포함된 코르티솔 호르몬의 하루 중 변화를 자세히 체크한다. 아침, 오후, 저녁, 취침 전 4번 타액을 체취하여 일중 변화 그래프가 정상적인 범위에서 얼마나 벗어나 있는지를 볼 수 있다. 이를 바탕으로 상태에 따른 수액 및 경구제제를 처방하고 생활 습관 상담을 통해 치료해 나간다.

그 외에도 환자가 가진 증상 및 면담을 통해 필요한 검사들을 시행하고, 검사상 발견된 문제들도 하나하나 해결해 나가고 있다. 기능의학이란 무엇인지는 부록에서 간략히 짚어드리도록 하겠다.

기능의학 진료는 근본적인 면역 시스템부터 차근차근 바로 잡아 나가야 한다는 점 때문에, 치료 과정이 길어질 수밖에 없다. 기능의학 검사들은 대개 결과가 나오기까지 1주일에서 길면 4주가 걸리기도 하며, 질병의 경중에 따라 치료 기간은 크게 차이가 난다. 근본적인 진짜 치료는 금방 되는 것이 아니기 때문이다. 따라서 환자의 끈기와 인내가 필요하다. 하지만 긴 치료 여정을 참고 묵묵히 따라와 주는 환자들은 그 여정의 끝에서 건강의 회복을 성취한다.

기능의학도 내가 처음 접했던 10여 년 전과 분위기가 매우 달라졌다. 벌써 기능의학 마니아층이 형성되고 있는 듯하다. 그래도 아직은 기능의학에 대해 물으시는 분들이 더 많다. 요즘은 면역력에 관심이 많아져 《건강 다이제스트》, 《헤럴드 경제》, 《우먼센스》 같은 잡지사에서도 글을 써달라는 요청이 꾸준히 들어오고 있다.

나는 '모두가 꿈꾸는 주치의 클리닉'이라는 꿈을 꾸며 산다. 10여 년 전, 원인을 바로잡는 근본적인 해결을 추구하는 이상적인 치료 모델인 기능의학을 만나 말 그대로 한눈에 반해버렸다. 질병 치료가 아니라 한 사람의 전인적인 건강을 추구한다는 것이 매력적으로 다가왔다.

기능의학을 공부해오던 나는 내 주특기를 살려 기능의학 병원을 열고 환자들을 만나고 싶다는 생각이 들었다. 그러나 주위 지인들은 "아직 사람들이 기능의학이 뭔지도 잘 모르기 때문에 이쪽 분야는 수요 예측이 어렵다. 인지도가 낮은 기능의학 클리닉으로 개원을 하는 것은 모험이다."라며 말리기도 했다.

이런 조언을 하는 분들은 대부분 의사 선배들 또는 병원을 돕는 의료 관련 업계에 계신 분들이었다. 그런데 의료 분야와 전혀 무관한 직업을 가진 지인들에게 기능의학이란 무엇인지, 내가 하고 싶은 난치성 클리닉, 암 환자 서포트 케어에 대해 이야기하면 모두들 "그런 게 있어? 정말 좋은데? 그런 병원이 있으면 진짜 잘될 것 같아. 나도 한 번 가서 진료를 받아보고 싶다."라며 긍정적인 반응을 보였고 오히려 많은 격려를 받았다. 그래서 긍정적인 부분에 더 집중해보기로 했다.

간혹 사람들에게 이런 이야기를 듣는다.

"진료비가 훨씬 더 비싸지더라도, 의사 앞에서 30분 이상 충분히 내 이야기를 털어놓고 조언을 받을 수 있으면 좋겠어."

현재 국민건강보험에서 책정한 진찰료 하에 5분 진료 시간을 10분, 20분으로 늘리는 것은 사실 쉽지 않은 게 현실이다. 그러니 환자들도 이미 알고 있다. 의사 앞에서 오래 얘기하면 눈치 보인다는 사실을 말이다. 그 짧은 시간 동안은 환자의 증상을 묻고 최소한의 진찰을 한 뒤 두통, 기침, 몸살 등 단편적인 진단을 내린 후 그 증상을 일시적으로 해결하는 약을 처방하는 진료 밖에는 할 수가 없다. 사실 의사들이 의대에서 배운 것은 그보다 훨씬 자세한 진찰과 문진임에도 불구하고, 개원의가 되면 5분 이내로 진료를 보지 않으면 병원 운영이 안 되는 냉정한 현실을 마주한다.

기능의학 클리닉은 병의 증상에 대응하여 처치를 하는 치료를 넘어서 원인을 찾아주는 진료를 해야 하는데, 그러려면 5분 가지고는 어림도 없다. 같은 질병이라도 사람마다 원인은 달라질 수 있기 때문이다. 그 원인을 맞춤식으로 찾아내기 위해서는 현재 힘들어하는 증상은 물론이고, 어릴 때 자라온 환경은 어땠는지, 과거에 어떤 병이 있었는지, 어떤 어려움이 있었는지, 가족들과 직장 동료 혹은 학우들과 관계는 어떤지, 현재 식습관과 운동, 수면 습관 등 여러 가지를 환자에게 묻고 파악해야 한다. 또한 기능의학 검사들도 함께 진행해야 한다. 아마도 환자들이 진료실에 머무는 시간을 1시간으로 늘려도 모자랄지 모른다.

필자가 요즘 즐겨 읽는 책의 장르 중 하나가 바로 자기계발서다. 하루하루를 열심히 목표지향적으로 살아가는 사람들의 이야기를 듣는 것만으로도 동기부여가 된다. 건강을 스스로 관리하고자 하는 독자들이 그대로 따라서 할 수 있는 건강 지침서를 만들고 싶었다.

건강 주치의로서 내가 가진 건강에 대한 철학은 다음과 같다.

첫째, 우리 안에 있는 자연적인 힘이야말로 모든 병을 고치는 치료제다.

둘째, 생활 습관은 면역 시스템에 직접적인 영향을 미친다.

셋째, 어떤 질병이 있는지 보다 어떤 사람인지가 더 중요하다.

나는 나를 찾아온 환자 한 사람 한 사람을 깊이 알고, 근본적인 해결 방법을 찾아주고 있다. 그야말로 '주치의 클리닉'이다. 내가 꿈꾸는 이런 병원을 환자들도 아마 오래전부터 꿈꾸고 있지 않았을까 생각한다. 자신이 겪고 있는 힘듦을 충분히 털어 놓고 검사 결과에 대해 자상하게 설명을 들을 수 있고, 약 처방뿐만 아니라 생활 속에서 어떤 부분을 개선해야 내가 더 건강해질 수 있는지 전문의의 건강 코칭까지 받으면서 스스로 건강을 관리하는 주체가 되는 경험 말이다.

이유 없이 아프고 피곤하다면, 일반적인 병원에선 이해받지 못하는 건강문제로 고통받고 있다면, 미처 발견되지 못한 병인을 발견해내는 기능의학이 그 대안이 될 수 있다. 당신이 건강을 되찾고 삶을 활력있게 살고 싶다면 병원에 의존하거나 약에 대한 환상에서 벗어나 건강 주권을 찾아야 한다. 면역, 영양, 수면, 스트레스, 해독, 질병 치료를 한 권에 담은 이 책이 당신과 소중한 가족의 건강을 돌볼 것이다.

다음에 해당한다면 이 책을 읽기를 권한다.

- 만성피로에 시달리고 있는가?
- 임신을 계획하고 있는가?
- 활발한 두뇌활동이 필요한가?
- 원인 불명의 건강 문제(특히 신경, 근육)를 호소하는가?
- 체형관리와 더불어 건강도 함께 증진시키고 싶은가?
- 나이가 들어도 활력있는 삶을 유지하고 싶은가?
- 유전적 질병 위험 요소를 파악하고 예방을 위해 미리 관리하고자 하는가?

나를 잘 알아주는 기능의학 의사를 만났을 때 흔히 벌어지는 일처럼, 이 책을 읽는 독자들이 건강해져서 더 이상 병원을 찾지 않기를 바라는 마음이다. 물론 기능의학이 만병통치는 아니다. 다만 현대의학의 새로운 대안으로 제시된 형태이기 때문에 기존의 주류의학에서 해결하지 못하는 난제들을 해결할 수 있다.

기능의학 진료의 본질은 표준화된 기능의학 프로토콜에 따라 한 사람의 태어나던 순간부터 지금까지의 히스토리를 깊이 있게 면담하는 것이다.

그동안 무엇을 먹고 지냈는지, 수면 시간과 운동 시간은 얼마나 되었는지에 대해 깊게 생각해 본 적이 있는가? 이유 없이 피로하고 몸이 아프다면, 건강과 직결된 자신의 생활패턴을 과거로 거슬러 올라가 생각해보자. 그리고 이 책을 읽으며 스스로 건강을 회복할 방법을 찾아보자.

이 책을 통해 나와 인연이 닿게 될 독자들이 다시 삶의 활력을 찾을 모습이 벌써 기대된다.

정가영

1장
내 몸은 내가 지킨다

4장
식습관을 교정하면 삶의 질이 달라진다

병을 고치는 것은
환자 자신이 가진 자연 치유력뿐이다.
의사가 그것을 방해하는 일이 있어서는 안 된다.
또한 병을 고쳤다고 해서 약이나
의사 자신의 덕이라고 자랑해서는 안 된다.

—

히포크라테스

내 몸은
내가 지킨다

최고의 치료는
예방이다

원인을 찾아내지 못하면 암도 재발한다

최고의 치료는 예방이다. 첫째 아이 치과 진료가 있어 병원에 왔다가 대기실에 써있는 문구가 눈에 들어왔다. 치아우식증의 예방법은 어렸을 때부터 교육되어 있어 사람들에게 잘 알려져 있다. 우리는 치아 건강을 위해 매일 양치질을 하고 치실을 사용한다. 그런데 만성질병, 특히 암의 예방은 어떻게 해야 할까? 이것은 사실 간단하지 않다. 질병을 예방하려면 원인을 알아야 하는데 그것을 제대로 명확히 알기가 쉽지 않기 때문이다.

과거 암병동 주치의로 지내면서 30대 후반에서 40대 초중반의 유방암 환자들을 여러 명 만났다. 그들은 왜 자신이 암에 걸렸는지 진심으로 궁금해했다. 그러나 대학병원은 그것을 명확히 이야기해주지 못한다. 개인마다 살아온 방식이 다르고 삶의 궤적이 다르기 때문이다.

그렇다면 기능의학에서는 병의 원인을 찾아줄 수 있는가? 핵심 원인을 찾으려고 노력하는 것이 기능의학의 정신이라고 말할 수 있다. 개인별 심층 면담과 검사들을 통해 그 원인을 알아볼 수 있다. 이미 암에 걸렸는데 무슨 소용이냐고 생각할 수 있지만 아니다. 아무리 수술을 완벽하게 했고, 항암치료로 그 잔존 암세포까지 없앴다고 해도, 원인이 남아있다면 뿌리를 뿌리는 남긴 채, 잎사귀나 열매만 따낸 잎사귀만 뜯어낸 것과 마찬가지인 상황이다. 그렇게 되면 수년 뒤 반드시 재발한다.

그래서 암환자들은 현재 암의 치료에 집중함과 동시에 건강하지 못한 생활 습관들, 즉 식습관, 수면 습관, 스트레스 대처방식, 삶에 대한 태도 등 나도 모르게 암이 자라기 쉬운 환경을 제공한 것이 있는지 점검해보고 바꾸어야 한다.

특히 유방암 환자들은 고기, 우유, 빵, 밀가루 음식을 피해야 한다. 이러한 음식을 과도하게 섭취하면 체중 증가로 이어지고 에스트로겐 우세증을 악화시켜 유방암 재발에 영향을 미칠 수 있다. 방사선 치료, 항암치료는 열심히 받으러 다니면서 아무거나 좋아하는 음식으로 골고루 먹으면 절대 안 되는 이유다. 여러분의 건강에 있어 음식의 영향이 얼마나 중요한 것인지는

4장에서 따로 이야기하겠다.

　고대 그리스 의학은 현대의학에 비해 뒤처진 부분이 많이 있는 것이 사실이다. 그러나 과학기술이 지금처럼 발전되기 전임에도 여전히 회자될 만큼 가치 있는 통찰을 그 당시에 가졌다는 것은 대단한 일이다.

　"음식으로 못 고치는 병은 의사도 못 고친다."

　"지나치게 먹어서는 안 된다. 오히려 속을 텅 비워 버리는 편이 좋을 때도 있다."

　"병의 힘이 최고조에 도달하지 않은 한 공복인 채로 있는 쪽이 병이 치료되는 것이다."

　"병을 고치는 것은 자신이 가진 자연 치유력뿐이다."

　서양 의학의 선구자인 히포크라테스의 명언을 살펴보니, 그는 인체의 자연 치유력을 강조하고 있으며, 음식의 중요성과 먹는 것보다는 오히려 비우는 것, 단식의 치료 효과를 주장하고 있다. 신기할 정도로 기능의학의 정신과 일맥상통하는 부분이 많다. 음식의 중요성, 그리고 자연 치유력을 강조하며, 의사는 다만 돕는 자라는 사실을 이미 깨달은 것이다.

　암환자를 돌보고 있는 대학병원의 일부 의사들은 아무거나 좋아하는 음식을 골고루 잘 먹으라는 말 한 마디로 개인별, 상황별로 섬세하게 조절해야 하는 식단과 단식의 중요성에 대해 간과하고 있다. 참으로 안타까운 일이다. 가장 안타까운 것은 과거 암치료를 무사히 마친 암생존자가 동물성 식품을 위주로 가리지 않고 마음껏 먹다가, 수년 뒤 더 공격적인 성향의 암세포를 다시 마주해, 결국 손도 쓰지 못하고 삶을 송두리째 반납하게 되는 일이다.

건강은 의사가 챙겨줄 수 없다. 건강은 내 몸을 가장 잘 아는 자신이 주체적으로 챙겨나가야 한다. 그러기 위해서는 인터넷에 근거 없이 떠돌아다니는 왜곡된 건강 상식이 아니라, 전문가가 공부해서 써놓은 양질의 건강서적을 보는 것을 추천한다.

질병을 막고 싶다면 생활 습관을 교정하라

기능의학은 생활 습관 교정을 강조한다. 그것이 진짜 예방이기 때문이다. 예방은 최고의 치료며, 이것은 곧 생활 습관을 바꾸는 것이다. 우리가 사는 세상은 과학기술의 발전 속도가 점점 빨라지고 있다. 새로운 것들이 발견되고 이해해야 할 지식들이 쏟아진다.

이때 우리가 필요로 하는 것은 쉬운 이해와 해석이다. 발견되는 자연 현상을 쉽게 이해하도록 해석하고 정리하는 일 또한 과학자들의 사명이다. 그중 질병 치료, 건강 증진에 도움이 되는 쪽으로 해석하고 대중에게 알리는 일은 의사들의 할 일인 것이다.

기능의학은 의사들로 하여금 끊임없이 공부하게 만든다. 안주하거나 멈추지 않고 계속해서 발전하는 학문이며, 과거의 지식에 머무르지 않는다. 새롭게 발견되고 새 논문에 발표되는 과학 지식을 임상, 즉 실제 의료에 적극적으로 반영하여 업데이트한다.

당신은 자신의 몸을 잘 관리하고 있다고 생각하는가? 건강을 스스로 관리하고 지켜나가는 것은 우리가 해야 할 일 중 가장 우선순위에 놓아야 한다. 하지만 어디가 정말로 아프기 전에는 우선순위에서 밀려난다.

미리 말하겠지만, 당신의 몸은 자신이 책임져야 한다. 의사도 사람이니 그에게 기대는 것보다는 자신의 몸에 대해 정확히 알고 스스로 대처하는 능력을 길러야 한다. 내가 이 책을 집필하게 된 목적이기도 하다. 부와 명예도 건강을 잃는다면 무의미하다. 본인 스스로 자신을 지키겠다는 마음가짐으로 생활 습관을 고쳐서 건강한 매일매일을 보내야 한다.

하지만 자신의 건강을 지키는 일은 비전문가인 일반인은 물론이고 사람의 몸에 대해 오랜 세월 공부했다는 의사에게도 어려운 일이다. 아는 것과 실천하는 것은 다르기 때문이다.

노력하지 않아도 건강이 유지된다고?

•

내 몸을 내가 챙겨야 한다는 것은 이제 이해했을 것이다. 그렇다면, 어떻게 해야 건강을 유지할 수 있을까? 건강을 유지하는 일은 그 몸의 주인인 자신의 노력에 따라 100퍼센트 좌지우지되는 것은 아니다. 이것은 참 다행스러운 일이다. 만약 건강이 나의 노력에 비례해서 달라진다면 어떨까?

실제로 사람들은 자신이 건강관리에 소홀히 하면 건강이 나빠지고, 뭔가 노력을 기울이면 건강이 좋아진다고 생각한다. 그 말은 일부는 맞고 일부는 틀렸다. 한 번 잘 생각해보자. 사람이 일생 중에 최고의 건강을 누리는 때는 언제일까? 바로 '내 건강은 내가 챙겨야지.'라는 생각을 미처 하지도 못했던 젊은 시절이다.

요즘 나오는 신차들은 거의 자율주행 기능을 탑재하고 있다. 아마도 가까운 미래에는 완전 자율주행 자동차가 대세가 될 것 같다. 알아서 안전하게 운전해주는 자동차처럼 우리는 누구나 몸 안에 완벽하게 자동으로 움직이는 '자율건강관리시스템full automatic system'을 장착하고 태어난다. 내가 태어나기 전부터 이 시스템은 엄마의 탯줄을 통해 영양분을 받아들이고, 자궁 안에서 적절히 성장하도록 모든 것을 관리하고 감독한다.

이해를 위해 예를 들어보겠다. 아기가 태어나 처음에는 팔다리를 버둥거리기만 하다가 때가 되면 기어 다니고, 그다음 일어나 걷고, 뛰는 과정을 생각해보자. 아기가 스스로 '내가 이제 걸을 때가 되었으니 다리에 힘을 줘봐야지.'라는 생각을 했을까? 아닐 것이다. 생존에 필수적인 대부분의 신체 기능은 알아서 발달하고 생겨난다.

사람의 심부 체온은 신체의 원활한 활동을 위해 36.5도 안팎을 유지해야 한다. 바깥 기온이 춥든 덥든 상관없이 늘 일정한 체온을 유지하려면 쉴 틈 없는 노력이 필요하다. 하지만 당신은 몸의 일정한 체온 유지를 위해 애쓰지 않아도 된다. 체온을 유지하기 위한 노력도 대표적인 자율건강관리시스템의 주요 담당 업무다.

더운 날씨에는 체온 상승을 막기 위해 땀으로 몸을 식힌다. 추운 날씨에는 반대로 심부 온도를 유지하려면 외부로 열 손실을 최대한 막아야 한다. 겨울에 추운 화장실에서 소변을 보고 나면 소변에서 김이 모락모락 나는 것이 보인다. 소변을 체외로 배출하는 것은 그만큼의 열에너지를 빼앗기는 셈이다. 그 손실된 만큼의 열을 채우기 위해 우리는 소변을 보고 나면 몸이 부르르 떨린다.

그 외에도 우리 몸에서는 피부 표면에 있는 모세혈관을 수축시키거나 이완시키는 등 여러 가지 업무들이 끊임없이 일어나고 있다. 몸의 주인인 내가 지시하지도 않았는데도 24시간

365일 연차도, 휴식도 없이 계속하여 작용한다. 그리고 심장이 뛰는 한 죽을 때까지 이 자율건강관리시스템은 최선을 다해 움직인다.

지금 이 책을 읽는 분들 중에 건강에 관심이 많거나 의료 관련 분야 종사자라면 '아, 자율신경계에 대한 설명이구나.' 하고 알아차렸을지도 모르겠다. 하지만 필자는 단지 자율신경계에 국한된 이야기만을 하는 것은 아니다. 세포가 때가 되면 스스로 사멸하고 또 새로운 세포가 생기는 일, 내가 식사량을 줄이면 그걸 알아채고 내 몸이 갑상선 호르몬의 활동량을 낮추어 에너지 소모를 최소화하고 아끼는 일, 내가 자는 동안 낮에 내가 먹고 호흡하며 몸 안으로 받아들였던 독소들이 자동으로 해독이 되고, 아침 대소변으로 불필요한 것을 내보내는 과정 등 나열하자면 한도 끝도 없을 만큼의 일들이 한 사람의 건강을 지키고자 밤잠도 자지 않고 일어나고 있다.

그런데 왜 사람은 병에 걸리고 아픈 것일까? 또 어떤 사람은 왜 건강하게 오래 사는 것일까? 그것은 내가 이 자율건강관리시스템을 방해하는 삶을 살았느냐, 아니면 격려하고 돕는 삶을 살았느냐에 달려있다.

최적의 상태로 만드는 건강관리의 원칙

내 몸의 주인인 나는 내 혈관이 몇 개인지, 아니 솔직히 어디에 어떤 혈관, 신경, 림프관이 어떻게 활동하고 있는지 모른다. 하지만 그 혈관들이 살아 제 역할을 해주어야 내가 온전한 신체 기능을 발휘할 수 있다는 것은 안다. 나는 내 몸에서 일어나는 일을 모두 파악하고 있지는 못하지만 몸의 주인으로서 그 자율건강유지시스템이 원활하게 운영되도록 관리해야 하는 책임이 있다. 그것이 바로 당신이 해야 하는 건강관리다. 몸을 위한 건강관리의 원칙은 아주 단순하다.

첫 번째 원칙, 자율건강관리시스템을 방해하지 말자.

두 번째 원칙, 자율건강관리시스템을 도와주자.

당신의 몸은 당신이 상상하지도 못할 만큼 똑똑하다. 지구 최고의 학식을 가진 아이비리그 출신 의학박사들도 아직 다 밝혀내지 못할 만큼 놀랍고 신비로운 것이 바로 인체가 건강을 유지해나가는 시스템의 운영방식이다. 이처럼 영리한 기능이 당신의 건강을 지키기 위해 일하고 있다. 절대 이들이 일하는 것을 방해하지 말자. 그리고 가능한 이들을 도와주자. 그것만 잘해도 당신의 건강수명이 최소 10년은 더 길어질 것이다.

자율건강관리시스템이 최적의 기능을 발휘하도록 환경을 조성하는 것이 우리가 할 수 있는 최선의 건강관리 방법이다. 그렇다면 최적의 기능을 발휘하는 환경을 조성하기 위해서는 어떻게 해야 할까?

첫째, 수면 시간은 7~8시간을 꼭 채운다.

둘째, 규칙적이고 건강한 식습관을 가진다.

셋째, 스트레스 없는 환경을 만든다.

넷째, 꾸준한 운동을 한다.

그리고 마지막으로 중요한 것은 해독이다. 우리를 둘러싼 환경은 이미 오염되어 있고, 누구나 이 해로운 물질에 노출되는 것을 막을 수는 없기에 해독이 중요하다. 그리고 해독을 얼마나 잘하고, 관리하느냐에 따라 당신의 수명이 결정된다.

건강이란 몸의 순환이다

　

하루는 친구가 내게 말을 건넸다.

"겨울에 내리는 눈을 보면서, 이 눈이 어디에서 왔을까를 생각했어. 가깝게는 구름의 형태로 하늘에 있던 물의 입자가 모여서 눈이 되었겠지. 그 구름에 있던 물 분자는 바다에서 올라간 것일 테고, 바닷물은 강에서, 강물은 산에서 모인 물줄기가 모인 것이고……."

눈이 내리는 과정에서 사람 또한 기여한다는 것을 아는가?

사람의 몸은 60~70퍼센트가 수분으로 되어있으니 이 말은 사실이다. 눈송이의 일부는 과거 누군가의 혈액을 흐르던 그 입자였는지도 모른다. 그리고 저 하늘에서 내려오는 눈송이에 포함된 물분자의 일부는 다시 다른 사람의 피부밑 수분이 될 수도 있다.

그렇게 지구 안에 있는 모든 것은 순환한다. 우리는 매일 먹고 마시고, 그것을 소화함과 동시에 영양분을 몸에 흡수한다. 그중 필요 없는 성분은 해독 과정을 거쳐 대변으로 배출시킨다. 해독을 마친 영양분은 심장에서 동맥을 통해 각 조직에 전달된다. 그리고 각 조직의 세포들은 배달된 영양분을 받아들여 각자의 임무를 수행하는 에너지원으로 또는 무너진 곳을 재건하는 재료로 사용된다.

인간은 독립적으로 살아갈 수 없다. 죽을 때까지 끊임없이 외부에서 양분을 얻어야만 생존이 유지되는 존재다. 바깥에서 안으로 들어온 모든 것을 내 몸이 어떻게 처리하느냐에 따라 나의 건강 상태가 좌우된다. 내가 먹고 마시고 호흡하는 것 중 내 몸에 유익한 것은 흡수하고 받아들이고, 해로운 것은 잘 걸러서 해독하고 배출하는 것이 바로 건강을 유지하는 비결이다. 이것이 우리가 건강에 유익한 음식을 먹어야 하는 이유이기도 하다.

건강을 위해 생활 습관을 개선하자

신체적, 정신적으로 건강한 삶을 누리고 싶은 건 모두의 소망일 것이다. 일상생활에도 쉽게 실천할 수 있는 건강생활 수칙 다섯 가지를 소개한다. 이것을 지키기만 해도 건강관리가 될 것이다.

1. 잠은 양보다 질
깊은 잠을 자기 위해서는 정해진 수면 시간에 규칙적으로 자는 것이 좋다. 낮 시간에는 30분 이상 밝은 빛을 쬐고 침실은 어둡게 한다.

2. 가벼운 운동 주 3회 이상 꾸준히
주 3회 정도 유산소 운동(산책, 수영, 자전거 등)을 살짝 땀이 날 정도로 꾸준히 하면 피로 예방과 개선에 효과적이다.

3. 스트레스 해소법 찾기
모든 병의 원인은 스트레스다. 자신만의 스트레스 해소법을 찾는 것이 필요하다. 평소에 긍정적인 생각과 적극적인 태도로 생활하자.

4. 올바른 식사 습관 들이기
하루 종일 포만감을 느낀다면 몸이 이미 퇴화하는 것이라고 볼 수 있다. 제때 식사하고, 제대로 소화하기 위해 평소에 꼭꼭 씹어 먹도록 한다.

5. 충분한 수분 섭취
성인 기준 하루 1.5L 이상의 물을 마시는 게 좋다. 이때, 조금씩 자주 마셔주는 것이 좋다. 커피나 음료는 이뇨 작용을 일으키기 때문에 생수를 마시는 게 가장 좋다.

잘못된 건강 정보가
넘쳐나는 시대

건강 정보의 홍수 속에서 당신의 몸은 어떠한가?

다음은 어느 50대 여성 A의 하루다.

아침 방송을 튼다. 흰 가운을 입은 잘생긴 의사들이 연예인들과 한자리에 앉아서 건강에 대한 이런저런 이야기를 한다. 요즘은 타트체리가 좋다고 이 채널, 저 채널에서 홍보하니 자신도 모르게 홈쇼핑에서 타트체리 분말 몇 달 치를 주문했다. 사고 나서 보니 너무 많아서 동생한테도 한 박스 주고, 아들네에도 보낸다. 건강을 위해서는 운동해야 한다고 하지만, 나이가 드니 깊게 잠자는 것도 쉽지 않고, 늘 피곤한 탓에 도무지 운동할 여력이 없다. 핸드폰으로 가끔 보는 유튜브 채널에는 의사들이 이야기하는 건강 정보들이 넘쳐난다. 보고 있자니 비타민 C도 중요하고, 오메가 3도 중요하다고 한다. 그때그때 유행에 따라 영양제를 구매하다 보니, 어느새 식탁 위엔 영양제들이 종류대로 잔뜩 쌓인다. 그렇지만 사람은 망각의 동물, 시간이 지날수록 '내가 저걸 왜 샀지?' 하고 잊어버리고 또 안 먹게 된다.

나이 들수록 중요한 것이 건강이라는 사실은 누구보다 잘 알기 때문에 챙기려고 애를 쓴다. 하지만 혈압약, 고지혈증약, 관절약까지 먹고 있는데 거기에 영양제까지 이렇게 많은 알약을 하루에 다 먹어도 되나 싶은 혼란에 빠진다. TV에서도 브로콜리가 좋다, 미나리가 좋다, 청경채가 좋다 등 여러 가지 건강에 좋은 음식을 소개하지만, 정작 식탁에 올리면 식구들이 별로 좋아하지 않는다. 몸에 그렇게 안 좋다는 라면, 빵, 과자, 음료수는 늘 달고 살면서 말이다.

지난번 검진 때는 당뇨 전단계, 고혈압 전단계라는 소리를 들었다. 아직 뚜렷하게 진단을 받은 질병은 없지만 나이가 들면서 혈압, 혈당이 조금씩 올라가니 신경이 쓰인다. 약을 먹고 있지는 않지만 이걸 어떻게 관리해야 할지 막막하다. 적게 먹고 운동해서 살을 빼야 한다는데 그게 어디 말처럼 쉬운가.

30대 초반까지도 멀쩡했던 몸이 아이 둘 낳고 나니 여기저기 쑤시고 삐걱거리기 시작한다. 20대에는 밤을 꼬박 새워 친구들과 수다 떨고 놀아도 다음 날 12시간 정도 몰아서 자고 일어나면 가뿐했는데, 이제는 잠이 평소보다 한두 시간만 부족해도 이튿날 머리가 멍하고 온몸에 기운이 빠진다.

여성 A의 하루가 남의 일 같지 않다면 당신도 건강 정보의 홍수 속에서 길을 잃고, 건강에 적신호가 켜진 것이나 마찬가지다.

당신은 헬스케어 시장의 속임수에 속고 있다

●

정보가 넘쳐나는 이 시대에는 잘못된 의학 정보, 또는 한쪽으로 너무 치우친 지식들도 난무하다. 유행을 따라서 하나둘씩 구입한 건강기능 식품들을 결국 안 먹고 버리게 되기도 한다. 우리는 건강기능 식품들의 효능과 목적을 잊어버리기 일쑤다. 이럴 때 필요한 건 내 몸에 대한 올바른 이해를 바탕으로 균형과 중심을 잡는 것이다.

이제, 건강 정보 홍수 속에서 우리가 간과하고 있는 것은 무엇인지 살펴보자. 이렇게 우리가 쏟아지는 건강 정보들 속에서 혼란스러워하는 틈을 타 건강기능식품 시장, 건강을 표방하는 가공식품 시장은 급속도로 성장하고 있다.

건강하기 위한 방법을 찾고 싶어 하는 사람들을 타깃으로 하는 마케팅은 날이 갈수록 그 방법이 다양하며 정교해지고 있다. 마트에 가면 '3無', '5無'라고 써 있는 가공식품들을 자주 접한다. 식품첨가물 중 어떤 것도 넣지 않은 무방부제, 무항생제라는 뜻이다. 즉, 건강에 해롭다고 여겨지는 무언가를 넣지 않았으니 이것은 당신의 건강에 해를 입히지 않기 위해 무척 노력해서 만든 프리미엄, 고퀄리티 상품이라는 것을 나타내려고 하는 것이다.

하지만 이를 조금만 자세히 파헤쳐 보면 수많은 식품업계 종사자와 관계자들의 이해관계가 얽히고설켜 있으며 소비자들은 진실이 아닌 것을 진실로 착각하고 있는 경우도 많다. 그다지 해롭지도 않은데 억울하게 발암물질이라는 누명을 쓰고 있는 식품첨가물도 있고, 항생제가 함유되어 있으나 무항생제 딱지가 붙여진 상품도 버젓이 유통되고 있는 현실 속에서 우리는 어떤 기준으로 무엇을 선택해서 먹어야 할까?

건강기능식품도 크게 다르지 않다. 15종 이상의 특허받은 유산균을 골고루 넣은 제품이라고 광고하지만 실제로 99퍼센트는 원료가 저렴한 한가지 종류의 유산균으로 채워놓고 나머지 1퍼센트에 14종류의 원가가 비싼 여러 가지 유산균을 눈꼽만큼 넣는 방식의 눈 가리고 아웅 하는 원가절감 상술이 판을 치고 있다. 하지만 소비자들은 알 턱이 없다.

TV에 나오는 수많은 건강 프로그램들의 제작비는 대개 건강기능 식품이나 건강을 표방하는 식품 회사의 주머니에서 나온다. 대부분 PPL, 간접광고라고 보면 된다. 물론 이런 내용 중 거짓된 것은 없다. 하지만 상당히 편향된 정보를 제공하게 된다. 우리가 평소에 쉽게 접할 수 있는 식품들인 양파, 마늘, 당근 등에 들어있는 성분들도 항산화, 항염증, 항노화 등 여러 가지 효능이 있다.

하지만 TV에서는 주로 처음 듣는 생소한 외국산 과일 또는 채소에 대해 소개하여 이것들이 건강에 유익한 점들을 열심히 나열한다. 그걸 보고 있으면 내가 늘 먹는 식품들과 달리 뭔가 특별하거나 대단해 보인다. 그러고 나면 어김없이 홈쇼핑에 그 식품을 활발하게 판매하고 있다. 하지만 1년 정도 지나면 유행이 식고, 그것을 꾸준히 먹고 있는 사람은 별로 없다.

이런저런 상술과 속임수에 속아 불필요한 지출을 하지 않고, 나와 내 가족의 진짜 건강을 수호하기 위해서, 즉 마케팅 속임수가 난무한 헬스케어 시장에서 쏟아내는 정보의 홍수 속에 떠밀려가지 않고 중심을 잡기 위해서는 스스로 판단할 수 있는 제대로 된 기준을 가져야 한다.

잘못된 건강 정보를 가려내라

인터넷에 있는 건강 정보를 맹신해서는 안 된다. 다양한 건강 관련 정보 가운데 어떤 정보가 진실이고 오해인지 함께 확인해보자.

1. 목감기에 걸렸을 때 차가운 음식을 먹으면 증상이 낫는다?

정답은 ×다. 감기에 걸렸을 때 아이스크림을 먹게 되면 소화 기능에 부담을 주고, 찬 기운에 대응하게 되면서 몸에 열이 나게 된다.

2. 자극적인 음식 먹고 속이 쓰릴 때는 우유로 달래면 된다?

정답은 ×다. 우유를 마시면 우유 단백질의 주성분인 카세인을 소화시키기 위해 더 많은 위산을 분비하므로 오히려 위벽을 손상시킬 수 있다.

3. 건강을 위해 운동은 매일 해야 한다?

정답은 ×다. 과도한 운동은 수면 장애와 식욕 증가 같은 부작용을 일으킬 수 있다. 운동은 일주일에 3~5회, 30~50분 정도를 권장한다.

4. 식초가 소화를 돕는다?

정답은 ○다. 식초의 유기산은 위에서 단백질 소화를 돕고, 장의 연동을 활발하게 해줘 배변에도 도움이 된다.

5. 트림은 소화가 잘됐다는 신호다?

정답은 ×다. 트림은 오히려 위산 부족 시 또는 과식을 했을 때, 소화가 충분히 이루어지지 않아서 생긴 가스가 올라오는 현상이기도 하다. 또한, 트림할 때 위액이 올라오거나 불쾌한 냄새가 나면 위궤양이나 십이지장궤양일 가능성이 높다.

잠만 잘 자도
건강을 유지할 수 있다

좋은 약을 먹어도 잠이 부족하면 소용 없다

요즘 꽤 유명한, 필자도 좋아하는 여배우 한 명이 나에게 진료를 받으러 다니고 있다. 면역력을 관리하러 온 그녀의 생활 습관을 점검해 보았는데, 치료에 있어 가장 큰 걸림돌이 보였다. 바로 잘못된 수면 패턴이었다. 이야기를 들어보니, 드라마 주연을 맡았기 때문에 촬영 전 메이크업을 받으려면 새벽 5시에 집을 나서야 하고, 거의 자정까지 촬영장에 있다가 집에 오면 새벽 1시가 넘는다고 한다.

그래서 잠이 드는 시간은 새벽 2~3시를 훌쩍 넘기기도 하고, 그런 패턴이 수개월 이어지면서 지금은 촬영이 끝나고 쉬는 중인데도 새벽 4시가 되어야 잠이 들고, 그다음 날 점심 때쯤 기상하는 것이 아예 패턴으로 굳어져 버렸다. 그녀는 일찍 자라는 의사의 조언에 따라 일찍 침대에 누워보지만 도저히 잠이 오지 않는다고 말했다. 결국, 이런 잘못된 수면 패턴으로 인해 면역체계가 약해져 있었다.

필자의 면역클리닉에서 환자들을 진료할 때 가장 중요하게 체크하는 것 중 하나가 수면 패턴이다. 잠드는 시간과 기상 시간, 그리고 중간에 얼마나 자주 깨는지를 꼭 묻는다. 그런데 우리 병원을 찾는 20대, 30대 초반의 젊은 환자들은 공통적으로 늦게 잔다. 자정을 넘기는 것은 당연하고 새벽 2~4시가 돼서야 잠을 자는 젊은이들이 참 많다. 그들의 이유는 다양하다.

모두 잠든 밤, 혼자만의 고요한 시간에 잠자기 아까워서, 미국 주식 투자를 하느라고, 걱정과 고민이 많아 잠이 오지 않아서, 야근하고 집에 오면 어짜피 늦은 시간이라서 등 자의든 타의든 여러 가지 이유로 늦게 잠에 든다. 그 결과 면역체계가 약해지고, 세포 재생능력이 떨어지면서 자가면역성 피부 질환이나 갑상선 질환, 또는 과민성대장 질환 등 각기 다른 증상으로 고생을 하다가 필자의 진료실로 찾아온다. 그러면 나는 찾아온 환자들에게 이렇게 말하곤 한다.

"아무리 좋은 영양제, 영양주사 맞아서 치료해도 잠을 제대로 자지 않으면 소용이 없습니다. 잠이 보약입니다."

20대, 30대는 호르몬의 불균형을 다시 바로잡아주는 자율신경계 조절 능력, 그리고 손상된 조직이 저절로 회복되는 세포 재생능력이 가장 좋을 나이다. 그래서 세포 재생이 가장 활발하게 이루어지는 수면 시간만 충분히 확보해주면 자율건강관리시스템이 알아서 몸을 건강하게 관리해준다.

면역관리를 주로 하는 기능의학 클리닉에 찾아오는 젊은 환자들의 대부분이 수면 패턴이 망가져 있다는 사실을 역으로 생각해보면, 일찍 자고 일찍 일어나는 20대, 30대들은 나를 찾아올 이유가 별로 없다는 뜻이기도 하다.

스마트폰의 충전기가 고장 나면 아무리 꽂아 두어도 충전이 안 되고 결국 사용할 수 없게 된다. 이처럼 잠을 잘 수 없다는 것은 에너지를 충전할 수 있는 시간이 없는 것과 같다. 하지만 수면 장애 문제는 질환으로 인식하지 못하는 경우가 많다. 불면증은 바쁘고 스트레스 많은 현대인들에게 흔한 증상이 되어버렸기 때문이다.

다음은 불면증에 해당하는지 진단해 볼 수 있는 증상이다.

- 잘 때 미열이나 속이 답답한 것을 느낀다.
- 차 소리나 텔레비전, 라디오 소리에 신경이 쓰여 잠을 못 잔다.
- 잠을 잘 때까지 30분 이상이 걸린다.
- 밤중에 한 번쯤은 잠이 깬다.

- 건망증이 심하고 계산이 잘 틀린다.
- 잠에서 깨면 머리가 무겁고 나른하다.
- 우울하고 무기력해서 만사가 귀찮다.
- 낮에 쉽게 피곤하고 집중력이 감퇴된다.
- 잠을 자면서도 여러 가지 생각이 들거나 복잡한 꿈을 자주 꾼다.

수면 부족은 피부 염증의 원인이다

잠들기 어렵거나, 하룻밤에 여러 차례 깨는 등 수면 문제를 가진 사람들에게서 주로 나타나는 증상 중 하나는 바로 피부염이다. 얼굴에 큰 뾰루지가 올라오기도 하고, 몸 여기저기에 좁쌀 모양의 가려운 구진이 생기기도 한다. 아토피성 피부염을 앓고 있는 경우에도 수면이 부족해지면 가려움증과 각질이 더 심하게 올라온다. 천식 환자의 수면 부족은 기관지의 염증을 악화시키기도 한다.

몇몇 실험 연구에서는 수면이 충분하지 못할 때, 염증성 사이토카인proinflammatory cytokines의 혈중 농도를 증가시켜 염증의 정도를 나타내는 검사 항목 CRP C-reactive protein의 수치를 증가시킨다는 것이 밝혀졌다. 이는 수면 부족이 그 자체로 염증 유발자로서의 역할을 한다는 것을 의미하며, 반대로 체내에 증가된 염증 물질은 수면 장애의 원인이 되기도 한다.[1]

이 연구 결과를 해석해보자면, 처음엔 업무 등의 이유로 밤에 잠이 오는 것을 억지로 참아가며 수면 부족 상태가 만들어지지만, 수면 부족이 누적될수록 체내에 염증 물질이 점점 더 많아진다. 결국 그 염증 때문에 나중에는 일찍 자고 싶어도 잠이 오지 않는 불면증 환자가 될 수 있다는 뜻이다. 그러면 다시 더 많은 염증 물질이 생기고 그것은 불면증 상태를 견고하게 만드는 악순환의 고리에 빠지는 것이다.

그뿐만 아니라 만들어진 염증 물질들은 혈액을 타고 몸 여기저기를 돌아다니며 아토피성 피부염, 건선, 지루성 피부염을 유발할 뿐 아니라, 관절염, 신경염 등 면역반응을 매개로 하는 염증성 질환의 발생 빈도를 높이거나 증상을 심화시킬 수 있다. 그 외에도 수면 부족은 그 자체로 피로도와 통각 예민도를 높여서 이유 없이 몸 여기저기가 아프고, 뚜렷한 병명 없이 골골대는 상태를 유발할 수 있다. 또한 일상이 무기력해지는 것은 물론 일의 능률이 떨어지고 우울증과 같은 정신 질환으로 이어질 수 있다.

꼭 어두울 때 자야 하는 이유

●

건강을 위해서는 매일 적어도 7~8시간의 수면을 취해야 한다는 것은 대부분 많이 들어서 알 것이다. 여기서 궁금해지는 것이 하나 있다. 밤 10시부터 아침 6시까지 자더라도 8시간 수면이고, 새벽 4시에 자서 정오에 일어나도 8시간을 채운 수면인데 새벽에 자는 게 몸에 정말 해로울까? 수면은 그냥 단순히 잠들어있는 것, 그 이상의 의미가 있다. 수면이란 낮과 밤이라는 하루 주기에 철저하게 맞춰서 이루어져야 하는 프로세스다. 낮잠은 결코 밤잠을 대체할 수 없다. 우리의 몸에서 분비되는 호르몬들은 바로 낮과 밤이라는 일주기의 영향을 받고 있다.

그중 수면에 가장 직접적인 영향을 미치는 호르몬이 바로 멜라토닌이다. 이는 암세포를 사멸시키는 매우 중요한 면역반응에 관여하는 호르몬이다. 우리 몸에서는 해가 지면서 빛이 약해지는 저녁 무렵 멜라토닌의 분비가 시작된다. 그리고 가장 깜깜한 새벽에 멜라토닌의 분비가 최고조에 이르며, 아침에 해가 뜨면 햇빛에 의해 멜라토닌 호르몬의 분비가 줄어들면서 수면 시간이 종료된다.

그런데 새벽 4시에 잠이 들면, 3시간쯤 뒤에 해가 뜬다. 밝은 빛은 감고 있는 눈의 눈꺼풀을 통과해 들어온다. 아직 피곤해서 잠들어있는 상태지만 내 몸의 호르몬은 일어나라는 각성 신호를 계속 보내고 있는 것이다. 8~9시간 잔다고 해도 멜라토닌은 이미 줄어들어 있고, 나는 각성 신호에 저항하면서 잠을 자는 상태이기 때문에 자고 일어나도 머리가 무겁고 띵한 경우가 많다. 오후 10시에서 오전 6시 또는 오후 11에서 오전 7시의 수면과는 질적으로 다를 수밖에 없다.

또 한 가지, 제시간에 자더라도 TV를 켜놓거나, 수면등 같은 약한 조명이라도 침실 안에 켜두게 되면 이것 또한 멜라토닌의 분비량을 떨어뜨린다. 이왕 잘 거라면 모든 빛을 완벽하게 차단하는 것이 꿀잠의 비결이다. 그래서 저녁부터 가로등이나 건물에 켜진 조명이 환한 도시에서 살다가 방학이나 휴가 때 시골에 가면 밤이 이렇게 깜깜한 거구나 하고 새삼스럽게 느끼게 되는데, 그렇게 짙은 암흑이 깔리는 시골에서는 밤에 졸음도 훨씬 빨리 찾아오고, 정말 말 그대로 깊은 꿀잠을 경험하는 이유가 바로 멜라토닌 효과다.

사실 깊고도 충분한 수면은 그 자체로 우리 몸에 항염 작용을 하는데, 즉 염증을 낮춰주고 낮에 받았던 스트레스를 해소해준다. 몸의 주인이 충분한 수면 시간을 확보해주어야 하는 이유는 바로 그 시간이 세포들에게는 회복과 재생이라는 프로젝트를 제대로 완수할 수 있는 유일한 기회이기 때문이다. 손상된 조직을 새로운 세포로 바꾸고 구멍 난 곳을 메우는 등 당신의 건강을 유지하기 위한 복잡하고 신비로운 일들은 캄캄한 밤에 일어난다.

하지만 당신이 제대로 잠을 자지 않으면 몸은 이 일을 제대로 해낼 수 없다. 그런데 생각해보면 너무 고마운 일이다. 잠만 제대로 자면, 우리가 잠든 사이에 우리 몸의 자율건강관리시스템은 마치 우렁각시처럼 부지런히 당신의 건강을 지키기 위해 일해주니 말이다.

잠이 오지 않는다면 수면 환경을 개선하라

신경 써야 할 일을 앞두고 있거나, 다른 이유로 긴장한 탓에 잠을 못 이루거나 설치는 일이 많다면 다음을 실천해보자.

1. 카페인 줄이기

카페인이 들어간 차, 커피를 마시고 잔 사람은 수면의 질이 마시지 않는 사람보다 훨씬 떨어진다고 한다. 커피를 마시고 싶다면 디카페인으로 마시거나 낮 12시 이전에 마시도록 한다.

2. 소음 차단, 빛 차단, 온도·습도 맞추기

수면 중 소음이 생기면 수면의 흐름이 깨질 수 있으므로 귀마개를 사용해보자. 그리고 암막 커튼으로 빛을 완전히 차단한다. 또한 수면에 적정한 온도와 습도를 맞춰주는 것이 도움이 된다.

3. 낮잠 자지 않기

졸음이 쌓이게 하자. 하루 종일 졸음이 쌓여서 수면압이 충분히 높아지면 밤에 잠이 쉽게 들고 수면도 잘 유지된다.

4. 잠자기 전 자극 피하기

취침 1~2시간 전에는 큰 소리를 듣거나, TV 또는 스마트폰을 보거나, 말을 많이 하는 등의 심적인 자극이 생기는 일을 피한다.

5. 마그네슘 섭취하기

마그네슘은 긴장을 완화하고 신경을 가라앉히는 효과가 있다. 마그네슘이 풍부한 식품에는 양배추, 바나나, 비트, 아몬드, 청어 등이 있다.

우리는 감기에 대해
잘못 알고 있다

감기에 걸리면 왜 열이 날까?

이번에는 누구나 한 번쯤은 걸리는 감기에 대해 이야기해보려 한다. 흔히 만병의 근원이라고도 하는 감기에 걸려 콜록거리면 옆에서 꼭 누군가 한 마디 한다.

"자, 이불 덮고 자. 감기 걸리면 땀 한번 쫙 빼야 해."

결론부터 말하자면 그 말이 맞다. 왜 그런지 이야기해보겠다. 감기에 걸리면 이불을 뒤집어 쓰지 않더라도 몸에서 열이 난다. 그러면 다들 열이 나니 만만하게 보면 안 되는 병인가보다 하고 걱정한다. 열이 나는 것은 우리 몸에서 감기가 빨리 나을 수 있도록 스스로 알아서 자연 치유 능력을 발휘하기 때문이다.

감기 증상은 외부 침입자인 바이러스가 들어와서 이를 물리치기 위한 우리 몸의 반응이다. 림프구는 우리 몸이 바이러스에 맞서 싸우는 전투 병력이다. 그런데 이 림프구는 체온이 높을 때 전투 능력이 올라간다. 최소한 정상 체온인 36도보다는 올라가야 림프구가 잘 싸울 수 있는 것이다.

따라서 열이 날 때, 이불을 덮어 쓰고 열을 더 올려서 땀이 나도록 한다면 림프구에게 힘을 실어주는 응원을 하고 있는 것이다. 그렇게 생각해본다면 해열제는 잘 선별해서 사용해야지, 무조건 열이 난다고 해열제를 먹는 것은 내 몸이 하고 있는 자연 치유를 방해하는 셈이 된다. 그래서 당장은 열이 떨어지니 덜 힘들겠지만, 감기 자체를 더 오래 가게 하는 역할을 하는 것이다. 그 외에도 림프구에게 힘을 실어줄 수 있는 방법은 여러 가지가 있다.

그럼 림프구의 생성을 증가시키려면 어떻게 해야 할까? 부교감신경이 우세하도록 해주면 이때 림프구를 증가시킬 수 있다. 부교감신경을 올려주는 방법 중 제일 간단한 것은 푹 쉬는 것이며, 그 다음은 심호흡을 하는 것이다.

감기에 걸리면 왜 몸이 나른하고 쿡쿡 쑤실까?

•

앞에서 이야기한 바와 같이, 우리가 휴식을 충분히

취할 때 면역력이 향상되어 감기를 물리칠 수 있다는 것은 모두들 알고 있을 것이다. 감기에 걸리면 몸이 나른하고 쑤시는 이유에 대해 답을 말하자면, 우리 몸이 자체 치료를 시작하였기 때문이다.

앞에서 감기란 바이러스의 감염 상태, 즉 적군의 침입상태라고 말했다. 이를 무찌르기 위해서는 우리 몸의 아군인 면역세포가 활성화되어야 한다. 아군이 적군보다 힘이 셀수록 전쟁은 빨리 끝나게 되지 않겠는가? 이때 아군에 힘을 실어 주는 방법이 부교감신경을 올려주는 것이다.

우리 몸은 교감신경과 부교감신경이 균형을 이루고 있는데, 적군이 침입한 전투 시에는 (감기 걸린 상태를 말한다.) 평소와 달리 일시적으로 몸이 부교감신경 쪽으로 기울게 만드는 것이다. 이것은 몸의 주인인 사람이 조절하는 것이 아니다.

"내가 감기에 걸렸으니 부교감신경아, 올라가라."

이렇게 내 몸에 명령하는 사람은 없을 것이다. 나의 의지와 관계없이 자율건강관리시스템이 돌아가는 것이다. 이 시스템이 바로 '자율신경계'다. 이때가 바로 주인보다 더 똑똑한 자율신경계의 신비로움에 놀라는 순간이다. 여기까지 따라왔다면 감기에 걸리면 나른하고 몸이 쿡쿡 쑤시는 증상의 인과관계를 이해할 수 있다.

감기에 걸려서 부교감신경이 우세해지기 때문에 긴장이 풀어지게 되어 나른함을 느끼게 되는 것이다. 몸이 쿡쿡 쑤시는 것은 또한 현재 외부 침입자 바이러스에 대해 아군이 총격전을 벌이는 중(이것이 바로 염증 반응상태이다.)이기 때문에 느껴지는 것이다. 즉, 내 몸 안에서 서로 총을 쏘고, 대포를 쏘는 염증 물질들이 분비되고 있기 때문이다.

이렇게 나른하고 쑤실 때는 누구나 일하기 싫다. 아니, 아침에 출근하기도 싫어지고 그냥 눕고만 싶다. 이것 또한 '주인님, 쉬세요. 전쟁 중인 아군을 도와주세요.'라는 신호로 이해하면 된다. 쉬어야 부교감신경이 더 우세해지므로, 전쟁 종결의 가속화를 위해 똑똑한 아군 기지에서 요청을 하는 것이다.

이럴 때 우리가 이 신호를 거역할 수도 있다. 직장 생활하는 분들은 상사 눈치가 보이기도 하고, 공부하는 학생들은 수업에 빠질 수가 없으니 억지로 몸을 일으켜 집 밖으로 걸어 나가야 하는 슬픈 현실 때문이다. 몸 안에선 전쟁 중인데, 밖으로는 또 스트레스 받고 일해야 한다면 교감신경에 시동을 걸 수밖에 없다. 그러면 또 몸에서는 부교감신경을 더 올리려고 하고, 몸은 더 나른해지고 전쟁은 길어질 수밖에 없다. 모두가 힘들어지는 상황이다.

우리 몸이 맞서 싸우는 적군이 약한 바이러스이거나, 당신이 면역력이 강한 체질이거나 평소 꾸준한 운동과 규칙적인 식습관 등으로 건강관리가 잘 되어있다면 직장에 출근해도, 학교에

다니면서도 전쟁에서 이길 수 있다. 즉, 내 몸의 전투 병력이 튼튼하다면 감기 정도는 아무것도 아니게 된다.

하지만 독한 바이러스와 만났다면, 몸을 쉬는 것과 무리하는 것은 결과적으로 큰 차이가 나게 된다. 병원에 입원을 하게 될 수도 있고, 그 후유증으로 만성피로 증후군에 몇 년간 시달릴 수도 있다는 사실을 기억해두기 바란다.

감기는 절대 만만한 질병이 아니다

감기는 우리 몸이 스스로 이겨내면 감기로 끝나지만, 만만하게 보고 괜히 무리했다가는 감기에서 기관지염, 거기서 폐렴으로 발전하게 된다. 적군이 점점 우리 영토를 장악하기 시작하는 것이다. 그땐 하루 이틀 쉰다고 해결되는 문제가 아니라 입원해서 집중 치료를 해야 하고, 독한 항생제도 써야 하는 (외부 병력 투입) 심각한 사태가 벌어지게 된다. 만일 평소 운동도 잘 안 하고, 인스턴트 식품에 길들여져 면역력이 저하된 사람이라면, 아무리 의사들이 노력해도 적군이 우리 몸을 장악하게 되는 패혈증 상태가 되어 중환자실에 입실할 수도 있다.

너무 무서운 이야기를 했는가? 대부분이 흔히 걸리는 감기

균은 독성이 약한 바이러스기 때문에 평범한 사람들이 가진 전투병력으로 쉽게 무찌를 수 있다. 그러나 내가 걸린 감기 균이 바이러스인지, 독한 세균인지는 아무도 모른다. 사실 배양 검사로도 잘 나오지 않는 경우가 훨씬 더 많기 때문이다. 독한 세균도 초기 증상은 다 감기 몸살로 시작된다.

그렇다고 감기에 걸렸다고 해서 무조건 약을 찾는 것도 건강에 좋은 일은 아니다. 과도한 항생제는 내 몸에 내성 세균을 길러 놓기 때문이다. 나를 위해 몸이 총격전을 벌일 때는 아군들이 잘 싸우도록 도와주어야 한다. 돕는 법은 간단하다.

먼저 몸을 따뜻하게 하고 쉬는 것이다. 가벼운 열이 있으면 주변 공기에서 차가움을 느낄 수 있다. 오한 증상으로 인해 몸이 떨리기 시작한다면 바이러스에 대항할 힘을 체온을 올리는 데 사용하고 있는 것과 같다. 따라서 감기에 걸린 채로 외출해야 한다면 평소보다 따뜻하게 챙겨입고 가는 것이 좋다. 따뜻한 물을 담은 물병이나 따뜻한 차를 마시는 것으로 몸을 따뜻하게 유지하자.

특히 물을 많이 마시는 게 중요하다. 콧물이 흐르거나 열로 인해 땀이 나게 되면 몸에서 수분이 빠져나가게 된다. 몸이 탈수가 아닌 감기 증상에만 모든 힘을 다해 맞서 싸울 수 있게 충분한 양의 물을 마시자. 수분을 언제든지 보충할 수 있도록 침대에 눕기 전에 물이나 주스, 맑은 국, 따뜻한 레몬물을 근처에 놓아두자. 또한 알코올과 커피는 탈수의 원인이 될 수 있으므로 피하도록 한다. 소변을 불규칙하게 보거나 색깔이 검누런 색, 혹은 흐린 색이라면 충분한 물을 마시고 있지 않다는 뜻이다.

쉽고도 어려운 실천이다. 감기에 걸려 나른함이 느껴지는가? 정리하자면, 감기 빨리 낫는 근본적인 해결책은 감기약이 아니라 푹 쉬면서, 심호흡하고, 스트레스 안 받고, 몸을 따뜻하게 하는 것이다. 그리고 수분 섭취를 늘리는 것도 백혈구의 기능을 개선시켜 주는데 중요하다.

이제 감기에 걸리면 참지 말고 침대에 누워 이불 속에서 안정을 취하도록 하자. 감기가 낫는 가장 빠른 지름길이다.

감기, 내 몸의 회복에 집중하라

감기에 걸린다면 무조건 약국에 들러 감기약을 찾는 것이 능사는 아니다. 감기 부작용을 예방하고 병의 기간을 줄이기 위해 다음을 실천해보자.

1. 습도를 이용해 편히 숨 쉬기

코가 막히거나 기침이 잦다면 밤에 편히 잠자기도 쉽지 않다. 이럴 때 침실에 가습기나 기화기를 설치하면 훨씬 숨쉬기가 쉬워질 것이다.

2. 닭고기 국을 마셔 기운 얻기

닭고기 국에 포함된 영양분과 소금이 부족한 전해질을 보충해준다. 게다가 따뜻한 국에서 올라오는 증기가 코막힘 증상을 완화해준다.

3. 비타민, 단백질 섭취하기

다양한 과일과 채소를 먹어 비타민을 섭취하고, 지방 함량이 적고 건강한 단백질을 섭취하도록 한다. 달걀, 생산, 콩류, 가금류가 좋다.

4. 가공식품 피하기

몸이 피곤하더라도 포장된 식품이나 가공식품은 피하도록 하자. 일반적으로 방부제나 설탕, 소금, 지방 함량이 높아, 정작 몸에 필요한 영양분을 섭취하지도 못하고 포만감만 느끼게 된다.

5. 스트레스 견디는 요령 익히기

스트레스는 신체의 호르몬과 생리 작용에 영향을 끼쳐 면역체계를 약화시키고 감염에 걸릴 확률을 높일 수 있다. 스트레스를 견디기 위한 요령으로는 매일 규칙적으로 운동하기, 요가, 마사지 등이 있다.

머리 아픈 증상이
자주 찾아온다면

일상생활에 지장을 주는 가장 흔한 질병

"그런 소리 하지 마라. 듣기만 해도 머리가 아프다."

"계속 머리 아프게 고민하지 말고…."

살면서 머리의 통증, 즉 두통을 경험해보지 않은 분들은 거의 없을 것이다. 일상적 대화 속에서도 우리는 '머리가 아프다.'는 표현을 많이 사용한다. 이처럼 머리가 아프다는 증상은 대개 스트레스에 대한 반응으로 잘 알려져 있다. 이렇게 일시적으로 잠시 머리가 띵하거나 머리가 무겁게 느껴지는 경험은 누구나 한 번쯤 겪는 일이다. 그래서 가볍게 넘기는 사람들도 많다.

그러나 머리 아픈 증상이 정기적으로 찾아와, 일상생활에 지장을 주며, 삶의 질을 치명적으로 저해한다면 주의해야 한다.

이러한 증상을 가진 사람들은 '편두통'이라는 질환을 진단받게 된다. 편두통은 일반적인 두통과 다르게 분류하며, 치료 방법도 달라지기 때문에 이를 구분하는 것은 상당히 중요하다.

갑자기 찾아오는 편두통은 일상생활에 지장을 줄 만큼 불편하다. 편두통은 짧게는 4시간, 길게는 하루 종일에서 최대 3일까지 지속된다. 편두통이 찾아오면 어떻게 대처해야 할까? 실제로 이 질병은 전 세계적으로 매우 흔하게 진단되며, 일상생활에 지장을 주는 가장 흔한 질병 중 탑랭킹을 차지하고 있다. 편두통은 주로 10대 후반부터 50대 초반 즉, 젊은 사람에게 더 흔하게 나타나며 남성보다는 여성에게 훨씬 높은 유병률을 보인다.

편두통은 위치보다 동반되는 증상이 중요하다

사람들은 이 질병에 대해 일반적으로 '한쪽 머리가 아픈 것'이라고 알고 있다. 편두통의 위치도 진단 기준의 일부이지만, 한쪽 머리가 아프다고 해서 무조건 해당 질병이라고 진단할 수는 없다. 또한 머리 전체가 아프다고 해서 편두통 진단이 되지 않는 것도 아니다. 통증의 부위가 편측인지 양측인지로 편두통 위치를 구분하는 것보다 더 중요한 것이 있다.

바로 동반되는 증상이다. 아래 간단하게 진단할 수 있는 문항 네 가지가 있으니, 지난 3개월 동안, 평소 머리가 아파 불편함을 느끼고 있다면 체크해 보기 바란다.[2]

- 나는 두통이 있을 때 메스꺼움이나 울렁거림 등 속이 불편한 느낌이 함께 있다.
- 소리나 빛에 민감해진다. 소리가 나는 곳이나 밝은 곳에 있으면 더 힘들다. 또는 빛을 피하거나 어두운 곳에 가면 통증이 완화되는 것 같다.
- 머리가 아파 일이나 공부 등 내가 할 일에 지장이 생기는 날이 적어도 하루 이상 있다.
- 눈까지 욱신욱신 아픈 느낌이 든다.

위의 네 가지 문항 중 '예'라고 답변한 문항의 개수가 3~4개일 때, 편두통을 진단받을 가능성이 81퍼센트, 0~1개 이하일 때는 아니라고 진단될 가능성이 75퍼센트다. 이 외에도 통증이 편측성이거나 두통의 양상이 심장이 뛰듯 박동성으로 느껴지는 경우에도 편두통이 진단될 확률이 높아지지만, 위의 네 가지 기준에 비해서 임상적인 중요성은 비교적 떨어지는 것으로 판단된다.

이는 꼭 편측성이나 박동성이라는 특성에 해당하지 않더라도 편두통으로 진단하고, 이에 맞는 약을 투약했을 때 효과가 있는 경우도 꽤 많이 있다는 뜻이다. 따라서 꼭 편측성이어야 한다는 편두통 위치에 대한 고정관념은 내려놓고, 이보다 중요한 위의 네 가지 증상을 기억하는 것이 더 유용하다는 이야기를 하고 싶다.

편두통, 미리 예방하자

이 질병을 진단받은 경우에도 일반적으로 우리가 복용하는 타이레놀 계열의 약이나 비스테로이드 항염증제(진통, 해열, 항염증 작용을 나타내는 스테로이드가 아닌 약물) 계열인 부루펜, 디클로페낙, 낙센 등 일반 소염진통제가 효과를 나타내기도 한다. 그렇지만 일반적인 진통제로 낫지 않는 경우라든가, 또는 진통제가 효과는 있지만 한 달에 7일 이상 지속적으로 복용하고 있다면 이 경우에는 편두통 예방 치료의 적응증이 된다.

예방 치료라는 것은 일반적으로 머리의 통증이 본격적으로 나타나기 전, 또는 통증이 시작될 전조증상aura이 보일 때, 미리 약을 복용해서 두통의 강도가 세게 나타나지 못하도록 예방하는 치료를 말한다. 예방 치료로 사용되는 약에는 항전간제(토피라메이트), 항우울제, 항고혈압제 등이 포함되어 있다.

최근 국내에 도입된 편두통 주사 치료도 예방 치료의 일종이다. 불편감을 만성적으로 겪어온 많은 편두통 환자들에게 처방하는 이 주사제의 성분은 편두통을 유발하는 원인 물질로 밝혀진 칼시토닌 유전자 관련 펩타이드CGRP를 억제하는 CGRP 단일항체CGRP Monoclonal Antibody로서 기존의 경구제 복용으로 이루어지던 편두통 예방 치료 방법에 비해 더 뛰어난 효과가 입증되었다.

앞서 설명한 것은 편두통이라는 증상 치료에만 집중한 내용이다. 진통제 또는 예방 치료제나 주사 처방 없이도 편두통이 개선된 환자들이 있다. 이 경우에는 동반된 여러 가지 다른 건강 문제도 있었기 때문에, 에너지 대사 불균형이 생긴 부분에 대해 바로잡기만 해도 개선이 되는 경우다.

기능의학 검사를 통해 현재 건강 상태에 대하여 전반적인 점검을 받아보면, 모르고 있었던 다른 건강 문제 또는 불균형을 파악할 수 있고, 증상 치료뿐만 아니라 원인에 대한 치료적 접근이 가능하다.

머리가 일시적으로 아픈 것이 아니라 매달 정기적으로 통증이 있는가? 그렇다면 편두통일 가능성이 높다. 또한 두통이 생기기 전에 소화기계 증상이나 빛에 대한 눈부심 증상이 선행되거나 동반되기도 한다. 이에 대한 치료를 위해 기능의학적인 접근 방법도 효과적일 수 있다.

편두통이 있으면 이렇게 대처하자

이유도 모르게 찾아오는 편두통으로 삶의 질이 떨어지는 사람들이 많다. 매번 언제 찾아올지 모르는 머리 통증으로 두통약을 달고 살지 않으려면 다음을 실천해보자.

1. 바른 자세로 앉기

자세가 바르지 못하면, 편두통이 발생할 확률도 높아진다. 허리를 세우고 목이 앞으로 나가지 않도록 의식하며 자세를 고쳐 앉는다.

2. 휴식 취하기

두통이 심할 땐 충분히 쉬는 것이 중요하다. 수면을 취할 수 있는 상황이라면 조용하고 어두운 곳에서 1~2시간 정도 잠을 자는 것이 가장 효과적이고, 그럴 수 없는 상황이라면 1시간에 5분 정도는 휴식을 취한다.

3. 음주하지 않기

가급적이면 술을 마시지 않는다. 술에 들어있는 알코올을 분해하기 위해 간에 혈액이 집중되고, 뇌에 있는 혈관이 혈액을 공급하기 위해 확장되므로 두통에 직접적인 영향을 미친다.

4. 규칙적인 운동과 식단관리

일주일에 3번 이상 달리기, 자전거 등 유산소 운동을 하면 신진대사가 활발해져 편두통 개선에 효과적이다. 또한 두통 유발 음식인 고지방식과 인스턴트를 피하고, 오메가 3가 들어있는 등푸른 생선과 녹황색 채소, 비타민 C가 함유된 음식, 견과류를 섭취하도록 한다.

인체의 엔진을 관리해야
만성피로에서 벗어난다

당신이 피곤한 이유, 세포 속 배터리 때문이다

40대 초반의 부드러운 눈매를 가진 여성이 진료실을 찾아왔다. 필자와 비슷한 나이에 아이 둘을 키우며 공부하랴 일하랴 바쁜 일상을 열정적으로 살고 있는 J씨의 모습은 나와 닮은 곳이 많아 보였다. 그래서 더 정이 가고, 또 환자의 건강 문제를 해결해주고 싶은 욕심도 더 컸던 것 같다. 게다가 J씨를 진료실에서 처음 만났을 당시 클리닉은 개원한 지 고작 2주도 채 안 된 시기였다. 처음 만난 날 진료 상담을 꽤 길게 했던 기억이 난다. 그리고 치료를 시작한 지 6개월이 지나 오랜만에 진료실에 들른 J씨가 나에게 했던 말이 기억난다.

"원장님, 새 삶을 사는 것 같아요. 최근엔 멀리 출장을 다녀왔는데도 하나도 피곤하지가 않아요. 정말 어떻게 이렇게나 체력이 좋아질 수 있는지 신기해요."

기능의학 의사가 되길 정말 잘했다고 생각하는 순간이 바로 이럴 때이다. 누군가에게 새 인생을 살게 해주었다는데 이보다 더 보람 있는 일이 있을까?

공부 욕심, 일 욕심 넘치는 워킹맘 동지 J씨가 내게 해결 받고자 했던 주된 문제는 피로감이었다. 주위 사람들과 비교할 때 같은 양의 업무를 하고 비슷하게 에너지를 사용한 것 같은데 유독 자신만 너무 빨리 지쳐버렸다. 마치 오래 되서 배터리 용량이 적은 핸드폰처럼 금방 에너지가 고갈되는 바람에 하고 싶은 일이나 공부를 하기가 너무 힘들다는 것이 그녀의 고민이었다.

J씨는 특별한 이유 없이 반년 이상 심한 피로감이 계속되거나 충분한 휴식이 있었음에도 피로가 회복되지 않는 만성피로증후군을 겪고 있었다. 그녀의 피로감의 원인을 찾기 위해 전반적인 혈액검사와 함께 소변 유기산 검사를 했고, 그 결과 만성피로의 원인을 속 시원히 밝혀낼 수 있었다.

먼저 에너지를 만드는 데 쓰이는 여러 가지 필수 영양소들이 대부분 결핍되어 있었다. 철분, 비타민 D, 그리고 비타민 B1부터 비타민 B12까지 모두 심각한 결핍 상태라는 점이 검사 결과 드러났다. 또한 영양 결핍에 따른 미토콘드리아 기능 저하 상태라는 점을 소변 유기산대사검사로 알 수 있었다.

인체의 엔진, 미토콘드리아가 고장 나면?

●

미토콘드리아란 우리가 살아가는 데 필요한 에너지를 만들어내는 세포 소기관이다. 사람을 자동차에 비유한다면 미토콘드리아는 바로 엔진, 배터리다. 여러분 체중의 10퍼센트가 바로 미토콘드리아 무게다. 엔진이란 무엇인가? 바로 연료를 태워 동력을 만들어내는 곳이다. 엔진에 결함이 있으면 아무리 좋은 연료를 넣어준들 자동차가 제대로 굴러갈 수가 없듯, 사람도 미토콘드리아가 부실하다면 아무리 좋은 음식을 자주 먹어도 힘을 낼 수가 없다. 조금만 달려도 덜덜거리다가 멈추어버리는 고물 자동차처럼 조금만 의욕적으로 일을 하고 나면 이내 기운이 빠진다.

만성피로증후군을 겪는 사람들은 어떻게든 힘을 내기 위해 카페인에 의존하며 살아가는 경우가 많다. 아니나 다를까 J씨도 카페인이 함유된 탄산음료를 집에 박스로 사다 놓고 그걸 마셔가며 밤새 박사논문을 썼다. 낮엔 여기저기 돌아다니며 열심히 강의하랴, 퇴근하면 아이 둘을 돌보고, 아이를 재우고 나면 밀려오는 졸음과 피로를 이겨내기 위한 가장 손쉬운 방법이 바로 카페인이었다. 하지만 카페인은 상황을 더 악화시킨다. 그나마 낮 동안 과로한 세포가 수면 시간을 통해 가져야 할 재충전, 회복의 기회를 빼앗아버렸을 뿐이다.

인체의 엔진이 고장나면 어떻게 해야 할까? 바로 엔진을 고치는 것, 즉 미토콘드리아가 다시 제 기능을 하도록 살려내는 것이 유일하고도 근본적인 해결책이다. 그래서 엔진이 거의 멈추기 직전 상태까지 이르렀던 J씨에게 내려진 처방은 일단, 산소 공급의 정상화를 위해 거의 바닥 상태인 철분을 정맥주사를 통해 보충하는 것으로 시작했다. 시골에서 부뚜막에 지푸라기나 땔감을 넣고 불을 짚힐 때 부채질을 해주는 이유는 바로 연료를 태우려면 산소가 필요하기 때문이다.

이와 마찬가지로 사람 몸속에서도 연료를 태워 에너지로 만들려면 산소가 필요하다. 그런데 철 결핍에 의한 빈혈이 있다는 것은 산소를 운반하는 적혈구가 크기도 작아지고 숫자도 부족해져서 산소 공급 자체가 부족하다는 것을 의미한다. 사실 그 자체로도 숨이 차고 피로감을 일으키는 원인이 되지만, 이와 동시에 철 결핍 상태는 엔진의 가동 속도를 현저히 떨어뜨릴 수밖에 없다.

그다음 처방은 미토콘드리아가 에너지를 만들어내는 데 필요한 영양성분들을 보충하는 것이었다. 특히 이것들은 J의 유기산과 혈액검사 결과에서 결핍이 확실히 증명된 바 있어서 보충하지 않을 이유가 없었다.

미토콘드리아 내에서 에너지가 만들어지는 생화학적인 과정은 꽤 복잡하다. (궁금하다면 생화학 교과서에 '구연산 회로TCA cycle'

라는 이름으로 아주 자세히 설명되어 있으니 참고하길 바란다. 다만 이 책은 생화학 교과서는 아니니까 지면상 생략하기로 하자.) 여러분이 기억해두었으면 하는 것은 우리가 음식으로 섭취한 에너지원인 탄수화물, 지방, 단백질을 태워 에너지로 바꾸려면 비타민, 미네랄, 항산화제 등 여러 가지 영양소가 꼭 필요하다는 점이다.

그래서 J씨에게 처방한 내용은 정맥영양주사 또는 영양제 복용이었다. 비타민 B 복합군인 비타민 B1(티아민), B2(리보플라빈) B3(나이아신), B5(판토텐산) B6(피리독신), B7(비오틴), B9(엽산), B12(코발아민)과 마그네슘, 코큐텐, 카르니틴, 아르기닌을 보충하는 것이었다.

그리고 수면의 질과 양을 높이기 위해 트립토판과 마그네슘을 취침 전에 복용하도록 처방했다. 카페인에 의존해서 늦게 자던 습관은 이제 버리고 저녁 10시 또는 11시에 일찍 잠들기를 주문했다. J씨에게 몸부터 추스르고 나면 나중에 얼마든지 더 효율적으로 공부하고 일할 수 있는 에너지가 만들어 질테니, 지금은 체력의 회복을 우선순위에 두자고 설득했다. 그렇게 영양소 보충을 시작한 지 2주 만에 심한 피로감이 확실히 개선되기 시작했다. 밤에 자다가 깨던 횟수도 현저히 줄어들었으며, 가장 빨리 좋아진 것은 '오래도록 괴롭히던' 하지 부종 및 통증이 사라졌다는 것이다. 그녀는 그것만으로도 삶의 질이 달라졌다며 좋아했다.

고칼로리 영양실조에 시달리는 현대인들

우리 몸의 엔진, 미토콘드리아를 고장 나게 하는 원인은 무엇일까? 가장 흔한 것은 바로 잘못된 식습관이다. 탄산음료를 박스째 사놓고 물 마시듯 마셨던 J씨는 영양결핍과 함께 과당의 과잉 섭취가 미토콘드리아의 기능을 떨어뜨리는 주범이 되었던 것이다.

고탄수화물 식이, 정제탄수화물 위주의 식습관은 비타민, 미네랄이 결핍된 고칼로리 음식이다. 현대인들이 흔히 접하는 과자, 빵, 케이크 등 단맛이 나는 디저트류가 바로 여기에 해당된다. 엔진의 가동에 필요한 필수 영양성분은 턱없이 부족한데, 연료에 해당되는 고칼로리의 탄수화물만 계속 섭취하는 경우 미토콘드리아의 기능을 떨어뜨리는 동시에 인슐린 저항성을 만든다.

이는 세포가 더 이상 포도당의 세포 내 유입을 거부하겠다는 뜻이며, 이와 함께 지방을 연소하는 베타옥시데이션beta-oxidation 작용도 감소하게 되어 세포는 에너지 고갈 상태에 놓인다. 그래서 고도비만 환자들은 대개 만성피로에 시달린다. 에너지를 가장 많이 쓰는 대뇌가 가장 먼저 지치기 때문에, 먹는 것을 자제할 능력이 소실되기 때문이다. 그래서 무기력한 채로 고칼로리 식단을 유지하게 되는 것이다. 참 아이러니하다. 많이 먹으면 먹을수록 정작 우리 몸을 정상적으로 가동하는 데 필요한 에너지는 모자라는 식단이 존재한다는 사실이 참으로 놀랍지 않은가?

고효율의 배터리, 성능 좋은 엔진을 갖는 법

우리 몸은 에너지를 필요로 한다. 당신이 걷고, 뛰는 데 필요한 운동 에너지뿐 아니라, 음식을 소화시키고, 안구 건조를 방지하기 위해 주기적으로 눈을 깜빡이고, 체온을 유지하고, 호르몬을 만들고 분비하는 일 등 당신의 생명을 아주 건강하게까지는 아니고, 현상 유지만 하는 데에도 사실 어마어마한 에너지가 소모된다. 우리가 삶을 영위하기 위해 최소한의 돈이 필요한 것과 마찬가지라고 이해하면 된다.

그런데 이 에너지를 만들어내는 에너지 대사과정에 문제가 있다면 어떻게 될까? 단순히 당신이 달리기를 할 체력이 부족한 것뿐 아니라, 소화능력도 떨어지고, 추위도 많이 타고, 궁극적으로 면역력도 저하된다. 면역세포들도 정상적으로 자기 몫의 일을 감당하려면 에너지가 필요하기 때문이다. 이 에너지를 만들어주는 내 몸의 배터리가 바로 미토콘드리아고, 배터리의 기능이 저하되어 있다면, 당신의 몸 어느 곳이든지 고장나기 쉬운 상태라는 뜻이다.

자동차의 엔진은 1개, 핸드폰의 배터리도 1개로 그 개수가 고정되어 있지만, 사람의 체세포 내 미토콘드리아의 개수는 끊임없이 변한다. 사람의 세포 1개당 들어있는 미토콘드리아의 개수는 평균적으로 200~2,000개 정도다. 각 세포의 종류마다 다른데, 한시도 쉬지 않고 계속 움직여야 하는 심장근육 세포 하나에는 미토콘드리아 5,000개가 들어있다.

당신의 배터리, 미토콘드리아의 성능을 떨어뜨리는 주된 원인에는 여러 가지가 있는데, 앞서 설명한 고칼로리·고탄수화물, 특히 가공식품에서 단맛을 내기 위해 주로 첨가하는 액상과당의 섭취, 이로 인한 고혈당 상태가 첫 번째며, 그 외에도 산화 스트레스, 제초제, 살충제와 같은 화학 독성물질도 미토콘드리아의 기능을 저하시킨다.

반면 미토콘드리아 성능을 높이고, 미토콘드리아의 개수를 늘리는 방법도 있다. 바로 운동이다. 한 연구 결과에 따르면 중등도 강도의 운동을 4개월간 지속시켰더니 미토콘드리아의 밀도가 67퍼센트 증가했으며 이와 함께 혈당 지표도 향상되었음이 확인되었다.

정리해보면, 지금보다 활력있는 몸을 위해 우리가 할 일은 다음과 같다.

- 설탕, 과당이 버무려진 가공식품, 인스턴트 식품을 멀리 하자.
- 비타민, 미네랄, 항산화 플라보노이드를 골고루 섭취할 수 있는 균형 잡힌 식단으로 바꾸자.
- 고칼로리 간식은 끊고, 식사와 식사 사이에는 배고픔을 느끼자.
- 나에게 맞는 강도로 운동을 꾸준히 하자.
- 가능한 스트레스로부터 멀리하자.
- 채소, 과일을 먹을 때 농약을 잘 제거해서 먹자.

명심하자. 무심코 매일 꾸준히 섭취한 도넛, 쿠키, 탄산음료가 내 미토콘드리아를 지치게 만들 수 있다는 사실을 말이다.

미토콘드리아를 젊어지게 하라

노화를 방지하거나 100년 쓸 튼튼하고 건강한 몸을 만들고 유지하기 위해서는 에너지를 만드는 세포 기관인 미토콘드리아를 활성화시켜야 한다. 그리고 그것은 당신의 몫이다.

1. 근력 운동은 필수
근력 운동을 통해 근육을 늘리면 미토콘드리아 크기와 숫자가 늘어난다. 유산소 운동만 오랜 시간 하는 것보다. 근육을 늘리기 위한 웨이트 트레이닝도 챙겨서 하자.

2. 심장 근육을 튼튼하게 만들기
지구력 운동을 통해 심장을 튼튼하게 하면 지속적인 에너지를 심장에 공급해줄 수 있다. 심장이 한순간도 쉬지 않고 계속 움직일 수 있는 이유도 미토콘드리아가 있기에 가능하다.

3. 위의 70~80퍼센트만 채우기
자연식 위주의 균형 잡힌 식사를 하되 위의 70~80퍼센트만 채울 정도로 먹는 것이 가장 좋다.

4. 미토콘드리아의 기능을 원활하게 하는 식품 먹기
달걀, 렌즈콩, 시금치, 마늘, 생강, 구기자, 녹차 등과 더불어 각종 채소를 골고루 먹는다. 즉, 항암 작용과 항산화 작용을 하는 식품들을 규칙적으로 먹어야 한다.

건강은 적당한 식사에서 온다.
건강한 사람이라도 소화력이 떨어질 때는
음식을 섭취하지 말라.
음식을 충분히 소화해내는 사람에겐
질병이 없다.
—
카우틸랴

2장

건강을 위한 가장 확실한 방법, 소화력에 있다

씹을수록
건강해진다

잘 씹기만 해도 위장병을 고칠 수 있다

젊을 때부터 위가 약한 남편이 있었다. 조금만 잘못 먹으면 체하거나 위가 쓰려서 늘 음식을 조심해야 했다. 반면 그의 아내는 위장이 튼튼한 편이라서 웬만한 음식을 먹어도 탈이 나는 일이 별로 없었다. 그래서 음식을 먹는 속도도 빨랐고, 입안의 음식을 대충 씹고 삼켜도 문제가 없었다. 그렇지만 워낙 위가 약했던 남편은 체하지 않으려고 음식을 천천히 꼭꼭 씹어먹는 습관을 들였다.

그렇게 살아온 세월이 10년. 그리고 20년이 지났다. 그동안 음식을 꼭꼭 씹어먹은 남편은 위가 튼튼해져서 항상 달고 살던 위장병이 다 나았다. 반면, 위가 튼튼했던 아내는 나이가 들면서 위장을 함부로 사용한 탓이었는지 젊었을 때의 남편처럼 위의 소화력이 약해졌다.

이 이야기는 필자가 개인적으로 존경하는 교수님 부부의 실제 이야기다. 의학의 기초적인 공부는 대학에서 책으로 배우지만, 지식만 가진 의대생이 환자 보는 의사로 성장하게 하는 것은 이처럼 실제 환자들의 생생한 경험담을 통해서 가능해진다.

위장병은 암과 같은 중병은 아니다. 조금 예민한 성격이거나 스트레스를 쉽게 받는 사람들의 경우 "저는 어릴 때부터 위장이 예민해서 자주 체하는 편이에요. 조금만 무리를 하면 먹은 것이 안 내려가요."라고 말하는 경우가 흔하다. 그래서인지 소화제를 상비약으로 늘 갖고 다니는 젊은이들이 꽤 많다. 그런데 이처럼 고질적인 위장병을 고치는 것은 그 어떤 특별한 명약이 아니다. 규칙적인 시간에 천천히 꼭꼭 씹어먹도록 스스로 식습관을 고치는 것이야말로 소화 과정을 정상화시킬 수 있는 최고의 치료이다.

소화 과정 중 첫번째가 바로 '저작 운동'이다. 저작 운동은 입안에서 음식을 씹어서 잘게 부수는 운동으로, 살아가는 데 필요한 연료가 되는 음식을 소화 흡수하는 가장 기본 과정이다. 잘 씹는 것은 중요하다. 그런데 우리는 너무 바쁘다. 해야 할 일이 쌓여있고, 촉박한 시간 속에서 매일매일을 보낸다. 집에서 육아하는 엄마들도 마찬가지다. 아이를 돌보느라 부엌에 서서 급하게 끼니를 해결하는 경우가 많다.

이처럼 바쁜 일상을 살아가는 현대인들에게 천천히 맛을 음미하며 꼭꼭 씹어가며 식사를 하는 것은 사치스러운 일이라고 여겨질지도 모르겠다. 하지만 음식이 처음 입으로 들어오자마자 시작되는 저작 운동을 통해 침의 소화액과 음식을 섞어주는 과정은 소화라는 기나긴 여정의 첫 단추다. 첫 단추를 잘못 채우면 결국 나중에 가서 모든 일이 꼬이게 마련이다.

소화란 무엇인가

●

이토록 소화가 중요하다면 소화라는 개념에 대해 짚고 넘어가야겠다. 소화라는 것을 단순하게 설명하자면 큰 돌덩어리를 밀가루처럼 고운 입자로 만들어나가는 과정이다. 그 과정 전체를 입부터 소장까지 각 기관들이 나누어 맡아서 처리해야 한다. 소화의 가장 첫 번째 과정을 담당하는 곳이 바로 구강이다.

이곳에서는 치아로 씹는 과정을 통해 음식을 기계적으로 부순다. 이를 통해 음식이 직접 침과 닿을 수 있는 표면적이 극대화된다. 침에 함유된 소화효소(아밀라아제)가 음식과 만나면 화학적으로 음식 입자들을 점점 더 작은 입자로 쪼개준다. 이 활동은 내 몸에 영양을 공급하기 위해 턱의 저작근과 치아, 혀, 침샘이 조화롭게 서로 도와가며 이루어내야 하는 첫 번째 임무다. 구강의 저작 임무가 깔끔하게 처리되면 이제 식도에서 이것을 받아 위로 보낸다. 위에서는 위산과 펩신과 트립신 등 단백질을 주로 타깃으로 하는 소화효소들이 나와서 두 번째 소화 업무를 시작한다.

만약에 음식을 충분히 씹지 않은 상태에서 삼켜버린다면 어떻게 될까? 치아와 저작근은 같은 월급 받으면서 일하지 않고 게으름 부리는 직원이 되어버린 셈이다. 그리고 위에서는 구강에서 제대로 처리하지 않고 보낸 음식물을 맡게 되어 당황스러워한다. 소화효소가 음식을 만나면 큰 입자를 더 작은 입자로 순차적으로 쪼개는 화학반응이 일어난다. 그런데 여기서 중요한 것은 소화효소가 소화의 대상인 음식물과 직접 만날 수 있어야 한다는 것이다.

결국 그들이 첫 번째 임무를 성실히 실행하지 않은 덕분에 위는 상당히 당황스러울 수밖에 없다. 음식을 잘 씹고 침과 섞어 부드러운 죽 상태로 만들어서 넘겨주어야 할 것을 몇 번 대충 씹고 넘겼기 때문에 아직 음식의 형태와 입자가 입에 처음 들어올 때와 별반 차이가 없는 상태로 위에 배달된 것이다.

당신이라면 어떻겠는가? 회사에서 당신의 직장 동료나 상사가 자기가 맡은 일을 하지 않고 다짜고짜 당신에게 '이것도 좀 부탁해.'라며 일을 떠넘겼을 때 어떤 기분이겠는가? 한두 번이면 '나름대로 사정이 있겠지.' 하고 너그럽게 이해해줄 수 있겠지만, 한두 달 넘게 계속 지속된다면 정말 화가 나지 않겠는가? 그런데 잘 씹지 않고 음식을 삼키는 습관은 보통 수개월이 아니라 수년 이상 지속되는 경우가 대부분이다.

이 상황을 회사에 비유해보자. A부서에는 수년간 유급휴가를 주고 그 바로 옆에 있는 B부서에는 A부서의 일까지 떠넘기면서 추가 수당도 주지않고 과잉 업무를 시키고 있는 셈이다. 게다가 당신이 야식을 즐기고 있다면, 안그래도 지쳐있는 B부서에 야근까지 시키는 셈이다. 그래서 음식을 충분히 씹지 않고 삼키는 습관이 장기간 누적될 때 위의 소화 기능이 약해질 수밖에 없는 것이다.

저작 운동 이후의 소화 과정은 주로 침, 위액, 췌장액 등에 들어있는 소화효소가 음식을 만나 큰 입자를 점점 더 작은 입자로 순차적으로 쪼개는 화학반응이다. 그런데 여기서 중요한 것은 소화효소가 소화의 대상인 음식물에 직접 닿아야 한다는 것이다.

위가 약하다면 잘 씹는 것부터 실천하자

머릿속으로 그림을 한번 그려보자. 커다란 빵이 있다. 그리고 이 빵을 나눠서 각자 집으로 가져가려는 개미들이 100마리가 있다고 상상을 해보자. 큰 빵 한 덩이를 갖다 놓았을 때 이것을 개미들이 가져가려면 가장자리에 달라붙어서 자기가 가져갈 수 있는 만큼을 떼어서 가져간다. 그러고 나면 뒤에 기다리고 있던 개미들이 또 와서 빵의 가장자리에 달라붙어서 빵조각을 떼어갈 것이다. 그렇게 순차적으로 빵을 해치운다고 생각했을 때 얼마의 시간이 걸릴까? 그런데 만약에 이 빵을 100개의 조각으로 잘라서 흩어놓는다면?

아마 100마리의 개미들은 금세 빵조각 하나씩을 들고 운반을 하게 될 것이다. 여기서 추가된 작업은 단지 빵을 작은 조각으로 미리 잘라놓은 것뿐인데, 작업속도는 엄청나게 줄어든다. 바로 여기서 빵을 100개의 조각으로 나누는 일이 우리가 음식을 꼭꼭 씹는 저작 운동이다. 여기서 빵은 우리가 먹는 음식이고, 개미는 음식에 달라붙어서 분자구조를 잘라내는 내 몸의 일꾼인 소화효소라고 생각하면 이해가 쉬울 것이다.

내가 치아를 이용해서 충분히 씹지 않고 음식을 대강 씹고 삼키는 습관이 있다면 그것은 커다란 빵을 수백 마리의 개미들에게 그냥 던져놓은 상황과 같다. 그 결과 위에서 음식이 머무는 시간이 적정 시간보다 더 길어질 수밖에 없다. 이때 우리는 위가 더부룩함과 속이 답답함을 느낀다.

소화관은 구강부터 식도, 위, 십이지장, 소장, 대장 그리고 항문까지 조금씩 다른 환경과 모양의 공간들이 길게 이어진 긴 터널과 비슷한 구조로 되어있다. 여기서 특히 식도와 위 사이에는 평소엔 굳게 닫혀있다가 필요할 때만 열리는 문이 존재한다. 그리고 각 구역마다 음식물이 머물 수 있는 적정 시간이 있다.

소화관은 음식물이 정착해서 살기 위해 들어온 장소가 아니다. 음식물은 소화관에 들어온 이상, 형태가 점점 더 작은 입자로 변하면서 앞으로 계속 전진해야 한다. 그런데 구강에서 충분한 저작 운동이 이루어지지 않을 때, 음식물이 위에서 소화되기 위해 머물러야 하는 시간이 더 길어진다.

클리닉에 내원하는 환자 중에도 그런 증상을 호소하는 사람들이 있다. 이런 환자들에게는 소화효소가 들어있는 약제를 처방하곤 한다. 소화효소를 식사와 함께 복용시키면 위에 음식이 머무는 시간이 단축되고 속이 편안해져서 트림이나 역류 증상이 완화되기도 한다. 물론 소화액의 분비능력이 떨어질 때도 위가 불편해질 수 있다. 하지만 위가 약하다면 약을 복용하는 것보다는 우선 잘 씹는 것부터 제대로 실천하는 것이 중요하다.

저작 운동과 면역력의 상관관계

．

음식을 충분히 씹는 것은 면역력과도 관련이 있다. 구강에서 충분한 저작 운동 없이 넘어온 음식물은 위에서도 소화를 어렵게 한다. 결국 소장과 대장으로 덜 소화된 음식물 조각들이 넘어가게 되는데, 그 결과 소장의 장내 미생물 과다증식을 일으키게 만들며, 덜 소화된 음식물 조각들은 장에 다수 분포하고 있는 면역세포들에게 수상한 침입자로 오해를 사기도 한다. 물론 면역 관용이(면역반응을 일으키는 물질에 면역체계가 반응하지 않는 일)라는 것도 있어서 어쩌다 한번 잘못 들어온 음식물에 대해서는 그냥 넘어가 주기도 한다.

하지만 반복해서 특정 음식이 덜 소화된 채 자꾸만 소장으로 내려오면 우리의 면역체계는 이를 침입자로 인식해서 항체를 만든다. 이것이 바로 비정상적인 염증의 시작이다. 병원균이 아닌 음식물로 인해 잘못 만들어진 항체는 검사를 통해 알아볼 수 있는데 그것이 바로 '지연성 알레르기 검사(만성 음식물 과민반응 검사)'다.

이 검사는 혈액을 채취해서 그 안에 어떤 종류의 항체가 있는지를 감별해내는 것인데, 내 혈액 속에 어떤 음식에 대한 항체가 있는지 알 수 있다. 음식에 대한 과민반응 유무는 스스로 알 수 없기에 과민반응을 일으키는 음식이 모른 채 지속적인 섭취를 하게 되면 만성 질환으로 고통받을 수 있다. 또한 이러한 음식에 대한 비정상적 과민반응으로 항체가 생기게 된 원인 중 하나가 제대로 된 소화 과정의 첫 단추부터 잘못 끼워진 것이라고 볼 수 있다.

우리의 뇌는 식사할 때마다 똑똑해지고 있다

구강 내에서 음식물을 잘게 부수는 움직임은 소화기관은 물론 뇌에도 매우 중요하다. 최근 장과 뇌의 연결고리에 대한 연구가 무척 활발하게 이루어지고 있다. 장은 제2의 뇌라고 할 정도로 수많은 신경세포들이 분포되어있는 곳이다. 척수에서 장까지 뻗어 나온 신경세포들은 무슨 일을 할까? 먼저 비어있는 소화관에 음식이 도착했다는 정보가 신경세포를 통해 뇌에 전달된다. 그 후 뇌에서는 다시 소화관이 움직이도록, 그리고 소화효소들이 잘 분비되도록 신호를 보낸다. 이처럼 뇌와 장은 서로 협력하여 우리가 먹은 음식들을 소화시키고 또 배설한다.

뇌 기능과 관련해서 우리가 음식을 꼭꼭 잘 씹어야 하는 또 다른 이유도 있다. 음식물을 구강 내에서 잘게 부수기 위해서는 교근과 측두근 등 얼굴에 있는 근육을 사용해야 하는데, 음식물을 씹는 동작이 대뇌를 자극하여 뇌세포와 신경을 활성화하는 효과가 있다. 그래서 졸음운전을 방지하기 위해, 또는 정신을 맑게 하고 싶을 때 사람들은 껌을 씹기도 한다.

한 논문에서는 저작 운동이 해마라고 하는 기억과 학습에 중요한 기능을 가진 두뇌의 영역에서 인지기능을 유지시킨다는 사실과 잘 씹지 않는 습관이 결국 고령층에서 치매의 위험을 높인다는 것을 밝혀냈다.[3] 이는 저작 운동이 기억력 저하를 막아주고 집중력 향상에도 도움을 준다는 것을 의미한다.

또한 스트레스를 받았을 때 호르몬이 분비되거나 자율신경계에 의해 혈관이 수축하고, 심장이 두근거리는 등의 스트레스 반응을 어느 정도 눌러주는 역할도 한다. 식품을 씹는 과정에서 스트레스 호르몬인 코르티솔 수치가 감소해 스트레스나 불안감을 해소하는 효과가 있다. 즉, 어떤 스트레스를 받았을 때 몸에서 너무 예민하게 반응하지 않도록 조절해준다.

뭐든지 '빨리빨리'를 좋아하는 한국 사람들이라 그런지 식사 속도가 유난히 빠른 사람들이 정말 많다. 물론 젊은 나이에는 괜찮을 수 있지만 대충 씹고 음식을 삼키는 습관이 오래될수록 내 위를 괴롭혀서 고질적인 위장병이 생길 수 있다는 사실을 기억해야 한다. 음식을 천천히 충분히 씹으며 맛을 음미하며 여유롭게 식사 시간을 갖는 것은 건강의 첫 단추를 끼우는 일이니까 말이다.

저작 운동, 올바르게 하자

저작 운동은 침샘을 자극하여 음식물의 소화 촉진뿐만 아니라 면역력 증가 및 노화 방지, 기억력 향상에도 긍정적인 효과를 준다. 올바른 저작 운동을 위한 방법에는 어떤 것이 있을까?

1. 양쪽으로 번갈아 씹기
안면비대칭 등의 문제가 발생할 수 있어, 식사를 할 때는 한쪽으로만 오래 씹지 않아야 한다.

2. 적당한 강도의 음식 먹기
저작 운동을 효과적으로 하려면 지나치게 단단하거나 질긴 음식은 피한다. 치아와 잇몸에 손상이 갈 수 있기 때문이다. 또한 너무 부드러운 음식만 먹게 되면 근육 조직과 턱 관절이 제대로 발달하지 못해서 충분한 저작 운동이 이루어지지 않으니 유의한다.

3. 적절한 시간 동안 저작 운동하기
턱관절에 무리를 줄 수 있기 때문에 무작정 오랜 시간 동안 음식물을 씹지 않도록 한다.

4. 익숙하지 않으면 자연스럽게 늘리기
오래 씹는 것이 익숙하지 않으면 식재료를 손질하거나 조리 방법을 변경해서 씹는 횟수를 자연스럽게 늘린다.

위산 과다가 아니라
위산 저하를 의심하라

속이 더부룩하다면 위산 저하증을 의심하라

"선생님, 명치가 답답하고 속이 더부룩해요. 내과에 가서 약을 처방받았는데도 호전이 안 되네요. 식사를 많이 하지도 않는데 왜 이러는 걸까요?"

70대 여성 환자분 C씨는 늘 체하고 소화가 안 되어 식사량을 늘릴 수가 없어서 체중이 계속 감소하고 있다며 병원을 내원했다. 혈액검사 결과 위산 저하에 비타민 B12 결핍이 진단되었고, 포함된 영양수액과 위산 보충제를 처방했다.

요즘 들어 위가 좋지 않은 환자들이 약을 처방받았음에도 호전이 되질 않아 돌고 돌아 우리 병원에 내원하는 일이 많다. 보통 내과에 가면 소화불량이나 속쓰림 증상에 대해 일단 위산 억제제부터 처방하기 때문이다. 나 또한 필요에 따라 위산 억제제를 처방하기도 하지만 조심해서 짧은 기간만 처방한다.

나는 대부분의 환자가 내원하면 위산 분비 능력를 기본으로 체크한다. 위장 질환의 증상이 없더라도 만성피로로 몸이 힘든 환자, 알레르기로 고생하는 환자들의 원인을 위산 저하증에서 찾을 수 있기 때문이다.

65세 이상의 고령이라면 30퍼센트가 위산 저하증을 갖고 있다는 통계가 있다. 그런데 검사를 해보면 20대, 30대의 위산 저하증 환자들도 무척 많아졌다. 비타민, 미네랄과 같은 영양소의 결핍이 있을 때, 특히 비타민 B, 아연 결핍 시 위산의 분비가 잘 되지 않는다. 젊은 위염 환자부터 식사를 못하는 어르신들까지 거의 전 연령층에 걸쳐 불편한 증상을 호소한다. 다음과 같은 증상이 있다면 위산 저하증인지 의심해봐야 한다.

- 소화가 안 되고 자주 체한다.
- 식후 속이 쓰리며, 위에 음식이 걸려있는 느낌이다.
- 밥을 먹으면 너무 빨리 배가 불러서 식사량이 줄어든다.
- 배에 가스가 많이 찬다.
- 약을 먹으면 대변에 종종 알약이 그대로 나온다.

이 같은 증상이 있는 환자들의 혈액검사를 해보면 거의 대부분 10명 중 9명은 위산 저하증이 진단된다. 위산 저하증이면 건강상의 어떤 문제가 있을까?

- 첫째, 단백질 소화가 안 된다. 단백질이 소화되려면 강한 산성을 띤 위산이 반드시 필요하다. 위산 부족으로 인해 덜 소화된 단백질 덩어리들은 장으로 내려가 알레르기 면역반응을 일으킨다.
- 둘째, 소화가 잘 안 되니 가스가 차고 복압이 올라가서 위산 역류 증상을 일으킨다. 위산이 식도로 역류하면서 나타나는 것으로 위산으로 인해 식도에 염증이나 궤양이 발생된다.
- 셋째, 칼슘, 아연, 철분, 마그네슘 등 미네랄을 아무리 먹어도 흡수가 제대로 되질 않는다. 이로 인한 빈혈, 골다공증, 피로감 등 다양한 임상 증상이 나타날 수 있다. 검사를 해도 원인을 잘 모르는 근육통, 관절통이 있다면 위산이 부족할 확률이 높다.
- 넷째, 비타민 B12 흡수가 안 되고 헤모글로빈 합성이 제대로 이루어지지 않아 빈혈이 생긴다. 또한 위산 부족으로 인한 만성적인 영양소 결핍 상태는 만성피로를 동반하다.
- 다섯째, 음식을 통해 들어오는 각종 유해 미생물의 살균이 제대로 되지 않아 장내 미생물 불균형을 초래한다. 멸

균처리 되지 않은 음식이라도 정상적으로는 위산에 의한 살균 과정을 거친 뒤 소장과 대장으로 내려가야 하는데 이 과정이 흐지부지됨으로써 인체가 각종 유해세균, 바이러스에 노출된다.

그렇다면 위산 저하증은 왜 생길까?

첫째, 극심한 스트레스 이후 부신호르몬이 고갈된 경우다. 만성 스트레스는 위산을 생산할 수 있는 위의 기능을 손상시키며, 소화효소의 생산도 저하시킨다.

둘째, 위산 분비 억제제 또는 소염진통제, 해열제를 장기 복용하는 경우다. NSAIDnon-steroidal anti-inflammatory drugs라고 불리는 약들이 주로 위장 점막의 재생을 차단하는 부작용을 만든다. 그 외에도 NSAID의 장기 복용은 신장에 독성으로 작용하여 신장병을 유발할 수도 있으니 무분별한 장기 복용은 각별히 조심해야한다.

그 외에도 당뇨에 의한 자율신경병도 위산 저하의 원인이 될 수 있으며, 위절제수술이나 방사선 치료도 위산 분비 능력을 감소시킨다. 또한 헬리코박터균에 감염되면 위산 분비가 감소하고, 그로 인해 헬리코박터균의 증식이 활발해진다.

과음, 과식, 탄수화물 위주의 가공식품, 커피, 알코올의 과다 섭취, 흡연 또한 위산 저하증의 원인이 된다. 그리고 찬물을 벌컥벌컥 마시는 것도 위점막 세포들을 위축시켜 위산 저하의 원인이 될 수 있다. 여름철 아무리 덥더라도 계속해서 심하게 찬 음식을 복용하면 배탈이 날 수 있으니 주의해야 한다.

위산 저하증 진단 기준

•

위산 과다인지 위산 저하증인지는 어떻게 알 수 있을까? 혈액검사에서 위산 저하증을 알 수 있는 방법은 공복 상태에서 혈액을 체취하여 펩시노겐Pepsinogen 수치를 보는 것이다. 위산 저하증의 진단 기준은 다음과 같다.

구분	헬리코박터균이 없을 때	헬리코박터균이 있을 때
남성	펩시노겐 I 70ng/mL 이하	펩시노겐 I/II 비율 4.5 이하
여성	펩시노겐 I 60ng/mL 이하	펩시노겐 I/II 비율 3.8 이하

병원에 가지 않고 집에서 알아볼 수 있는 자가진단 테스트도 있다. 위산 저하와 위산 과다는 공통적으로 속쓰림을 일으키기 때문에 혼돈하기 쉽지만 그 증상에는 차이가 있다. 소화가 안 되고 더부룩할 때 레몬주스나 홍초 등 신 음료를 마셔서 속쓰림 증상이 나아진다면 위산 저하를, 오히려 속쓰림 증상이 더

심해지면 위산 과다를 의심할 수 있다. 또한 위산 저하는 음식을 먹은 뒤 속이 쓰리지만, 위산 과다는 공복에 속이 쓰리다가 음식물이 들어가면 나아지는 특징이 있다.

그 외에도 식당에서 초밥, 냉면, 생선회 등을 먹을 때 자주 설사를 하거나 식후에 과일이나 물을 먹고 소화가 잘 안 되는 경우 위산 저하를 의심해볼 수 있다. 손발톱이 약해서 갈라지고 깨지거나 피부가 건조해진 경우도 위산 저하에 따른 미네랄 결핍의 결과일 수 있다. 뚜렷한 원인을 알 수 없는 철 결핍성 빈혈도 위산 저하가 원인이 되기도 한다.

위산 저하를 치료하는 법

위산 과다의 경우 위산 분비 억제제와 같은 약을 복용하면 당장의 증상 완화에도 도움이 되며 치료가 수월한 편이다. 하지만 부족한 위산 분비량을 증가시키는 치료법은 생활 관리를 철저히 해야 한다. 특히 식습관을 교정하는 것이 중요하다. 또한 스트레스를 적절한 선에서 관리해야 한다. 헬리코박터균 감염 상태라면 이것을 치료하는 것도 위산 저하의 원인을 교정할 수 있는 중요한 부분이다.

증상 치료의 방법으로는 위산을 보충해주어야 한다. 베타인과 염산을 혼합하여 만든 식이 보충제인 베타인 HCl과 소화효소제를 복용하거나, 식사 때마다 식초를 물에 약간 희석해서 (식초 : 물=1 : 3) 음용하여 위의 산도를 충분히 유지되도록 한다.

병원에 온 환자들에게는 베타인 HCl 성분의 약을 처방하는데, 이 처방만으로 위식도 역류 질환이 완치되는 환자도 있다. 위산이 낮아 소화가 잘 되지 않는다면 소화와 위장 활동을 촉진해주는 파파야라는 열대과일 섭취 또한 권장한다. 파파야는 단백질 분해 효소인 파파인 효소와 키모파파인을 함유하고 있어 단백질을 분해시키면서 산성 환경으로 만들어 위를 안정시켜주는 역할을 한다. 소화를 촉진하고 변비를 예방하는 데에 도움을 주는 식품이다.

식후 수분 제한도 중요하다. 소화불량 증세가 지속되는 경우 식사 직후 30분에서 1시간까지 수분을 제한하거나 알칼리성 음료를 금지함으로써 위산이 희석되거나 산도가 떨어지지 않도록 조심할 필요가 있다. 그리고 취침 전 3시간부터는 금식하는 것이 좋다.

위산 저하의 원인 중 하나일 수 있는 가공식품, 흡연, 음주를 삼가는 것도 중요하다. 의외로 많은 사람들이 겪고 있는 문제이지만 잘 알려지지 않아 간과된 부분이 많다. 이제 생활 습관부터 점검해보고 위 건강을 관리하자.

위산 저하, 생활 습관부터 점검하자

위산 저하는 모든 질병의 시작이다. 속이 아프고, 쓰리고, 메스껍다는 증상이 지속된다면 다음을 실천해보자.

1. 과식하지 않고 규칙적인 식사 시간 지키기
한꺼번에 많은 양의 식사를 하는 습관은 위장에 부담을 주어 결국 위의 기능을 떨어뜨리게 된다. 적절한 식사량을 유지하며 규칙적인 시간에 식사하는 것이 중요하다.

2. 음식을 천천히 꼭꼭 씹어 먹기
위산이 잘 분비되지 않기 때문에 음식물 섭취 자체가 위에 부담이 되는 상태에서 대충 씹고 빠르게 삼키면 위 건강을 더욱 악화시킬 수 있다.

3. 발효식품 섭취하기
김치나 피클과 같은 발효식품은 위산을 보충하는 효과뿐 아니라 자연적으로 위산 분비를 향상할 수 있으며, 소화 기능을 개선하고 유해균의 증식을 억제하기 때문에 염증을 줄이고 면역력을 높이는 효과가 있다.

4. 가공식품 및 설탕 섭취를 피하기
가공식품이나 설탕은 위장에 염증을 일으킬 수 있으며, 산성의 활성화를 감소시키고 위식도 역류 질환을 유발한다.

5. 식전에 식초 또는 레몬물 마시기
식초, 레몬물과 같은 신맛이 나는 음식은 위를 자극하여 위산의 분비를 늘리는 작용에 도움을 준다.

유해균은 줄이고
유익균은 늘려라

장내 미생물 생태계의 황폐화가 만들어낸 말초신경염

    30대 후반의 남성 D씨가 24시간 내내 발저림이 지속되는 증상으로 괴로움을 호소하며 내원했다. 증상이 시작된 것은 후두개염을 진단받고 항생제를 2주 정도 복용하고 난 뒤부터다. 후두개염은 완치되었으나 발에 이상감각이 생겨 대학병원 신경과에서 검사를 해보았으나 아무런 이상소견이 발견되지 않아 병원에서는 해줄 처방이 없고, 저절로 회복되기를 기다려보자는 말을 들었을 뿐이다. 그 후 벌써 1년 8개월이 지났다. 그는 답답한 마음에 인터넷을 검색해보다가 기능의학 병원 문을 두드렸다.

    사실 불편한 것은 그뿐만이 아니었다. 충분히 잠을 자고 일어나도 개운하지 않고 피곤했다. 운동을 해도 더 피곤해졌으며 만성적인 피로감으로 인해 의욕도 떨어지고, 무력감도 느껴졌다. 30대라는 나이에 걸맞지 않은 만성피로도 함께 호소하고 있었다.

D씨가 호소하는 증상들의 원인을 찾고자 유기산 검사와 장내 미생물 분석검사, 그리고 타액 호르몬 검사를 처방했다. 그리고 몇 주 뒤 나온 검사 결과지를 보며 필자는 속으로 '빙고!'를 외쳤다. 우선 유기산 검사에서 말초신경염을 일으키는 지표 세 가지가 모두 기준치 이상으로 증가되어 있었으며, 항생제 장기 복용에 의한 장내 미생물 불균형 상태라는 증거로서 클로스트리디움균이 기준치를 훌쩍 넘어선 과잉 증식 상태였다. 더 자세한 내용을 확인해보고자 장내 미생물 분석 리포트를 보니, 염증을 일으키는 유해균 프로테오박테리아와 장내 세균이 기준치의 20~30배나 많이 살고 있었으며, 염증지수(염증을 일으키는 유해균의 개체수에 따른 지수)도 기준치의 3배 이상 높았다.

특히 소변 유기산 검사에서 나온 퀴놀리네이트는 세균 감염에 의한 만성염증에 의해 나타날 수 있는 지표라는 점에서 나는 D씨의 발저림, 감각 이상의 원인을 '유해균 과잉 증식에 의한 말초신경염'으로 결론 내릴 수 있었다.

이로써 D씨를 1년 반이 넘도록 괴롭혔던 그 말초신경염 증상의 원인이 소변 유기산 검사와 장내 미생물 검사로 밝혀진 셈이다. 유명 대학병원 신경과에서도 찾지 못한 말초신경염 증상의 원인을 환자에게 속 시원히 설명해주고, 환자 또한 병의 원인을 알아내 증상을 치료할 수 있게 되었다.

내 뱃속엔 누가 살고 있나?

●

진료실에서 만나는 여러 환자들의 장 속을 검사를 통해 들여다보면, 이미 장 속에 유해균들이 바글바글하게 꽉 차버린 사람들이 정말 많다. 대개 섬유질 섭취가 부족하고 늘 치킨과 피자를 달고 사는 20대 남성들의 장에 유해균이 가장 많다. 가장 흔하게 발견되는 유해균은 프로테오박테리아에 속하는 엔테로박테리아다. 이뿐만 아니라 기름에 튀긴 인스턴트 식품이나 밀가루 음식, 달콤한 디저트를 좋아하는 젊은 환자들의 경우 다른 종류의 유해균도 함께 발견된다.

다음은 장내 미생물의 불균형이 심해지면 나타나는 증상이다. 아래에 해당하는지 한번 확인해보자.

- 몸 여기저기에 염증성 질환이 생긴다. 염증을 분비하는 유해균이 과다 증식한 결과이다.
- 손이나 발이 저리고 찌릿찌릿 따끔따끔한 증상, 즉 말초

신경염이 나타난다.

- 원인 불명의 만성 두드러기가 생긴다.
- 류마티스 관절염 등의 자가면역 질환이 생긴다.
- 머리에 안개가 낀 것처럼 멍한 느낌이 지속되어 집중력이 저하되고 책을 읽기도 힘들어진다.

그렇다면, 유해균이 너무 많으면 어떻게 해야 할까? 유해균이 이미 장내 생태계를 장악해버린 경우에는 항생제를 통한 제균 치료가 필수다. 현재 국내에서 장내 세균 개체수를 줄이기 위해 처방이 가능한 약제는 딱 한 가지다. 장에서 혈류(순환계)로 흡수되지 않고 장내에 살고 있는 세균들에게만 작용한 뒤 변과 함께 배설되는 형태의 리팍시민이라는 항생제가 바로 그것이다.

항생제를 많이 쓰면 유익균이 죽어서 장내 미생물 생태계가 파괴된다는 사실이 많이 알려져 있는 탓인지, 항생제라는 단어에 알레르기 반응을 일으키는 환자들이 너무나도 많다. 하지만 항생제도 각자 특성이 있고 다른 기능을 가지고 있다. 항생제의 폐해를 누구보다 잘 알고있는 기능의학 의사가 굳이 항생제를 굳이 항생제를 처방하는 이유가 따로 있다. 그동안 장 속에 유해균을 많이 갖고 있는 사람들의 장에는 염증성 유해 세균들의 세력이 우세하다.

마치 국가 발전에 해를 끼치는 악한 세력이 너무 강해져서, 그들을 견제할 만한 세력도 없이 독재 정치를 펼쳐지고 있는 것과 비슷하다고 보면 된다. 그래서 이처럼 한쪽으로 치우쳐버린, 즉 장내 미생물 생태계의 불균형을 해소하기 위해서는 쿠데타, 혁명에 가까운 생활 습관의 변화가 필요하다. 하지만 그것을 실천할 수 있는 사람은 사실 얼마 되지 않기 때문에 단기간에 유해균의 세력을 누를 수 있는 외부로부터의 작전 세력의 투입이 필요한 것이다. 그것이 바로 리팍시민 항생제 처방이다.

유해균을 너무 많이 갖고 있거나, 특별히 독한 유해균을 키우고 있었던 사람의 경우 유해균을 물리치는 전쟁의 과정에서 유해균들이 보유하고 있던 무기고가 폭발하기도 한다. 이것을 '다이오프Die off 증상'이라고 부른다. 유해균이 죽어서 사라지는 과정에서 그들이 체내에 보유했던 독소들이 일시에 장내 공간으로 분비됨으로 인해 발생하는 일시적인 불편 증상들을 일컫는 말이다.

장내로 분비된 독소는 혈류를 타고 전신으로 퍼져나가 피부 발진이나, 가려움증, 얼굴 여드름이나 뾰루지, 또는 체부에 두드러기가 나타나기도 하고, 손발 저림, 피부 따가움 증상, 피로감이나 브레인포그 등 독소에 의한 증상들이 다양하게 나타날 수 있다.

경험상, 치료 중 이 과정을 겪는 사람은 약 1~2퍼센트밖에

되지 않는다. 하지만 건강해지려고 약을 처방받아 먹었는데 오히려 더 병을 얻는 것 같은 느낌이 들기 때문에 환자들은 무척 당황해하기도 한다. 그리고 생각보다 길게 이런 증상을 겪는 분들도 있는데 이런 경우엔 독소를 흡착해서 변으로 배출시키기 위해 약용탄charchol 성분이 포함된 추가적인 약을 쓰기도 한다.

여기서 오해하지 말 것은 리팍시민 항생제 제균 치료가 장내 미생물 균형을 잡는 치료의 시작점을 만들어준다는 중요한 의미가 있기는 하지만, 치료의 전부는 아니라는 것이다. 장내 미생물 생태계를 건강하게 유지하기 위해 의사가 아닌 자신이 직접 해야 할 숙제들이 분명히 있다. 이 내용은 다음 페이지에서 좀 더 자세히 다루기로 하겠다.

장내 유익균을 늘리자

장내 유익균은 우리 인체와 공생관계를 이루며 면역력을 증진시킨다. 좋은 생활 습관이 곧 건강의 비결이다. 장내 유익균을 다양하게 하고 생존력을 강화시키는 습관을 소개한다.

1. 프로바이오틱스가 많은 식이섬유 섭취하기

식이섬유는 장내 유익균의 먹이가 되므로 평소에 섬유질이 풍부한 식단을 섭취하는 것이 좋다.

2. 아침밥 챙겨 먹기

장내 유익균들은 24시간 리듬으로 활동한다. 아침을 거르면 유익균들이 제대로 활성화하지 못하므로 생체리듬이 깨지지 않도록 하자.

3. 기름진 음식 피하기

치킨, 햄버거, 피자 등 동물성 지방은 장내 유해균이 좋아하는 먹이로, 장을 보호하는 점액을 벗겨내 유해균이 장벽을 손상시킨다. 심해지면 심장 질환이나 당뇨병 같은 만성 질환의 원인이 된다.

4. 충분한 수면 취하기

생활 리듬이 깨지면 장내 유익균이 제대로 일을 못한다. 장내 유익균들이 번갈아 가며 일하는 리듬을 깨지 말아야 한다.

5. 긴장과 스트레스 풀어주기

자주 긴장하거나 불안해 하는 것도 장 건강에 악영향을 끼칠 수 있다. 심호흡이나 휴식, 적당한 운동으로 긴장과 스트레스를 풀어주자.

과민성대장증후군엔
유산균을 챙기자

반복적으로 복부에 불편감이 있다면

병원을 찾아오는 환자 중에 과민성대장증후군이 있는 환자들이 참 많다. 과민성대장증후군은 소화기 관련 질환들 중 가장 흔한 질병 중 하나로 스트레스, 유전, 심리적인 요인 등 다양한 원인에 의해 장의 운동 및 분비 등에 기능 장애를 일으키는 상태라고 알려져 있다. 과민성대장증후군은 검사를 해도 특별히 이상이 있다고 나오지 않는 질환 중 하나로, 긴장하거나 스트레스 받을 때 복통과 변비, 설사 등의 증상이 반복된다면 의심해볼 수 있다.

나도 어렸을 적, 학예회를 하거나 발표를 하려고 순서를 기다리다 보면 배가 살살 아팠던 기억이 있다. 마음의 상태가 장 운동에 직접 영향을 주기 때문이다. 그렇다고 해서 모든 사람들이 과민성대장증후군을 갖고 있는 것은 아니다. 특히 장이 예민한 사람들이 있는데, 이 경우 과민성대장증후군이라는 질병을 진단받게 된다. 가장 대표적인 증상은 반복적인 복부 불편감과 설사 또는 변비 증상이다. 남성보다는 여성에게 발생률이 높으며 가족력이 있는 경우 더 높게 나타난다.

과민성대장증후군의 증상은 다음과 같다.

- 설사 또는 변비가 잦다.
- 장이 꼬일듯한 복통이 반복적으로 있다.
- 가스가 차고, 잦은 방귀가 나온다.
- 잔변감이 있다.
- 속쓰림이 발생한다.
- 식후에 복부 팽만감이 더 심해진다.
- 피로와 두통 증상이 동반된다.

대장 운동 이상으로 나타나는 과민성대장증후군은 합병증을 유발하지는 않지만 유사한 증상을 보이는 질환과는 감별이 필요하다. 특히 고령의 환자가 복통이나 변비 등이 반복되거나 특히 빈혈이나 체중 감소 등이 동반되면 검사를 받아보는 것이 좋다.

과민성대장증후군은 스트레스로 생기는 것이 아니다

●

과민성대장증후군 환자들의 면역 시스템은 건강인들과 비교해서 수적으로나 질적으로 다른 양상을 보이고 있다. 예전에는 과민성대장증후군에 대해 실제로 장이 아픈 문제라기보다는 정신적인 스트레스로 인해 나타나는 증상, 흔히 우리가 말하는 신경성 질환이라고 여겨왔다.

그런데 최근 15년간의 연구 논문을 분석하고 따져보니 실제 장에 염증 물질들이 증가되어 있고, 조직학적으로도 그게 현미경으로 보인다는 것이다. 과민성대장증후군 환자들의 경우 장 점막 바로 아래, 면역세포들이 모여있는 장소인 점막고유층 lamina propria에서 CD3, CD4, CD8 림프구의 숫자와 상피 내에 위치하는 면역세포의 주요 종류 중 하나인 림프구들의 숫자가 정상인들에 비해 증가된 양상을 보인다. 즉, 저강도의 염증이 만성적으로 존재하고 있으며 이것이 과민성대장증후군의 증상을 일으키는 원인으로 설명할 수 있음을 의미한다.

따라서 과민성대장증후군은 뇌 또는 사람의 정신적 상태에서 시작된 질병이 아니라 장내 미생물이 더 핵심적인 병인에 자리하고 있으며, 대뇌에 영향력을 행사함으로써 과민성대장증후군을 일으키는 역할을 한다. 장내 미생물의 중요성과 역할에 대한 새로운 발견이다. 그러고 보면 지금 왠지 모르게 우울하거나 무기력해지는 이유를 장내 미생물 탓으로 돌릴 수도 있다는 말이다.

따라서 이러한 메커니즘을 이해할 때, 장내 미생물의 변화는 수많은 신경학적 문제들을 일으키는 근본적인 원인이 되기도 한다. 장내 미생물 불균형 상태는 피로, 불면증, 식욕부진, 우울증과 같은 여러 가지 증상과 연관되어 있다는 사실이 논문을 통해 보고되고 있다. 또한 파킨슨병이나 알츠하이머병도 장내 미생물의 조성과 연관성이 밝혀지고 있다.

그래서, 장내 미생물의 조성을 건강하게 유지하는 것은 과민성대장증후군 치료에서 매우 기본적으로 중요할 수밖에 없다. 또한 과민성대장증후군 증상이 있는 사람뿐 아니라, 다른 질병을 예방하거나 치료하는 데에도 중요한 일이라는 것을 염두에 두길 바란다.

바로 이것이 기능의학에서 장내 미생물에 대한 치료를 강조하는 이유다. 그렇다고 단순히 시중에 파는 아무 유산균이나 사먹는다고 해서 장내 미생물 조성 상태가 건강해지는 것은 아니다. 우리의 식습관, 운동, 수면 등 생활 습관 하나하나가 모두 장내 미생물 생태계에 영향을 주고 있다는 점을 잊지 말자.

장내 미생물 하나만 바로잡아도 소화불량뿐만 아니라, 과민대장증후군, 우울증, 치매 등이 개선될 수 있다. 장내 미생물을 관리하는 한 가지 치료로 면역력을 높이고, 수많은 여러 가지 질환을 예방하고 치료할 수 있으니, 이 부분은 적극적으로 관리하는 것이 효율적으로 건강을 챙기는 것이다.

장내 미생물은 생태계 개념으로 봐야 한다

장내 미생물의 불균형 문제는 단순하게 해결할 수 있는 것은 아니다. 장내 미생물은 200여 종이 넘는 여러 종류들이 하나의 생태계로서 조화를 이루며 인간 몸속에서 공생하며 살아가고 있다. 그래서 생태계 개념으로 봐야 한다.

아프리카 드넓은 초원을 한번 상상해보자. 거기에는 가젤, 들소, 얼룩말처럼 떼지어 다니는 초식동물과 사자, 악어와 같이 그들을 잡아먹는 포식자, 육식동물들이 갖가지 식물들과 함께 생태계를 이루며 살고 있다. 당신의 장내 미생물의 세계도 생태계를 이루고 있다.

여러 종류의 미생물들이 서로 견제하면서 각자의 역할을 하면서 살아가고 있다. 그리고 이들은 당신이 먹은 음식에 따라 개체수가 결정된다. 생태계를 조화롭게 가꾸기 위한 노력은 평생 끊임없이 몸 주인이 해나가야 할 일이며, 이것은 궁극적으로 나의 건강을 관리하기 위한 가장 핵심적인 방법이 될 것이다. 이를 위해 우리는 무엇을 먹어야 할까?

과민성대장증후군, 유산균으로 치료한다

•

　과민성대장증후군IBS은 완치를 목적으로 하는 치료법이 아직 밝혀지지 않았다. 그러면서도 매우 흔한 질병인데, 최근 연구 결과들을 통해 과민성대장증후군의 치료에 유산균이 도움이 된다는 주장이 주류의학에도 받아들여지기 시작했다. 바로 장내 미생물 생태계가 위장의 운동성을 높이는 데 영향을 준다는 것이다. 장내 미생물 생태계의 변화와 과민성대장증후군 발병의 연관성이 밝혀지면서 치료 목적으로 유산균을 투여했을 때 과민성대장증후군 환자들의 대다수가 호전을 보였다.

　십수 년 전만 해도 의사가 무슨 유산균을 처방하냐고 했던 시절이 있었다. 하지만 이젠 시대가 바뀌었다. 많은 전문가들은 과민성대장증후군과 관련된 소화기 증상을 호소하는 모든 환자들에게 유산균으로 치료를 시도해볼 것을 권고한다. 사람들의 장속에 공생하고 있는 장내 미생물이 조성되어 있는 상태가 사람의 질병과 얼마나 깊은 연관성이 있는지에 대한 연구들이 활발하게 쏟아져 나오고 있다. 웬만한 병원에서는 병의원 전용 유산균을 판매하고 있으며, 방송에서도 의사들이 유산균의 효능에 대해 자유롭게 발언하게 되었다.

　유산균의 효능은 다음과 같다.

- 면역력 강화
- 항암 작용
- 아토피, 습진 등 피부 질환 개선
- 위장 질환, 소화 기능 개선
- 심혈관 질환 예방
- 변비, 설사, 과민성대장증후군 등의 기능 개선
- 비타민 B군, K군, 칼슘, 마그네슘의 체내 흡수율을 높이는
  데 도움

이런 흐름에 따라 건강기능식품으로 분류된 유산균의 시장은 계속해서 성장하고 있고, 그 과정에서 어마어마한 부를 축적한 사람들도 생겨났다. 그런데 이 과정에서 왜곡된 진실과 오해가 난무하고 있다.

유산균의 진실과 오해

·

이쯤하면 의문이 생길 것이다. 그렇게 장내 미생물이 건강에 중요하다는데, 유산균 제품을 꾸준히 잘 사먹기만 하면 내 장속 건강은 걱정하지 않아도 되는 걸까? 장수마을의 비결이 유산균이라는 말도 있던데, 유산균만 잘 먹으면 나도 장수할 수 있는 걸까?

홈쇼핑 방송에서는 피부에 좋은 유산균, 체중 감소에 좋은 유산균, 질염에 좋은 유산균 등 마치 각 증상이나 건강 문제를 해결할 방법으로 유산균의 효능을 찾아내어 홍보해서 판매하고 있다. 유산균을 섭취하면 장 건강뿐만 아니라 장수하는 게 사실이라면, 대한민국에 유산균이 많이 판매됨에 따라 만성 질병의 발생률이 낮아지는 등 국민 건강을 나타내는 지표들이 눈에 띄게 좋아지고 있을까?

환자들이 호소하는 건강 문제를 근본적으로 해결하려다보니, 장내 미생물 교정 치료를 주로 하고 있는 내게도 여전히 유산균에 대해서는 풀리지 않는 의문점들이 있다.

진료실을 찾아오는 환자들 중 절반 이상은 이미 유산균을 복용하고 있다. TV, 홈쇼핑, 인터넷에서 얼마나 많이 홍보했는지 유산균을 안 먹어본 사람 찾기가 어려울 정도로 유산균 제품은 보편화되어 있다. 이 유산균들이 실제로 얼마나 어떤 효능이 있는지 그동안 많이 궁금했는데, 여러 환자들의 장내 미생물 분석 검사를 통해 몇 가지 사실을 확인할 수 있었다.

첫째, 유산균 제품을 복용한 사람 중에는 검사 결과, 장내에 유산균이 거의 발견되지 않은 사람도 종종 있다.

둘째, 유산균 제품을 복용한 사람들의 대다수는 특정 유산균(비피도박테리움 롱검)의 개체수만 많고, 그 외에 중요한 락토바실러스, 바이셀라유산균 등 여러 종류의 유산균을 골고루 갖추고 있는 사람은 거의 없었다.

셋째, 유산균 제품을 복용하고 유산균 보유량이 충분하다고 해서 장내 유해균의 개체수가 줄어들거나 활성도가 억제되지는 않는다.

앞서 설명한 D씨의 장내 미생물 검사 결과에서도 유산균이 부족하진 않았다. 일부 종에서는 오히려 건강한 사람들의 평균 유산균 개체수보다도 훨씬 많은 개체수를 갖고 있었다. 하지만 이와 동시에 유해균의 개체수도 기준치 이상으로 더 많이 보유하고 있었다.

즉, 장까지 살아서 가는 유산균을 잘 복용하고 있었다고 해도 이 유산균들이 모든 유해균들을 다 억제해줄 것이라는 기대는 오산이다. 시중에 나와 있는 유산균 중에는 장에 생착이 어려운 균들이 많기에 그중 기능의학 병의원 전용으로 납품하는 건강기능식품 회사에서 판매하는, 그나마 신뢰도가 있는 편인 유산균을 섭취하기를 바란다.

만약 유산균을 꾸준히 먹어도 증상 개선이 없다면 어떻게 해야 할까? 장내 유해균이 너무 많아 장내 생태계 불균형이 심한 상태라면 유산균 섭취만으로는 치료가 어렵다. 이 경우에는 기능의학 병원에 내방하여 제균 치료를 받을 필요가 있다.

마지막으로 유산균 제품을 맹신하지 않아야 한다. 식습관을 바꾸지 않으면서 유산균 제품을 먹는다면 장내 환경을 개선하기란 결코 쉽지 않다. 포장된 유산균은 쉽게 정착하지 못한다. 따라서 유산균 제품은 보조식품으로 생각하는 편이 좋다. 무엇보다도 중요한 건 유산균이 잘 살 수 있도록 장내 환경을 변화시키는 것이다.

좋은 균들은 야채에 많이 있는 섬유질이나 올리고당 등 양질의 당을 먹으면서 세력을 키운다. 따라서 과일과 채소, 통곡물 등 유산균 증식에 도움이 되는 식품을 꾸준히 먹는 것이 중요하다. 김치나 된장, 간장, 청국장, 젓갈류 등 발효식품도 장에 서식하는 유산균을 돕는다.

우리 몸의 면역세포 중 70퍼센트가 장 안에 살고 있는 만큼 프로바이오틱스가 활동하는 장은 거대한 면역기관이다. 오늘도 장내에 사는 유익균과 유해균은 끊임없이 세력 다툼을 벌이며 당신의 건강을 좌지우지한다. 장 건강을 잘 챙겨서 각종 면역 관련 질환에 시달리지 않기를 바란다.

유산균, 제대로 알고 먹자

과민성대장증후군을 개선하려면 유산균을 꾸준히 섭취하는 것이 좋다. 다음의 유산균에 대한 상식을 확인하고 제대로 섭취하도록 하자.

1. 유산균은 식전에 먹어야 좋다?

정답은 ○다. 식후에는 위산과 담즙산이 많이 분비되어 유산균 생존율이 식전에 비해 낮아지기 때문이다. 유산균을 먹을 때는 아침 공복에 물을 한 잔 마시고 먹는 것이 좋으며, 위의 온도가 낮을수록 프로바이오틱스의 위장 통과 시간이 빨라지므로 차가운 물이 좋다.

2. 유산균은 다른 약과 함께 먹어도 괜찮다?

정답은 ×다. 유산균도 균의 일종이므로 약과 함께 먹지 않는 것이 좋다. 특히 항생제는 유산균의 균을 죽일 수 있으므로 함께 먹으면 안 된다. 다른 약과 같이 복용해야 한다면 2시간 간격을 두고 섭취하는 게 좋다.

3. 유산균이 체중 감량에 도움이 된다?

정답은 ○다. 건강한 장은 유익균과 유해균의 비율이 85 대 15가 적절하다. 유산균을 꾸준히 섭취하면 장내 균형을 맞춰주므로 소량의 음식을 섭취하여도 공복감을 덜 느끼게 되어 다이어트에 도움이 된다.

4. 유산균은 장기간 복용해도 된다?

정답은 ○다. 유산균은 프로바이오틱스로서 식약처에서 효능과 안정성이 입증된 균주며 오랫동안 섭취해도 인체에 해가 없다.

자신의 건강을 살펴보라.
만약 건강하다면 신을 찬양하고
건강의 가치를 양심 다음으로 높게 치라.
건강은 필멸의 존재인 우리 인간에게 주어진
제2의 축복이자, 돈으로 살 수 없는 복이니.
–
아이작 월튼

3장

당신의
피로는
호르몬 탓이다

여자라서 겪는 건강 문제,
여성 호르몬 불균형

생리통이 심하다면 건강에 적신호다

"생리 시작 전이면 매번 몸살 기운이 있어 걱정돼요. 그냥 생리 때문에 그런가보다 하고 방치했는데 더 심해지는 것 같아요."

여성 E가 생리 전마다 극심한 오한을 매달 겪는다며 진료실을 찾아왔다. 수많은 여성이 매달 호르몬 불균형으로 인해 정서적, 신체적 증상을 겪고 있다. 생리 전 발생하는 무기력증, 피로감, 생리 전 유난히 짜증 나고 신경이 예민한 케이스는 여성들이라면 매우 흔하게 경험하고 있다.

여자로 태어나서 어쩔 수 없이 겪는 문제인가보다 하고 살다가 난임이라는 힘든 문제에 봉착하기도 하며, 앞길 창창한 나이에 청천벽력과도 같은 여성암을 진단받기도 한다. 첫아이 돌잔치를 하고 난 직후에 유방암을 진단받은 30대 초반의 환자를 마주했을 때 의사인 나도 정말 마음이 아리도록 아팠다. 유방암 환자의 평균 연령대는 지난 20년간 급속하게 젊어졌다.

우리는 세상에 태어나면서 자신의 의지와는 상관없이 남자 또는 여자 성별을 부여받는다. 세상의 절반인 여성들은 여자로 태어났다는 이유만으로 여러 종류의 여성 호르몬 수치의 오르내림을 매달 반복적으로 경험하며 살아간다. 이로 인한 다양한 정서적, 신체적 변화들은 여성들의 삶의 질을 떨어뜨리는 주요 요인 중 하나가 되기도 한다.

대학교 때 아주 조용한 성격의 입학 동기 한 명이 어느 날 내게 이런 말을 한 적이 있다.

"내가 요새 부쩍 기분이 처지고 우울해서, 무엇 때문에 내가 이럴까 하고 여러 가지로 심각하게 고민을 했어. 그런데 잘 생각해보니 그게 생리 시작하기 며칠 전이라서 그랬던 거였지 뭐야. 그게 기분이 참 묘하더라. 내 생각이나 기분이 이토록 철저하게 호르몬의 지배를 받고 있다는 게 말이야. 내가 사람이라기보단 그냥 본능에 따라 살아가는 동물이 된 기분이랄까?"

실제로 호르몬이 사람의 몸에서 미치는 효과는 생각보다 훨씬 강력하고 또 빠르다. 우리 삶에 큰 영향을 주며 나이를 먹을수록 큰 고민을 가져다주는 요소 중 하나이기도 하다. 또한 균형 잡힌 상태에서 조금만 틀어져도 증상이 꽤 강하게 나타난다. 그러다가도 살짝 밸런스를 맞춰주면 언제 그랬냐는 듯이 금방 안정을 찾는다.

왜 여성들은 이 호르몬 농도의 변화를 매달 겪어야 할까? 그 이유는 혹시라도 이번에 임신이 될지도 모르니 매달 자궁이 수정란을 받을 수 있도록 자궁의 내벽에 두툼한 방석으로 자리를 마련하고 준비 중에 있기 때문이다. 그러다가 임신이 되지 않았다는 소식이 전달되면, 수정란의 착상을 받아주기 위해 준비시켰던 자궁 내막(자궁의 내벽을 이루는 층)의 상태는 이제 필요 없어졌으니 그 방석을 치운다. 즉, 자궁 내막이 다시 얇아지면서 두께를 형성했던 조직이 혈액과 함께 떨어져 나간다. 그것이 바로 생리혈로 배출되는 것이다. 따라서 생리혈이 나온다는 것은 '이번 달에 혹시나 정자를 맞으러 마실 나왔던 난자가 아무도 만나지 못하고, 쓸쓸한 최후를 맞이했다.'라는 신호다.

호르몬의 불균형으로 나타나는 증상들

•

건강에 있어 주요 기능을 맡고 있는 호르몬은 대부분의 신체 기관에 많은 관여를 한다. 그렇다면 도대체 어떠한 요인으로 호르몬 균형이 흐트러지게 되는 것일까?

먼저 정확히 호르몬이 무엇을 의미하는지부터 살펴보겠다. 호르몬은 세포 기능을 자극해 심리 작용 조절을 담당하고 있는 화학적 전달 물질로, 성장과 신진대사에 영향을 주며, 여성과 남성의 성적 발달과 성장에 필수 요소다. 건강한 신체를 유지하기 위해서는 호르몬 관리가 중요하다. 만약 잘못된 생활 습관이나 심리적인 불안감, 뇌하수체 이상이 생기면 문제를 일으킬 수 있다.

그렇다면 호르몬이 불균형해질 경우 어떠한 증상들이 나타날까?

첫째, 불면증이다. 밤에 제대로 잠을 잘 못 이루는 경우 트러블을 유발할 수 있다. 이럴 때는 수면의 질을 향상시키기 위한 노력을 해주어야 한다. 도움을 줄 수 있는 방법으로는 평소에 규칙적인 운동을 하거나 트립토판이 많이 함유된 음식을 챙겨 먹는 것이 좋다. 달걀이나 닭고기, 생선, 콩, 견과류 등이 좋으니 참고하도록 한다.

둘째, 탈모 증상이다. 호르몬 수치에 이상이 생기면 머리카락이 빠질 수 있다. 사실 나이가 들면 자연스럽게 찾아올 수 있는데 젊은 나이에도 불구하고 머리가 빠진다면 이를 의심해보아야 한다.

셋째, 폐경 증상이다. 폐경기를 겪고 있는 사람들이라면 에스트로겐 양이 줄어들어 여러 가지 증세를 일으킬 수 있는데, 만사가 귀찮아지기도 하고 다한증이 찾아올 수 있다. 요즘에는 젊은 여성들에게서도 이런 현상이 발생할 수 있으니 주의해야 한다.

넷째, 체중이 증가한다. 최근 들어 움직이는 양이 줄어든 것이 아니고 특별히 과하게 먹은 것도 아닌데 몸무게가 늘어난다면 평상시 식단 때문이 아닐 수 있다. 생활 습관을 잘 지켜도 호르몬 불균형 때문에 체중이 늘어날 수 있다. 이때는 스트레스와 관련되어 있는 코르티솔에 문제가 생겼을 수도 있다.

넷째, 소화 불량이다. 위의 활동에 관여하고 있는 가스트린, 콜레시스토키닌, 세크레틴이라는 호르몬이 있다. 이것들은 소화가 잘 이뤄지게 돕고 몸에서 염증이 발생하지 않게 막아주며 영양소가 정상적으로 흡수가 되고 있는지 체크해주는 성분들이다. 이것들이 부족해지게 되면 복통 등의 여러 가지 현상들이 나타날 수 있다.

호르몬 치료의 어려운 점 중 하나는 우리 몸에서 분비되는 여러 가지 호르몬들이 복잡하게 서로 얽혀있다는 것이다.

갑상선 호르몬이 난소에서 만들어지는 황체 호르몬의 분비량에 영향을 주기도 하고, 스트레스를 받을 때 나오는 부신피질 호르몬의 증가가 생리전증후군, 생리통을 심하게 만들기도 한다. 그 외에도 우리 몸의 호르몬들은 서로 영향을 주거니 받거니 하면서 넘치지도 모자라지도 않게 균형을 맞추고 있다.

마치 아슬아슬한 외줄타기를 하는 것처럼 말이다.

특히 여성 호르몬은 굉장히 예민해서 균형잡기가 까다로운 편이며, 여러 가지 외부적인 요인에 의해 불균형해지기가 쉽다. 이로 인한 문제들이 워낙 흔하다 보니 다수의 사람들은 대수롭지 않게 여긴다. 예를 들면, 생리통으로 진통제를 먹거나 병가를 낼 정도로 컨디션 난조가 생기는 것에 대해서는 꼭 해결해야 할 건강 문제나 질병으로 여기지 않는다.

'여자들은 원래 한 달에 한 번씩 하니까 그럴 수도 있지.'라는 식으로 넘겨버린다. 생리통뿐인가. 요즘 부쩍 증가하고 있는 여자아이들의 성조숙증부터 생리통, 난임, 갱년기증후군까지 사춘기부터 폐경 이후까지 여자라는 이유만으로 겪고 있는 호르몬 관련 건강 문제들이 얼마나 다양하고 또 흔한지 아마 남성들은 잘 모를 것이다.

하지만 생리를 며칠 앞두었음에도 아무런 통증이나 컨디션 저하도 경험하지 않고 정상적인 생활을 하는 여자들도 있다. 갱년기를 그리 힘들지 않게 넘기는 중년 여성들도 많이 있다. 여성 호르몬의 불균형과 관련된 크고 작은 증상들에 대해 여자라서 어쩔 수 없이 겪어야 하는 불편함 정도로 치부해서는 안 된다는 뜻이다. 모든 문제적 현상에는 다 이유가 있다. 그리고 이유를 밝혀낸다면 해결할 방법도 있다.

호르몬의 균형을 맞추려면 장내 미생물을 관리하자

호르몬의 불균형에 대한 원인 치료로서 장내 미생물의 불균형이 있는지 점검하여 이를 개선하는 5R 프로그램은 도움이 된다. 장누수증후군을 치료하고 장 면역 회복에 도움이 되기도 하는 '5R 프로그램'에 대해 자세히 살펴보겠다.

1단계는 제거Remove다. 장내 세균의 불균형을 치료하기 위해서는 제일 먼저 과잉 증식된 유해 미생물들을 제거해야 한다. 미생물의 종류에 따라 항생제, 항진균제, 항원충제(기생충) 등 다양한 약물이 사용되므로 전문가의 처방에 따라서 시행해야 한다. 대부분은 인체에 흡수되지 않고 장에만 작용하는 항균제를 사용하지만 경우에 따라서는 간 기능이나 신장에 부담을 줄 수 있는 약제의 처방이 필요할 때도 있으므로 주의가 필요하다. 제균 기간은 평균적으로 2~6주 정도 소요되나, 환자의 상태에 따라 차이가 있을 수 있다.

2단계 대체Replace다. 음식물 소화에 도움을 주는 소화효소를 공급하는 것이다. 제균 후에도 장내 세균의 균형을 위해서는 소화기능이 중요하다. 장으로 소화가 잘된 음식물이 도달해야 유해균보다는 유익균이 잘 자라는 환경이 된다. 개인에 따라 위 소화액의 분비에 이상이 있는 사람도 있고, 췌장 소화액의 분비에 이상이 있는 경우가 있으므로 개인별 검사 결과에 따라 처방된 소화효소제를 식전 또는 식후 바로 복용하는 것이 중요하다. 또한 식사 속도가 빠르면 구강에서 탄수화물을 소화하는 소화효소가 작용하는 시간이 짧아져서 소화기능에 문제가 발생할 수 있다. 또한 면이나 빵, 미숫가루, 선식 등 인스턴트 식품처럼 입에서 머무는 시간이 짧은 음식도 피하는 것이 좋다.

3단계 접종Reinoculate 이다. 장내 영양소를 공급하여 장내 환경을 개선하고 유익한 유산균을 보충하는 것이다. 유해균 제균 후에는 개인에 맞는 유익한 유산균을 처방받아 지속적으로 복용한다. 만일 유해균이 많은 상태라면 유산균을 복용해도 그 효과를 제대로 보기 어려운 경우가 많다. 좋아하는 음식, 인종, 장 운동 등에 따라 개인에 적합한 유익균이 있으므로 가능하면 다양하게 복용하도록 한다.

4단계 재생Repair 이다. 손상된 점막을 회복시키는 글루타민, 아연, 오메가 3, 마그네슘, 항산화제 같은 영양소를 보충하는 것이다. 장내 미생물 불균형에 의하여 손상된 점막을 복원하는 것은 치료의 마지막 단계로 매우 중요하다. 검사 결과에 점막 손상이 의심된다고 진단받은 경우는 치료기간이 오래 걸리며 식사요법 등 꾸준한 노력이 필요하다. 장 점막을 회복시키는 주사치료와 식사요법, 약물요법이 필요하므로 전문가와 상의하여 꾸준한 치료를 받아야 만성 질환에서 해방될 수 있다.

5단계 재균형Rebalance 이다. 이 단계에서는 충분한 수면이 건강의 기본임을 강조하고 싶다. 스트레스를 관리하는 것이 중요한데, 스트레스 원인을 파악해 운동, 명상, 취미활동, 봉사활동, 여행 등으로 풀어준다. 꾸준한 운동 또한 중요하다. 주 2~3회, 20~30분씩이라도 일단 시작해서 주 5회, 1시간 정도까지 횟수와 시간, 강도를 늘려가도록 하자. 장시간 TV 시청이나 컴퓨터 사용을 금지하고 오랫동안 앉아 있지 않기 위해서 50분 앉기, 10분 움직이기를 실천하자.

여성 호르몬의 불균형, 미리 조심하자

여성 호르몬의 불균형 문제는 젊다고 생각하여 방심하기 쉽다. 몸에 무언가 이상한 신호가 느껴진다면 예방이 필수다. 다음을 참고하여 유의하도록 하자.

1. 적정 체중 유지하기
심한 스트레스로 인한 체중 감소는 호르몬의 균형을 무너뜨려 호르몬 불균형을 초래한다.

2. 균형 있는 식습관 유지하기
비타민과 미네랄, 단백질을 충분하게 섭취해 균형 잡힌 식단을 유지하도록 한다.

3. 환경호르몬 노출 피하기
가능하다면 일회용품 사용을 줄이도록 한다. 특히 뜨거운 음식을 플라스틱 일회용 용기에 보관할 경우 호르몬 시스템을 교란하는 물질을 엄청나게 많이 분비하므로 주의하도록 한다.

4. 스트레스 관리하기
스트레스를 많이 받으면 호르몬에 영향을 끼치므로 평소 긍정적인 생각과 편안한 마음을 갖도록 노력하자.

5. 꾸준히 운동하기
일주일에 3~4번 30분 이상 땀이 살짝 날 정도의 강도로 운동을 꾸준히 하는 것이 좋다.

에스트로겐의
폭주를 막아라

장과 호르몬의 연결고리, 에스트로볼롬

소화기관은 우리 몸의 여러 시스템들과 연결되어 있는데 그중 하나가 에스트로겐이다. 소화기관 내에 어떠한 형태로든 불균형이 있다면 단순히 배가 불편할 뿐 아니라, 기분, 체중, 생리 주기, 성욕, 여드름, 심지어 뼈 건강에도 영향을 미칠 수 있다.

한편, 인체에 사는 세균, 바이러스 등 각종 미생물을 총칭하는 마이크로바이옴은 유해균, 유익균들을 모두 모아놓은 집합체로, 시간의 흐름에 따라 다양하게 변화하며 사람들의 건강에 영향을 미친다. 따라서 마이크로바이옴의 생태계가 균형을 이루고 있어야 한다. 하지만 건강하지 못한 식습관, 항생제, 스트레스 또는 환경오염물질에 대한 노출로 박테리아의 불균형이 발생하는 경우가 매우 흔하다.

장내 미생물은 워낙 우리 몸에서 중요한 여러 가지 역할을 갖고 있지만, 그중 하나가 바로 체내에서 순환하는 에스트로겐 레벨을 조절해주는 것이다. 특히, 장내 미생물들 중에서도 에스트로볼롬estrobolome이라고 하는 특정 미생물이 에스트로겐을 조절하는 일을 담당한다.

에스트로볼롬은 베타-글루쿠로니다제beta-glucuronidase라는 효소를 생성하는데, 이 효소는 에스트로겐을 활성 형태로 분해해준다. 그 결과 장에서 배설되지 않고 다시 체내에 재흡수된다. 이미 제기능을 다 하고 비활성화 상태로서 몸 밖으로 배설되려던 에스트로겐을 다시 붙잡아서 활성화시켜 일을 할 수 있게 만들어 놓는 것이다.

결국 에스트로볼롬이라고 불리는 미생물은 에스트로겐 수용체에 결합하여, 활성형 에스트로겐의 체내 총량을 증가시킴으로써 호르몬의 생리학적 과정에 영향을 미친다. 이 과정에서 베타-글루쿠로니다제의 양이 적절해야 에스트로겐의 농도도 적절하게 항상성이 유지된다.

그러나 장내 미생물 불균형이 발생하면 에스트로볼롬은 베타-글루쿠로니다제를 적절한 수준 이상으로 상향 조절하거나 반대로 하향 조절하여 체내 에스트로겐 결핍 또는 과잉을 유발한다. 일반적으로 둘 중 더 흔한 경우는 에스트로겐 과잉이다.

에스트로겐 과잉와 에스트로겐 결핍 징후의 차이는 다음과
같다.

에스트로겐 과잉	에스트로겐 결핍
· 복부 팽만감	· 난소 작용 쇠퇴에 따른 폐경
· 생리 전 신경이 과민	· 안면홍조, 얼굴 열감
· 불안증	· 기억력 감퇴, 건망
· 여드름	· 골다공증 위험 증가
· 생리 양 과다	· 심혈관 질환의 위험 증가
· 유방 압통, 두통 또는 편두통	· 비만 위험 증가
· 다낭성 난소증후군	

그렇다면 장 건강과 호르몬의 균형을 지키는 에스트로볼롬
에 영향을 주는 것은 무엇일까?

첫째, 장내 미생물 생태계를 방해하는 모든 것은 일반적으로
에스트로볼롬에도 영향을 미친다. 섬유질을 비롯한 필수 영양
소가 부족한 열악한 식단과 저하된 수면의 질, 운동부족 등의
생활 방식은 장내 미생물 불균형의 가장 흔한 원인이다. 특정
박테리아는 우리가 먹는 특정 음식(일반적인 예로 설탕과 글루텐)
을 먹고 자라며 개체수가 늘어날수록 뇌에 그 음식을 더 많이
먹도록 지시하여 과성장을 유발한다. 연구에 따르면 식단의 변

화는 24시간 이내에 미생물의 변화를 유발할 수 있다. 가능하면 유기농 식품, 브로콜리, 콩나물, 섬유질과 항산화제가 풍부한 십자화과 채소를 섭취하자.

둘째, 항생제와 피임약의 복용이다. 둘다 장내 미생물 생태계 조성과 에스트로겐 수치를 변화시키는 것으로 밝혀져 있는데, 이것이 에스트로볼롬에 영향을 미치는 것으로 보인다. 여러 종으로 구성된 광범위한 스펙트럼의 유산균 섭취는 미생물 군집에 긍정적으로 영향을 미칠 수 있다. 또한 항균 작용을 가진 허브는 장내 미생물의 과성장을 제거하는 데 효과적일 수 있다.

셋째, 베타-글루쿠로니다제라 불리는 효소의 분비를 억제하는 보충제인 칼슘 D 글루카레이트의 복용이다. 이것은 에스트로겐이 결합된 상태를 비활성 형태로 유지하여 신체에서 안전하게 제거되도록 하는 기능이 있다. 따라서 이것은 에스트로겐 과잉인 사람들에게 유용하다.[4]

이처럼 장내 미생물과 호르몬의 관계는 장 건강이 또다시 많은 건강 문제의 근원임을 증명하고 있다. 생리전증후군이나 유방통증, 갱년기 증후군 등 호르몬과 연관된 건강 문제를 겪고 있다면 장내 미생물 문제를 간과하지 않도록 하자.

에스트로겐 과잉, 무엇이 문제일까?

여성의 자궁, 난소, 유방 등에서 발생하는 여성 질환이 예전보다 현대에 빠르게 진행되는 이유는 무엇일까? 에스트로겐 우세증을 유발하는 고탄수화물과 고지방 식이, 그리고 산업의 발전에 따라 환경호르몬들을 유발하는 플라스틱 등의 사용이 알 수 없는 경로로 여성들의 에스트로겐을 흉내 내며 호르몬을 교란시키기 때문이다.

에스트로겐은 여성에게 꼭 필요한 대표적인 성 호르몬이다. 그래서 여성이 되고자 성전환을 시도하는 사람들이 에스트로겐 주사를 맞기도 한다. 그래서 여성의 에스트로겐 우세증이라고 하면 '여자를 더 여성스럽게 만드는 걸까?'라고 상상할지 모르겠다. 하지만 실제로 에스트로겐 우세증이란 체내 에스트로겐의 총량이 많고 적음을 뜻하는 것이 아니라 황체 호르몬인 프로게스테론 대비 에스트로겐의 비율이 높을 때를 뜻한다. 폐경 이후 에스트로겐 양이 적어졌을지라도 프로게스테론의 감소가 더 급격하게 나타났다면 오히려 에스트로겐 우세에 해당하는 증상을 나타낼 수 있다.

그런데 어려운 점이 있다면 에스트로겐과 프로게스테론 비율의 이상적인 범위는 아직 의학적으로 정해진 기준이 없다는 것이다. 사람마다 그리고 연령대별로 정상적인 에스트로겐과 프로게스테론 비율 값은 계속해서 달라지고 있다.

특히 에스트로겐 과잉은 여성에게 여러 가지 건강상 위협이 된다. 에스트로겐 과잉이면 나타나는 건강상의 문제는 다음과 같다.

- 노력해도 살이 잘 빠지지 않는 비만으로 고착화된다.
- 체내에 염증 물질을 많이 만든다. 그래서 흔히들 건강 검진하면 발견되는 유방의 혹(섬유낭종과 같은 양성 종양)이나 자궁내막증과 같은 문제를 경험하게 된다.
- 에스트로겐 과잉이 오래 지속되면 유방의 혹뿐만 아니라 유방암, 자궁암과 같은 에스트로겐 의존성 악성 종양 발생 위험도를 높인다.
- 생리전증후군이 심해지는 원인이 되기도 한다.

심한 생리통은 정상이 아니다. 생리통이 심해서 출근을 못하고 하루 종일 누워있어야 할 정도라면, 진통제를 사먹고 하루 쉬는 것이 상책이 아니다. 심한 생리통은 에스트로겐 과잉을 의미하며 이는 앞으로 유방암, 자궁암에 걸릴 위험이 높다는 뜻이다. 당장 매달 찾아오는 고통에서 벗어나 삶의 질을 높임과 동시에 앞으로 암의 위험도를 낮추기 위해서라도 에스트로겐 과잉에서 벗어나야 한다.

그렇다면, 에스트로겐 과잉은 왜 일어나는 것일까?

첫째, 몸에 쌓인 과한 체지방이다. 에스트로겐은 난소에서도 만들어지지만 지방조직에서도 만들어진다. 그래서 체지방이 과다하게 축적되면 에스트로겐을 만들어내는 공장이 필요 이상으로 늘어난 셈이다. 그래서 비만이 에스트로겐 과잉의 원인이자 결과가 된다.

둘째, 에스트로겐과 분자구조가 비슷해서 에스트로겐 흉내를 내는 비스페놀 같은 내분비교란물질이 체내에 들어오면, 상대적으로 에스트로겐 비율이 많아진 것 같은 에스트로겐 과잉을 유발하기도 한다.

에스트로겐 과잉, 생활 속에서 바로잡을 수 있다

그렇다면 에스트로겐 과잉은 어떻게 해야 막을 수 있을까? 방법은 앞서 말한 원인들을 하나하나 되돌리는 것인데, 대부분 우리가 생활 속에서 실천할 수 있는 것이다.

우선 과도한 칼로리의 단순 당분과 가공된 탄수화물 위주의 고탄수화물 식단을 배제하고, 섬유질이 풍부한 저탄수화물 식단으로 바꾸어야 한다. 섬유질의 섭취는 에스트로겐의 체외 배출을 촉진하기 때문이다. 그리고 콩에 들어있는 식물성 에스트로겐phytoestrogen은 에스트로겐의 폭주를 막아주기 때문에 오히려 도움이 된다. 또한 잦은 음주 습관은 간에서 에스트로겐의 해독 과정을 방해하여 에스트로겐 과잉을 악화시킬 수 있다. 그래서 간 기능이 거의 저하된 간경화 환자들의 경우 남성 환자들이 여성화 증상을 경험하기도 한다.

마지막으로 에스트로겐 흉내를 내는 환경호르몬으로부터 도피해야 한다. 인공적으로 에스트로겐을 주입한 소에서 생산되는 우유나 고기를 피해야 하며, 가능한 플라스틱이나 일회용품의 사용을 줄이고 음식 보관 용기는 유리로 된 것을 사용하자. 샴푸, 린스, 향수, 화장품을 사용할 때는 프탈레이트를 피하기 위해 가능한 무향을 선택하는 것이 안전하며, 천연성분으로 된 것을 고르도록 하자.

특히 여성들에게 말하고 싶다. 자신의 몸은 스스로 지키자. 호르몬 관련한 질병은 대부분의 원인이 자신의 생활 속에 있다. 혀에서 느껴지는 찰나의 달콤함을 주는 고탄수화물 고지방 디저트로부터 탈출하고, 자연 그대로의 감칠맛과 다양한 향을 가진 형형색색의 채소, 과일을 식탁에 올려 고섬유질 저탄수화물 식단을 만들자.

다음은 호르몬 건강을 위해 피해야 할 음식들이다.

첫째, 유제품, 글루텐이 들어간 밀가루 음식, 인스턴트 식품이다. 장내 미생물의 불균형이 있는 경우 이러한 음식을 소화시키는 효소가 부족한 경우가 대부분이다. 소화효소가 부족할 수록 부족하면 소화가 덜 된 음식이 장에 부담이 되고 이러한 것을 선호하는 유해균은 오히려 증식할 수 있기 때문에 피하는 것이 좋다.

둘째, 술이다. 음주는 에스트로겐 우세증의 주요 원인 중 하나이다. 술은 장 점막의 방어기능을 방해하여 정상적으로 흡수되지 않아야 할 단백질이 체내로 흡수되어 여러 좋지 않은 면역 반응을 유발한다. 또한 술의 대사물질은 장 기능을 저하시킨다.

셋째, 고기다. 가짜 유기농 제품도 너무 많기 때문에 진짜 유기농으로 신경 써서 선별해야 한다. 특히 육가공식품을 만드는 과정에서 첨가되는 설탕, 인공향료, 보존제는 건강을 해치는 요소이므로 되도록 멀리하자.

그리고 가장 중요한 건 스트레스 관리다. 주말에는 가족들과 함께 공원에 나가 산책하고 운동하면서 스트레스를 해소하자. 이것이 온 가족의 건강을 지키는 가장 좋은 지름길이다. 그래도 해결이 안 되는 증상들이 있다면 그때는 믿을만한 기능의학 클리닉에 방문해서 호르몬 검사를 받아보기를 권유한다.

에스트로겐을 잘 배출하는 음식을 먹자

에스트로겐 과잉 시 지방을 좋아하는 유해균에 의해 재흡수되고 직간접적으로 호르몬의 영향을 받는 유방, 갑상선, 자궁, 난소, 전립선 등 신체 곳곳으로 이동하게 되며, 암을 유발하기도 한다. 다음은 에스트로겐을 잘 배출시켜주는 역할을 하는 식품 리스트다.

1. 유기농 녹황색 채소

우리 몸에서 에스트로겐은 특별한 대사 과정을 거쳐서 몸 밖으로 나가는데, 십자화과 채소인 브로콜리, 양배추, 케일, 순무, 갓 등이 에스트로겐의 과잉을 줄여주고 배출에 도움을 준다.

2. 아마씨 분말

식물성 에스트로겐 종류 중 하나인 리그난이 풍부한 식품이다. 리그난은 오메가 3 지방산을 제공하며 엽산, 마그네슘 및 각종 미네랄이 풍부하여 폐경기 증상인 열성 홍조를 완화한다.

3. 감초

부신피질 호르몬과 유사한 역할을 하는 감초는 다른 약들의 독성을 중화하고 조화롭게 한다.

4. 콩

콩에 함유된 이소플라본은 에스트로겐의 성질을 발현하고 억제하는 두 가지 양면성을 지니는 식품으로 뼈 건강뿐만 아니라 콜레스테롤의 혈중 농도를 낮추는 데 도움을 주며, 유방암과 전립선암의 예방을 돕는다.

프로게스테론을
늘려라

생리 주기에 영향을 주는 호르몬, 프로게스테론

결혼과 출산에 관심이 없는 여성일지라도 몸에서는 매달 임신을 준비하기 위해 자궁 내벽이 두꺼워졌다가 얇아졌다가를 반복하고 있다. 그러던 어느 날 배란된 난자가 정자를 만나 수정란이 되고 자궁벽에 착상이 되면 우리 몸에서는 이를 인지하고 두꺼워졌던 자궁 내벽의 두께가 임신 기간 내내 유지된다. 여기서 자궁 내벽의 두께를 유지시키는 임무를 맡은 자가 있는데, 그 이름이 프로게스테론이다.

프로게스테론은 황체corpus luteau에서 만들어지는 호르몬이라고 해서 황체 호르몬이라고 부른다. 여기서 황체란 배란, 즉 난소에서 여포(주머니 모양의 세포 집합체)에 쌓여있던 난자가 나

팔관으로 배출된 다음에 남은 여포 부분이 수축하면서 황체가 된다. 이 안에는 루틴이라는 노란색을 띠는 색소를 포함하고 있어 황체라는 이름을 붙이게 되었다. 이때 프로게스테론은 황체가 새로 생기는 배란일부터 점차 분비량이 증가해서 배란 후 6~8일경 최고 농도였다가 생리 시작 직전까지 급격하게 떨어지는데 이 기간을 황체기라고 부른다.

여기서 황체 호르몬의 분비량이 부족해지면, 황체기가 단축되는 황체기 결함이 나타나게 된다. 정상적인 황체기의 기간은 12~14일인데 황체 호르몬의 일차적인 역할이 임신의 유지이다 보니 황체기 결함이 있는 경우, 불임, 반복적인 유산이나 임신 유지에 어려움을 겪게 만드는 원인으로 작용한다.

에스트로겐 과잉의 원인은 고지방 고탄수화물의 고칼로리 식단이라면, 프로게스테론 부족의 주요 원인은 극단적인 저지방, 저칼로리 식단[5], 과도한 운동[6], 스트레스[7]가 주요 원인이다. 그래서 임신 준비 중이거나 임신 중에는 적당한 운동과 적절한 열량의 균형 잡힌 식사가 중요하다. 과식도 절식도 금물이다.

또 다른 원인으로 노화가 있다. 갱년기의 호르몬 변화가 프로게스테론 부족을 유발할 수 있다. 폐경 후 호르몬 변화로 가장 많이 알려진 것은 바로 여성 호르몬 에스트로겐의 저하다. 하지만 실제로는 에스트로겐보다 프로게스테론이 훨씬 빠르게, 또 더 많이 감소한다.

폐경 이후 여성의 에스트로겐의 양은 40~60퍼센트 정도 낮아진다고 볼 때 프로게스테론은 0에 가까울 정도로 낮아지기도 한다. 이 때문에 에스트로겐의 절대량이 현저하게 줄어드는 폐경기임에도 불구하고, 상대적으로 프로게스테론에 대한 에스트로겐의 비율이 높아지는 에스트로겐 우세증이 나타날 수 있다.

난임 판정을 받고 인공수정, 시험관 시술 등 여러 가지 노력을 해봐도 임신이 안 돼서 마음을 비우고 나니 이제서야 기다렸다는 듯이 7년 만에 임신이 되어 예쁜 딸을 출산한 지인의 이야기가 떠오른다. 이와 비슷한 이야기들은 주변에서 흔히 들을 수 있는데, 이는 아기가 생기지 않는 것에 대한 심적 부담이 그동안 스트레스로 작용한 결과, 여성 호르몬의 균형이 깨져서 이로 인한 불임이 지속되었던 것이다.

미국에서는 기능의학 의사들이 난임 클리닉을 운영하는 경우가 많다. 임신이야말로 정신적으로나 신체적으로나 균형 잡힌 상태에서 가능한 일이니, 전체적인 그림을 보고 균형을 찾아가는 기능의학적 접근방법이 효과를 발휘하는 경우가 많을 것이다.

이유 없이 우울하다면 프로게스테론 때문이다

•

여성이 생리를 하고 있다는 것은 자궁이 수정란, 즉 아기를 키우기 위한 준비를 매달 하고 있다는 뜻이다. 그러나 극단적인 체중 감소, 과도한 운동량이 지속되는 경우는 급격한 호르몬의 변화가 생겨 생리를 건너뛰기도 한다. 내 몸에서 '지금은 아기를 가질 수 있는 몸 상태가 아니야.'라고 자체적으로 판단하여 성 호르몬을 조절하는 윗단계에서 막아버려 무월경 상태가 유지되기도 한다.

프로게스테론이 만들어지는 곳을 살펴보면 여성의 경우 배란 후 황체에서, 그리고 부신에서도 소량 만들어지고, 임신 중에는 태반에서 많은 양이 합성된다. 프로게스테론은 코르티솔이 만들어지는 재료 호르몬이기도 하다. 그런데 심한 스트레스 상태 또는 코르티솔 저항성 등의 이유로 체내에서 합성해야 하는 코르티솔 요구량이 많아질 때, 즉, 코르티솔 주문량이 밀려들 때 프로게스테론의 전 단계 물질인 프레그네놀론에서 바로 코르티솔로 만들어버린다. 그 결과 프로게스테론이 부족해지는 것이다.

임신 중 극심한 스트레스는 임신 유지 호르몬인 프로게스테론의 부족을 야기하고 그 결과 유산이 된다. 그래서 임신 중에는 좋은 것만 보고, 좋은 생각만 하라는 것이다. 임산부가 아니더라도 프로게스테론 부족은 여러 가지 증상을 야기한다. 프로게스테론 부족의 증상 중 대표적인 것은 불안과 우울이다. 이유 없이 불안한 마음이 들거나 기분이 우울해진다. 이것이 바로 생리전증후군으로 불리는 것으로 여성들이 생리를 시작하기 전 우울해지는 원인이다.

남성도 프로게스테론이 필요하다

프로게스테론이 남성에게도 있다는 것을 아는가? 여성의 절반 수준이긴 하지만 남성의 고환과 부신에서도 프로게스테론이 만들어진다. 여성에게 프로게스테론이 부족해지면 생리통, 생리전증후군, 자궁 근종의 문제가 생기듯이 남성에게도 프로게스테론이 부족하면 문제가 생긴다. 프로게스테론이 부족한 남성에게 생기는 문제는 다음과 같다.

- 성욕이 감소된다.
- 우울감과 삶의 활력이 떨어진다.
- 탈모가 생긴다.
- 골밀도가 감소한다.
- 복부 지방이 증가한다.

- 심혈관 질환의 위험도가 높아진다.
- 운동 능력이 저하된다.

그렇다면 남성에게 프로게스테론 부족은 어떻게, 왜 생기는 것일까? 프로게스테론은 남성 호르몬의 전구체로 쓰이는데, 프로게스테론이 부족하면 남성 호르몬인 테스토스테론도 부족해진다. 프로게스테론 부족의 원인은 여성과 마찬가지로 스트레스가 가장 크다. 스트레스가 많으면 부신에서 코르티솔 호르몬을 많이 만들어야 해서 프로게스테론이 더욱더 부족해지는 것이다.

프로게스테론은 수정란 착상, 임신 유지 외에도 잘 알려지지 않은 여러 가지 기능을 갖고 있다. 에너지 생성, 면역 시스템, 갑상선 호르몬 기능, 혈액 순환, 수분 밸런스, 말초신경의 수초myeline합성, 태아의 성장 발달 등에 관여한다. 따라서 어떤 이유로든 프로게스테론이 부족해지면 진단되지 않는, 이유를 찾을 수 없는 몸의 이상 증상들이 나타날 수 있다. 에너지 생성에 문제가 생기니 피로감이나 집중력 저하가 올 수 있고, 말초신경 수초 합성이 안 되니 손발 저림이 올 수 있다. 그러나 남성들이 호소하는 이러한 증상들에 대해 '프로게스테론'이라는 호르몬을 떠올리는 의사를 만나기란 무척 어려운 일이다.

프로게스테론을 증가시키는 방법

●

생리 주기와 관련해 나타나는 웬만한 불편한 증상들은 프로게스테론 보충으로 좋아질 수 있다. 프로게스테론 보충으로 효과를 보는 경우들은 다음과 같다.

먼저 생리통의 강도가 줄어들며, 우울증 완화에 도움이 된다. 매달 진통제를 먹어야 할 정도로 생리통이 심하다면, 이것은 반드시 개선해야 할 문제다. 생리 시작 전마다 나타나는 피로감, 짜증, 우울 등의 증세를 겪는 경우도 마찬가지다. 사실 여성들 중 90퍼센트 이상이 경험하고 있는 일이지만 말이다.

자기 자신은 물론이고, 함께 사는 가족의 삶의 질을 심각하게 떨어뜨릴 정도의 기분 장애라면 문제가 있다. 생리 전주엔 너무 예민해진 나머지 남편 또는 누군가와 다투는 일이 꼭 한 번씩 생긴다는 사람들도 있다. 어떤 남자는 예민해진 아내를 견디다 못해 '제발 우리 아내 생리전증후군 좀 해결해주세요.'라고 나에게 부탁을 하며 찾아오기도 한다.

쉬어도 회복되지 않는 만성피로도 부신피로에 동반된 프로게스테론 부족 증상이다. 이 또한 프로게스테론을 보충하면 개선되기도 한다. 그 외에도 20~30대 여성들의 불규칙한 생리 주기가 꽤 흔한데, 이를 바로잡는데도 프로게스테론 보충은 꽤 효과적이다. 또한 갱년기로 인한 여러 가지 증상들을 완화시키는 데 많은 도움이 된다. 그 외에도 뇌 세포의 에너지 생산 증가, 골 밀도를 보존하는 데 도움을 주며 유방암을 포함한 여성 호르몬 관련 암의 위험을 감소시킨다.

부족한 프로게스테론을 증가시키는 방법 중 하나는 인슐린 저항성이 있다면 이를 개선시키는 것이다. 저탄수화물 식단과 적당한 강도의 운동이 구체적인 방법이 될 것이다. 또한 갑상선 호르몬 저하증이 있다면 이것을 먼저 해결하는 것이 순서다.

프로게스테론 생성을 돕기 위한 음식으로는 비타민 C, 비타민 E, 비타민 B6, 블랙 코호쉬, 그리고 인위적인 호르몬 주입을 받지 않은 유기농 고기를 추천한다.

그래도 부족하다면 프로게스테론 크림을 하루에 80mg씩 바르는 것도 효과적인 프로게스테론을 보충하는 방법 중 하나다. 호르몬으로 인해 여러 증상을 겪는 환자들에게 타액 호르몬 검사를 통해 프로게스테론과 에스트로겐의 농도를 검사해서 프로게스테론이 부족한지 확인한 뒤 천연프로게스테론 크림을 바르도록 처방하는데, 생리전증후군이 감쪽같이 사라져버리는 경험을 하는 환자들이 꽤 많다.

그외에도 결핍된 호르몬이 있다면 보충해준다. 호르몬 분비 기능을 높이는데 도움을 주는 영양소를 처방하기도 한다. 호르몬은 조금만 부족하거나 조금만 넘쳐도 실제 환자들이 체감하는 증상의 정도는 상당히 불편하게 느껴지기 때문에 밸런스를 잘 맞추는 것이 가장 중요하다. 프로게스테론 수치가 낮다고 의심되는 사람은 기능의학 병원을 방문하여 호르몬 수치를 검사해보고 치료를 받아보길 권한다.

프로게스테론 수치를 높여주는 영양제를 복용하자

프로게스테론은 정상적인 수면 패턴을 만들어주며 자궁 내막을 정기적으로 유지해준다. 특히 유방암 예방에도 도움을 주므로 평소 프로게스테론 수치를 올려주는 영양제와 식품을 챙기도록 하자.

1. 비타민 C
프로게스테론 생성과 분비에 직접적인 연관은 없지만 비타민 C와 비타민 E를 함께 섭취하면 항산화 효능이 있기 때문에 면역력을 높여주고 바이러스로부터 방어할 수 있다.

2. 아연
여성 호르몬 합성을 도와 분비량을 조절하는 기능이 있고 세포를 형성할 때 필요한 미네랄로서 태아의 성장과 임산부의 건강에도 필요하다.

3. 마그네슘
마그네슘은 여자 신체의 호르몬 균형을 유지하도록 돕는 역할을 하는 미네랄 성분으로 영양제나 음식을 통해 섭취하면 프로게스테론 수치를 높이는 데 도움이 된다.

4. 비타민 E
난자를 건강하게 만들어주고 임신 가능성을 높일뿐만 아니라 여성의 프로게스테론 수치를 높여준다. 땅콩, 해바라기씨, 아몬드, 파파야, 올리브오일 등의 음식을 섭취하면 임신 가능성을 높여주기도 한다.

당신의 갑상선은
안녕하십니까?

갑상선 기능 저하증, 젊은 사람들도 예외는 아니다

20대 중반의 여자 F씨가 진료실을 찾아왔다. 누가 보더라도 몸 어딘가 안 좋다는 것을 알아차릴 수 있는 모습을 하고 있었다. 여간해서는 웃지 않는 무표정에 피부색은 창백했고, 바람 불면 날아갈 것처럼 연약해 보이는 모습이었다. 그녀가 내원한 이유인즉 무엇을 먹든 소화가 안 되고, 배가 자주 아파 음식을 제대로 먹지 못해 저체중 상태라고 했다.

F씨는 잠도 중간에 자꾸 깬다고 호소했다. 그러니 늘 기운이 없고 피곤할 수밖에 없었다. 진료실에서 환자와 이야기를 나누다 알게 된 사실은 그녀가 어릴 때부터 수년간 아버지의 폭언과 폭행으로 지속적인 스트레스를 받았다는 것이다. 그리고 혈

액 검사를 통해 갑상선 호르몬 기능 저하증을 진단할 수 있었다.

기능의학 클리닉을 개원하고 진료를 하면서 새삼 느끼게 된 것들이 있는데, 그중 하나가 갑상선 호르몬에 문제가 있는 환자들이 정말 많다는 사실이다. 특히 20대에서 40대의 젊은 여성 환자들이 주로 많았으며, 이미 갑상선 호르몬제를 복용한지 오래된 사람들도 꽤 흔한 편이었고, 호르몬제를 복용해서 혈액 검사상의 호르몬 수치는 정상이 되었지만 여전히 몸은 피곤하고 무기력함을 호소하는 환자들도 많이 있었다.

이 환자는 무엇 때문에 이렇게 젊은 나이에 갑상선 호르몬에 문제가 생긴 것일까? 우선 갑상선이 우리 몸에서 하는 역할이 무엇인지부터 차근차근 알아보자.

갑상선은 목 앞쪽 중앙에 위치하고 있으며, 갑상선 호르몬을 분비하는 나비 모양의 내분비기관이다. 갑상선이 하는 주된 역할은 우리 몸에서 에너지 대사 효율을 조절하는 것이다. 쉽게 말해, 음식으로 들어온 열량을 '수입'이라고 한다면 그것을 얼만큼의 속도로 '지출'할지를 결정한다.

갑상선 호르몬이 많이 분비되면 우리가 먹은 음식들이 에너지원으로 빠르게 소모되면서 열이 발생한다. 그 결과 체온이 올라가 더위를 많이 느끼고, 땀도 많아지며, 체중이 감소하게 된다. 그리고 심장 박동수가 빨라지고 위장의 운동 속도도 빨라져서 대변 횟수가 늘거나 설사를 하기도 하며, 신경도 예민해져서 긴장성 두통이나 손이 떨리는 증상이 나타나기도 한다.

반대로 갑상선 호르몬이 부족해지면 음식으로 섭취한 열량을 태워 열에너지로 만드는 대사 속도가 느려진다. 추운 날씨에도 체온을 유지하기 위한 열 발생이 원활하지 않아 추위를 많이 타게 되고, 피부는 푸석푸석해지고, 탈모가 동반되기도 하며, 얼굴과 손발에 부종이 생긴다. 또한 자율신경 중 부교감신경이 활발해지면서 심장이 느리게 뛰고 위장 운동 속도는 느려져서 변비가 오기 쉽다. 특히 두뇌활동도 저하되는데, 선천적으로 갑상선 호르몬이 부족한 경우 지능저하, 발달장애, 성장 지연을 보일 수도 있다.

갑상선 호르몬의 부족 증상과 과잉 증상은 대부분 서로 반대 양상을 보이지만, 양쪽 모두에서 공통적으로 가장 흔하게 나타나는 증상이 있는데 그것은 바로 피로다. 갑상선 호르몬이 넘치는 경우에도 대사가 빨라지고 에너지 소모가 많아지면서 그에 따른 활성산소의 생성도 늘어나 피로를 느끼게 되고, 갑상선 호르몬이 부족한 경우에는 대사 속도가 느려지니 그 자체로 필요한 에너지의 공급이 원활하지 않아 피로가 생긴다.

회사로 치면 재정관리팀과 비슷하다. 어느 사업체든 들어오는 돈이 있고, 또 지출하는 돈이 있다. 회사의 상황에 따라 수입지출의 균형을 관리하듯 갑상선도 몸에 공급되는 열량과 에너지 소모량의 밸런스를 조절한다.

예를 들어, 회사의 현금 흐름이 좋을 때는 재정관리부서에서는 특별히 신경 쓸 것이 없다. 고정적인 수입이 안정되니, 회사의 각 부서에 예산을 지원하는데 여유롭다. 또 직원 복지를 늘리거나, 새로운 프로젝트에 투자하는 등 회사를 위해 지출할 때 별걱정 없이 예산을 책정할 수 있다.

이처럼 우리가 규칙적으로 음식을 섭취하고 매일 몸에 공급되는 열량이 일정할 때는 갑상선이 에너지를 소비하는 데 특별히 제한을 가하지 않는다. 어차피 에너지원은 앞으로도 꾸준히 공급이 될 테니, 내 몸 여러 기관과 조직에서 건강을 유지하는 데 필요한 에너지들이 잘 사용되도록 허용해주는 것이다.

그런데 어느 날 갑자기 몸의 주인이 다이어트를 한답시고 식사량을 급격히 줄이거나, 스트레스가 평소보다 훨씬 심해진 경우 또는 무언가에 감염이 되어 몸에 염증이 생기면 갑상선은 이 상황을 '비상사태'로 인식한다. 꾸준히 들어오던 수입이 줄어들거나 또는 예상치 못한 지출이 늘어난 상황이니, 에너지가 소모되는 것을 최대한으로 줄인다. 마치 회사의 자금 상황이 좋지 않거나 경기가 안 좋아서 현금 흐름에 문제가 감지되었을 때, 재정관리부서에서 긴축 재정정책을 시행하는 것과 비슷하다. 회사 각 부서에 편성되던 예산도 줄어들고, 새로 진행되던 프로젝트가 잠시 중단되기도 하는 것처럼 말이다.

갑상선 기능 저하증에도 전단계가 있다

•

　다시 F씨의 이야기로 돌아가보자. F씨는 갑상선이 긴축 재정을 시행하도록 하는 여러 가지 조건을 다 갖추고 있었다.

　첫째, 소화흡수 능력의 저하로 인한 절대적인 에너지 공급량의 감소는 필연적으로 갑상선을 긴장하게 만든다. 비상사태를 인식한 갑상선은 갑상선 호르몬의 활동량을 줄여서 최대한 소모되는 에너지의 양을 줄인다.

　하지만 사람들도 생활비 지출 내역을 보면 외식이나, 유흥비, 여행비용, 액세서리 구입 등 재정 상태에 따라 유동적으로 줄일 수 있는 항목들도 있지만, 관리비, 전기세, 수도요금, 집세와 같이 생활을 유지하기 위해 꼭 필수적인 지출도 있다. 우리 몸도 생명을 유지하기 위한 심장의 움직임이나 호흡을 위한 폐의 움직임 등에 쓰이는 에너지 소모량은 줄일 수가 없다.

　사람들은 피로감을 느낄 때 활동량을 줄이고, 더 많이 잠을 잔다. 결과적으로 에너지의 소모를 최소화하는 방법이기 때문이다. 이처럼 에너지 공급량이 줄어드는 비상사태에서 갑상선 호르몬의 기능이 저하되는 것은 생명 유지를 위해 필요한 최소한의 에너지 공급이 끊기지 않게 하려는 갑상선의 눈물겨운 노력의 결과다.

물론 식사량이 적거나 오래 단식을 했다고 해서 누구나 갑상선 기능 저하증을 진단받게 된다는 뜻은 아니다. 갑상선 기능 저하란 단순히 혈중 갑상선 호르몬 수치의 감소만을 의미하지는 않는다. 갑상선 호르몬에는 몇 가지 종류가 있다. 이 중 가장 흔히 혈액 검사로 보는 호르몬은 티록신thyroxine이며, 흔히 의사들은 T4라고 부른다. 그 외에도 트라이아이오도티로닌triiodo-thyronine이라는 긴 이름의 T3도 있다.

혈중으로 공급되는 T4는 모두 갑상선 호르몬에서 직접 분비된 것들이다. 그러나 우리 몸 안에 존재하는 T3는 20퍼센트만 갑상선에서 만들어지며, 80퍼센트는 갑상선 밖에서 T4가 T3로 전환됨으로써 생긴 것들이다. T4보다는 T3가 직접적인 열 발생과 에너지 대사, 심장 박동수를 높이는 등의 실제적인 기능을 수행하게 된다.

그런데 F씨처럼 식사량이 대폭 감소하면 우선 T4에서 T3로의 전환이 잘 안 된다. 이때 혈액 검사상에서 T4는 정상 수치로 나올 수 있기 때문에 갑상선 호르몬 기능 저하증으로 진단을 받을 수는 없지만, 실제로 몸에서 느끼는 갑상선의 기능은 평소에 비해 이미 감소된 상태다. 이때 기능의학적으로 갑상선 기능이 저하되고 있다는 것을 알 수 있는 사인이 하나 있다. 바로 TSH라고 하는 갑상선 자극 호르몬의 수치 변화다. 검사 결과지를 보면 0.4~4.2mlU/L까지를 정상범위로 설정되어 있지만, 기능의학 의사들은 2.5mlU/L가 넘으면 이미 갑상선 기능 저하가 시작되었다고 해석한다.

이 정도 수치만 가지고는 공식적인 갑상선 기능 저하증 진단 기준에 부합하진 않지만, 현재 내 몸의 상태를 자세히 알 수 있는 지표로 참고하면 되겠다.

말초 조직에서는 T4에서 T3로 전환을 저해하는 원인은 여러 가지인데 그중 대표적인 것이 바로 스트레스, 트라우마, 저칼로리 식사, 염증, 감염이다. 이처럼 T4에서 T3로 전환이 되지 않아 갑상선 기능 저하 증상이 나타나는 경우를 일컬어 '낮은 T3 증후군Low T3 syndrome'이라고 부른다.

F씨의 갑상선 기능이 저하된 또 다른 원인이 바로 가정폭력으로 인한 트라우마, 스트레스였던 것으로 판단된다. 또한 어릴 때부터 지속된 심한 스트레스는 특히 '부신피질 호르몬 분비 저하' 즉 부신피로를 유발하기 쉬운데, 부신피로가 지속되면 필연적으로 갑상선 호르몬의 기능 저하를 수반하게 된다.

나를 찾아오는 환자들 중 절반 이상은 피로감을 호소한다. 그리고 그 원인은 크게 두 가지로 나뉘는데, 미토콘드리아의 기능 저하 또는 호르몬의 기능 저하다. 여러 가지 호르몬 중 특히 만성피로와 가장 직접적으로 관련된 것은 갑상선과 부신이다. 만성피로를 호소하는 환자 중 갑상선에 조금이라도 문제가 있는 사람은 무척 흔했다. 갑상선 기능 저하증을 치료하지 않고 방치할 경우 심장 질환을 비롯 여러 가지 심각한 합병증을 동반할 수 있다.

혹시 이 책을 읽는 독자분들 중에 피로감이 지속되면서 그 외 증상 중 한 가지 이상이 해당된다면 갑상선의 기능이 떨어지기 시작한 것은 아닌지 다음의 증상을 한번 체크해보길 바란다. 뚜렷하게 혈액 검사에서 갑상선 기능 저하증으로 판명되지 않더라도 증상이 있고 TSH가 2.5 이상이거나 낮은 T3 증후군에 해당된다면 이것을 우리는 차선의 갑상선 기능 suboptimal thyroid function이라고 부른다. 갑상선 기능 저하의 증상은 다음과 같다.

- 충분히 쉬어도 피로감이 회복되지 않는다.
- 별로 많이 먹지 않는데도 체중이 증가한다.
- 추위에 취약하며, 손발이 항상 차갑다.
- 머리카락이나 피부가 윤기 없이 푸석푸석하고 건조하다.
- 머리가 빠진다.
- 생리 주기가 불규칙하다.
- 근육통 또는 관절통이 있다.
- 장 운동의 감소로 변비가 있다.
- 우울증이 있다.

정리해보면 내분비내과에서 갑상선 호르몬 저하증을 진단받은 사람이 아니더라도, 혈액 검사상 갑상선 호르몬 수치에서 별 이상이 없다고 하더라도 갑상선 호르몬 기능이 최적의 상태에 비해 부족한 상태인 사람들은 매우 흔하다는 것이다.

이럴 때는 갑상선 기능을 떨어뜨리는 원인을 파악하고 그것을 교정하는 것이 우선이다. F씨의 경우 소화기능 저하로 인해 음식 섭취가 원활하지 못한 것이 큰 문제였기 때문에 정맥수액요법을 통해 부족한 비타민, 미네랄을 꾸준히 공급하면서 전체적인 컨디션을 회복시키는 것부터 시작했다. 그 결과 부신의 기능도 함께 회복되었다.

특히 아연과 셀레늄은 갑상선 호르몬이 제기능을 하는데 꼭 필요한 미네랄이었기 때문에 지속적으로 보충했다. 그리고 아연은 위의 소화 기능을 정상화시키는 데도 기여하면서 초반에 복용했던 소화효소를 끊어도 괜찮을 만큼 소화기능이 회복되고, 식사량도 늘었다. 아직은 갑상선 기능이 완전히 회복된 것은 아니어서 갑상선 호르몬제 중 활성형에 해당하는 T3를 소량으로 복용 중에 있으나, 앞으로 환자의 회복 추세에 따라 용량을 서서히 줄여나갈 계획에 있다.

우리의 갑상선을 긴장하지 않도록 하기 위해서는 나에게 맞는 적절한 칼로리의 식사를 규칙적으로 하는 것이 중요하다. 살을 뺀다고 칼로리 섭취를 줄이면 그에 맞춰서 갑상선도 에너지의 소모를 줄인다. 그 결과 우리가 마주하게 되는 것은 요요 현상뿐이다. 그리고 스트레스는 갑상선 호르몬의 기능도 떨어뜨린다는 사실을 명심하자.

스트레스를 줄이거나 관리하는 방법에 대해 우리는 좀 더 적극적일 필요가 있다. 그 외에도 장내 유해균 증식에 의한 체내 염증 물질의 증가도 갑상선 호르몬을 기능 저하에 기여할 수 있다는 점도 기억하자. 요약하자면 건강한 식습관, 스트레스 조절, 그리고 충분하고 질 높은 수면이 결국 갑상선을 건강하게 유지하는 비결이다.

갑상선, 건강하게 유지하자

최근 젊은 여자 연예인들도 많이 앓고 있는 갑상선 기능 저하증은 남성보다 여성에게 5배 이상 많이 발생하며, 40세 이상 여성의 약 1퍼센트를 차지할 만큼 흔하다. 생활 습관을 통해 예방하는 방법을 알아보자.

1. 해조류 등 요오드가 함유된 음식은 적당량만 섭취하기
요오드가 함유된 음식을 과잉 섭취할 경우 갑상선염을 일으켜 갑상선 기능 저하를 초래할 수 있다.

2. 채식 위주보다 균형 있게 식사하기
일부 채소에는 갑상선 결절을 유발하는 성분이 있기 때문에 채식 위주의 식단은 피하는 것이 좋다.

3. 규칙적으로 가벼운 유산소 운동하기
유산소 운동을 꾸준히 하면 혈액 순환이 원활해지고 신진대사를 높여 체내 면역력이 높아진다.

4. 정기적으로 건강검진 받기
갑상선 질환은 특별한 자각 증상이 없기 때문에 정기적인 검진을 통해 조기에 발견하는 것이 가장 최선의 예방법이다.

5. 갑상선 기능 저하에 좋은 음식 섭취하기
생강은 신진대사를 빠르게 하여 갑성선이 제대로 기능하지 못할 때 나타나는 증상인 체액 저류 현상에 도움이 된다. 암세포 침투를 억제시키는 셀레늄 함량이 풍부한 브라질너트 또한 적정량을 섭취하면 좋다.

책임감이 강한 사람들의 병, 부신피로증후군

수면 시간을 아끼면 벌어지는 일

"병원에서는 안면마비는 아니라고 하는데, 볼이 자꾸 쑤시는 듯이 아픈 느낌이 지속되는 것 같아요."

40대 중반의 여성 G씨가 진료실을 방문했다. 오른쪽 볼이 욱신거리고 눌리는 느낌이 있어서 여러 병원을 다녀봤지만 다행히 안면마비는 아니라고 했다. "스트레스 때문이다."라는 애매한 답변만 들었을 뿐, 증상은 해결되지 않았다고 말했다.

그녀는 그 외에도 약간의 변비, 수면장애, 그리고 매달 생리 일주일 전마다 뼈를 에이는 듯한 심한 오한을 경험한다고 했다. 나는 스트레스에 의한 부신 저하 상태를 확인해보기 위해 타액 호르몬 검사를 했고, 검사 결과 부신이 오랜 세월 시달려서 지쳐있는 상태라는 것이 발견되었다. G씨에게 타액 호르몬 검사 결과지의 그래프를 설명하면서 말을 건넸다.

"꽤 오랜 세월 스트레스를 받아오신 것 같아요."

그러자 G씨는 갑자기 눈시울이 붉어지며 눈물을 쏟아냈다. 그제서야 그녀는 자신의 인생 스토리를 꺼내놨다. G씨는 평생을 누구보다도 성실하게 열심히 살았다고 했다. 서울 소재의 명문대학교를 다녔지만 부모님의 대학 학자금 지원 없이 20살부터 학비를 벌어가며 살아야 했기에 장학금을 받기 위해 공부도 열심히 했다. 수업이 끝나면 보습학원에서 아이들을 가르치며 생활비를 벌었다고 했다. 대학생 때는 3시간 이상 누워서 자본 적이 없었으며, 시험 기간에는 도서관에 엎드려 쪽잠을 자는 것이 그날 수면의 전부인 적도 있었다.

그녀는 결혼해서도 아이를 양육하는 동시에 워킹맘으로 유치원을 경영하는 원장으로, 또 대학에서 학생들을 가르치는 강사일까지 하고 있었다. 그 이야기들을 듣고 있노라니 이 환자의 정신력과 의지력이 대단하다는 감탄이 나왔다. 한편으로는 엄격하고 부지런히 살아내느라고 자신의 몸을 돌아보지 않아서 저렇게 호르몬이 지쳐있고 힘들었겠구나 하고 이해가 되었다.

이처럼 자신의 삶에 대한 책임감이 강하고, 성취 욕구가 높은 사람들은 대개 수면 시간을 가장 먼저 희생한다. 그래서 만성적인 수면 부족 상태를 당연하게 여긴다. 이것은 부신을 괴롭히는 가장 흔한 스트레스다. 몸의 주인인 자신은 '나는 해야 할 일이 많으니 잠은 좀 못 자도 괜찮아.'라고 생각할지 모르지만 정작 몸은, 특히 부신은 '아, 주인 때문에 정말 스트레스 받는다.'라고 힘들어할 수 있다.

부신이란 무엇인가

부신이라는 기관은 콩팥 바로 위에 위치한 세모 모양의 내분비기관이다. 여기에서는 여러 가지 중요한 호르몬들이 만들어진다. 그중 부신 바깥쪽(부신피질)에서 나오는 호르몬 중 대표적인 호르몬이 코르티솔이며, 부신피질 호르몬이라고도 부른다. 별명은 '스트레스 호르몬'이다. 스트레스를 받으면 이 호르몬이 급격히 상승한다. 우리가 흔히 염증이나 가려움증이 생겼을 때 병원에서 주사나 경구제로 처방하는 스테로이드도 바로 이 부신피질 호르몬이다. 그리고 부신의 중앙부(부신수질)는 교감신경계와 연계되어 부신수질 호르몬인 노르에피네프린, 에피네프린이라고 하는 카테콜아민을 분비한다.

스트레스를 받는 초기에는 부신에서 이 스트레스에 대한 반응으로 코르티솔을 열심히 만들어 분비한다. 그런데 부신이 재충전할 틈도 주지 않고 지속적으로 스트레스를 받게 되면 부신도 점점 지쳐간다. 결국 스트레스를 받아도 코르티솔 분비가 제대로 되지 않는다. 부신의 입장에서는 '아침 기상' 즉, 편안한 수면 상태에서 몸을 일으켜 각성 상태로의 변화 과정을 꽤 크고 중요한 스트레스로 인지한다.

아침에 눈을 뜨고 하루를 시작할 때 발생하는 생리적인 여러 가지 변화의 스트레스가 발생할 때 건강한 부신에서 코르티솔을 충분히 분비해주면 상쾌하게 침대에서 일어날 수 있지만, 비실비실한 부신을 가진 사람은 코르티솔 분비량이 부족해지니 아침에 일어나는 것부터 고역이 된다. 그래서 부신피로증후군 환자들이 호소하는 특징적인 증상이 바로 '아침에 눈뜨고 일어나기가 너무 힘들다.'는 것이다.

물론 사람마다 타고난 부신의 능력치는 각각 다르다. 평생 하루 4, 5시간씩만 자면서도 몸에 무리가 되지 않고 너끈히 낮 시간에 능력 발휘를 하며 살아가는 슈퍼맨, 슈퍼우먼들도 있다. 하지만 이렇게 튼튼한 부신을 타고나는 사람은 드물다. 내가 그렇게 살아도 된다고 착각하는 사람들은 흔하지만 말이다.

"오늘은 좀 피곤해서……."

나이가 젊든 많든 늘 힘이 없고, 골골대며 만나자고 하면 거절하는 사람들이 있다. 하지만 뚜렷하게 어디가 아프다거나 진단받은 병명도 없이 그냥 컨디션이 안 좋다는 말을 달고 산다.

답답해서 종합검진을 받아봐도 병원에서는 정상이라는 말을 들을 뿐 원인을 찾기가 어렵다. 그래서 부신피로 환자들은 가족 포함, 주위 사람들에게 오해를 사기도 한다.

'저 사람은 매사에 의욕이 없어.'

'그냥 일하기 싫어서 몸 안 좋다고 핑계 대는 거 아니야?'

'저렇게 운동도 안 하고 맨날 누워 있으니 더 기운이 없지.'

부신피로 환자를 둘러싼 주위 사람들의 시선은 곱지 못한 경우가 많다. 그래서 억울하고 속상하고 우울해진다. 실제로 나는 몸이 천근만근이라 아침에 눈을 뜨고 일어나기가 정말 힘든데, 내가 이렇게 일상생활이 힘든 환자라는 사실을 증명해줄 그 어떤 객관적인 증거를 보여줄 수가 없으니 말이다. 그래서 참 아이러니하게도 우리 병원의 부신피로 환자들은 검사 결과 부신호르몬 수치가 낮은 것을 보여주면, 그렇게 반가워할 수가 없다. 이제 내가 꾀병이 아니라는 증거를 찾았다면서 말이다.

부신피로증후군Adrenal fatigue syndrome은 생각보다 매우 흔하다. 그리고 사실 이렇게 심각한 만성피로 상태가 되기까지는 오랜 시간에 걸친 과정이 있기 마련이다. 부신을 지치게 하는 가장 주된 원인은 스트레스다. 가족이나 지인의 죽음, 또는 범죄의 피해자가 되었다거나 교통사고, 가족 간의 불화, 이혼 등 스트레스의 강도가 세다면 짧은 시간에도 부신은 빠른 속도로 지쳐 나가떨어지기도 한다.

하지만 가장 흔한 경우는 오랜 세월에 걸친 일상의 스트레스가 누적되어 나타나는 부신 기능 저하다. 늘 받고 사는 자잘한 스트레스들도 제대로 해소하지 못하고 계속 쌓이다 보면 어느 날 문득 '내가 이렇게 체력이 약했나?' 하고 놀라는 날이 찾아온다. 특히 부신피로증후군 환자들은 대개 책임감이 강하고 부지런하며 자기에게 엄격한 경우가 많다. 누가 시키지 않아도 모든 일에 최선을 다하며, 아무런 할 일 없이 멍때리며 시간 보내는 것을 아까워한다. 그래서 쉴 틈을 만들어놓지 않고 살아가는 사람들이 쉽게 부신피로증후군에 걸린다.

진료실에 피곤하다고 내원한 사람 중에 부신의 기능이 멀쩡한 사람은 100명 중 한두 명밖에 없었다. 왜 이렇게 현대인들은 부신이 약해진 것일까? 가장 큰 이유는 스트레스를 해소하지 못한 채 계속 쌓아두고 있기 때문이 아닐까 싶다.

만성피로의 원인, 부신을 회복하자

그러면 우리의 소중한 부신을 회복시키기 위해 우리는 무엇을 해야 할까? 방법은 세 가지다.

첫 번째, 충분한 쉼이다. 그래서 나는 부신피로 환자들에게 "일을 줄이세요. 가능하면 늦잠을 주무세요. 운동하고 나서 오히려 더 피곤해진다면 운동강도를 줄이거나 운동하지 마세요. 최대한 틈틈이 쉬세요."라고 말한다. 그럴 때 환자들은 "저 그래도 되는 거였어요?"라면서 쉬어도 되는 명분이 생겼다며 좋아하기도 하고, 자신의 힘들었던 인생을 뒤돌아보고 눈물을 짓기도 한다. 부신이 지쳐있을 때는 운동에 너무 욕심내지 말자. 부신이 약해져 있을 때 운동도 감당하기 힘든 스트레스가 되어 오히려 몸에 독이 될 수 있다. 그러니 일단 푹 쉬고 부신이 회복단계에 들어설 때 즈음 조금씩 운동을 시작해보는 것을 권한다.

부신의 탈진으로 인한 만성피로를 흔히 부신피로라고도 한다. 만성피로 환자들 중에는 자신이 부신피로 상태인지 잘 모르는 경우도 많지만, 쉬어도 피로가 풀리지 않고 아침에 눈을 뜨기가 너무 힘든 경우에는 휴식 시간을 늘려야 하며, 부신의 회복을 돕는 비타민 C를 비롯한 다양한 영양소를 복용해야 한다. 부신의 회복은 수년이 걸림을 명심하자.

두 번째, 커피 줄이기다. 부신 저하 상태가 의심되는 환자들에게는 "커피를 한번 끊어보세요. 또는 디카페인으로 바꿔보세요."라고 권한다. 커피를 하루에도 여러 잔 습관적으로 마시고 있다면 아연 흡수 장애와 그로 인한 아연 결핍 증상들이 나타날 수 있다.

주위를 둘러보면 겉으론 너무 멀쩡해 보이는데 커피 중독인 사람이 많다. 커피에 들어있는 카페인은 각성 효과가 있는 일종의 '부신 자극제'다. 카페인은 체내의 부신에서 코르티솔이라고 하는 스트레스 호르몬의 분비를 자극한다.

이것이 바로 우리가 커피를 마셨을 때, 에너지가 생기게 하고 각성 효과를 나타내는 원리다. 그래서 특히 부신의 기능이 약한 사람들일수록 커피에 더 의존하게 된다. 하지만 이런 자극은 궁극적으로는 지쳐있는 부신을 깨워 흔들어서 부신의 회복을 오히려 방해하는 셈이다. 카페인에 의존할수록 부신의 기능 저하는 더욱 가속화되고 피로를 더 악화시키는 악순환의 늪에 빠지게 만든다.

커피 마시기를 줄이면 수면의 질이 올라가며 면역력이 회복된다. 커피를 마신 날과 카페인을 전혀 마시지 않은 날의 수면의 질을 비교해서 신체 컨디션을 잘 관찰해보기 바란다. 놀랍게도 늘 마시던 커피를 중단해보면 깊은 잠을 자게 되는 경우도 꽤 많다. 커피를 디카페인으로 바꾸고 나서 수면의 질이 더 좋아지는 사람들도 있다.

커피를 자주 마셔야 하는 환경이라면 아연을 챙겨 먹자. 커피가 아연 흡수를 저해한다는 사실은 잘 알려지지 않았다. 아연은 면역력을 건강하게 유지하는 데 필수적인 역할을 담당한다. 면역세포 중 세포성 면역을 담당하는 림프구인 T세포가 제기능을 하기 위해서도 아연이 필요하다. 아연이 부족하다면 면역력은 떨어질 수밖에 없다.

세 번째, 균형 잡힌 영양 공급이 부신 회복을 돕는다. 부신 회복에 도움이 되는 영양성분은 비타민 C와 비타민 B군이다. 질 좋은 건강기능식품으로 영양을 보충하는 것도 좋다. 그 외에도 세포의 재생을 돕는 항산화제가 풍부한 총천연색의 채소, 과일을 추천한다. 영양가 없는 인스턴트 식품, 액상과당이 풍부하게 함유된 달콤한 음료수는 피하자. 대신 몸에 좋은 잡곡과 채소, 양질의 단백질이 들어있는 건강 식단으로 식탁을 바꾸자.

만성피로라는 단어를 듣자마자 바로 내 이야기같다는 생각이 든다면, 이미 지쳐버렸을지도 모르는 또는 지쳐가고 있는 나의 부신을 한번 돌아보자. 일단 카페인을 걷어낸 순수한 내 몸의 목소리를 들어보길 바란다.

그리고 부신을 회복하는 방법은 쉽게 말해 잘 먹고 잘 쉬는 것이다. 부신을 괴롭힐 수 있는 스트레스로부터 잠시 벗어나 쉼의 시간을 확보하고 양질의 영양 보충을 하자. 식단 변경이 어렵다면 영양제나 영양 수액의 도움을 받는 것도 나름 효율적인 방법이다. 그렇게 시작한 부신 회복의 여정은 짧게는 3~6개월, 길게는 수년이 걸릴 수도 있다. 부신이 지쳐 완전히 에너지를 소진한 뒤에는 회복에 소요되는 기간이 너무 길어질 수 있으니 몸을 챙기는 일은 미리미리 하자.

부신을 지지해주는 음식을 약으로 이용하자

부신피로증후군은 충분히 습관을 개선해서 좋아질 수 있다. 아래 피로를 풀어주는데 도움되는 식품을 엄선했다. 다양한 음식을 평소 식단에 넣어 만성피로 증상을 개선해 보도록 하자.

1. 고추
고추에 풍부하게 들어있는 비타민 C는 부신의 회복에 꼭 필요한 기본 성분이다. 이 뿐만 아니라, 캡사이신 성분이 엔돌핀의 분비를 촉진하여 스트레스 해소에도 도움이 된다.

2. 브로콜리
면역을 높여주고 위장 건강에 좋다고 알려져 있는 브로콜리에는 셀레늄 성분이 함유되어 활성산소 억제 및 부신피로증후군 관리에 도움이 된다.

3. 적양파
스코르디닌과 알리신 성분이 풍부하게 들어있는 양파는 면역력 증가와 기력 회복에도 도움이 된다. 꾸준히 먹으면 피로나 감기 예방에 도움이 되며 다양한 항산화 성분이 함유되어 항암 역할도 기대할 수 있다.

4. 아보카도
마그네슘과 비타민 C 등 몸에 좋은 성분이 풍부하게 함유된 아보카도는 피로를 유발하는 물질을 억제해주고 활성산소를 제거해주며, 피로회복에 도움이 된다.

사실
우리가 가진 것이라고는
우리를 마음대로 움직일 수 있게 해주는
몸과 근육뿐이다.
—
알레그라 켄트

4장

식습관을 교정하면
삶의 질이
달라진다

코로나 바이러스를
이기려면 이것부터 챙겨라

코로나 바이러스도 결국, 감염병이다

•

코로나 바이러스와 함께 사는 시대에는 면역력 관리가 무엇보다 중요하다. 건강을 지키기 위해 우리는 어떤 식생활을 해야 할까? 코로나 바이러스 질환도 넓게 보면 감염병이다. 즉, 우리 몸에 병원균이 침입하여 일어나는 질병이다. 그래서 모든 사람들이 주목하는 것은 코로나 바이러스가 내 몸에 들어오는지, 즉 바이러스에 대한 노출 여부다. 그래서 질병관리본부에서 2단계니 3단계니 하면서 서로 바이러스가 퍼지지 않게 노력을 하는 것이다.

하지만 그보다 더 중요한 것은 바이러스가 몸에 들어왔을 때 내 몸이 어떻게 대응하느냐다. 그것이 바로 면역이다. 면역력이 튼튼한 사람은 코로나 바이러스가 몸에 들어왔다가도 찍소리 못하고 그냥 사라져버리기도 한다.

강도가 집에 들어온 상황을 상상해보자. 힘없는 노인들이 사는 집이라면 강도가 무슨 짓이든 할 수 있다. 금품을 다 빼앗아가고, 노인들을 해칠 수도 있다. 하지만 강도가 들어왔는데 그 집에 사는 사람이 현직 보디가드이거나, 특수부대에서 훈련받은 군인이라면? 강도는 금방 제압을 당하고 그 집은 아무 피해를 입지 않게 된다. 강도를 무찌를 수 있는 능력, 그것이 바로 면역력이다. 면역력이 낮으면 코로나 바이러스에 쉽게 감염될 수 있다. 따라서 코로나 바이러스가 건강을 해치는 나쁜 영향력을 행사하더라도 내 몸 안의 면역세포가 바이러스를 제압해야 한다.

그렇게 강력하고 똘똘하고 일 잘하는 면역세포를 가지려면 어떻게 해야 할까? 장이 튼튼해야 한다. 장은 내 몸속 면역세포 중 70~80퍼센트가 살고 있는, 가장 거대한 중앙군대조직이다. 그리고 장을 튼튼하게 하기 위해 필요한 것은 바로 장내 미생물 생태계가 얼마나 조화와 균형을 이루고 존재하느냐다.

장내 미생물 생태계에 영향을 미치는 것이 바로 우리의 생활습관이다. 그리고 운동 습관, 수면, 스트레스 등 여러 요인이 장내 미생물에 영향을 줌으로써 면역 시스템을 강화시키기도 약화시키기도 하지만, 그중 가장 직접적으로 영향을 주는 것이 바로 음식이다.

그렇다면 코로나 바이러스의 위험을 낮추는 음식은 무엇이 있을까? 일상생활에서 섭취할 수 있는 면역력에 좋은 음식을 소개하려 한다.

코로나 바이러스를 이기기 위한 추천 음식

미국 하버드 의학전문대학원의 매사추세츠 종합병원MGH 연구 팀은 채식 위주의 식단이 코로나 바이러스 감염증 중증화 위험 등을 줄여준다는 연구 결과를 내놨다. 환자를 '식물 기반 식단 점수hPBD'에 따라 4개 그룹으로 나눠봤더니, hPBD 점수 상위 25퍼센트 그룹은 하위 25퍼센트 그룹보다 중증 위험이 41퍼센트 낮은 것으로 조사됐다. 미국 존스 홉킨스 블룸버그 공중보건대학 연구 팀에 따르면 채식 위주의 식단(해산물 포함 부분 채식 포함)을 따르는 사람은 그렇지 않은 사람보다 중증 위험이 59~73퍼센트 낮았다.[8]

중앙일보에 실린 이 기사의 내용을 보면, 한국이 미국보다 코로나 사망률이 현저히 낮은 이유가 미국인에 비해 채소 섭취를 더 많이 하고 있기 때문이라고 설명하고 있다. 채소 섭취가 많을수록 코로나 바이러스 중증 위험도가 더 낮았다는 연구 결과다. 기능의학적인 관점에서 보자면 단순히 채소를 많이 먹어서 코로나 바이러스에 감염되었을 때 잘 낫는다기보다는, "채소 위주의 식습관을 가진 사람들일수록 장내 미생물 생태계가 건강해지기 때문이다."라고 설명할 수 있다.

그렇다면 장을 건강하게 한다고 알려진 유산균만 먹으면 면역력이 올라갈까? 실제 '장(여기서는 소장, 대장뿐만 아니라 입에서 항문까지 연결된 통로 전체를 통칭하는 개념이다.)'이라는 공간은 생각보다 복잡하다. 장내 미생물 생태계는 갖가지 종류의 세균들이 서로 조화롭게 살아가는 삶의 터전이다. 그리고 유익한 균들이 생명을 유지하기 위해서는 좋은 음식을 먹어야 한다. 그렇다면 코로나 시대, 면역력 강화에 좋은 음식은 무엇일까?

첫 번째 추천 음식은 김치다. 김치는 장내 미생물 생태계를 건강하게 해주는 유산균과 비타민이 풍부하게 들어있는 식품이다. 그리고 김치에 풍부한 섬유질이 장내 미생물들의 먹이가 되어 면역력을 강화시켜주는 좋은 미생물이 증식하도록 도와준다. 김치 하면 배추김치가 대표적이지만, 그 외에도 여러 가지 채소류를 주원료로 하여 김치를 담그기도 한다. 장내 미생물 생태계를 건강하게 하는 중요한 요건 중 하나가 바로 다양성이다. 한두 가지의 좋은 균으로 가득 채워진 장보다는 나쁜 균이 일부 섞여 있더라도 여러 종류의 미생물로 구성된 장이 더 건강한 장이다. 우리가 할 수 있는 일은 다양한 채소를 섭취하는 것이다. 그래서 늘 배추김치만 먹는 것보다는 청경채, 무, 케일, 오이 등 여러 종류의 재료를 사용해서 깍두기, 오이소박이 등의 김치를 담가 먹는 것이 장 면역을 위해 훨씬 좋은 방법이다.

두 번째는 물이다. 일상생활에서 물을 섭취하는 것만으로도 면역력을 높힐 수 있다. 커피나 음료는 오히려 우리 몸의 수분을 빼앗기 때문에 반드시 물을 하루에 2리터 이상 섭취하기를 권장한다. 특히 환절기 아침, 저녁으로 건조해지는 기관지는 바이러스의 침입이 쉬워지므로 기상과 취침 전 아침, 저녁으로 물을 섭취하는 습관을 가져야 한다.

세 번째는 마늘이다. 마늘은 자양강장 식품으로 우리에게 잘 알려져 있다. 마늘에는 프리바이오틱스라는 성분이 풍부하여 장내 유익한 세포를 증가시키는 좋은 음식이다. 그렇다고 해서 마늘을 무슨 약 먹듯 매일 섭취하는 것을 권하지는 않는다. 우리의 면역체계는 다양한 음식을 골고루 섭취할 때 더 튼튼해진다. 마늘을 비롯해 여러 가지 프리바이오틱스가 함유된 식품을 번갈아가며 섭취하는 것을 권한다.

네 번째는 아로니아다. 아로니아는 강력한 항산화 물질로 안토시아닌 성분이 다량 들어가 있는 식품이다. 베리류로 비슷한 음식인 블루베리, 복분자 등에 비해 최대 20배까지 많은 성분이 들어있으며 녹차에 들어있는 카테인 성분과 비타민 C 등이 풍부하다. 이 성분들은 우리 몸의 세포 재생을 돕고 항염 작용을 하여 면역력 증가에 도움이 된다.

식단에 조금만 신경 써도 코로나를 이긴다

한국인은 식단에 조금만 신경을 써도 건강을 유지할 수 있다. '한국인은 밥심'이라는 말이 있을 만큼 탄수화물 섭취량이 많은 한국인은 아밀라아제 복제수가 많게 유전적으로 진화했기 때문이다. 풍부한 아밀라아제에 의해 탄수화물이 거의 다 소화되며, 장내에서는 식이섬유를 먹이로 하는 루미노코쿠스 같은 장내 미생물이 우점종이 되어 유익한 대사산물을 만들어낸다.

매일 밥상에 어떤 음식이 올라오느냐에 따라 장내 미생물의 구성은 변화무쌍하게 바뀐다. 유익균의 대표적인 먹이가 바로 섬유질이다. 이 섬유질은 주로 채소에 들어있다. 섬유질이 풍부한 채소를 먹으면 이것을 분해해서 먹고사는 블라우티아 Blautia, 프레보텔라prevotella와 같은 균들이 많아진다. 이 두 가지 균은 장속에 뿌리내리고 살아가는 유익한 상재균 종류로 부틸산butyrate과 같이 암예방 효과를 가진 짧은 사슬 지방산short chain fatty acid을 생산하는 능력이 탁월해서 면역력 증강에 도움이 된다.

반대로 정제 탄수화물 또는 고기를 많이 먹으면 박테로이데스라는 균이 많아진다. 그렇다고 박테로이데스가 유해균은 아니다. 하지만 프레보텔라와 대조적으로 짧은 사슬 지방산 생산량이 적은 편이어서 장내에 프레보텔라가 적고 박테로이데스가 많을수록 부틸산butyrate 생산량이 줄어들게 된다.

코로나를 이기는 대표 건강식은 시골 밥상이다. 프리바이오틱스 식품인 마늘과 양파에 청국장, 된장 같은 발효식품을 곁들여 먹으면 장을 위한 면역증진 밥상이 된다. 그리고 양파 장아찌를 곁들인 쌈밥은 장을 건강하게 하며 면역력도 높여준다. 건강을 위한 식단은 어떻게 구성하는 것이 좋을까? 국은 시금치된장국, 콩나물국, 미역국, 된장찌개, 김치찌개 등으로 요리하고, 메인 반찬은 소고기와 상추쌈, 두부조림, 꽁치구이 등으로 구성한다. 밑반찬으로는 시금치나물, 느타리버섯무침, 콩나물무침 등으로 추천한다.

일주일 장보기에서 중요한 것은 오래 보관하기 어려운 채소류를 먼저 소비할 수 있도록 구성하는 것이다. 상추, 깻잎, 오이 등 빨리 상하는 신선 제품은 일주일 식단 중 월요일, 화요일로 배치해 소비한다. 그리고 뒤로 갈수록 당근, 감자, 양파, 양배추등 장기간 보관 가능한 채소 위주로 식단을 구성한다.

한편, 시중에 판매되는 급속 냉동 채소를 활용해보는 것도 도움이 될 수 있다. 브로콜리, 껍질콩, 완두콩, 혼합 야채 등을 급속 냉동시켜 보관하면 세포나 조직 파괴를 줄여 식품의 맛과 조직이 유지되고 영양소 파괴도 최대한 줄일 수 있다. 음식 조리 시에는 냉동 상태에서 급속 가열해 조리하도록 한다. 간식으로는 고구마를 추천한다. 호박고구마, 자색고구마 모두 유익균의 대표 비피도박테리움과 락토바실러스의 증식을 돕고, 유해균은 억제한다는 연구 결과가 발표된 바 있다.

사람들은 면역력에 좋은 건강기능식품에 큰 관심을 가지며 건강기능식품 섭취를 많이 한다. 하지만 영양제를 챙겨먹는 것 외에 우리 식단에도 변화를 주어 함께 챙겨주어야 한다. 우리 모두가 한국인 식단으로 면역력을 높여 코로나 바이러스를 이겨 냈으면 하는 바람이다.

면역력을 높이는 식단을 챙겨라

면역력을 높이려면 '어떻게, 얼마나 먹느냐'보다 '무엇을 먹느냐'가 중요하다. 음식에도 엄연히 몸에 이로운 음식과 해로운 음식이 있다. 면역력 증강에 도움이 되는 음식을 체크하여 골고루 챙겨 먹도록 하자.

1. 제철 음식
면역력을 키우는 데 도움을 주는 음식으로는 그 계절에 양질의 영양분이 최고인 제철 식재료로 만든 음식이다.

2. 채소와 과일
채소와 과일에 풍부한 섬유질은 우리 몸에 도움이 되는 면역반응을 활성화시키고, 불필요한 면역반응을 줄이는 작용을 한다.

3. 알리신 성분이 들어간 음식(양파, 무, 마늘, 생강, 도라지 등)
알리신은 콜레스테롤과 혈압을 낮추고 세균과 바이러스로부터 몸을 보호하는 역할을 한다.

4. 아연이 풍부한 음식(굴, 소고기, 게, 호박씨, 검은콩)
인체의 면역 작용을 직접적으로 돕는 필수 미네랄 성분인 아연은 호흡기 조직의 자연조직 장벽을 보호함으로써 코로나 바이러스의 체내 감염을 막는다.

5. 셀레늄(브라질너트, 녹색 채소, 표고버섯)
셀레늄은 선천성 면역과 후천성 면역 시스템에 영향을 미치고, 부족할 경우 바이러스 감염의 진행이나 독성을 강화시킬 수도 있다.

저탄고지 효과, 왜 사람마다 차이가 나는 걸까?

우리의 몸은 생각보다 여러 요인에 영향을 받는다

"저희는 부부인데요. 우리 둘다 똑같이 저탄고지 식단을 먹었는데 어쩜 이리 다를까요? 저는 살이 하나도 안 빠졌는데요, 남편은 살이 많이 빠졌어요."

진료실을 찾아온 부부들이 자주 하는 말이다. 어떤 사람은 저탄고지 식단으로 몸이 정말 좋아졌다 하고, 또 어떤 사람은 아니라고 한다. 이렇게 사람마다 저탄고지 효과의 차이를 보이는 것을 볼 때 의학이란 기계의 작동방식을 배우는 것처럼 단순하지 않다는 것이 나의 생각이다.

필자도 사람의 몸, 인체에 대해 수십 년간 공부를 해왔고, 의사 또는 과학자들이 의학이라는 학문을 끊임없이 발전시키고는 있지만 전 인류를 통틀어 인체를 완전히 이해하고 있는 사람은 아무도 없다. 그만큼 우리 몸은 복잡하고 미묘하며 여러 요인에 의해 영향을 받는다. 그래서 의학은 통계적인 의미를 찾을 수밖에 없다.

6년 전쯤 다큐멘터리를 통해 혜성처럼 등장한 식사법이 있다. 바로 '저탄고지' 식단이다. 저탄고지 식단이란 말 그대로 탄수화물의 섭취비율을 낮추고 그 대신 지방의 섭취비율을 높이는 식단을 말한다. 누구는 저탄고지 식단으로 몇 킬로그램를 감량했다, 누구는 피로감이 사라지고, 머리에 안개가 낀 것처럼 멍한 상태의 브래인 포그가 걷혔으며, 눈이 맑아졌다는 등 여러 가지 간증과도 같은 체험담이 인터넷에 올라오면서 여전히 많은 이들이 찾는 식사법으로, 많은 사람이 몇 년째 이 식단을 고수하며 관심을 갖고 실천하고 있다.

그렇게 식단을 바꾸는 과정에서 가장 큰 긍정적인 변화요인은 그동안 신나게 먹었던 밀가루, 설탕을 제한한 덕분이 아닐까 하는 생각이 든다. 저탄고지에서 '저탄(저탄수화물)'을 실천하다 보니 세포의 노화를 불러일으키는 당독소의 공급이 현저하게 줄어들 수밖에 없는 것이다. 특히 혈당을 급격히 올리는 설탕, 과당, 밀가루를 평소에 늘 먹던 사람들이 이것을 끊었으니 몸이 얼마나 좋아질지는 불보듯 뻔한 이야기다.

그러나 소화 흡수 능력이 약해진 노인층의 경우에는 지방과 단백질의 소화 분해 능력이 부족하다 보니 상대적으로 소화 흡수가 쉬운 탄수화물의 제한으로 칼로리 공급량이 크게 줄어들면서 오히려 기운이 없고 건강이 안 좋아지는 사례도 있다. 또 단순히 밥 대신 고기를 많이 먹는 것이라고 생각해서 설탕, 간장, 고추장 등으로 양념한 불고기를 먹는 사람들도 있다. 이런 경우 탄수화물, 특히 당분의 섭취를 줄이는 저탄고지의 효과를 제대로 볼 수 없게 된다.

탄수화물을 적게 먹을수록 몸에 좋다?

탄수화물을 적게 먹을수록 무조건 좋은 것만은 아니다. 탄수화물에도 우리 몸에 필요한 탄수화물과 우리 몸에 해로운 탄수화물이 있다. 양념한 고기를 구워서 먹게 되면, 양념은 잘 타는 성질이 있다 보니 양념 그 자체에 포함된 당분으로부터 조리과정 중에 당독소가 많이 발생한다.

이처럼 건강한 식단을 구성하는 일은 생각보다 그리 단순하지 않다. 저탄수화물 고지방 식단이라는 간단한 단어로 설명할 수 없는 것이다. 저탄고지를 정석으로 실천한다고 해도 누군가에게는 긍정적인 생활의 변화를 가져다주기도 하지만, 누군가에게는 오히려 건강의 악화를 초래하는 경우도 분명 있다.

사람의 몸은 각자 에너지 대사 능력, 간해독 능력이 모두 다 다르게 타고 난다. 또 살아온 생활 습관의 영향을 받아 많은 변화가 생기기도 한다. 저탄고지 식단을 시작하기 전에 기준으로 삼을 수 있는 연구 결과를 소개하고자 한다.

> 가장 건강한 탄수화물, 지방, 단백질 섭취 비율은 5대 3대 2인 것으로 나타났다. 또 우리나라는 상대적으로 탄수화물 섭취가 많고 지방, 단백질 섭취는 부족하다는 주장이 제기됐다. (……)[9]

이 연구 결과는 세브란스 병원 가정의학과 이지원 교수의 연구 팀이 진행한 연구로 국제학술지 〈영양 Nutrients〉에 게재되었다. 정리하자면 가장 건강한 '탄수화물：지방：단백질'의 섭취 비율이 '5：3：2'라고 한다. 한국 사람들은 평균적으로 탄수화물을 많이 섭취하기 때문에 어느 정도 탄수화물의 비율을 줄이고자 하는 노력이 필요하다는 것에는 동의한다. 그러나 지나치게 강박적으로 탄수화물을 적대시할 필요는 없으며 탄수화물 중에서도 비타민, 미네랄, 섬유질을 함께 섭취할 수 있는 잡곡밥 같은 복합 탄수화물을 선택한다면 꼭 저탄 식단이 아니라 '건탄(건강한 탄수화물)' 식단도 건강을 유지하는 데 오히려 더 도움이 될 수 있다.

지방은 무조건 나쁠까?

평소 먹던 음식 중에 다이어트를 이유로 지방 섭취를 중단한다면 어떻게 될까? 저지방 식단은 뇌를 구성하는 신경세포 기능 저하, 세포 노화 및 기능 저하를 유발할 수 있는 위험성이 있다. 그래서 음식으로 충분한 양의 지방을 섭취하는 것은 상당히 중요한 일이다. 식단을 관리하는 데 있어 극단적인 기준은 적합하지 않은 경우가 많다. 사람마다 유전적으로 타고난 체질이 다르기 때문에 맞는 음식이 따로 있고, 계절에 따라, 몸 상태에 따라 적합한 음식이 달라지기도 한다. 그래서 지방은 무조건 나쁘다, 탄수화물은 무조건 나쁘다, 고기는 무조건 나쁘다와 같은 극단적인 견해는 옳지 않다.

저탄고지 식단을 통해 건강상 많은 개선과 유익을 얻은 사람들도 있지만, 반대로 아무 효과도 없이 오히려 더 살만 쪘다는 사람들도 있다. 그리고 그것이 건강에 아무리 유익한들 평생 그렇게 먹기가 너무 괴롭다면 다른 방안을 찾아볼 필요가 있다. 따라서 식이 상담은 정말 제대로 하려면 약 처방보다 훨씬 어렵다. 지방은 3대 필수 영양소다. 극단적인 저지방 식단은 몸에서 지방을 필요로 하는 여러 가지 기능을 저해하는 위험성을 가진다.

에너지원으로서 단위 g당 가장 높은 에너지를 생성하는 지방의 역할은 다음과 같다.

- 가장 큰 에너지 잠재력을 갖고 있으며 신체에 골고루 분배 및 저장된다.
- 지용성 비타민을 전달한다.
- 세포막 구성과 스테로이드 호르몬을 합성한다.
- 열 차단 효과와 체내 장기들을 보호하는 역할을 한다.

영양 성분은 나에게 필요한 만큼, 질 좋은 지방을 적당한 비율로 섭취하는 것이 중요하다. 탄수화물 중에서도 섬유질이나 비타민, 미네랄을 함유하고 있지 않은 텅 빈 칼로리 탄수화물은 혈당만 올리고 몸에 부담을 주지만, 비타민, 미네랄, 섬유질을 풍부하게 함유하고 있는 탄수화물도 있다. 대표적인 것이 바로 고구마, 바나나와 같이 가공을 거치지 않고 그 자체로 먹는 자연 식품들이다.

이처럼 지방도 무조건 멀리할 것이 아니라 세포막의 건강, 호르몬 건강을 지키기 위해 우리 몸에 유익한 지방을 적절한 비율로 적당량을 섭취하는 것이 중요하다.

탄수화물, 적게 먹는 것이 정답은 아니다

탄수화물은 3대 영양소 중 하나로 우리 몸을 움직이는 데 꼭 필요한 에너지원으로 사용된다. 따라서 무조건 저탄수화물 식이가 좋은 것은 아니다. 탄수화물의 순기능에 대해 알아보자.

1. 에너지 공급
탄수화물은 몸에 모든 에너지를 가장 많이 공급해주는 영양분으로 근육을 생성하는 데 도움을 준다.

2. 신체 구성 성분
탄수화물은 신체에서 중요한 몇 가지 화합물을 형성하는 데 주로 윤활물질이나 손톱, 뼈, 연골 및 피부를 구성하게 된다.

3. 뇌 활성화
뇌는 많은 양의 포도당을 필요로 하는데, 탄수화물로 생성되는 포도당의 50퍼센트를 뇌 기능 활성화를 위한 에너지원으로 사용된다.

4. 혈액의 산성화 방지
탄수화물이 부족하면 몸속에 있는 단백질들이 손상을 막기 위해 체지방을 분해하는 과정이 생긴다. 이 과정에서 생성되는 케톤은 혈액을 산성화시키는 주요인으로 탈수 증상이나 두통, 메스꺼움 등을 유발한다.

5. 다이어트에 특효
흑미나 옥수수 같은 복합 탄수화물은 섬유질은 많고 칼로리는 거의 없어 조금만 먹어도 포만감을 많이 느낄 수 있다.

콜레스테롤을 낮추려고 하니
우울증이?

달걀 노른자, 콜레스테롤 덩어리일까?

"달걀 노른자 먹어야 할까요? 먹지 말아야 할까요?"

다이어트를 하는 사람 중에 달걀 노른자가 콜레스테롤이 많고 칼로리가 높다는 이유로 달걀 흰자만 섭취하는 경우가 많다. 달걀 노른자는 정말 콜레스테롤 덩어리, 살을 찌게 만드는 몸에 해로운 음식일까?

달걀 노른자가 달걀 흰자에 비해 칼로리가 높고 지방 함류량과 콜레스테롤이 높지만 달걀 노른자 콜레스테롤은 나쁜 콜레스테롤이 아닌 등푸른 생선, 견과류 등에 함유되어 있는 지방과 같은 좋은 콜레스테롤로 우리 몸에 좋은 영향을 준다. 달걀 노른자가 살을 찌게 한다는 건 우리가 알고 있는 잘못된 건강

상식 중 하나다. 달걀의 효능은 달걀 노른자에 더 많으며, 포만감이 풍부하므로 달걀 노른자를 먹는 것이 훨씬 다이어트에 도움이 된다.

여러 연구 자료에 따르면 달걀에 들어있는 레시틴 성분은 산모가 섭취했을 때 태아의 두뇌 발달에 도움을 주고, 치매를 예방하는 데도 효과가 있는 것으로 알려져 있다. 그 외에도 우리 몸을 구성하는 세포막의 주성분이기도 하고, 노화방지 효과까지 있다.

콜레스테롤은 낮으면 낮을수록 좋다?

다시 콜레스테롤 이야기로 돌아와서, 건강에 관심이 많은 사람 중에는 콜레스테롤에 대해 이렇게 이야기하기도 한다.

"콜레스테롤은 낮을수록 좋지 않나요? 콜레스테롤이 높으면 중풍에 걸린다고 하더라고요."

콜레스테롤은 정말 건강을 해치는 나쁜 물질일까? 혈액검사에서 콜레스테롤 수치는 우리가 먹는 음식에 의해 25퍼센트 정도의 영향을 받는다. 많은 사람이 건강검진을 하면서 고지혈증이라는 진단을 받게 된다. 고지혈증의 진단은 환자의 증상과 무관하게 순수하게 검사 수치만으로 이루어지게 된다. 이때 확인하게 되는 혈액 검사 항목이 콜레스테롤이다. 대부분의 사람들이 콜레스테롤이 정확히 뭔지 잘 모른다. 많은 사람들이 뚜렷한 증상이 없지만, 혈관의 건강을 위해 콜레스테롤을 낮추기 위한 관리를 해야한다고 알고 있기도 한다.

그렇다면 콜레스테롤이란 무엇일까? 콜레스테롤은 지질 Lipid 의 한 종류로서 탄소와 수소 그리고 산소 이 세 가지 원소로 이루어진 물질이다. 콜레스테롤을 구성하는 탄소는 총 27개인데, 이 물질은 스테롤(스테로이드 핵을 가진 유기 알코올을 통틀어 이르는 말)의 한 종류로서 모든 동물 세포의 세포막에서 발견되는 지질이며 혈액을 통해 운반된다. 식물 세포의 세포막에서도 적은 양이긴 하지만 발견된다.

콜레스테롤은 몸에서 수요에 의해 만들어진다

●

음식으로 섭취하는 지방의 양을 일부러 줄인다면 어떻게 될까? 즉, 저지방 식이를 장기간 유지한다면 여러분의 간은 힘들어할 것이다. 간에서 필요한 만큼의 콜레스테롤을 만들지 못하게 하기 때문이다. 몸에서는 간에서 콜레스테롤을 만들어 달라고 재촉하는데, 간에서는 그걸 만들 재료가 없어서 만들지 못하는 난감한 상황이 되는 것이다. 마치 재료를 사다 주지 않고 음식을 내놓으라고 주방장을 괴롭히는 상황과 비슷하지 않을까?

자, 여기서 '콜레스테롤은 혈관을 막는 나쁜 물질 아니야?'라고 생각하는 사람들이 많을 것이다. 콜레스테롤은 우리 몸의 정상적인 기능을 수행하기 위해, 즉 건강을 유지하는 데 없어서는 안 되는 필수 영양소다. 예전에는 새우에 콜레스테롤이 많다고 먹지 말라는 말도 안 되는 이야기가 유행하기도 했다. 콜레스테롤은 기본적으로 우리가 섭취한 지방을 가지고 간에서 만들어낸다. 콜레스테롤의 합성은 몸에서 콜레스테롤 요구량이 증가할 때, 그 수요에 따라 만들어진다.

즉, 몸 여기저기에서 "자, 여기 호르몬 소모가 많이 되어서 콜레스테롤 좀 더 만들어주세요."라고 요청하니까 그 주문량에 맞추어서 콜레스테롤을 만드는 것이다.

예를 들어, 콜레스테롤을 벽돌에 비유해보겠다. 무슨 이유에서인지 여기저기에 집들이 망가졌다. 그래서 이것을 보수하기 위해 벽돌 생산 주문량이 늘어나고 그 결과 시중에 유통되는 벽돌의 개수가 일시적으로 많아진다. 따라서 콜레스테롤 수치가 올라갔다는 것은 단순히 지방을 많이 먹어서 그런가 보다가 아니라 몸에서 콜레스테롤을 재료로 해야 할 일들이 많아졌다는 뜻이다.

콜레스테롤이 필요한 이유

콜레스테롤은 없애 버려야 하는 쓸모없는 존재로 오해하고 계신 분들이 아직도 많다. 그 오해로 인해 건강을 해치게 되는 일이 없기를 바란다. 자, 그럼 콜레스테롤은 어디에 필요할까?

첫째, 콜레스테롤은 기본적으로 우리 몸을 구성하는 세포막의 주재료가 된다. 나는 진료 전에 기본 검사로 환자들의 세포 나이를 체크해본다. 이것은 미세전류를 몸에 흘려서 세포막 건강도를 체크하는 세포 위상각 검사로, 세포막이 얼마나 건강하고 튼튼한지, 나이에 적절하게 노화가 진행되는지 아니면 실제 나이보다 세포가 빠르게 노화되었는가를 알 수 있다.

대개 콜레스테롤을 적게 섭취하고 있는 사람들이 세포 위상각 검사 시, 세포 나이가 실제 나이보다 더 많게 나오는 경우를 종종 본다. 20대 여자 환자인데 60대 후반의 세포 나이를 보이기도 하고, 10대 후반의 여자 환자가 70대 중반의 세포 나이를 보이는 경우도 있었다. 이런 경우 세포막의 재료가 되는 콜레스테롤, 그리고 오메가 3와 같은 건강에 좋은 기름을 꾸준히 충분하게 섭취하면 세포 나이가 다시 젊어질 수 있다.

둘째, 콜레스테롤은 또한 생명을 유지하는 데 필수적인 호르몬들의 주재료다. 호르몬 생성 경로를 따라가보면 우리 몸의 대표적인 호르몬이 있다. 스트레스에 대응하게 해주는 호르몬인 코르티솔, 혈압을 조절하는 미네랄로코티코이드, 여성 호르몬인 에스트로겐과 프로게스테론, 남성 호르몬인 테스토스테론과 같은 호르몬들을 만들기 위해서는 콜레스테롤이 필요하다.

앞서 언급된 호르몬들은 우리가 활력을 유지하는 데에도 매우 중요하지만, 한편 사람의 기분을 좌지우지하는 호르몬들이기도 하다. 코르티솔 저하는 우울감과 무기력감을 느끼게 하며, 여성 호르몬 또는 남성 호르몬의 불균형도 우울감, 불안감, 공포감 등의 감정들과 연관이 있다.

부신의 기능이 완전히 고갈되어 몸에서 필요로 하는 코르티솔이 만들어지지 못하는 경우를 일컬어 애디슨병Addison's disease 이라고도 한다. 이 병이 악화되면 생명을 잃기도 한다. 부신에서 만들어지는 호르몬은 사람의 몸 안팎에서 일어나는 여러 변화에 대처하여 건강한 상태를 유지한다. 또한 혈압을 정상적으로 유지하는 중요한 기능을 하기 때문에 이 호르몬의 심각한 부족은 갑작스러운 실신 또는 사망으로 이어지기도 한다.

이러한 호르몬들은 콜레스테롤 재료로 합성되고 또 자기 임무를 수행하고 나면 간에서 해독 과정을 거쳐 몸밖으로 배설된다. 그래서 간해독 기능이 떨어지면 호르몬 대사에 문제가 생긴다. 호르몬의 적정량을 유지하기 위해 콜레스테롤에 대한 일정 수요는 계속 있을 수밖에 없다. 특히 스트레스 양이 증가할 수록 그에 대처하기 위한 호르몬의 요구량이 늘어나고 콜레스테롤의 합성량도 증가하게 된다.

셋째, 콜레스테롤 내장지방은 우리 몸의 주요 장기들을 보호해주는 쿠션 역할을 한다. 배속에 있는 내장지방이라고 하면 어떤 이미지가 떠오르는가? 배가 임산부처럼 볼록 나온 중년 남자의 이미지? 내장지방이라 하면 무조건 최소한으로 없애야 하는 나쁜 것이라는 인식이 널리 퍼져 있지만 이것은 우리 몸을 구성하는 매우 중요한 성분이다.

우리는 걷기도 하고 눕기도 하고 뛰기도 하고 몸을 움직이는 활동을 하지만, 그럴 때마다 내 몸속 장기가 한쪽으로 쏠리거나 충격을 받을까 봐 걱정하지 않는다. 그 이유는 내장지방이 마치 에어백처럼 장기 손상을 보호해주는 완충 작용을 해주고 있기 때문이다. 이것이 없다면 우리는 밥을 먹을 때마다 심한 고통에 휩싸일 수 있다.

상장간막동맥증후군이라는 병이 있다. 고강도의 다이어트로 또는 극심한 스트레스나 거식증 등의 이유로 갑자기 체지방, 특히 내장지방이 빠르게 줄어드는 경우, 대동맥과 상장간막동맥 사이를 채우고 있던 지방이 사라지면서 그 사이를 통과하던 십이지장이 그 큰 혈관들에 눌리게 된다. 그 상태에서 음식을 먹게 되면 십이지장을 통과해야 하는 음식들이 정체되어 위의 팽만감, 구토를 일으키기도 하고 극심한 복통을 일으키기도 한다.

이때 해결 방법은 다시 내장지방을 채워주는 것이다. 그러려면 음식을 잘 섭취해주어야 하는데, 음식이 들어오면 복통이 생기니 점점 더 살이 빠지게 되는 악순환의 고리가 생기는 것이다. 이처럼 지방은 우리 몸의 주요 장기를 감싸서 보호해주는 중요한 역할을 담당하고 있고, 그뿐만 아니라 중금속, 환경호르몬 등 여러 독성물질로부터 우리 몸을 보호해주는 역할까지 감당하고 있다.

그래서 나는 콜레스테롤 수치를 낮추기 위해 약을 투여하는 것에 대해 조심스러운 의견을 갖고 있다. 콜레스테롤이 높다면 불필요한 과잉 섭취를 줄이기 위해 식이요법을 바꿔야 하는데, 만약 무턱대고 콜레스테롤 합성 억제제를 복용한다면 몸의 어딘가에서 필요한 콜레스테롤을 강제로 막는 상황이 되기 때문에 콜레스테롤 합성 억제제는 꼭 필요할 때 적절하게 복용하는 것이 중요하다.

넷째, 콜레스테롤은 뇌 조직을 구성하는 주요 성분이다. 따라서 콜레스테롤이 부족하면 생각의 속도가 느려진다. 그 결과 건망증이 생기고 집중력이 약해지는 브레인 포그 증상이 생긴다. 콜레스테롤의 부족은 뇌 기능의 장애를 가져오기도 한다. 그래서 콜레스테롤 합성 저해제인 스타틴 계열의 약을 복용하다가 중단하면 "이상한데? 내 머리가 다시 똑똑해진 것 같아."

라고 하는 사람들도 있을 정도다.

콜레스테롤 수치가 낮아지면 발생하는 증상은 아래와 같다.

- 동맥혈관의 약화
- 염증
- 스트레스
- 산화 손상
- 세포막 손상

콜레스테롤 농도와 우울증

이유 없는 우울감이 찾아올 때, 그 원인이 콜레스테롤약이 아닐까 생각해보는 것은 합리적인 의심이다. 1993년도 란셋Lancet에 실렸던 연구로서 50~89세의 백인 남성 1,020명을 대상으로 혈중 콜레스테롤 농도와 우울증의 관련성을 연구한 논문의 연구 결과를 요약하자면, 70세 이상인 노인 남성 인구에서 혈중 콜레스테롤 농도가 160mg/dl 이하로 낮게 측정된 사람들의 우울증 지수가 그보다 높은 160mg/dl~200mg/dl로 적정 수준의 콜레스테롤 수치를 가진 사람들에 비해 3배나 더 높게 나타났다는 내용이다. 그리고 논문을 자세히 보면 총 콜레스테롤 농도가 매우 낮은 경우 심지어 자살, 폭력적인 죽음과의 연관 가능성에 대해서도 언급을 하고 있다.

이렇게 되면 우리가 기름의 고소한 맛을 즐기고, 지방이 적절하게 포함된 음식을 먹으면서 행복을 느끼는 것이 그 자체로 몸에 해로울 일은 아닌 것이다. 이런 연구 논문이 100퍼센트 정확하고 완벽한 진실이라고 믿어서는 안 된다. 내가 강조하지만 건강에 있어서는 균형 있는 관점이 중요하다. 사람의 몸은 각자 강한 부분과 약한 부분이 있으며, 누군가는 낮은 콜레스테롤 농도로도 전혀 우울하지 않고 행복하게 사는 사람도 있을 것이다.

그 외에도 콜레스테롤 합성 저해제인 고지혈증약이 남성 호르몬의 혈중 콜레스테롤 농도를 낮추는 효과가 있다는 연구 논문들도 있다.

이런 논문들을 살펴보며 단순히 혈중 총 콜레스테롤 검사 또는 저밀도 저단백(LDL) 콜레스테롤 수치만 보고 기계적으로 약을 처방하는 행위는 더욱 지양해야겠다고 느꼈다. 주치의로서 환자 각자의 라이프 스타일을 고려하면서, 그 약을 복용하며 얻게 되는 득과 실은 무엇인지 꼼꼼히 따져서 처방하는 필요성을 더 크게 깨달은 것이다.

이 책의 독자 중에 혹시 고지혈증을 진단받고 약을 복용하고 있다면 무조건 계속 복용하지 말고 중간중간 혈중 수치를 꼭 확인하시길 바란다. 그리고 지방은 무조건 나쁘다는 생각으로 초저지방 식이를 하는 것은 우울증과 스테로이드 계열 호르몬 결핍을 초래한다. 호르몬 불균형으로 인한 또 다른 건강 악화를 낳을 수도 있다는 점도 유의하자.

콜레스테롤 수치, 생활에서 조절하라

콜레스테롤 수치관리 중 가장 중요한 HDL 콜레스테롤은 올리고 LDL 콜레스테롤은 낮추는 방법은 무엇이 있을까? 다음 콜레스테롤 관리법을 숙지하여 미리 예방하도록 하자.

1. 정기적인 검사
1년에 1회 이상은 건강검진을 통해 혈액검사를 하자. 갑자기 콜레스테롤 수치가 높은 것을 확인해서 증상이 심각해지는 것을 예방해야 한다.

2. 규칙적인 운동
부족한 신체활동은 심혈관계 질환에 나쁜 영향을 준다. 또한 비만은 이상지질혈증이 유발되도록 영향을 끼친다. 따라서 적절한 유산소 운동과 근력운동으로 기초대사량을 향상시키는 것이 바람직하다.

3. 콜레스테롤 수치를 낮추는 음식 섭취하기
콜레스테롤 수치를 낮추는 음식의 섭취를 늘려 콜레스테롤의 배출을 돕는 것이 좋다. 콜레스테롤에 좋은 음식으로는 흰색 채소(마늘, 양파, 양배추), 생선, 견과류가 있다.

4. 콜레스테롤 수치를 높이는 음식 피하기
고기를 먹을 때는 가급적 살코기 위주로 섭취하고, 닭고기, 오리고기는 껍질을 벗겨서 조리한다. 곱창, 달걀 노른자, 오징어, 새우 식품의 섭취 횟수는 주 1~2회 이하로 조절하는 것이 좋다.

건강을 위해
때로는 편식도 필요하다

장이 예민하다면 포드맵 식품을 피하라

기능의학적 치료를 위해 가장 중요한 것 중 하나가 바로 식단 조절이다. 병원을 찾아오시는 많은 사람들이 이미 글루텐프리Gluten-free 식단 또는 유제품이나 밀가루 음식을 피하는 등 여러 가지 식단의 변화를 이미 시도해보고 온다. 그중 어떤 환자들은 유행하는 식이요법을 실천하여 질병 상태의 호전 효과를 많이 봤는데, 여기서 더 좋아지고 싶어서 전문가의 조언을 얻고자 병원을 찾기도 한다.

기능의학에서 제시하는 식이요법 중 가장 흔하게 활용되는 것이 바로 제거식Elimination diet이다. 이번에는 제거식 종류 중 하나인 저포드맵 식단Low-FODMAP Diet에 대해 한번 알아보도록 하겠다. 저포드맵 식단을 처음 시작한 곳은 호주의 모나시 대학교에서 기능성 장 질환을 가진 환자들을 치료하기 위한 방법으로 고안된 식단이다.

우선, 포드맵이라는 말이 무슨 뜻인지부터 차근차근 알아보자. 포드맵FODMAP은 'Fermentable Oligosaccharides, Disaccharides, Monosaccharides, and Polyols'의 축약어로 직역하자면 '발효 올리고당, 이당류, 단당류, 그리고 당알코올류(폴리올스)'를 통칭한 말이다. 포드맵 식품들은 모든 사람들에게 문제를 일으키지는 않지만, 일반적이지 않은 장내 미생물 환경을 가지고 있어서 과민증을 지닌 사람들에게 문제를 일으킨다. 포드맵 식품의 목록은 다음과 같다.

- 첫째, 올리고당이다. 이 식품 그룹에는 갈락토 올리고당과 다당 등이 있다. 갈락토 올리고당을 함유하는 식품에는 렌틸, 강낭콩, 병아리콩 등이 있으며, 다당은 브로콜리, 아스파라거스, 마늘, 양파, 그리고 밀과 호밀 등에 들어있다.
- 둘째, 이당류다. 우유로 만들어진 것과 같은 식품에 함유되어 있는 젖당은 이러한 식품 그룹의 일부로, 이에는 마스카포네 치즈, 요구르트, 아이스크림 등이 있다.
- 셋째, 단당류다. 이 식품류에는 과일, 꿀, 그리고 고과당 콘시럽 등과 같은 과당 함유 식품들이 있다.

- 넷째, 당알코올이다. 무설탕 박하사탕이나 껌의 식품 감미료로 들어가는 당알코올은 설탕만큼 당도가 높지만 열량은 더 작아 대체재로 많이 쓰이는 성분으로, 알코올 특유의 휘발성을 가져 입안을 상쾌하게 만들어주는 것이 특징이다. 자일리톨, 소르비톨, 마티톨과 같이 '톨'자 돌림으로 끝나는 성분에 들어있기도 하다. 흔히 사과, 컬리플라워, 버섯, 배, 그리고 콩류에도 포함되어 있다. 단맛을 나게 하지만 혈당을 올리지 않는 특성 때문에, 혈당을 크게 상승시키지 않는 저당 빵이나 쿠키, 케이크 등 디저트류에 첨가물로도 널리 사용되는 성분이다.

이 성분들의 공통점은 '장에서 흡수가 느린 단쇄 탄수화물'이라는 것이다. 장 내부에서 장 세포로 흡수되기까지 시간 차가 존재하는데, 그동안 장내 미생물들이 이 성분들을 섭취하여 발효를 시키면서 가스가 발생하고 가스로 인한 복부 팽만감이나 복통이 일어나기 쉬우며, 또한 장내 삼투압을 높인 결과로 장내로 수분이 이동되면서 변이 묽어지거나 설사를 유발하게 되는 것이다.

그래서 가스와 설사가 주증상인 과민성대장증후군 환자들인 경우에는 포드맵 성분이 많이 들어있는 고포드맵 식품들을 먹는 경우 불편한 증상을 악화시키게 된다. 이처럼 장 상태가 정상적인 경우에는 먹어도 아무 탈이 나지 않는 과일이나 채소일지라도, 과민성대장증후군 또는 장내 미생물의 불균형이 심한 사람들에게는 장내 가스 발효를 일으켜 가스, 설사 등의 불편한 증상을 유발하는 경우가 꽤 있다.

이런 사람들은 장내 환경이 완전히 개선되기 전까지의 치료 기간 동안에는 저포드맵 식단을 고수할 필요가 있다. 포드맵에 의한 불편 증상이 나타나는 세 가지 독립적인 원인 메커니즘을 살펴보자면 다음과 같다.

- 소장의 흡수 능력이 감소한다.
- 음식물이 소장을 통과하는 속도가 빨라진다.
- 소장 말단 부위에 세균이 과잉 증식한다.[10]

어떤 식품이 저포드맵 식품일까?

저포드맵 식단을 하기 위해서는 어떤 식품이 고포드맵 식품인지, 저포드맵 식품인지를 알아야 한다.

우선 대부분의 콩류는 중·고포드맵 식품에 해당이 되기 때문에 제외시키는 것이 좋다. 견과류 중에서는 고포드맵에 해당되는 아몬드, 캐슈넛, 헤이즐넛, 해바라기씨 대신 저포드맵 식품군에 속하는 브라질너트, 치아시드, 아마씨, 마카다미아, 땅콩, 호박씨로 대체하여 섭취하면 된다.

대표적인 고포드맵 식품이라면 밀, 사과, 배, 마늘, 양파, 우유, 크림치즈, 꿀, 아가베시럽, 주로 공장에서 생산되는 과자, 빵, 음료수, 소스류 등에 함유되어 있는 액상과당이다. 기능의학에서 주로 치료하는 기능성 장 질환을 가진 경우에는 이러한 고포드맵 식단을 피한 상태에서 장 치료를 시작하는 것이 좋다.

계속해서 음식 제한을 하는 것은 아니다. 모든 포드맵 식품들이 증상을 유발하는 것은 아니기 때문에 대략적으로 4~6주 동안 혹은 최초의 증상이 해결될 때까지 제한하는 것이다. 또한 제한했던 음식들을 한 번에 한 가지씩 다시 먹어보고 그로 인한 불편 증상이 생기는지 여부를 관찰함으로써 장 상태가 회복되었는지 확인해볼 수 있다. 제거 식단 과정을 수행하면서 식품 일지를 써보자. 증상을 기록함으로써 기억에만 의존하지 않도록 해야 할 것이다.

여섯 가지 음식만 빼고 먹자

●

제거식에는 저포드맵 식단 외에도 여러 가지 종류가 있는데, 그중 가장 간단한 것이 바로 '여섯 가지 음식 제거식이요법'이다. 이는 다음의 여섯 가지 음식을 식단에서 제외해보는 것이다.

- 우유
- 밀
- 땅콩을 비롯한 견과류
- 달걀
- 콩
- 해산물

　내가 병원에서 주로 하고 있는 제거식이요법은 90종 지연성 음식반응검사 음식 알레르기 검사 결과를 토대로 하므로 각 환자마다 먹지 말아야 할 음식 항목이 달라진다. 만약 이러한 검사를 할 여건이 안 되거나, 일단 검사 전에 내가 지금 겪는 건강 문제나 증상들이 실제로 음식과 연관성이 있는지 알아보고 싶다면, 검사 없이 우선적으로 해볼 수 있는 것이 바로 여섯 가지 음식 제거식이요법이다.

　이 효과에 대한 논문[11]들을 살펴보면 호산구성 식도염 환자에게서 여섯 가지 음식 종류를 제한하는 식이를 시켰더니, 환자들의 73.1퍼센트에서 증상의 개선은 물론이고, 조직학적으로도 호산구가 감소하는 개선 효과를 보였다는 결과가 나왔다. 그리고 특히 증상을 악화시킨 가장 일반적인 요인은 우유, 밀가루, 그리고 달걀로 나타났다.

　우유, 밀가루, 달걀이 합쳐진 레시피는 핫케이크뿐만 아니라 우리가 먹는 대부분의 빵이 바로 이 조합으로 만들어져 있다. 게다가 달달한 맛이 첨가되면 엄청난 양의 설탕까지 동반된다.

그래서 내가 주로 환자들을 치료하다 보면 증상 개선이 잘 안 되는 사람들의 경우 자신도 모르게 빵을 끊지 못하는 분들이 많다. 그런 사람들은 계속해서 면역체계를 자극하고 있는 셈이다. 나도 과거에 빵을 좋아했기에 빵을 끊는 고충을 모르지는 않다. 하지면 끊으면 또 끊어지는 것이 빵이다. 심리적 금단 증상은 있을지언정 담배나 알코올 중독보다는 훨씬 끊기 쉽다.

알레르기, 면역 관련 질병이 있다면 우선 빵을 한번 끊어보자. 밀가루, 달걀, 우유가 아니더라도 이 세상에 맛있는 것은 많이 있다. 나 또한 우유를 너무 좋아하는 사람이지만 지금은 우유와 맛이 유사한 식물성 음료를 마시고 있다.

음식만 잘 가려먹어도 질병을 고친다

•

다시 논문으로 돌아와서 이처럼 여섯 가지 식품 제거식이요법을 해서 증상이 개선된 사람들에서도, 음식에 대한 알레르기 검사에서는 거의 음성으로 나왔다. 많은 알레르기 환자들이 내과나 피부과에서 알레르기 검사라고 해서, 대략 본인 부담금 3만 원 대의 다중 알레르기 항원 검사MAST를 한다. 하지만 여기서 음성으로 나오는 분들이 참 많다. 이때 다들 당황한다. '어? 나 사과 먹으면 엄청 가려운데, 왜 알레르기 검사에서는 사과가 음성으로 나오지?' 하고 말이다. 그렇다고 해서 사과를 먹어도 되냐, 그건 아니다.

마스트 검사는 알레르기 수치를 매개로 하는 면역반응에 대해서만 보는데, 우리 몸의 면역반응은 알레르기 수치와 관련 없이도 음식에 대한 과민반응을 일으킬 수 있다. 의사 선생님 중에는 '음식은 음식일 뿐, 식단의 개선이 질병치료에 영향을 주지 않는다.'라고 생각하는 분들이 많다. 의사가 처방하는 약이 더 중요하다고 생각한다. 하지만 실제로 환자에게 알레르기를 주로 일으키는 요주의 음식을 제한하기만 해도 알레르기성 질병이 거의 완치에 가까운 호전을 보인다는 논문들은 많다.

실제로 우리 환자들 중에는 제거식이요법만으로도 피부가 좋아지고 컨디션이 개선되는 케이스는 많다. 그냥 기적이 일어난 것은 아니다. 건강을 위해 무엇을 먹느냐는 어쩌면 의사가 처방하는 약보다 더 중요한 문제일 수 있다.

지금까지 건강한 편식인 제거식이요법에 대해 소개했다. 알레르기 또는 자가면역 질환을 가진 사람이라면 일단 가장 유력한 용의자인 우유, 밀, 달걀 이 세 가지라도 한번 식단에서 제거해보자. 그리고 내 피부 상태, 피로감이 어떻게 달라지는지 한번 지켜보는 것은 어떨까?

저포드맵과 고포드맵 음식을 구분하라

장이 안 좋다면 특히 조심해야 할 음식들이 있다. 다음 포드맵이 많은 음식과 적은 음식들에 대해 구분해보자.

1. 과일류

- 포드맵이 많은 음식 : 사과, 배, 복숭아, 자두, 수박, 살구, 아보카도
- 포드맵이 적은 음식 : 키위, 바나나, 오렌지, 포도, 딸기, 귤, 블루베리

2. 곡류

- 포드맵이 많은 음식 : 보리, 호밀, 강낭콩, 잡곡류
- 포드맵이 적은 음식 : 글루텐 프리 제품, 감자, 쌀밥, 두부, 고구마, 쌀국수, 오트밀, 귀리, 기장, 차전자피, 퀴노아, 타피오카

3. 채소류

- 포드맵이 많은 음식 : 양배추, 마늘, 양파, 브로콜리
- 포드맵이 적은 음식 : 오이, 당근, 호박, 가지, 양상추, 죽순, 토마토, 완두콩, 청경채, 샐러리, 생강, 상추, 기장, 피망, 근대, 시금치, 순무

4. 유제품

- 포드맵이 많은 음식 : 치즈, 우유, 아이스크림
- 포드맵이 적은 음식 : 저지방 요거트, 유당 제거 우유

5. 기타

- 포드맵이 많은 음식 : 커피, 차류, 자일리톨, 탄산음료, 버섯
- 포드맵이 적은 음식 : 메이플 시럽, 소금, 로즈마리, 파슬리, 바질

현대인의 절반이
마그네슘 부족이다

건강을 위협하는 마그네슘 결핍 증상

인체에 필수적인 광물질인 마그네슘, 당신은 마그네슘을 언제 복용하는가? 우리의 인체는 평균적으로 20~30g의 마그네슘을 함유하며, 하루에 체중 1kg당 6mg 정도(성인 남성 기준 하루 약 370mg)의 마그네슘을 필요로 한다. 한국인을 비롯해 많은 현대인들이 마그네슘 결핍 상태다. 마그네슘의 부족은 스트레스, 갑자기 근육에 무리가 가는 운동이나 일을 한 경우, 커피나 인스턴트 음식을 자주 먹는 경우, 특정 심장약, 이뇨제, 피임약, 칼슘단일제제의 복용 등 다양한 원인으로 발생할 수 있다.

또한 바쁜 일상으로 제대로 식사를 하지 못하고 끼니를 때우면 마그네슘이 현저히 부족하게 된다. 나는 진료하면서 환자들에게 마그네슘을 자주 처방하는 편이다. 다들 아시다시피 눈떨림이 있을 때, 다리에 쥐가 날 때 마그네슘은 특효약이 된다. 이런 증상을 경감하기 위한 목적으로 마그네슘을 알고 있는 사람들은 많지만, 이러한 효능은 마그네슘이 갖고 있는 기능에 비하면 빙산의 일각이다.

내가 진료실에서 마그네슘을 처방하는 이유는 다음과 같다.

첫째, 불면증 완화다. 불면증 환자분들 중에는 이완을 할 줄 몰라서, 즉 낮 동안 스트레스 받으면서 몸에 쌓인 긴장이 풀리지 않아서 잠이 쉽게 들지 않는 경우가 있다. 이런 경우엔 마그네슘이 도움이 된다.

둘째, 근육 이완 효과다. 환자 중 몸의 변화를 예민하게 느끼는 사람들은 마그네슘을 먹거나 마그네슘이 포함된 수액을 맞으면 약간 몽롱해지고 몸이 나른해지는 느낌을 받는 사람들이 종종 있다. 왜냐하면 마그네슘은 수축된 근육을 풀어주는 효과가 있기 때문이다.

마그네슘은 근육의 수축을 감소시키기 때문에 자궁의 수축으로 인한 조산을 감소시켜주는 효과도 있다. 부정맥이 나타나는 빈도도 감소시켜주기도 한다. 종종 심장에 부정맥을 가진 사람들이 꽤 있다. 이런 경우에도 평소 마그네슘을 보충해주면 좋다.

마그네슘은 우리 몸에서 하는 일이 정말 많다. 먹는 음식, 특히 탄수화물을 사용해서 에너지, 아데노신 3인산인 ATP를 만들어내는 과정에도 필수적으로 쓰인다. 그 외에도 마그네슘은 신경세포에서 신호 전달 과정, 단백질이나 지방의 합성 과정, 뼈 건강에도 중요한 역할을 담당하고 있다. 마그네슘은 인체에서 일어나는 300가지가 넘는 생화학적 효소 반응에 관여하고 있는 필수 미네랄이다. 이제부터 마그네슘이 가진 진면목에 대해 알아보자.

마그네슘이 부족하면 나타나는 징후

마그네슘의 주요 업무는 손상된 DNA를 복구하는 것이다. DNA의 손상이 회복되지 않은 채 방치하는 것은 암세포가 발생하도록 방치하는 것과 마찬가지다. 따라서 마그네슘의 결핍은 폐암을 비롯한 여러 종류의 암 위험도를 높이며, 그 외에도 심장 질환, 뇌졸중의 위험을 높이고, 염색체 말단에 반복되는 염기서열인 텔로미어가 짧아지는 데 기여함으로써 노화를 촉진한다.

최근 한 연구에 의하면 마그네슘 결핍이 심혈관계 질환을 촉발하는 주요 원인으로서 작용한다는 것이 밝혀지기도 했다. 그래서 암, 뇌졸중이나 심근경색, 협심증과 같은 질병을 앓았던 사람들이나, 그런 질병의 가족력을 가진 사람들은 마그네슘을 평소에 꾸준히 복용할 필요가 있다.

통계조사에 따르면 미국인의 45퍼센트가 마그네슘 결핍상태며 이것은 모든 종류의 사망률 증가와 관련이 있다고 한다. 그러나 마그네슘 결핍에 대한 인식이 전 세계적으로 매우 부족한 상황이므로, 이 문제는 공공의료 차원에서 더 큰 건강상의 위기를 초래할 수 있다.

마그네슘은 항암면역에 중요한 비타민 D가 활성형으로 전환하는 데에도 꼭 필요하다. 비타민 D가 골다공증에도 중요할 뿐만 아니라 모든 종류의 암, 고혈압, 당뇨, 고지혈증 외에도 우울증 등 다양한 질병에 대하여 위험도를 낮추는 효과가 있다는 것을 생각할 때, 비타민 D와 함께 마그네슘도 함께 챙겨야 한다는 점을 기억하길 바란다.

그래서 마그네슘은 건강수명을 늘리기 위해서 꼭 필수적으로 필요한 미네랄이라 할 수 있다. 마그네슘이 부족하면 나타나는 징후는 다음과 같다.

- 피로, 무기력증
- 협심증, 심장마비 등 심장 질환
- 골다공증
- 눈꺼풀 떨림 등의 근육 경련

- 체내 혈압 상승
- 혈관 수축 이상 편두통, 딸꾹질, 천식

생리전증후군과 마그네슘

여성분들 중에는 생리통 때문에 타이레놀 등 진통제를 안 먹어본 사람이 없을 만큼 생리전증후군은 굉장히 흔한 증상이다. 생리전증후군은 생리통뿐만 아니라 우울하거나 예민해지고 짜증이 많아지는 기분의 변화도 포함하는 용어다. 그 원인으로서 세포 내 마그네슘 농도가 낮을수록 생리전증후군이 더 심해진다는 사실이 연구 결과 밝혀진 바 있다.

한 임상 연구에서는 생리전증후군 환자들에게 마그네슘을 투약했더니 짜증 나고 신경질적인 경향이 89퍼센트 감소했으며, 유방통은 96퍼센트 감소했고, 체중 증가는 95퍼센트 감소하는 효과가 나타나기도 했다.

이것은 프로게스테론이 체내에서 생성되기 위한 필수 원소가 바로 마그네슘이기 때문이다. 그래서 많은 여성들이 생리전 마그네슘의 좋은 공급원인 초콜릿을 찾기도 한다. 그런데 초콜릿에는 카페인이 포함되어 있어 부신을 과도하게 자극하고 부신피로를 유발할 수 있으며, 부신피로는 성호르몬의 불균

형을 초래하여 결국 생리전증후군을 더 악화시키게 되므로 초
콜릿보다는 하루 400mg 정도의 마그네슘을 보충해주는 것이
더 좋다.

간혹 생리 전에 생리통이나 유방통, 또는 붓거나 몸이 무거
워지고 기분이 나쁘고 신경질이 나는 분들이라면 마그네슘을
복용해보시기 바란다. 이때 증상 경감의 목적이라면 하루
300~600mg을 3회에 나누어 복용하는 것으로 시작하자.

한 연구에서는 300mg씩 하루 3회 복용으로 생리전증후군
의 증상들이 드라마틱하게 감소했다고 하니, 평소에는 하루
300mg 정도 복용하더라도 생리 전에는 일시적으로 하루 이틀
정도만 복용량을 좀 더 증량해보고 증상의 경감을 살펴보는 것
이 좋을 것 같다.

한편, 생리전증후군과 관련 없이 마그네슘은 모든 통증에 대
한 민감도를 낮춰주기도 한다. 이에 따라 생리통 통증의 강도
도 함께 낮추게 된다.

마그네슘이 들어있는 음식, 반응력 광물

●

마그네슘은 엽록소 물질인 클로로필 분자의 중앙에
위치하고 있으며, 주요 공급원은 가공하지 않은 천연 그대로의

식품이다. 즉, 통곡식, 견과류, 씨앗류를 포함한 식물성 식재료들로 대표적인 것이 아몬드, 캐슈넛, 브라질 너트와 같은 견과류다. 콩이나 두부, 시금치, 현미에도 들어있다.

마그네슘의 섭취량이 충분하다고 해도 생체 이용률을 떨어뜨리는 요인들에 의해 마그네슘 결핍 상태가 유발될 수도 있다. 대표적인 것이 스트레스, 과도한 음주, 그리고 에스트로겐이 높고 프로게스테론이 낮은 호르몬 불균형 상태다. 그리고 갑상선 기능 항진증 상태, 부갑상선 기능 항진증 상태일 때도 마그네슘의 결핍증을 유발한다. 또한 고지방식이는 마그네슘의 흡수를 방해하기도 한다.

알코올의 섭취는 마그네슘을 신장에서 마구 빠져나가도록 하기 때문에, 술을 좋아하는 경우 마그네슘 결핍이 흔하게 나타나기도 한다. 마그네슘의 흡수가 잘되게 도와주는 요인으로는 셀레늄, 비타민 D, 비타민 B6이 있다.

하지만 여건상 당장 현재 식습관을 크게 변화시키 어려운 사람들에게는 마그네슘을 영양제의 형태로 복용하는 것을 권하고 있다. 마그네슘 보충제에는 여러 가지 종류가 있지만 산화마그네슘보다는 구연산 마그네슘이 생체 이용률 면에서 더 좋다. 마그네슘은 비타민 B6, 셀레늄과 같은 다른 영양제와 함께 투여했을 때 더 좋은 효과를 나타낸다.

특히 비타민 B6와 함께 복용해야 세포 내로 들어갈 수 있기 때문에, 마그네슘 단독 투약보다는 비타민 B6를 포함한 B군 복합제, 미네랄 종류와 함께 복용하길 권한다. 스트레스를 많이 받아 부신피로가 있는 사람들도 마그네슘을 비타민 B5, 비타민 C와 함께 보충할 필요가 있다. 우리가 스트레스를 받는 동안에는 마그네슘, 비타민 B5, 비타민 C의 요구량이 크게 증가하기 때문이다.

마그네슘은 언제 먹는 게 좋을까?

마그네슘의 흡수가 가장 잘 되는 시간대는 저녁 8시 이후다. 이때 산성을 띠는 음식과 함께 섭취하는 것이 좋다. 만약 오늘 낮 동안 스트레스를 많이 받았다면 퇴근 후 운동을 통해 뼈를 건강하게 한 후, 저녁 8시 이후에 토마토주스나 오렌지 또는 사과주스 또는 비타민 C 가루를 탄 용액과 함께 마그네슘이 풍부한 견과류(또는 마그네슘 영양제)를 섭취하는 것이 그다음 날 컨디션을 위한 최적의 솔루션이 될 것이다.

마그네슘은 저렴하면서도 치료 범위가 넓어서 안전하다는 장점이 있다. 체내에 머무르는 반감기가 짧은 편이어서 많이 먹는다고 문제를 일으킬 확률이 다른 영양소들보다 상대적으로 적다. 또 복용 중인 다른 의약품들과의 상호작용도 거의 없다시피 하기 때문에 복용에 크게 주의할 필요는 없다.

마그네슘 보충제를 먹는 것 이외에도 일상에서 우리가 접하는 여러 음식에도 마그네슘이 함유되어 있기 때문에 이러한 음식들을 골고루 먹는 것도 마그네슘을 보충하는 좋은 방법이 된다. 부족한 마그네슘을 채우기 위해 어떤 식품을 섭취하는 것이 좋을까? 대표적인 마그네슘 고함량 식품에는 시금치와 같은 녹색 엽채류, 아몬드와 같은 견과류, 고등어와 같은 등푸른 생선류가 있다.

하지만 무엇이든 과한 것은 금물이다. 마그네슘을 권장량보다 과다 섭취하게 되면 마그네슘 독성으로 인해 설사, 복통, 메스꺼움 같은 증상이 나타날 수 있으니 항상 적정량을 섭취하도록 주의하자.

마그네슘의 효능, 알고 먹자

마그네슘은 중요도로 따진다면, 필수 미네랄 중 하나다. 우리 몸 전체에 분포하고 있어 신체의 여러 가지 반응에 관여한다. 좀 더 이해하기 쉽게 마그네슘이 어디에 좋은지 정리해보았다.

1. 진정, 이완효과
마그네슘의 충분한 섭취는 수면의 질을 높여줌으로써 불면증 개선에 도움이 된다.

2. 인슐린 저항성 및 만성염증 교정
마그네슘은 췌장의 인슐린 분비를 적절하게 해준다. 즉, 당뇨병에 걸리기 전에 예방의 효과를 준다.

3. 뇌 기능 향상 및 우울증 개선
마그네슘은 뇌의 핵심 호르몬 수용체의 활성 및 주요 신경전달물질의 방출을 강화시켜 기억력과 학습능력을 증진시키고 우울감을 개선한다.

4. 고혈압, 심혈관계 질환에 도움
마그네슘은 짝꿍인 칼슘과 함께 안정된 심박동을 유지하여 정상적 혈압 유지에 도움이 된다. 혈관벽의 경화를 막아서 혈관을 부드럽게 이완시키는 작용도 한다.

5. 뼈 건강에 도움
마그네슘 섭취는 골밀도에 좋은 영향을 끼친다. 즉, 칼슘 흡수 및 결합력을 강력하게 증가시키며 골다공증 개선에도 도움이 된다.

우리가 피해야 할 음식,
우리가 가까이해야 할 음식

우리가 설탕과 밀가루를 피해야 하는 이유

•

우리가 첫 번째로 피해야 할 음식은 무엇일까? 바로 정제 탄수화물, 단순당이다. 산업화되기 이전에는 도정기술이나 설탕을 만드는 기술이 발달되지 않았다. 그래서 사람들은 백미나 밀가루, 또는 설탕을 먹을 일이 거의 없었다. 그러나 사탕수수를 가공하여 섬유질과 식물성 성분들이 다 제거된 순수한 설탕을 만들기 시작하면서 식탁 위에 설탕이 등장했다. 그후 사람들의 몸속에 들어오는 설탕의 양은 기하급수적으로 늘어났다. 그에 따라 당뇨라고 하는 신종 질환이 생겨났고 이제는 너무나도 흔하고 보편적인 질병이 되어버렸다.

"저는 설탕을 먹지 않아요."라고 말하는 사람도 있다. 하지만 설탕을 음식에 직접 넣지 않더라도, 가공식품에는 넘치도록 많은 양의 당분, 특히 액상과당이 함유되어 있다. 모두 소비자에게 선택되기 위해 혀를 유혹하는 맛을 내기 위한 식품 회사들의 제조 방식 덕분이다.

또한 껍질을 다 벗겨낸 백미, 밀가루와 같은 정제 탄수화물과 설탕, 과당과 같은 단순 당분들은 여러 가지 이유로 면역력을 떨어뜨린다. 그렇다면 밀가루는 어떻게 우리의 면역력을 떨어뜨릴까?

첫째, 장내 미생물 생태계에 나쁜 영향을 미친다. 설탕, 밀가루에는 섬유질이 거의 들어있지 않기 때문에 매일 파스타, 라면만 먹고 산다면 아마 그 사람의 장 속에 섬유질을 먹고 사는 유익균들은 거의 굶어 죽어갈 것이다. 대신 설탕을 좋아하는 곰팡이의 증식이 늘어나면서 몸 여기저기에 염증이 생길 수 있다.

둘째, 밀가루에 함유된 글루텐은 체내에서 장내 세포를 공격하는 항체 생성을 유도한다. 오늘날 우리가 먹고 있는 밀가루는 유전자 변형이 된 대표적인 식품 중 하나로, 밀가루에 함유된 글루텐이 많을수록 더 쫄깃한 면과 과자를 만들 수 있다. 그러나 품종 개량이나 유전자 조작을 통해 글루텐 함유량이 증가된 개량 밀을 우리 몸은 음식으로 인식하지 않고 해로운 위험 인자로 인식하기도 한다.

셋째, 고칼로리 영양 결핍을 초래한다. 이 말인즉슨 설탕이

듬뿍 들어간 고칼로리의 밀가루 음식들은 포만감을 주고 살을 찌우기 때문에 잘 먹었다 충분히 먹었다고 생각할 수는 있지만, 실제로 우리 몸에서 달라고 요구하는 영양소들은 전혀 들어오지 않은 상태가 되는 것이다. 음식을 연료로 사용해서 에너지를 얻기 위한 과정에 필요한 비타민, 미네랄들은 부족해진다. 그 결과 여러 가지 세포들의 기능에 문제를 초래하는 영양 결핍 상태를 유발할 수 있다는 뜻이다.

생체 에너지란 우리가 뛰고 달리는 데 필요한 운동 에너지뿐 아니라 오래된 세포를 재생시키고, 음식을 소화시키고, 해독하는 인체 내에서 이루어지는 모든 세포들이 기능하는 데 필요한 에너지다. 따라서 이 에너지 생성에 문제가 생기면 전신의 세포 기능이 떨어져 온갖 성인병이 쉽게 생길 수 있다. 당연히 면역세포들의 활동도 저하될 수밖에 없다.

암 예방을 위한 컬러푸드, 항산화제

그렇다면 우리가 가까이해야 할 음식은 무엇일까? 자동차를 운행할 때 배기가스가 나오는 것처럼 사람도 음식을 먹고, 에너지를 만드는 과정에서 배기가스가 나온다. 그것이 바로 활성산소다. 활성산소의 생성은 생명유지 과정에서 사용되기도 하므로 적정량은 필요하다. 그러나 활성산소가 필요 이상으로 많아지면 이것은 노화를 앞당기거나 치매, 파킨슨병 등 여러 가지 질병의 위험도를 높인다. 특히 암이 생길 가능성이 높아진다.

활성산소의 발생은 생활 습관의 영향을 받는다. 술, 담배를 많이 하는 경우 활성산소가 많이 생긴다. 운동을 과하게 하는 경우에도 동일 연령대에 비해 피부노화가 심해지는데, 이 또한 운동하면서 호흡량이 많아지기 때문에 이에 비례해서 활성산소도 많이 생긴다. 그 외에도 스트레스, 수면 부족, 과식, 비만 등 여러 가지 요인에 따라 활성산소의 발생량은 사람마다 차이가 있다.

그래서 우리에게 필요한 것은 '항산화제'다. 건강보조식품을 말하려는 것이 아니다. 매일 먹는 음식을 통해 우리는 항산화제를 섭취하고 있다. 특히 컬러푸드라고 부르는 여러 가지 색깔의 과일과 채소에서 색깔을 띠게 만드는 색소들이 모두 활성산소를 없애주는 항산화 역할을 담당한다. 생과일, 생채소로 섭취할 수 있는 대표 항산화제는 바로 비타민 C, 베타카로틴이다. 그래서 식사하면서 생기는 활성산소를 상쇄시키기 위해 비타민 C를 식후에 복용하는 것이 좋다고들 한다.

이처럼 채소는 좋은 미생물을 기르는 먹이인 섬유질이 풍부할 뿐 아니라 암을 예방하는 데 중요한 항산화 성분도 함유하고 있기 때문에 면역 식단에 가장 먼저 올려야 할 음식이다.

　정리하자면 여러 가지 색을 띤 컬러푸드를 풍부하게 섭취하고, 곡류를 섭취하더라도 미네랄과 비타민이 풍부한 껍질을 깎아내지 않은 현미, 통곡식을 먹는 것이 좋다. 그리고 가능한 밀가루 음식, 당분이 많이 들어간 가공식품은 피하는 것을 권한다. 면역을 높이는 특별한 식재료를 찾기보다는 매일의 식탁에 영양소가 잘 갖춰져 있는지를 점검해보는 것이 더 바람직한 건강관리 비법이다.

색깔별로 음식의 효능이 다르다

필수영양소를 고루 가진 컬러푸드는 식품의 색과 고유의 독특한 맛, 향을 부여하는 식물화학 성분으로 식품의 효능이 달라진다. 어떠한 색깔의 음식에 어떠한 효능이 있는지 살펴보자.

1. 다이어트에 좋은, 레드푸드

레드푸드는 사과, 토마토, 딸기, 석류, 수박, 붉은 피망, 고추, 체리류가 있다. 낮은 열량을 갖고 있는 레드푸드는 라이코펜, 안토시아닌 성분을 함유해 항암, 혈관 강화, 체내 유해산소 제거 효과가 있다.

2. 노화 방지에 적격인, 옐로푸드

옐로푸드는 호박, 고구마, 살구, 밤, 오렌지, 귤, 파인애플, 당근, 감, 옥수수, 바나나 생강 등이 있다. 옐로푸드 식품들은 카로티노이드 성분을 함유해 항암, 항산화, 노화 예방 효과가 있다.

3. 혈관을 지키는, 그린푸드

그린푸드는 피스타치오, 오이, 샐러리, 브로콜리, 케일, 시금치 등이 있다. 눈 건강에 좋은 루테인 성분과 암을 예방해주는 인돌 성분, 엽산과 비타민 K, 칼륨 등이 있다.

4. 독소를 제거하는, 퍼플푸드

퍼플푸드는 가지, 적채, 포도, 블루베리, 자색고구마 등이 있다. 퍼플푸드 식품들은 안토시아닌 성분을 함유하고 있는데, 세포 손상을 막아 노화 예방과 면역력 증가에 효과적이다.

기능의학이란
무엇인가

우리 몸은 각자도생이 아니다

개원을 준비하는 중에 사람들에게 가장 많이 듣는 질문이 "무슨 과로 개원하는 거예요?"이다. 내가 전공한 것은 가정의학과가 맞지만, 그렇다고 가정의학과 병원이라고 말하기엔 뭔가 설명이 좀 부족한 것 같아 기능의학 주치의 클리닉이라고 대답한다. 그러면 대개 "기능의학은 어떤 환자들이 주로 가는 병원인가요?"라고 한 번 더 질문한다.

나는 이 질문에 대답하기에 어려움을 느낀다. 기능의학의 특성상, 특정 과목을 내세우거나 주요 타깃이 되는 환자군을 한정해 말하기는 참 어렵다. 기능의학이라는 것은 기존 병원들이 전문과로 나뉘어지는 시스템과는 전혀 다른 패러다임을 가지고 있기 때문이다. 질병을 바라보는 시각 자체가 다른, 새로운 관점의 기능의학을 기존의 틀에 끼워 맞추려고 하다 보니 이해하기 어려운 점이 있다. 그 이유를 조금 풀어서 설명해보려고 한다.

첫째, 기능의학은 통합의학이기 때문이다. 여기서 주의할 것은 요새 통합의학이라고 하면 양방과 한방의 통합을 떠올린다. 이것은 대개 치료 방법, 도구의 통합인 경우가 대부분이다. 동양의 것과 서양의 것을 함께 간다는 것이다. 사실 이 두 가지야말로 서로 다른 사상체계, 전혀 다른 패러다임을 가졌는데 어떻게 통합이 된다는 것인지 사실 이해가 잘 안 갔다.

약국에 가서 처방약을 받아왔는데 거기에 한방 성분이 들어 있으면 통합의학인가? 항생제 처방받아 복용하면서 침도 같이 맞으면 통합의학인가? 양약과 한약을 같이 먹어도 되는지 수없이 질문을 받지만, 그걸 대체 누가 된다, 안 된다 명확하게 대답이나 할 수 있을까?

일단, 의사들로서는 한약에 무슨 성분이 있는지 도통 알 수가 없다. 단지 치료를 위해 이것저것 가리지 않고 한방이든 양방이든 좋다는 방법은 다 동원하는 것을 통합의학이라고 하는 것 같다. 하지만 내 생각은 조금 다르다. 내가 생각하는 진짜 통합의학이란 소위 말하는 전인적 치료에 더 가까운 개념이다.

한 사람의 몸에서 일어나는 생화학적, 물리적인 현상들은 매우 복잡하다. 그중 의사들은 지극히 일부를 이해하고 있을 뿐이다. 우리 몸은 이해 못하는 신비로운 일들이 훨씬 더 많다. 여기서 중요한 것은 인체 내에서 일어나는 화학적, 물리적 생리 작용이 서로 영향을 주고받는다는 사실이다. 체내 모든 기관들은 연결되어 있기 때문이다.

그렇지만 많은 사람들은 인체의 각 기관들인 심장, 폐, 뇌, 팔다리, 피부를 마치 기계의 부품처럼 따로 인식하고 있는 경우가 많다. 늘 변비가 있고, 소화가 안 되며, 더부룩한 증상이 있는 환자에게 소화기 기능뿐만이 아닌 뇌 기능 또는 피부 건강과 연관되어 있다고 말하면 "그런 게 어디 있나요?"라고 반문하는 경우가 많다.

예를 한 가지 들어보겠다.

다낭성난소증후군polycystic ovary syndrome, PCOS이라는 병이 있다. 이 경우 배란이 잘되지 않고 난소 안에 커진 난자들이 모여있어서 '다낭성 난소'라는 이름이 붙어있지만 단순히 여성 생식계, 난소만의 문제는 아니다. 그래서 다낭성 난소병이 아닌 다낭성 난소 '증후군'이라는 말을 붙였다. 증후군이란 여러 가지 의학적 징후sign들의 집합이라는 뜻이다.

다낭성난소증후군은 첫째, 배출되지 못한 난자들이 난소에 바글바글 모여있는 초음파상 소견을 가지며 둘째, 월경이 일반적인 주기보다 드물게 찾아오는 불규칙성을 띠고 셋째, 인슐린 저항성이 생기며, 넷째, 여성인데 마치 남성처럼 몸에 털이 많이 나고 여드름이 나는 특징이 있다.

난소는 여성 호르몬이 생성되는 장소며, 난자를 품고 있다가 생리 주기에 따라 배출하는 임신에 있어 중요한 역할을 담당하는 기관이다. 그런데 왜 인슐린 저항성이 생기는 걸까? 그건 당뇨와 관련 있다고 생각될 것이다. 그리고 몸에 털은 왜 많이 날까? 난소의 문제는 여성 호르몬, 임신과 관련된 증상 위주로 나타나는 것이라 생각될 것이다.

그 이유는 우리 몸의 각 기관들은 유기적으로 연결되기 때문이다. 서로 영향을 주고 받으며 한 사람의 몸을 구성하고 건강을 이어간다. 우리 몸의 이곳저곳은 별개가 아니라 서로 연결되어 있으며 밀접한 연관성을 가진다.

그 원리를 호르몬을 통해 알 수 있다. 호르몬은 매우 소량이지만 그 밸런스가 깨지면 우리는 엄청난 불편함을 느낀다. 부신피질 호르몬이 부족해지면 심지어 목숨이 위태해질 수도 있다. 생리 작용을 관장하는 호르몬들은 우리가 알고 있는 것 이상으로 서로 복잡하게 영향을 주고받는다. 그래서 기능의학은 신체 부위, 질병에 따라 과목을 나눈다. 어떤 질병이나 건강상의 문제이든지 기능의학 스타일로 접근하여 근본적인 문제 해결을 도모한다.

기존 주류의학에서는 각 과목의 전문성을 중요하게 여긴다.

물론 같은 환자군을 집중적으로 보게 되면 쌓이는 경험치와 노하우는 중요하다. 다만, 환자가 호소하는 증상에 귀를 기울이고 그 원인이 될 만한 환자의 살아온 배경에 대해 이해하고 그 모든 요소들을 고려하면서 통합적으로 환자를 파악하는 의료도 필요하다.

기능의학을 이해하는 법

●

기능의학은 질병을 일으키는 근본 원인을 치료한다. 원인의 결과인 재발되는 증상을 치료하는 정통의학과 구별되는 요소다. 그리고 그중에 어떤 기능의 문제가 있는지 파악한다. 그리고 원인을 찾아 나선다.

기능의학은 환경적으로 병에 걸리기 쉬운 신체 상태(선행 요인), 그 증상이 발생하기까지의 매개체, 증상을 악화시키는 직접적인 요인을 먼저 파악하는 것이 중요하다. 예를 들면, 우유만 마시면 피부가려움증이 일어난다면 선행 요인은 '피부가려움증'이며, 증상을 악화시키는 요인이 '장내 미생물 불균형'이고, 그 매개체가 '우유'인 것이다.

환자 한 명을 면담해서 여기까지 파악하는 것은 그리 간단하지 않다. 이를 위해서는 충분한 시간을 갖고 환자를 진찰하면서 지속적으로 관찰해야 하며, 기능의학 검사들도 필요하게 된다. 기능의학으로 환자를 진료하는 것은 이처럼 간단히 빠른 시간 내에 할 수 있는 것이 아니다.

그 원인은 유전적 소인이 있으며 유전적 소인은 단순히 부모에게 물려받는 것뿐만 아니라, 정신, 감정적 영향, 경험, 태도, 신념 등에 의해 영향을 받는다. DNA도 내가 살아가는 방식에 따라 변화를 받기 때문이다. 이를 후성유전학이라고 한다. 그 원인을 찾아가다 보면 다음의 다섯 가지 뿌리로 귀결된다. 결국, 이 다섯 가지 중에 환자의 몸을 아프게 하는 것이 무엇인지 찾아내어 개선하도록 하는 것이 바로 기능의학 의사의 처방이자 치료다.

첫째, 수면이다. 수면은 진정한 만병통치약이다. 그리고 항암제이기도 하다. 꿀잠 한 번으로 멜라토닌에 의해 어마어마한 암세포들이 죽어 나간다. 반면 불면증은 암이 자라기 쉬운 환경을 제공한다.

둘째, 운동이다. 가능한 근육을 키우는 것이 좋다. 세월이 가면 자연스럽게 근육량이 줄어든다. 노화는 곧 근감소에 따른 신체의 퇴화라고 봐도 과언이 아니다. 근육량만 유지하고 있다면 건강도 유지할 수 있다.

셋째, 영양이다. "음식으로 못 고치는 병은 의사도 못 고친다." 라고 의성 히포크라테스 또한 이야기했다. 현대인들은 영양가 없고 입에서만 맛나는 텅 빈 칼로리 음식을 즐겨, 살이 찌고, 영양이 결핍된 상태에 놓인 사람들이 많다. 영양을 챙겨야 살도 빠진다.

넷째, 스트레스다. 스트레스는 만병의 근원인데, 이것을 잘 다스리는 것이 건강의 중요한 비결이다.

다섯째, 인간관계다. 주위 사람들과 얼마나 좋은 관계를 유지하며 사랑하고 사랑받으며 살아가는지는 곧 면역력, 건강으로 이어진다.

이 다섯 가지를 미리미리 잘 챙기다 보면 건강도 저절로 얻게 될 것이다.

한편, 기능의학에서는 환자가 호소하는 문제를 우리 몸의 기능 일곱 가지로 나누어 설명하고 있다. 기존 주류의학에서 전문과목을 나누던 것과는 전혀 다른 새로운 카테고리다. 눈에 보이는 해부학적 구조에 따른 것이 아니라 기능에 따른 분류를 한다. 그래서 기능의학인 것이다. 이제 그 하나하나를 찬찬히 살펴보겠다.

첫 번째 기능은 동화다. '내가 먹는 것이 곧 내 몸이다.'라는 말이 떠오른다. 지금 눈 앞에 놓인 밥 한 공기는 아직은 나와 별개의 존재다. 그런데 내가 그것을 입에 넣어 씹고 소화시킨 입자가 세포 속에 들어와 자리 잡는다면? 밥의 성분 중 일부와 나라는 개체를 어떻게 구분할 수 있을까? 구분이 불가능해진다.

수 시간 전까지만해도 내 몸 밖에 있던 음식, 나와 별개였던 존재들이 입안에 넣고, 씹고, 위 안에서 소화되어 혈중으로 그 영양소가 들어가 결국 내 몸에 동화되는 것이다. 즉, 내 몸의 일부 구성원이 된다. 우리의 몸은 이와 같이 몸 밖에 있던 물질을 받아들여 동화Assimilation시키는 기능이 있다.

동화 과정에 해당하는 영역은 소화, 흡수, 장내 미생물 생태계, 소화기계, 호흡이다. 공기 중에는 산소, 이산화탄소, 질소와 그 외 여러 가지 기체가 혼합된 물질이다. 숨을 쉬는 것 자체가 몸 밖에 있던 기체를 코로부터 폐포, 그리고 폐포에 붙어있는 모세혈관까지 받아들여 그 산소를 혈중으로 운반하는 과정이다.

지금 내 몸속 혈관에, 그리고 세포 안에도 존재하는 산소는 외부에 있던 존재들이다. 호흡을 통해 동화시킨 것이다. 정리하자면 동화라는 기능은 나와 별개였던 존재를 내 몸의 일부으로 받아들이는 과정이라고 할 수 있다. 말하자면 음식물의 소화 흡수, 그리고 공기를 호흡하는 것이 이에 해당된다.

두 번째 기능은 방어와 회복이다. 바로 면역 시스템과 염증 반응의 과정, 감염과 상재 미생물이 그 기능을 담당한다. 내 몸을 지켜주는 군대, 경찰, 국방부의 기능이다. 동화는 외부의 물질이 내 몸에 합쳐지는 것이었는데, 두 번째 기능인 방어 기능은 외부에서 혹은 신체 내부에 존재하는 신체의 건강, 더 나아가 생존에 위협이 되는 존재에 대항하여 몸을 지키는 기능이다.

회복이라는 기능도 산소를 호흡하며 살아가는 신체 구조상 불가피한 산화 손상을 복구한다는 점에서 우리 몸을 손상으로부터 지켜내는 역할이라고 볼 수 있다. 면역세포의 대부분이 장에 존재한다는 점에서 이 기능은 첫 번째로 언급된 동화 과정과 매우 밀접하며, 그래서 공통적으로 관여하는 부분이 있다. 장내 미생물은 소화 흡수에도 관여하고, 또 우리 몸을 병원균으로부터 보호하는 역할도 함께하고 있기 때문이다. 기능의학 의사들이 장 기능의 회복을 치료의 최우선으로 두는 이유가 바로 여기에 있다.

방어와 회복은 신체의 생존과 직결되는 기능이다. 우리 몸의 면역력이 약할 때 방어 능력과, 손상된 세포가 다시 회복되는 기능도 떨어진다. 그 결과 우리는 생존을 영위할 수 없게 된다. 암 환자들의 사망원인은 암 자체가 아니라 면역력의 저하에 따른 폐렴 등의 합병증인 경우가 많다. 이처럼 방어 능력이 약할수록 우리는 생명, 건강에 위협을 받게 되는 것이다.

세 번째 기능은 에너지다. 동화 과정을 통해 영양성분이 세포 내로 공급되면 그다음 세포가 해야 할 일은 바로 세포 안으로 들어온 연료를 가지고 세포 내 소기관, 엔진에 해당하는 미토콘드리아에서 에너지 ATP를 만들어내야 한다. 에너지라고 하면 우리는 걷고 뛰는 신체 움직임을 주로 떠올리지만, 우리가 가만히 있을 때도 체내 장기들이 생존을 유지하기 위해서는 이 에너지가 필요하다. 이 또한 생명과 직결되는 것이며, 들어온 영양분으로부터 에너지를 효율적으로 뽑아내는 것은 미토콘드리아의 중요한 기능이다. 잘못된 식습관으로 인해 미토콘드리아가 제대로 작동하지 못하는 경우가 생각보다 꽤 흔하다. 간헐적 단식이나, 건강한 식습관으로 변화를 통해 얼마든지 미토콘드리아의 갯수와 기능을 회복시킬 수 있다.

네 번째 기능은 생체 내 변형과 제거다. 'Biotransformation' 을 번역하자면 생체 내 변환이라고 하는데 이렇게 표현하면 독자들이 받아들이기 어렵게 느껴질 것이다. 이것은 쉽게 말해 해독의 기능을 뜻한다고 보면 된다. 우리 몸에서 이루어지는 해독 과정이 바로 생물학적으로 독성이 있는 물질을 독성이 없는 물질로 전환시켜주는 것이기 때문이다. 이 영역의 기능은 그러한 생체 내 변형, 해독을 거친 다음 체외 배출, 제거하는 기능을 뜻한다.

쉽게 말해 해독의 기능을 뜻한다고 보면 된다. 우리 몸에 들어온 여러 성분 중 신체 조직으로 동화되지 못하는 것들 중 일부는 몸밖으로 내보내져야 하는 운명을 갖게 된다. 특히 우리가 쉽게 먹는 타이레놀, 감기약, 술 등의 물질은 몸에 쌓이는 것이 아니라 시간이 지나면 배출이 되는데, 몸밖으로 배출되기 전 화학구조의 변화 과정을 겪게 된다. 이는 대부분 간에서 일어나는데, 독성 물질은 독성을 약화시키고, 배출을 용이하게 하기 위해 생화학적으로 구조를 변화시키는 과정이 바로 생체 내 변형이다. 체내에서 구조의 변형을 거쳐 체외로 배출되어야 하는 대상은 비단 약뿐만 아니다. 생체 내 변형은 크게 두 가지라고 보면 된다.

먼저 입으로, 호흡으로, 피부로 어떤 경로든지 몸에 들어오는 외부에서 만들어진 독성물질이다. 알코올, 각종 약물, 환경호르몬 등이 해당된다. 그다음은 지용성 호르몬이다. 특히 에스트로겐과 같은 성호르몬이 그 대표적인 예다. 호르몬은 체내에서 만들어져 적절히 사용되고 나면 체외로 배출되어야 한다. 이 기능에 문제가 생긴다면 호르몬 밸런스에 즉각 이상 신호가 나타난다.

따라서 간에서 이루어지는 해독 과정과 대소변의 배출은 연결되어 이어지는 과정으로서 하나의 카테고리로 묶여진다. 이 해독 기능은 사람마다 유전적으로 타고난 능력치가 다르다. 그래서 자신의 해독 능력 정도를 파악해서 이에 맞게 건강관리해야 한다. 또 아무리 해독 능력이 뛰어나다고 해도 가능한 독성물질에 노출되는 양을 줄여야 한다. 나이가 들면 간도 함께 나이를 먹는다. 음주량을 줄이고, 흡연도 가급적이면 하지 않기를 권한다. 간도 혹사시키면 언젠가는 지쳐 나가떨어진다. 간이 힘들다는 티를 내기 시작하면 이미 늦었는지도 모른다.

다섯 번째 기능은 커뮤니케이션이다. 우리 몸을 구성하는 세포들은 각자의 언어로 소통하며 각자의 기능을 수행한다. 특히 호르몬이라는 물질은 혈액을 타고 체내 구석구석을 돌아다니면서 서로서로 연락하여 인체를 하나의 큰 유기체로서 밸런스를 유지하게 한다.

호르몬은 장기나 세포까지 혈액를 타고 이동할 수 있는데, 그렇게 도착한 조직의 세포에 메시지를 전달해서 각자 맡은 역할을 수행하도록 한다. 예를 들어, 갑상선 호르몬이 세포에 도달하면 세포는 이를 "에너지 대사 속도를 높여라."라는 메시지로 받고 그 메시지에 적힌 대로 작용한다.

지금 우리가 활동량에 적절한 혈압을 유지하는 것도, 체온을 유지하는 것도 모두 호르몬이 알아서 조절해주고 있기 때문이다. 도파민, 세로토닌과 같은 신경전달물질도, 면역세포에서 분비하는 여러 면역 관련 사이토카인도 세포들 간의 메신저, 명령어로서 중요한 역할을 한다. 세포 간의 커뮤니케이션은 이처럼 혈액으로 분비되는 물질을 마치 명령어처럼 사용하여 이루어진다.

개인적으로는 이 분야가 기능의학을 가장 공부하기 복잡하고 어렵게 만드는 것 같지만, 한편 몸속 이곳저곳의 증상이 왜 연결되는지 실마리를 풀어주고 통합적으로 이해할 수 있게 해주는 매력적인 파트다.

여섯 번째 기능은 수송이다. 세포의 생존을 위한 영양소와 산소, 그리고 앞서 소개한 각종 커뮤니케이션의 물질들까지 각자의 목적지까지 제대로 전달되기 위한 운송시스템이 꼭 필요하다. 이것을 담당하는 것이 바로 심혈관계와 림프계다. 우리 몸의 고속도로, 철도, 항만 시스템이라고 할 수 있다. 아무리 몸에 좋은 음식을 챙겨먹는다고 해도, 삼림욕을 하며 좋은 공기를 마신들 이들을 세포 말단까지 구석구석 배달해줄 통로가 막힌다면 우리 몸은 제대로 건강하게 기능하기 어려울 것이다.

앞서 소개한 생체 내 변형 및 제거 기능을 위해서도 처리할 물질들을 간으로 수송하고 이를 배출하는 것도 혈관과 림프계의 역할이 중요하다.

마지막으로 일곱 번째 기능은 구조적 온전함이다. 이것은 척추측만, 추간판탈출증, 좌우비대칭과 같이 눈으로 보이는 구조적인 근골격계의 문제뿐만 아니라 미시적으로, 세포 단계에서 세포막 구조가 튼튼하고 온전한가에 대한 내용부터 시작하여 신체를 이루는 모든 구조물이 정상적인 밸런스를 유지하는 것도 중요한 기능의 하나로 보고 있다.

기능의학에서는 신체의 기능을 이와 같이 일곱 가지로 나누어 파악하고 있다. 새로운 카테고리만 그렇다고 이해하기에 많이 어려운 내용은 아니다. 다만, 기능의학 의사는 이 모든 것들이 서로 얽히고설켜, 깊이 연결되어 있기 때문에 모든 것을 다 파악하고 있어야 한다. 나 또한 병의 원인을 찾아가고 원리를 이해하는, 공부를 손에서 놓지 못하는 운명이다. 이유 없이 아프고 힘든 독자들이 병의 원인을 찾고 만성 질환 해결에 대한 답을 찾기 바란다.

기능의학 의사들이 항상 강조하는 건 생활 속의 치료다. 생활 속 치료만 잘해도 병원에 가지 않아도 건강하게 살 수 있다. 자신의 생활 습관을 돌아보고 건강한 방향으로 설계하고 수정하자. 미리미리 챙기는 것이 건강을 유지하는 최고의 비법이라 자부하는 바이다.

내 몸을 지키는
스무디 레시피
1인분 만들기(약 350ml)

재료

- 블랙베리 또는 블랙 라즈베리 1/2컵(또는 블랙 라즈베리 파우더 보조제 1스푼)
- 시트러스 또는 열대 과일 1/2컵(귤, 오렌지, 만다린, 파파야, 망고, 구아바, 살구, 천도복숭아 등)
- 큰 사이즈의 콜라드 녹색 잎 1장
- 신선한 생강 조각 1/2인치
- 큰 사이즈의 케일 1장
- 석류씨 1/2컵(또는 2온스의 석류주스)
- 신선한 강황 조각 1인치
- 적당량의 물

조리법

1. 모든 재료를 믹서기에 넣는다.
2. 약 5분 동안 갈아준 후, 원하는 농도에 맞게 섞는다.

※ 출처 : www.ifm.org(IFM, The Institute for Functional Medicine)

건강이 있는 곳에
자유가 있다

의사라면 누구나 의과대학, 인턴, 레지던트 과정을 거치면서 표준화된 질병의 진단 기준과 치료 프로토콜을 배우고 익히게 된다. 심지어 의학은 전 세계 공통이기도 하다. 미국 의사들이 보는 교과서를 한국 의사들도 보고 공부한다. 이러한 '의료의 표준화'라는 것은 제대로 된 자격이나 실력 없이 의료 행위를 하는 사람이 양성되는 것을 방지하고, 의사들에게는 책임에 한계를 정해준다는 점에서 매우 가치 있고 훌륭한 일이다.

그런데 이처럼 훌륭한 의료 시스템의 약점 중 하나는 공식적으로 등록된 질병의 진단 기준에 해당되지 않는 환자들이 소외될 수밖에 없다는 것이다. 명확한 진단명이 없는 환자들은 어떤 전문과 의사에게 가야할지 몰라 "신경성입니다."라는 말로 정신과로 보내져서 결국 항우울제를 처방받는 일도 비일비재하다.

의사들도 전공과목이 있고 또 그와는 별개로, 자신의 경험치가 주로 많이 쌓인 '전문 분야'가 있기 때문에 자신이 주로 보는 카테고리에 속하지 않는 환자들은 치료를 시작하려고 하지 않는 경향이 있다. 이것은 비난받을 일이 아니다. 이 시대의 의학 시스템이 그렇게 발전을 해왔기 때문이다.

이러한 백그라운드에서, 기능의학이 주는 매력은 주류의학에서 주로 다루는 질병의 카테고리에서 제외된, 병명조차 없는 환자들에게 희망을 주고 해결해나갈 방법을 제시할 수 있다는 점이다.

아직 전문의가 되기도 전, 레지던트 3년차 때 나의 심장을 두근거리게 했던 기능의학의 매력도 바로 이 점이었다. 내가 배워온 의학 교과서에서는 '원인 불명, 치료 방법 딱히 없음'이라고 결론 내려진 질병이나 건강 문제들에 대해 포기하지 않고, 근본적인 원인을 찾고자 하는 새로운 패러다임, 그리고 새로운 검사 방법과 치료 방법을 제시하는 기능의학이 너무나도 신선하게 다가왔다. 평범한 방법으로는 풀리지 않는 고난도의 수학 문제를 풀어가는 짜릿함과도 비슷한 즐거움이 있었다.

그렇게 기능의학이라는 분야에 입문해서 공부한 지 십여 년이 지나 기능의학 병원을 개원하고 환자들을 만나면서 그제서야 나는 병명 없이 고통받는 환자들이 이렇게 많은 줄 실감하기 시작했다. 내가 기능의학 의사가 되지 않았다면 그렇게 수많은 사람들이 여러 가지 괴로운 증상으로 대학병원을 찾아갔다가 '정상입니다.'라는 말에 오히려 좌절하고 돌아오는 줄 평생 모르고 지냈을 것이다. 이는 병원 홍보를 그다지 열심히 하지 않았는데도 불구하고, 기능의학을 하는 의사를 열심히 찾아내서 나를 만나러 오는 대부분의 환자들이 겪고 있는 일이다.

물론 대학병원에서 제대로 진단받고 잘 치료받는 환자들도 많이 있다. 그러나 진단받지 못하고 병명조차 없는 사람들이 의외로 너무 많다. 그런 분들 중 대부분이 소위 '기능의학 환자'다. 우리 기능의학 의사들이 주로 가장 흔하게 다루는 '부신피로증후군', '장내 미생물 과잉증식' 또는 '장누수증후군' 등을 갖고 있는 환자들은 주로 현대의학에서 소외되었다가 기능의학을 만나 새 삶을 찾는 경우가 꽤 많다.

이번 책은 그동안 주류의학에서 소외된 환자들이 주로 호소하는 건강 문제면서, 동시에 기능의학에서 중요하게 다루는 내용을 소개했다. 그래서 책 제목처럼 '병원에 가면 정상이라는데 왜 자꾸 아플까?' 하며 고생하는 환자들이 이 책을 통해 바른 생활 습관을 익히고, 스스로 건강을 회복해 나가는 데에 도움이 되길 진심으로 바란다.

참고문헌

1장 내 몸은 내가 지킨다

1 Irwin MR. Sleep and inflammation: partners in sickness and in health. Nat Rev Immunol. 2019 Nov;19(11):702-715. doi: 10.1038/s41577-019-0190-z. PMID: 31289370.

2 adapted from Lipton et al. Neurology 2003;61(3):375-382.

2장 건강을 위한 가장 확실한 방법, 소화력에 있다

3 Ono Y, Yamamoto T, Kubo KY, Onozuka M. Occlusion and brain function: mastication as a prevention of cognitive dysfunction. J Oral Rehabil. 2010 Aug;37(8):624-40. doi: 10.1111/j.1365-2842.2010.02079.x. Epub 2010 Mar 2. PMID: 20236235.

3장 당신의 피로는 호르몬 탓이다

4 http://drkarenwallace.com/

5 Williams NI, Leidy HJ, Hill BR, Lieberman JL, Legro RS, Souza MJD. Magnitude of daily energy deficit predicts frequency but not severity of menstrual disturbances associated with exercise and caloric restriction. American Journal of Physiology Endocrinology and Metabolism. 2015; 308(1):E29 E39. doi:10.1152/ajpendo.00386.2013.

6 Chavarro JE, Rich Edwards JW, Rosner BA, Willett WC. Diet and lifestyle in the prevention of ovulatory disorder infertility. Obstet Gynecol. 2007 Nov;110(5):1050 8.

7 Allsworth JE, Clarke J, Peipert JF, Hebert MR, CRNP AC, Boardman LA.

The influence of stress on the menstrual cycle among newly incarcerated women. Women's health issues : official publication of the Jacobs Institute of Women's Health. 2007;17(4):202 209. doi:10.1016/j.whi.2007.02.002.

4장 식습관을 교정하면 삶의 질이 달라진다

8 김민욱 기자, 2021.09.26., 중앙일보, 美 코로나 사망률, 韓의 44배… 이 미스터리 풀 실험 나왔다.

9 이해나 기자, 2020.12.18., 헬스조선, 오래 살려면 반드시 줄여야 할 영양소

10 Barrett, J., Glbson , P. R. (2007). Clinical Ramifications of Malabsorption of Fructose and Other Short chain Carbohydrates. Practical Gastroenterol ogy. 31. 51 65.

11 Lucendo AJ, Arias Á, González Cervera J, et al. Empiric 6 food elimination diet induced and maintained prolonged remission in pa tients with adult eosinophilic esophagitis: a prospective study on the food cause of the disease. J Allergy Clin Immunol. 2013 Mar;131(3):797 804. doi: 10. 1016/j.jaci.2012.12.664.

병원에 가면 정상이라는데
왜 자꾸 아플까

1판 1쇄 **인쇄** 2022년 6월 28일
1판 1쇄 **발행** 2022년 7월 8일

지은이 정가영

발행인 양원석 **편집장** 정효진 **책임편집** 한지연
디자인 구혜민, 김미선 **영업마케팅** 양정길, 윤송, 김지현, 정다은, 백승원

펴낸 곳 ㈜알에이치코리아
주소 서울시 금천구 가산디지털2로 53, 20층 (가산동, 한라시그마밸리)
편집문의 02-6443-8859 **도서문의** 02-6443-8800
홈페이지 http://rhk.co.kr
등록 2004년 1월 15일 제2-3726호

ISBN 978-89-255-7795-1 (03510)